TEIL I

1922–1923

rororo

Hinter dem Pseudonym Brigitte Pasini verbirgt sich Brigitte Kanitz, die bereits zahlreiche erfolgreiche Romane publiziert hat. Sie lebt seit Jahrzehnten in Italien, hat aber noch einen Koffer in ihrer Heimatstadt Hamburg. Mit ihrer deutsch-italienischen Familiensaga «Bella Stella» verknüpft sie auch die spannende Geschichte ihrer eigenen Familie.

BRIGITTE PASINI

Bella Stella

Eine deutsch-italienische Familiensaga

Rowohlt Taschenbuch Verlag

Originalausgabe
Veröffentlicht im Rowohlt Taschenbuch Verlag,
Hamburg, September 2019

Redaktion Carlos Westerkamp
Covergestaltung Hafen Werbeagentur, Hamburg
Coverabbildung Ildiko Neer / Trevillion Images;
Eduardo Mueses / EyeEm / Getty
Images; ullstein bild – histopics
Satz aus der Adobe Garamond
bei Pinkuin Satz und Datentechnik, Berlin
Druck und Bindung CPI books GmbH, Leck, Germany
ISBN 978-3-499-27616-3

In Gedenken an meinen Schwiegervater Andrea D'Orazio (1910–1992), der es mit viel Mut und Einfallsreichtum geschafft hat, seine Familie durch die dunklen Jahre von Faschismus und Krieg zu bringen, und an meine Großmutter Martha Geilenberg (1896–1987), die zwei Weltkriege erlebte, zweimal alles verlor, zweimal flüchtete, zweimal bei null anfing.

Sie sind einander nie begegnet, waren jedoch aus ähnlichem Holz geschnitzt. Dank Menschen wie ihnen, einfachen Leuten, die es schafften, alte Feindschaften zu vergessen und neu aufeinander zuzugehen, leben wir heute in einem vereinten und friedlichen Europa.

1. KAPITEL

Gut Friederkamp, Holstein, März 1922

Die Mamsell fuchtelte mit dem großen Holzlöffel in der Luft herum. Es sah aus, als wolle sie die Dampfschwaden umrühren, fand Stella.

«Das Fräulein ist sich wohl zu fein geworden?», stieß Florentine Köpke zwischen zusammengebissenen Zähnen hervor. «Dem Fräulein ist mein Eintopf nicht mehr gut genug?»

Stella unterdrückte ein Seufzen und blieb zur Sicherheit in der offenen Küchentür stehen. Hätte sie bloß nichts gesagt! Mit der Mamsell war nicht gut Kirschen essen. Besonders nicht an nasskalten Tagen, wenn das Rheuma ihr zu schaffen machte. Das wusste jeder auf Gut Friederkamp, vom Gutsherrn höchstpersönlich bis hinunter zur einfachsten Magd.

Stella mochte Florentines Liebling sein, aber selbst sie durfte nicht am Essen herummäkeln. Doch als sie die Küche im Souterrain betreten hatte, da hatte sie nicht anders gekonnt, als zu sagen: «Igitt! Steckrüben!» Woraufhin sie sich die Mamsell zur Todfeindin gemacht hatte. Mindestens.

«Das ist ein saftiger Eintopf mit Kartoffeln, Zwiebeln, Hackfleisch und den zartesten Rüben», erklärte Florentine jetzt. «Hat noch keinem geschadet, herzhaft und gesund zu essen.»

Stella nickte, als würde sie ihr zustimmen. Trotzdem drehte sich ihr der Magen um. Dieser süßliche Geruch versetzte sie zurück in die Kriegsjahre, in denen es selbst auf einem großen Hof wie Friederkamp oft genug nichts anderes gegeben hatte, um die vielen hungrigen Mäuler zu stopfen. Die Rüben, die eigentlich als Viehfutter angebaut worden waren, hatten nun für die Menschen herhalten müssen.

Zwar hatte die Mamsell damals versucht, hie und da etwas abzuzweigen von den Eiern, dem Fleisch und den guten Kartoffeln, die an die darbende Stadtbevölkerung abgeliefert werden mussten, und niemand auf Friederkamp bekam einen aufgeblähten Leib oder glasige Augen. Niemand starb an einer Grippe oder einem schwachen Allgemeinzustand – was nichts anderes gewesen war als der Hungertod.

Zuletzt jedoch war es immer schwieriger geworden. Es fehlten die männlichen Arbeitskräfte, es fehlten die Pferde als Zugtiere. Felder blieben unbestellt, das meiste Vieh war längst geschlachtet worden, und die Mamsell kochte Rüben – tagein, tagaus.

Stella rieb sich über den Bauch, so wie sie es damals oft getan hatte. Sie hatte nie besonders viel Appetit gehabt, und das war bis heute so geblieben – zum Kummer Florentines, die sich seit nunmehr neunzehn Jahren abmühte, dieses kleine Kind, dieses dünne Mädchen zu mästen.

«Es schmeckt bestimmt sehr gut», sagte Stella friedfertig. Zum Glück überdeckte jetzt der würzige Duft nach Zwiebeln und Hackfleisch den süßlichen Geruch der Rüben. Sie hatte schon befürchtet, schnell nach draußen laufen zu müssen.

«Denn ist ja gut», erwiderte die Mamsell, drehte sich zu dem riesigen Kohleherd um und tauchte den Löffel wieder in den Eintopf. «Und ich dachte schon, du willst von mir was Ausländisches zu essen haben. Vielleicht so ein blutiges Steak.»

Sie sagte «Schteg», doch Stella hütete sich davor, Florentine zu berichtigen. In der Schule hatte sie ein wenig Englisch lernen dürfen, und sie liebte die Sprache.

«Aber das brauche ich dir ja nicht zu kochen. Kannst du dir selbst aus den Rippen der Kuh schneiden. Blutig genug ist es dann.»

Herrje!, dachte Stella. Die Mamsell hatte wirklich einen schlechten Tag. Sie ließ ihren Blick durch die Küche schweifen in der Hoffnung, ihr würde etwas einfallen, womit sie ihre alte Freundin und Beschützerin versöhnlich stimmte.

Das Gutshaus Friederkamp war ein zweckmäßiger, aber dennoch schöner Bau aus dem achtzehnten Jahrhundert, mit hohen Räumen, Kristalllüstern, edlen Teppichen, teuren antiken Möbeln und Jagdstichen sowie Trophäen an den Wänden. Stella fühlte sich dort oben immer ein wenig fremd und eingeschüchtert. Aber das Souterrain war nach dem Verwaltergebäude ihr zweites Zuhause. Sie kannte jeden Riss in der tiefen, weiß getünchten Decke, sie mochte den halbrunden Schwung der Fenster, sie kuschelte sich an kalten Tagen auf die Bank am Kachelofen, der neben dem Herd für wohlige Wärme sorgte.

Auf der Suche nach einer freundlichen Bemerkung starrte Stella so lange auf die Fliesen, dass das Schachbrettmuster vor ihren Augen zu tanzen anfing.

Sie rieb sich die Schläfen und sah schnell wieder hoch.

«Du kriegst doch nicht etwa einen Anfall?», erkundigte sich Florentine. Sie war immer noch gereizt, aber in ihrer Stimme klang auch die alte Sorge um das kränkliche Kind mit.

Stella wusste, dass Florentine sie mindestens genauso liebte, wie ihre eigene Mutter sie geliebt hätte, wenn sie nicht bei ihrer Geburt gestorben wäre. Deswegen sagte sie schnell: «Nein. Mir geht es gut. Du weißt, dass ich schon lange keine Atemnot mehr hatte.»

Das stimmte nicht ganz, denn Stella litt immer mal wieder unter dieser schrecklichen Enge in der Brust, aber die Mamsell musste das nicht wissen. Außerdem war es wirklich besser geworden. Meistens.

Als Kind war ihr Asthma viel schlimmer gewesen, und kein Arzt hatte helfen können. Einzig der heiße Dampf mit dem Duft nach Kamillenblüten, den Florentine ihr hier in der Küche regelmäßig vorgesetzt hatte, war wohltuend gewesen.

Während sie der Köchin treu in die Augen schaute, ging Stella zu dem großen Tisch und setzte sich.

«Ist dir schwindelig?», fragte Florentine prompt.

«Nein, bestimmt nicht.»

«Was willst du dann? Ich habe viel zu tun.»

Stella hätte ihr gern gesagt, dass sie einfach mal eine Pause brauchte. Nicht von der Arbeit im Stall oder im Verwalterhaus. Die tat sie gern. Sie fütterte die Kälber, streute Boxen ein, brachte den Schweinen die Reste aus der Küche. Nicht genauso gern, aber immer bereitwillig hielt sie das Haus sauber, machte die Wäsche, bügelte Vaters Hemden und ihre wenigen Kleider. Alles, was an diesem Sonntag zu tun war, hatte sie schon in den frühen Morgenstunden erledigt.

Nein, das war es nicht. Sie brauchte vielmehr eine Pause von ihrem Vater. Olaf Eriksen wurde immer mehr zum Griesgram. Seit er im Krieg ein Bein verloren und sich eine Herzschwäche zugezogen hatte, war er eigentlich nicht mehr fähig, seinen Posten als Verwalter auszufüllen. Dennoch hatte Gutsherr Wilhelm Friederkamp ihn nicht ersetzt, sondern ihm nur einen jüngeren, kerngesunden Mann an die Seite gegeben.

Dieser hieß Peer Jentzen und war Olaf ein Dorn im Auge. Von morgens bis abends schimpfte er auf seinen Stellvertreter, der die Arbeit erledigte, die er selbst nicht mehr schaffen konnte. Das Geschimpfe hörte nie auf. Und es traf einzig und allein Stella. Niemand sonst wollte Olaf Eriksen mehr zuhören.

Wenn sie abends in der kleinen Stube beisammensaßen, knurrte er vor sich hin und ließ seinen Ärger an ihr aus. Durfte sie nicht einmal in Ruhe in einer Zeitschrift blättern, die Fotos von diesen modernen jungen Frauen in den Städten bewundern, die sich die Haare zu einem frechen Bubikopf schneiden ließen und unerhört kurze Kleider trugen?

Musste immer die Stimme des Vaters ihre Träume zerreißen?

Heute Vormittag war es besonders schlimm gewesen. Ähnlich wie Florentine bei nasskaltem Wetter ihr Rheuma spürte, so litt Olaf Eriksen an solchen Tagen schlimme Schmerzen an einem Bein, das gar nicht mehr da war.

Stella verstand das nicht, und sie hatte so gehofft, sie könnte ein paar Stunden für sich haben. Friedliche Stunden an einem Sonntagvormittag nach dem Gottesdienst, in denen sie ein bisschen lesen oder einfach nur aus dem Fenster schauen würde.

Aber nein. Ihr Vater war hereingeplatzt, hatte angefangen, über Peer Jentzen herzuziehen, und sich dabei mit schmerzverzerrtem Gesicht den Stumpf gerieben. Deswegen war Stella fortgelaufen. Sie hatte es nicht mehr hören können. Und dann hatte sie hier im Souterrain der Geruch nach Steckrüben wie ein Schlag ins Gesicht getroffen.

«Hat es dem Fräulein die Sprache verschlagen?»

«Bitte, Florentine, nenne mich nicht so. Ich bin einfach nur dein Sternchen.»

Augenblicklich wurde das hagere Gesicht der Köchin weich. Früher einmal war sie mollig gewesen, und sie hatte immer ein Lächeln im Gesicht getragen. Der Krieg hatte sie verändert. Obwohl es längst wieder genug zu essen gab, blieb ihre Figur knochig, und das Lächeln war so selten geworden wie ein warmer Sonnentag im März. Aber jetzt brach es sich Bahn, hob ihre Mundwinkel, ließ die Augen leuchten und erhellte die Küche bis in die letzte Ecke. «Ich mache mir nur Sorgen um dich.»

«Das weiß ich. Aber es geht mir gut, wirklich. Ich … wollte dich nur mal sehen.» Das war wenigstens nicht vollends gelogen.

«Und dem Brummbären Olaf entkommen, nehme ich an.»

Stella nickte. Der Mamsell konnte sie nichts vormachen. «Es ist schwer mit ihm.»

«Glaube ich gern. Er hat es schwer mit sich selbst.»

Das Lächeln erlosch so schnell, wie es aufgeflammt war. Als hätte es verlernt zu bleiben.

Stella erinnerte sich daran, wie sie als kleines Mädchen gehofft hatte, ihr Vater und Florentine würden einander heiraten. Dann hätte auch sie ganz normale Eltern gehabt, wie die Kinder auf den anderen Bauernhöfen. Erst viel später hatte sie gelernt, dass Menschen keine Puppen waren, die das taten, was ein Kind sich wünschte. Florentine Köpke und Olaf Eriksen hatten sich nie besonders gut leiden können. Sie kamen miteinander aus, und sie teilten die Liebe zu Stella, aber sie mochten sich eben nicht.

«Meinst du, es wird noch mal besser?», fragte sie die Mamsell.

«Da mach dir man lieber keine großen Hoffnungen, Kindchen. Der Mann ist stur wie ein holsteinischer Ochse. Der ändert sich nicht mehr.»

Stella senkte den Blick auf ihren langen grauen Rock. Sie musste schnell an etwas anderes denken, bevor ihr der Kummer um den Vater den ganzen Sonntag verdarb.

«Ich hätte so gern ein neues Kleid», murmelte sie mehr zu sich selbst.

«Soso.» Florentine legte den Kochlöffel auf einen Teller neben dem Herd und setzte sich ächzend zu ihr an den zerkratzten Tisch. «Und denkst du dabei etwa an diese neumodischen Dinger, die glatt runterhängen und jede schöne weibliche Rundung verstecken?»

Stella spürte, wie sie rot wurde. Ja, genau so ein Kleid wünschte sie sich. Modern, luftig, nicht mehr so einengend wie früher. Sie hatte Fotos davon gesehen. Es hieß, immer mehr Frauen würden der Mode folgen und die Fesseln der Vergangenheit abstreifen. Genau so hatte es dort gestanden. Die Fesseln der Vergangenheit. Stella wusste, wie die sich anfühlten.

«Und wo man die Waden oder sogar die Knie sieht?» Florentines Miene wurde immer ärgerlicher.

«Ähm, ja.»

«Also, da brauchst du kein Geld für ausgeben. Im Keller liegen ein paar Kartoffelsäcke rum. Ich schneide dir einfach oben drei Löcher für den Hals und die Arme rein.»

Stella wollte lachen, aber zu ihrem eigenen Entsetzen brach sie in Tränen aus.

«Ach Gottchen, Deern! Musst nicht gleich losheulen, bloß weil die olle Florentine einen Witz gemacht hat.»

Die Mamsell stand auf, kam um den Tisch herum und

drückte Stellas Kopf fest an ihren Busen. Allerdings nur kurz, denn im Grunde mochte sie keinen allzu engen Körperkontakt. «Tut mir leid. Ich dachte, du findest das lustig.»

Stellas dicker Zopf verhedderte sich in Florentines Schürze. Es ziepte heftig auf ihrer Kopfhaut.

Sie machte sich frei und stand auf. «Weiß ich ja. Aber ich bin noch jung, nächstes Jahr werde ich zwanzig. Ich will mal modern sein. Und diese schweren Haare will ich auch loswerden!»

Stella fand sich selbst hässlich. Alles an ihr war blass oder farblos. Die Haut bleich, die Haare mausbraun, die blauen Augen so hell wie der Mittagshimmel über Holstein an einem heißen, flirrenden Sommertag. Ohne richtige Farbe darin. Mit einem flotten Schnitt und einem schicken Kleid, so dachte sie, würde sie vielleicht aufregender aussehen.

Florentine hob den Blick flehend zur Küchendecke. «Etwa abschneiden? Willst du am Ende auch noch eine Frisur wie ein Mann? Das überlebe ich nicht!»

Sie blickte so ehrlich entsetzt, dass Stella nun doch lachen musste. «Keine Angst. Ich tue es ja nicht. Ich behalte meine langweiligen Kleider, Röcke und Blusen, und ich lasse die Haare, wie sie sind.»

Insgeheim wünschte sie sich aber wirklich einen Bubikopf.

Die Mamsell wirkte beruhigt. «Das kommt alles aus dem Ausland. Aus Amerika oder aus Frankreich. Sind alles verrückte Leute da.»

Im Grunde ihres Herzens hatte Florentine nie verwunden, dass Deutschland den Krieg verloren hatte. Stella hegte sogar den Verdacht, dass die Mamsell noch immer eine Anhängerin von Kaiser Wilhelm war, obwohl dieser dem deutschen Volk so viel Leid gebracht, längst abgedankt hatte und im holländischen Exil wohnte. Auch dass er sich nicht um die Leiden seiner einstigen Untertanen scherte, übersah Florentine.

Die Fesseln der Vergangenheit.

Stella wollte nur noch weg. Erst ihr Vater, der sich selbst einen Kriegskrüppel schimpfte, nun Florentine, die alles Neue ablehnte, die sogar Steckrübeneintopf gekocht hatte.

Übelkeit machte sich wieder in ihrer Magengegend breit, und sie wandte sich ab.

«Wo willst du hin?», fragte die Mamsell. «In zehn Minuten gibt es Essen.» Schon immer hatten die Leute aus dem Verwalterhaus mit den Bediensteten des Gutshauses gespeist. Das ersparte Arbeit und war praktisch für alle.

«Ich sage Vater Bescheid.»

Das war eine richtig große Lüge, und Florentine durchschaute sie natürlich, sagte aber nichts. Denn Olaf Eriksen kam gar nicht mehr ins Souterrain. Er behauptete, das laute Gerede bei Tisch schade seinem angegriffenen Herzen, und er ließ sich von seiner Tochter jeden Tag etwas von dem Essen ins Verwalterhaus bringen.

Stella zog sich ihren Mantel über und schlüpfte durch die hintere Tür nach draußen in den Gemüsegarten. Sodann wandte sie sich nach links und lief an der Rückseite des Gutshauses entlang bis zu einem Feldweg, der den Hügel hinauf direkt in ein kleines Kiefernwäldchen führte. Der Nieselregen hatte aufgehört, und hinter der Wolkendecke lugte eine tapfere Märzsonne hervor.

«Na, mein Fräulein, wo soll es denn hingehen?»

Der alte Jost Claasen war so schnell aus dem Wäldchen aufgetaucht, dass Stella einen kurzen Schreckensschrei ausstieß.

Er hob begütigend die Hände. «Tut mir leid, min Deern, ich wollte dich nicht erschrecken.»

Stella atmete flach, beruhigte sich jedoch schnell. Florentine hatte ihr stets eingeschärft, ein junges Mädchen dürfe sich nicht allein herumtreiben. Es laufe zu viel Gesindel herum, besonders in diesen harten Zeiten. Aber Jost war ein guter Freund. Seit vielen Jahren war er der Chauffeur des Gutsbesitzers, und Stella verbrachte gern Zeit bei ihm in dem zur Garage umgebauten Ochsenstall. Seit langem schon sagte Jost, er werde zu alt für diesen Beruf. Die neumodischen Autos seien ihm zu schnell, und er stehe Todesängste aus, wenn Wilhelm Friederkamp ihn aufforderte, das Gaspedal durchzutreten.

«Achtzig verdammte Stundenkilometer», schimpfte er.

«Wie bitte?» Stella war mit ihren Gedanken noch ganz woanders.

Jost stieß ein Knurren aus. «Mit achtzig Sachen musste ich vorhin über die Landstraße jagen. Ich dachte, der gute alte Phaeton bricht in der Mitte durch, aber der Herr Friederkamp hat nur gelacht.»

«Ach so.»

Jost war noch nicht fertig. «Unsere kleinen holsteinischen Straßen mit den vielen Bäumen rechts und links sind für so was nicht geschaffen. Wir sind ja hier nicht auf der AVUS-Rennstrecke in Berlin. Und nun träumt Herr Friederkamp von einem Bentley. Der soll noch viel schneller fahren. Ich habe ihn darauf hingewiesen, dass dieses Automobil in England gebaut wird und er praktisch vom Feind kaufen würde. Aber das hat ihn nicht interessiert. Falls er die nötigen Mittel beschaffen kann, will er sich unbedingt so einen Wagen zulegen. Tja, für mich wird's dann wohl Zeit, meinen Hut zu nehmen.»

Noch so einer, dachte Stella. Noch so einer, der nur im Gestern lebt. Sofort dachte sie jedoch, dass sie dem alten Jost unrecht tat. Immerhin war er schon über sechzig, da fiel es bestimmt schwer, sich umzustellen.

Sie lächelte ihm freundlich zu, und er grinste zurück.

«Ein kleiner Waldspaziergang hat mich wieder beruhigt», sagte er. «Und du hast wohl denselben Wunsch?»

«Ja, ich brauche ein bisschen frische Luft.»

Wie alle auf dem Hof wusste auch Jost Claasen um Stellas Asthma. Früher hatte er sie oft zum Arzt nach Eutin und einmal sogar nach Lübeck gefahren. Also nickte er, lüftete seine Schirmmütze und ging an ihr vorbei.

Stella schaute ihm kurz nach.

Das Verwalterhaus und die Wirtschaftsgebäude waren von hier aus nicht zu sehen, und so bestand auch keine Gefahr, dass jemand Stella entdeckte. Wobei ich gar nichts Verbotenes tue, sagte sie zu sich selbst. Aber ein müßiger Spaziergänger wurde auf dem Land schief angeguckt. Auch am Tag des Herrn. Jost würde sie nicht verraten, wie auch sie ihn nicht verpfeifen würde.

Erst als sie schon ein Stück gegangen war, konnte sie wieder frei und tief atmen. Der würzige Duft der Kiefernnadeln vermischte sich mit dem satten, erdigen Geruch des Waldbodens und verdrängte jede Erinnerung an Steckrüben.

Nach einer Weile gelangte Stella zu ihrem Lieblingsplatz, einer umgestürzten Kiefer am Waldrand, und setzte sich auf den Stamm. Von hier aus hatte sie einen weiten Blick über das sanft hügelige Land Holsteins, über Äcker und Koppeln, über Wälder und Seen und über die typischen Knicks. Das waren niedrige, mit Hecken und Sträuchern wie Holunder, Haselnuss, Schlehdorn und Brombeeren bepflanzte Wälle, die nicht nur den Grundbesitz der Bauern festlegten, sondern auch das Vieh daran hinderten, zum Nachbarn überzulaufen. Zudem boten sie den scharfen Winden Einhalt, bevor diese den wertvollen Ackerboden mit sich forttragen konnten.

Der Himmel lag mit seinen Regenwolken schwer und tief über dem Land, aber mit etwas Glück würde er sich bald in den blauen Frühlingshimmel verwandeln, der sich weit und hoch bis in die Unendlichkeit dehnte. Stella liebte dieses Land zwischen den Meeren. Es war ihre Heimat. Zugleich jedoch spürte sie eine brennende Sehnsucht nach Veränderung, nach etwas Neuem. Ob alle jungen Menschen so hin- und hergerissen waren? Oder waren die Leute in der Stadt glücklicher mit ihrem Leben?

In weiter Ferne sah sie einen Reiter über die brachliegenden Felder preschen.

Ihr Herz setzte einen Schlag aus, als er rasend schnell näher kam. Schon bemerkte sie das satte Dunkelbraun des Pferdes, und in der nächsten Sekunde erkannte sie Carsten Friederkamp, den Sohn des Gutsherrn. Zu seinen hohen Reitstiefeln und den Knickerbocker-Hosen trug er bloß ein halboffenes Hemd. Er würde sich wahrscheinlich den Tod holen. Es waren kaum über fünf Grad.

Stella stand von ihrem Baumstumpf auf, um Carsten auszuschimpfen, sobald er sie erreicht hatte, aber dann sah sie sein breites Grinsen, ihr Herz raste, und sie brachte kein Wort mehr heraus.

2. KAPITEL

Die braune Stute war nass geschwitzt, so sehr hatte Carsten sie gejagt. Lorelei vereinigte in sich die besten Anlagen eines Holsteiner Pferdes. Sie war fast so groß und massig wie ein Kaltblüter, besaß aber mehr Temperament und Schnelligkeit als diese Arbeitstiere, die seit jeher in der Landwirtschaft eingesetzt wurden. Vom Charakter her war sie nervenstark und zuverlässig.

Carsten behauptete trotzdem immer, Lorelei sei ihm viel zu langweilig. Er brauche ein wirklich feuriges Ross, am besten ein Englisches Vollblut, um die schwere Rasse der Holsteiner zu veredeln.

Auf diese Weise zog er sich regelmäßig den Zorn seines Vaters zu. Ob er denn keine anderen Sorgen habe, hieß es dann. Es sei schwer genug, die Zucht wiederaufzubauen, nachdem so viele Pferde im Großen Krieg eingezogen worden und verendet waren. Man könne von Glück sagen, dass überhaupt noch genug Zuchtstuten vorhanden seien. Es sei schon schlimm genug, dass man auf fremde Deckhengste zurückgreifen müsse.

Damit spielte Wilhelm Friederkamp natürlich auf Landknecht an, Loreleis Vater, der nicht mehr zum Beschäler taugte, weil er sich nie von den Schrecken seines Kriegseinsatzes erholt hatte. Er war das verstörte, ja bösartige Pferd geblieben, als das er heimgekehrt war, und konnte nie mehr in die Nähe einer Stute gelassen werden, da er sogar nach Artgenossen austrat oder ihnen schwere Bisswunden zufügte. Wenigstens hatte er vor dem Krieg für Nachkommen gesorgt, und ein paar seiner Söhne und Töchter waren prächtig geraten.

Landknecht bekam sein Gnadenbrot auf Gut Friederkamp, aber niemand außer seinem alten Freund Olaf Eriksen traute sich noch in seine Nähe.

Stella schon gar nicht.

Während Carsten jetzt behände aus dem Sattel sprang, befühlte sie instinktiv die lange, mit den Jahren verblasste Narbe an ihrem Haaransatz. Dort hatte sie damals ein Vorderhuf des Hengstes getroffen, als sie so dumm gewesen war, in seine Box zu schlüpfen. Das war an jenem Tag passiert, an dem Gutsherr und Verwalter aus dem Krieg zurückerwartet worden waren. Stella, zu dem Zeitpunkt fünfzehn Jahre alt, wollte den wildgewordenen Hengst bändigen, um ihrem Vater eine Freude zu machen. Aber gerade als Landknecht an dem Apfel in ihrer Hand schnupperte, hatte es draußen einen Knall gegeben, eine Fehlzündung des Adler Phaetons, und das Pferd war hochgegangen. Hätte Carsten sie nicht in letzter Sekunde aus der Box gezogen, wäre sie wohl von den Hufen erschlagen worden.

«Hallo, Lütte», sagte er jetzt, und sein Grinsen wurde noch um einiges breiter. «Bist du mal wieder vor deinem Vater auf der Flucht?»

Er ragte über ihr auf, auch nachdem er abgestiegen war. Carsten war fast eins neunzig groß, ein Baum von einem Mann, mit kräftigen Schultern und muskelbepackten Oberarmen. Seine Haare besaßen die Farbe von reifem Sommerweizen, und die blauen Augen waren so dunkel wie Kornblumen. Außerdem nannte Carsten eine Selbstsicherheit sein Eigen, die fast schon an Arroganz grenzte. Wenn er einen Raum betrat, so nahm er diesen vollkommen ein. Stella hingegen verschmolz mit dem Hintergrund.

«Na, bist du stumm geworden? So schlimm heute?» Seine Stimme klang weich, und er lächelte freundlich auf sie herab.

Dennoch nickte sie nur. Noch immer war sie unfähig, einen Ton von sich zu geben. Stella hielt sich selbst für kindisch, weil Carsten sie allein durch seine Nähe regelmäßig in Verlegenheit brachte. Früher war sie völlig ungezwungen mit ihm umgegangen. Als Kinder waren sie die besten Freunde gewesen, fast wie Bruder und Schwester, schließlich hatten sie dieselbe Ziehmutter gehabt. Stella hatte es sogar genossen, dass er sie nicht mit Samthandschuhen anfasste wegen ihres Asthmas, wie es sämtliche Erwachsenen taten. War sie mit ihm zusammen, dann fühlte sie sich beinahe gesund und normal.

Aber mit der Zeit hatten sich ihre Gefühle für Carsten gewandelt, sie traute sich jedoch nicht, sie ihm zu zeigen. So verlor sie jegliche Leichtigkeit im Umgang mit ihm und schwieg meistens in seiner Gegenwart.

Carsten schien von alldem nie etwas zu bemerken. Er ging noch immer mit ihr um wie mit einer guten Freundin oder einer kleinen Schwester. Wenn sie sich begegneten, war er zuvorkommend und immer gleichbleibend nett. Manchmal neckte er sie, andere Male schaute er sie mit einem Lächeln an, das beinahe zärtlich wirkte. Aber er kam offenbar gar nicht auf die Idee, zwischen ihnen könnte sich etwas geändert haben.

Der junge Friederkamp hatte es auch nicht nötig, auf die Liebe der Verwalterstochter zu warten. Er war einundzwanzig Jahre alt und galt als Schwarm aller Mädchen im weiten Umkreis. Ein wahrer Prachtkerl, zudem der Erbe eines großen Hofes. Jede Familie in Holstein und darüber hinaus hätte ihn mit

Handkuss zum Schwiegersohn genommen. Daher machte sich Stella keinerlei Hoffnungen. Doch einfach vergessen konnte sie ihre Gefühle auch nicht. So blieb ihr nur die Liebe in der Stille.

«Gehen wir zusammen zurück?», fragte er jetzt. Ihr Schweigen machte ihm nichts aus. Wahrscheinlich, so dachte Stella halb amüsiert, halb bedrückt, war er ganz froh, wenn ein Mädchen mal nicht so viel plapperte. «Ich muss Lorelei ohnehin führen, damit sie nicht erhitzt im Stall ankommt. Mein Vater stellt mich sonst vor ein Erschießungskommando.»

Die Stute warf den Kopf auf und nieder, wobei kleine weiße Schaumflocken von ihrem Maul davonflogen. Ihre nassen Flanken zitterten, und die Hufe scharrten unruhig auf dem Waldboden. Obwohl zu massig für ein elegantes, modernes Pferd, war sie wunderschön, fand Stella. Trotzdem wollte sie dem großen Tier nicht zu nahe kommen.

Sie wusste, im vergangenen Jahr war Lorelei nicht trächtig geworden. Deshalb hatte Carsten die Erlaubnis erhalten, sie für seine Ausritte zu nehmen. Alle anderen fünf Stuten auf Friederkamp trugen inzwischen schwer an ihren sich rundenden Bäuchen. Im April und Mai würde es wieder Fohlen geben, und eine neue Generation von Holsteiner Pferden würde heranwachsen. Für Stella war dies die schönste Zeit des Jahres, denn sie brachte Hoffnung mit, auf Glück, auf Veränderung.

«Nun, kommst du mit, Lütte?», hakte Carsten nach. Er wurde langsam ungeduldig.

«Gern», sagte sie. Immerhin. Ein Wort.

«Na, denn mal los.» Er legte sich die Zügel kurz um den Arm, damit er die Hände frei hatte, um sich eine filterlose Zigarette anzuzünden. Das Rauchen hatte er sich schon vor ein paar Jahren angewöhnt. Stella mochte den Geruch nicht, aber es wäre ihr nie in den Sinn gekommen, Carsten deswegen zu kritisieren.

Als die Zigarette brannte, nahm er die Zügel wieder fest in die Hand und marschierte vorneweg. Im Wald musste Stella hinter ihm und Lorelei bleiben und ließ einen gehörigen Sicherheitsabstand zur Stute, aber auf dem Feldweg, der zunächst noch am Waldrand entlangführte, konnte sie neben ihm laufen. Das Pferd hielt Carsten auf seiner anderen Seite fest am Zügel, und Stella fühlte sich beschützt.

Die Regenwolken brachen nun endgültig auf, und ein paar schwache Sonnenstrahlen tasteten sich zögerlich zu Boden.

«Ein Glück», meinte Carsten. «Wenigstens bin ich nicht klatschnass geworden.»

«Du hättest dir trotzdem eine Jacke anziehen sollen.» Ihre Stimme war kaum mehr als ein Flüstern.

Carsten lachte. «Jetzt klingst du beinahe wie unsere strenge Florentine.»

Wie Stella war auch er ohne Mutter aufgewachsen. Margarethe Friederkamp war an einer Lungenentzündung gestorben, als ihr einziges Kind fünf Jahre alt gewesen war. Sein Vater hatte nicht wieder geheiratet. Es hatte andere Frauen im Leben des Gutsherrn gegeben, wunderschöne Frauen, doch sie kamen und gingen. Keine hinterließ einen bleibenden Eindruck auf dem Hof, keine wurde geheiratet, keine war gut genug, Margarethes Platz einzunehmen. Das Schicksal, Halbwaisen zu sein, hatte Carsten und Stella miteinander verbunden. Und sie beide hatten in der Mamsell eine Art Ersatzmutter gefunden, obwohl Carsten sich einige Jahre früher als sie von deren Rockzipfel gelöst hatte.

Stella schwieg wieder. Sie wollte weder mit Florentine verglichen werden, noch schätzte sie es, von ihm Lütte, also Kleine, genannt zu werden. Er sollte sie einmal, nur ein einziges Mal, als junge, schöne und liebenswerte Frau wahrnehmen.

Aber nicht in diesem langen grauen Rock, schoss es ihr durch den Kopf. Und nicht mit diesem dicken Haarzopf. Sie fand selbst, sie sah aus wie eine alte Jungfer aus dem vorigen Jahrhundert.

Carsten achtete nicht weiter auf sie, sondern sprach über sein Lieblingsthema, die Pferdezucht. Zwar war Gut Friederkamp nach wie vor ein Mischbetrieb mit Getreideanbau, Schweinemast und Milchviehhaltung, aber das Gestüt liebte Carsten am meisten. Seinem Vater erging es nicht viel anders, doch Wilhelm Friederkamp wusste, wo seine Verantwortung lag. Auch vier Jahre nach Kriegsende hatte sich die Landwirtschaft noch nicht vollends erholt, und die Menschen in Kiel, Lübeck und Hamburg brauchten Brot und Milch, Wurst, Kartoffeln und Eier – keine teuren Reitpferde für ihr Vergnügen.

Genau darin gipfelte der größte Streit zwischen Vater und Sohn. Wilhelm war durchaus gewillt, die Zucht in kleinem Rahmen weiterzuführen, aber es sollten Holsteiner der alten Art gezüchtet werden. Robust, arbeitswillig, vielseitig einsetzbar auf jedem Bauernhof.

Carsten hatte andere Pläne. Große Pläne. Er träumte von einem modernen Reitpferd. Der neue Holsteiner-Typ sollte schlanker und eleganter und temperamentvoller sein als seine Vorfahren; ein Pferd, das auch im Sport eine gute Figur machte.

Stella hatte ihm schon oft stundenlang zugehört, wenn er davon schwärmte. Nichts wünschte er sich mehr, als nach

England zu reisen und einen edlen Deckhengst zu kaufen, der ihn seinem Ziel näher bringen sollte. Doch insgeheim teilte Stella die Meinung von Wilhelm Friederkamp, der das Ganze als Hirngespinst abtat. Kein Mensch brauchte ein Springpferd oder gar ein Dressurpferd. Die Zeiten so kurz nach dem verlorenen Krieg waren hart. Das deutsche Volk wollte das Elend hinter sich lassen, satt werden und vielleicht zu ein wenig Wohlstand kommen. Nur Dummköpfe bauten Luftschlösser. Aber natürlich behielt sie ihre Gedanken für sich. Niemals wäre es ihr in den Sinn geraten, Carsten zu widersprechen.

Es dauerte einen Moment, bis sie merkte, dass er verstummt war und sie aufmerksam von der Seite her ansah.

Augenblicklich wurde sie rot. «Was ist?»

«Willst du es nicht mal wieder versuchen? Nur einmal? Nur ganz kurz?»

Sie wusste sofort, was er meinte, und schüttelte heftig den Kopf. «Nein!»

Seit dem Unfall mit Landknecht hatte sich Stella nicht mehr in die Nähe der Pferde getraut und schon gar nicht auf deren Rücken. Früher waren Carsten und sie auch ohne Sattel laut juchzend über die Hügel galoppiert, querfeldein über die abgeernteten Felder und manchmal auch verbotenerweise über einen blühenden Rapsschlag oder über eine Heuwiese kurz vor der Ernte. Das hatte dann mächtig Ärger gegeben mit ihren Vätern, aber Carsten hatte nur gelacht, und Stella hatte ihr schlechtes Gewissen verborgen.

Mit dem Reiten war es vorbei. Ein für alle Mal. Sie liebte die Pferde noch immer, aber sie traute sich nicht mehr in ihre Nähe.

«Ach komm, sei keine Bangbüx. Ich führe die Lorelei fest

am Zügel. Sie ist jetzt ordentlich müde und brav wie ein neugeborenes Lämmchen. Wir werden nur Schritt gehen. Versprochen.»

Stella mochte es nicht, von ihm als Feigling bezeichnet zu werden, aber sie gab nicht nach. Unzählige Male hatte er es schon versucht, immer hatte sie sich geweigert.

«Nun, ich kann dich nicht dazu zwingen», brummte er jetzt, warf die nur zur Hälfte gerauchte Zigarette zu Boden und trat sie aus. «Aber irgendwann werden wir es schaffen.»

Es tat ihr leid, ihn verärgert zu haben, doch selbst ihre Liebe war nicht groß genug, um diese Angst zu überwinden. Trotzdem wärmte es ihr Herz, dass er nach wie vor an sie glaubte.

«Manchmal denke ich, es ist meine Schuld, was dir damals passiert ist.»

Erschrocken sah Stella ihn an. «Aber das ist doch Unsinn. Ich bin ganz allein auf den dummen Einfall gekommen, zu Landknecht in die Box zu gehen.» Die Worte sprudelten nur so aus ihr hervor. Keine Spur mehr von Sprachlosigkeit. «Du hast mich gerettet. Ohne dich hätte ich das nicht überlebt.»

Seine Miene blieb düster. «Ja, aber ich hätte das verhindern müssen. Irgendwie war ich ja für dich verantwortlich, und Vater hat mir später die Hammelbeine lang gezogen.»

Das überraschte Stella. Sie hatte davon nichts gewusst. Aber sie sagte sich, dass der Gutsherr wahrscheinlich mehr um die Nerven des Hengstes besorgt gewesen war als um die Gesundheit der Verwalterstochter.

«Lass uns nicht mehr davon reden», bat sie. «Es ist alles so lange her.»

Er nickte. «Wie du willst.»

Schweigend gingen sie weiter, bis sie schließlich den Waldrand verließen und nun einen freien Blick auf das weitläufige Anwesen hatten. Hier blieb Carsten stehen, und Stella tat es ihm gleich, während die Stute den schön geschwungenen Kopf senkte und zu grasen begann.

«Prächtig, prächtig», sagte Carsten mit Besitzerstolz in der Stimme. Seine Laune besserte sich schlagartig. Mochte er auch manches Mal gegen seinen Vater rebellieren, Stella wusste, er liebte jedes Tier, jeden Stein, jeden einzelnen Strohhalm auf Gut Friederkamp.

Tatsächlich bot das Gut von hier oben ein eindrucksvolles Bild. Das Haus selbst war kein pompöser Herrensitz, sondern lediglich ein größeres, langgezogenes Bauernhaus aus rotem Backstein mit einem hellen, tiefgezogenen Schindeldach.

Der Erbauer, ein Vorfahre der Familie, hatte Mitte des achtzehnten Jahrhunderts nichts übriggehabt für prunkvolle Freitreppen, Türmchen oder verzierte Erker.

Dass das Anwesen über ein weitläufiges Souterrain verfügte, in dem die Dienstbotenzimmer und die große Küche lagen, sah man ihm von außen nicht an. Auch die elegante Ausstattung der Wohnräume, für die zweifelsohne die Gattin des Vorfahren verantwortlich gezeichnet hatte, blieb hinter den schlichten Mauern wie ein gutgehütetes Familiengeheimnis verborgen.

Was jedoch wirklich Eindruck machte, war die Anlage in ihrer Ganzheit. Das Verwalterhaus ein Stück den Hügel hinunter sah aus wie eine Miniaturausgabe des Hauptsitzes, die Wirtschaftsgebäude und die Stallungen in der Talsohle waren zwar zum Teil Holzbauten, fügten sich aber dennoch harmonisch in das Gesamtbild ein.

Eine lange, von Pappeln gesäumte Zufahrt schlängelte sich zur Landstraße hinunter. Der Hof wirkte wie frisch gefegt, und die Misthaufen hinter den Ställen sahen aus, als wären sie mit dem Lineal ausgerichtet worden. Sogar die mächtige Eiche, die schon hier gestanden hatte, bevor ein erster Bauer das Land gerodet hatte, und sich zwischen den Wirtschaftsgebäuden und dem Verwalterhaus behauptete, wirkte sauber und ordentlich.

Stella wusste, dies alles war das Verdienst des zweiten Verwalters Peer Jentzen und nicht ihres Vaters. Kummer zog durch ihr Herz.

Schnell richtete sie ihren Blick weiter in die Ferne, wo Pferde auf Koppeln grasten und die typischen Kühe Holsteins, die Schwarzbunten, auf einer Weide das junge Frühlingsgras ausrupften. Alles war schön, so wie es war. Carsten jedoch schien etwas anderes zu sehen.

«Eines Tages», sagte er, «brauchen wir keine Kühe, keine Schweine, keine Weizenfelder und keine Kartoffeläcker mehr. Auch keinen Raps. Eines Tages, wenn ich hier das Sagen habe, wird Friederkamp ein reines Gestüt sein. Stell es dir einmal vor: So weit das Auge reicht nur moderne Stallgebäude, Koppeln und eine große Herde edelster Holsteiner, die in ganz Deutschland – ach, was sage ich, in der ganzen Welt berühmt sind. Wäre das nicht wundervoll?»

«Und wozu hast du die Landwirtschaftsschule besucht, wenn du nur Pferdezüchter werden willst?», wagte Stella zu fragen.

Carstens schönes, kantiges Gesicht, das eben noch so hell gestrahlt hatte, verdüsterte sich mit einem Schlag. «Ich musste meinen alten Herrn zufriedenstellen. Er hatte damit gedroht, mich sonst in die Lehre auf einen Bauernhof irgendwo in Niedersachsen zu schicken.»

Stella erschrak heftig. Carsten so weit weg von ihr? Das wollte sie sich nicht einmal vorstellen.

«Welch ein Glück, dass du auf ihn gehört hast», erwiderte sie leise.

«Glück! Pah!» Er bedachte sie mit einem flammenden Blick. «Ich habe gehorcht, als er mir verboten hat, mich zum Kriegsdienst zu melden, und ich habe nun erneut gehorcht. Aber das wird das letzte Mal sein.»

Für den jungen, stolzen Mann war es eine Schmach gewesen, als er nicht hatte Soldat werden dürfen. Sein Plan war damals, Anfang 1918, gewesen, sein Alter zu fälschen, um sich rekrutieren zu lassen. Ein noch nicht siebzehnjähriger Bengel wäre gleich wieder nach Hause geschickt worden. Vielleicht auch nicht, hatte Stellas Vater mal gesagt. Im vierten Kriegsjahr sei das deutsche Kaiserreich wahrscheinlich verzweifelt genug gewesen, um auch Jungen in die Schlacht zu werfen. Stella, die damals von Carsten eingeweiht worden war, hatte nächtelang wach gelegen und gebetet, es möge ihm nicht gelingen.

Ihre Gebete waren erhört worden.

Obwohl Wilhelm Friederkamp fern der Heimat an der Westfront kämpfte, waren ihm die Pläne seines Sohnes zu Ohren gekommen, und er hatte in mehreren Telegrammen ein kategorisches Verbot ausgesprochen. Vielleicht wäre Carsten noch fortgelaufen, aber bis er die Courage dazu gefunden hatte, war der Große Krieg vorbei gewesen. Verloren.

Diese Schmach hatte er bis heute nicht verwunden.

«Und du, Stella? Wovon träumst du?»

Offenbar wollte er auf andere Gedanken kommen. Aber was sollte sie ihm antworten? Ich träume von einem flotten Bubikopf? Von einem leichten, luftigen Kleid mit tiefer Taille? Sie hätte sich dumm gefühlt. Oder sollte sie ihm die Wahrheit sagen? Dass sie davon träumte, ihn zu heiraten?

Oh, das wäre wunderschön: liebende Gattin und Herrin auf Gut Friederkamp. Wie oft hatte sie sich insgeheim die Zukunft so vorgestellt. Würde Carsten sie nur ebenso lieben wie sie ihn, dann wäre sie zufrieden hier, dann stürbe dieser Drang, fortzugehen, hinaus in die Welt. Dessen war sie sich ganz sicher. Sie musste nur Geduld haben und warten, bis er seine wahren Gefühle entdeckte.

Natürlich sagte sie ihm nichts dergleichen. Sie machte eine wegwerfende Handbewegung und erklärte: «Ach, wovon soll ein armes Mädchen wie ich schon träumen. Ich bin mit meinem Leben ganz zufrieden, so wie es ist.»

Aber Carsten hatte bereits das Interesse verloren. Energisch zog er Lorelei am Zügel und ging schnellen Schrittes voran. «Komm, Lütte. Ich will nachsehen, wie weit die Lotte ist. Das Fohlen ist bestimmt bald da. Gestern hatte sie schon Harztropfen an den Zitzen.»

In dem Fall, das wussten sie beide, stand eine Geburt unmittelbar bevor. Lotte war die jüngste Tochter von Landknecht. Sie entsprach schon ein wenig mehr dem eleganten, modernen Pferdetyp, von dem Carsten träumte.

«Hoffentlich wird es ein Hengst», fügte er hinzu. «Ich habe große Pläne.»

Stella musste sich beeilen, um mit ihm Schritt zu halten. So liefen sie schweigend den Hügel hinab.

Als sie das Verwalterhaus erreicht hatten, hob Carsten zum Abschied nur kurz eine Hand und zog mit der anderen Lorelei hinter sich her.

Traurig wandte Stella sich ab und trat in die Diele. Hier roch es wie immer ein wenig muffig. Stella wusste nicht, woher dieser Geruch kam. Sie lüftete täglich und putzte einmal in der

Woche das ganze Haus. Aber wenigstens roch es nicht nach Steckrüben.

Sie fuhr sich schnell durchs Haar, glättete ihren Rock und betrat dann die gute Stube. Früher hatten sie und ihr Vater sich selten darin aufgehalten. Meistens nur an Feiertagen, manchmal an Sonntagen. Doch seit Olaf Eriksen schwer verletzt aus dem Krieg heimgekehrt war, bezog er hier Posten. Das Fenster führte zum Hof hinaus, und er hatte einen guten Blick auf alles, was vor sich ging. So saß er oft den ganzen Tag in einem Ohrensessel und schaute der Betriebsamkeit draußen zu, die Zeitung ungelesen auf dem Schoß. Dabei rieb er stundenlang über sein Holzbein – eine Angewohnheit, die Stella schier verrückt machte.

Es gab inzwischen viel bessere, moderne Prothesen aus leichtem Metall, aber Olaf Eriksen wollte nichts davon hören. Er müsse ja nicht mehr umherspringen wie ein Füllen, meinte er nur, wenn sie ihn darauf ansprach. Was er habe, genüge ihm völlig. Außerdem solle sie ihm mal einen anderen Mann zeigen, der es schaffte, ohne Krücke auszukommen. Das sei nämlich eine wahre Kunst, und das vermöge nur, wer einen so ausgezeichneten Gleichgewichtssinn wie er besitze. Dabei konnte er sogar lächeln und für einen kostbaren Augenblick der stolze Vater von einst sein. Dann kam es vor, dass er ihr übers Haar strich und ihr einen liebevollen Blick schenkte. Meistens jedoch war er übel gelaunt.

«Wie geht es dir, Vater?», fragte Stella nun versöhnlich. Sie war fest entschlossen, die schlechte Stimmung vom Morgen nicht wieder aufleben zu lassen. Er war alles, was sie hatte an Familie. «Soll ich dir einen Teller Eintopf von Florentine holen?»

Olaf Eriksen wandte langsam seinen Kopf, und als sie seinen stahlharten Blick bemerkte, erschrak sie bis ins Mark.

«Ich verbiete dir den Umgang mit dem jungen Friederkamp!»

«Aber … warum? Wir sind Freunde … schon immer. Und er ist der einzige andere junge Mensch auf dem Hof, mit dem ich mal reden kann.»

«Das ist unerheblich! Entweder du hältst dich von ihm fern, oder du kommst weg. Es gibt genügend Anstalten für ungezogene Mädchen wie dich!»

Ein altbekanntes Gefühl der Enge überfiel Stella. Es war, als ob sich ein Eisenring um ihre Brust schlösse. Tausend bunte Lichter tanzten vor ihren Augen. Im nächsten Moment wurde alles schwarz um sie herum, und sie sackte wie leblos in sich zusammen.

Nur aus weiter Ferne hörte sie ihren Vater noch ihren Namen rufen.

3. KAPITEL

St. Pauli, Hamburg

Als die kleinen blechernen Glöckchen über der Eingangstür klingelten, hockte Luna Schuster hinter der mannshohen Ladentheke aus dunklem Mahagoni und prüfte, wie viele Päckchen Kaffee in dem geheimen Fach noch übrig waren.

Fünf nur.

Verflixt wenig.

«Hallo?», erklang eine gestelzte Frauenstimme. «Ist niemand da?»

«Doch», sagte Luna. «Momentchen.»

Sorgfältig schloss sie das Fach. Die Ladentheke besaß vier solcher Schubladen, eine über der anderen. Aber in den restlichen drei befand sich derzeit nichts als Luft. Da brauchte sie nicht nachzusehen.

Piet hatte das Monstrum, wie Luna die Theke insgeheim nannte, Anfang Januar zusammen mit einem Kumpel aus dem Hafen angeschleppt.

«Ist 'nem Kahn aus Brasilien von Deck gefallen, sozusagen», hatte er gemeint.

Er und sein Freund hatten das Monstrum erst mal in seine Einzelteile zerlegen müssen, um es in den kleinen Kellerladen zu schaffen, sonst wären sie damit gar nicht hineingekommen. Was Luna nicht unbedingt bedauert hätte. Denn als es endlich aufgebaut war, da war der Raum plötzlich nur noch halb so groß gewesen. Zwei Regale passten noch rein, fest an die mintgrün gestrichenen Wände gedrückt. Die Farbe hatte auch Piet organisiert, und mit der war Luna sogar einverstanden gewesen. Mit der Ladentheke nicht. Aber einem geschenkten Gaul glotzte man bekanntlich nicht ins Maul, und so hatte sie ihrem Piet einen dankbaren Schmatzer auf den Mund gedrückt.

«Hallo? Fräulein? Wo sind Sie denn?» Die Stimme klang jetzt höchst erbost.

«Bin ja schon da.» Luna krallte ihre Hände um die Kante der Theke und zog sich mit einiger Mühe hoch. Dann stand sie kerzengerade und staunte über das fremdartige Wesen, das ihr ein frischer Wind von der Elbe in den Kellerladen geweht hatte. «Nanu?»

Die Frau war schlank, mittelgroß und schien etwas älter als Luna zu sein. Vielleicht sechs, sieben Jahre. Anfang dreißig, maximal. Sie sah aus wie ein amerikanischer Filmstar. Luna kam nur nicht auf den Namen. Nackenlange, ondulierte dunkle Haare unter einem feinen Topfhut, dezent geschminkte Augen, ein wadenlanger Pelzmantel, Seidenstrümpfe und hochmodische Halbschuhe mit Absatz. Dazu eine flache Tasche unter dem Arm und helle, aus dünnem Kalbsleder gefertigte Handschuhe. Die Frau stand nur ein bisschen schief, aber Luna fand diese Tatsache hilfreich. Sonst hätte sie wirklich geglaubt, sie wäre in einem Film gelandet.

Die Fremde schien mindestens genauso über das Ladenfräulein zu staunen.

Kein Wunder, dachte Luna, die ihre Wirkung auf Menschen kannte. Sie war ebenfalls nur mittelgroß, dafür aber ausgesprochen mollig. Im Krieg war sie zwar mal dünner gewesen, aber kaum gab es wieder mehr zu futtern, da tauchten auch ihre Rundungen wieder auf. Ihr meist lächelndes Gesicht wurde von einer Flut schwarzer, krauser Haare eingerahmt, und ihre unglaublich großen Augen waren von einer seltsamen tiefvioletten Farbe. Die Haut war dunkler, als es nach einem norddeutschen Winter angemessen war. Da konnte Luna machen, was sie wollte. Mit Kernseife schrubben oder mit Kreide einreiben. Sie war zu ihrem großen Bedauern immer ein bisschen zu braun. Und es war ihr gleich, dass eine schöne Sonnenfarbe bei den Frauen jetzt in Mode kam. Sie sehnte sich nach vornehmer Blässe. Zum Glück waren ihre Gesichtszüge europäisch, und jeder, der es wagen sollte, sie eine Negerin zu nennen, konnte was erleben!

Ja, sie sah ein bisschen ungewöhnlich aus, aber der entgeisterte Blick der Dame fing an, sie zu ärgern.

«Womit kann ich dienen?»

«Wie bitte?»

«Was kann ich für Sie tun?»

«SIE?»

Kein Filmstar, dachte Luna. Eher eine Bankiers- oder Kaufmannsgattin aus Harvestehude, die den elend langen Krieg bestimmt auf einer vornehmen Pobacke abgesessen hatte. Und was wollte die überhaupt auf St. Pauli? Hierher in die Taubenstraße, kaum zehn Minuten zu Fuß von den neuen Landungsbrücken entfernt, verirrten sich normalerweise keine Besucher. Schon gar nicht am helllichten Tag. Nachts konnte es durchaus mal vorkommen, dass jemand auf der Reeperbahn oder am Spielbudenplatz falsch abbog und diese eher langweilige Seitenstraße entlangschlenderte. Wo es keine Theater, keine Nachtlokale und keine einschlägigen Etablissements für die

Herren gab. An einem Montagvormittag war das hingegen noch nie passiert.

«Ja, ich», entgegnete Luna. «Sie befinden sich ja in meinem Geschäft.»

Die Dame schien mit sich zu ringen, sagte endlich: «Mein Absatz.»

«Hä?» Am Ende war's eine Verrückte.

«Haben Sie Schwierigkeiten, mich zu verstehen?» Sie beugte sich hinunter – sehr leicht und elegant, wie Luna neidisch feststellte –, zog ihren linken Schuh aus und hielt ihn hoch. «Sehen Sie?»

Feinstes rotes Leder, zwei Riemchen und ein schiefhängender niedriger Blockabsatz. Womit die krumme Haltung erklärt wurde. Der Rest auch.

«Ich bin kein Schuster», sagte Luna freundlich, aber bestimmt.

Die Dame hob zwei perfekt gezupfte Augenbrauen. «Das steht aber draußen groß auf Ihrem Schild. Mein Chauffeur hat es eben entdeckt, deswegen haben wir hier überhaupt nur gehalten.»

Luna staunte. Sie kannte niemanden, der einen eigenen Chauffeur hatte. «Er hat leider nicht alles gelesen.»

«Das verstehe ich nicht. Wir haben uns verfahren, müssen Sie wissen. Ich bin ein wenig blutarm, und mein Arzt hat mir dreimal die Woche kräftigende Spaziergänge am Hafen empfohlen. Aber es ist nicht einfach, alles unter einen Hut zu bringen.»

Luna machte ein interessiertes Gesicht und bat den lieben Gott um Geduld. Vielleicht geschah ja ein Wunder, und die Frau kaufte am Ende noch was bei ihr. Ein Päckchen Kaffee zum Beispiel, wobei sie den Preis rasch kräftig anheben würde.

«Doch dann ist der Absatz gebrochen», fuhr die Dame fort. «Und ich dachte eben noch, es wäre ein Glück, dass mein Chauffeur die falsche Abzweigung genommen hat. Nun ersuche ich Sie, dieses Malheur zu beheben.»

Und bei der Gelegenheit, dachte Luna bei sich, konnte die Frau ein bisschen verruchte Halbweltluft schnuppern. Ein kleines pikantes Geheimnis vor dem langweiligen Gatten. Bloß schwierig, wenn die Halbwelt noch schlief.

Ob die Fremde womöglich deshalb so viel redete, weil sie sonst niemand hatte, der ihr geduldig zuhörte? War wohl einsam, das Leben in der schicken Villa am Alsterufer, wenn der Herr des Hauses den ganzen Tag in der Bank verbrachte. Oder im Kontor.

«Ich bedaure», erklärte Luna. «Vor dem ‹Schuster› da draußen über der Tür steht ganz deutlich das Wort ‹Feinkost›. Ist ein bisschen verwaschen, weil ich es nur mit weißer Farbe draufgepinselt habe. Wie auch immer. Das ist hier mein Laden, und ich heiße zwar Schuster mit Nachnamen, bin aber keiner.»

Sie hatte diesen Kellerraum mit der halben Treppe, die vom Bürgersteig nach unten führte, tatsächlich von einem echten Schuster übernommen und das Schild einfach behalten. Gustav Kölle war blind aus dem Krieg heimgekommen und hatte sein Handwerk nicht mehr ausüben können. Jetzt saß er irgendwo in so einer Anstalt in Alsterdorf und fabrizierte Besen. Tagein, tagaus nur Besen. Armes Schwein, der Gustav.

Aber diese traurige Geschichte interessierte die Dame vor ihr bestimmt nicht. Also hob Luna nur die runden Schultern. «Es gibt keinen Schuster hier unten für Ihren kaputten Absatz.»

Die Augenbrauen wurden zusammengezogen. «Höchst bedauerlich. Und sonst im Haus vielleicht?»

Also entweder war sie ausgesprochen dumm oder naiv. Wahrscheinlich beides.

Das schmucklose rote Klinkerhaus, in dessen Keller das Geschäft lag, verfügte über sechs Wohnungen in drei Stockwerken. Plus der Mansarde, in der Luna mit ihrer Mutter hauste. Handwerker lebten hier nicht. Es sei denn, man bezeichnete den Kalle als einen solchen. Der musste schon mal handgreiflich werden bei seiner Tätigkeit. Ob das als Handwerk galt?

«Nö», sagte sie. «Ich kann Ihnen wirklich nicht helfen.»

Die Dame schaute sich nun aufmerksam um. Sie betrachtete das leere Regal an der einen Wand und die wenigen haltbaren Lebensmittel auf dem zweiten. Etwas Mehl, Grieß, Haferflocken, getrocknete Bohnen. Dazu noch die Kiste mit schrumpeligen Kartoffeln und die holzigen Äpfel in einem Korb auf der protzigen Theke. Offenbar erkannte sie erst jetzt, wo sie gelandet war – in einem armseligen Laden mit verschmutztem Kellerfenster und einer alten, zischenden Gaslampe an der niedrigen Decke. Ein Laden, in dem ein halbvolles Fass Sauerkraut auf dem steinernen Fußboden kaum den alten Geruch nach Leder und Schuhwichse überdeckte.

Verlegen senkte sie den Blick. «Es tut mir leid.»

«Tja», meinte Luna gnadenlos. «Wer in einer Villa am Harvestehuder Weg in Saus und Braus lebt, ist wahrscheinlich den puren Luxus gewöhnt. Austern, Kaviar und so ’n Zeugs.»

Die Dame zuckte zusammen, als wäre sie geschlagen worden. «Sie irren sich. Ich wohne in Eppendorf. Am Leinpfad.»

Nicht minder vornehm, dachte Luna. Und auch mit Blick aufs Wasser.

Sie kannte sich gut aus im reichen Hamburg. In ihren wenigen freien Stunden fuhr sie gerne mit der Hochbahn in die schicken Stadtviertel, um dort spazieren zu gehen, wo andere Leute sorglos lebten. Sie stellte sich dann vor, ihr gehöre eines der vornehmen Häuser, aber so ganz wollte ihr das nie gelingen.

Die Dame räusperte sich. «Mein Name ist Verena van Houten.»

Was sollte das werden? Eine Verbrüderung mit dem einfachen Volk? Luna nickte nur leicht und hoffte, sie würde nun endlich gehen.

«Darf ich fragen …»

«Nein!», fiel Luna ihr ins Wort.

«Aber die große Not ist doch langsam vorbei. Es gibt wieder Lebensmittel. Warum …?»

Lunas Blick hätte ein Dutzend Hafenarbeiter töten können, aber diese Verena van Houten ließ sich nicht einschüchtern. Stand da wie angewachsen, ein Fuß unbeschuht, und erwartete allen Ernstes eine Antwort. Luna empfand fast so etwas wie Respekt.

Doch was hätte sie sagen sollen? Dass sie zwar selbst genug zu essen hatte, weil ihr Verlobter sie immer mit den Armen voller leckerer Sachen besuchte? Dass sie aber keine Waren einkaufen konnte, weil jedes bisschen Geld, das sie einnahm, sofort an einen alten Chinesen drüben in der Schmuckstraße ging?

Das hätte nur noch mehr Fragen aufgeworfen.

Warum geben Sie einem Chinesen Geld?

Tja, wissen Sie, der besorgt das Opium für meine Mutter.

Luna stellte sich das entsetzte Gesicht der Dame vor. Beinahe hätte sie gelacht.

«Ich kann Ihnen Bohnenkaffee anbieten», sagte sie schnell. «Aus Brasilien. Garantiert echt. Ein Pfund für zehn Mark.»

Das war Wucher, viermal so teuer wie in jedem anderen Geschäft.

Verena van Houten schüttelte stumm den Kopf.

Immerhin, dachte Luna. Sie kennt sich mit Preisen aus und überlässt nicht alles der Köchin.

Doch dann schien es sich die Dame anders zu überlegen. Sie nickte langsam. «Den Kaffee nehme ich gern. Zwei Pfund, bitte.» Sie fischte aus ihrer Handtasche einen Zwanzig-Mark-Schein.

Luna bekam ein schlechtes Gewissen. Aus Gründen, die sie selbst nicht verstand, war ihr Verena van Houten sympathisch. «Ich gebe Ihnen vier Päckchen dafür.» Womit sie immer noch prima verdient hätte.

«Zwei Pfund genügen, danke schön.»

Die beiden Frauen tauschten ein Lächeln. Es schien, als wüsste jede so ziemlich genau, was die andere dachte. Keine nahm es der anderen übel.

Luna holte zwei Päckchen Kaffee hervor und legte sie auf die Theke. Verena van Houten nahm sie, als hätte sie einen ganz normalen Einkauf getätigt und nicht eine gute Tat begangen.

«Wissen Sie, mein Mann Ferdinand ist Bankier von Beruf», sagte sie.

Aha, dachte Luna und lächelte in sich hinein. Habe ich ja gut geraten.

«Er meint, es wird alles bald noch viel teuer werden. Deutschland erholt sich nicht vom Krieg, und das Geld wird immer weniger wert sein. Ein Liter Milch könnte bald tausend Mark kosten.»

«Tausend Mark!», wiederholte Luna ungläubig. Sie hätte gern noch mehr dazu gesagt, zum Beispiel, dass das eine ganz und gar verrückte Vorstellung war. Sie war aber zu höflich, um einen Gatten namens Ferdinand zu beleidigen, den sie nicht persönlich kannte. Jedoch spürte sie, wie die kalte Hand der Angst nach ihr griff. Was, wenn der Herr Bankier recht behalten sollte? Wie, um Gottes willen, sollten sie und Mutter überleben?

Einen Moment lang schwiegen beide, dann ergriff Verena van Houten wieder das Wort: «Nun möchte ich Ihnen nicht länger die Zeit stehlen. Zudem werde ich bereits in einer halben Stunde in Friedrichsberg erwartet.» Sie schlüpfte wieder in den kaputten Schuh. «Leben Sie wohl, Frau Schuster.»

«Auf Wiedersehen», sagte Luna.

Im nächsten Moment stutzte sie. Friedrichsberg?

«Meinen Sie etwa die Irrenanstalt in Eilbeck?», fragte sie. Hatte sie am Ende doch eine Verrückte vor sich? Lunas Gedanken flogen zu Piet, und ein Schatten legte sich auf ihr Herz.

Die Besucherin schaute sie aufmerksam an. «In der Tat. Allerdings heißt sie nicht mehr Irrenanstalt. Nach Kriegsende hat sie den Namen Staatskrankenanstalt Friedrichsberg erhalten.»

«Das wusste ich nicht.»

«Nun, der Name ist sehr viel zutreffender, zumal bei uns die Kranken nach modernsten Methoden behandelt werden. Sie werden nicht als Gefahr für die Allgemeinheit gesehen, hinter Gittern weggesperrt und in Zwangsjacken gesteckt, sondern dürfen sich frei bewegen und erhalten allen Respekt, den sie verdienen.»

«Verstehe.» Luna bemerkte, wie eine Veränderung in Verena van Houten vorging. Von der gelangweilten Dame der Gesellschaft verwandelte sie sich in eine überaus engagierte Frau.

«Kennen Sie dort jemanden?»

Luna schüttelte den Kopf. «Nein.» Knapp, abweisend.

«Demnach sind Sie nur überrascht, weil jemand wie ich dort arbeitet?»

Sie war heilfroh, dass ihre wahren Gedanken nicht erraten wurden.

«Sind Sie Ärztin?», fragte sie.

«Nein.» Ein kleines bescheidenes Lachen hinter einer behandschuhten Hand folgte. «Nur eine freiwillige Pflegerin. Eine von vielen. Ich habe während des Krieges dort angefangen, weil ich etwas Nützliches tun wollte. Und bis heute habe ich das Gefühl, gebraucht zu werden. Die meisten Insassen sind zurzeit ehemalige Soldaten.»

«Oh», machte Luna nur. Sie schämte sich für ihre schlechte Meinung von der Dame. Courage hatte die jedenfalls, und das bewunderte sie.

«Diese armen Hamburger Jungs», fuhr Verena van Houten mit leiser Stimme fort, und nun war in ihrem Auftreten gar nichts mehr von der vermeintlich sorglosen Bankiersgattin zu erkennen. «Sie haben ihren Verstand irgendwo in den Schützengräben verloren, wie andere einen Arm oder ein Bein. Das Höllenfeuer geht ihnen nicht mehr aus den Ohren – und die toten Kameraden nicht mehr aus dem Sinn.»

«Ja», murmelte Luna nur.

Aber Verena van Houten schien sie ohnehin nicht zu hören, sie redete schon weiter: «Es ist so furchtbar für sie. Und das Schlimmste ist, dass sie zu spät gelernt haben, dass der Feind dort im Schlamm hinter dem Stacheldraht auch nur ein junger Mann war, genau wie sie selbst. Jemand, der in einer anderen Zeit ein Freund hätte werden können, der vielleicht dieselbe Musik mochte, der auch Arzt oder Ingenieur werden wollte, der ein Mädchen liebte. So etwas zerbricht die Menschen. Dieses Wissen, dass alles sinnlos war.»

«Ja», sagte Luna wieder. «Ich weiß.»

Sie musste erneut an Piet denken und an das große Zittern, das ihn manchmal überkam. Aber Friedrichsberg? Niemals! Er war nicht verrückt! Mochte das Krankenhaus einen neuen Namen haben, für sie blieb es doch die Irrenanstalt. Und tief in ihrem Innern steckte noch der alte Aberglaube, dass die Menschen dort vom Teufel besessen waren.

Unwillkürlich schüttelte sie den Kopf. Piet musste nur mal gründlich untersucht werden und eventuell ein paar Pillen schlucken. Manchmal fürchtete sie nämlich, er sei vor allem deshalb ganz wild darauf, sich in Gefahr zu begeben, weil er sich dann stark und lebendig fühlte.

Verena van Houten schien auf einmal Gedanken lesen zu können. Sie griff wieder in ihre Handtasche, holte eine Visitenkarte hervor und reichte sie Luna. «Dort steht meine Telefonnummer. Rufen Sie mich jederzeit an, wenn ich etwas für Sie tun kann. Ich kenne die Ärzte dort ziemlich gut.»

«Vielen herzlichen Dank», gab sie inbrünstig zurück. «Auf dem Postamt gibt es bestimmt ein Telefon.» Und um von sich selbst abzulenken, fragte sie: «Arbeiten Sie dort in dieser feinen Kleidung?»

Verena van Houten stieß ein kurzes Lachen aus. «Natürlich nicht! Ich trage einen Kittel, eine Haube und bequeme flache Schuhe.»

«Da kann kein Absatz kaputtgehen.»

«Ganz recht.»

Wieder lächelten sie einander an. Und Luna stellte sich vor, wie es wäre, mit Verena befreundet zu sein. Es fühlte sich gar nicht so falsch an.

«Nun muss ich wirklich aufbrechen», sagte die Besucherin.

Sie drehte sich auf dem heilen Absatz um und schickte sich an, den Laden zu verlassen. Mit einem Fuß ging sie dabei auf Zehenspitzen. Unwillkürlich bewunderte Luna sie um ihre Haltung. Ob die Töchter der Hamburger Pfeffersäcke wohl lernen mussten, wie man in allen Lebenslagen den Rücken gerade hielt?

Verena van Houten wollte gerade die Tür öffnen, als diese von außen aufgerissen wurde und Pepita hereinstürmte. Sie lief direkt in die Dame hinein, landete zum Glück aber weich im Pelz.

«Dunnerlittchen!»

«Hoppla!», rief Verena van Houten. Sie schob die kleine Person sanft von sich weg und sagte zu Luna: «Ein ganz schön wildes Kind haben Sie.»

Luna spürte, dass sie rot wurde, was angesichts ihrer dunklen Hautfarbe jedoch nicht weiter auffiel.

«Das ist nicht mein Kind», erklärte sie, und sie war froh, dass ihre Freundin Pepita den Kommentar einfach überhörte. In Wahrheit hieß sie Petra Pinnetal, hatte ihren Namen aber schon vor Jahren abgekürzt.

Pepita interessierte etwas ganz anderes. «Sie sehen aber bannig vornehm aus. Ist das ein Bärenpelz?»

«Zobel», erwiderte Verena van Houten geistesabwesend. Dann stieß sie einen kurzen Laut der Überraschung aus. Genau in dem Moment nämlich, in dem Pepita zwei kurze Schritte zurücktrat und sie von unten nach oben musterte.

«Wer sind Sie denn?», fragte Pepita. «Ist das etwa Ihre protzige Kutsche da draußen? Und der Mann in der Uniform ist Ihr Kutscher?»

«Das ist ein Automobil», erwiderte Verena van Houten mit einem amüsierten Ton in Stimme. «Oder haben Sie Pferde davor gesehen?»

Pepita brach in ein heiseres Lachen aus. «Das weiß ich selber! Ich bin ja nicht dumm. Aber der Mann da draußen guckt so mucksch aus der Wäsche. Dem fehlen bestimmt zwei edle Gäule.»

«Aha.» Verena van Houten schien langsam überfordert.

Luna überlegte, ob sie ihr beistehen sollte, aber mit Pepita musste schon jeder selbst fertigwerden. Die junge Frau besaß das größte Mundwerk auf St. Pauli. Alles andere an ihr war klein. Sehr klein.

«Sie sind eine Zwergin», sagte Verena van Houten langsam. Es klang gar nicht mal beleidigend, nur wie die Feststellung einer Tatsache, aber Pepita war in diesem Punkt außerordentlich empfindlich.

«Und Sie sind eine eingebildete Pute im Bärenfell!»

«Gut getroffen!» Verena lachte, doch Pepita lachte nicht mit.

Luna mischte sich immer noch nicht ein. Niemand nannte Petra Pinnetal eine Zwergin und kam ohne Strafe davon. Sie selbst bezeichnet sich als kleine Frau. Die Zwerge und Liliputaner, das waren ihrer Meinung nach die anderen, die im Zirkus oder im Menschenzoo bei Hagenbeck auftraten.

«Sie sollten sich was schämen!», erklärte ihre Freundin jetzt. Dabei machte sie sich so groß wie möglich, was bei einem Meter und achtundzwanzig Zentimetern Körperlänge nicht viel war.

«Aber Sie sind hübsch.» Verena versuchte es mit einem Kompliment.

«Was Sie nicht sagen. Und Sie halten sich wohl für eine zweite Pola Negri.»

Luna musste grinsen. Das war der Filmstar mit den dunklen Haaren und dem ausdrucksstarken Blick, der ihr vorhin nicht eingefallen war. Verena van Houten hätte tatsächlich die Zwillingsschwester sein können.

Aber auch Pepita war bildschön, mit blonden Locken, seelenvollen braunen Augen, einem Kussmund und einer wunderschönen Figur. Nur eben im Miniaturformat. Auf ihre Art hatte sie das Beste aus ihrem Schicksal gemacht. Auf die unverschämte Frage, ob sie im Varieté arbeite, antwortete Pepita immer: «Mehr oder weniger.»

Luna beeilte sich, zu ihr nach vorn zu kommen. «Na, schon ausgeschlafen?»

«Nee. Aber ich habe … äh … gleich einen Termin. Beruflicher Art.»

«Am Montagmorgen», sagte Luna überrascht. «Wie ungewöhnlich.»

«Tja, ist ausnahmsweise dringend. Und die Zeiten sind schlecht. Mein … ähm … Geschäftspartner muss in ein paar Stunden abreisen. Kann ich Sophia vorbeibringen?»

Pepita wohnte im selben Haus, direkt unter Luna und ihrer Mutter.

Und Sophia war Pepitas Tochter. Fünf Jahre alt und kleiner als andere Kinder ihres Alters. Aber Pepita glaubte fest, dass Sophia nicht zu klein war.

«Guck dir nur die Hände an», sagte sie oft zu Luna. «Die wird mal viel, viel größer als ich. Sie misst ja jetzt schon fast einen ganzen Meter.»

Luna kannte sich mit diesen Dingen nicht aus, aber sie hoffte inständig, dass dieser Wunsch ihrer Freundin in Erfüllung ging.

«Klar, Pepita», meinte sie jetzt und lächelte. «Bring sie ruhig her. Ich mache uns nachher Kartoffelpuffer.»

Die Freundin warf ihr eine Kusshand zu. «Bist ein Schatz.»

Dass Verena van Houten immer noch an der Tür stand und vor sich hin staunte, hätten beide fast vergessen.

«Pepita und Luna?», erkundigte sie sich. «Sind das Ihre Künstlernamen?»

«Mehr oder weniger», gab Pepita mit einem ganz und gar nicht damenhaften Grinsen zurück.

«Interessant. Bitte entschuldigen Sie meine Neugierde. Und was arbeiten Sie so Wichtiges?»

4. KAPITEL

Sophia spielte friedlich mit einer Stoffpuppe vor dem Regal mit den haltbaren Lebensmitteln. Das Kind hatte das feine blonde Haar, die hübschen Gesichtszüge und die tiefbraunen Augen seiner Mutter geerbt. Eines Tages würde es sich zu einer wahren Schönheit entwickeln.

Die Puppe hatte schon bessere Tage gesehen. Sie besaß nur noch ein aufgenähtes Auge, ein paar wenige wollene Haarsträhnen und einen vor lauter Kinderliebe plattgedrückten Körper. Im Moment jedoch war sie eine feine dunkelhaarige Dame im Pelz und mit eigenem Chauffeur, der draußen im großen Automobil wartete. Mit piepsiger Stimme bestellte sie bei Sophia echten Bohnenkaffee und eine ganze Sahnetorte.

Luna musste lachen. Von einer Sahnetorte hatte sie der Lütten nichts erzählt.

Sie holte einen Zitronenbonbon aus einer fast leeren Glasschale und brachte ihn Sophia.

«Vielen Dank», sagte die Kleine artig und steckte sich den Bonbon in die rechte Wange, ohne daran zu lutschen. So hielt er länger vor.

Luna fand immer, Sophia war viel zu brav und zu still für eine Fünfjährige. Aber was wusste sie schon von Kindern. Sie hatte ja keine eigenen. Worüber sie manchmal traurig war und manchmal froh.

Jetzt ließ Sophia den Chauffeur von draußen hereinkommen. Er wurde von einem abgebrochenen Handbesen verkörpert und verwandelte sich in Windeseile in den Vater der schicken Puppendame. Selbstverständlich kaufte er seiner geliebten Tochter alles, was ihr Herz begehrte.

Luna ging in die Hocke und strich Sophia über den blonden Schopf. Jedes Spiel endete damit, dass die Kleine sich einen Vater dazuerdachte. Und dann kamen die Fragen.

Luna machte sich innerlich bereit, als Sophia ihre großen Augen auf sie richtete.

«Hast du einen Vati, Tante Luna?»

«Ja, min Deern. Den haben wir alle.»

«Auch wenn er nicht da ist?»

«Natürlich.»

«Und wo lebt er, dein Vater?»

«Weit, weit weg.»

«Wie weit weg?», wollte Sophia wissen. Ihr Spiel hatte sie längst vergessen. Sie kletterte auf eine umgedrehte alte Obstkiste, strich ihr fadenscheiniges Kleidchen glatt, ließ die dünnen Beine baumeln und schaute Luna erwartungsvoll an.

«In einem fernen Land», sagte Luna. Das glaubte sie zumindest. Sie wusste so gut wie nichts über den Mann, der ihr Vater sein musste. Nur, dass er kein hellhäutiger Deutscher war, aber das konnte sich ja jeder denken.

Ächzend stand sie wieder auf und streckte die Hand nach dem Kind aus. «Komm, wir gehen hoch und backen uns knusprige Kartoffelpuffer.»

Sophia ließ sich nicht ablenken, das tat sie ja nie. «Mein Vati ist auch weit, weit weg.»

«Ja», murmelte Luna.

Pepita hatte ihr oft von dem jungen Soldaten erzählt, der

im Kriegsherbst des Jahres 1916 auf Heimaturlaub in Hamburg gewesen war. Ein Kamerad von ihm war einer ihrer Freier gewesen, und der hatte den Willi eines Abends mal mitgebracht in die «Rote Laterne», wo Pepita offiziell als Bardame arbeitete.

Blutjung war er gewesen, noch keine zwanzig, und nicht so beängstigend groß wie die anderen Männer. Er hatte an ihr Herz gerührt, weil er nichts vom Leben kannte – außer Kanonendonner, Kälte und Todesangst.

So waren sie zusammengekommen, Pepita und Willi, und hatten dem Schicksal ein paar Tage voller Glück abgetrotzt. Er hatte nicht wissen wollen, wie sie ihren Lebensunterhalt in Wahrheit verdiente; sie hatte nicht gefragt, ob er wiederkäme.

Er tat es nicht, starb noch im selben Jahr.

Erst nach dem Krieg brachte sein Kamerad Pepita die Nachricht von seinem Tod. Aber Willi hatte ihr ein Geschenk dagelassen. Sophia.

Ohne Luna und ihre Mutter wäre Pepita nicht durchgekommen. In der schwierigen Anfangszeit, als sie nicht arbeiten konnte, nach einer Geburt, die sie fast das Leben gekostet hätte, weil ihr winziger Körper für eine solche Anstrengung nicht geschaffen war, da wurde sie von den Schusters durchgefüttert, gehegt und gepflegt. Seitdem gehörten Pepita und Sophia zur Familie. Luna liebte die Kleine sehr, aber die ständige Fragerei nach ihrem Vati machte ihr zu schaffen.

«Mein Papa wohnt im Himmel», erklärte Sophia jetzt leise.

Luna räusperte sich umständlich. Offenbar hatte Pepita ihrer Lütten endlich gesagt, dass der arme Willi gefallen war.

«So ist es wohl.»

«Aber kann er mich nicht mal besuchen?»

Gütiger Gott! Luna rang die Hände. Was sollte sie darauf antworten?

«Ich glaube nicht», meinte sie lahm.

Sophia nickte, die kleine Stirn nachdenklich gerunzelt. Erst nach einer ganzen Weile fand sie mit ihrer kindlichen Logik die Erklärung dafür. «Das ist bestimmt zu schwierig. Er braucht ja eine lange, lange Leiter.»

Luna spürte, dass sich Tränen in ihren Augenwinkeln sammelten. Wie sollte sie bloß diesem Kind den Tod erklären? Sie war eine junge Frau, die so leicht vor nichts zurückschreckte, aber jetzt wusste sie nicht weiter.

Sophia hatte inzwischen weitergedacht. «Kann ich Onkel Piet fragen?»

«Ähm, was denn?»

«Na, ob er so eine lange Leiter bauen kann. Onkel Piet kann alles bauen.»

«Wir werden sehen», erwiderte Luna und wischte sich unauffällig über die Augen.

Sophia gab sich damit zufrieden. Sie hob ihre Puppe auf den Arm und hopste von der Obstkiste. «Können wir jetzt Kartoffelpuffer machen? Ich habe Riesen-, Riesen-, Riesenhunger.»

Erleichtert nahm Luna sie bei der Hand. «Na, denn man los mit uns.»

Gemeinsam verließen sie den Laden. Luna schloss ab und hängte das Schild mit der Aufschrift «Geschlossen» an die Kellertür.

Sodann betraten sie den Bürgersteig und schlüpften ein paar Meter weiter durch die hohe Eingangstür in den Treppenflur. Hier roch es nach Bohnerwachs und gekochtem Kohl.

Luna rümpfte die Nase und fragte sich, was eine Verena van Houten wohl zu dieser Duftmischung sagen würde. Wahrscheinlich gar nichts, gab sie sich selbst die Antwort. Die würde bloß schreiend das Weite suchen. Andererseits war sie in Friedrichsberg höchstwahrscheinlich an viel schlimmere Gerüche gewöhnt.

Schnell liefen sie die abgetretene Holztreppe nach oben bis ins Dachgeschoss, wobei Luna ziemlich bald ins Schnaufen geriet.

Als sie öffnete, bemerkte sie als Erstes die Stille in der Mansarde.

Gut, dachte sie. Die Mutter schlief also noch. In der Nacht hatte ihre Mutter schreckliche Bauchkrämpfe gehabt, und Luna hatte ihr das letzte Opium geben müssen. Am Nachmittag wollte sie rasch ins Chinesenviertel laufen und bei Huang Nachschub besorgen. Irgendwie würde sie das Geld dafür schon zusammenkratzen.

Fanni Schuster war noch nicht alt, keine fünfzig. Aber seit nunmehr zwei Jahren verfiel sie mehr und mehr. Zu einem Arzt hatte sie nicht gehen wollen. Das sei rausgeschmissenes Geld, hatte sie behauptet. Der liebe Gott sei wohl der Meinung, sie habe genug getan. Ein Kind ganz allein großgezogen, den Krieg überstanden und sogar den notleidendenden Nachbarn geholfen. Das reiche für ein Leben.

Nun blieb ihr vermutlich nicht mehr viel Zeit. Abgemagert wie die Leute in den Hungerjahren, sah sie ihrem frühen Ende entgegen. Der Krebs fraß sich durch ihr Innerstes und kannte kein Erbarmen. Rosario, der alte Italiener, der unter den Schusters und neben Pepita wohnte, hatte vor zwei Jahren zum ersten Mal die Vermutung geäußert, Fanni könnte einen

Tumor haben. Er habe einmal ganz ähnliche Symptome bei der Frau eines Arbeitskollegen bemerkt. Damals hatten weder Mutter noch Tochter davon etwas hören wollen. Das sei nur ein Unwohlsein, eine Folge der harten Kriegszeiten, hatten beide behauptet, Luna noch ein bisschen lauter als ihre Mutter. Inzwischen wussten sie es besser.

Wenigstens die Schmerzen konnte Luna lindern. Früher hätte ihre Mutter dagegen protestiert, dass so viel Geld für Opium ausgegeben wurde. Inzwischen war sie zu schwach dafür.

«Wo ist Oma Fanni?», fragte Sophia prompt, als Luna sie mit in die Küche nahm.

«Warte mal hier.» Sie ließ Sophia kurz allein und ging nach ihrer Mutter sehen. Leise öffnete sie die Tür und trat zwei Schritte ins Zimmer. Der schmale Körper lag auf der Seite und atmete flach, aber gleichmäßig. Luna schlich wieder hinaus und gesellte sich zu Sophia.

«Lass uns schön leise sein. Oma Fanni schläft.»

«Mitten am Tag. Das macht Mutti auch immer. Hat Oma letzte Nacht gearbeitet?»

«Na ja», meinte Luna.

Dieses Kind ging heute eindeutig über ihre Kräfte. Sie band sich eine Schürze um, die kaum um ihre Hüften passte, und schickte ein Stoßgebet zum Himmel. Zum Glück wollte Sophia nicht noch mehr wissen, sondern kletterte jetzt auf einen Stuhl und kniete sich hin, sodass sie bis auf die Tischplatte reichen konnte. Ihre Puppe bekam einen Ehrenplatz direkt neben ihr.

«Darf ich helfen?», fragte sie eifrig.

«Natürlich.» Luna reichte ihr eine kleine Kartoffel und ein

Schälmesser. Sie hoffte, von der Kartoffel würde noch etwas übrig sein, wenn Sophia mit ihr fertig war. Und von den Kinderfingern auch.

Zu spät fiel ihr ein, dass ein Messer vielleicht nicht in so kleine Hände gehörte, doch da war Sophia schon mit Eifer bei der Arbeit.

Luna nahm sich selbst ein halbes Dutzend Kartoffeln vor. Aber sie schielte so angestrengt auf Sophia, dass sie sich in den Daumen schnitt. Zum Glück nicht tief.

«Du bist aber dumm, Tante Luna!»

«Hmmm.» Sie lutschte eine Weile an ihrem Daumen und versuchte zu grinsen.

Schließlich hackte sie noch eine Zwiebel, rieb die Kartoffeln auf der alten, rostigen Reibe und rührte ein kostbares Ei dazu. Noch eine Prise Salz und ab damit Esslöffel für Esslöffel in die Pfanne mit brutzelndem Öl.

Der Gasherd war auch so ein Geschenk von Piet gewesen, und der Herd machte Luna immer ein bisschen Angst. Aber er war tatsächlich viel einfacher zu bedienen als der Kohleherd, der früher hier gestanden hatte. Die übrige Kücheneinrichtung war alt und schäbig, was auch für den Rest der winzigen Wohnung galt.

Die zwei Zimmer verfügten jeweils nur über ein schmales Bett, einen Waschtisch und einen Schrank. Eine Toilette gab es nicht. Die befand sich auf halber Treppe und wurde mit den Nachbarn aus dem dritten Stock geteilt. Mit Rosario, Pepita und Sophia. Die klägliche Einrichtung kümmerte Luna nicht, sie war daran gewöhnt. Piet hingegen taxierte die kleinen Räume immer, als ob er an den schrägen Wänden Maß nehmen würde für neue, elegante Möbel.

«Lass gut sein», sagte sie dann. «Du machst sowieso schon genug.»

Als die erste Ladung Puffer fertig war, stellte Luna den Teller vor Sophia auf den Tisch, zusammen mit der Zuckerdose.

«Apfelmus ist alle», sagte sie. Irgendwann am gestrigen Tag hatte sie es geschafft, ihrer Mutter ein wenig davon einzuflößen. Es war der letzte Rest von zwanzig Gläsern gewesen, die sie im vergangenen Herbst eingekocht hatte.

«Es ist auch so bestimmt ganz, ganz lecker», behauptete Sophia, streute sich Zucker über den Teller und fing an, mit großem Appetit zu essen.

Luna tat es ihr gleich, sobald sie einen kleinen Berg der knusprigen Puffer für sich selbst gebacken hatte.

So saßen sie friedlich beisammen, bis Pepita kam und ihre Tochter abholte. Luna fand, ihre Freundin sah erschöpft aus, aber sie stellte keine Fragen. Das hatte sie sich schon vor langer Zeit abgewöhnt. Merkwürdig fand sie nur, dass Pepita einen dicken Schal um den Hals gebunden hatte, dabei herrschten draußen fast schon frühlingshafte Temperaturen.

Als die beiden fort waren, erhitzte sie Wasser in einem Kessel und wusch damit das Geschirr ab. Fließend warmes Wasser gab es in diesem Haus nicht. So etwas kannte wahrscheinlich nur eine Verena van Houten. Luna hob bei dem Gedanken kurz die Achseln. Es gab Dinge, die sie im Leben nicht vermisste.

Aus dem hinteren Zimmer, das seit bald einem Jahr Mutters Krankenlager war, drang noch immer kein Laut. Luna trocknete sich die Hände an der Schürze ab und wollte gerade nach ihr sehen, als sie laut polternde Schritte auf der Treppe hörte. Das konnte nur einer sein!

Ein Lächeln hob ihre Mundwinkel, als sie zur Wohnungstür lief und sie aufriss. Schon stand er vor ihr, kein bisschen außer Atem, das kantige Gesicht mit den vielen Sommersprossen ein einziges Strahlen, die roten Haare wild verwuschelt wie immer, die hellen Augen voller Liebe.

«Piet Thomsen!», sagte Luna mit gespielter Strenge. «Was machst du hier um diese Zeit? Hast du etwa mal wieder keine Arbeit?»

In Wahrheit erwartete sie gar keine Antwort. Sie wollte geküsst und umarmt werden, wollte für ein paar Augenblicke alles vergessen können – die kranke Mutter, das traurige Kind, den leeren Laden, die Sorge ums Überleben.

Piet tat ihr den Gefallen. Stürmisch schlang er seine Arme um sie und drängte sie zurück in den kleinen Flur.

Piet Thomsen war wirklich ein Schatz von Mann. Genau wie Luna selbst fünfundzwanzig Jahre alt, von Beruf Schauermann im Hamburger Hafen und immer gut gelaunt. Auch wenn es kaum Arbeit für ihn und seine Kollegen gab, weil sich der Schiffsverkehr nach dem verlorenen Krieg nur schwerfällig erholte. Auch wenn die Zukunft alles andere als rosig aussah. Auch wenn er manchmal so schrecklich zu zittern anfing und gar nicht wieder aufhören konnte.

Piet ließ sich nicht unterkriegen. Er wurschtelte sich mit diversen Geschäften so durch, liebte seine Luna und half ihr, wo er konnte. Das eine oder andere Päckchen Tee, Kaffee oder Schokolade war ihr allerdings lieber als das Theken-Monstrum im Laden. Der echte brasilianische Bohnenkaffee zum Beispiel musste vom Deck desselben Frachters gefallen sein. Sie hatte lieber nicht nachgefragt.

Er war kaum größer als Luna, besaß aber Bärenkräfte. Sein

Kuss schmeckte nach Salzwasser und Pfeifentabak, nach weiter Welt und großer Freiheit.

Erst als sie keine Luft mehr bekam, stieß sie ihn feste von sich. «Lass mich los, ich bin ganz dreckig, und ich rieche nach Bratfett.»

Piet lachte laut auf – und verstummte beinahe sofort. «Habe ich etwa Fanni geweckt?», fragte er besorgt.

«Nein. Sie schläft heute wie eine Tote.» Luna schlug sich die Hand vor den Mund, als sie merkte, was sie da gesagt hatte.

Tröstend zog Piet sie wieder in seine Arme. «Mein armer Liebling. Du hast es schwer.»

Sie ließ sich von ihm festhalten, spürte den Druck seiner starken Arme und fühlte sich bereits ein wenig getröstet. «Ohne dich würde ich es nie und niemals schaffen. Ist eben alles kein Pappenstiel.»

«Dann heirate mich», flüsterte er ihr ins Ohr.

«Piet, bitte», sagte sie leise an seiner Schulter. «Du weißt, ich kann Mutter nicht allein lassen.»

Sie spürte, wie er nickte. «Schon gut. Und ich passe hier nicht rein.»

Er selbst teilte sich mit fünf Kollegen eine armselige Bude gleich um die Ecke in der Hopfenstraße. Sie alle waren Schauerleute, sie alle hofften auf bessere Zeiten, wenn Deutschland sich von den hohen Reparationsleistungen an die Siegermächte erholt haben würde und die alte Hansestadt zu ihrem einstigen Glanz zurückfand. Bis dahin galt es, sich irgendwie durchzuschlagen.

«Sobald ich eine Wohnung für uns alle drei gefunden habe, kommt ihr zu mir», setzte Piet noch hinzu. «Und dann werden wir Kinder haben.»

«Ja», versprach Luna. So redeten sie schon seit geraumer Zeit, und beide wussten, dass sie nur einen Traum träumten. Aber wenn zwei Menschen, die sich von Herzen liebten, fest genug daran glaubten, dann fühlte sich ein Traum manchmal wie Wirklichkeit an.

Noch einen Moment hielten sie einander in den Armen, dann machte Luna sich frei.

«Ich muss zu Mutti.»

«Gut, mein Liebling. Ich wollte sowieso nur kurz nach dir kieken. Eigentlich wartet der Kalle auf mich.»

Sofort wurde Luna misstrauisch. «Kalle Spieker? Was hast du denn mit dem schon wieder zu schaffen?»

Der Nachbar aus dem ersten Stock war ihr nicht geheuer. Er wohnte erst seit Anfang des Jahres im Haus, ein großer Mann mit vielen Muskeln, das Haar zur Glatze abrasiert, was ihm ein gefährliches Aussehen verlieh. Und was Luna so über ihn gehört hatte, gefiel ihr nicht. Pepita hatte erzählt, dass er als Rausschmeißer in der «Roten Laterne» arbeitete, aber das sei bestimmt nur ein Teil seiner vielfältigen Tätigkeiten. Schiebereien, hatte sie vage erwidert, als Luna nachgehakt hatte. Wie überall in Deutschland blühte auch in Hamburg der Schwarzmarkt. Wo es in den Geschäften nichts zu kaufen gab, konnte unter der Hand alles erworben werden, was das Herz begehrte. Amerikanische Zigaretten, Seidenstrümpfe, Schweizer Schokolade oder sogar ganze Schweineschinken.

«Und wieso ist der überhaupt schon auf?», fragte Luna. «Den sehe ich sonst nie vor dem Nachmittag.» Was war bloß los an diesem Montag? Erst Pepita, die bereits wach war, und jetzt Kalle.

Piet wich ihrem forschenden Blick aus. «Mach dir man keine Sorgen. Der Kalle ist in Ordnung. Wir sind gute Kumpels geworden.»

«Soso. Und was will er von dir?»

«Es geht um ein kleines … sagen wir … Geschäft unter Männern.»

«Piet!»

«Du musst dich nicht aufregen. Das ist nicht gefährlich. Außerdem wird es Zeit, dass der Reichtum mal ein bisschen gerechter verteilt wird.»

«Bist du jetzt Kommunist geworden?»

Er schüttelte den Kopf. «Nee, aber die haben schon recht mit dem, was sie sagen. Die Bonzen scheffeln alles bloß in die eigenen Taschen.»

«Aha. Und dir passt das in den Kram, weil du ein krummes Ding drehen willst.»

Es war ein Schuss ins Blaue, und sie hoffte, er würde ihr widersprechen, ihr versichern, dass es sich nur um einen Ballen Seidenstoff handelte, um ein paar Dutzend Zigarren oder um einige Fässchen besten Jamaica-Rums – die üblichen kleinen Schiebereien eben, mit denen er sich auch sonst beschäftigte.

Aber Piet tat es nicht, sondern sagte nur: «Es ist besser, du weißt es nicht.»

Einen Moment lang war sie sprachlos. Piet nutzte die Zeit, um rasch zur Tür zu gehen.

Erst als er schon die Treppe hinunterlief, rief sie ihm nach: «Mach, was du willst! Aber glaube ja nicht, dass ich dich noch heirate, wenn du im Knast sitzt!»

Sie bekam keine Antwort, hörte nur irgendwo unten eine Tür zuschlagen.

Himmelherrgott! Wenn ihm bloß nichts passierte! Wenn er es bloß nicht übertrieb mit seinem Hang zu gefährlichen Unternehmungen!

Mit vor Sorge zerfurchter Stirn kehrte Luna in die Wohnung zurück und ging erneut nach ihrer Mutter sehen. In Gedanken war sie jedoch noch bei Piet und seinem Heiratsantrag, den er mindestens einmal in der Woche wiederholte.

Ach, könnte sie doch nur endlich «ja» sagen!

Mehr als alles andere auf der Welt wünschte sich Luna eine eigene Familie. Sie träumte von einer ganzen Kinderschar, doch manchmal wurde ihr angst und bange, wenn sie an ihre zukünftigen Lütten dachte.

Würden die dann ihre dunkle Hautfarbe erben oder gar noch schwärzer werden? Obwohl sie mit Piet einen rothaarigen, hellhäutigen Vater hatten? Und wäre Piet dann bereit, eine kleine Negerschar großzuziehen?

Denn das, gestand sich Luna ein, war der wahre Grund dafür, dass sie bisher nicht hatte heiraten wollen. Ihre Armut, Mutters Krankheit, die Tatsache, dass sie keine größere Wohnung hatten, und Piets Schiebergeschäfte – das waren Dinge, die gelöst werden konnten. Aber diese tiefsitzende Angst war schwer abzulegen.

Luna seufzte und drückte die Tür zu der kleinen Kammer auf. Ihre Mutter war inzwischen aufgewacht und sah sie an. Früher einmal war sie eine schöne Frau gewesen, eine blonde und blauäugige Hamburger Deern, die mit ihrem Lächeln so manchen Mann um den Verstand bringen konnte. Heute waren ihre Haare stumpf, die Augen glanzlos, die Wangen eingefallen, und statt eines Lächelns zeigte sie eine schmerzverzerrte Grimasse.

«Kartoffelpuffer», sagte sie sehnsuchtsvoll.

«Möchtest du welche? Es ist noch was übrig.» Das stimmte zwar nicht, aber zur Not hätte sie schnell welche gezaubert.

Ihre Mutter winkte müde ab. «Lass man, mein Kind. Es ist nur so schön, den Duft zu riechen. Habe ich da nicht eben Piet gehört?»

Luna nickte nur, sie war nicht gewillt, ihren Kummer bei ihrer Mutter abzuladen.

«Ich bin ja so froh, dass du ihn hast. Dein Piet ist ein guter Mann.»

«Ja», gab sie kurz angebunden zurück.

Die Mutter merkte nichts. «Hilf mir mal ein bisschen hoch. Ich muss mit dir was beschnacken.» Ihre Stimme klang schwach, doch ihr Blick war fest.

«Hast du wieder Schmerzen, Mutti? Ich laufe gleich rüber zu Huang.»

«Nein! Keine Opiumpfeife! Ich muss bei Verstand sein, wenn ich mit dir rede. Setz dich!» Mit einer knochigen, bleichen Hand klopfte Fanni Schuster auf die Bettkante.

Zögernd ließ Luna sich darauf nieder. Sie ahnte, ihre Mutter würde etwas Grundsätzliches ansprechen wollen. «Geht es um meinen Vater?», fragte sie und war selbst überrascht. Die Unterhaltung vorhin mit Sophia wirkte wohl noch nach.

Überrascht hob ihre Mutter die Brauen. «Um deinen Vater? Wie kommst du darauf? Du hast vor Jahren zuletzt nach ihm gefragt.»

Ja, dachte Luna bei sich. Irgendwann habe ich es aufgegeben, weil ich nie eine Antwort bekam.

«Was … willst du denn wissen?»

«Na ja, wer er war, ob du ihn geliebt hast. Solche Sachen

eben.» Sie senkte den Blick, denn eigentlich erwartete sie, dass ihre Mutter sich weigern würde, ihr Auskunft zu geben.

Aber sie täuschte sich.

«Er … hieß … Raouf Boukrana», begann sie zögerlich.

Luna war so überrascht, dass sie beinahe vergaß zu atmen. Endlich, dachte sie, endlich würde sie etwas über diesen fremden Vater erfahren. Sie konnte es kaum glauben. Ganz still blieb sie, aus Angst, die Mutter könnte nicht weitersprechen.

«Er stammte aus dem Sudan», fuhr Fanni fort, «und war Zweiter Maat auf einem marokkanischen Frachter …» Ihre heisere Stimme verlor sich in der Erinnerung. Einer Erinnerung, die ihre sonst vor Schmerzen hart zusammengepressten Lippen weich werden ließ.

«Warum … warum wolltest du früher nicht über ihn reden?»

«Ich war wohl dumm», gab die Mutter zu. «Ich hatte Angst, der Zauber könnte verlorengehen, wenn ich von ihm erzähle.»

«Der Zauber?»

«Es ist jetzt sechsundzwanzig Jahre her», fuhr sie fort. «Aber ich habe ihn nie vergessen. Er war … meine große Liebe. Ein so freundlicher und sanfter Mann.»

Ihre einstmals klaren hellblauen Augen, die schon lange vom Opium matt geworden waren, leuchteten plötzlich auf. «Mit ihm fühlte ich mich wie eine verzauberte Märchenprinzessin. Er hat mich ausgeführt wie eine feine Dame. In den Bier-Palast sind wir gegangen. Da spielte ein Blasorchester aus Bayern!»

Luna musste trotz ihrer inneren Anspannung schmunzeln. Die junge Fanni hatte kaum mehr als den Kiez und das kleine Varieté gekannt, wo sie leicht bekleidet ein paar Holzreifen in die Luft warf und wieder auffing. Für sie war Bayern mindestens so exotisch wie eine Insel am anderen Ende der Welt. Und dieser Mann aus einem fremden Land musste für sie der Inbegriff eines Prinzen aus «Tausendundeiner Nacht» gewesen sein.

«Das waren die glücklichsten Tage in meinem Leben», schwärmte ihre Mutter. «Raouf hatte mich auf der Bühne gesehen, und danach hat er nicht aufgegeben, bis ich mit ihm ausgegangen bin. Was für ein Glück, dass ich damals noch nicht in diesem Ballhaus gearbeitet habe. Ich hätte ihn nie kennengelernt.»

Luna wusste, dass ihre Mutter nach der Schwangerschaft auf rätselhafte Weise ihre Fähigkeiten zum Jonglieren verloren hatte. So wurde sie Tanzmädchen. Um die Jahrhundertwende mussten die Herren für jeden Tanz drei bis fünf Pfennig bezahlen. Einen Pfennig durfte das Tanzmädchen behalten. Zehn Jahre lang hatte Fanni das noch gemacht, bis ihr Gesicht nicht mehr jung genug war, um einen Herrn zu animieren, und ihre Füße kaputt waren. Danach ging es mit verschiedenen Anstellungen als Kellnerin immer weiter bergab.

Einen Moment ließ Luna ihre Mutter noch in der Vergangenheit verweilen. Sie war alles, was Fanni geblieben war, und schien so flüchtig wie ein Hauch salziger Nordseeluft, der manchmal über die Elbe heraufzog.

Dann jedoch stellte sie die Frage, die sie so sehr beschäftigte: «War mein Vater … war er ein Neger?»

Diesmal blieb die Mutter ihr die Antwort schuldig. Sie verlangte nach einem Glas Wasser, und Luna holte es ihr aus der Küche. Die Kranke schluckte mühsam, dann gab sie ihrer Tochter das Glas mit zitternden Händen zurück.

«Ich habe nicht mehr viel Kraft, und ich muss über etwas anderes mit dir reden. Das brennt mir schon viel zu lange auf der Seele. Es geht um deine Schwester.»

5. KAPITEL

Romagna, Italien

Lorenzo stieß mit zwei Fingern im Mund einen gellenden Pfiff aus.

«*Avanti*, ihr dummen Gänse!», rief er. «Wollt ihr wohl loslaufen!»

Nichts tat sich. Was daran liegen mochte, dass die Tiere vor ihm keine Gänse waren, sondern Schafe.

«Seid ihr etwa beleidigt?», fragte Lorenzo und lachte.

Im nächsten Moment verstummte er jedoch schlagartig. Es fühlte sich seltsam an zu lachen. Falsch. Noch immer. Also stieß er wieder nur einen Pfiff aus, griff nach dem langen Stock, den er sich aus dem Ast eines Kastanienbaumes geschnitzt hatte, und klopfte auf wollene Hinterteile. Nicht zu fest, aber doch so, dass die Herde sich in Bewegung setzte. Fort von der Weide, durch das Gatter, über den Feldweg in Richtung Stall.

Es war ein lauer Nachmittag im Frühling, noch warf die Sonne ihre Strahlen über die Bergkuppen im Westen und tauchte die mittelalterliche Burgruine direkt über ihm in ein rötliches Licht.

Aber die Nächte konnten weiterhin kalt werden. Besonders in dieser Gegend am Fuß des Apennins. Die bergige Landschaft, die zur Adria hin hügelig und lieblich, dann immer flacher wurde und schließlich bei Cesenatico im Meer versandete, war rau und feindselig. Hier oben im Tal des Flusses Rabbi herrschte oft bis in den April ein hartes Klima, und die Schafe waren empfindlich, obwohl sie noch ihr dickes Wollkleid trugen.

Außerdem waren da die Wolfsrudel, die aus den Bergen herunterkamen, wenn sie nur hungrig genug waren. Den Wölfen war im Laufe der Jahrhunderte mehr und mehr Lebensraum genommen worden, weil die einst reichen Bergwälder bis auf ein paar klägliche Reste abgeholzt worden waren. Aber es gab diese wilden Tiere noch, und sie waren angriffslustiger denn je.

Nein, Lorenzos Auftrag war eindeutig. Frühmorgens die Schafe auf die Weide bringen, am späten Nachmittag wieder zurücktreiben. Und tagsüber niemals aus den Augen lassen.

Ein elendes Leben war das!

Er, Lorenzo Casadio, erst zwanzig Jahre alt, war ohne jede Zukunft. Dabei war er mal der klügste Kopf in der *scuola elementare*, der Grundschule, von Predappio gewesen – einem Ort südöstlich von Bologna in der Provinz Forlí, der nur deshalb in ganz Italien bekannt war, weil einer seiner Söhne inzwischen täglich für Schlagzeilen in den Zeitungen sorgte. Längst nicht jeder im Dorf war glücklich über die Berühmtheit von Benito Mussolini. Die Familie Casadio gehörte zu jenen, die sich wünschten, woanders eine Heimat zu haben.

Vielleicht wäre es den Casadios sogar gelungen fortzugehen, vor Jahren schon, über den weiten Ozean bis nach Amerika, einem neuen, besseren Leben entgegen. Immer wieder war im engsten Kreis davon gesprochen worden. Man hatte ein wenig Geld gespart und Verwandten geschrieben, die bereits in New York lebten. Man hatte sich sogar schon nach Schiffspassagen ab Genua erkundigt. Dritter Klasse nur, aber das war nicht so wichtig.

Aber dann war der Große Krieg gekommen und mit ihm das große Leid, und alle Überlegungen, doch einmal übers Meer zu fahren, waren nur noch halbherzig gewesen. Weil die andere Hälfte des Herzens für alle Zeit in der Romagna geblieben wäre.

Verdammt! Lorenzo fluchte leise vor sich hin. Was hätte aus ihm werden können im Land der unbegrenzten Möglichkeiten! Ein Mann von Bedeutung. Ein Mann, den andere beneideten, zu dem andere aufschauten. Er war in der Schule ja sogar klüger als sein fünf Jahre älterer Bruder Ernesto gewesen.

Und was war aus ihm geworden? Ein Landarbeiter, ein Schafhirte im Dienst von Don Patrizio, dem Großgrundbesitzer, dem jeder Grashalm, jeder Stein, jede Pflanze im weiteren Umkreis gehörte.

Patrizio Malatesta. Lorenzo starrte wütend auf den Boden vor ihm. Ein Feudalherrscher war der. Ein Mann aus einer anderen Zeit. Einer, der noch nicht gehört hatte, dass die Welt sich änderte. Dass die Landarbeiter nicht seine Sklaven waren, sondern Menschen mit Rechten.

Padrone ließ er sich nennen, Herrscher, und behandelte sein Vieh besser als seine Leute.

Das nächste Schaf bekam einen festeren Hieb und machte einen Sprung nach vorn.

Erschrocken warf Lorenzo seinen Stock weg. Die armen Tiere konnten nichts für seine Wut auf den *padrone*.

Nachdem er ein paarmal tief eingeatmet hatte, rückte er seine Hose aus grobem Wollstoff zurecht, fuhr sich über das kaum wärmende Hemd und ließ die Hosenträger schnappen. Zwar hatte er auch eine Jacke bei sich, aber er trug sie nur im Notfall, damit sie noch eine Weile hielt.

Er wollte seine gute Laune wiederfinden, die ihn den ganzen Tag begleitet hatte. Heute war Sonnabend, und mit etwas Glück würde er am Abend beim Spaziergang durchs Dorf mit Giuseppina einen Kuss von ihr erhaschen. Irgendwo in einem Torbogen oder versteckt in einem Hinterhof.

Giuseppina Colomba war das bezauberndste Mädchen zwischen Bari im Süden und Mailand im Norden.

Schon lächelte Lorenzo wieder und träumte eine Weile vor sich hin. Dass ausgerechnet er, der arme Lorenzo, Giuseppina gefiel, war ein Glück, das er kaum fassen konnte. Mochte sein Leben elend sein, in der Liebe war er ein Glückspilz.

Erst als ganz vorn zwei, drei Schafe laut blökten, hob er den Kopf und kniff die Augen zusammen. Da kam jemand den Weg hoch!

Sofort spannte Lorenzo seine Muskeln an, hob einen faustgroßen Stein vom Wegesrand auf und packte ihn so fest, dass seine Fingerknöchel weiß hervortraten. Das Blut pulsierte in seinen Adern, und er machte sich ganz automatisch bereit für einen Kampf.

In armen Gegenden wie diesen kam es durchaus vor, dass Räuber eine Schafherde überfielen und so viele Tiere mitnahmen, wie sie nur konnten. Ob tot oder lebendig. Diesen hartgesottenen *briganti* war es herzlich gleichgültig, ob ein junger Hirte dabei zu Schaden kam. Sie lebten in behelfsmäßigen Hütten oder Höhlen hoch oben in den Bergen und waren kaum zivilisierter als die Wölfe. Mochten sie einst auch königstreue Bauern oder Landarbeiter gewesen sein – der Krieg hatte ihnen alles genommen, hatte sie am Ende ausgespuckt und einem Leben im Elend überlassen.

Lorenzo empfand durchaus Solidarität mit diesen Menschen, aber wehe, sie stahlen Don Patrizios Schafe! Dann müsste er dafür geradestehen!

Noch war er zu weit vom Dorf entfernt, um auf Hilfe hoffen zu können, und die Abzweigung zum Landgut des *padrone* war auch noch zweihundert Meter weit weg.

Die Person kam langsam heran. Wo war der Rest der Gruppe? Versteckt hinter den Rosmarinbüschen dort? Oder da, auf der anderen Seite, bei den mannshohen Felsen?

Zehn Sekunden vergingen und noch einmal zehn. Und endlich erkannte Lorenzo, wer sich ihm da näherte. Vor Erleichterung wurden ihm die Knie weich.

«Wolltest du mich zu Tode erschrecken?», rief er laut und drängte sich durch die Schafherde nach vorn, der jungen Frau entgegen. Den Stein ließ er fallen.

Giuseppina lachte nur, blieb atemlos vor ihm stehen und brachte ihren Rock in Ordnung, der eben noch wie eine Fahne hinter ihr hergeweht war. «Dachtest du, ich bin eine Räuberin?»

Er bemühte sich um einen ernsten Gesichtsausdruck. «Du weißt sehr gut, wie gefährlich es hier oben ist. Wenn dein Vater wüsste, wo du dich rumtreibst, würde er dich einen Monat lang im Haus einsperren.»

Er war hin- und hergerissen zwischen Wut auf sie, weil sie ihn erschreckt und sich selbst in Gefahr gebracht hatte, und der unbändigen Freude, sie hier zu haben, ganz nah bei sich. Die Schafe verteilten sich rechts und links des Weges auf der Suche nach frischen Gräsern. Es war Lorenzo ausnahmsweise gleichgültig.

So dicht stand Giuseppina vor ihm, dass er ihren Veilchenduft wahrnahm. Darunter lauerte ein anderer Geruch, der seine Sinne reizte. Sie musste schnell gerannt sein, denn er roch auch einen Hauch von Schweiß, vermischt mit einer intensiven fraulichen Note.

Lorenzo Casadio war in Predappio berühmt für seine feine Nase und seinen empfindsamen Gaumen. Doch es gab Momente, da war es besser, gewisse Eindrücke für sich zu behalten. Momente wie diesen. Giuseppina war stolz darauf, dass ihr Vater, der Besitzer des einzigen Lebensmittelgeschäftes im Umkreis, ihr regelmäßig teure Veilchenseife schenkte. Ihre Familie stammte nicht aus der Gegend. Kurz nach Kriegsende war Antonio Colomba mit Frau und Tochter aus Apulien fortgegangen. Aus einer Gegend, in der die Armut erbarmungslos die Kinder des Landes vertrieb. Er war nach Norden gezogen und bei Verwandten in Predappio untergekommen.

Innerhalb kürzester Zeit hatte der Mann großes Geschick als Händler an den Tag gelegt, und sein kleiner *alimentari* war der Lohn für lange Jahre harter Arbeit und zähen Verhandelns. Oder der Lohn für beste Beziehungen zu den aufstrebenden Faschisten, wie böse Zungen munkelten.

Lorenzo waren die Gerüchte gleich. Er liebte Giuseppina, seit er sie zum ersten Mal gesehen hatte, und noch nie war ihre Wirkung auf ihn verblasst.

Wie sie jetzt so vor ihm stand, den üppigen Busen von der engen Bluse nur unzureichend bedeckt, die lockenden Hüften unter dem langen Rock eine einzige Herausforderung, die Augen so schwarz wie die eingelegten Oliven ihrer Heimat – Lorenzo stöhnte unwillkürlich auf. Er hätte alles dafür gegeben, sie fest in seine Arme zu ziehen und …

«Starr mich gefälligst nicht so an, du Wüstling», sagte Giuseppina. Sie lachte und entblößte dazu zwei Reihen weißer, gut gepflegter Zähne.

Ihr Vater sorgte auch dafür, dass seine kostbare *bambina* zweimal im Jahr einen Zahnarzt im fünfzehn Kilometer entfernten Forlí aufsuchte. Ein unerhörter Luxus, den sich sonst niemand im Ort leisten konnte. Hier im Hinterland verfügten die meisten Leute schon in der Jugend über kein vollständiges Gebiss mehr.

Lorenzo war dem Schicksal dankbar, dass seine eigenen Zähne von Natur aus gesund waren. Er hätte sich sonst Giuseppina nie zu nähern gewagt.

Ihr Lachen wurde lauter, und nun warf sie ihre langen schwarzen Zöpfe in den Rücken. Er wusste, ihr Haar reichte bis zu den Hüften. Nicht, dass er es jemals offen hätte sehen dürfen, aber sie prahlte bei jeder Gelegenheit damit. Die Haarfülle einer Frau war im ländlichen Italien etwas ganz Besonderes. Vor kurzem erst hatte es eine junge, verheiratete Bauerstochter aus der Toskana in die Zeitung geschafft, weil ihre Locken bis zu den Knöcheln fielen.

Ohne sich dessen bewusst zu sein, machte Lorenzo einen halben Schritt auf sie zu.

«Komm mir nicht zu nahe!», rief sie in gespieltem Entsetzen. «Du stinkst nach Schaf!»

«Warum bist du mir dann entgegengelaufen? Du weißt genau, wie ich den Tag verbringe.» Er konnte es nicht vermeiden, beleidigt zu klingen. So war sie immer. Lockte ihn, spielte mit ihm, wies ihn zurück.

Es war zum Verrücktwerden!

Jetzt zog sie einen Schmollmund, was sie noch aufreizender

erschienen ließ. «Weil ich sonst selten Gelegenheit habe, mal zwei Worte allein mit dir zu reden.»

Das stimmte. Wenn sie im Dorf aufeinandertrafen, wurden sie stets von hundert Argusaugen beobachtet. Kaum etwas entging der Aufmerksamkeit der ländlichen Matronen. Giuseppina und Lorenzo mussten schon sehr erfindungsreich sein, wenn sie einen kurzen Moment für sich allein haben wollten. Lorenzo wusste, dem Lebensmittelhändler Colomba war ein Landarbeiter bei weitem nicht gut genug für sein kostbares Töchterchen.

Ihm selbst war manchmal nicht klar, was sie eigentlich an ihm fand. Gut, er sah ganz ordentlich aus, wie seine Mamma zu sagen pflegte. Seine kastanienbraunen Locken fielen ihm bis in den Nacken, die Augen waren einen Ton heller, sein Gesicht war gut geschnitten, wenn auch die Nase ein wenig zu lang war. Und er war größer als die meisten Leute, was aber nicht viel bedeutete, denn aufgrund der allgemeinen Mangelernährung schoss die Landbevölkerung im Königreich Italien nicht sonderlich in die Länge.

«Warum gibst du dich überhaupt mit mir ab?», fragte er unvermittelt.

Sie kannten sich seit mehr als drei Jahren, und seit dem vergangenen Sommer durfte Lorenzo manchmal Giuseppinas weiche Hand halten und ihr sehr selten einen flüchtigen Kuss stehlen.

«Du könntest einen besseren Mann finden. Einen, der reich ist, der dir etwas zu bieten hat.»

Giuseppinas Stirn umwölkte sich, dann lächelte sie. «Aber kein anderer ist so schön wie du», sagte sie und klimperte gekonnt mit den Lidern.

Sollte er ihr vertrauen? Hegte sie echte Gefühle für ihn? Oder spielte sie nur mit ihm, bis sie einen angemessenen Verehrer fand?

Seine Zweifel wurden in letzter Zeit immer erdrückender. Es fiel ihm schwer, ihr nur ein Wort zu glauben. Dennoch klammerte er sich mit aller Kraft an den Traum einer gemeinsamen Zukunft.

Sonst hatte er nichts.

«Lass uns morgen wegfahren», schlug er vor. Er wusste selbst nicht, wie er darauf kam, aber er spürte, es musste sich etwas verändern. Sie und er, einen ganzen Tag zu zweit. Dann würde er klarer sehen.

Giuseppina schlug vor Schreck die Hand vor den Mund. «Was hast du gesagt? Du willst mit mir wegfahren? Was ist denn heute los mit dir?»

«Gar nichts ist los. Aber morgen ist Sonntag. Ich habe meinen freien Tag. Und wir beide haben noch nie einen Ausflug gemacht. Wir müssen nur eine Gelegenheit finden. Mit etwas Glück können wir auf die Ladefläche eines Pferdefuhrwerkes aufspringen, oder der Fahrer eines Automobils nimmt uns mit.»

Je länger Lorenzo redete, desto mehr erwärmte er sich für die Idee. Er bückte sich, pflückte ein paar kleine Margeriten und flocht ein Armband daraus. Er nahm Giuseppinas schmale Hand und streifte es ihr über. Ihre Haut war warm, und am Handgelenk ertastete er einen schnellen Puls.

«Und wohin will der feine Herr wohl mit mir fahren?», fragte sie heiser.

«Nach Rimini», entschied er. Der Strand dort galt als der schönste der Welt, und die reichen und schönen Leute aus

Bologna und Ferrara, aus Mailand und Turin reisten dorthin, um sich zu zeigen und bewundern zu lassen. Er hatte gelesen, dass es sogar immer mehr ausländische Gäste gab. Gleichwohl. Einmal Rimini sehen mit seinen gepflegten Badeanlagen und den schicken Hotels. Das wäre mal etwas Besonderes.

«Rimini», wiederholte Giuseppina, und Sehnsucht klang in ihrer Stimme mit. «Ein Tag am Meer. Das wäre wundervoll.»

In der nächsten Sekunde bohrte sie ihm einen Zeigefinger in die Brust. «Und was willst du anziehen, um mit mir über die Promenade zu spazieren?»

Angestrengt blickte sie von seinem fadenscheinigen Hemd und der durchlöcherten alten Jacke, die er über die Schulter geworfen hatte, über die abgewetzten Hosen auf seine Holzpantinen. «Glaubst du etwa, ich laufe mit einem bettelarmen Bauern aus den Bergen inmitten all der schicken Leute rum?»

«Ich besitze ein paar Lederschuhe», gab er, nun wirklich beleidigt, zurück.

«Ach ja? Und vielleicht auch einen modischen Anzug? So einen mit ganz weiten Hosen, wie ihn neuerdings die Engländer tragen, und dazu einen breiten Gürtel und einen weichen Filzhut?»

Er wusste nicht im Entferntesten, wovon sie sprach. Aber da er überhaupt keinen Anzug besaß, kratzte er sich nur am Kopf und schob dabei seinen halbzerfetzten Strohhut in den Nacken. Als könne der ihm zu einem verwegenen Aussehen verhelfen.

Giuseppina war jetzt richtig in Fahrt gekommen. «Und du glaubst doch wohl nicht, dass Papà mich mit dir wegfahren lässt? Für ihn bleibe ich immer seine kleine *bambina*, die er beschützen muss. Aber weißt du was, Lorenzo?»

«Nein?» Er fragte sich, ob ihre Wut sich gegen ihn oder ihren Vater richtete. Vermutlich gegen beide.

«Ich bin keine zehn mehr, sondern achtzehn!» Mit einer schnellen Bewegung streifte sie das Margeritenarmband ab und warf es ihm vor die Füße. «Du musst dir schon ein anderes Geschenk für mich einfallen lassen.»

Dann machte sie auf dem Absatz kehrt und lief fort. Schnell trugen sie ihre Beine, und Lorenzo erhaschte einen Blick auf ihre kräftigen Fersen, die heller waren als Gesicht, Hals und Hände. Beinahe vornehm blass, fand er. Der Anblick brachte ihn vollends durcheinander.

6. KAPITEL

Bis zu den Stallungen war es nicht mehr weit. Lorenzo trieb die Herde an. Er wusste, auch die Melkerinnen hatten es heute eilig heimzukommen. Sie wollten sich waschen, ihr bestes Kleid anziehen, das oftmals ihr einziges war, und auf dem traditionellen *corso*, dem abendlichen Spaziergang, am Arm ihres Mannes *bella figura*, also einen guten Eindruck machen oder, wenn sie noch unverheiratet waren, nach einem potenziellen Verehrer Ausschau halten.

Giuseppina würde sie alle ausstechen, einfach weil sie die Schönste von allen war und die beste Garderobe besaß. Aber letztlich würde ihr keine der anderen Frauen böse sein können. Dazu war sie viel zu nett zu allen.

Nur Lorenzo würde missgünstige Blicke von anderen Männern ernten. Beinahe freute er sich darauf. Es war besser, beneidet zu werden, als immer nur mitleidige Blicke zu ertragen. Der Gedanke, Giuseppina könne am Abend noch wütend auf ihn sein, kam ihm nicht. Sie besaß das feurige Temperament einer Frau aus dem Süden. So schnell ihr Zorn aufflammte, so schnell erlosch er auch wieder. Er hatte es schon oft genug erlebt.

Die Schafe witterten jetzt den Stall und mussten nicht mehr angetrieben werden. Lorenzo musste sogar seinen eigenen Schritt verlängern, um nicht zurückzubleiben. Aus der Schafsmilch wurde der berühmte *pecorino* hergestellt, der in dieser Region in Schwefelhöhlen reifte und besonders würzig schmeckte. Händler aus ganz Italien kamen nach Predappio, um diesen einzigartigen Schafskäse einzukaufen, und der ganze Gewinn ging natürlich an Patrizio Malatesta.

Die schöne Stimmung war dahin, wie immer, wenn sich der *padrone* in seine Gedanken drängte.

Mit einer unwilligen Handbewegung strich sich Lorenzo eine Locke aus der Stirn und schlurfte, müde plötzlich, hinter den Schafen her. Er ließ es sogar sein, für seine Mutter einen Strauß der kleinen Margeriten mitzunehmen. Am Morgen hatte er es sich noch fest vorgenommen. Aber nach Giuseppinas Reaktion fragte er sich, ob Mamma Concetta überhaupt erfreut wäre. Ihm war nicht mehr danach, Blumen zu pflücken.

In einiger Entfernung sah Lorenzo eine zweite Herde näher kommen. Sein Vater Salvatore war im Morgengrauen ebenfalls für den Hütedienst eingeteilt worden, und als sie sich trennten, um jeder mit seinen Tieren eine andere Weide aufzusuchen, da hatte er dem Sohn seine von der vielen Landarbeit knotige Hand auf die Schultern gelegt. «Sei froh. Auf die Schafe achtgeben ist leichte Arbeit. Willst du lieber wieder die stinkenden Ställe ausmisten wie gestern? Oder den ganzen Tag in den Weinbergen Unkraut rupfen?»

Das waren ungewöhnlich viele Worte für einen schweigsamen Mann wie Salvatore Casadio gewesen, und Lorenzo hatte kurz überlegt, ob er sich auf eine Diskussion mit dem Vater einlassen sollte. Aber der Aufseher hatte in ihre Richtung geschaut, die Zeit war knapp gewesen. So hatte Lorenzo nur den Kopf geschüttelt, seinen Strohhut aufgesetzt und sich abgewandt.

Was hätte er dem Vater auch sagen können? Dass er jede

Arbeit hasste, die er für Don Patrizio leisten musste? Dass er seiner Meinung nach etwas Besseres verdient hatte, als sich für einen Hungerlohn den Rücken krumm zu schuften?

Er war dann eilig losmarschiert, heilfroh darüber, dass er den Mund gehalten hatte. Es führte ja zu nichts.

Lorenzo lieferte seine Herde beim Stallmeister ab, der sie erst durchzählte und jedes Tier begutachtete, bevor er den jungen Landarbeiter ziehen ließ.

Lorenzo beeilte sich fortzukommen. Von den Stallungen aus war das prunkvolle Herrenhaus des *padrone* zum Glück nicht zu sehen. Nach zwölf Stunden in den Diensten von Don Patrizio war es schon so schwer genug, seinen unbändigen Zorn zu zähmen. Da brauchte er nicht auch noch den Anblick von verschwenderischem Reichtum.

Sein Vater holte ihn ein, als er sich auf den Weg ins Dorf machte. «Mein Sohn.»

«*Ciao*, Papà.»

Salvatore Casadio hatte die sechzig bereits überschritten, und nach einem langen Arbeitstag sah er aus wie ein sehr alter Mann. Sein zweiter Sohn, Lorenzo, war zur Welt gekommen, als er und seine Frau Concetta mit keinen weiteren Kindern gerechnet hatten. Damals hatten sie beide aufgestöhnt, nicht wissend, ob sie froh oder entsetzt sein sollten.

In ihren jungen Jahren hatten sie zwei kleine Mädchen verloren. Eines war tot geboren worden, das andere mit drei Jahren am Fieber gestorben. Erst das dritte hatte überlebt. Später, noch im alten Jahrhundert, war Ernesto hinzugekommen und hatte besonders Salvatore stolz gemacht. Denn was war ein Mann wert, wenn er keinen Sohn in die Welt setzte? Den

Nachzügler schließlich hatte niemand mehr erwartet. Und nun, das wusste Lorenzo selbst nur zu gut, war er der Sohn, der übrig geblieben war. Der falsche Sohn.

Er suchte nach Worten für seinen Vater, aber immer, wenn er allein mit ihm war, gab es nur zwei Möglichkeiten: schweigen oder streiten.

Lorenzo entschied sich fürs Schweigen.

Doch als sie schon den halben Heimweg zurückgelegt hatten, war es zu seiner Überraschung sein Vater, der sprach: «Montag geht es in die Weinberge. Die Erde muss umgegraben werden. Zum Schafehüten werden wieder die Kinder eingeteilt.»

Lorenzo presste die Kieferknochen zusammen. Er hasste diese Arbeit. Nach dem Winter war das Erdreich steinhart, und das Unkraut krallte sich mit seinen Wurzeln darin fest, als wär's eine Geliebte, die den Mann nicht gehen lassen wollte.

«Zieh nicht so ein Gesicht», sagte sein Vater streng. «Das ist nun mal unsere Arbeit. So lange, bis die *trattoria* wieder läuft.»

Nur mit Mühe unterdrückte Lorenzo einen Fluch. Die *trattoria*! Wie oft hatte er das schon gehört. Der Traum seiner Eltern. Vor dem Großen Krieg in die Tat umgesetzt, aber zu guter Letzt aufgegeben, weil keine Gäste mehr kamen. Weil jeder Mensch froh war, wenn er bei sich zu Hause noch etwas zu beißen hatte.

Und nun, vier Jahre nach Kriegsende, war von dem großen Traum nicht mehr viel geblieben.

«Das glaubst du ja selbst nicht», sagte Lorenzo, bevor er sich auf die Zunge beißen konnte. «Mammas *trattoria* wird nie wieder Gewinn abwerfen.»

Sein Vater blieb stehen, starrte ihn an. «Lass das nicht deine

Mutter hören. Wenn sie nicht daran glauben kann, zerbricht sie.»

Lorenzo schaute betreten zu Boden. Manchmal vergaß er, dass sein Vater mehr war als ein dummer *bracciante*, ein Landarbeiter. Salvatore Casadio stammte von der Küste, aus Riccione. Dort hatte er eine höhere Bildung genossen als die *montanari*, die Leute aus den Bergen, und er verstand mehr von der Seele eines Menschen als manch anderer. Jetzt setzte er sich auf einen großen Feldstein und befahl Lorenzo mit einer Handbewegung, sich auf einem zweiten Stein niederzulassen.

«Du wirst ihr gegenüber nichts dergleichen sagen.»

«Nein, Papà. Versprochen.»

«*Bene.*» Gut.

Genauso knapp hatte er früher Lorenzo gelobt, wenn dieser voller Stolz seine Bestnoten aus der Schule zu Hause herumgezeigt hatte. Dieses eine kleine Wort weckte schmerzliche Erinnerung. An fehlende Anerkennung, an fehlende Liebe.

Wie schwer war es doch, es mit einem Vater auszuhalten, der seinen älteren Sohn vergöttert hatte und dem jüngeren nichts mehr zu geben wusste.

«Aber eines verstehe ich nicht», sagte Lorenzo wagemutig.

«Was?» Es klang drohend.

«Warum nimmst du dein Schicksal so einfach hin? Du bist Sozialist. Einer der ersten Stunde, darauf bist du immer stolz gewesen.»

Er wusste, dass er recht hatte. Salvatore Casadio war in die Sozialistische Arbeiterpartei Italiens schon lange vor der Jahrhundertwende eingetreten, das erzählte er gern jedem, der es hören wollte. Und bei dem großen Generalstreik von 1904 war er an vorderster Front mitmarschiert. Noch immer leuchteten seine Augen auf, wenn er davon erzählte. Der erste landesweite Streik in Italien! Und er war dabei gewesen! Adel und Bürgertum hatten um ihren Wohlstand fürchten müssen, und die Arbeiter und Bauern hatten ein besseres Leben fast mit Händen greifen können. Nur dem besonnenen Staatsführer Giovanni Giolitti war es zu verdanken gewesen, dass es damals nicht zu bewaffneten Auseinandersetzungen gekommen war.

«In jenen Tagen war ich jung», entgegnete der Vater bedächtig. «Ein Idealist. Ich kannte das Leben nicht.»

Lorenzo versuchte, sich einen jugendlichen Salvatore vorzustellen. Es gelang ihm nicht.

«Und du, mein Sohn, du bist verwöhnt. Du beklagst dich über lange Arbeitstage und wenig Lohn. Aber du weißt nicht, wie es ist, Hunger zu leiden. Du kennst die wahre Armut nicht.»

Diesmal war Lorenzo beschämt. Es stimmte ja. Seine Familie besaß nur wenig, aber seit er denken konnte, war er stets satt geworden. Sogar in den harten Kriegsjahren, als er selbst geholfen hatte, Essen auf den Tisch zu bringen. Aber besonders Mamma Concetta war schon immer eine Meisterin darin gewesen, der Natur ihre Nahrungsmittel abzutrotzen. So hegte und pflegte sie ihren *orto*, ihren Gemüsegarten hinter dem Haus, und sorgte für Vorräte für den Winter, indem sie Tomaten, Auberginen und Zucchini einkochte, Zwiebeln in Essig haltbar machte und grüne Oliven in Öl einlegte.

Wenn kein Geld da war, um etwas zu kaufen, suchte sie im Sommer Löwenzahn, Rucola und Brennnessel und bereitete aus diesen Pflanzen, die feine Leute aus der Stadt als Unkraut bezeichneten, köstliche Salate. Im Herbst fand sie die süßesten Brombeeren und sammelte säckeweise Kastanien, machte Mehl aus deren Fruchtfleisch, mischte es mit Wasser und Salz und zauberte so ein wohlschmeckendes Brot. Sie fing sogar Fische im Fluss, fand die größten Pilze am Berghang und entdeckte, dass eine stinkende Trüffelknolle klein gehobelt gut zur Pasta schmeckte. Von Zeit zu Zeit schlich sie sich in die Schwefelhöhlen, um einen ganzen *pecorino* heimzubringen. Das sei kein Diebstahl, behauptete sie steif und fest. Ein Laib Käse gehöre zum Lohn von Mann und Sohn.

Doch sollte das alles sein, was er vom Leben erwarten durfte? Satt werden? Im Winter nicht allzu sehr frieren und bei Regen im Trockenen sein?

Während sein Vater aufstand und den Weg zum Haus fortsetzte, blieb Lorenzo noch einen Moment, wo er war, und kämpfte mit sich.

Als er schließlich ebenfalls weiterging, biss er die Zähne so fest zusammen, dass seine Kiefermuskeln schmerzten.

Er holte seinen Vater ein, kurz bevor dieser das Haus erreichte.

«Kommst du morgen mit in die Messe, mein Sohn?»

Es war lange her, dass Salvatore danach gefragt hatte.

«*No*, Papà. Ich kann nicht.»

«Du würdest deine Mutter glücklich machen.»

«Mamma wird nie mehr glücklich sein, und das weißt du auch.»

Sein Vater stieß einen Laut aus, halb Seufzen, halb Knurren.

Dass Lorenzo sich seit nunmehr fünf Jahren weigerte, die Kirche Santa Maria Assunta zu betreten, in der er getauft worden war und die heilige Kommunion empfangen hatte, war ein ewiges Streitthema zwischen ihnen. Und beide Männer wussten, es gab keine Lösung dafür.

Nun waren sie fast da.

Das Haus der Casadios lag außerhalb von Predappio. Jeder, der von der Küste anreiste und in den Ort wollte, kam daran vorbei. Es war größer als viele andere Häuser und war von Lorenzos Urgroßvater aus grauen Feldsteinen errichtet worden. Das Schieferdach war spitz genug, um in kalten Wintern den Schnee abrutschen zu lassen, die Mauern waren fast einen halben Meter dick. Sie hielten im Sommer die brütende Hitze ab und in der kalten Jahreszeit die Kälte.

Lorenzo starrte auf diese Mauern, die er sein Leben lang kannte, sah die vielen Risse und die notdürftig zugespachtelten Löcher, und auf einmal konnte er sich nicht mehr beherrschen. Ausgerechnet die Bitte des Vaters nach dem gemeinsamen Kirchgang war schuld daran.

«An soziale Gerechtigkeit glaubst du nicht mehr», brach es aus ihm heraus, «aber an die Jungfrau Maria?!»

Salvatore Casadio wurde kreideweiß im Gesicht. «Du wirfst mir Heuchelei vor? Ausgerechnet du?»

Seine Stimme war gefährlich leise, und Lorenzo spürte, wie auch ihm jetzt alles Blut aus dem Gesicht wich.

«Bitte», murmelte er.

Aber sein Vater war nicht mehr zu bremsen. «Du hältst dich für was Besseres. Glaubst du, das weiß ich nicht? Bloß weil du in der Schule ein helles Köpfchen warst! Aber was hast du seitdem geleistet? Abgesehen davon, dass du beim Militärdienst ein paar Abenteuer erlebt hast? Bei Mamma die Füße unter den Tisch gestellt, das hast du. Fehlt nur noch, dass sie dir deinen feinen Hintern abwischt, wenn du vom Plumpsklo kommst! Ein verwöhnter nichtsnutziger Bursche, das bist du. Dennoch glaubst du, du seist es wert, mit der schönen

Giuseppina herumzutändeln! Na, wer ist hier wohl der Heuchler?»

Laut und lauter war er geworden, während Lorenzo das Gefühl hatte, in sich zusammenzufallen wie eine Garbe Heu im August, die zu lange in der Hitze getrocknet war.

Fast erwartete er, der Vater würde ihn schlagen, so groß war dessen Wut, die in Wahrheit Trauer war, das ahnte Lorenzo, unendlich tiefe Trauer.

Aber da kam Mamma Concetta aus dem Haus gelaufen, in einer Hand einen Tonkrug, in der anderen ein kleines Glas. Sie schickte den Sohn in die Küche, schenkte dem Ehemann einen *grappa* ein und bewahrte auf diese Weise den brüchigen Familienfrieden der Casadios.

Lorenzo blieb an der Küchentür stehen und betrachtete seine Mutter. Einst war sie schön wie die Madonna gewesen, heute war ihr Gesicht von Kummer und Falten durchzogen. Ihre ehemals kastanienbraunen Locken, die er von ihr geerbt hatte, waren durch und durch grau und wurden von einem strengen Dutt im Nacken gebändigt.

«Geh schon!», befahl sie ihrem Sohn.

Er schenkte ihr ein halbes Lächeln und tat, wie ihm geheißen.

Die Casadios bewohnten im hinteren Teil des Hauses drei Räume. Abgesehen von Lorenzo und seinen Eltern war da noch Nonna Amalia, Concettas Mutter. Sie war über achtzig und nicht mehr ganz richtig im Kopf, aber in der Küche war sie noch immer flink.

Im vorderen Teil des Hauses hatten die Casadios vor dem Großen Krieg die Gaststube eingerichtet. Die «Trattoria Da Concetta». Lorenzo erinnerte sich gut an die herrlichen Gerüche nach gehaltvoller Brühe für die *tortellini*, nach reichhaltigem *ragù*, Concettas berühmter Fleischsoße für ihre hausgemachten *tagliatelle*, nach dem Duft von Lorbeer und Piment in der Luft, wenn sie eingelegtes Kaninchen zubereitete. Heute roch es in der Küche wie immer, wenn der Winter zur Neige ging und das Jahr noch keine Ernte gebracht hatte. Nach *polenta*.

Lorenzo trat ein und wusch sich am Spülstein Hände und Gesicht. Der Ausbruch des Vaters steckte ihm noch in den Knochen. Vorbei war die Freude auf den Abend. Hatte der Vater recht? Lag es an ihm selbst, dass er im Leben nicht vorwärtskam? All die alten Zweifel fielen über Lorenzo her und begruben ihn unter sich. Er war nicht gut genug, er war nicht der Sohn, der er sein sollte, er war nicht …

Nonna Amalia schlurfte herein und hockte sich ächzend auf einen Stuhl. Sie war nur noch ein kleines Bündel Mensch, und ihre Augen, die manchmal noch scharf wie die eines Habichts waren, blickten heute milchig und schwach.

Auch die Eltern kamen nun ins Haus. Die Mutter mit einem liebevollen Blick in Richtung Lorenzo, der Vater mit zum Boden geneigtem Kopf.

Ob er sich schämte für seine Worte oder den Sohn einfach nicht sehen mochte, wusste Lorenzo nicht zu sagen. Der *grappa* aber hatte ihn wohl besänftigt. Er wirkte nicht mehr zornig, stellte Lorenzo erleichtert fest.

Seine Mutter trat an den alten Herd, der mit Holz befeuert wurde, und rührte kräftig den Maisbrei um.

«Wäre mir jetzt fast angebrannt», sagte sie. «Ein schönes Essen wäre das geworden.» Ein leiser Vorwurf lag in ihrer Stimme.

Sonst sprach niemand.

Polenta gab es drei, vier Mal im Laufe einer Woche. Manchmal auch täglich. Sie war aus Wasser, Maisgrieß und Salz leicht herzustellen, billig und sättigend. Lorenzo beklagte sich nicht. Auch wenn sein Magen nach dem langen Tag in den Hügeln laut und vernehmlich knurrte.

Nun holte seine Mutter aus einer Holzkiste noch ein paar rohe Zwiebeln, die den Winter überdauert hatten, pellte sie und schnitt sie auf. Dazu öffnete sie das letzte Glas mit eingelegten Oliven. Ein Krug mit frischem Brunnenwasser stand bereits auf dem Tisch. Morgen, am Sonntag, würde es vielleicht einen halben Liter Sangiovese geben, den kräftigen, rubinroten Tischwein aus der Romagna, der auch auf dem Landgut von Don Patrizio angebaut wurde.

Wie an jedem zweiten Sonntag wurde Lorenzos Schwester mit ihrer Familie erwartet. Maria war schon fast dreißig und lebte mit ihrem Mann Claudio und ihrem Sohn Filippo im Dorfzentrum.

Lorenzo kam mit seiner Schwester gut aus, und er hing mit zärtlicher Liebe an seinem zehnjährigen Neffen, aber den gemeinsamen Familienessen sah er stets mit Sorge entgegen. Selten ging so ein Treffen ohne heftige Wortwechsel, ohne Vorwürfe und ohne unversöhnliches Schweigen zwischen der älteren und der jüngeren Generation zu Ende.

Schließlich hob seine Mutter den irdenen Topf vom Herd und stellte ihn in die Mitte des Tisches. Dann reichte sie jedem einen Löffel und eine halbe rohe Zwiebel.

Doch bevor Lorenzo sich etwas von der warmen, duftenden *polenta* nehmen konnte, fing seine Nonna an, laut zu zetern. Nicht schon wieder, dachte er voller Verzweiflung. Nicht an jedem verdammten Abend.

«Ernesto!», rief Amalia. «Wo ist Ernesto? Wir dürfen nicht ohne ihn anfangen. Das ist eine Sünde.» Sie bekreuzigte sich dreimal hintereinander.

7. KAPITEL

Gut Friederkamp, Holstein

Als der Juni ins Land ging, blieben die Nächte hell zwischen den sanften Hügeln der Holsteinischen Schweiz. Für die meisten Menschen hier war dies die schönste Zeit des Jahres. Das Wetter war mild, die rauen Winde von der Ostsee gerieten zu warmen Brisen. Nur die Bauern zogen den Winter vor, wenn die Arbeit ruhte und das Holz im Kamin gemütlich knackte.

Sehr spät am Abend verließ Stella das Verwalterhaus und lief zur kleinen Pferdekoppel direkt hinter den Wirtschaftsgebäuden. Sie konnte nicht schlafen und brauchte frische Luft, und sie wollte allein sein.

Ein paar Stallburschen hielten Nachtwache bei zwei kalbenden Kühen. Ihnen wollte sie nicht begegnen. Hier draußen jedoch war niemand. Der Himmel dämmerte nur, ohne schwarz zu werden, und der Mond schickte sein weißes Licht ganz vergeblich auf die Erde.

Stella liebte diese Wochen, in denen die Nacht besiegt wurde. Sie konnte sich dann einbilden, auch sie selbst werde alles überwinden, was sich ihr dunkel und drohend in den Weg stellte – ein Leben in Einsamkeit, ein Leben auf der Schattenseite.

Nur Lorelei und ein alter Wallach namens Max standen auf der Koppel. Die übrigen fünf Stuten hatten inzwischen allesamt gefohlt und verbrachten die Nächte im großen Laufstall. Ihre wenige Wochen alten Füllen durften nur am Tag ins Freie. Sie waren äußerst wertvoll, und Gutsherr Wilhelm Friederkamp ging kein Risiko ein. In der Gegend treibe sich zu viel Gesindel herum, betonte er. Männer aus den Städten, die weder Arbeit noch Brot hatten. Und so ein Fohlen war schnell weggeschafft.

Stellas Vater war da ganz seiner Meinung. Überhaupt stellte Olaf Eriksen nichts mehr in Frage, was der Gutsherr anordnete. Seit sein Stellvertreter Peer Jentzen vor einem Monat gekündigt hatte, war Stellas Vater zufrieden. Jentzen hatte es nicht mehr ertragen, auf Schritt und Tritt kontrolliert und beschimpft zu werden. Er hatte behauptet, der Verwalter hetze die Knechte gegen ihn auf und habe überall auf dem Hof seine Spione, die ihm getreu Bericht erstatteten. Das war allerdings nicht bewiesen worden.

Schließlich hatte Stellas Vater den Gutsherrn davon überzeugt, dass er wieder ganz der Alte sei. Er könne den Betrieb wie früher leiten, und sein dummes Holzbein werde ihn bestimmt nicht daran hindern.

Das Bein nicht, dachte Stella jetzt, als sie den Koppelzaun erreichte und sich dagegenlehnte. Aber sein Herz. Mehr als einmal schon hatte sie beobachtet, wie er sich mit schmerzerfüllter Miene an die Brust griff. Eine ungesunde Blässe überzog in solchen Momenten sein Gesicht, und Schweißtropfen bildeten sich auf seiner Stirn. Außerdem kam er nachts nicht zur Ruhe. Stella ging oft nach ihm schauen, weil er so schlecht schlief und mit den Gegnern in seinen Albträumen kämpfte. Mal warf er sich im Bett hin und her, mal stöhnte er, mal rief er etwas Unverständliches.

Eben war sie wieder aufgewacht. Ein lautes Poltern hatte ihr furchtbare Angst eingejagt, und sie war in sein Zimmer gelaufen. Vaters Holzbein, das nachts immer am Bett lehnte, lag umgekippt auf dem Fußboden. Olaf Eriksen selbst hatte nichts bemerkt. Hatte weitergeschlafen, während seine Tochter auf ihn niederblickte und mit ihrer Atemnot kämpfte.

In letzter Zeit war das Asthma wieder schlimmer geworden.

«Dat ist der Kummer», meinte Florentine regelmäßig. «Du wirst ja noch verrückt, weil du nur noch Angst um deinen ollen Herrn hast.»

Die Mamsell hatte recht. Stella wusste das. Aber sie konnte ihre Sorgen auch nicht einfach abstellen. Jedes Mal, wenn sie ihren Vater bat, weniger zu arbeiten und mehr auf seine Gesundheit zu achten, winkte er nur unwillig ab.

Überhaupt kamen sie immer schlechter miteinander aus. Seit er ihr im März mit einer Mädchenanstalt gedroht hatte, falls sie weiterhin Zeit mit Carsten verbrächte, verstand Stella ihn einfach nicht mehr. Früher, in ihrer Kindheit, war er so liebevoll gewesen. Jetzt begegnete er ihr nur noch mit Misstrauen. Zwar stieß er keine Drohungen mehr aus, denn ihr Asthmaanfall damals hatte ihm große Angst eingejagt, aber er blieb gleichmäßig unfreundlich.

Was hatte sie bloß falsch gemacht? Sie war doch schon immer mit Carsten zusammen gewesen. Ahnte Olaf etwas von ihren Gefühlen für den Hoferben? Unmöglich, dachte Stella. Sie hatte die Liebe ganz tief in ihrem Herzen versteckt.

Aber irgendetwas passte ihm nicht mehr. Und so kam es, dass sie Carsten tatsächlich kaum noch sah. Wilhelm Friederkamp schien höchstpersönlich dafür zu sorgen, dass sein Sohn sich so selten wie möglich auf dem Gut aufhielt. Mal wurde er für ein paar Wochen auf einen Betrieb ganz im Norden Schleswig-Holsteins geschickt, wo er sein Wissen über Milchviehhaltung erweitern sollte, mal musste er bei der Landwirtschaftskammer einen Lehrgang über die Vorteile der Fruchtfolge absolvieren.

Irgendeinen Grund gab es immer, weshalb er nicht auf Gut Friederkamp sein konnte. Es war, als hätten sich Wilhelm und Olaf gegen die Freundschaft ihrer Sprösslinge verschworen.

Der Wallach Max kam heran, streckte seinen massigen dunklen Kopf über die oberste Zaunlatte und ließ sich von Stella die Nüstern streicheln. Er war das einzige Pferd, vor dem sie keine Angst hatte. Vielleicht, weil er so ruhig war, vielleicht, weil sie ihn schon ihr Leben lang kannte.

Max entstammte einer anderen Erblinie als der Hengst Landknecht und dessen Töchter. Während bei Lorelei, Lotte und ihren Schwestern schon eine gewisse Eleganz zu erkennen war, die besonders bei Lottes Stutfohlen Libelle zum Ausdruck kam, verkörperte Max noch die alte Holsteiner Rasse. Er war ein großes und breites Pferd, das sein Leben mit schwerer Arbeit auf den Feldern verbracht hatte. Inzwischen war sein Rücken abgesackt, die starken Beine beugten sich zu einem X, und die Augen wirkten glanzlos. Aber noch immer wurde er für ein paar Stunden vor den Pflug gespannt und zog bei der Ernte einen der hoch mit Raps, Hafer oder Heu beladenen Wagen.

«Bist ein guter Junge», flüsterte Stella. «Du solltest nicht mehr arbeiten müssen.»

Max schnaubte leise. Sein dunkelbraunes Fell schimmerte im Mondlicht silbern, seine Ohren waren spitz aufgestellt. Als ob er ihr genau zuhörte.

«Wir geben ja ein schönes Paar ab», fuhr Stella fort. Sie stellte fest, dass es leichter war, mit einem Pferd zu reden als mit einem Menschen. «Der alte, dicke Ackergaul und das junge, unsichtbare Mädchen.»

Unsichtbar. Genauso fühlte sie sich. Ihr Vater sah durch sie hindurch, Carsten beachtete sie kaum noch, wenn sie sich denn mal begegneten, Wilhelm Friederkamp übersah sie aus Prinzip, und die Mägde und Knechte waren viel zu beschäftigt, um sich mit der farblosen Verwalterstochter abzugeben.

Nur Florentine war für sie da, auf ihre ruppige Art. Sie war mittlerweile die einzige Person, mit der Stella noch richtig sprechen konnte. Weil sie zuhörte und genau wusste, was für ein schwieriger Mensch Olaf Eriksen geworden war. So kam es, dass sich Stella immer häufiger in der Küche im Souterrain aufhielt. Weil sie dort freier atmen konnte. Weil es der einzige Ort war, an dem sie sich noch geborgen und geliebt fühlte.

Von der Koppel her näherte sich jetzt auch Lorelei. Max versperrte der Stute mit seinem breiten Hinterteil den Weg. Er wollte die Aufmerksamkeit des Mädchens für sich allein haben. Trotzdem ging Stella vom Zaun weg. Die alten Ängste kamen wieder hoch.

«Ist schon in Ordnung», sagte sie zu dem Wallach. «Ich muss sowieso zurück.»

Als Stella eine halbe Stunde später in ihrem Bett endlich in den Schlaf fand, träumte sie, sie würde auf dem alten Wallach über die Felder reiten und an einem Knick eine fremde Frau entdecken, die ihr zuschaute. Doch jedes Mal, wenn Stella näher heranritt, verschwand die Frau wie durch Zauberhand.

«Vom Ankieken wird dat nix», schimpfte Florentine am folgenden Nachmittag. Sie schubste Stella zur Seite und griff mit kräftigen Fingern in den Kuchenteig. «Eine halbe Stunde kneten, und zwar ohne Pause!»

«Entschuldige.» Stella wischte sich die mehligen Hände an ihrer Schürze ab und ließ sich auf einen Stuhl fallen. «Ich habe letzte Nacht nicht viel geschlafen.»

«Ist der Alte auf einem Fuß durch die Stube gehüpft und hat ‹Attacke› geschrien?»

Manchmal wusste Stella nicht, ob die Mamsell es ernst meinte oder sie nur auf den Arm nehmen wollte.

«Er hat sich im Bett rumgewälzt, und dabei ist sein Holzbein umgefallen.»

«Aha!» Florentine bearbeitete den Teig, als habe sie eine Rechnung mit ihm offen. «Gib mir mal das Kännchen mit dem Rahm.»

Stella reichte es ihr und schaute zu, wie die Mamsell ein wenig von der sahnigen Flüssigkeit hinzufügte. Sie buken gemeinsam einen Mandelkuchen und hatten bereits Mehl, Eidotter, Butter und Zucker miteinander vermischt. Eine solche Kostbarkeit gab es sonst nur zur Weihnachtszeit, wenn Marzipan hergestellt wurde. Heute jedoch feierte Gutsherr Wilhelm Friederkamp seinen zweiundfünfzigsten Geburtstag, und er hatte sich diesen Kuchen gewünscht.

«Nu kümmer du dich mal um die Mandeln.» Florentine erlaubte es nicht, dass sie untätig herumsaß.

Stella machte sich ans Werk. Auf einem Holzbrett bearbeitete sie die bereits geknackten und geschälten Mandeln mit einem großen Hackmesser. Allerdings ging sie dabei ausgesprochen langsam und nachdenklich zu Werke. Der Traum von der fremden Frau ging ihr einfach nicht mehr aus dem Sinn.

«Hast du meine Mutter gekannt?», fragte sie unvermittelt die Mamsell.

Florentines Hände erstarrten tief im Teig vergraben. «Was soll das denn jetzt?»

Stella zuckte mit den Achseln und nahm sich die nächsten paar Mandeln vor.

«Also, nee, habe ich nicht. Ich weiß auch nur, was der Olaf erzählt hat.»

«Dass sie eine gefeierte Tänzerin in Hamburg war und bei meiner Geburt gestorben ist?»

«Ganz genau.»

«Glaubst du, sie hat auch gesungen?»

Florentine legte den Kopf schief und blickte sie scharf an. «Jetzt kapier ich. Du willst wissen, von wem du deine schöne Stimme geerbt hast.»

«Hm.» Sonntags beim evangelischen Gottesdienst erhob sich Stellas reiner Gesang tatsächlich über den eher kläglichen Stimmen der anderen Kirchgänger, und selbst wenn sie nur redete, erklang ein besonderer, ein warmer und tiefer Ton, der jeden verblüffte, der ihn zum ersten Mal hörte. Ihre Stimme, dachte Stella manchmal, war das Einzige an ihr, das nicht unscheinbar war.

Ein Erbe ihres Vaters war es nicht. Olaf Eriksen knarzte und jaulte wie ein Schleifstein, wenn ein stumpfes Messer drangehalten wurde.

«Gut möglich», meinte die Mamsell. «Und vielleicht bist du ja zu Höherem berufen. Von wegen hier bloß Mandeln hacken. Du solltest eine weltberühmte Opernsängerin werden.»

«Machst du dich lustig über mich?»

«Ganz recht.»

Stella verzog die Mundwinkel nach unten. «Ich will nichts Besseres sein als du oder alle anderen hier. Das weißt du genau.»

«Tut mir leid, mein Sternchen.» Florentines Blick war voller Zuneigung.

«Ich will bloß etwas über meine Herkunft erfahren. Wer war meine Mutter? Wie hat Vater sie kennengelernt?»

«Soweit ich weiß», sagte die Mamsell langsam und knetete weiter den Kuchenteig, «sind Wilhelm und Olaf früher das eine oder andere Mal nach Hamburg gereist. Da waren beide noch jung und hatten Hummeln im Hintern.» Sie feixte. «Kann man sich bei dem würdigen Gutsherrn und dem miesepetrigen Verwalter heute gar nicht mehr vorstellen.»

Stella schaute sie erstaunt an. «Die beiden zusammen? Wirklich? Wilhelm war doch der Hoferbe und Vater nur der Kutscher.» In dieser Stellung, das wusste sie, hatte Olaf Eriksen einst seinen Dienst auf dem Hof begonnen. «Ist das nicht ziemlich ungewöhnlich?»

Florentine wich ihrem Blick aus. «Für den Wilhelm war dein Vater immer wie ein Bruder. Sie sind zusammen aufgewachsen. Und damals waren ihm irgendwelche Standesdünkel gleichgültig. Aber was weiß ich schon. Ich war zu der Zeit bloß Küchenmädchen. Hab nicht so viel mitgekriegt.»

Stella hatte das deutliche Gefühl, dass die Mamsell ihr etwas verschwieg, doch vorerst blieb sie still und beobachtete, wie Florentine den Teig ausrollte und auf ein Tortenblech legte. Sie bestrich ihn zunächst mit Eigelb und süßem Rahm und nahm Stella das Holzbrett aus der Hand. Dann schüttete sie die gehackten Mandeln in eine flache Schüssel, vermischte sie mit Zucker und Zimt und streute sie gleichmäßig über den Teig. All dies tat sie mit gerunzelter Stirn und roten Flecken im Gesicht.

Stella behielt sie im Auge. Als das Blech in den Ofen gewandert war, fing sie noch einmal an. «Irgendwas musst du doch wissen.»

Die Mamsell ließ eine Emailleschüssel laut klappernd in den Spülstein fallen. «Gib endlich Ruhe mit den alten Geschichten!»

Erschrocken zuckte Stella zusammen. «Bist du jetzt böse mit mir?»

«Bin ich nicht», gab Florentine sanfter zurück, doch ihre Haltung verriet Anspannung. Sie blieb neben dem Ofen stehen und verschränkte die Arme vor der Brust. «Ich habe bloß wichtigere Dinge im Kopf als irgendwelche amourösen Abenteuer, die zwei junge Kerle vor dem Krieg erlebt haben. Ist alles längst vorbei.»

«Für mich nicht», sagte Stella leise. «Ich frage mich eben manchmal, wie mein Leben wäre, wenn ich eine Mutter hätte.»

«Wie sollte es schon sein? Genau wie jetzt auch. Nur, dass der alte Herr sich vielleicht besser benehmen würde. Und du – nun ja –, du wärst nicht so oft hier bei mir.»

Auf einmal verstand Stella. Sie erhob sich, ging zu Florentine und legte ihre Arme um sie. «Du bist immer gut zu mir gewesen. Ich wollte dich nicht traurig machen.»

«Ich bin überhaupt nicht traurig», erwiderte Florentine steif. «Und lass mich gefälligst wieder los.» So viel körperliche Nähe war ihr unangenehm. Zärtlichkeiten lagen nicht in ihrer Natur.

Stella trat einen Schritt zurück und lächelte. «Eine bessere Mutter als dich hätte ich mir gar nicht wünschen können.»

«Ja, ja. Ist schon gut.»

Sie war jetzt doch gerührt, die Mamsell. Das konnte Stella ihr ansehen. Und weil es ihr wirklich schrecklich leidtat, fügte sie hinzu: «Und ich hätte niemals so gut kochen gelernt. Du hast mir alles beigebracht.»

«Ja, du bist eine ganz passable Köchin geworden.»

Es war ein seltenes Lob aus Florentines Mund, und Stella spürte, wie sie vor Freude errötete. Sie setzte sich wieder auf den Stuhl. «Ich habe auch nur deshalb davon angefangen, weil Vater nie mit mir über meine Mutter spricht.»

«Wann hast du ihn denn zuletzt nach ihr gefragt?» Florentine setzte sich zu ihr. Es kam nicht oft vor, dass sie im Laufe des Tages eine Ruhepause einlegte, aber nun blieben ihre sonst so tüchtigen Hände untätig, und ihr Blick war fest auf das Mädchen gerichtet, das sie großgezogen hatte.

«Ich weiß nicht. Das ist sehr lange her.» Seit Jahren schon wich ihr Vater jedem Gespräch über die Vergangenheit aus. «Als ich noch klein war, da hat er mir manchmal von ihr erzählt», sagte sie langsam. «Eben dass sie eine berühmte Tänzerin in Hamburg war und wunderschön. Mit hellen blonden Haaren und klaren blauen Augen. Ich glaube, sie muss auch recht groß gewesen sein. So wie ich. Vater hatte als junger Mann ja braunes Haar, und er ist ziemlich klein.» Sie seufzte. «Ach, ich hätte so gern wenigstens ein Bild von ihr. Meinst du, er redet deshalb nie mehr von ihr, weil er noch immer um sie trauert?»

Florentine schwieg lange. So lange, dass Stella schon dachte, sie sei wieder böse geworden.

Als sie endlich sprach, zog bereits der Duft nach frischem Mandelkuchen durch die Küche. Dazwischen drängte sich der sehr viel herzhaftere Geruch eines Suppenhuhns, das auf dem

Herd vor sich hin köchelte. Es war eine seltsame Mischung, an die Stella jedoch gewöhnt war.

«Ich glaube … du solltest ihn vielleicht noch einmal fragen.» Florentine druckste herum. «Du hast ein Recht darauf, zu wissen, wo du herkommst.»

Stella staunte. Offensichtlich kostete es die Mamsell große Überwindung, so zu sprechen. Denn Stellas fremde Mutter war ihr stets ein Dorn im Auge gewesen. Lieber hatte sie sich selbst als Mutter gesehen. Dass sie nun ihrem Schützling riet, die Geheimnisse der Vergangenheit aufzudecken, kam einem kleinen Wunder gleich. Sie tat es wohl aus Liebe zu Stella.

«Lass nicht zu, dass er dir ausweicht. Stell ihn zur Rede. Wir wissen nicht, wie lange er …» Schnell hielt sie sich die Hand vor den Mund, aber Stella wusste genau, was sie hatte sagen wollen.

«Wie lange er noch lebt», flüsterte sie.

«Sei still, Deern, und hör bloß nicht auf eine alte, dumme Landfrau.»

«Ich weiß es ja selbst, Florentine. Er arbeitet zu viel, seit Jentzen weg ist, und er nimmt überhaupt keine Rücksicht auf sein Herz.»

«Auf dich auch nicht.»

«Ach …»

«Es ist, wie ich sage. Dein Vater macht sich keinen Kopp, ob er dir Kummer bereitet.»

Erst als die Mamsell ihr mit dem Zipfel ihrer Küchenschürze über die Wangen strich, merkte Stella, dass sie weinte. «Rumheulen nützt auch nix, mein Sternchen.»

«Nein», sagte Stella. Und dann, mit neuem Mut: «Ich werde darauf bestehen, dass er mir alles erzählt, was er weiß. Heute noch.»

«Gut so. Aber damals haben …» Erneut brach Florentine ab, rieb die rissigen, abgearbeiteten Hände aneinander. Es klang, als führe jemand mit Schmirgelpapier über ein Stück Holz.

«Was ist denn?»

«Ach, nichts.»

«Bitte, Florentine. Sag mir, was du weißt.»

«Es ist vielleicht gar nicht wichtig.»

«Sollte ich das nicht entscheiden?»

«Also, damals wurde hier unten im Souterrain viel getratscht. Na, ist heute nicht anders, aber ich pass auf, dass meine Küchenmädchen dabei nicht ihre Arbeit vergessen. Die Mamsell vor zwanzig Jahren war auch sehr streng. Von ihr habe ich alles gelernt.»

«Florentine», bat Stella eindringlich. «Worum geht es?»

«Nun, ich will beileibe nichts Schlechtes sagen. Aber dein Vater war …»

«Was?» Stella hielt es kaum noch aus. Nervös rutschte sie auf ihrem Stuhl hin und her.

«Er war – wie soll ich es sagen – kein sonderlich gutaussehender Mann. Und er hatte auch keinen großen Erfolg bei den Mädchen.»

Enttäuscht hörte Stella auf zu rutschen. «Und das ist schon das ganze Gerücht?»

Florentine sah sie mit einem Blick an, den Stella nicht zu deuten wusste, und es dauerte eine Weile, bis sie weitersprach.

«Als er dich aus Hamburg mitgebracht hat, da haben ein paar Leute gemeint, es sei doch recht ungewöhnlich, dass ein kleiner, unansehnlicher Kutscher eine gefeierte Tänzerin geschwängert habe.»

«Wieso?», fragte Stella eingeschnappt. «Mein Vater war

vielleicht nicht reich und schön, aber er war immer ein guter Mensch.»

Florentine stieß eine Art Brummen aus. Ihre Hände kamen nun zur Ruhe. «Du wolltest alles hören, was ich weiß, also beschwere dich jetzt nicht. Man fragte sich eben, warum Olaf Eriksen ausgerechnet in der Stadt bei den Frauen beliebt war.»

Stella dachte lange nach. «Vielleicht …», begann sie schließlich unsicher, «vielleicht stimmt es ja gar nicht, was er mir erzählt hat.»

Die Mamsell hob die Augenbrauen. «Was willst du damit sagen?»

«Nun, möglicherweise war meine Mutter gar nicht so berühmt und gefeiert, wie er immer behauptet hat. Er hat eben bloß ein bisschen mit ihr angegeben. Wahrscheinlich war sie ein einfaches Mädchen, das ihn ehrlichen Herzens geliebt hat.»

«Ach so.» Florentine wirkte überrascht, aber auch erleichtert. «Ja, vielleicht war alles bloß dummes Küchengeschwätz.»

Stella straffte unwillkürlich die Schultern. «Ich werde Vater fragen.»

«Tue das, Deern, tue das. Aber mach mir keine Fisimatenten. Und jetzt kümmere dich erst mal um das Huhn. Nach zwei Stunden müsste es langsam gar sein.»

Erleichtert stand Stella auf und ging zum Herd. Es war besser, etwas zu tun, als immer nur zu grübeln. Sie nahm das Geflügel aus der kochenden Bouillon und legte es auf einen großen flachen Teller. Sodann stach sie mit einem spitzen Messer in das Fleisch.

«Es ist gut», verkündete sie. «Das hat aber wirklich lange gedauert. Wie alt war denn das Huhn?»

Florentine zuckte mit den Schultern. «Schätze, es hat schon Eier gelegt, als der olle Bismarck unser Reichskanzler wurde.»

Stella kicherte und machte sich daran, das Huhn fachgerecht in kleine Stücke zu zerteilen. Anschließend schnitt sie Suppengemüse zurecht, Karotten, Lauch, Knollensellerie und eine Zwiebel, und gab alles mit dem Hühnerfleisch zurück in die Brühe. Sie würzte mit etwas Salz und Pfeffer.

Florentine kümmerte sich in der Zeit um den Mandelkuchen und ließ Stella allein werkeln.

«Wann wird es wohl endlich wieder Lorbeerblätter zu kaufen geben?», fragte Stella mit einem kleinen Seufzen.

«Jammere nicht rum, sondern sei froh, dass wir ein fettes Huhn für die Suppe haben.»

«Ein mageres, zähes, uraltes Huhn», korrigierte Stella.

«Immer so pingelig, das Fräulein.»

Als das Gemüse fast gar war, gab Stella noch den Inhalt einer ganzen Packung spiralförmiger Nudeln hinein. Das Essen war für die Arbeiter und Angestellten gedacht, und die wollten satt werden. Da nahmen sie es auch hin, dass Stella Eriksen Nudeln hineintat, wenn sie mal Abwechslung ins Essen bringen wollte. Einen gutgefüllten Teller davon wollte sie für Carsten zurückstellen, denn er behauptete immer, nichts schmecke ihm besser.

Wenig später verließ Stella das Souterrain. Als sie schon den halben Weg zum Verwalterhaus zurückgelegt hatte, musste sie an die Besuche ihres Vaters in Hamburg denken. Das berüchtigte Viertel St. Pauli. Zwei junge Männer auf Vergnügungstour … Stella war in Liebesdingen gänzlich unerfahren. Aber sie las Zeitung, und sie hörte den Gesprächen des Gesindes zu.

Sie konnte eins und eins zusammenzählen. Ein geradezu ungeheuerlicher Gedanke kam ihr.

Nein, dachte sie dann und tat einen weiteren tiefen Atemzug. Nein, das glaube ich nicht. Meine Mutter war keine Prostituierte. Außerdem: Hätte ein grundkonservativer Mann wie Olaf Eriksen das Kind eines Freudenmädchens bei sich aufgenommen? Niemals!

Beherzten Schrittes setzte sie ihren Weg fort, eilte fast im Laufschritt den Hügel hinunter.

Im Verwalterhaus war ihr Vater nicht, also suchte sie weiter. Schließlich fand sie ihn im Pferdestall. Die Boxen waren leer, die Pferde waren am Morgen auf die Weide gebracht worden.

Ihr Vater stand ganz am Ende der Stallgasse vor der letzten Box. Landknecht war als einziges Pferd drinnen geblieben.

Eben noch war Stella fest entschlossen gewesen, ihren Vater zur Rede zur stellen, jetzt verharrte sie unschlüssig. Doch es war nicht nur die Angst vor dem Pferd, die sie davon abhielt, näher zu treten. Ihr Vater war nicht allein. Neben ihm stand Wilhelm Friederkamp.

Instinktiv ging Stella hinter ein paar Strohballen in die Hocke und lugte nur vorsichtig zu den beiden Männern hinüber. Wie verschieden sie waren! Der eine groß und drahtig mit vollem, noch immer blondem Haar, der andere klein, krumm und nahezu kahlköpfig.

Stella versuchte, sie sich als junge Männer vorzustellen. Ansehnlich und von Frauen umschwärmt. Es gelang ihr nur beim heutigen Gutsherrn. Dafür hatte ihr Vater andere Vorzüge besessen. Sie erinnerte sich genau daran, wie gutmütig er früher gewesen war. Bevor der Krieg seine Gesundheit zerstört hatte, bevor sein Leben nur noch aus Schwäche und Schmerzen bestand. Ganz sicher hatte es wenigstens ein Mädchen gegeben, das diesen Mann geliebt hatte.

Ihr Herz flog ihm zu, und auf einmal wusste sie, sie würde ihn in Ruhe lassen. Warum alte Wunden aufreißen? Ihre Mutter war tot. Es machte keinen Unterschied, ob Stella mehr über sie erfuhr oder nicht.

Schon wollte sie sich rückwärts wieder aus dem Stall schleichen, als ihr Vater das Wort ergriff. Ohne recht zu wissen, warum, blieb sie hocken.

«Das werde ich nicht zulassen, Wilhelm!», sagte er mit überraschend lauter, scharfer Stimme. «Landknecht bekommt hier sein Gnadenbrot. Das haben war so vereinbart, und so bleibt es auch.»

«Der wilde Gaul frisst mir die Haare vom Kopf», erwiderte der Gutsherr unwillig. «Der taugt nur noch für den Abdecker.»

Stella erschrak. Wilhelm Friederkamp wollte den Hengst töten lassen, der ihn mutig durch Flandern und bis nach Frankreich hineingetragen hatte? Wie war das möglich? Wie konnte er nur so herzlos sein?

«Was ist in dich gefahren?», fragte nun auch Stellas Vater. «Ohne Landknecht wärst du nicht mehr unter uns. Er hat dir mehr als einmal das Leben gerettet.»

Der Gutsherr ließ die Schultern sinken. Er wirkte plötzlich alt und müde, fand Stella.

«Jedes Mal, wenn ich in den Stall komme und ihn sehe», erklärte er, «ist es mir, als wären nur ein paar Tage seit der letzten Schlacht vergangen, und nicht fast vier Jahre. Ich höre wieder die Kanonen donnern, ich stecke im Schlamm fest, rieche das Senfgas und blicke dem Tod ins Gesicht.»

«Was stellst du dich so an», gab ihr Vater ungerührt zurück.

«Du schleppst nur ein paar böse Erinnerungen mit dir herum. Aber du bist wenigstens kein Krüppel.»

Stella fand, er sprach sehr respektlos mit dem Gutsherrn, aber dieser schien sich nicht daran zu stören.

«Hast wohl recht, alter Freund», sagte er, während Landknecht in seiner Box gegen die Seitenwände trat. Offensichtlich fühlte er sich gestört durch die Anwesenheit der zwei Männer. Aus ihrem Versteck heraus konnte Stella sehen, wie er schnaubte und die massiven, gelblichen Zähne bleckte.

«Aber der Gaul wird sich nie mehr erholen», fügte der alte Friederkamp hinzu. «Und das hier ist auch kein Leben für ihn. Es ist eine Strafe.»

«Du irrst dich», erwiderte Stellas Vater. «Er macht große Fortschritte. Gestern hat er sich von mir ein Halfter anlegen lassen, und nächste Woche bringe ich ihn wieder auf die Südkoppel.»

«Von dort ist er öfter ausgebrochen, als ich zählen kann. Daraus wird nichts. Der wird hier in seiner Box durchdrehen. Guck ihn dir bloß an. Er sieht aus, als hätte er die Tollwut.»

«Landknecht braucht frische Luft und Bewegung, das ist alles.» Stellas Vater verlagerte sein Gewicht auf das gesunde Bein. Stella wusste, es fiel ihm schwer, so lange zu stehen, aber für sein Lieblingspferd war er bereit durchzuhalten. «Und er kann nicht mehr ausbrechen. Ich habe den Zaun verstärken lassen. Dann hast du ihn auch nicht mehr ständig vor Augen.»

Der Gutsherr stieß ein unwilliges Grunzen aus. «Na, ich weiß nicht. Er kostet mich trotzdem eine Stange Geld und ist zu nichts nütze. Ich bin kein reicher Mann mehr, Olaf, und das weißt du. Der Krieg hat mich fast in den Bankrott getrieben, und die Zeiten werden nicht leichter. Dazu kommt noch mein feiner Herr Sohn mit seinen verfluchten Flausen im Kopf. Ein Gestüt für edle Holsteiner Sportpferde! Herrgott noch mal! Schluss damit! Und mit dem hier auch! Ich kann mir keine Sentimentalitäten mehr leisten.»

Stella erwartete, dass ihr Vater nun nachgeben würde. Er war schließlich selbst ein sparsamer Mann. Doch er wehrte sich weiterhin.

«Der Hengst bleibt», sagte er in festem, beinahe bedrohlich klingendem Tonfall. «Vergiss nicht, Wilhelm, du bist mir was schuldig.»

Ihr Herz schlug auf einmal schneller. Was hatte das zu bedeuten?

Sie bekam keine Antwort. Der Gutsherr sagte keinen Ton mehr. Er machte auf dem Absatz kehrt und lief mit langen wütenden Schritten durch die Stallgasse. Er kam direkt auf die Strohballen zu.

8. KAPITEL

Stella richtete sich schnell auf, bevor Wilhelm Friederkamp sie in ihrer Hockstellung erwischen konnte. Mutig trat sie vor.

«Die … ähm … Mamsell lässt ausrichten, der Mandelkuchen ist fertig.»

Der Gutsherr zog eine goldene Taschenuhr aus seiner Weste und ließ sie aufklappen. «Ein bisschen früh, um mich zu rufen. Ich erwarte meine Gäste erst in einer Stunde.»

Von zwei benachbarten Höfen und aus Eutin waren befreundete Familien zum Geburtstagskaffee eingeladen worden. Mamsell Florentine hatte zu diesem Anlass außer dem Mandelkuchen auch zwei Obsttorten vorbereitet. Zudem waren ein Rumpudding und eine Zitronencreme kalt gestellt.

Später sollte es noch Platten mit Holsteiner Katenschinken und Mettwurst, Gänseschmalz mit Äpfeln, Käse und frischgebackenem Bauernbrot geben. Dazu reichlich Bier und Schnaps und für die Damen Florentines selbstgemachten Holunderbeerenlikör, damit das Wiegenfest auch angemessen begossen werden konnte.

Stella dachte mit Unbehagen an die Gäste. Mindestens zwei der Familien brachten ihre Töchter im heiratsfähigen Alter mit. Sie hasste die Mädchen jetzt schon.

Wilhelm Friederkamp richtete seinen Blick wieder auf Stella. Die gleichen blauen Augen, die sie an Carsten so liebte, ließen sie bei seinem Vater frösteln. Nervös zupfte sie an ihrem langen grauen Rock herum und entfernte ein paar Strohhalme.

«Wie lange bist du schon hier, junges Fräulein?», verlangte er zu wissen.

«Oh ich … ich bin gerade erst hereingekommen. Auf … der Suche nach Ihnen.»

«Soso.»

Er glaubte ihr kein Wort. Seine Stirn war tief gerunzelt, seine Haltung militärisch stramm. Offenbar überlegte er, was sie gehört haben mochte.

«Wie dem auch sei», fügte der Gutsherr nach einem weiteren scharfen Blick hinzu. «Ich hoffe, du weißt, wo dein Platz ist.»

Stella ließ die Schultern hängen. Sie verstand genau, was er damit sagen wollte. Die wenigen Male, die er überhaupt mit ihr sprach, vergaß er nie, sie an ihre niedrige Stellung zu erinnern. Anscheinend war er jetzt aber zu dem Schluss gelangt, dass diese farblose Deern zu unwichtig war, um einen weiteren Gedanken an sie zu verschwenden. Er verließ den Stall und nahm leichtfüßig die Anhöhe zum Gutshaus.

Es war ungerecht, fand Stella. Für den Weg, den Wilhelm so schnell zurücklegte, brauchte ihr Vater stets eine kleine Ewigkeit. Und zwischendurch musste er sich jedes Mal auf der Holzbank vor dem Verwalterhaus ausruhen. Wann immer möglich, sparte er sich ohnehin die weite Strecke. Meistens kam Wilhelm zu ihm, um wichtige Angelegenheiten zu besprechen. So wie eben.

Stella wandte sich zu ihrem Vater um. Noch immer schien er ihre Anwesenheit nicht bemerkt zu haben. Leise sprach er auf den Hengst ein, und seine Stimme, die auf einmal ganz sanft war, vollbrachte ein Wunder.

Landknecht beruhigte sich. Seine Hufe knallten nicht mehr gegen die Boxenwand, sein gerade noch in heller Aufregung hochgeworfener Kopf senkte sich, das nervöse Schnauben ließ nach.

Unschlüssig, ob sie zu ihm gehen oder lieber verschwinden sollte, blieb Stella, wo sie war. Ein kalter Schauder lief ihr über den Rücken. Unwillkürlich berührte sie die Narbe an ihrer Stirn. Das Gefühl, dieses Pferd bringe Unglück über ihre kleine Familie, wollte nicht weichen.

Olaf lehnte sich nun an die Boxentür, entlastete seinen Stumpf mit dem Holzbein daran und hakte seine Daumen unter die Hosenträger.

«Du kommst mir nicht in die Wurst», sagte er, wieder laut genug, dass Stella ihn hören konnte. «Du bist so ein feiner Bursche, und bald wirst du wieder ganz der Alte sein. Dann kannst du noch eine ganze Reihe von Nachkommen zeugen.» Er befreite seine linke Hand und klopfte damit gegen das Holzbein. «Bei mir ist da nichts mehr zu machen, aber dich kriege ich schon wieder hin.»

Stella atmete langsam ein und aus. Tiefes Mitleid mit ihrem Vater erfüllte sie, und sie sehnte sich danach, zu ihm zu gehen und sich in seine Arme zu werfen. Doch sie ahnte: Er hätte sie abgeschüttelt.

Leise verließ sie den Stall.

Aber Stella kam nicht weit. Sie hatte vielleicht zwanzig, dreißig Meter zurückgelegt und erreichte just die mächtige Eiche, als ein schrilles Wiehern aus dem Stall erklang. Fast gleichzeitig vernahm sie einen Fluch und dann das Trommeln von Hufen.

In der nächsten Sekunde preschte Landknecht aus dem

Stall – und schleifte Stellas Vater am Strick des Halfters hinter sich her! Dabei schlug sein Holzbein hart auf den Boden auf. Es gab einen hässlichen dumpfen Knall nach dem anderen.

Stella schrie. Sie suchte Schutz hinter dem mächtigen Eichenstamm und starrte auf das wildgewordene Pferd und ihren hilflosen Vater.

Warum ließ er nicht los? Warum ließ er sich noch weiter mitschleifen, während die galoppierenden Hufe dicht neben seinem Kopf auf den Boden prallten?

Da erkannte sie, dass der Halfterstrick sich um seine Finger gewickelt hatte. Er war gefangen!

«Bitte, lieber Gott», flüsterte sie. «Rette ihn!»

Als wären ihre Gebete erhört worden, rannten nun drei Männer herbei. Sie trugen Mistgabeln und schnitten dem Hengst den Weg ab. Er stieg hoch, wieherte schrill, seine Hufe wirbelten durch die Luft. Aber die Männer waren harte Kerle vom Land, sie wichen nicht zurück und zwangen das Pferd endlich in eine schmale Gasse zwischen dem Stall und der großen Scheune. Dort befand sich der Sattelplatz, dort stand am Ende eine massive Ziegelmauer.

Stella wagte es nicht, den Schutz des Baumstammes zu verlassen. Sie zitterte am ganzen Körper und rang verzweifelt um Atem.

Nicht jetzt, flehte sie im Stillen. Bitte keinen Anfall. Ich muss sehen, ob es Vater gutgeht.

Olaf Eriksen wurde von einem der Männer befreit, während die anderen beiden den Hengst in Schach hielten. Zu ihrem Glück blieben sie dabei auf Abstand zu der wildgewordenen Kreatur, sonst hätten sie im nächsten Augenblick womöglich ihr Leben verloren.

Plötzlich nahm Stella hinter sich eine Bewegung wahr und schrie erneut auf.

Wilhelm Friederkamp kam angerannt, seine Jagdflinte schussbereit in den Händen. Er ging in Stellung, legte an und tötete den Hengst mit einem gezielten Schuss zwischen die Augen.

Das mächtige Tier brach zusammen.

«Nein!», schrie Stellas Vater. Dann griff er sich an die Brust und stöhnte auf.

Er starb neben seinem alten vierbeinigen Freund, noch bevor Stella ihn erreicht hatte.

9. KAPITEL

Das Geburtstagsfest für Wilhelm Friederkamp wurde abgesagt, die Gäste, die telefonisch nicht hatten erreicht werden können, mussten wieder nach Hause geschickt werden.

Ein Arzt wurde geholt, der bescheinigte, dass Olaf Eriksen an einem Herzinfarkt gestorben war. Auch ein Pastor kam, dafür sorgte Florentine.

Der Abdecker schaffte den toten Hengst fort, die Beerdigung des Verwalters wurde vorbereitet.

Dem Gutsherrn gingen alle Leute auf dem Hof, so gut sie es vermochten, aus dem Weg. Er schrie jeden an, machte die Stallknechte nieder, die nicht verhindert hatten, dass Olaf Eriksen das verrückte Pferd aus der Box gelassen hatte, und er legte sich sogar mit Florentine an. Die Mamsell wagte es nämlich als Einzige auszusprechen, was alle dachten: Wilhelm Friederkamp wütete gegen die ganze Welt, doch in Wahrheit war er nur auf sich selbst zornig, weil er sich die Schuld an Olafs Tod gab. Hätte er nicht angedroht, den Hengst wegzugeben, wäre es nie zu dem Unglück gekommen. Einer der Stallknechte hatte vom Heuboden aus ebenfalls gehört, was Wilhelm und Olaf gesprochen hatten, und der Mann hatte es sofort herumerzählt.

Daraufhin hätte die Mamsell, nach bald dreißig Jahren im Dienst der Friederkamps, um ein Haar ihre Stellung verloren.

Einzig dem Eingreifen des Pastors war es zu verdanken, dass sie bleiben durfte und dass der Gutsherr schließlich seinen Frieden mit dem Verlust seines alten Freundes machte.

Von alldem bekam Stella nichts mit. Sie saß tagelang im Souterrain am Küchentisch, starrte blicklos vor sich hin, aß nicht, was die Mamsell ihr vorsetzte, trank weder Wasser noch verdünnten Wein, noch Likör.

Abends ging sie auf steifen Beinen hinunter ins Verwalterhaus, legte sich auf ihr Bett, schlief nicht. In aller Herrgottsfrühe saß sie schon wieder in der Küche und bemerkte nicht, dass die Mamsell mehr und mehr verzweifelte.

«Die stirbt mir auch noch weg, wenn nicht bald was geschieht», sagte Florentine zu einer der Küchenhilfen. «Los, hol den Carsten.»

Stellas Freund aus Kindertagen kam herbei, schaute hilflos auf das totenblasse Mädchen und fragte: «Was soll ich denn tun?»

«Bin ich etwa ein Doktor?», gab Florentine giftig zurück. «Weiß ich, was in einem vor Kummer kranken Kopf vor sich geht?»

«Ich auch nicht.»

Die Mamsell puffte ihn kräftig gegen die Schulter. «Nu man nicht so feige! Zum Zeitvertreib war sie dir immer gut genug. Tue was!»

Stella sah Carsten wie durch eine dicke Nebelwand. Und in weiter Ferne schien er auch zu sprechen. Zumindest bewegte er seine Lippen. Aber sie konnte nicht hören, was er sagte.

Erneut ging sein Mund auf und zu. Sie kniff verständnislos die Augen zusammen, als könne sie dadurch besser hören. Jemand reichte ihr ein Glas Wasser. Anstandslos trank sie es aus. Es schmeckte ekelhaft. Süß und salzig zugleich. Seit wann mischte man wohl Zucker und Salz ins Trinkwasser?

«Igitt», war das Erste, was sie nach drei Tagen von sich gab.

Carsten lächelte, und sie lächelte zurück. Dass sie dabei totenbleich war und die eingefallenen Wangen ihr Gesicht in eine hässliche Fratze verwandelten, wusste sie nicht. Die Nebelwand löste sich auf, und sie hörte die Mamsell sagen: «Na bitte. Der gute Carsten kann mit seinem Charme Tote zum Leben erwecken.»

Tote? Etwas lauerte am Rand von Stellas Bewusstsein. Sie schob es weg.

Dann bekam sie geriebenen Apfel in den Mund geschoben. Ein Löffelchen nach dem anderen, als wäre sie ein kleines, krankes Kind. Sie wollte kauen, wunderte sich, wie schwer ihr das fiel. Aber sie spürte, wie neue Kraft durch ihren Körper floss.

Carstens Lächeln wurde schmal und hart. «Dein Vater ist tot.»

Sie verstand nicht sofort. So war er schon immer gewesen. Nahm keine Rücksicht auf ihre Gefühle, sagte, was gesagt werden musste. Sie wollte nach Carstens Hand greifen, aber ihr Arm war furchtbar schwer.

Da er ihre Absicht wohl erkannte, strich er ihr beruhigend über die Wange. «Streng dich nicht an. Das wird schon wieder.»

«Ich glaube, ich würde gern ein wenig schlafen.» Sie spürte noch, dass er sie hochhob und forttrug. Dann wurde ihr schwarz vor Augen.

Als Stella tags darauf erwachte, wusste sie nicht sogleich, wo sie sich befand. Sie lag in einem schmalen Bett mit harter Matratze. Langsam hob sie den Blick und schaute sich um. Viel zu sehen gab es nicht. Die kleine Kammer verfügte nur über ein winziges Fenster, und außer dem Bett passten gerade mal ein billiger Schrank, ein Stuhl und ein Waschtisch hinein. Offensichtlich hatte man sie in ein Dienstbotenzimmer gebracht.

Marie Müller, ein Hausmädchen, das nach Malente geheiratet hatte, war bis Ostern hier einquartiert gewesen. Seitdem stand die Kammer leer. Stella sah zu dem Fenster hin. Grelles Mittagslicht fiel durch den schmalen Spalt. So lange hatte sie in ihrem ganzen Leben noch nicht geschlafen.

Ein kurzes Klopfen an der Tür, schon trat Florentine ein.

«Na, Deern, siehst ja wieder wie 'n Mensch aus.» Sie reichte ihr einen Teller mit dampfendem Haferbrei und ein großes Glas Milch. «Erst essen und trinken, danach darfst du aufstehen. Es ist schon fast zwölf, und du musst wieder zu Kräften kommen.»

Stella verspürte eine leichte Übelkeit beim Anblick des vollen Tellers, aber sie wusste aus Erfahrung, die Mamsell würde nicht weichen, bevor sie nicht wenigstens einen Teil des Breis hinuntergewürgt hatte.

«Und dass du mir ja nicht wieder Löcher in die Luft starrst. Das war nicht auszuhalten die letzten Tage.»

«Es tut mir leid», sagte Stella und begann, langsam zu essen.

Florentine hockte sich auf die Bettkante. «Kannst ja nichts dafür. Der Doktor hat gesagt, das ist der Schock, und wir sollen dich am besten in Ruhe lassen. Aber gestern war denn man gut, fand ich. Oder willst du etwa heute zusammen mit dem armen Olaf unter die Erde kommen?»

Als sie merkte, was sie da gesagt hatte, schlug sie die Hand vor den Mund.

Stella ließ den Löffel zurück auf den Teller fallen. «Vaters Beerdigung ist … heute?», fragte sie mit kleiner Stimme.

«Ja, mein Sternchen. Verzeih einer alten, dummen Köchin. Ich hätte es dir schonend beibringen müssen. Aber ich weiß nicht mehr, wo mir der Kopf steht. All das Essen, das vorbereitet werden muss. Unser werter Gutsherr verlangt einen angemessenen Leichenschmaus für ein paar Dutzend Gäste.» Sie seufzte hörbar.

Stella fand es einfacher, sich auf die praktischen Dinge zu konzentrieren, als an ihren Verlust zu denken. «So viele Leute kannte Vater gar nicht.»

«Nun ja, es sind wohl auch Freunde der Friederkamps darunter. Sogar aus Lübeck kommen welche. Und bestattet wird der Olaf übrigens hier auf dem Familienfriedhof.»

Stella kam aus dem Staunen gar nicht wieder raus. «Auf dem Familienfriedhof? Wirklich? Das verstehe ich nicht.»

«Frag mich nicht, Deern. Frag mich bloß nicht, warum. Ich habe keine Zeit, mich mit so 'nem Tüdelkram zu beschäftigen. Freue dich einfach darüber.»

Erneut merkte Florentine, dass sie alles andere als einfühlsam daherredete, und schlug mit der Faust auf die Bettdecke. «Großer Gott!»

Stella fuhr zusammen. Etwas Haferbrei floss über den Rand, aber die Mamsell bemerkte es zum Glück nicht. Sie stand ächzend wieder auf und wandte sich zur Tür.

«Nu weißt du Bescheid. Heute Nachmittag um drei geht es

los. Der Gutsherr hat angeordnet, dass der Trauergottesdienst bei der alten Eiche stattfinden soll. Er sagt, Olaf liebte es, in der freien Natur zu sein, und dieser Platz sei angemessen.»

«Danke», flüsterte Stella. Aber da hatte Florentine schon fluchtartig die Kammer verlassen.

Sie zwang sich, noch ein paar Löffel von dem Brei zu essen, und trank das ganze Glas Milch aus, obwohl eine heftige Übelkeit in ihr aufstieg.

Ich muss stark sein, sagte sie sich. Stark für Vater.

Aber die Trauer schwappte über sie hinweg wie eine der riesigen Meereswellen, die sie als Kind auf einem ihrer seltenen Ausflüge an die Ostsee bestaunt hatte. Stella rollte sich unter der Bettdecke zusammen und weinte haltlos.

Irgendwann, als keine Tränen mehr kamen, dachte sie an Carsten und wie er sie in seinen Armen gehalten hatte. Die Erinnerung tröstete sie und gab ihr Halt. Schließlich schaffte sie es aufzustehen. Sie würde ins Verwalterhaus gehen, sich gründlich waschen und ihr schwarzes Kleid anziehen. Anschließend wollte sie von Vater würdig Abschied nehmen und sich gefasst diesem schrecklichen Tag stellen.

So sehr bemühte sich Stella, nach außen hin ihre Verzweiflung nicht zu zeigen, dass sie erneut in eine Art Starre verfiel. Der Trauergottesdienst rauschte an ihr vorbei, als werde er in einer fremden Sprache abgehalten. Nur manchmal vernahm sie die Worte des grauhaarigen Pastors deutlich. Er sprach von Olaf Eriksen als einem Mann, der die Tiere und die Natur über alles geliebt hatte.

Und ich?, dachte Stella. Was ist mit mir? Hat er mich etwa nicht geliebt?

Aber da zerflossen die Sätze des Pastors schon wieder, lösten sich auf, rauschten durch das Blätterdach davon.

Sie bewegte die Lippen zu «So nimm denn meine Hände» und «Nun ruhen alle Wälder», die Melodien jedoch wollten ihr nicht mehr einfallen. Rechts und links von ihr saßen Menschen, die sie kaum kannte, mit denen sie nichts verband. Das Personal, allen voran Mamsell Florentine, war in die hinteren Reihen verbannt worden. Nur wenn Stella sich umwandte, konnte sie einzelne vertraute Gesichter erkennen. Eine Magd, mit der Stella immer gut ausgekommen war, der Hufschmied, der von Hof zu Hof reiste, und Jost Claasen. Der alte Chauffeur knetete seine Schirmmütze in der Hand und lächelte Stella traurig zu, als er ihren Blick auffing.

Ein leiser Sommerwind fuhr über ihre Haut und trocknete die Tränen, die sie unbewusst weinte. Das Atmen fiel ihr von Minute zu Minute schwerer.

Erst später auf dem Familienfriedhof kam sie wieder zu sich. Da stand Carsten neben ihr am Grab, ignorierte die missbilligenden Blicke seines Vaters und hielt Stella fest an der Hand.

«Kipp mir bloß nicht um, Lütte.»

So schaffte sie es, wieder Luft in ihre Lungen zu lassen, und klammerte sich an ihm fest.

Olaf Eriksens letzte Ruhestätte lag etwas abseits von Carstens Vorfahren und seiner Mutter Margarethe. Stella fand das ganz in Ordnung. Der Verwalter sollte nicht neben der Gattin des Gutsherrn liegen. Selbst wenn er tot war.

Ein hysterisches Kichern stieg in ihrer Kehle auf, und nur, weil Carsten ihre Hand quetschte, blieb sie still.

Für den Leichenschmaus waren unter der alten Eiche die Stühle umgestellt worden. Der provisorische Altar war verschwunden, auf langen Tischen türmte sich duftend das Essen.

Die Gäste legten ihre Trauermiene ab wie einen zerschlissenen Hut. Viele hatten den Mann nur flüchtig gekannt und sahen nicht ein, warum sie sich den Appetit verderben lassen sollten. Andere, wie die Knechte und Mägde auf dem Hof, taten noch eine Weile kummervoll, aber schließlich erinnerten sie sich daran, wie streng der Verwalter gewesen war, wie oft er sie böse zusammengestaucht hatte und wie selten er mal zufriedengestellt gewesen war. Außerdem floss das Bier in Strömen, dazu gab es den einen oder anderen Schnaps, *Lütt un Lütt* nannte man das in der Gegend; und so war die Stimmung allgemein bald recht ausgelassen.

Stella kam es so vor, als sei die Zeit einfach um ein paar Tage zurückgedreht worden. Man feierte auf einmal den Geburtstag des Gutsherrn, und es wurden dieselben leckeren Dinge zum Essen gereicht, die auch für den Ehrentag vorgesehen gewesen waren. Aber natürlich hatte Mamsell Florentine alle Kuchen und Torten, das Brot und die Brötchen frisch gebacken.

Außerdem gab es zu den kalten Platten mit Schinken, Käse und Mettwurst eine deftige Erbsensuppe, und eine zweite große Terrine war bis oben hin mit fettem Aal in Dillsoße gefüllt.

Stella saß am Ehrentisch, an dessen Kopfende der Gutsherr gnädig Hof hielt. Sie bekam keinen Bissen hinunter, blickte in die immer fröhlicher und rosiger werdenden Gesichter, hörte das Reden und das Lachen, das Schmatzen und das Schlürfen und wusste nicht, was sie tun sollte. Bleiben? Weglaufen?

Ihr Blick fand Carsten, der ihr gegenübersaß und sie aufmunternd anlächelte.

Oder galt das gar nicht ihr? Wer war dieses wunderschöne Fräulein neben ihm? Die Fremde wirkte noch sehr jung, kaum dem Kindesalter entwachsen, war aber ungemein reizvoll. Immer wieder drehte Carsten den Kopf zur Seite und nahm sein Lächeln mit.

In Stellas Trauer mischte sich brennende Eifersucht. Sie schämte sich dafür, aber sie konnte nicht anders. Das Fräulein war so, wie sie selbst gern gewesen wäre: hellblond mit großen, ausdrucksvollen Augen, von kleiner Gestalt und in ein modisch luftiges Kostüm gekleidet, das die Figur des Fräuleins verbarg und gerade deshalb so reizvoll wirkte.

Stella hatte genug Modezeitschriften gelesen, um das zu wissen. Die Haare waren zwar nicht zu einem Bubikopf geschnitten, wie Stella es für sich selbst erträumte, sondern zu einem eleganten Nackenknoten zusammengefasst. Dafür trug die Fremde einen kecken Topfhut in derselben blassgrünen Farbe wie das Kostüm. Kein Schwarz. Bestimmt war sie der Meinung, das schmeichele nicht ihrem Teint. Außerdem hatten die wenigsten Gäste Trauerkleidung angelegt.

Erst als der Gutsherr aufstand und mit dem Messer leicht gegen sein Weinglas schlug, wandte Stella ihre Aufmerksamkeit ab.

Wilhelm Friederkamp bat um Ruhe. Dann sprach er über Olaf Eriksen, nannte ihn den besten Verwalter, den man sich nur wünschen konnte, den treuesten Kriegskameraden und einen wahren Freund. So lange dauerte die Lobrede an, dass einige Gäste schon hüstelten oder verstohlen auf ihre Taschenuhren schielten.

Endlich kam er zum Schluss. «Selbstverständlich werden wir uns um seine Tochter kümmern. Wir alle auf dem Gut schätzen und lieben unsere Stella. Sie wird es gut haben bei uns.»

Stella rieb sich über die Narbe. Bisher war ihr noch nicht bewusst gewesen, dass sie nun eine Waise war. Wieder suchte ihr Blick Carsten, doch er hatte nur Augen für seine Tischnachbarin. Ihr Herz wurde kalt.

Wilhelm Friederkamp schaute sie nun direkt an. «Du brauchst keine Angst zu haben, Kind. Wir werden gut für dich sorgen. Und bei unserer Mamsell Florentine bist du in den besten Händen.»

Sie starrte ihn an, begriff nicht. Was sollte das bedeuten? War ihr nun ein Leben als Dienstbotin bestimmt? Sie musste auf einmal an die leerstehende Kammer der Marie Müller denken. Sollte das ihr neues Heim werden? Alles in Stella wehrte sich dagegen. Sie wollte schreien, flehen, doch sie bekam keinen Ton heraus.

Carsten! Ihre Augen suchten ihn. Carsten würde ihr helfen! Er würde sich gegen seinen Vater auflehnen und erklären, dass er Stella heiraten werde. Schon bald!

Er hatte jedoch offenbar gar nicht zugehört. So sehr war er in ein Gespräch mit seinem in Blassgrün gewandeten Fräulein vertieft.

Dann jedoch schien er Stellas Blick auf sich zu spüren. Er wandte sich zu ihr um und zwinkerte ihr zu. Die alte Freundschaft lag in seinem Blick und eine gewisse Zärtlichkeit. Dann noch … was? Bedauern? Sie versuchte, klug aus ihm zu werden, doch es gelang ihr nicht. Sie spürte nur dieses Ziehen in der Herzgegend und wünschte, sie beide wären allein auf der ganzen weiten Welt.

Wilhelm Friederkamp redete immer noch, doch Stella bekam nichts mehr mit.

«Moin», rief plötzlich eine Stimme so laut, dass die Amseln in der Baumkrone erschrocken zu zetern anfingen.

Alles drehte überrascht den Kopf, auch Stella.

Dort auf dem Weg stand eine Frau, wie sie hier noch nie ein Mensch gesehen hatte. Groß war sie nicht, aber dafür umso runder. Ihr geblümtes langes Sommerkleid drohte jeden Moment aus allen Nähten zu platzen. Unter ihrem Hut suchte sich schwarzes Kraushaar den Weg ins Freie, und die Haut, die war – ein paar der Damen fächelten sich entsetzt Luft zu – kaffeebraun.

«Eine Negerin», flüsterte jemand ganz in Stellas Nähe.

«Wohl eher so eine Mulattin», antwortete jemand anderes gewichtig. «Für 'ne Negerin ist die doch gar nicht schwarz genug.»

Jetzt stemmte die Fremde ihre Fäuste in die Hüften, und wie sie da so allein stand in diesem unmöglichen Kleid und sich umschaute, wirkte sie unglaublich mutig. Stella selbst wäre vor Scham gestorben, hätte sie in eine fremde Gesellschaft platzen müssen.

Dann sagte die Frau: «Ich suche jemanden.»

10. KAPITEL

Luna Schuster wurde es langsam zu bunt. Was glotzten die Leute sie an wie eine Zirkusattraktion? Sie sperrten die Mäuler auf, stießen sich gegenseitig mit den Ellenbogen an, tuschelten und zeigten mit dem Finger auf sie.

Heiliger Bimbam! Sie hatte ja von Anfang an gewusst, dass es ein Fehler war, nach Holstein zu fahren. Und die Reise hatte sich auch entsprechend schwierig gestaltet. Ganz früh am Morgen hatte Piet sie zum Altonaer Hauptbahnhof gebracht. Er hatte ihr erklärt, von der preußischen Stadt aus komme sie schneller nach Holstein, als wenn sie am Hamburger Hauptbahnhof in einen Zug steige. In Lübeck gab es dann Probleme mit dem Anschluss nach Eutin. Luna hatte nicht herausfinden können, woran es lag, aber sie war heilfroh gewesen, als sie endlich im richtigen Zug saß.

In Eutin stieß Luna auf das nächste große Hindernis. Wie sollte sie zu diesem verflixten Gut Friederkamp gelangen? Es gab nicht einmal eine Pferdedroschke.

Schließlich erbarmte sich ein Bauer der so verloren wirkenden jungen Frau in ihrem geblümten Sommerkleid. Zwar starrte er sie unverhohlen an, aber sie schob es darauf, dass er vermutlich noch nie mehr von der Welt gesehen hatte als diese Kleinstadt.

Der Bauer sagte, sein Hof liege ganz in der Nähe von Gut Friederkamp. Er sei auf dem Rückweg vom Wochenmarkt, und er könne sie gern auf seinem Fuhrwerk mitnehmen.

Dass dieses Fuhrwerk von zwei riesigen braunen Kaltblütern gezogen wurde, hatte er ihr vorher verschwiegen. Ebenso wie den Gestank nach sauer gewordener Milch, der den hohen blechernen Kannen auf der Ladefläche entströmte. Luna hatte sich die Nase zugehalten und ihre Angst vor den monströs großen Pferden bekämpft. Wenn dies die einzige Möglichkeit war, Gut Friederkamp zu erreichen, hatte sie keine Wahl.

Schließlich hatte sie es ihrer Mutter versprochen.

Und nun stand sie hier, musste sich anglotzen lassen und müffelte vor sich hin. Der süßliche Duft des billigen Parfüms, mit dem Pepita sie am Morgen großzügig besprüht hatte, war zum Glück verflogen. Dafür roch sie jetzt nach Schweiß, vergorener Milch und Pferd. In ihrem Blümchenkleid fühlte sie sich ohnehin unwohl, zumal einige der Leute hier sehr elegant gekleidet waren. Das Kleid hatte mal gut gepasst. Vor zwei oder, nein, vor fünf Jahren. Inzwischen sah sie darin aus wie Leberwurst in Pelle.

Es war früher Abend, aber der Himmel blieb hell. Das fand sie besonders merkwürdig. Auf St. Pauli ließen die vielen Straßenlaternen und die Leuchtreklamen der Ballhäuser, Trinkhallen, Theater und Varietés vergessen, dass es in dieser Jahreszeit nicht recht dunkel werden wollte. Hier draußen jedoch waren die weißen Nächte beängstigend. Luna befand sich gerade mal ein paar Stunden auf dem Land, aber sie sehnte sich schon wieder mit aller Kraft in die Großstadt zurück. Vor allem zu ihrem Piet, der sie zum Abschied fest geküsst hatte.

Ein alter Mann, der etwas abseits von der Gesellschaft ein Spanferkel am Grill drehte, rief: «Die Feier ist nur für geladene Gäste.»

Etwas Fett tropfte zischend ins Feuer. Luna leckte sich die

Lippen. Der Duft nach gebratenem Fleisch machte sie schwindelig.

«Ich will ja gar nicht mitessen.»

«Denn is ja gut.»

Sie hatte schon eine freche Antwort auf den Lippen, klappte aber den Mund wieder zu, weil sie bei dem alten Knecht bestimmt nicht weiterkam. Sie entdeckte einen jüngeren Mann mit roten Haaren und fasste Vertrauen. Wieder fiel Piet ihr ein, als sie den Fremden betrachtete, und sie wünschte, ihr Liebster würde ihr weniger Kummer bereiten. Dann würde sie jetzt vielleicht mutiger sein.

Sie durfte gar nicht daran denken, wie er damals im März um ein Haar verhaftet worden wäre. Zusammen mit Lunas Nachbarn Kalle Spieker hatte er zwei vertrauensdusselige Besucher aus Lüneburg beim Poker so ausgenommen, dass denen kaum mehr als die Unterwäsche geblieben war. Luna machte sich ständig Sorgen um ihn. Wenn er keine regelmäßige Arbeit hatte oder irgendein aufregendes Abenteuer plante, dann legte sich die Dunkelheit seiner Soldatenjahre auf ihn, und er begann zu zittern. Manchmal passierte es auch, wenn jemand nur über den Krieg sprach.

Schon oft hatte Luna überlegt, ob sie Verena van Houten um Hilfe bitten sollte. Die Bankiersgattin war seit dem Frühjahr immer mal wieder im Kellerladen aufgetaucht, und Luna gewann fast den Eindruck, die Dame suche eine Freundin fern ihrer gewohnten Damenkränzchen.

Endlich straffte Luna die Schultern und konzentrierte sich auf die vor ihr liegende Aufgabe.

«So komme ich nicht weiter. Wer zum Kuckuck ist denn nun Stella Eriksen?»

Erneut blickte sie sich suchend um. Keine Chance. Entweder war die gesuchte Person unsichtbar oder gar nicht anwesend. Ein paar Leute schienen zwar in eine bestimmte Richtung zu schauen, aber Luna konnte nicht erkennen, wohin.

Andererseits hatte der Bauer ihr erzählt, vor ein paar Tagen sei der Vater der jungen Stella umgekommen, was Luna für einen höchst seltsamen Hieb des Schicksals gehalten hatte.

«Wer will das wissen?», fragte jetzt eine grauhaarige, knochige Frau, die dabei war, einen rosigen und fetten Hinterschinken anzuschneiden. Augenblicklich knurrte ihr Magen vernehmlich. Spanferkel und Schinken – das war reine Folter.

«Luna Schuster», gab sie Auskunft.

«Luna und Stella», warf ein junger Mann ein, der jetzt vom Tisch aufgestanden war. «Faszinierend.»

Er war sehr groß, sehr blond und ausgesprochen selbstsicher. Luna fand ihn auf Anhieb unsympathisch.

Sie rollte mit ihren großen Augen, woraufhin ein paar der älteren Damen kleine spitze Schreie ausstießen. Die dachten wohl, jetzt kämen die Hottentotten sie holen, und die dunkle Frau mit dem vielen Weiß in den Augen sei die Vorhut.

«Mond und Stern», fügte der blonde Hüne hinzu. «Wobei es sich bei dieser Dame dort» – er zeigte mit dem Finger auf Luna, was sie auf den Tod nicht abkonnte – «offenbar um eine Mondfinsternis handelt.»

Witzbold. Sie schwieg, knirschte bloß mit den Zähnen. Normalerweise hätte der zu groß geratene Milchbubi etwas erleben können, aber der Anlass ihres Besuches war zu wichtig, um mit einem kleinlichen Streit alles kaputt zu machen.

«Sind Sie vielleicht miteinander verwandt?», wollte er wissen.

Luna durchbohrte ihn bloß mit ihren Blicken.

«Sie reden wohl nicht viel?», hakte er nach und machte auf einmal ein zerknirschtes Gesicht. «Nun, dann verzeihen Sie bitte meinen dummen Scherz. Ich habe wohl etwas zu tief ins Glas geschaut.» Er setzte sich wieder, und Luna rieb sich verwirrt über die Stirn. Erst war er so ein Ekel, und jetzt plötzlich nett. Merkwürdig, dieses Landvolk.

«Ihr Name sagt mir nichts», mischte sich die streng wirkende Frau ein. Sie wies ein Servierfräulein an, ihre Arbeit fortzuführen, wischte sich die Hände an ihrer bodenlangen Schürze ab und kam auf sie zu. «Was wollen Sie von Stella?»

Anscheinend war sie so etwas wie deren Beschützerin.

Immerhin reichte sie Luna die Hand. «Guten Abend. Ich bin Florentine Köpke, die Mamsell hier auf dem Gut. Was halten Sie von einer schönen Tasse Kaffee in meiner Küche?»

Ein Krug Bier und ein dick belegtes Schinkenbrot wären ihr zwar lieber gewesen, aber Luna nickte erleichtert. Diese Mamsell wirkte streng, doch sie schien sich an Lunas Erscheinung kein bisschen zu stören. Und sie würde ihr hoffentlich verraten können, wo Stella war.

Schon wollte sie sich abwenden, da hörte sie eine Frau sagen: «Ich komme auch mit.»

Luna staunte. Die Stimme war unglaublich tief und warm und wohlklingend und wollte gar nicht zu der blassen Deern passen, die sich nun erhob.

Die junge Frau war irgendwie durchscheinend, geradezu farblos mit den mausbraunen Haaren und den verwaschen wirkenden Augen. Dazu trug sie ein schwarzes Kleid, das schon bessere Tage gesehen hatte, und einen altmodischen Hut. Und dünn war sie. Dünn, als wäre der Krieg erst gestern zu Ende gegangen. So kränklich, wie sie aussah, hätte sie auch eines dieser Mädchen auf St. Pauli sein können, die schon als Kinder hatten anschaffen müssen und nun, mit achtzehn, neunzehn, verbraucht waren und die hässliche Welt um sie herum mit müden, uralten Augen betrachteten.

Aber nein, entschied Luna. Dafür war dieses Fräulein hier viel zu unschuldig, zu sauber, zu wohlerzogen. Sie hielt sich gerade, hatte den Blick gesenkt.

Der Blonde flüsterte ihr etwas zu. Er wirkte besorgt, aber sie ignorierte ihn. Langsam kam sie auf Luna und die Mamsell zu. Und mit jedem Schritt, den sie vor den anderen setzte, schlug Lunas Herz ein wenig schneller. Dies war Stella, keine Frage. Sie war ihrer Mutter wie aus dem Gesicht geschnitten. Zumindest der hübschen, jungen Fanni Schuster, an die Luna sich noch aus ihrer Kindheit erinnerte. Abgesehen von der Haarfarbe. Fanni war blond gewesen.

Und noch etwas war anders.

Während die drei Frauen nun schweigend den Weg zum Haus hinaufgingen, musterte sie Stella ein paarmal heimlich von der Seite. Was war nur mit ihr los? Luna kannte laute Frauenzimmer und stille Mauerblümchen. Aber diesem Mädchen fehlten nicht nur die Farben, ihm ging auch jegliche Lebendigkeit ab. Und das, so ahnte Luna, lag nicht nur an ihrer Trauer um den Vater. Es musste mehr dahinterstecken.

Eine Ahnung überbekam sie, als sie die Küche im Souterrain betrat. Es duftete himmlisch, und Lunas Magen machte sich deutlich bemerkbar.

Um sich von ihrem Hunger abzulenken, sah sie sich um. Auf mannshohen Regalen aus gebeiztem Fichtenholz standen herrliche Teller aus Zinn, Steingut und Porzellan; rußgeschwärzte bronzene und gusseiserne Kochtöpfe waren in Reih und Glied über dem Herd aufgehängt.

Dominiert wurde die geräumige Küche von einem riesigen Eichenholztisch, an dem vermulich Generationen von Köchinnen und Küchenmädchen Gemüse geputzt, Fleisch geschnitten oder Kuchenteig gerührt hatten. Allein dieser Tisch hätte die gesamte Hamburger Dachwohnung ausgefüllt, befand Luna. Seine Platte war übersät mit den Kerben zahlloser Messer. Mehl hatte sich darin festgesetzt und bildete wilde Muster. Ein großer Vitrinenschrank enthielt zerbrechliche Glaswaren, die große viereckige Spüle war aus Keramik und verfügte über verschnörkelte Armaturen. Der Fußboden schließlich war mit schwarz-weißen Fliesen belegt. Alles wirkte ordentlich und nach der Aufregung draußen geradezu friedlich. Zum ersten Mal an diesem Tag entspannte sich Luna.

Die Mamsell bot ihr einen Stuhl am Tisch an.

«Sie müssen Hunger haben.»

«Das können Sie laut sagen!», tönte Luna. «Ich bin heute früh aus Hamburg weg und hatte für unterwegs nur ein vertrocknetes Franzbrötchen dabei.»

Sie schämte sich ein wenig, weil ihre Stimme so laut polterte, aber sie hatte auch die Nase voll davon, sich beherrschen zu müssen. «Und wissen Sie was? Für ein Stückchen von dem Schinken da draußen würde ich glatt einen Mord begehen.»

Stella starrte sie halb fasziniert, halb erschrocken an, aber die Mamsell lachte ein dröhnendes Lachen, das Luna sagte, sie beide waren vom gleichen Schlag. Sofort fühlte sie sich besser.

«Warten Sie einen Moment», sagte Florentine Köpke und verschwand hinter einer Tür. Kurz darauf kam sie zurück und tischte Wurst, Schinken, goldgelbe Butter und dunkles Bauernbrot auf. Dazu gab es zu Lunas Entzücken genau den Krug voll mit erfrischendem, schäumendem Bier, von dem sie vorhin geträumt hatte.

«Sie sind eine Hellseherin», erklärte sie mit vollen Backen.

Die Mamsell hob die Schultern. «Freut mich, wenn's schmeckt.» Dabei warf sie Stella einen kummervollen Blick zu.

Während Luna den ersten Hunger stillte und den größten Durst löschte, trat Stella neben die Mamsell an den Herd und fragte flüsternd: «Weißt du, wer dieses modische Fräulein neben Carsten ist? Es besitzt die Frechheit, ihm auf der Beerdigung meines Vaters schöne Augen zu machen!»

«Ach, Sternchen», murmelte Florentine Köpke, «darüber sollten wir später reden.»

«Wer ist sie?»

Luna horchte auf. Zum ersten Mal zeigte Stella jetzt so etwas wie Temperament.

Die Mamsell zuckte hilflos die knochigen Schultern. «Da fragst du vielleicht besser den Gutsherrn.»

«Mit Wilhelm Friederkamp werde ich mein Lebtag kein Wort mehr wechseln! Er hat meinen Vater auf dem Gewissen.»

«Du Dummkopf», erwiderte Florentine halbherzig. «Das war … ein unglücklicher Zufall.»

Luna beschloss für sich, dass sie vorerst nichts Näheres wissen wollte. Das wurde ihr wirklich zu viel. Sie trank lieber noch ein paar Schlucke Bier.

«Also», begann die Mamsell, nachdem Stella beleidigt verstummt war. «Was führt Sie zu uns, Frau Schuster?»

Luna hatte sich auf der Fahrt hierher den Kopf zerbrochen, wie sie ihr Anliegen diplomatisch vorbringen könnte. Bloß war ihr nichts eingefallen. Daher sagte sie schlicht: «Ich will meine Schwester abholen.»

«Und wer ist das?», fragte die Mamsell freundlich.

«Stella Eriksen."

«ICH?», mischte sich Stella sein. «ICH soll IHRE Schwester sein? Sind Sie verrückt?»

Luna war drauf und dran, schwer beleidigt zu sein, aber sie riss sich zusammen. Wie Schwestern sahen sie und Stella nun wirklich nicht aus. Nicht mal wie entfernte Verwandte.

Sie holte tief Luft. «Wir haben verschiedene Väter, aber dieselbe Mutter.»

Stellas Gesichtsausdruck nach zu urteilen glaubte sie eher, sie beide stammten von verschiedenen Planeten. Luna konnte es ihr nicht verdenken.

11. KAPITEL

Mein Vater war …», begann Luna und suchte nach den richtigen Worten. «Er kam nicht aus Deutschland, während deiner hier aus Holstein stammte. Dein Vater … Mein herzliches Beileid zu seinem Dahinscheiden. Ich wusste bis heute nicht von seinem Tod.»

Falls es Stella auffiel, dass Luna sie einfach duzte, so sagte sie nichts dazu. Anscheinend war sie noch viel zu schockiert über die angebliche Schwester, die so ganz anders aussah als sie selbst. Sie schwieg nur und blickte auf ihre Hände, die sie wie zum Gebet auf dem Tisch gefaltet hatte.

Luna dachte daran, wie sie ihre Mutter erst vor wenigen Tagen noch einmal nach ihrem eigenen Vater gefragt hatte. Es war schwer gewesen, aus Fanni etwas herauszubekommen, aber schließlich hatte sie doch geredet. Sie hatte von ihrer Begegnung mit Raouf Boukrana erzählt, gleich bei seinem ersten Landgang, und wie er mit seinen seelenvollen Augen und seiner schüchternen Art ihr Herz erobert hatte. Das war, so hatte Fanni geschworen, die glücklichste Zeit in ihrem Leben gewesen.

«Doch nach zwei Wochen musste er wieder fort. Er schwor, er würde zu mir zurückkehren.»

«Aber das ist er nicht», hatte Luna gesagt und tief geseufzt. «Weißt du, ob er noch lebt?»

«Nein, das kann ich dir nicht sagen.»

«Und eine Adresse hast du auch nicht?»

«Nur die von seinem letzten Schreiben. Eine Anschrift in Marseille in Frankreich. Aber das war lange vor dem Krieg. Ich weiß wirklich nicht, was aus ihm geworden ist. Die Briefe liegen in einer Zigarrenkiste unter meiner Wäsche. Wenn du nach ihm suchen willst, so tue es, mein Kind. Aber bitte erst, wenn ich tot bin.»

In ihren Augen hatte ein Hauch von Angst gestanden, und Luna hatte begriffen. Fanni wollte mit der Erinnerung an zwei glückliche Wochen sterben.

Also hatte Luna versprochen, nichts zu unternehmen.

Sie seufzte. Die Gedanken an den eigenen Vater hatten sie für einen Moment von dem Schlamassel hier abgelenkt, aber sie befand sich immer noch in der fremden Gutshausküche.

So langsam wusste Luna nicht mehr weiter. Sie hatte ja nicht damit gerechnet, dass Stella und sie sich von der ersten Sekunde an bestens verstehen und tiefe schwesterliche Zuneigung empfinden würden. Aber hier saß nun diese widerborstige Person vor ihr, die nichts von ihr wissen wollte. Doch vielleicht war es auch die Trauer um ihren Vater, die sie so stumm machte.

Schließlich wandte Luna sich an die ältere Frau. «Stellas Vater hieß Olaf Eriksen, richtig?»

In den Augen der Mamsell stand plötzlich ein Ausdruck, den Luna nicht zu deuten wusste. Im nächsten Moment war er auch schon wieder verflogen. Womöglich hatte sie sich den seltsamen Blick nur eingebildet.

«Ja», bekam sie zur Antwort. «Ein armer Mann. Ist schwer verletzt aus dem Krieg heimgekommen und hat sich nie mehr so recht erholt.»

«Und er war der Kutscher hier?», fragte Luna weiter.

«Nein. Er war der Verwalter. Unser Gutsherr hielt große Stücke auf ihn.»

«Wie ist er denn gestorben? Der Bauer, der mich hergebracht hat, erzählte nur was von einem Unfall mit einem wildgewordenen Pferd.»

Stella, die bis eben verkrampft vor ihr gesessen hatte, sprang plötzlich auf. «Genug! Besitzen Sie denn überhaupt kein Taktgefühl? Mein armer Vater ist gerade erst unter die Erde gekommen, und Sie benehmen sich wie ein neugieriges Klatschweib!»

Erneut war Luna nicht gekränkt, sondern überrascht von der zornigen Stella, die nun auf sie herabblickte und regelrecht Funken sprühte. Von dem verhuschten Wesen von eben war nichts mehr zu sehen.

Das ist ja phänomenal, dachte Luna erstaunt. Wenn sie mal ihr Schneckenhaus verlässt, ist meine kleine Schwester wunderschön.

Ihre kleine Halbschwester. Obwohl es sich für sie nicht wie etwas Halbes anfühlte. Schwester war Schwester. Punkt. Auch drei Monate nachdem Fanni ihr von Stella erzählt hatte, wunderte sich Luna noch immer über deren Existenz. Sie hatte die Mutter gefragt, warum sie selbst denn als Kind nichts davon mitbekommen hätte. Wenn es stimmte, dass Fanni Schuster ihre zweite Tochter im Jahre 1903 bekommen hatte, so wäre sie selbst schon sechs Jahre alt gewesen. Wie hatte die Mutter ihren dicker werdenden Bauch nur vor ihr verbergen können?

Fanni hatte ihr mit zitternden Fingern über die dunkle Wange gestrichen und erwidert: «Du weißt es nicht mehr, mein Kind, weil ich dich damals für ein halbes Jahr zu meiner Schwester geschickt habe. Ich wusste mir nicht anders zu helfen. Rosa und Wilfried wohnten oben am Neuen Pferdemarkt.»

Da waren längst vergessene Bilder in Luna aufgestiegen. Die Tante, die sie mit Bonbons und Kuchen fütterte, der Onkel, der nach wilden Tieren roch, weil er in Hagenbeck's Thierpark für die Giraffen sorgte. Und schließlich die Besuche dort an der Hand der Tante, die riesigen Elefanten, die wilden Löwen und der laut herausgerufene Wunsch, sie wollte nie mehr von hier fort.

«Als ich dich wieder zu mir geholt habe, warst du mir wochenlang böse», hatte Fanni weitererzählt. «Du hast nur noch von Tante, Onkel und den Tieren geredet. Du wolltest sogar mit ihnen hinaus nach Stellingen ziehen, wo ein paar Jahre später der große neue Tierpark eröffnet werden sollte.»

Luna hatte sich geschämt, weil sie als Kind so treulos gewesen war. Aber dann war ihr während des Gesprächs über die längst vergangenen Zeiten noch etwas anderes wieder eingefallen, und sie hatte es schaudernd ihrer Mutter erzählt.

«Einmal, als ich mit Tante Rosa den Onkel Wilfried bei der Arbeit besucht habe, kam ein alter Mann zu uns und meinte, ich könnte bei einer Völkerschau auftreten. Dunkel genug wäre ich dafür. Ich habe das nicht verstanden, und der alte Mann hat mir gesagt, ich dürfte wie die Affen im Käfig herumturnen und so viele Bananen essen, wie ich wollte. Danach mochte ich da nicht mehr hingehen. Wie sonderbar, dass ich das völlig vergessen hatte.»

Auch jetzt, in der gemütlichen Holsteiner Küche, fröstelte sie, wenn sie nur daran dachte.

Da sie auf Stellas Ausbruch nicht reagierte, verpuffte deren Zorn ins Nichts.

«Ein Hengst ist durchgegangen», erklärte die Schwester nun doch mit leiser Stimme und ließ sich zurück auf ihren Stuhl fallen. «Vaters Herz …» Sie brach ab, schluckte ein paarmal, fasste sich wieder. «Ich verstehe das alles nicht. Ich habe nie etwas von einer Schwester gewusst.»

Luna entschied, nicht weiter nachzufragen. Irgendwann würde Stella ihr vielleicht mehr von ihrem Vater und seinem Tod erzählen.

«Glaub mir», erwiderte sie daher nur und blieb dickköpfig beim Du. «Ich hatte bis vor ein paar Monaten auch keine Ahnung. Warte mal.»

Sie griff in einen altmodischen Beutel, den sie seit dem Morgen bei sich trug, und zog die vergilbte Abschrift einer Geburtsurkunde hervor.

Die Mamsell nahm ihr das Stück Papier aus der Hand, kniff die Augen zusammen, las es aufmerksam durch und schaute endlich wieder auf.

«Deine Mutter hieß Fanni Schuster?», fragte sie Stella. Diese nickte. «Das ist eines der wenigen Dinge, die Vater mir erzählt hat.»

Florentine Köpke ging nicht weiter darauf ein. «Und da steht außerdem, dass du am 15. Juli 1903 auf St. Pauli geboren bist. Als Stella Schuster.»

«Ja. Vater sagte, er habe mir seinen Nachnamen gegeben, nachdem meine Mutter gestorben war. Deswegen heiße ich Eriksen.»

Luna zuckte kurz zusammen, ließ sich jedoch nichts anmerken.

Jetzt richtete Stella den Blick ihrer hellblauen Augen fragend auf sie. «Stimmt es, dass Fanni Schuster eine gefeierte Tänzerin war? Und vielleicht auch eine berühmte Sängerin? Ich denke mir nämlich, dass ich meine Stimme von ihr habe.»

«Äh …» Verflixt! Was hatte dieser Eriksen seinem Töchterchen vorgelogen? Fannis Traum war vielleicht mal die ganz große Karriere gewesen, aber es hatte nur zu Auftritten in einem zweitklassigen Varieté gereicht. Und später, als sie nicht mehr jung und hübsch war, da war sie noch viele Jahre als Tanzmädchen und Bardame auf dem Kiez fleißig gewesen. Doch als sie noch sehr jung gewesen war und auf den großen Durchbruch gehofft hatte, da hatte sie sich den Künstlernamen *Stella Luna* geben wollen. Bloß war sie nie so weit gekommen.

Ihre kleine Schwester wartete auf eine Antwort, also flüchtete Luna sich in den Lieblingssatz ihrer Freundin Pepita. «Mehr oder weniger.»

«Was soll das hießen? War unsere Mutter etwa eine … eine …»

Stella wurde jetzt so blass, dass die Mamsell sie besorgt anschaute.

«Nein!», sagte Luna scharf. «Wie kommst du denn auf so was? Glaubst du vielleicht, dass sämtliche Frauen auf St. Pauli Huren sind?»

«N… nein.»

«Nun, ganz gleich. Unsere Mutter ist jedenfalls immer anständig gewesen.»

«Entschuldigung», murmelte Stella.

«Sie hatte auch wirklich eine schöne Stimme. Zwar hat sie nie als Sängerin gearbeitet, aber ich erinnere mich daran, wie sie mir Kinderlieder vorgesungen hat.»

Stella senkte den Blick. «Mir leider nicht. Bei meiner Geburt ist sie ja gestorben.»

Luna rollte mit den Augen, woraufhin nur die Mamsell

zurückzuckte. Stella hingegen bemerkte es gar nicht. Ihr liefen auf einmal die Tränen wie Rinnsale über die Wangen.

Ob sie um den Vater oder die Mutter weinte, vermochte Luna nicht zu sagen. Unwillkürlich streckte sie einen Arm über den Tisch und drückte Stellas Hand. Dabei fiel ihr etwas Sonderbares auf. Obwohl ihre eigene Haut dunkel und Stellas Haut blass war, glichen sich ihre Hände wie die von Zwillingen. Die Finger waren lang und feingliedrig, die Nägel hatten eine perfekte ovale Form. Nicht einmal die Jahre harter Arbeit oder die angefutterten Pfunde hatten Lunas Mädchenhänden etwas antun können.

Auch die Mamsell schien es zu bemerken, denn ihre Mundwinkel hoben sich. Stella hingegen sah offenbar gar nichts mehr.

«Hör mir gut zu», sagte Luna deshalb energisch. «Ich weiß nicht, warum dein Vater dir so etwas erzählt hat. Vielleicht wollte er dich schützen. Wie auch immer, seine Gründe werden wir wohl nicht mehr erfahren. Aber ich kann dir versichern, dass er gelogen hat. Unsere Mutter ist nicht bei deiner Geburt gestorben.»

«Herr, steh uns bei!», stieß die Mamsell aus.

Stella hingegen wirkte wie abwesend.

Luna drückte ihre Hand fester. «Aber sie ist krank. Sehr krank. Deshalb bin ich hier. Sie will dich sehen.»

Stella neigte leicht den Kopf. Auf einmal war sie ganz da. «Meine Mutter lebt», flüsterte sie.

«So ist es.»

«Und sie möchte, dass ich zu ihr komme …»

«Ja. Sie hat nicht mehr lange.»

Luna dachte daran, wie schlecht sich Fanni im Frühjahr gefühlt hatte. Jeden Tag hatte sie damit gerechnet, es könnte zu

Ende gehen mit ihr. Bald darauf jedoch war die Kranke plötzlich wieder kräftiger geworden. Beinahe gesund hatte sie gewirkt. Verena van Houten hatte Luna gewarnt. Das sei manchmal so bei Todgeweihten. Ein letztes Aufbäumen des Lebens. Aber Luna hatte an ein Wunder glauben wollen, und so hatte sie die Fahrt nach Holstein immer wieder aufgeschoben.

«Warum kommst du erst jetzt?», fragte Stella.

Mochten es die Hände sein, die immer noch ineinander verschlungen waren, oder das Wissen um die gemeinsame Mutter – auf einmal duzte auch sie die Frau, die ihr bis vor einer Stunde noch vollkommen fremd gewesen war.

«Ich … ich hatte furchtbar viel zu tun. Weißt du, ich führe mein eigenes Feinkostgeschäft, und ich kümmere mich um Mutter. Da war ich nicht so einfach abkömmlich.» Vielleicht, dachte sie, vielleicht habe ich mich auch vor der Begegnung gefürchtet. Dabei war sie durchaus neugierig gewesen auf diese ominöse Schwester.

«Oh», sagte Stella und schien beeindruckt. «Ein eigenes Geschäft!»

Luna war ausnahmsweise froh über ihre dunkle Hautfarbe. Sie spürte nämlich, wie ihr Gesicht heiß wurde.

Der Blick der Mamsell lag prüfend auf ihr, und Luna war sicher, die Frau durchschaute sie als Hochstaplerin. Doch zu ihrer Überraschung sagte Florentine Köpke nach einem Augenblick des Nachdenkens zu Stella: «Du solltest mit ihr gehen. Nicht nur auf einen kurzen Besuch, sondern für immer.»

Stella zuckte zusammen und wollte ihre Hände zurückziehen, aber Luna hielt sie fest, obwohl sie selbst nicht wusste, was sie von dem Vorschlag halten sollte. Stella bei ihr und Fanni in der winzigen Mansarde?

Aber dann sprach die Mamsell weiter. «Willst du etwa ein Leben als Dienstbotin führen? Du hast gehört, was der Gutsherr vorhin gesagt hat, oder etwa nicht?»

«Ich ...»

«Und fortziehen kannst du allein nicht. Welche Reichtümer hat dir denn dein alter Herr hinterlassen? Zwanzig Mark, dreißig?»

«Fünfzig», gab Stella leise zurück.

«So viel», spottete die Mamsell. «Und ich werde dir verraten, wer das hübsche Fräulein an Carstens Seite war», fuhr sie gnadenlos fort. «Sie heißt Birthe Jansen und ist die Tochter eines wohlhabenden Lübecker Kaufmannes. Carsten wird sich demnächst mit ihr verloben.»

Stella sog scharf die Luft ein, doch die Mamsell sprach einfach weiter. «Das Mädchen ist ein halbes Kind. Gerade mal fünfzehn geworden. Aber an der Entscheidung ist nicht zu rütteln. Es ist für alle Parteien die perfekte Verbindung. Der Gutsherr hat mit Kaufmann Jansen ein Abkommen getroffen, und Carsten hat zugestimmt, nachdem er die Deern vor ein paar Wochen kennengelernt hat.»

Jetzt bekam Stella einen wilden Blick. «Nein! Er liebt mich! Wir werden heiraten!»

Gütiger Gott!, dachte Luna. Auf dem Land waren die Dinge mindestens genauso kompliziert wie in der Stadt.

Die Mamsell blieb hart. «Es ist alles genau so, wie ich es sage. Mag sein, dass Carsten gewisse Gefühle für dich hegt, aber er wird sich fügen. So gehört sich das in seinen Kreisen.»

«Das ist bloß Küchengeschwätz!»

«Ich wünschte, es wäre so. Der Gutsherr hat mir bereits aufgetragen, einen Speiseplan für die Verlobungsfeier aufzustellen.

In zwei Wochen wird sie stattfinden. Und weil sogar Verwandte aus England anreisen, soll ich Roschtbief oder so ähnlich machen.»

Luna fragte sich, was das wohl war, hielt aber lieber den Mund.

«Als hätte ich nicht schon alle Hände voll zu tun!», schimpfte Florentine. «Wenigstens werden sie mit der Hochzeit wohl noch drei oder vier Jahre warten müssen. Es wäre nicht schicklich, ein so junges Mädchen zu ehelichen.»

Luna war felsenfest davon überzeugt, dass ihre kleine Schwester nun in Ohnmacht fallen würde. Sie sah aus, als könnte jedes noch so kleinste Lüftchen sie umwehen.

Tatsächlich griff Stella sich auf einmal an die Brust und atmete schwer.

«Bitte keinen Anfall», sagte die Mamsell, und zu Luna: «Sie hat Asthma.»

Auch das noch. Wie sollte das gehen auf St. Pauli, wo die Luft ständig dick vom Ruß der vielen Kohleöfen und vom Qualm aus Schornsteinen der vorbeiziehenden Schiffe war? An manchen Tagen hatten auch die gesündesten Leute so ihre Probleme mit dem Atmen. Luna wünschte kurz, sie wäre nie hergekommen, aber schon siegte ihr großes Herz. Sie stand auf, ging mit festem Schritt um den Tisch herum und legte einen Arm eng um ihre Schwester. «Alles wird gut. Du wirst sehen, wir zwei schaffen das schon. Zusammen.»

Sie spürte, wie die mageren Schultern unter ihrem Arm sich strafften. Sie ist stärker, als sie selbst weiß, dachte Luna erleichtert.

«In Ordnung», sagte Stella mit ihrer schönen melodischen Stimme, die nur ein ganz klein wenig zitterte. «Ich komme mit nach Hamburg. Aber ich werde immer nur Carsten lieben, und eines Tages werden wir zusammen glücklich sein.»

Oh, holde Unschuld, dachte Luna, versagte sich aber jeglichen Kommentar.

Anders Florentine. «Je eher du dir den Hoferben aus dem Kopf schlägst, desto besser für alle.»

Stella warf ihr einen wilden Blick zu. «Was verstehst du schon von wahrer Liebe!»

Daraufhin stieß die Mamsell einen schnellen, erschrockenen Laut aus.

Stella, die wohl spürte, dass sie zu weit gegangen war, setzte kleinlaut hinzu. «Bitte verzeih mir. Das hätte ich nicht sagen dürfen.»

Florentine wandte sich mit traurigem Blick an Luna. «Es gab da mal jemanden», erklärte sie. «Vor dem Krieg. Wir waren beide schon nicht mehr die Jüngsten, aber wir hatten uns gern. Nun, er kam nicht zurück.»

Wie so viele, dachte Luna, wie so verdammt viele Männer. Sie wunderte sich über das Vertrauen, das die Mamsell ihr schenkte, doch dann sagte sie sich, dass sich hier draußen wohl niemand für die Geschichten einer Mamsell interessierte. Schließlich gab es kaum eine Familie, die nicht einen Sohn auf den Schlachtfeldern verloren hatte. Da zählte die Liebe einer Köchin nicht viel.

Sie wandte ihre Aufmerksamkeit wieder Stella zu. «Und es stört dich nicht, dass ich … ähm … ein wenig anders aussehe?» Luna mochte vielleicht energisch auftreten, doch in ihrem Innern war sie verletzlich. Menschen, die sie wegen ihrer Hautfarbe ablehnten, konnte sie nicht ertragen.

Stella musterte sie eine Weile, bevor sie erwiderte: «Unsinn. Im schönsten Nest voller weißer Hühnereier findet sich manchmal ein einzelnes, das braun ist. Es schmeckt genauso gut wie die anderen.»

Luna fragte sich, ob sie wirklich mit einem Hühnerei verglichen werden wollte, entschied aber, dass es nur recht war. Schließlich war ihre Schwester auf dem Land groß geworden.

Die Mamsell lachte, offenbar froh darüber, dass sie von ihrer verlorenen Liebe abgelenkt wurde. Aber Luna bemerkte, wie sie sich unauffällig mit dem Zipfel ihrer Schürze über die Augen wischte, und erkannte, dass diese Frau Stella wie eine Mutter liebte. Eine Mutter, die bereit war, ihr Kind ziehen zu lassen, damit es glücklich werde.

«Gibt es noch Bier?», fragte Luna, die langsam am Ende ihrer Kräfte war.

Die Nacht verbrachte Luna mit ihrer neugefundenen Schwester im Verwalterhaus. Dank zweier weiterer Krüge Bier schlief sie tief und fest. Früh am nächsten Morgen wurden Stella und sie von einem der Knechte nach Eutin gefahren.

Von Carsten hatte Stella sich nicht verabschieden können. Es hieß, er sei noch gestern Abend nach Lübeck abgereist, vermutlich auf Befehl seines Vaters.

Während der langen, umständlichen Zugfahrt blieb Stella unnatürlich still und in sich gekehrt. Sie schaute aus dem Fenster auf die vorbeifliegende Landschaft und wischte sich von Zeit zu Zeit über die Augen. Luna empfand großes Mitleid mit ihr. Viel zu plötzlich war diese junge Frau aus ihrer gewohnten Welt gerissen worden. Zugleich grauste ihr vor dem Moment, in dem ihre Schwester feststellen würde, wie ärmlich ihre neue Familie in Hamburg lebte.

Doch zuvor galt es, Stella heil über den Kiez zu bringen. Zum Glück holte Piet sie wieder in Altona ab, denn es war schon früher Abend, als sie endlich am Bahnhof ankamen. Luna umarmte ihn besonders fest und scherte sich nicht um die neugierigen Blicke der Passanten.

Piet hatte irgendwo eine alte Droschke mit einem klapprigen Gaul davor aufgetrieben und kutschierte die Schwestern hoheitsvoll über die Große Bergstraße in Richtung Hamburg. Allerdings verlor er schnell seine stolze Haltung, denn Stella regte sich furchtbar über den Zustand des Pferdes auf. Dem stünden ja die Rippen hervor, und das Fell sei ganz stumpf. Sie schimpfte mit Piet, weil er nicht dafür gesorgt hatte, dass der Gaul zum Hufschmied kam, und sie nahm ihm das Versprechen ab, einen schönen Sack Hafer zu kaufen. Offenbar besaß sie ein großes Herz für jede geschundene Kreatur, andererseits schien sie sich vor dem Pferd zu fürchten, denn sie war sehr schnell in die Kutsche eingestiegen und hielt gehörig Abstand.

Luna kicherte lautlos vor sich hin. Armer Piet. Wahrscheinlich hatte er sich Pferd und Kutsche nur kurz ausgeliehen, während der rechtmäßige Besitzer auf seine Kosten in einer der Trinkhallen rund um den Bahnhof ein kühles Blondes zischte.

Stellas Redefluss versiegte schlagartig, als sie das Nobistor passiert hatten und auf die Reeperbahn einbogen. Ihre Augen wurden groß und größer. Sie kamen an Ballhäusern vorbei und an einfachen Kneipen. Sie sahen Bordelle, deren Sinn und Zweck Stella hoffentlich entging, und ließen sich von den Leuchtreklamen für Varietés und Wein- und Kaffeehäuser blenden.

Luna empfand so etwas wie Stolz auf ihren Kiez. Noch war das bunte Treiben nicht mit jenem in den Zeiten vor dem

Krieg zu vergleichen, aber es bummelten doch schon wieder viele Leute über die Bürgersteige oder wagten sich in das eine oder andere Lokal, wo sie wie die fettesten Karpfen ausgenommen werden würden. Die Ausrufer überschrien sich aus Leibeskräften, es wurde gelacht und geflucht, aus dem einen oder anderen Eingang erklangen grölender Gesang und lautes Klatschen.

«So viel Licht», sagte Stella staunend. «Kann man da denn den Himmel sehen?»

Piet, der wohl nur froh war, dass sie von ihm abgelassen hatte, drehte sich kurz auf dem Kutschbock um und grinste. «Schwierig, min Deern, aber ich verspreche dir, manche der Amüsements hier sind himmlisch.»

Das verstand Stella nicht und schaute ihn nur aus unschuldigen Augen an.

Luna versetzte Piet einen kurzen Schlag. «Halt du bloß die Klappe.»

Bald darauf bogen sie auf den geräumigen Spielbudenplatz ein. Luna erklärte ihrer Schwester, dass der Name ganz einfach von den vielen Buden und Verkaufsständen herrührte, die diesen Platz einst gesäumt hatten. Inzwischen waren auch hier die Häuser aus Stein, und in fast jedem befand sich ein Lokal. Dominiert wurde der Platz vom prunkvollen Bau des Operettenhauses Hamburg. Auch die «Rote Laterne» lag hier, und Luna hoffte, weder Kalle noch Pepita zu begegnen. Sie fürchtete, das könnte Stella endgültig zu viel werden.

Tatsächlich wurde diese jetzt immer stiller, und als sie schließlich vor dem hohen, schmalen Haus in der Taubenstraße hielten, schaute sie lange die Fassade hinauf.

«Hier?», fragte sie zaghaft. «Hier werden wir wohnen?»

12. KAPITEL

Romagna, Italien, Oktober 1922

Gib noch etwas Olivenöl dran», sagte Mamma Concetta nach einem prüfenden Blick auf den kohlkopfgroßen Teig, der auf dem Küchentisch lag. «So wird er weicher.»

Lorenzo griff nach der bauchigen Flasche mit dem kaltgepressten Öl und maß ein paar Esslöffel ab. Anschließend knetete er die Masse aus Mehl, Wasser, Eiern und etwas Salz noch einmal durch. Sodann ließ er den Teig eine Weile ruhen und vermischte währenddessen den blanchierten und kleingehackten Spinat mit frischem *ricotta*, einem Frischkäse aus Kuhmilch, für die Füllung.

Zufrieden betrachtete er die würzige Farce. Wie er diese Arbeit liebte! Tausendmal mehr als den Frondienst für den *padrone*!

Als der Teig bereit war, rollte er ihn mit einem besonders langen und flachen Nudelholz aus, wobei ihm seine Mutter jedoch half, denn niemand konnte so gut mit dem *mattarello* umgehen wie sie. Daraufhin teilte Lorenzo den Teig in zwei Hälften und platzierte auf die eine Lage kleine Bällchen der Füllung. Etwas verquirltes Ei kam in die Zwischenräume, dann legte er die zweite Teighälfte darauf, schnitt ein paar Dutzend kleine Quadrate aus und drückte die Ränder leicht mit der Fingerkuppe an.

«Bravo», sagte seine Mutter, als sie die fertigen *ravioli* auf der bemehlten Tischplatte kontrollierte. «Die sind genauso gut wie meine.»

In der Küche der «Trattoria Da Concetta» herrschte an diesem Samstagnachmittag, an dem der Oktober zu Ende ging, Hochbetrieb. Am Abend wurden rund vierzig Gäste erwartet. Der berühmte Sohn Predappios hatte geschafft, worauf viele der Einwohner gehofft, wovor manche sich gefürchtet hatten und womit einige sich einfach arrangieren würden.

Selbst innerhalb der Familie Casadio waren die Meinungen geteilt. Salvatore Casadio hatte anfangs noch gegen den Mann gewettert, hielt inzwischen jedoch den Mund. Die Angst ging bereits um.

Concetta Casadio hingegen hatte mit dem Ende des langen Sommers erlebt, wie mehr und mehr Menschen ihre *trattoria* besuchten, wie das Geschäft endlich wieder Fahrt aufnahm. Anfangs hatte es nur ein, zwei Gerichte in dem geputzten und frischgeweißelten Speisesaal gegeben, aber die Gäste kamen wieder, brachten neue mit. Die nackte Armut wich von ihrer Familie. Was interessierte es sie da, dass die Männer in der Gaststube schwarze Hemden trugen?

«Von mir aus können sie Sozialisten, Kommunisten oder eben Faschisten sein», hatte sie früh am Morgen zu ihrem Mann gesagt, als sie schwer bepackt vom Markt zurückgekehrt war. «Das ist bloß Politik. Hauptsache, die Kämpfe hören auf, und wir können in Frieden leben.»

Seit zwei Jahren kam es regelmäßig zu gewalttätigen Auseinandersetzungen zwischen den Landarbeitern, die gegen die harten Arbeitsbedingungen protestierten, und Gruppen von Ex-Soldaten und Studenten, die von Großgrundbesitzern angeworben und bewaffnet worden waren. Eine blutige Spur zog sich durch ganz Norditalien und bis in die Großstädte. Concetta Casadio war es müde, sich um die Männer in ihrer Familie zu sorgen.

«Ich will, dass es endlich wieder aufwärtsgeht mit uns», hatte sie hinzugefügt.

Salvatore war ein Fluch entschlüpft, aber er hatte seinem Sohn aufgetragen, an diesem Tag der Mutter zu helfen.

Nichts tat Lorenzo lieber.

«Wenn es weiterhin so gut läuft», sagte er jetzt zu ihr, «brauchst du mich bald öfter in der *trattoria*. Als Koch oder auch als Einkäufer für die besten Spezialitäten der Gegend.»

«*Figlio mio.*» Seine Mutter fuhr ihm durch die hellbraunen Locken. «Mein Sohn, nun werde mal nicht gleich übermütig. Alles braucht seine Zeit.»

Aber er konnte ihr ansehen, dass ihr der Gedanke gefiel.

An einem kleinen Tisch neben dem Kamin saß Nonna Amalia und faltete *tortellini* mit Fleischfüllung schneller, als das bloße Auge sehen konnte. Sie war heute wieder ganz in ihrer eigenen Welt gefangen, aber für eine Arbeit, die sie seit mehr als siebzig Jahren verrichtete, brauchte sie keinen klaren Geist.

«Heute ist ein Freudentag», sagte sie. «Ernesto kommt aus dem Krieg heim, und wir feiern ein Fest. *Una festa. Una bella festa.*»

Mutter und Sohn sahen sich an. Keiner von beiden brachte es übers Herz, die alte Frau zu berichtigen. Sollte wenigstens sie noch die Illusion vom Familienglück behalten.

Von draußen wurde die Küchentür aufgerissen, und Giuseppina Colomba kam hereingeschwebt, wunderschön, das hüftlange schwarze Haar in einem Zopf gebändigt, die blitzenden dunklen Augen übermütig auf Lorenzo gerichtet.

«Hast du es schon gehört?»

«Nein, was denn?»

Wie von selbst flog sein Blick zu ihrem Ringfinger, an dem ein schmaler Goldreif steckte. Noch immer konnte er sein Glück kaum fassen. Seit zwei Wochen war Giuseppina nun schon offiziell seine Verlobte. Wie sie ihren Vater überredet hatte, einer Verbindung mit dem mittellosen Landarbeiter zuzustimmen, würde ihm stets ein Rätsel bleiben.

Sein eigener Vater behauptete, die Krämerseele des Antonio Colomba hätte erkannt, dass bei den Casadios in Kürze der Wohlstand ausbrechen würde, aber Lorenzo waren die Gründe vollkommen gleichgültig.

So stolz war er, das schönste Mädchen von Predappio erobert zu haben, dass er von morgens bis abends ein breites Grinsen im Gesicht trug. Er wusste, es gab keinen Mann im Ort, der ihn nicht heftig beneidete, und endlich fühlte er sich wie jemand, der respektiert wurde. Endlich war er mehr als ein *bracciante* des verhassten Patrizio Malatesta.

Er war fast am Ziel seiner Träume angelangt. Schon sah er sich mit Giuseppina das Ehebett teilen. Sie würde ihr Haar öffnen und den Blick ihrer tiefschwarzen Augen lüstern auf ihn richten. Ihr üppiger Busen würde sich endlich in seiner ganzen Pracht vor ihm entfalten, ihre olivfarbene Haut würde sich warm und weich anfühlen … an diesem Punkt seiner Phantasien zwang er sich immer zum Einhalt – sonst wäre er noch verrückt geworden.

Auch jetzt unterdrückte er seine Erregung und konzentrierte sich mit aller Kraft auf das, was sie sagte.

«Er wird kommen!» Ihr wunderschönes Gesicht leuchtete auf.

«Wer?»

Mit der Konzentration klappte es noch nicht so recht. Lorenzo starrte fasziniert auf das schnelle Spiel ihrer vollen Lippen.

Giuseppina knuffte ihn in die Seite. «Lebst du auf dem Mond? Benito Mussolini, natürlich. Papà hat es vorhin gesagt.»

«Dio mio!», stieß Lorenzos Mutter aus.

Lorenzo hätte auch gern seinen Gott angerufen, aber seit er sich von der Kirche abgewandt hatte, versagte er sich so etwas.

«Wann?», fragte er. «Etwa heute?»

«Du Dummkopf!» Giuseppina lachte und ließ ihre perfekten Zähne aufblitzen. «Natürlich hat er jetzt erst mal in Rom zu tun, mit dem Regieren und so. Aber sobald es seine Zeit erlaubt, wird er Predappio besuchen. Papà meint, wir werden allesamt reich werden, denn so ein Mann vergisst niemals, wo er herkommt. Er wird Geld spenden, womöglich neue Häuser bauen, eine Schule und ein Rathaus. Er wird …»

Während sie sprach, drehte Giuseppina verträumt an ihrem Verlobungsring. Er hatte Mamma Concetta gehört und war wie selbstverständlich an die zukünftige Schwiegertochter weitergegeben worden.

Auf Lorenzo wirkte es, als wollte sich Giuseppina von dem Goldreif befreien. Jetzt, da im Dorf, im ganzen Land eine neue Zeit anbrach.

Ach, Unsinn, sagte er sich sofort. Er sah Gespenster, weil auf einmal alles so schnell ging in seinem Leben.

Benito Mussolini zu Besuch in Predappio, dem Ort, in dem er vor fast vierzig Jahren geboren worden war? Der bedeutende Politiker auf den steinigen, steilen Wegen, zwischen den einfachen Bauernhäusern? Oder im *alimentari* von Antonio Colomba, wo sich das einzige Telefon des Ortes befand? Und übrigens auch das einzige Badezimmer, oben in der Wohnung.

Dann könnte der kleine, rundliche Lebensmittelhändler dem berühmten Sohn Predappios erzählen, dass er selbst es gewesen war, der die große Kunde durch einen Anruf erhalten und im ganzen Dorf verkündet hatte. Lächerlich!

Lorenzo versuchte sich auszumalen, wie so ein Besuch aussehen würde. Es überstieg seine Vorstellungskraft. Aber er las jeden Tag die Zeitung, und er wusste, was in seinem Heimatland vor sich ging.

Dieser nun so berühmte Mann war schon als junger Lehrer aus der Romagna fortgezogen und hatte Karriere in der Politik gemacht. Ursprünglich Sozialist, hatte er in Mailand die *fasci di combattimento*, die ersten Kampfbünde, gegründet, aus denen schließlich der *Partito Nazionale Fascista* hervorgegangen war. Seitdem war sein Aufstieg unaufhaltsam gewesen.

Über die Jahre hinweg verloren die schnell wechselnden demokratischen Regierungen Italiens den Rückhalt in der Bevölkerung. Und weil viele Menschen mehr Angst vor den Kommunisten als vor allen anderen hatten, wählten sie lieber die rechten Faschisten. In einem Land, das unter einer erdrückenden Wirtschaftskrise ächzte, obwohl es den Krieg gewonnen hatte, fanden Mussolini und seine Anhänger mehr und mehr Zuspruch.

Lorenzo hatte vor allem in den vergangenen Monaten die Entwicklung in Predappio mit Sorge beobachtet, denn er hatte gesehen, wie sich beinahe täglich weitere Männer der neuen, starken Bewegung verschrieben. Immer häufiger sah man Schäfer, Köhler oder Obstpflücker in schwarzen Hemden herumlaufen. Selbst beim *corso* der jungen Leute am Samstagabend dominierten inzwischen die Faschisten, wobei ihre teils abenteuerlich zusammengewürfelten Phantasieuniformen der allgemeinen Armut geschuldet waren. Bisher hatte Giuseppina sich gern darüber lustig gemacht, aber Lorenzo beschlich die Ahnung, dass es damit nun vorbei war.

Denn es war geschehen: Mussolini hatte seine halbmilitärischen Kampftruppen aus ganz Italien auf den Marsch nach Rom geschickt, um die Macht zu übernehmen. Er traf auf keinerlei Widerstand. An diesem Morgen nun hatte König Viktor Emanuel III. ihn zum Ministerpräsidenten erklärt.

Giuseppina ließ endlich ihren Ring in Ruhe und wandte sich an Lorenzos Mutter. «Soll ich euch nachher beim Bedienen helfen? Ihr werdet bestimmt jede Hand gebrauchen können.»

«Sehr gern, *cara mia.*»

Sie nannte Lorenzos Verlobte immer *meine Liebe* und begegnete ihr mit größter Freundlichkeit. Was sie wirklich empfand, wusste Lorenzo nicht, doch er hegte den Verdacht, dass sie mit seiner Wahl nicht einverstanden war.

«Ich weiß gar nicht, ob wir alle unterbringen können», fügte seine Mutter hinzu. «Zur Not müssen wir draußen einen großen Tisch aufstellen. Ein Glück, dass es noch nicht kalt ist.»

Die Schwarzhemden wollten an diesem Abend Mussolinis großen Sieg feiern, und da Concetta Casadio die einzige *trattoria* im Ort betrieb, kamen sie zu ihr, obwohl den meisten von ihnen bekannt war, dass Salvatore Casadio ein eingefleischter Sozialist war.

Und der Sohn? Dieser Lorenzo?

Nun, das wusste man nicht so genau. Zu den Faschisten hatte er sich bisher jedenfalls noch nicht bekannt, aber man würde ihn schon auf die richtige Seite ziehen. Notfalls musste eben ein bisschen nachgeholfen werden.

Lorenzo ahnte, was in den Köpfen der Männer vorging, und er konnte nur hoffen, dass der Abend ohne Zwischenfälle verlaufen würde. Er war froh, dass seine Mutter in ihrer Arbeit so aufging, wie sie jetzt geschäftig in der Küche hin und her lief, während sie mit Giuseppina sprach, hier eine Tomatensoße umrührte, dort ein paar Blätter Salbei, eine Handvoll Kapern und zwei Lorbeerblätter zum Kaninchenbraten gab. Mochte seine Mutter auch nie mehr glücklich sein können, weil ihr ältester Sohn mit seinem frühen Tod ein Loch in ihr Herz gerissen hatte, so konnte sie wenigstens zufrieden sein, wenn sie mit ihrer *trattoria* nun Erfolg hatte.

«Bis nachher», sagte Giuseppina wenig später fröhlich, drückte Lorenzo noch einen schnellen Kuss auf die Wange und schwebte hinaus.

Verträumt rieb er sich die Stelle, wo ihre Lippen ihn berührt hatten. Wenn sie nur bald verheiratet wären! Wenn sie ihm endlich mehr als den einen oder anderen flüchtigen Kuss erlauben würde!

«Sie ist eine Hexe», sagte plötzlich Nonna Amalia in ihrer Ecke beim Kamin. «*È una strega*. Und sie wird sich vom Teufel besteigen lassen.»

«Amalia!», rief Lorenzos Mutter aus. «Halt den Mund! Wenn dich jemand hört!» In ihren Augen stand die Angst um die eigene, verrückt gewordene Mutter.

Aber die Nonna wirkte völlig unerschrocken. Sie stieß ein meckerndes Lachen aus und schien mit sich und ihrer Welt im Reinen.

Lorenzo hingegen fror auf einmal in der überheizten Küche.

Es wurde ein denkwürdiger Abend in der «Trattoria Da Concetta». Noch Jahre später sollte man in Predappio stolz erzählen, wie der berühmte Sohn des Ortes würdig und angemessen gefeiert worden war. Wobei das eine oder andere Vorkommnis tunlichst verschwiegen wurde. Zum Beispiel die trunkenen Gesänge zu späterer Stunde, die vermutlich bis an die Küste zu hören gewesen waren. Oder diese unangenehme Sache mit der schönen Giuseppina Colomba.

Anfangs ging es auch noch streng und gesittet zu. Man hoffte schließlich auf das Erscheinen von Donna Rachele, Mussolinis Ehefrau, einer trotz ihrer geringen Körpergröße überaus energischen Dame. Die Enttäuschung war groß, als sie sich nicht blicken ließ, und einige Gäste gaben Mamma Concetta die Schuld daran.

Lorenzo wusste, dass seine Mutter keine besonderen Sympathien für die rund dreißig Jahre jüngere Frau hegte. Selbst aus einfachen Verhältnissen stammend, bildete sich Rachele ihrer Meinung nach zu viel ein auf ihre Verbindung mit dem Politiker. Vor allem tat sie so, als sei ihre Welt in bester Ordnung, obwohl doch allgemein bekannt war, dass Benito Mussolini neben ihr noch mehr als eine feste Geliebte hatte. Ein solch heuchlerisches Verhalten konnte Concetta nicht verzeihen.

Es kam noch hinzu, dass sie in ihrer Jugend mit Racheles Mutter Anna befreundet gewesen war. Als sich die große Tragödie über die Casadios senkte, wandte sich Anna von ihrer Freundin Concetta ab.

Nun, Donna Rachele zeigte sich nicht, und so bemühten sich die Leute in der *trattoria* umso mehr um ein feierliches Benehmen.

Die Männer waren in der deutlichen Überzahl, trugen ihre

besten schwarzen Hemden und salutierten eifrig mit dem römischen Gruß, wozu sie den rechten Arm mit ausgestreckter Hand hochschnellen ließen, die Fingerspitzen ungefähr auf Augenhöhe ihres Gegenübers. Oder tiefer. Oder über den Kopf hinweg. Man war sich da noch nicht so recht einig.

Lorenzo und Giuseppina schauten von der Küchentür aus zu und unterdrückten beide ein Kichern. Es sah schon ziemlich albern aus, wie die Männer da Armheben spielten, als seien sie aufziehbare Blechkameraden in Spielzeuggröße.

Die wenigen anwesenden Frauen hatten sich hingegen in unauffälliges Blau oder Dunkelgrau gewandet, anscheinend von dem Wunsch beseelt, ihren Ehegatten an diesem besonderen Abend nicht die große Schau zu stehlen.

Ganz anders Giuseppina. Sie trug eines dieser neumodischen Kleider, die nur knapp bis zu den Waden reichten. Mit seinem gerade fallenden Schnitt hätte es ihre aufreizenden Formen verbergen sollen, aber irgendwie brachte sie es fertig, darin noch verwegener auszusehen.

So wurde sie denn auch von feurigen Blicken verfolgt, wenn sie eine heiße Terrine mit *tortellini* durch die mit einfachen Papiergirlanden geschmückte Gaststube trug oder eine Platte mit *ravioli* nach draußen zu dem zusätzlich im Hinterhof aufgestellten langen Tisch brachte. Dort saß auch der Viehhändler Raffaele Bastelletti mit seiner mausgrauen Frau und den drei prächtig geratenen Söhnen. Er paffte zwischen den Gängen eine dickbauchige Zigarre und wirkte mit sich und der Welt zufrieden. Bastelletti war gleich nach dem *padrone* der reichste Mann der Region, und als glühender Anhänger Mussolinis wähnte er sich schon bald auch als der mächtigste Mann. Während Patrizio Malatesta den Faschisten skeptisch bis gleichgültig gegenüberstand, brüstete sich Bastelletti damit, schon als Schuljunge ein Freund Mussolinis gewesen zu sein.

Der Wahrheitsgehalt mochte angezweifelt werden, zumal Bastelletti zehn Jahre älter als der Politiker war. Aber das nahm niemand so genau. Zu viele Leute im Dorf hatten beim Viehhändler Schulden oder waren von ihm und seinen guten Verbindungen zu den Schlachthäusern in den Städten abhängig.

Wie dem auch war, Lorenzo fühlte sich in der Gegenwart des Viehhändlers unwohl, und so beeilte er sich, einen weiteren Krug mit gutgekühltem Sangiovese an den Tisch zu bringen, um gleich wieder nach drinnen zu verschwinden.

Auch den ältesten Sohn, Davide, mochte er nicht. Der war in seinem Alter und spielte sich nur zu gern als Anführer der jungen Leute auf. Und er war der einzige Mann im Ort, der größer als Lorenzo war und zudem noch um ein Vielfaches stärker.

An diesem besonderen Abend trug er ein nagelneues schwarzes Hemd und dunkelgraue, in hohen Stiefeln steckende Reithosen, die ihm unverschämt gut standen. Sein volles, streng zurückgekämmtes Haar glänzte vor Pomade. Wahrscheinlich, so überlegte Lorenzo böse, wollte er damit aussehen wie Rodolfo Valentino. Und Davides Blick folgte unablässig Giuseppina, die nun jedem der Gäste von den köstlich duftenden *ravioli* auftat.

Lorenzo wünschte, er hätte die Portion für Davide vorsorglich mit Rattengift versetzt.

Wie konnte der es wagen, seiner Verlobten jetzt in den Ausschnitt zu linsen? Und warum musste Giuseppina sich überhaupt so weit zu dem Kerl hinunterbeugen und ihm auch noch ihr Lächeln schenken? Wut vermischte sich mit heißer Eifersucht, und Lorenzo war drauf und dran, den Weinkrug über Davides glänzendem Pomadenhaar auszugießen.

Sein Vater hinderte ihn daran.

«Ruhig Blut, mein Sohn», sagte Salvatore Casadio und hielt ihn mit hartem Griff zurück. Offenbar hatte er alles beobachtet und war nun rechtzeitig zur Stelle. «Es lohnt sich nicht, diesem Wichtigtuer den Grund für eine Prügelei zu liefern. Außerdem wäre es schade um seine schöne Uniform.» Dazu spuckte er vor sich auf den Boden und machte damit mehr als mit Worten klar, was er von den Faschisten im Allgemeinen und der Familie Bastelletti im Besonderen hielt.

«Aber er wirft Giuseppina unziemliche Blicke zu», protestierte Lorenzo.

«Deine Verlobte wird sich schon zu wehren wissen, wenn es ihr missfällt», erklärte sein Vater. In Lorenzos Ohren klang das alles andere als schmeichelhaft für Giuseppina. «Und vergiss nicht», fügte er hinzu, «Raffaele Bastelletti hat die ganze Feier bezahlt.»

Das stimmte leider. Mamma Concetta hatte von dem Viehhändler einen großzügigen Betrag für die Einkäufe bekommen, und sie würde am Ende des Abends noch reich belohnt werden. Also biss Lorenzo die Zähne zusammen, stellte den Weinkrug auf den Tisch und wandte sich schnell wieder ab, bevor er sich vergaß. Es kostete ihn seine gesamte Willenskraft.

Zurück in der Küche, wurde er von seiner Mutter angewiesen, bei der Zubereitung der *piadine* zu helfen. Diese typischen, aus Wasser, Mehl, Schweineschmalz, etwas Hefe und Salz hergestellten runden Teigfladen der Romagna durften bei keinem Essen fehlen. Sie wurden zusammen mit dem Gemüse zu jedem Fleischgang gereicht und galten seit jeher auch als

Armeleuteessen. Selbst wer nur wenig besaß, bekam doch irgendwie die Zutaten für eine *piadina* zusammen, rollte sie aus und buk sie auf einer heißen Steinplatte. In manchen Haushalten wurde sie mit Gemüse oder Käse gefüllt und zu einem Halbmond umgeklappt, in anderen aß man sie wie Brot zum Kaninchenragout oder zu Schweinerippchen, und wer sonst nichts hatte, begnügte sich mit einer *piadina* ohne alles.

Das Sinnieren über die kulinarischen Traditionen seiner Heimat und dazu die einfachen Handgriffe, das schnelle Wenden der Teigfladen auf dem glühenden Stein, brachten Lorenzo wieder zur Vernunft.

Sein Vater hatte recht. Es lohnte sich nicht, wegen Davide Bastelletti die Beherrschung zu verlieren. Und Giuseppina – zu seinem leisen Schrecken stellte er fest, dass er einen gewissen Ärger empfand. Warum musste sie die Männer auch so reizen? Hätte sie nicht irgendein anderes, unscheinbares Kleid anziehen können? Aber in dem Fall wäre sie nicht Giuseppina Colomba, die Frau, die er über alles liebte.

Oh ja, er liebte sie! Und er duldete keinen Zweifel. Weder vonseiten seiner Familie noch von sich selbst. Seine Schwester Maria hatte ihm letzte Woche auf den Kopf zugesagt, er stünde zu sehr im Saft und verwechsele die aufsteigenden Hormone mit echter Zuneigung.

Daraufhin hatte er ohne ein weiteres Wort ihr Haus verlassen, obwohl sein Neffe Filippo, der nicht verstanden hatte, worum es ging, den Tränen nahe gewesen war.

Die nächste *piadina* brannte ihm an, so zornig war er jetzt wieder! Seine feine Nase hatte ihn gewarnt, aber er hatte nicht darauf geachtet, und nun war es zu spät. Der Teigfladen war verdorben.

«Lorenzo», mahnte Concetta sanft. In all dem Chaos in der Küche hatte sie dennoch die ganze Zeit über ein Auge auf ihn.

Er bat sie mit einem Blick um Verzeihung und passte nun besser auf.

Nur wenige Minuten später wurde er schon wieder abgelenkt. Diesmal von lautem Gegröle, das aus dem Hof hereindrang. Während im Saal die Gäste vor allem das gute Mahl genossen hatten, war man draußen mit Sangiovese und *grappa* besonders verschwenderisch umgegangen. Nun hatten sich die Gemüter erhitzt und entluden sich ausgerechnet an Giuseppina.

Lorenzo erkannte Davides Stimme, der zusammen mit anderen Männern etwas Anzügliches rief, dann hörte er ihren spitzen Schrei. Oder war es ein Lachen?

Nein, ein Schrei.

Verwirrt rieb er sich über die Stirn. Beinahe gleichzeitig traf er eine Entscheidung und stürmte los. Er war blind vor Zorn, und nichts und niemand konnte ihn mehr zurückhalten. Weder die Rufe seiner Mutter noch der Befehl seines Vaters.

Doch als er den Tisch der Zecher erreichte, fand er keine Spur von Giuseppina. Auch nicht von Davide.

13. KAPITEL

Raffaele Bastelletti betrachtete Lorenzo mit glasigem Blick. Er hatte dem *grappa* offenbar mehr als alle anderen zugesprochen. Die Zigarre hing kalt in seinem Mundwinkel.

«Wo sind sie?», fragte Lorenzo.

«Wer?»

«Ihr Sohn und meine Verlobte.» Er zwang sich, ruhig zu sprechen, obwohl sein Blut in den Adern pulsierte.

Bastelletti machte eine wegwerfende Handbewegung. «Was weiß ich. Lassen wir der Jugend ihren Spaß.»

Bevor Lorenzo auf den Mann losgehen konnte, zupfte ihn jemand am Ärmel. Es war sein Neffe Filippo, der an diesem Abend ebenfalls in der *trattoria* mithalf.

«Zio», flüsterte der Junge, als Lorenzo sich zu ihm hinunterbeugte. «Onkel Lorenzo, ich habe gesehen, wie er sie hinter den Hühnerstall gezogen hat.»

Das genügte ihm. Er rannte los, überquerte den Hof, am Abort vorbei, der angesichts des Gelages in der *trattoria* an diesem Abend überquoll, erreichte den Verschlag für das Federvieh, bog um die Ecke – und erstarrte.

Dort stand sie, seine Giuseppina, mit dem Rücken an die Bretterwand gelehnt. Ihre Brüste waren entblößt, das Kleid war bis zur Hüfte hochgeschoben. Vor ihr, halb über ihr, Davide Bastelletti. Mit einer Hand knetete er ihren Busen, mit der anderen machte er sich an seinem Gürtel zu schaffen.

Für ein, zwei Sekunden sah es so aus, als ob beide wüssten, was sie da taten. Als ob beide wollten, was da geschah. Dann stieß Giuseppina erneut einen schrillen Schrei aus, und Lorenzo stürzte sich auf Davide. Obwohl er ein ganzes Stück größer war als Lorenzo, kam Davide zu Fall. Doch schon in der nächsten Sekunde war er wieder auf den Beinen, nahm seinen Angreifer in den Schwitzkasten und drückte ihm die Luft ab.

Aber das war ihm offensichtlich nicht genug. Jemanden einfach nur zu ersticken war für eine Kämpfernatur wie Davide langweilig. Also ließ er Lorenzo los und begann, auf ihn einzuprügeln. Es war ein ungleicher Kampf. Lorenzo wurde zwar von seiner Wut getrieben, hatte aber gegen den stärkeren Gegner keine Chance. Der kniete schon bald auf seinem Brustkorb und versetzte ihm Faustschläge mitten ins Gesicht. Rechts, links, rechts, links.

Lorenzos Gegenwehr wurde schwächer und schwächer. Er ächzte laut und spürte, dass etwas brach. Es klang wie das Knacken von Hühnerbeinen. Giuseppina schrie erneut laut auf.

Als endlich ein paar der anderen Männer eingriffen, lief ihm das Blut übers Gesicht, die Nase war eingedrückt, und ein Auge schwoll bereits zu.

Jemand zog Davide von ihm runter. Dann war sein Vater da und schimpfte auf ihn ein. Lorenzo verstand nichts, in seinen Ohren war ein großes Rauschen. Aber mit dem einen Auge sah er, wie Giuseppina die Hände vors Gesicht schlug und von ein paar Frauen getröstet werden musste. Sie klagte laut und wies immer wieder auf den jungen Faschisten, der schnaufend sein schwarzes Hemd in Ordnung brachte.

Man war sich offenbar einig. Die arme unschuldige *bambina* war von dem Wüterich Davide Bastelletti bedrängt worden.

Ja, beinahe hätte er das arme Kind geschändet, wenn ihr Verlobter sie nicht gerettet hätte!

Lorenzo Casadio war für wenige Minuten ein Held. Man half ihm hoch, brachte ihn in die Gaststube, setzte ihn an einen Tisch und drückte ihm kühlende Tücher aufs Gesicht. Die meisten Gäste verließen fluchtartig den Ort des Geschehens. Mit so etwas wollten sie nichts zu tun haben. Nicht an diesem denkwürdigen Abend. Mamma Concetta kam herbeigelaufen und jammerte leise vor sich hin, während sein Vater ihn, schweigend nun, anstarrte.

Plötzlich stand Davides mausgraue Mutter vor ihm und handelte. Sie zog einmal kräftig an Lorenzos Nase, sodass er laut aufjaulte. Dazu lachte sie mitleidslos und sagte, er solle ihr lieber dankbar sein, so behielte er keinen schiefen Zinken.

Erst jetzt bemerkte er, dass sich die gesamte Familie seines Gegners in der Gaststube versammelt hatte, und obwohl Raffaele Bastelletti etwas von jugendlichem Übermut sagte, wanderte sein Blick eiskalt zwischen Lorenzo und seinen Eltern hin und her.

Lorenzo bemerkte, wie sich nackte Angst in die Augen seiner Mutter schlich, er sah, wie sein Vater hilflos die Fäuste ballte. Und er begriff, dass er alles zerstört hatte. Jedes bisschen Hoffnung auf ein besseres Leben, jeden Traum von einer sorgenfreien Zukunft.

Es sei denn – Lorenzo erschrak furchtbar bei diesem Gedanken –, es sei denn, er ging den Bastellettis aus dem Weg. Wenigstens für eine gewisse Zeit.

Als ihm bewusst wurde, was dies bedeutete, wurde er von einem heftigen Schwindel erfasst. Er hatte sich immer für besonders klug und reif gehalten, aber erst in diesem Augenblick, verprügelt und am Boden zerstört, wurde er mit einem Mal erwachsen. Lorenzo sackte auf seinem Stuhl in sich zusammen.

Er kam wieder zu sich, als die harte Tischplatte schmerzhaft gegen sein geschwollenes Gesicht drückte. Nur seine Eltern waren noch bei ihm.

Das Fest zu Ehren Benito Mussolinis war zu Ende. Man würde noch lange davon reden und nur das eine oder andere Detail auslassen, weil es ein wenig peinlich war.

«Geh ins Bett», sagte Salvatore Casadio tonlos zu seinem Sohn.

Lorenzo wollte den Kopf schütteln, besann sich aber eines Besseren, als er das heftige Pochen unter der Schädeldecke spürte, und antwortete daher mit Entschiedenheit: «*No*, wir müssen reden.»

Mamma Concetta wechselte einen Blick mit ihrem Mann. Sie konnte sich nach dem langen Arbeitstag vor Müdigkeit kaum noch auf den Beinen halten, wirkte jedoch gleichzeitig hellwach vor Sorge. Sie nickte Lorenzo zu.

«Ich werde fortgehen», erklärte er.

«*Madonna mia!*», rief seine Mutter aus.

Sein Vater sagte nichts, blickte seinen Sohn nur mit einer Mischung aus Zorn und Resignation an.

«Ihr wisst, dass es keine andere Lösung gibt», fügte Lorenzo hinzu. «Ich habe mir Davide Bastelletti zum Feind gemacht. Und damit seine ganze Familie. Wenn ich bleibe, werden sie nicht nur mich, sondern auch euch mit ihrem Hass verfolgen. Und Maria und Claudio und den kleinen Filippo, vielleicht sogar die arme Nonna.»

Seine Mutter fing an, haltlos zu schluchzen, der Vater legte einen Arm um ihre bebenden Schultern und redete leise auf sie ein. «Du weißt, dass er recht hat, *amore mio*.»

Lorenzo zerbrach es das Herz. Noch nie hatte er seinen Vater so liebevoll mit seiner Mutter sprechen hören.

«Aber wir kennen die Bastellettis schon unser ganzes Leben», wandte die Mutter ein und putzte sich lautstark die Nase. «Es war nur ein Streit zwischen jungen Burschen. Sie werden vergessen.»

«No», sagte Lorenzos Vater fest. Offenbar hatte er den hasserfüllten Blick des Viehhändlers ebenso bemerkt wie Lorenzo. «Was heute passiert ist, wird niemand vergessen. Die Zeiten haben sich geändert, und dem alten Bastelletti sind wir schon lange ein Dorn im Auge. Der will nur noch stramme Faschisten im Dorf haben. Wenn Lorenzo nicht fortgeht, wird niemand von uns mehr ruhig schlafen können.»

Daraufhin wandte er sich wieder seinem Sohn zu. «Du bist ein Idiot! Ich habe dich gewarnt. Diese Leute sind es nicht wert, dass man sich mit ihnen anlegt.»

«Aber ich musste Giuseppinas Unschuld verteidigen!», begehrte er auf.

«Pah!» Fast schien es, als wollte sein Vater in der eigenen Gaststube ausspucken. Er beherrschte sich. «Geh mal hin zu deiner Verlobten und frag sie, ob sie froh ist, dass du dich eingemischt hast.»

Lorenzo schaute ihn nur verständnislos an. «Natürlich will ich nachher noch zu ihr», erwiderte er. «Ich werde mich verabschieden und sie bitten, auf mich zu warten. Sobald die Bastellettis sich beruhigt haben, kehre ich zurück.»

Wieder dieser lange Blick zwischen seinen Eltern. Das Pochen in seinem Kopf nahm zu. «Glaubt ihr mir nicht? Haltet ihr mich für einen Feigling, einen *vigliacco*?»

Beide schwiegen, und für einen kurzen Moment hasste er sie mit aller Kraft. Nur deshalb, so glaubte er später, setzte er hinzu: «Nun, da verwechselt ihr mich wohl mit unserem großen Helden Ernesto. Ich bin bloß Lorenzo, der Spätgeborene, der nicht viel taugt. Aber ich werde nicht wie er für immer weglaufen.»

Der Schlag, den ihm der Vater versetzte, spürte er kaum in seinem ohnehin schmerzenden Gesicht. Seine Worte trafen umso tiefer: «Geh mir aus den Augen! Du bist nicht mehr mein Sohn!» Damit verließ Salvatore Casadio polternd das Haus.

«Es tut mir leid, Mamma», flüsterte Lorenzo.

Er verachtete sich selbst für seine dumme Bemerkung. Was wusste er schon darüber, was in seinem älteren Bruder vorgegangen war? Hätte er selbst denn ausgehalten, was Ernesto hatte ertragen müssen? Wie konnte er es wagen, über ihn zu urteilen! Die Scham drückte ihn schier nieder.

Nach einem Jahr an der Front zu Österreich, mitten in den rauen Dolomiten, war Ernesto Casadio eines Tages davongelaufen. Desertiert.

Halb verrückt vor Angst musste er gewesen sein. Er wollte nicht sterben. Nicht so jung, mit gerade mal zwanzig Jahren. Weder für das Königreich Italien noch für sonst wen. Kurz vor Bologna war seine Flucht zu Ende gewesen. Er schaffte es nicht bis nach Hause, und dabei musste er sich so sehr nach seiner Familie, nach Frieden und Sicherheit gesehnt haben. Ernesto wurde knapp eine Woche nach seinem unerlaubten Entfernen von der Truppe standrechtlich erschossen.

Für seine Eltern kam zu dem grauenvollen Verlust die

Schmach hinzu. In einem kleinen Ort wie Predappio blieb nichts lange geheim. Man flüsterte über den toten ältesten Sohn, der kein Kriegsheld war, man dankte insgeheim der Jungfrau Maria dafür, dass man selbst und die eigene Familie von einer solchen Tragödie verschont geblieben war.

Seitdem waren Concetta und Salvatore Casadio gebrochene Menschen.

Ihre Kinder Maria und Lorenzo waren damals jung genug gewesen, um ihr Leben weiterzuleben, obwohl besonders Maria den Bruder schmerzlich vermisste. Nonna Amalia war das einzige Familienmitglied, das immer öfter vergessen konnte, was geschehen war. Die kleine alte Frau war vermutlich die Glücklichste der Casadios, weil die Krankheit in ihrem Kopf ihr vorgaukelte, alles sei wie früher.

«Mamma, verzeih mir», bat Lorenzo noch einmal mit vor Scham heiserer Stimme.

Die Mutter sagte lange Zeit nichts. Schließlich ging sie zum Küchenschrank und holte ein abgegriffenes Schulheft hervor. Er wusste, darin hatte sie ihre besten Rezepte notiert. Es war ein Schatz, den sie ihm da hinhielt. Dazu reichte sie Lorenzo hundert Lire in Scheinen. Ein Vermögen.

Lorenzo nahm das Rezeptbuch, aber das Geld wollte er nicht haben.

«Sei nicht dumm», sagte seine Mutter. Sie klang nicht liebevoll. Auch nicht böse. Nur unendlich erschöpft. «Ohne Geld kommst du nicht weit, und du musst sehr weit fort. Dein Vater wird dich nicht mehr sehen wollen.»

Lorenzo schluckte hart. Er wollte nicht glauben, dass sein Vater so unversöhnlich sein würde. Nicht dieser Mann, der bei aller Härte immer für ihn gesorgt hatte.

«Ich habe nur die Wahrheit gesagt.»

«Über Ernesto darf niemand außer Amalia sprechen. Das weißt du genau.»

Er ließ die Schultern hängen. «Und du?», fragte er. «Willst du mich eines Tages wiedersehen?»

Sie wich seinem bittenden Blick aus, sagte jedoch eindringlich: «Du bleibst immer mein Sohn. Finde dein Glück in der Welt dort draußen. Meine Rezepte werden dir hoffentlich helfen.»

«Wie willst du denn ohne sie die *trattoria* führen?»

Die Mutter tippte sich leicht gegen die Stirn. «Sind alle da drin. Ich brauche das Buch nicht mehr. Du jedoch könntest eine Anstellung als Koch finden. Das liegt dir mehr als die Landarbeit.»

«Aber wo soll ich hin?», fragte er zaghaft.

«Nach *Amburgo*.»

«Wohin?»

«Das ist eine Stadt weit im Norden von *Germania*. Dort lebt seit vielen Jahren dein Onkel Rosario, wie du weißt. Mein großer Bruder. Er wird dir helfen.»

Er konnte seine Mutter nur stumm anschauen. Und er dachte daran, wie seine Mutter schon vor dem Krieg das Ziel verfolgt hatte, ihn hinaus in die Welt zu schicken, damit aus ihm etwas werden könne. Schon damals hatte sie an sein Glück gedacht und nicht an die eigene Traurigkeit, die sie erfasst hätte, wenn er fortgegangen wäre. Nachdem Italien und Deutschland Feinde geworden waren, hatte davon keine Rede mehr sein können, und nach Ernestos Tod erst recht nicht. Als einziger verbliebener Sohn hatte Lorenzo sich verpflichtet gefühlt, seine Familie nicht zu verlassen.

Sie schrieb eine Adresse auf die erste Seite im Rezeptbuch. «Das Geld wird wohl nicht reichen. Du wirst dir die Reise mit Arbeit verdienen müssen und deswegen lange unterwegs sein. Monate vielleicht. Aber wenigstens kannst du währenddessen Deutsch lernen. Du warst immer ein kluges Kind.»

Lorenzo erschrak noch mehr. Ihm wurde erst jetzt klar, dass er in ein Land reisen würde, dessen Sprache er nicht verstand. Alles ging so furchtbar schnell. Er bekam es mit der Angst zu tun, aber er wusste auch, seine Mutter bot ihm den einzigen Ausweg an, den es für ihn geben konnte.

Er stand auf und nahm sie fest in die Arme.

Seine Mutter machte sich erst steif, dann jedoch erwiderte sie seine Umarmung und hielt ihn lange fest. Sie wusste wohl, dieser Moment der Nähe zu ihrem Jüngsten musste für Jahre reichen. Vielleicht war es auch die letzte Berührung.

«Schreib an Maria», bat sie ihn. «Damit ich weiß, dass es dir gutgeht.»

«Versprochen.»

Den Vater erwähnten sie nicht mehr. Lorenzo konnte nur hoffen, dass der ihm irgendwann vergeben würde.

Er ging seine wenigen Habseligkeiten packen, stopfte alles in einen Kartoffelsack und verließ sein Elternhaus.

In all dem Unglück, überlegte er, gab es nur einen Glücksfall: Er besaß einen Reisepass, noch aus der Zeit, als die Casadios an eine Auswanderung nach Amerika gedacht hatten. Zumindest an den Grenzen dürfte er keine Probleme haben.

Kurz war er versucht, direkt aus dem Ort hinauszulaufen, zur Not zu Fuß bis nach Forlí, wo er am Morgen hoffentlich in einen Bus steigen konnte, der nach Norden fuhr. Doch stattdessen lenkte er seine Schritte ins Dorfzentrum zum *alimentari* von Antonio Colomba.

Die Wohnung der Familie lag im ersten Stock. Unter Giuseppinas Fenster blieb er stehen und warf kleine Steinchen gegen die Scheibe. Eine Ewigkeit verstrich, bis ein Licht anging und Giuseppina sich aus dem Fenster lehnte. Als sie ihn erkannte, schien sie zu zögern, aber dann bedeutete sie ihm, zum Hinterhof zu gehen.

Lorenzo tat, wie ihm geheißen, und wenige Minuten später kam seine Verlobte aus dem Haus geschlichen. Sie trug einen bodenlangen Morgenrock aus grüner Seide. Sein Hals wurde trocken, als er sich fragte, ob sie darunter nackt war. Im nächsten Augenblick sah er ihre geschwollene Wange.

«War das der verdammte Davide? Ich bringe ihn um! *Maledetto!*»

«Sei leise», zischte Giuseppina. «Das war Papà. Er hat behauptet, ich hätte mich wie eine … Hure … aufgeführt. *Una puttana.*»

Schluchzend warf sie sich an seine Brust. Er stöhnte. Verzweiflung und Erregung vermischten sich in seinem Innern zu einer kaum zu ertragenden Mischung.

«Bitte glaub mir, Lorenzo. Ich wollte das nicht. Davide hat mich gezwungen. Er ist … abscheulich.»

Der Teil seines Verstandes, der noch funktionierte, fragte sich, warum sie so sehr ihre Unschuld beteuerte. Niemand zweifelte daran, dass der junge Faschist ihr Gewalt angetan hätte, wenn er nicht dazwischengegangen wäre.

Aber als Giuseppina sich noch enger an ihn schmiegte und er ihren weichen Körper an seinem spürte, setzte sein Denkvermögen vorübergehend aus.

«Und Papà hat gesagt, ich habe einen Monat Hausarrest. Nicht einmal dich darf ich sehen. Dabei bist du mein Verlobter.» Zart strich sie ihm mit den Fingerspitzen über das zerschlagene Gesicht, küsste ganz sanft seine aufgesprungenen Lippen. «Mein großer Held, mein tapferer Retter.»

Lorenzo stöhnte auf. Er liebte sie! Er begehrte sie! Bei Gott, wie sehr er sie begehrte! Es kostete ihn seine gesamte Selbstbeherrschung, Giuseppina ein kleines Stück von sich wegzuschieben.

«Ich muss fort.»

Sie rang die Hände «Du kannst mich nicht verlassen! Ich habe nur dich! Warum willst du weg?»

Lorenzo erklärte es ihr. Sagte, die Bastellettis seien zu mächtig, und ihr Hass auf ihn könnte alle zerstören, die ihm lieb und teuer waren.

«Ich muss meine Eltern schützen», schloss er. «Und meine Großmutter, meine Schwester, meinen Schwager und meinen Neffen.»

Sie stampfte mit dem Fuß auf. «Und an mich denkst du nicht? Wenn ich nicht mehr verlobt bin, hält mich das ganze Dorf für eine *puttana*!»

Ihm entging, dass sie ihm nicht sagte, wie sehr sie ihn liebte, wie sehr er ihr fehlen würde.

«Selbstverständlich bleiben wir verlobt», beruhigte er sie. «Und sobald ich mir in der Fremde etwas aufgebaut habe, komme ich zurück. Bis dahin werden sich die Bastellettis hoffentlich beruhigt haben.»

«Und wann wird das sein?», fragte Giuseppina mit weinerlicher Stimme.

«Das … das kann ich noch nicht sagen.»

Sie schluchzte jetzt lauter. «Es ist alles so furchtbar! So ungerecht!»

Ihm kam ein Gedanke. «Willst du mit mir fliehen?», fragte er sie eindringlich. «Wir lieben uns, zusammen schaffen wir es.»

Giuseppina wich zurück. «Unmöglich. *Impossibile.* Wovon soll ich leben? Ich habe nichts gelernt. Und Papà würde mich suchen lassen. Denk nur an die Schande, die ich über meine Familie bringen würde. Nein, ich werde nicht meinem Unglück mit der Trauerkutsche entgegenfahren.»

Tiefe Enttäuschung machte sich in Lorenzo breit, aber gleichzeitig wusste er auch, dass es so am besten war. Allein würde er leichter durchkommen.

«Ich liebe dich, Giuseppina. Für immer und ewig. Warte auf mich.»

Ihr Blick wurde weich. Sie kam wieder zu ihm, presste sich an ihn. «Werde reich, Lorenzo. Ganz bald. Und dann hole mich hier raus.»

Er hatte keine Ahnung, wie er das bewerkstelligen sollte, doch er versprach es ihr.

Daraufhin schickte sie ihn fort, und er schlich wie ein alter, gebeugter Mann aus seinem Heimatort hinaus.

Als er wieder an seinem Elternhaus vorbeikam, glaubte er einen Moment lang, seinen Vater in der halbgeöffneten Tür stehen zu sehen. Aber vielleicht hatte er sich auch getäuscht.

Lorenzo brauchte einen Monat, um über Bologna, Verona und Bozen schließlich Österreich zu erreichen. Er nahm jede Arbeit an, die er bekommen konnte. Inzwischen war sein Gesicht abgeheilt. Trotzdem hielt man ihn an der Grenze einen ganzen Tag lang auf. Ein junger Landsmann, gekleidet wie ein Vagabund, der ins Land der ehemaligen Kriegsgegner einreisen wollte? Da konnte etwas nicht mit rechten Dingen zugehen!

Aber die Grenzer mussten feststellen, dass mit Lorenzos Reisepass alles in Ordnung war, und ließen ihn ziehen. Auf der Seite der Österreicher wurde es nicht einfacher, und als er endlich auch diese Hürde überwunden hatte, beeilte er sich, die Alpenrepublik zu durchqueren.

Diesmal hatte er Glück. Er durfte im Führerhaus eines hochrädrigen Lastkraftwagens mitfahren. Der Fahrer war ein Italiener mittleren Alters aus Parma. Die Stadt gehörte zur Region Emilia-Romagna, auch wenn die *romagnoli* wie Lorenzo und seine Familie mit den *emiliani* herzlich wenig gemein hatten. Freundlich erzählte der Fahrer Lorenzo, er brächte besten *prosciutto di Parma* und *parmigiano reggiano* nach *Monaco di Baviera*, nach München. Dort gäbe es genügend reiche Leute, die einen guten Preis für die italienischen Köstlichkeiten zahlten.

Der Fahrer riet ihm auch noch, auf seiner Reise nach Norden die großen Städte zu meiden: «Zu viele Unruhen. Immer wird irgendwo protestiert oder geputscht. Die Roten gegen die Rechten, die Arbeiter gegen die Fabrikbesitzer. Ein bisschen wie bei uns zu Hause, *amico mio*.»

Nachdem er ihn kurz vor München hatte aussteigen lassen, hielt sich Lorenzo an den guten Rat. Er fuhr, mal per Anhalter, mal ein Stück mit dem Autobus oder dem Zug, mehr im Zickzack als geradeaus. Oft blieb er eine Woche oder länger in einem Ort, suchte sich Arbeit in einer Küche und musste sich mehr als einmal zwingen weiterzureisen. Das Leben erschien ihm recht angenehm in diesen kleinen Städten und Dörfern. Die Leute waren freundlich, nachdem sie den Italiener ein bisschen kennengelernt hatten, und sie halfen ihm beim Erlernen ihrer Sprache, wobei sein Deutsch holprig blieb, aber immerhin dialektfrei, weil er stets schnell genug weiterzog.

Und es gab Frauen, ach, Frauen! Blond und groß und willig. Kriegerwitwen, die den hübschen Südländer nur zu gern verführten, ihm die Unschuld nahmen und ihm wichtige Lektionen in der Kunst der Lust erteilten. Nie vergaß er darüber seine Liebe zu Giuseppina, aber diese einsamen Frauen erklärten ihm, er solle sich da keine Sorgen machen. Schließlich sei er ein Mann und habe gewisse Bedürfnisse. Allen Männern ginge das so, und solange er nicht verheiratet war, sei das schon in Ordnung.

Oh ja, mehr als einmal war Lorenzo versucht, einfach zu bleiben. Doch etwas trieb ihn weiter. Vielleicht war es die Armut, die er sah und spürte und die ihn schmerzlich an zu Hause erinnerte. Vielleicht war es der Wunsch, bei dem fremden Onkel im Norden wenigstens ein bisschen Familie zu finden.

Er hoffte einfach, dass es dort in *Amburgo* eine neue Heimat auf Zeit für ihn gab. Inzwischen hatte er viel über die Stadt gehört. Es hieß, die Menschen dort seien alles Pfeffersäcke, unermesslich reiche Kaufleute.

So reiste er weiter, blieb, um zu arbeiten, machte sich wieder auf den Weg. Weihnachten kam und ging, das neue Jahr brach an, und endlich, an einem windigen Märztag des Jahres 1923, stand Lorenzo Casadio vor dem Haus, in dem sein Onkel Rosario wohnte. Lorenzo war müde und abgemagert. Seine Kleidung hing in Fetzen an ihm hinunter, und die Enttäuschung über dieses einfache, schmale Mietshaus in einer hässlichen kleinen Straße raubte ihm fast allen Lebensmut.

Was hatte er bloß erwartet? Eine Villa in einem großen Park? Dass sein Onkel so viel Macht besaß wie daheim der *padrone*?

Lorenzo begriff, dass er sich selbst etwas vorgelogen hatte. Und nun?

Auf einmal verspürte er den nahezu übermächtigen Wunsch, auf dem Absatz kehrtzumachen. Möglicherweise hätte er das auch getan, wäre er nur fünf Minuten früher vor dem Haus in der Taubenstraße auf St. Pauli eingetroffen. Doch in diesem Moment kam jemand die Stufen von einem Kellergeschäft herauf. Mit einiger Mühe verstand er, was auf dem Ladenschild stand: «Feinkost Schuster».

Die junge Frau war etwas kleiner als er und sehr zierlich. Sie hatte brünettes Haar und Augen, die so hell schimmerten wie die Adria an einem heißen Sommertag. Und er war sicher, dass darin winzige weiße Sterne funkelten. *Una stella*, dachte er verzaubert.

Sie musterte ihn mit einigem Argwohn, was ihn nicht wunderte. Er sah aus wie ein Landstreicher. Doch im nächsten Moment lächelte sie sanft. «Sie haben bestimmt Hunger. Kommen Sie mit.»

Ihre Stimme war so tief und weich, dass Lorenzo glaubte, er müsse träumen.

«Wir haben nicht mehr viel da, aber ein oder zwei Brötchen werden sich schon noch finden lassen.»

Ohne seine Antwort abzuwarten, drehte sie sich um und ging wieder hinunter in den Kellerladen.

Lorenzo folgte ihr. Sie glaubte also, er sei ein Bettler. Er wollte sie berichtigen, doch er brachte kein Wort heraus. So viel Angst hatte er, dieses zauberhafte Wesen könnte sich in Luft auflösen. Und obwohl Lorenzo so weit fort wie noch nie von seinem Zuhause war, hatte er plötzlich das Gefühl heimzukommen. Es war der Moment, der aus der Zeit fiel und dabei alle Zeit in sich trug.

14. KAPITEL

St. Pauli, Juni 1923

Unauffällig linste Stella durch ihre Ponyfransen zu dem jungen Mann hinüber.

Da! Er tat es wieder! Verzog das Gesicht und legte den Löffel zurück in den Teller.

Frechheit!

Ihre köstliche Hühnersuppe, die auf Gut Friederkamp allseits beliebt gewesen war, wurde von dem Kerl verschmäht!

Carsten hatte die Suppe geliebt. Er hatte behauptet, niemand anderes als Stella könne sie so herzhaft zubereiten. Nicht mal Florentine. Woraufhin die Mamsell stets ganz entrüstet geschaut hatte, während sich in ihren Mundwinkeln ein zufriedenes Lächeln breitmachte. Schließlich hatte sie ja die Deern zur Köchin ausgebildet. Selbst das zäheste alte Huhn war unter ihren Händen zart und schmackhaft geworden.

Stella legte nun selbst ihren Löffel in den Teller und wischte sich schnell über die Augen. Es tat ihr nicht gut, an Carsten zu denken. Es tat ihr nicht gut, an zu Hause zu denken.

Ja, zu Hause. Ein Jahr war vergangen, seit sie Holstein, Gut Friederkamp und alles, was ihr lieb gewesen war, hatte verlassen müssen. Und noch immer war dort ihre Heimat. Nicht hier in dieser stinkenden, kalten Großstadt, in diesem Viertel, wo man nachts um Leib und Leben bangen musste, in diesem

Haus mit seinen strengen Gerüchen und sonderbaren Nachbarn, in dieser Mansarde mit den schrägen Wänden und der todkranken Frau in ihrer winzigen Kammer.

Manchmal war sie von einer unbestimmten Sehnsucht nach Heimat erfüllt. Nach einem Ort, wo sie geliebt wurde und wo sie ohne Vorbehalte lieben durfte. Gut Friederkamp, so fürchtete sie, war nicht mehr dieser Ort. Dort gab es nur noch Florentine. Und Carsten? Es tat noch immer furchtbar weh, an Carsten zu denken. Stella konnte nur hoffen, dass sich seine Hochzeitspläne in Luft auflösen würden. Sie hatte ihm zweimal geschrieben, ihre Liebe hinter den Worten einer langjährigen Freundin versteckt, aber noch keine Antwort erhalten.

Seit einem Jahr vermisste Stella die Weite der Felder und die Freiheit des Himmels, die frische Luft und das gute Essen. Und nun hatte an diesem Morgen Piet Thomsen ein mageres Huhn vorbeigebracht, über dessen Herkunft er sich ausschwieg, und Stella hatte nach Florentines Rezept ihre Hühnersuppe gekocht. Sie war glücklich gewesen, während sie die altbekannten Handgriffe ausführte, und sie war dankbar für dieses Huhn, das auf dem Markt wahrscheinlich fünftausend oder mehr Papiermark gekostet hätte. Unerschwinglich wäre es gewesen, genauso wie ein Stück Rindfleisch. Selbst ein Brot kostete schon mehr als tausendvierhundert Mark, ein Liter Milch ebenso viel. Wo sollte das noch hinführen? Mussten die Leute bald eine Schubkarre voller Geld vor sich herschieben, damit sie überhaupt noch Lebensmittel einkaufen konnten? Würden sie alle in schrecklicher Armut enden?

All diese schlimme Gedanken hatte Stella während des Kochens beiseiteschieben können. Und sie war stolz gewesen, als die Suppe fertig war. Auch deshalb hatte sie Rosario und Lorenzo zum Essen eingeladen.

Sie hatte vielleicht keine Lobeshymnen erwartet, aber wenigstens ein bisschen Dankbarkeit. Nicht diese nahezu angeekelte Grimasse.

«Es schmeckt ganz wunderbar», beeilte sich der alte Rosario zu versichern. Er blieb dabei tief über seinen dampfenden Teller gebückt sitzen, drehte bloß den Kopf zur Seite und schielte nach oben, um Stella anschauen zu können. «Ganz, ganz wunderbar.»

Sie wollte ihm zulächeln, brachte aber nur ein kurzes Nicken zustande.

Rosario Marinelli war der erste Nachbar im Haus an der Taubenstraße gewesen, mit dem Stella vorsichtig Freundschaft geschlossen hatte. Das mochte an seinem Alter gelegen haben, er war Anfang siebzig, und an seiner ruhigen, zurückhaltenden Art. Er hatte sie nie erschreckt wie dieser grässliche Kalle Spieker, der wie ein Berg über ihr aufragte und dessen anzügliche Witze ihr regelmäßig die Schamesröte ins Gesicht trieben. Er hatte sie auch nie angewidert wie diese winzige Pepita, die ihren Körper an Männer verkaufte.

Als Stella zum ersten Mal begriffen hatte, welchem Broterwerb die kleine Frau nachging, hatte sie umgehend das Haus verlassen wollen.

Luna und Fanni hatten sie erst ausgelacht und anschließend eine bornierte Landpomeranze genannt. Nur weil sie selbst gut behütet und ohne Sorgen aufgewachsen sei, habe sie kein Recht, über andere Frauen zu urteilen, hatte Luna gesagt und Stella damit reichlich zu denken gegeben.

Inzwischen dachte sie nicht mehr schlecht über Pepita,

dennoch ging sie ihr möglichst aus dem Weg. Pepita und Rosario wohnten je in einer kleinen Wohnung direkt unter der Mansarde. Unter ihnen wiederum lebte Kalle in der einen und die Kriegerwitwe Mathilde Platschke in der anderen, großzügiger geschnittenen Wohnung. Zu ihr hatte Stella wenig Kontakt, ebenso wie zu den Mietern im Parterre, die sie kaum zu Gesicht bekam. Da war eine Familie mit fünf Kindern, allesamt mit dunklen Haaren und kohlrabenschwarzen Augen. Der Vater war selten anwesend, aber die Mutter fiel auf, weil sie bunte Röcke, wehende Seidentücher und falschen Goldschmuck trug. Stella hatte vor Jahren einmal fahrendes Volk in Holstein gesehen und war fasziniert gewesen. Sie fand die Mutter, Wanda, sympathisch, obwohl sie selten ein Wort sagte. Zu guter Letzt waren da noch Henry und Harriet Thompson, ein älteres Geschwisterpaar, das Rosario zufolge früher als Akrobatenpaar im Varieté aufgetreten war. Die beiden stammten aus Birmingham und sprachen mit englischem Akzent. Aber sie blieben am liebsten unter sich, hielten nur mit dem alten Italiener Kontakt.

So wurde Rosario ihr einziger Freund, und sie war oft dankbar über seine stille Gesellschaft.

Auf dem Land war sie den ganzen Tag von Menschen umgeben gewesen. Hier in der großen Stadt glaubte sie manchmal, die Einsamkeit brächte sie um. Luna ließ sie oft allein unten im Geschäft, damit sie selbst sich um Fanni kümmern konnte. Wenn nach dem ersten frühen Ansturm der Hafenarbeiter stundenlang niemand hereinkam, glaubte Stella oft, im Keller ersticken zu müssen. Aber bald schaute Rosario vorbei, und sie fühlte sich weniger allein. Während sie daran dachte, lächelte sie ihn nun doch dankbar an.

Rosario wandte seinen Kopf mit einiger Mühe seinem Neffen zu.

«Du bist ein strohdummer Bauer», sagte er auf Deutsch. Es war ein ungeschriebenes Gesetz, dass die beiden deutsch miteinander redeten. Rosario beherrschte die Sprache nach vierzig Jahren in Hamburg perfekt, Lorenzo sollte bei jeder Gelegenheit üben und sein Italienisch möglichst vergessen.

Dieser nahm nun seinen Löffel hoch, auf dem eine einzelne schlaffe Nudel lag. «Kaputt», sagte er knapp.

Nachdem er ein paarmal von den anderen Hausbewohnern und Kunden im Laden ausgelacht worden war, weil er die Wörter in einem Satz nach Lust und Laune aneinanderreihte, beschränkte er sich meistens darauf, nur ein einziges Wort zu sagen. Stella wusste jedoch nur zu gut, was er meinte. Die Nudeln waren zerkocht. Das hatte Lorenzo ihr schon das eine oder andere Mal beizubringen versucht und dabei immer wieder einen Begriff genannt: *«al dente»*. Das heiße bissfest, und so müsse Pasta sein.

Ihr wollte das nicht in den Sinn. Nudeln sollten nahrhaft sein und den Geschmack der Suppe in sich aufsaugen. Ob man draufbeißen konnte oder nicht, war doch unwichtig. Also zuckte sie lediglich unwillig mit den Schultern und fuhr mit dem Essen fort.

Rosario tat es ihr nach, einzig Lorenzo rührte sich nicht und schaute sie unverwandt an. Sie spürte seinen Blick, auch wenn sie nicht hochsah. Auf einmal fand sie es furchtbar heiß in der Mansarde. Der Juni hatte ungewöhnlich hohe Temperaturen mitgebracht, und während zu Hause in Holstein das weite, wellige Land die Hitze verschluckte und immer ein kühler Wind von der Ostsee her wehte, staute sie sich in der

Großstadt zwischen den Häusern und ließ die Menschen aufstöhnen.

Für Stella war es besonders schlimm. Schon mehr als einmal hatte sie einen schweren Asthmaanfall erlitten, wie sie ihn seit ihrer Kindheit nicht mehr gekannt hatte. Ganz schlimm war es im Winter gewesen, als keine noch so schwache Brise ging und die dreckige Luft sie zu ersticken drohte. Wenn sie nur noch röchelte, ließ Luna sie etwas von Fannis Opium rauchen. Sogleich entspannte sich ihre verkrampfte Brustmuskulatur, und sie konnte wieder Atem schöpfen. Doch Stella hatte große Angst davor, sich zu sehr an die Droge zu gewöhnen, und so inhalierte sie meist nur heißen Wasserdampf mit Kamillenblüten, oder sie flüchtete aufs Dach.

Auch jetzt verspürte sie den drängenden Wunsch, in den Flur zu laufen, die hölzerne Leiter von der Decke herunterzulassen und nach oben zu klettern. Dort gab es eine kleine ebene Fläche, die Luna ihr kurz nach ihrer Ankunft gezeigt hatte. Zwischen zwei roten Ziegelschornsteinen war eine Wäscheleine gespannt. Stella oblag die Aufgabe, Laken, Kleider, Leibwäsche und Strümpfe aufzuhängen, und diese halb versteckte Ecke auf dem Dach wurde ihr Zufluchtsort.

Unruhig rutsche sie nun auf ihrem Stuhl hin und her, blieb aber sitzen. Sie wusste, dort oben war es jetzt um die Mittagszeit viel zu heiß. Die Dachschindeln glühten in der Sonne, die mit Teerpappe belegte ebene Fläche verbrannte jedem die Schuhsohlen, der es wagte, einen Fuß darauf zu setzen. Stella musste bis zum Abend warten. Dann würde sie hinaufgehen, die abgekühlte Luft genießen, frei atmen und die tausend und abertausend Sterne beobachten können. Sie leuchteten nicht so hell wie zu Hause in Holstein, aber sie waren da, und Stella war es ein Trost zu wissen, dass Carsten vielleicht in ebenjenem Augenblick dieselben Sterne betrachtete.

Warum hörte Lorenzo nicht auf, sie anzusehen? Dieser intensive Blick aus seinen hellbraunen Augen machte sie nervös. Schon bei ihrer ersten Begegnung im März hatte er sie so angeschaut, wie ein Träumer in der Nacht, und hatte ihren Namen gewusst: «Stella».

Das hatte sie verwirrt, und dieser Landstreicher war ihr ganz und gar nicht geheuer gewesen. Trotzdem, aus einem Gefühl heraus, das sie nicht zu beschreiben vermocht hätte, hatte sie ihn mit in den Laden genommen und ihm ein Schmalzbrot geschmiert. Er hatte lange, sehr lange, darauf gestarrt, bis er vorsichtig hineingebissen hatte. Sogleich war sein Blick glasig geworden, und er hatte das Brot mit einem Ausdruck von Ekel im Gesicht fallen gelassen.

Genau in dem Moment war Luna hereingestürmt, hatte mit einem Blick erfasst, was geschehen war, und dem fremden jungen Mann die Leviten gelesen.

Nachdem er sich hatte anhören müssen, was für ein undankbarer Bettler er sei, hatte er schließlich leise gesagt: «Ich zu Rosario will.»

Womit sich aufgeklärt hatte, dass er ein Verwandter des italienischen Nachbarn war. Die Wiedersehensfreude hatte sich bei Rosario in Grenzen gehalten, doch er hatte Stella in den folgenden Tagen nicht wie sonst sein Herz ausgeschüttet. Nur so viel hatte sie erfahren: Lorenzo war ein Hitzkopf, der sich zu Hause in der Romagna, wo immer das sein mochte, mit den falschen Leuten angelegt hatte. Und er sei monatelang durch Italien, Österreich und Deutschland gereist, bis er es endlich nach Hamburg geschafft hatte.

«Der bringt uns noch Ärger ein», hatte Luna prompt orakelt, als Stella ihr davon berichtete. «Dem jungen Mann sitzt das Unglück im Nacken wie anderen Leuten eine Schmutzschicht.»

Tatsächlich schien Lorenzo regelrecht vom Pech verfolgt zu sein. Drei Arbeitsstellen hatte sein Onkel ihm seit dem Frühjahr verschafft, aber er hatte es nie lange ausgehalten. Als Schauermann im Hafen war er nicht stark genug, was von Piet Thomsen mit einem verächtlichen Grinsen bestätigt wurde. Als Hilfsarbeiter auf dem Bau war er auch nicht zu gebrauchen, da nicht ganz schwindelfrei. Und als Rosario in seiner Verzweiflung schließlich Kalle um Hilfe bat und dieser dem jungen Italiener eine Arbeit als Putzkraft in der «Roten Laterne» besorgte, fühlte sich Lorenzo berufen, die Huren zu bekehren. Allen Ernstes erklärte er ihnen, bei ihm in Predappio fände kein Mädchen einen Mann, das seinen Körper verkaufte. Sie sollten also vom Laster wegkommen, wollten sie im Leben einmal heiraten. Die Lachsalven der Freudenmädchen hatten ihn bis in die Taubenstraße verfolgt.

Rosario, dem offenbar Ähnliches wie Stella durch den Kopf ging, sagte jetzt: «Man starrt ein junges Fräulein nicht an, Lorenzo. Hör auf damit. Und sag mir lieber, wann du dir wieder Arbeit suchen willst.»

Zu ihrer Erleichterung senkte er den Blick und sah nun seinen Onkel an. «Kochen», sagte er.

«Dio mio!» Rosario rang die Hände. Gleichzeitig richtete er sich auf, so weit, wie es ihm sein verkrüppelter Rücken erlaubte.

Stella empfand tiefes Mitleid mit ihrem Freund. Sie wusste, es verursachte ihm höllische Schmerzen, die verformte Wirbelsäule geradezubiegen. Sie hatte ihn einmal nach seinem Leiden gefragt, aber Rosario hatte nur müde abgewunken.

«Zu viele Jahre krumme Arbeit», war seine einzige Erklärung gewesen.

Sie wusste, er hatte vor bald fünfzehn Jahren am Bau des Elbtunnels mitgearbeitet, und von Piet hatte sie mal erfahren, dass sich damals viele Männer totgeschuftet hatten. Der Arzt jedoch, der manchmal nach Fanni sah, hatte nach einem kurzen Blick etwas von einem Morbus Bechterew gesagt, von dem Stella noch nie etwas gehört hatte. Dieser Arzt war ein guter Mensch, keiner dieser Quacksalber, die sonst auf dem Kiez ihr Unwesen trieben und den Leuten für wirkungslose Wässerchen das Geld aus der Tasche zogen. Er hatte an der Charité in Berlin Medizin studiert, und einen Arbeitstag der Woche widmete er den Armen und Kranken auf St. Pauli, ohne dafür ein Honorar zu verlangen. Deshalb vertraute Stella seiner Diagnose.

Sie wusste, auch Rosario holte sich von dem Chinesen Huang hin und wieder ein wenig Opium, aber seit Deutschland von dieser schrecklichen Inflation heimgesucht wurde, fehlten ihm die Mittel dazu. Sie nahm sich vor, Luna später zu fragen, ob noch ein wenig von der Droge übrig sei.

Rosario beschimpfte seinen Neffen nun als schnöden Rotzlöffel und fügte in seinem Zorn ein paar italienische Ausdrücke hinzu, die Stella nicht verstand. Vielleicht ganz gut so, dachte sie bei sich. Ihr reichten schon die deutschen Schimpfwörter, die sie bei Kalle und Pepita aufschnappte.

Lorenzo ließ alles gleichmütig über sich ergehen und aß dabei wie geistesabwesend seine Suppe. Die weichen Nudeln schienen ihn auf einmal nicht mehr zu stören.

Erst als Rosario erschöpft nach Luft schnappte und seinen

Rücken wieder tief über den Tisch beugte, sagte er ruhig: «Ich Koch.»

In gewisser Weise bewunderte Stella ihn für seine Dickköpfigkeit. Gleich bei seiner Ankunft hatte der junge, halbverhungerte und in Lumpen gekleidete Italiener klargemacht, er sei ein ausgezeichneter Koch und außerdem Fachmann für italienische Delikatessen.

«Delikatessen!», hatte Luna ihm ins Gesicht gelacht. «Die haben uns gerade noch gefehlt!»

Er hatte nur leise gelächelt und seine Gedanken für sich behalten. Wie auch jetzt.

Stella fragte sich, was gerade in ihm vorgehen mochte. Schon im nächsten Moment erhielt sie eine Antwort, die sie überraschte und die sie aus unerfindlichen Gründen niederdrückte.

«Fahre heim.»

Rosario tippte sich gegen die Stirn. «Bist du lebensmüde?»

Lorenzo blieb ruhig. «Maria schreibt, Mamma zu viel Arbeit in *trattoria.*»

Stella beobachtete, wie Rosario um Fassung rang. Es dauerte einen langen Augenblick, bis er endlich wieder sprechen konnte. «Und mir schreibt Concetta, die Familie Bastelletti hat ein Kopfgeld auf dich ausgesetzt.»

Lorenzo schaute ihn verständnislos an. Erst als sein Onkel ihm das Wort Kopfgeld übersetzte, wurde er bleich.

«Nicht glauben», murmelte er.

Rosario fischte in seiner Hosentasche und holte ein zerknittertes Papier heraus. Ohne weitere Worte reichte er es Lorenzo, der mit steigendem Entsetzen las.

Stella wünschte sich auf einmal, sie könnte ihm helfen. Aber hier ging es um Probleme, die weder mit einem Schmalzbrot noch mit Hühnersuppe gelöst werden konnten. Sie fragte sich, wer diese Familie war, die es auf Lorenzo abgesehen hatte, doch sie war auch froh, dass sie nicht alles über ihn wusste. Er würde wieder fortgehen, das ahnte sie, und sie hatte es satt, sich von liebgewonnenen Menschen zu verabschieden.

Lieb gewonnen? Wirklich? Verwundert runzelte sie die Stirn. Bisher hatte sie Lorenzo nur als lästig und eingebildet empfunden. Nun entdeckte sie auf einmal ein anderes, ein neues Gefühl in ihrem Herzen. In der nächsten Sekunde wischte sie es beiseite. Ihre Liebe, ihre ganze Zärtlichkeit galt einzig und allein Carsten.

«Ich bleibe», sagte er nun knapp. «Für Moment.»

Rosario atmete erleichtert auf und tätschelte seinem Neffen kurz den Arm. Lorenzo blickte düster auf die Tischplatte. Wieder überlegte Stella, was wohl in ihm vorging.

Seinen Onkel hielt er sicherlich für einen verbrauchten alten Mann, der keine Träume mehr hatte. Einer, der es im Leben zu nichts gebracht hatte und sich bei Lorenzos Ankunft in Hamburg als große Enttäuschung entpuppt hatte.

Wenigstens kannte er Rosarios gutgehütetes Geheimnis nicht, das dieser am Silvesterabend Stella anvertraut hatte, als er ein paar Gläser Wein getrunken hatte. Dieses Geheimnis war der Grund dafür, dass er nie geheiratet hatte, und Stella war weniger entsetzt gewesen, als sie erwartet hätte. Was vielleicht daran lag, dass sie zu dem Zeitpunkt schon seit einem halben Jahr auf St. Pauli lebte und ihr kaum noch etwas Menschliches fremd war.

Nein, nein, es war gut, dass Lorenzo nichts wusste.

Und wer war sie selbst in seinen Augen? Hielt er sie auch für eine bornierte Landpomeranze, oder sah er in ihr eine schicke Großstädterin?

Immerhin war sie inzwischen nicht mehr so unscheinbar und altbacken wie früher. Schon ein paar Wochen nach ihrer Ankunft in Hamburg hatte sich Stella einen Bubikopf schneiden lassen, und einen weiteren Teil von ihrer kleinen Erbschaft hatte sie einer Schneiderin am Spielbudenplatz gezahlt, die ihr preiswert zwei fließende, wadenlange Kleider nähte.

Sie hatte alles Geld Luna geben wollen, als Beitrag zu ihrem gemeinsamen Lebensunterhalt und der Pflege ihrer Mutter. Doch Luna hatte darauf bestanden, dass Stella etwas für sich selbst tat. Als große Schwester wusste sie wohl, wie verloren Stella sich fühlte. Und wenn eine äußerliche Veränderung ihr half, besser zurechtzukommen, dann war das jeden Pfennig wert.

Nun gut, meistens trug Stella die Haare mit Klammern zurückgesteckt oder verbarg sie unter einem Kopftuch, und über die Kleider band sie eine bodenlange alte Schürze. Dennoch fühlte sich Stella ihrem Ideal aus den Modezeitschriften schon sehr viel näher. Manchmal glaubte sie sogar, ihr Haar und ihre Augen wären einen Ton dunkler geworden, kräftiger, nicht mehr so durchscheinend wie früher.

Aber das konnte auch Einbildung sein. Im Vergleich zu den Frauen des Viertels wirkte sie jedenfalls immer noch provinziell. Wobei es auch nicht unbedingt vorteilhaft war, sich mit Bardamen, Varietékünstlerinnen und Freudenmädchen zu messen. Im nächsten Moment fragte sie sich kopfschüttelnd, warum es ihr wichtig war, was dieser dahergelaufene Italiener über sie dachte.

«Ich bin auch Köchin», sagte sie mit mehr Ärger in der Stimme, als sie selbst erwartet hätte. «Aber ich baue keine Luftschlösser, sondern arbeite mit dem, was ich kriegen kann.»

Das Wort «Luftschlösser» kannte er nicht, das sah sie ihm an, ansonsten verstand er sie sehr gut.

«Schmalzbrote», sagte er verächtlich. «Fette Wurst, Margarine, Zucker.»

«Na und? Mit unseren Broten machen wir wenigstens Gewinn.»

«Pah!», stieß Lorenzo aus.

Rosario hieb mit der Faust auf den Tisch. «Zügele dich! Hast du vergessen, wo du herkommst? Noch letztes Jahr hast du zu Hause Gras gefressen!»

«Rucola», korrigierte Lorenzo ruhig. Ein Wort, das wiederum Stella nicht kannte.

«Halt den Mund! Du hast kein Recht, die Arbeit zu verachten, die Stella und Luna tun.»

«Und Verena», fügte Stella hinzu. Die Bankiersgattin stand zwar nicht mit im Laden, aber sie besorgte dank ihrer guten Verbindungen viele Nahrungsmittel, die Luna und Stella anbieten konnten.

Die Idee zu ihrem neuen Geschäft war ebenfalls von Verena van Houten gekommen. Damals war Stella noch schrecklich von der feinen Dame eingeschüchtert gewesen, aber als sie bemerkt hatte, wie selbstverständlich Luna mit ihr umging, taute sie auf.

Verena hatte an einem nasskalten Oktobertag in dem wie üblich leeren Laden gesagt: «So geht das nicht weiter. Ihr zwei könnt von den Einnahmen nicht leben, und eure Mutter auch nicht.»

Fanni war damals wieder einmal dem Tod in letzter Sekunde

von der Schippe gesprungen, und Stella war dankbar gewesen, weil sie nun noch mehr Zeit mit ihrer Mutter verbringen durfte. Aber ihre Pflege verschlang eine Menge Geld.

«Was sollen wir denn machen?», hatte Luna bedrückt gefragt. «Hierher kommen nur selten Hausfrauen, die gehen in größere Geschäfte. Und mein Warenangebot ist eher bescheiden.»

«Hausfrauen nicht», entgegnete Verena. «Aber Hafenarbeiter, Matrosen, Fischer. Einmal früh am Morgen, einmal am späten Nachmittag.»

«Das stimmt», pflichtete Stella ihr bei. Sie hatte schon oft die Karawane dieser hart arbeitenden Männer beobachtet, die bei Sonnaufgang durch die Taubenstraße zogen, hinunter zu den Landungsbrücken gingen und in der Dämmerung zurückkehrten.

«Und in der Früh kommen auch die Leute, die auf dem Kiez arbeiten. Wenn sie Feierabend haben, sind viele von ihnen hungrig.»

«Und was sollte ich denen verkaufen?», fragte Luna. «Einen Sack Mehl etwa? Oder ein Päckchen Zucker?»

«Brötchen», gab Verena so schnell zurück, dass Stella merkte, sie hatte sich darüber schon gründlich Gedanken gemacht. «Oder belegte Brote. Einfache Sachen, die nicht viel kosten dürfen. Dazu starken Kaffee und vielleicht noch eine Suppe. Aus Kartoffeln, Möhren, ein paar Fleischresten.»

Luna starrte die schicke Freundin sprachlos an, Stella reagierte sofort.

«Das ist eine ausgezeichnete Idee. Ich bin sehr schnell im Broteschmieren. Zu Hause habe ich immer die Feldarbeiter versorgt. Wir brauchen auch gar nicht viel, und es muss nicht teuer sein. Am besten dunkles Bauernbrot, dick geschnitten.

Dazu Margarine, Mettwurst oder Schmalz. Vielleicht noch eine Zwiebel zu jedem Brot für die Vitamine.»

«Ausgezeichnet!», rief Verena aus. «Zwiebeln sind billig und äußerst gesund.»

Stella fing Lunas Blick auf, und zum ersten Mal entdeckte sie so etwas wie Respekt in den Augen der älteren Schwester. Bisher hatte Luna sie wie ein Kind behandelt, das sich verlaufen hatte und beschützt werden musste. Nun gewahrte sie vielleicht zum ersten Mal eine gewisse Stärke und sogar Unternehmungsgeist bei ihr. Seitdem war ihr Verhältnis inniger geworden. Stella hatte schon längst ihre anfängliche Furcht vor der dunkelhäutigen Luna abgelegt. Nun konnten sie endlich echte Schwestern werden.

Das Geschäft mit den Broten hatte dazu geführt. Stella und Luna stellten es gemeinsam auf die Beine, während Verena für die Kontakte zu Lieferanten zuständig war.

Sie fingen ganz klein an, hängten draußen nur eine Tafel auf und schrieben mit Kreide: «Schmalzbrote, fünf Pfennig das Stück».

In den ersten Tagen kam kaum jemand. Die Tafel wurde einfach übersehen, weil die Männer die Köpfe tief gesenkt hielten und ihre Schiebermützen in die Stirn gezogen hatten, um sich vor der beißenden Kälte zu schützen, die von der tiefer gelegenen Elbe heraufgeweht kam.

Dann jedoch hatte Stella einen glänzenden Einfall. Sie nahm ein paar Brotscheiben, bestrich sie mit Margarine und belegte sie dick mit bester Mettwurst. Daraufhin schnitt sie die Scheiben in kleine Vierecke, legte diese auf ein Tablett und stellte sich draußen vor dem Laden auf. Jedem Arbeiter, der vorbeikam, drückte sie ein Stück in die Hand.

Schon am nächsten Morgen begann der Ansturm, und seitdem war es stetig aufwärtsgegangen.

So gut verdienten Stella und Luna, dass sie sogar den armen Menschen im Viertel etwas abgeben konnten.

Auch dies war Stellas Einfall gewesen. Es gab Abende, da waren sie nicht alle Brote losgeworden, und niemand in der Familie oder im Haus mochte die mehr essen. Nicht mal die fünf dunkelhaarigen Kinder aus dem Parterre, die sonst alles verschlangen, was man ihnen überließ.

Die kleine Sophia hatte es treffend ausgedrückt: «Da passt kein Schmalz mehr in mich rein.»

Also, was tun? Stella hatte die Brote kurzerhand in einen großen Korb geschichtet und diesen draußen vor den Laden gestellt. «Zu verschenken» hatte sie dazu auf ein Pappschild geschrieben.

Am nächsten Morgen waren die Brote verschwunden, der Korb auch. Sie lernte, ihre Gaben in einfachen Papiertüten hinauszustellen. Alles lief gut, bis plötzlich das Geld weniger und weniger wert war. Stella und Luna erhöhten die Preise, versuchten, mit der Inflation irgendwie Schritt zu halten, aber nach und nach blieben ihre Kunden aus.

Wenn nicht bald ein Wunder geschah, würden sie Bankrott machen. Das wusste Stella nur zu gut. Und dann würden sie alle an der Armut zugrunde gehen. Sie würden nicht besser dran sein als so viele andere Leute.

Wenn Stella durch die Straßen des Viertels schritt, über den Spielbudenplatz, ein kurzes Stück die Reeperbahn hinunter und durch die Davidstraße zurück, sah sie immer öfter klapprige alte Menschen und hohlwangige Kinder in Hauseingängen oder auf den Bürgersteigen hocken. Sie fürchtete sich davor, dass die Zahl der Armen noch zunehmen würde. Sie fürchtete sich davor, dass ihre eigene Familie oder die Menschen, die ihr nahestanden, davon betroffen sein konnten.

Schon jetzt hegte Stella den Verdacht, dass der alte Rosario seinem Neffen heimlich sein eigenes Essen gab. Als sie ihn darauf angesprochen hatte, da hatte er es zunächst abgestritten und sich anschließend verteidigt. Lorenzo sei jung, er müsse stark bleiben, um arbeiten zu können. Er selbst sei alt und zu nichts mehr nütze.

Ähnlich argumentierte Pepita, die vor Stellas Augen ebenfalls immer weniger wurde. Eine Freundin war sie nicht geworden, aber Stella urteilte inzwischen nicht mehr schlecht über sie. Sie hatte begriffen, wie hart die Zwergin ums Überleben kämpfte. Und nun gab Pepita alles der kleine Sophia. Die müsse schließlich wachsen, erklärte sie.

Irgendwie, dachte Stella verzweifelt, irgendwie müssen wir das Geschäft am Leben erhalten, sonst gehen wir alle zugrunde. Und sie wollte mit Rosario und Lorenzo auch lieber schnell über etwas anderes reden, bevor Letzterer herausfand, wie schlecht es um den Laden stand. Er hätte nur aufgetrumpft.

Doch während sie noch nach einem neuen Gesprächsstoff suchte, wurde die Tür der Kammer geöffnet, und Luna kam langsam heraus. Sie hatte die ganze Nacht und den Vormittag hindurch bei Fanni gewacht und sah nun unendlich erschöpft aus.

Die Mutter lag im Sterben. Wieder einmal.

Mittlerweile galt es auf St. Pauli als Wunder, dass die sterbenskranke Frau immer noch atmete. Der Arzt schüttelte nur noch ratlos den Kopf, und auch Verena konnte es kaum glauben. Sie hatte schon im vergangenen Jahr Fannis baldiges Ableben prophezeit.

Anfangs hatte Stella sich wie ein Kind gefreut, weil sie die Möglichkeit bekam, ihre Mutter kennenzulernen. Aber es war schwierig gewesen, einander näherzukommen. Nicht nur weil Fanni oft zu schwach war, um mit Stella zu reden, sondern auch weil es unmöglich schien, all die Jahre zu überbrücken, die sie fern voneinander verbracht hatten. Stella war ohne ihre Mutter aufgewachsen. Es war Florentine gewesen, die ihr gezeigt hatte, wie man Knöpfchenstiefel zuschnürte und die Schürze mit einer Schleife zuband. Florentine hatte ihr die Haare zu Zöpfen geflochten und sie für eine gute Leistung in der Schule gelobt. Und ihr Vater hatte ihr das Reiten beigebracht, hatte sein Wissen über Landwirtschaft an sie weitergegeben und ihr versprochen, eines Tages werde sie selbst einen Betrieb leiten können oder zumindest eine gute Verwaltersgattin abgeben.

Stella tat trotzdem ihr Bestes, und nach und nach flochten Mutter und Tochter ein Band der Zuneigung. Gleichzeitig hielt Stella es nur schwer aus, Fannis Siechtum beizuwohnen. Es zerrte an ihren Nerven, in dieses hohlwangige Gesicht zu schauen, es raubte ihr den Atem, dem Röcheln der Mutter zuzuhören. Sie hatte sich schon bei dem Wunsch ertappt, es möge endlich vorbei sein. Solange Gevatter Tod über die Mansarde herrschte, konnte es keine Zukunft, kein Lachen, kein Leben geben. Doch dann erschrak sie stets über sich selbst und wünschte sich brennend, die Mutter würde noch bei ihr bleiben.

Lorenzo Casadio hielt sich den Ärmel vor die Nase. Stella kannte das schon. Er behauptete, einen ganz besonders feinen Geruchssinn zu besitzen, und dieser Gestank, der aus der Kammer drang, diese Mischung aus Schweiß, Blut, Kampfer und Opium, sei für ihn unerträglich.

Während Rosario seinem Neffen eine Kopfnuss verpasste, weil dieser keine Achtung vor der Sterbenden zeigte, schaute Stella kurz zu Luna auf.

«Möchtest du Hühnersuppe?»

«Später vielleicht. Komm mit, Stella, Mutter möchte dich sehen. Es geht zu Ende mit ihr. Diesmal wirklich.» Lunas Blick flackerte.

Stella verdrehte ganz kurz die Augen, folgte ihrer Schwester jedoch in die Kammer. Bis sie die Tür hinter sich schloss, spürte sie Lorenzos brennenden Blick in ihrem Rücken.

15. KAPITEL

Die Hand, die unter dem dicken Federbett hervorlugte, war dünn und durchscheinend; schwere blaue Venen zogen ihre Bahnen darüber wie winzige Flüsse in einer ausgebleichten Miniaturlandschaft. Die Augen lagen tief in den Höhlen, die Haut spannte sich wie gelbes Pergament über die Wangenknochen, der Blick war trübe. Fanni Schuster atmete flach und unregelmäßig.

Stella blieb zögernd einen Meter vor dem Bett stehen. Unwillkürlich berührte sie die Narbe an ihrem Haaransatz. Sie wollte hier nicht sein, sie wollte dem Sensenmann nicht ins Antlitz sehen. Doch Luna gab ihr einen kräftigen Schubs. Stella stolperte vorwärts und stieß mit dem Schienbein gegen den Bettrahmen. Sie unterdrückte einen Schmerzenslaut, ließ sich vorsichtig auf die äußerste Kante der Matratze sinken und vermied es, Fanni anzuschauen. Überall in der Kammer hockte der Tod in Gestalt eines kleinen Teufelchens und lachte sie aus. Er hing in der fadenscheinigen Gardine, klammerte sich an die nackte Glühbirne, balancierte auf dem Rand der Waschschüssel und hüpfte auf dem Nachtschränkchen auf und ab. Ein Frösteln überzog ihren Rücken, und sie wünschte, das alles wäre vorbei.

Fannis Blick fand endlich den ihren und hielt ihn fest.

«Meine Stella», flüsterte sie. «Mein geliebtes Kind. Ich habe es geschafft.»

«Was denn?», fragte sie ahnungslos zurück.

Fanni lächelte, ihre Augen blitzten auf. Für eine Sekunde bekam Stella eine Ahnung von der jungen, energischen und lebensfröhlichen Frau, die Fanni Schuster einmal gewesen sein musste. Tiefe Trauer erfasste sie, weil sie diese Fanni niemals kennenlernen würde.

«Ein Jahr», murmelte die Sterbende.

«Wie bitte?»

Luna hinter ihr stieß einen überraschten Laut aus. «Jetzt kapiere ich es.»

Stella wandte sich zu ihr um, schaute sie fragend an. Luna betrachtete zärtlich die Mutter. «Du wolltest ein Jahr mit Stella haben, stimmt's?»

«Ja. Ihr ganzes Leben habe ich verpasst. Dieses eine Jahr sollte uns gehören.»

Es kostete Fanni sichtlich große Anstrengung zu sprechen, und Stella legte schnell eine Hand auf ihre. «Wir haben es geschafft.»

Mochte das Band der Zuneigung auch dünn sein, es war da, und es würde sie immer miteinander verbinden, auch wenn ihre Mutter nicht mehr sein sollte.

Fanni nickte schwach. «Das haben wir.»

Für einen Moment strahlte ihr Gesicht, und Stella fühlte eine leise Scham. Noch immer hing sie mit großer Liebe an Florentine, und sie fürchtete, Fanni könnte das ahnen und deshalb verletzt sein.

Rosario gegenüber hatte sie es einmal vorsichtig erwähnt.

Der alte, krumme Mann hatte ihr ein warmherziges Lächeln geschenkt. «Deswegen musst du dich nicht schlecht fühlen, *piccola mia*, meine Kleine. Bei uns zu Hause gibt es ein Sprichwort: ‹Der Vater ist derjenige, der dir die Schuhe kauft.› Ich denke, das lässt sich auch auf die Mutter übertragen. Es ist nur natürlich, dass du jene Frau mehr liebst, die dich von Kindesbeinen an großgezogen hat.»

Ihr war danach leichter gewesen, aber nun drückten sie die Schuldgefühle doppelt nieder, und sie sackte in sich zusammen.

«Nicht», raunte Fanni, die anscheinend ahnte, was in ihr vorging. «Du machst mich glücklich, seit du da bist. Vergiss das nie.»

Nun endlich öffnete Stella ihr Herz uneingeschränkt für ihre leibliche Mutter, und sie wünschte sehnlichst, ihnen bliebe mehr Zeit.

«Das macht nichts», sagte Fanni, erneut erschreckend hellsichtig. Vielleicht schenkte ihr der nahe Tod übersinnliche Fähigkeiten. «Was zählt, ist dieser Augenblick.»

Stella nickte, nicht fähig zu sprechen. Aber sie richtete sich wieder ein wenig auf.

So saßen sie eine Weile zusammen, während Luna still an der Tür stand.

«Du musst mir verzeihen», bat Fanni endlich. Ihr Gesicht war eine einzige angestrengte Grimasse. Es kostete sie offenbar große Überwindung, so zu sprechen. Ob vor Schmerzen oder aus Angst vor dem, was sie noch zu sagen hatte, war schwer auszumachen.

«Was denn?», fragte Stella zurück, obwohl sie ahnte, was die Mutter meinte.

«Dass ich dich weggegeben habe damals. Aber … ich wusste mir nicht anders zu helfen …»

«Sei still», sagte Stella. «Das viele Reden strengt dich zu sehr an. Und wir haben doch schon darüber gesprochen.»

Aber Fanni schüttelte den Kopf. Obwohl sie Stella die Umstände schon oft beschrieben hatte, sprach sie immer wieder davon. Es war wie ein Zwang. Als ob ihre Schuldgefühle kleiner würden, wenn sie nur oft genug erzählte.

«Immer bist du blau angelaufen, und ich fürchtete, du stirbst mir unter der Hand weg. Der Doktor sagte, es gäbe kein Heilmittel für dich …» Sie musste husten, spuckte Blut, holte krampfhaft Luft. Aber noch bevor ihre Töchter sie zwingen konnten, endlich zu schweigen, sprach sie schon weiter: «Er sagte bloß, der Doktor, du müsstest weg vom Kiez, aufs Land, wo die Luft besser ist. Nur deshalb habe ich dich weggegeben, bitte glaube mir.»

«Das tue ich», sagte Stella beruhigend. «Und das habe ich dir schon ein Dutzend Mal gesagt.» Sie hatte längst verstanden, dass ihre Mutter sie nicht aus einer Laune heraus, sondern aus purer Not nach Holstein fortgegeben hatte. «Es ist ja ein Glück, dass mein Vater mich aufgenommen hat», fügte sie mit einem Lächeln hinzu. «Er hätte sich auch weigern können.»

«Er …», begann Fanni, verstummte jedoch plötzlich.

Stella drängte sie nicht. Über das, was zwischen ihren Eltern vorgefallen war, hatte sie nie mit Fanni gesprochen. Sie fand, das ginge nur die beiden etwas an, und ihre Mutter hatte nichts darüber verraten wollen. Wahrscheinlich spielte auch hierbei Scham eine große Rolle.

Durch das geöffnete Kippfenster der Kammer drang plötzlich großes Geschrei von der Straße herauf. Fanni wirkte regelrecht erleichtert ob der Ablenkung.

«Ich mache es zu», sagte Luna. «Wahrscheinlich drehen die verdammten Roten mal wieder durch.»

Auf die Kommunisten war sie nicht besonders gut zu sprechen, seit Piet deren Ideale für seine krummen Geschäfte missbrauchte. Sprüche wie «Alle Macht dem Volk» und «Gleicher Besitz für alle» legte er so aus, wie es ihm gerade in den Kram passte.

«Nein, lass nur», bat Fanni. «Ich höre es gern. Es ist das Leben.»

Erneut hatte Stella den Eindruck, die Mutter sei froh darüber.

Luna runzelte die Stirn. «Es klingt gar nicht nach Protestgeschrei. Eher nach Jubelrufen. Ein paar Leute haben eindeutig ‹Hurra› geschrien.»

Auch Stella merkte auf. «Vielleicht ist die Inflation vorbei?», fragte sie hoffnungsvoll. «Es heißt doch immer, die Reichsregierung wird demnächst eingreifen und ganz neues Geld ausgeben.»

Luna schüttelte den Kopf. «Nein, das klingt irgendwie anders. Ich werde nicht schlau draus.»

«Stella», flüsterte Fanni.

Sie wandte ihre Aufmerksamkeit wieder der Mutter zu. Diese bat um ihre Opiumpfeife und zog mühsam daran.

«Nicht zu viel», mahnte Stella.

«Diese Schmerzen …» Der Blick wurde glasig, aber die kranke Frau raffte noch einmal all ihre Energie zusammen. «Bevor ich sterbe, muss ich dir noch etwas anderes sagen.»

Aus einem Gefühl heraus, das sie nicht zu beschreiben vermochte, wich Stella mit dem Oberkörper zurück.

«Das kann warten», sagte sie hastig. «Ruhe dich aus, Mutter.»

«Es … ist sehr wichtig. Es … geht um deinen Vater und …»

Stella erstarrte, aber sogleich ließ das Geräusch von Schüssen sie hochschrecken.

«Herr im Himmel!», rief Luna. «Ist etwa die Revolution ausgebrochen?»

Seit langem wurde gemunkelt, die Roten würden irgendwann zu den Waffen greifen. Doch schon hörten sie laut und deutlich die Jubelrufe.

«Also gibt es was zu feiern», stellte Luna fest. «Und das sind Freudenschüsse. Aber was, zum Teufel?»

Da hörten sie, wie jemand die Treppe hochpolterte, und im nächsten Moment kam Piet in die Mansarde gestapft und rief nach Luna. «Komm und feiere mit uns. Wir haben es geschafft!»

«Was denn bloß?», fragte Luna ungehalten und öffnete die Tür der Kammer um einen Spalt.

«Der HSV ist zum ersten Mal Deutscher Meister geworden! Drei zu null gegen Union Oberschöneweide im Berliner Grunewald-Stadion. Die Nachricht kam gerade per Telegramm auf der Post an. Was sagst du dazu? Ist das nicht grandios?»

Stella wusste, dass die Männer auf dem Kiez eigentlich zu den Kickern des Turnvereins St. Pauli hielten, aber bei diesem Sieg machten sie offenbar eine Ausnahme.

«Du veranstaltest hier so einen Radau wegen eines Sportvereins? Wegen Fußball?» Lunas Stimme war schneidend scharf. «Schäm dich! Fanni liegt im Sterben.»

Stella hörte, wie Piet draußen einen ungeduldigen Laut ausstieß. «Das tut sie ja ständig. He, Fanni! Komm auch mit feiern. Das bringt dich auf andere Gedanken, und der Sensenmann bleibt arbeitslos.»

Erschrocken sog Stella die Luft ein. Bestimmt hatte Piet

schon fleißig gebechert, sonst hätte er nicht so respektlos dahergeredet. Sofort bat er Luna um Verzeihung, doch sie kannte keine Gnade.

«Piet Thomsen, verschwinde auf der Stelle!»

«Du bist zu hart, Luna!»

«Ach ja? Ich denke, du bist hier derjenige, der kein Herz hat.»

«Wie kannst du so etwas sagen! Ich habe immer alles für dich und Fanni getan.»

«Das gibt dir noch lange nicht das Recht, dich so aufzuführen! Weißt du was? Ich verzichte in Zukunft auf deine Hilfe!»

Piets Stimme wurde jetzt eisig kalt. «Wenn das so ist, dann muss ich mich ja hier nicht mehr blicken lassen.»

«Endlich hast du es kapiert! Raus!»

Laut stapfte er davon. Stella empfand Mitleid mit ihm, und sie hoffte von ganzem Herzen, dass die beiden ihren Streit bald vergessen würden. Sie waren so ein wunderbares Paar.

Seufzend drehte sie sich wieder zur Mutter um. Fanni lag ganz still, in ihren Mundwinkeln zeigte sich ein kleines amüsiertes Lächeln.

«Luna», sagte Stella leise. Sie fühlte sich entsetzlich allein. Sie wünschte, Carsten wäre hier, an ihrer Seite. Dann wünschte sie, Lorenzo wäre hier, und das verwirrte sie. Offensichtlich war sie nicht mehr bei Sinnen.

«Dieser Idiot!», schimpfte Luna. «Wie konnte ich den nur lieben! Kein Funken Menschlichkeit in dem Kerl!»

«Luna.»

«Der soll mir ja nicht mehr unter die Augen treten!»

«Luna.»

«Erschießen werde ich den! Wie einen Straßenköter!»

«Luna!»

«Ja, verflucht! Was ist denn?»

«Mutter ist tot.»

«Rede keinen Unsinn. Wir haben uns doch eben noch unterhalten.»

Luna kam zum Bett, und während sie begriff, dass Fanni sich wirklich davongeschlichen hatte, während sie selbst abgelenkt gewesen war, fiel ihr Gesicht auseinander, als würden die einzelnen Teile nicht mehr wissen, wohin sie gehörten. Dann heulte sie laut auf, warf sich über die Mutter und flehte sie an, zu ihr zurückzukommen.

Hilflos sah Stella ihr dabei zu, stand auf, rang die Hände. Angesichts dieser unendlichen Trauer fühlte sie sich fehl am Platz. Fanni und Luna hatten ein ganzes Leben zusammen verbracht, sie selbst war nur spät in diese Familie geraten.

Schon wollte sie sich leise zurückziehen, als ein anderes Gefühl sie wieder zum Bett drängte.

Erst als sie Lunas bebende runde Schultern umfasste, begriff sie, was es war: Liebe zu ihrer Schwester. Luna war seit einem Jahr die Starke von ihnen beiden, doch nun war sie schwach und brauchte Trost. Sanft zog Stella sie vom Totenbett fort und nahm sie fest in die Arme.

Nach einer Weile brachte sie die zitternde Frau in die Küche und tat, was sie am besten konnte. Sie wärmte die Hühnersuppe auf, füllte einen Teller und stellte ihn vor Luna hin.

«Ich habe keine Zeit», sagte diese zwischen zwei langen Schluchzern. «Ich muss den Arzt rufen, mich um die Beerdigung kümmern …»

«Das kann ich schon erledigen», erklärte Stella mit fester Stimme.

Luna schaute sie erstaunt an, aber sogleich begriff sie, dass nun die kleine Schwester das Kommando übernahm.

Als sei eine schwere Last von ihr abgefallen, tauchte sie ihren Löffel in die Suppe und schlürfte geräuschvoll.

Nach ein paar Minuten glaubte Stella, sie könnte sie allein lassen. Rasch lief sie hinunter zu Pepita, trommelte mit den Fäusten gegen die Wohnungstür und rief laut nach ihr.

«Was ist passiert?», fragte die kleine Frau und schlang sich schnell einen Schal um den Hals.

«Fanni ist tot.»

Sofort sammelten sich Tränen in den tiefbraunen Augen des Freudenmädchens. Stella wusste, Pepita hatte Fanni wie eine Mutter geliebt.

«Luna braucht dich», sagte sie schnell. Noch eine Frau, die zusammenbrach, wäre jetzt zu viel gewesen.

Pepita begriff, straffte die schmalen Schultern und versprach: «Ich bringe Sophia zu Frau Platschke runter, dann komme ich.»

Zwei Stunden später lag Fanni Schuster feierlich aufgebahrt in ihrem Bett, und ein Zug von Trauernden bevölkerte die Mansarde. Nachbarn, Freunde, Arbeitskollegen. Die Huren hatten sich nicht die Mühe gemacht, normale Kleidung anzuziehen, sie mussten ja gleich wieder anschaffen gehen. Fanni hätte das verstanden. Die Bardamen und Tanzmädchen hielten Stolas vor ihre tiefen Dekolletés, die Budenbesitzer, Zuhälter und fliegenden Händler waren sich kurz mit Spucke durch die Haare gefahren und hatten sich ihre Zigarren hinters Ohr gesteckt. Die wenigen braven Bürger aus der Nachbarschaft waren alles ältere Leute. Sie taten, als wären sie vom Anblick des bunten

Kiez-Volkes schockiert, doch in Wahrheit hatten die meisten von ihnen in ihrer Jugend ein ähnliches Leben geführt. Henry und Harriet Thompson, das Geschwisterpaar aus dem Parterre, zum Beispiel, waren bürgerlich gekleidet, aber die anmutigen Bewegungen verrieten ihre Vergangenheit als Akrobaten.

Zwischen den Erwachsenen wuselten die fünf dunkelhaarigen Kinder herum und schnappten nach allem Essbaren. Von ihren Eltern war nur die Mutter anwesend, eine schweigsame Frau mit auffallendem Goldschmuck und langen, bunten Röcken. Niemand schaute sie schief an. Hier auf dem Kiez waren eben alle ein wenig anders. Einzig Sophia ging den Kindern aus dem Weg. Sie war zarter und kleiner als sie und fürchtete sich vor der geballten Kraft der Sippe. Meistens blieb sie dicht bei Pepita, oder sie ließ sich von Kalle auf dem Arm herumtragen. In diesen Momenten wirkte der große, glatzköpfige Mann sanft wie ein Engel.

In der Küche schenkten Rosario und Lorenzo Bier, Schnaps und sogar Wein aus. Stella eilte hin und her, nahm Beileidsbezeugungen entgegen, hörte sich lustige Geschichten über die junge Fanni Schuster an und ertappte sich dabei, wie sie ein paarmal lächelte. Sie erinnerte sich an die Beerdigung ihres Vaters, die so viel förmlicher, so viel würdevoller gewesen war.

Wie seltsam, dachte sie. Letztes Jahr in Holstein hatte sie sich auf einmal fremd unter all den vornehmen Gästen gefühlt. Hier nicht. Hier gehörte sie dazu.

Dann wieder dachte sie daran, dass Fanni ihr etwas hatte sagen wollen, über ihren Vater. War es ein Glück oder ein Unglück, dass die Sterbende ihren letzten Atemzug getan hatte, bevor sie weitersprechen konnte? Stella nahm an, dass sie wohl nie eine Antwort auf diese Frage finden würde.

Zu späterer Stunde wurde es laut in der Mansarde. Hie und da redete man über den Sieg des HSV, und einige Fäuste reckten sich triumphierend in die Luft. Auch die verdammte Geldentwertung wurde besprochen. Die Armut, so war aus den Worten dieser einfachen Leute herauszuhören, lauerte an jeder Hausecke. Kalle, der in der «Roten Laterne» nicht nur Rausschmeißer war, sondern auch Koberer, also derjenige, der vor dem Lokal die Passanten animierte hereinzukommen, erzählte voller Verachtung, manch einer habe ihm schon eine halbe Zigarette oder ein altbackenes Brot angeboten, nur um mal einen Blick auf die Mädchen werfen zu dürfen.

«Denen sage ich, eher kommen alle Nutten in den Himmel und die Nonnen schmoren in der Hölle, als dass ich einen armen Schlucker gaffen lasse», tönte er, besann sich, wo er war, und schwieg wieder.

Nur einer fehlte: Piet. Stella hatte ihn ein paarmal in der Wohnungstür auftauchen sehen, doch jedes Mal war er unter Lunas eisigem Blick wieder verschwunden.

«Er hat es doch nicht böse gemeint», versuchte Stella zu vermitteln.

«Das ist mir wurscht!» Lunas Augen funkelten hell. «Er hat mich um die letzten Augenblicke mit meiner Mutter gebracht.»

«Aber dafür kann er nichts», gab Stella erschrocken zurück. «Das war nur ein dummer Zufall.»

«Interessiert mich nicht! Was passiert ist, ist passiert. Das kann er nie wiedergutmachen!»

Dabei quollen ihre Augen erneut über, und sie fiel auf die Knie und warf sich Pepita in die Arme, was die kleine Frau um ein Haar hätte umstürzen lassen. Nur mit Hilfe der Umstehenden hielt sie sich auf den Beinen und spendete ihrer wuchtigen Freundin Trost.

Sehr still wurde es, als Verena van Houten erschien. Stella hatte sie vom Postamt aus angerufen, weil sie wusste, dass ihre Schwester jeden Beistand gebrauchen konnte. Verena trug keinen Pelz, dafür war es zu warm, aber ein elegantes, beigefarbenes Kostüm mit langer Jacke und passendem Hut. Sie hatte sich eine Zigarette in eine lange Spitze aus Elfenbein gesteckt und rauchte langsam. Das gab ihr zusätzlich die Aura eines Filmstars. Die Trauergäste wichen vor ihr zurück. Jeder kleinste Schmutzfleck konnte die Erscheinung zerstören, und niemand wollte die Schuld dafür auf sich laden.

«Kiek mol eener an», flüsterte jemand in Stellas Nähe andächtig. «Sogar solche piekfeine Herrschaften kannten unsere Fanni.»

Verena tat, als bemerke sie nicht, dass die Leute vor ihr zurückwichen.

«Wie der Moses mal das Meer geteilt hat», sagte jemand halblaut.

«Oder wie mein Heini die Reihe der Franzmänner.» Das war die Witwe Platschke, die als Einzige mit normaler Stimme sprach. Sie ließ sich nicht so leicht einschüchtern. Schließlich war ihr Mann Heinrich senior ein Kriegsheld gewesen, hatte das Eiserne Kreuz erster Klasse bekommen, und ihr einziger Sohn, Heinrich junior, studierte in München, wo er neuerdings sogar in politischen Kreisen verkehrte. Ganz vernarrt war der in einen gewissen Adolf Hitler.

Nach allem, was er bei seinen Besuchen in Hamburg so von dem erzählte, hielt Mathilde Platschke nicht viel von diesem Hitler. Heinrich hatte ihr ein Foto aus dem Völkischen Beobachter gezeigt. Mathildes Meinung nach war der kleine Schnauzbartträger nicht ernst zu nehmen, mehr Männchen als Mann, geeigneter, ein Jahrmarktskarussell zu führen denn ein ganzes Volk. Aber sie hütete sich, etwas in der Richtung zu sagen, zumal Heinrich neuerdings hinter vorgehaltener Hand prophezeite, Adolf Hitler habe demnächst Großes vor. Man solle nur an Italien und Mussolini denken. An den großartigen Marsch auf Rom im letzten Jahr.

Das war dann schon wieder zu viel für Mathilde Platschke, die mit dem Ausland wenig im Sinn hatte. Sie interessierte sich höchsten für Südfrüchte, Apfelsinen, Zitronen, Bananen. Politik war nicht ihre Stärke. Vor dieser Verena van Houten jedenfalls fürchtete sie sich nicht. Sie, die Witwe eines Kriegshelden, war etwas Besseres, das wusste jeder auf dem Kiez. Sie hatte ihren Sohn die letzten sieben Jahre allein großgezogen, hatte den Hungerwinter und das Spanische Fieber überstanden, und sie hatte es sogar geschafft, Heinrich auf die Universität zu schicken. Ihr konnte keiner so leicht das Wasser reichen.

Nachdem Verena sowohl Luna als auch Stella ihr tiefempfundenes Beileid ausgesprochen hatte, ging sie wieder. Sie wurde von ihrem Gatten erwartet.

Stella versuchte zwar, sie zum Bleiben zu überreden, aber Verena lehnte mit einem bedauernden Lächeln ab. «Ich muss ein Abendessen geben. Pass du nur gut auf Luna auf, und melde dich, wenn ihr etwas braucht. Ganz gleich, was.»

Stella nickte dankbar und beobachtete dann, wie der Geräuschpegel in der kleinen Wohnung wieder anstieg, kaum dass die vornehme Besucherin gegangen war.

Einmal ergab es sich, dass sie allein mit Lorenzo in der Küche war.

«Hinsetzen», sagte er knapp.

Sie schüttelte müde den Kopf. «Keine Zeit. Ich muss die Leute verabschieden und noch mit dem Pastor sprechen.»

«Hinsetzen», wiederholte er und drückte sie auf einen Stuhl. «Du so weiß wie Wand.»

Erst da merkte sie, wie schwach sie auf den Beinen war. Jeden Moment konnte sie umkippen. Nur Atemnot hatte sie keine. In all dem Trubel hatte sie ganz vergessen, dass sie unter Asthma litt.

Lorenzo hielt ihr ein Glas mit einem stinkenden Schnaps unter die Nase.

«Trink.»

«Pfui Deibel!»

«Trink!»

Sie tat, wie ihr geheißen, spürte die brennende Flüssigkeit im Mund, in der Kehle, im Hals. Sodann brach sie in Tränen aus.

Lorenzo kniete sich vor sie hin und nahm sie fest in die Arme. Stella ließ sich in seine Umarmung fallen, und Wärme strömte in ihren Körper.

16. KAPITEL

«Stell dich da hin», befahl der Müllermeister und wies auf eine Stelle direkt unter einer Holzschütte. «Da kommen die Säcke herunter. Auffangen, wegtragen und dort hinten aufeinanderschichten.»

Lorenzo tat, wie ihm befohlen. Der Oktober ging langsam seinem Ende zu, und er war heilfroh, endlich wieder eine Arbeitsstelle gefunden zu haben. Es war ein großes Glück, dass der Bäcker, bei dem Luna und Stella ihr Brot kauften, von der freien Stellung in einer Barmbecker Mühle gewusst hatte. Gestern hatte er davon erzählt, und als Lorenzo von Luna die Neuigkeit erfuhr, machte er sich sogleich auf den Weg. Es war ihm egal, dass er dafür halb Hamburg durchqueren musste und mehr als eine Stunde mit Straßen- und Hochbahn unterwegs war. Zur Mühle am Heiligengeistfeld hätte er zu Fuß gehen können, aber dort wurde kein Gehilfe gebraucht.

Als er an der Volksdorfer Straße geklopft hatte, war er innerhalb von Minuten eingestellt worden. Er hatte nur schwören müssen, kein Roter zu sein, denn die machten nichts als Ärger, hatte der Mühlenbesitzer geschimpft.

Früh um fünf war er heute aufgebrochen.

Ja, sagte er sich, während er auf den ersten Mehlsack wartete. Er konnte von Glück sagen. Zwei weitere Stellen hatte er seit dem Juni angetreten. In einem Straßenbahndepot hatte er nachts die Waggons gereinigt, bis es hieß, er sei nicht flink genug. Ein Gemüsehändler hatte ihn mit seinen Waren auf den Wochenmarkt geschickt, aber Lorenzo war nicht fähig, den Hausfrauen angefaulte Ware anzudrehen. Also verlor er auch diese Arbeit. Im Hafen gab es ebenfalls nichts für ihn. Im August hatten dort die Schauerleute gestreikt, inzwischen war jeder froh, wenn er sein Auskommen an den Kais oder auf den Werften fand. Für Neulinge war da kein Platz.

So kam die Stelle in der Mühle genau zum richtigen Zeitpunkt.

Lorenzo lächelte zufrieden vor sich hin. Er blieb dabei, dass er in Wahrheit Koch war, aber der Umgang mit Mehl kam seiner eigentlichen Berufung schon ein wenig näher. Außerdem hoffte er, nach jeder Schicht ein oder zwei Pfund Mehl mit nach Hause nehmen zu können. Angesichts der Kilopreise von ungefähr dreißig Millionen Mark wäre das ein echter Glücksfall. Dann, so hoffte er, würde Stella endlich anfangen, ihn anders anzuschauen. Nicht mehr mit Mitleid oder Ärger im Blick, sondern mit Anerkennung vielleicht oder gar mit Zuneigung. Kurz gab er sich seinem heimlichen Traum hin, konzentrierte sich dann jedoch auf die vor ihm liegende Aufgabe.

Er hörte ein leises Rumpeln, dann ein immer schneller werdendes Zischen, und noch bevor er reagieren konnte, landete ein zwanzig Pfund schwerer Mehlsack auf seinen Schultern, plumpste auf den Boden und platzte auf. Der Müllermeister kam fluchend angelaufen und erklärte ihm, der Schaden werde ihm vom Lohn abgezogen.

Den nächsten Sack fing Lorenzo rechtzeitig auf. Er entwickelte eine Technik. Rücken krumm machen, schnell nach hinten greifen, wenn der Sack angerauscht kam, wegtragen, in der Ecke stapeln, zurückrennen. Gegen Mittag waren die Ballen seiner Hände aufgerieben und brannten entsetzlich. Sein Hemd war am Rücken zerfetzt, und es fühlte sich an, als sei auch dort die Haut abgescheuert.

Die Zähne zusammenbeißen, sagte er sich. Ich muss es schaffen! Im Haus in der Taubenstraße hielt niemand besonders große Stücke auf ihn. Er wollte endlich allen beweisen, dass er zu etwas taugte.

Als zur Mittagspause geläutet wurde, flüchtete Lorenzo nach draußen auf die Straße. Frische Luft wollte er atmen, den Mehlstaub aus der Lunge bekommen. Erst als er schon ein paar Schritte gegangen war – mit krummem Rücken, als habe er sich plötzlich in seinen Onkel verwandelt –, nahm er die Welt um sich herum wahr.

Und erschrak zu Tode.

Ein riesiges Pferd galoppierte an ihm vorbei, die beschlagenen Hufe wirbelten dicht vor seinem Gesicht durch die Luft. Er sprang zurück, stieß gegen etwas, das ihn verwirrte, als er es sich genauer anschaute. Es war ein Küchentisch aus massiver Eiche. Wie kam der hierher? Dann erst stellte er fest, dass der Tisch nur ein Teil eines ganzen Haufens von Möbeln war, die aufeinandergeschichtet die Straße absperrten. Auch Gemüsekisten befanden sich darunter und Handkarren.

Eine Barrikade!

Lorenzo geriet in Panik. Jetzt wurde geschossen! Und die Polizisten rückten heran. Einige zu Pferd, andere zu Fuß, ein paar wenige in handlichen Panzerwagen. Und Lorenzo stand mitten im Schussfeld!

Instinktiv ließ er sich auf alle viere fallen und krabbelte davon. Er betete, seine Arbeitskollegen und der Müller wären in der Mühle und somit in Sicherheit geblieben. Wer jetzt auf der Straße war, musste um sein Leben fürchten.

Es war pures Glück, dass er einen offenen Hauseingang fand. In der plötzlichen Dunkelheit blieb er bei seinem Krabbelgang und bewegte sich halbblind vorwärts. Durch die Hintertür gelangte er auf einen Hof, von dort auf eine kleinere Straße. Auch hier wurden heftige Gefechte ausgetragen.

Ihm blieb nichts anderes übrig, als zurück in den Hinterhof zu laufen und sich ein Versteck zu suchen. Dort vorn! Eine schwere Holzklappe. Mit Mühe wuchtete er sie hoch. Seine zerschundenen Hände brannten wie Feuer. Schon krabbelte er hinein. Es war ein Kohlenkeller. Lorenzo kroch so weit er konnte hinein, sackte gleich darauf in sich zusammen. Kohlenstaub bedeckte ihn, legte sich auf seine Wunden. Zu seinem Erstaunen ließ das schmerzhafte Brennen daraufhin ein wenig nach. Angestrengt lauschte er den Schüssen und Schreien, die von der Straße hereindrangen. Ihm schien, als ginge der Kampf endlos hin und her.

Am folgenden Tag sollte er aus der Zeitung und von Kalle Spieker erfahren, was geschehen war. Die Kommunistische Partei Deutschlands hatte einen Aufstand gegen die sozialdemokratische Regierung angezettelt und zuerst in ihren Hochburgen wie Barmbeck, Hamm und Wandsbek die Polizeireviere angreifen lassen. Man hoffte, in den Besitz von genügend Waffen zu gelangen, und man hoffte, eine Initialzündung für ganz Deutschland zu geben. Schließlich litten die Menschen überall im Land unter der schweren Wirtschaftskrise. Die Arbeitslosenzahlen stiegen fast genauso schnell wie die galoppierende Inflation, die Leute hatten Hunger, Tausende starben an Unterernährung oder an Krankheiten, die einem satten Menschen nichts hätten anhaben können.

Auch auf St. Pauli war die Lage dramatisch. Die Huren gehörten zu jenen, die es am schwersten hatten. Im Jahr zuvor waren sämtliche Bordelle geschlossen worden. Einerseits war das ein Glücksfall für die Frauen gewesen, denn sie mussten ihren Beruf nicht mehr in einem System der Kasernierung ausüben, andererseits fehlten vielen von ihnen die Mittel, sich eine Wohnung zu nehmen. Außerdem fanden immer weniger Freier den Weg zu ihnen. Wenn der Hunger sich durch die Eingeweide fraß, starb die Lust einen stillen Tod.

Also strebten diese Frauen auf die Reeperbahn und in die Seitenstraßen des Viertels, wie eine Flutwelle aus billigen Parfüms, durchlöcherten Strümpfen und blutrot angemalten Mündern. Sie zogen auch in die Innenstadt und boten ein Bild des Jammers. Manche lungerten oben am Spielbudenplatz am Eingang des berühmten «Ballhaus Trichter» herum und flehten vorbeikommende Männer an, sie mit hineinzunehmen. Um ein weibliches Überangebot zu vermeiden, durfte keine Frau das Etablissement allein betreten. Doch gerade dort drinnen waren gute Geschäfte zu machen.

Aber auch die anderen Bewohner des Viertels wussten nicht mehr ein noch aus. Serviermädchen standen vor der Entscheidung, ebenfalls ihren Körper zu verkaufen, bevor er zu mager wurde und kein Mann, der noch alle Sinne beisammenhatte, auch nur einen Groschen für solch ein Klappergestell hinlegen würde. Varietékünstler und Schauspieler dachten daran, in die Neue Welt auszuwandern. Auf der anderen Seite des Atlantiks wurden in Städten wie New York und Los Angeles große Karrieren gemacht.

Einige Lokale blieben wegen fehlender Kundschaft geschlossen. St. Pauli, das nach dem Krieg wieder floriert hatte und nicht nur Seeleute und einfache Arbeiter, sondern auch die vornehmen Hamburger angelockt hatte, dieses St. Pauli drohte unterzugehen. Eine düstere Stimmung breitete sich aus und ließ alles Lachen verklingen.

Diese Einzelheiten erzählte Kalle dem jungen Italiener tags darauf. Zwischen zusammengebissenen Zähnen sprach er davon, dass die Männer aus seinem Viertel ganz kurz davor gewesen waren, sich zusammen mit den Kommunisten aus dem Osten der Stadt zu erheben. Wie gewöhnlich machte er Lorenzo ein wenig Angst, aber die Leidenschaft und die Verbundenheit, mit denen er von seinen Leuten sprach, waren echt.

Letztlich ging der Plan der KPD nicht auf, vor allem, weil die Arbeiter Hamburgs sich dem Aufstand nicht anschlossen. Trotz einiger lokaler Erfolge war er zum Scheitern verurteilt. Dreihundert schlechtbewaffnete Männer standen fünftausend gutausgerüsteten Polizisten gegenüber. Sie hatten von Anfang an keine Aussicht auf Erfolg gehabt.

Als Lorenzo spät am Abend entkräftet und halb verdurstet in die Taubenstraße zurückkehrte, entdeckte ihn die kleine Sophia als Erste und brach in Tränen aus.

«Der schwarze Mann!», rief sie immer wieder und war vor Angst ganz außer sich. Offenbar war dieser schwarze Mann jemand, mit dem kleinen Kindern Angst gemacht wurde, damit sie gehorchten. Lorenzo wunderte sich, dass Sophia überhaupt noch wach war. Erst später erzählte ihm sein Onkel, dass die gesamte Hausgemeinschaft aufgeblieben war, weil er vermisst wurde.

Stella hingegen scherte sich nicht um seine kohlrabenschwarze Erscheinung und fiel ihm um den Hals. Ihre Freudentränen hinterließen dabei kleine helle Spuren in seinem Gesicht.

Stocksteif stand er da, während sein Innerstes in höchsten Aufruhr geriet. Die Sterne, die hell in ihren Augen glitzerten, rührten ihn an. Ihr zarter Körper, der sich so anders anfühlte als der von Giuseppina, ließ sein Blut schneller in den Adern rauschen und weckte in ihm den Wunsch, sie für immer festzuhalten.

Es waren andere Gefühle als jene, die er für Giuseppina empfand. So genau sah Lorenzo da noch nicht klar, aber für Stella empfand er Zärtlichkeit, während bei seiner Verlobten stets eine wilde Erregung in ihm aufgestiegen war.

Lebhaft erinnerte er sich an ihre erste Begegnung. Er hatte sie für einen verzauberten Stern gehalten, als sie ihn da, abgerissen und verdreckt, wie er war, auf der Straße aufgelesen hatte. Als er dann erfuhr, dass sie tatsächlich Stella hieß, war das für ihn ein Wink des Schicksals gewesen. Obwohl ihn das Haus, in dem sein Onkel wohnte, enttäuschte, blieb er dort, weil er seinen Stern nicht verlieren durfte.

Na ja, wenn er ehrlich war, hätte er auch nicht gewusst, wohin er sich sonst wenden konnte.

Leider verscherzte er sich regelmäßig Stellas Sympathie, weil er an ihrem Essen herummäkelte. Immer wieder schwor er sich, damit aufzuhören, doch es geschah mindestens einmal in der Woche.

Lorenzo roch an ihrem seidigen Haar, das nach Honig und Frühlingsblüten duftete, und stellte sich vor, er werde eines Tages ein Gericht erfinden, das ihr gewidmet war. Wie genau er das bewerkstelligen würde, wusste er noch nicht, aber er war überzeugt, dass ihm schon etwas einfallen würde. Und so würde sie endlich diesen Wikinger oben im Norden vergessen, von dem sie ständig redete. Lorenzo wusste, es war dumm, aber er war rasend eifersüchtig auf den fremden Mann. Dazu hatte er überhaupt kein Recht, aber manchmal vergaß er eben, dass er verlobt war.

Er seufzte verhalten.

Stella löste sich von ihm und ließ eine Schimpftirade auf ihn niedergehen, von der er nur die Hälfte verstand. Ihre Stimme klang dabei nicht wie sonst weich und melodisch, sondern hell und schrill. Aber immerhin begriff er, dass sie sich um ihn gesorgt hatte, und dieser Umstand machte ihn fast noch glücklicher als ihre Umarmung. Er sah die Sterne in ihren Augen und war für einen kostbaren Moment mit sich und der Welt im Reinen. Eine Idee flog ihn an, eine Idee, die mit seiner Leidenschaft fürs Kochen und mit Sternen zu tun hatte. Er nahm sich fest vor, in einer ruhigen Minute darüber nachzudenken.

Rosario trat, schwer auf einen Stock gestützt, vor, hob unter großen Mühen den Kopf und funkelte ihn an. «Du Dummkopf musstest mal wieder mitten in den größten Schlamassel geraten!»

Auch seinem Onkel stand die Angst ins Gesicht geschrieben, und Lorenzo wurde seltsam warm ums Herz. Luna reichte ihm ein Glas Wasser, das er hastig hinunterstürzte. Dann meinte sie lachend, mit dem ganzen Kohlenstaub könnte er glatt ihr Bruder sein.

Als sich schließlich auch noch die kleine Sophia vom ersten Schrecken erholt hatte und ihm lächelnd ein feuchtes Handtuch brachte, war es vollends um ihn geschehen. An dem Kind hing er ganz besonders, und dass es sich nun um ihn kümmerte, rührte an sein Herz.

An diesem Abend in der Taubenstraße begriff Lorenzo zum ersten Mal, dass es hier Menschen gab, denen wirklich etwas an ihm lag.

Nun gut, diese Pepita mochte da eine Ausnahme sein. Sie ging ihm aus dem Weg, wo sie nur konnte. Und wenn auch Luna ihm sagte, dabei solle er sich nichts denken, denn ihre kleine Freundin wollte außerhalb der Arbeit mit Männern grundsätzlich nichts zu tun haben, so wurmte es ihn doch. Er sah sie an diesem Abend jedenfalls nicht und bemerkte nur, dass die kleine Sophia von Luna und Stella mit in die Mansarde genommen wurde. Plötzlich vollkommen erschöpft, folgte Lorenzo seinem Onkel in die Wohnung und wusch sich in der Küche, so gründlich er es vermochte. Sodann fiel er in tiefen, traumlosen Schlaf.

Am nächsten Morgen hieß es, dass in den preußischen Orten Schiffbek und Bramfeld noch heftig gekämpft würde, aber nach einem weiteren Tag war der Aufstand überall niedergeschlagen.

Lorenzo machte sich zu einem Spaziergang zu den Landungsbrücken auf. In die Mühle kehrte er nicht zurück. Er wusste, er war nicht stark genug, um diese Schinderei durchzustehen. Er würde sich etwas anderes einfallen lassen müssen. Und zwar sehr bald, schwor er im Stillen. Die Tatsache, dass er von seinem Onkel und den Schwestern Schuster durchgefüttert wurde, nagte an seinem Stolz.

Tief in Gedanken versunken, umrundete er die Navigationsschule auf der hohen Geestkante. Es war ein prächtiges Gebäude mit einer roten Backsteinfassade, die von dicken Streifen aus Sandstein unterbrochen wurde. Sie verfügte über einen Turm und schmückende Treppengiebel. Kartuschen trugen die Namen bedeutender Entdecker und Navigatoren. Rosario hatte einmal seinen Neffen auf diese Einzelheiten aufmerksam gemacht. Voller Stolz auf seine Wahlheimat hatte der alte Mann zu jedem Gebäude etwas zu berichten.

Als er den Pfad hinunter zur Elbe lief, kam ihm Piet Thomsen entgegen. Sein Gesicht war zerschlagen, ein Auge blutunterlaufen. Er hielt den linken Arm fest, während er das rechte Bein leicht nachzog. Lorenzo ahnte, dass Piet sich in die Kämpfe gestürzt hatte. Das war offenbar so recht nach seinem Geschmack.

Mit diesem rothaarigen, bulligen Mann war Lorenzo bisher nicht recht warm geworden. Und er wusste nicht, warum. Vielleicht glaubte Piet, Stella vor ihm beschützen zu müssen, weil er sich als ihr zukünftiger Schwager für sie verantwortlich fühlte. Dabei wäre es Lorenzo im Traum nicht eingefallen, Stella in irgendeiner Weise weh zu tun.

Oder Piet sah ihn als Eindringling im Haus in der Taubenstraße an. Und warum er und Stellas Schwester sich verkracht hatten, wusste Lorenzo auch nicht. Keiner sagte ihm irgendetwas. Er sah nur, dass beide nun schon seit Monaten ebenso unversöhnlich wie unglücklich waren. Sie gingen einander aus dem Weg, verfielen in verstocktes Schweigen, wenn ein Gespräch auf den jeweils anderen kam, und schauten mit leerem Blick in die Ferne.

Deutsche!, dachte er. Nie würde er sie verstehen! Wie konnten die nur so stur sein?

Der rothaarige Mann hatte ihn nun auch bemerkt.

«Buongiorno», sagte Lorenzo freundlich und lüftete den altmodischen Hut mit breiter Krempe, den er von seinem Onkel geschenkt bekommen hatte.

«Moin», kam es knapp zurück. Die Mütze auf dem Kopf des Nachbarn blieb, wo sie war.

«Kann ich helfen?» Piet schien höllische Schmerzen zu leiden, auch wenn er keine Miene verzog.

«Nein.» Schon war Piet an ihm vorbei und stapfte weiter hügelan. Lorenzo schüttelte den Kopf und setzte ebenfalls seinen Weg fort.

Lange lief er an den Landungsbrücken entlang und sog tief die frische Luft ein. Er lauschte dem Tuten der Dampfer, dem Zischen der Seilwinden, dem Poltern der großen Holzkisten mit Kaffee, Südfrüchten oder Gewürzen aus fernen Ländern. Über allem kreischten die Möwen, wieherten die schweren Zugpferde, die noch immer nicht vollständig von Lastautos ersetzt worden waren, fluchten und schrien die rauen Männer. Es roch nach brackigem Wasser, nach angeschwemmten Fischkadavern, nach Tabak und Maschinenöl.

Lorenzo beobachtete das bunte Treiben von Frachtern, Passagierschiffen und Schleppern auf dem großen Strom, und er konnte sein Glück kaum fassen, als just in diesem Augenblick das neue Flaggschiff der Hapag, die «Ballin», in Richtung Nordsee dampfte. Er bewunderte die mächtige und zugleich schlanke Form des Schiffes und träumte, er wäre reich genug, um einmal damit über das weite Meer bis nach New York zu fahren.

Ach, die Träume. Lorenzo stieß mit dem Fuß gegen einen Kiesel und trat schweren Herzens den Heimweg an. Wie groß waren seine Träume gewesen, als er vor einem Jahr in den Norden aufgebrochen war. Reich wollte er werden, sehr schnell sehr reich, und schließlich als gemachter Mann heimkehren, um seine Giuseppina im Triumph zu heiraten.

Nichts, gar nichts war daraus geworden Er war noch immer ein armer Schlucker, und eine Rückkehr nach Predappio war ohnehin ausgeschlossen. Er bekam Magengrimmen, wenn er daran dachte, dass die Bastellettis weiterhin ihren Hass auf ihn pflegten. Lorenzo verstand das nicht. Nur wegen einer kleinen Schlägerei? Er war doch viel zu unwichtig, um einer mächtigen Familie derart viel Ärger zu bereiten.

Oder hatte alles mit Giuseppina zu tun? Lorenzo dachte oft an seine Verlobte, beinahe jeden Tag. Er fragte sich, wie es ihr ging, ob sie zurechtkam ohne ihn, ob sie ihn vermisste. Er sah ihre wogenden Brüste vor sich, die funkelnden Augen, die prallen roten Lippen. Doch ihr Gesicht als Ganzes, ihre hübsche Gestalt entzogen sich ihm. Er roch ihr süßliches Parfüm, doch an den Duft ihrer Haut konnte er sich nicht mehr erinnern.

Das verunsicherte ihn, und er wusste nicht, was er fühlen sollte.

Derart in Gedanken versunken, erreichte er wieder die Taubenstraße. Er war losgelaufen, um einen klaren Kopf zu bekommen, und er kehrte zurück mit mehr Fragen und Zweifeln als vorher.

Sofort entdeckte er das elegante Automobil vor dem Haus. Es war ein nagelneuer großer Benz, tannengrün lackiert, mit schwarzem Kastendach, breiten Trittbrettern und einem riesigen Kühlergrill. Von Piet hatte Lorenzo erfahren, dass dieser Wagen fast achtzig Stundenkilometer schaffte, doch das war eine Geschwindigkeit, die er sich beim besten Willen nicht vorstellen konnte.

Wie üblich war der Chauffeur, ein griesgrämiger dünner Mann mittleren Alters, damit beschäftigt, die Kinder aus der Nachbarschaft von dem glänzenden Auto fernzuhalten. Die Jungen und Mädchen wiederum machten sich einen Spaß daraus, den schimpfenden Mann erst nach vorn, dann nach hinten und schließlich rundherum laufen zu lassen, bis er schwitzte und laut keuchte. Auf dem Bürgersteig stand Verena van Houten und lachte über das Spektakel.

Endlich rief sie ihm zu: «Fahren Sie mit den Kindern eine Runde durchs Viertel, Jonathan. So haben die Lütten ein bisschen Spaß.»

Der Chauffeur wurde kreidebleich unter seiner dunkelblauen Schirmmütze. Schweißtropfen rannen ihm in den Kragen. «Das meinen Sie nicht im Ernst, gnädige Frau!»

«Selbstverständlich tue ich das. Achten Sie nur darauf, dass die Rasselbande nicht mit ihren dreckigen Schuhen auf die Polster hüpft. Und spucken ist im Auto auch verboten.»

«Wie soll ich das bewerkstelligen, wenn ich vorn sitze und fahre?», fragte er, einer Panik nahe. «Ich habe keine Augen im Hinterkopf.»

Aber Verena war bereits über die paar Stufen nach unten in den Kellerladen verschwunden. Lorenzo folgte ihr breit grinsend und handelte sich einen mörderischen Blick des Chauffeurs ein. Hinter ihm wurde das Geschrei laut, als nun die Jungs und Deerns das Auto stürmten. Schließlich dröhnte der mächtige Motor auf, und der Wagen rollte im Schritttempo an. Lorenzo konnte nur hoffen, dass Verena ihre gute Tat nicht allzu teuer zu stehen kommen würde.

Unten im Laden empfing ihn zu seiner Enttäuschung außer Verena nur Luna. Er verkniff sich eine Frage nach Stella. Auf keinen Fall wollte er den Eindruck erwecken, er interessiere sich über den normalen Umgang im Alltag hinaus für sie.

«Es freut mich zu hören, dass Sie Ihr Abenteuer gut überstanden haben», sagte Verena und reichte ihm die behandschuhte Rechte.

Er schüttelte sie ungelenk. Sein Onkel hatte ihm mal erklärt, einer Dame müsse man den Handrücken küssen, aber dazu konnte er sich nicht durchringen. Er hielt es für albern, seine Lippen auf diesen Samthandschuh zu drücken.

«Glück», erwiderte er auf seine übliche wortkarge Art. In Verenas Anwesenheit wünschte er sich oft, er wäre eloquenter. Er mochte diese dunkelhaarige Dame, die so gar keine Allüren an den Tag legte und sich wie selbstverständlich oben im Haus und hier unten im Kellerladen aufhielt.

«Gut», sagte sie jetzt. «Ich bin übrigens Ihretwegen gekommen. Ich brauche Sie.»

Lorenzo hob die Brauen, aber bevor er mühsam eine Frage bilden konnte, sprach sie schon weiter. «Ich gebe am Sonntag eine kleine Abendgesellschaft, für ungefähr vierzig bis fünfzig Gäste.»

Nach einer kleinen Gesellschaft klang das nicht, fand Lorenzo, schwieg jedoch. Er kannte sich schließlich in den Gepflogenheiten der reichen Hamburger Bürger nicht aus.

«Unglücklicherweise ist meine Köchin erkrankt», fuhr Verena fort. Mit langsamen Bewegungen holte sie ein goldenes Etui aus ihrer flachen Handtasche, steckte eine Zigarette in die Spitze und ließ ein elegantes Feuerzeug aufspringen. Tief sog sie den Rauch ein, bevor sie fortfuhr: «Sie hat sich bei ihrer Enkelin mit Masern angesteckt. Äußerst ungeschickt.»

Lorenzo verstand nicht gleich, was das mit ihm zu tun haben sollte. Erst als Luna ihn in die Seite boxte, was ziemlich weh tat, fragte er: «Ich dann kochen für Sie?»

«Das wäre wunderbar. Ich wollte Stella fragen, aber meine liebe Freundin hier sagt, Sie sind ein guter Koch und ich soll mal etwas Neues wagen.»

Auf einmal wurde ihm schwindelig. DAS war seine Chance! Er wusste es! Endlich durfte er beweisen, wozu er fähig war!

«Italienisch kochen?», hakte er zur Sicherheit nach und bemühte sich, gerade zu stehen. Noch immer schien sich der Kellerladen um ihn zu drehen. Wenigstens schaffte er es, Luna einen dankbaren Blick zuzuwerfen.

Diese grinste. «Eigentlich hast du das Stella zu verdanken. Sie bittet mich ständig, meine Beziehungen für dich spielen zu lassen. Ha! Als ob ich so große Beziehungen hätte! Aber bei Verena konnte ich wenigstens ein gutes Wort für dich einlegen.»

Er vermochte ihr nicht ganz zu folgen, aber ihm wurde klar, dass Stella hinter allem steckte. Ein Glücksgefühl breitete sich in seinem Innern aus und ließ ihn strahlen.

Verena lächelte ihn an. «Wir machen einen italienischen Abend. Unsere Gäste werden begeistert sein!»

Lorenzo dachte blitzschnell nach. Sodann schlug er vor: «Vorspeise ein Salat aus *frutti di mare*, Obst aus Meer.»

«Meeresfrüchte», korrigierte Luna lachend, während Verenas Begeisterung schlagartig erlosch. Ihr Gesicht verschloss sich, die Mundwinkel wanderten nach unten. Ihre Reaktion beunruhigte ihn, daher fuhr er schnell fort: «Erster Gang: *tortellini* mit einer Füllung aus Rindfleisch und Ricotta-Käse, zweiter Gang: knuspriger Schweinebauch mit …»

Weiter kam er nicht.

«Nein!», rief Verena aus, verschluckte sich am Rauch ihrer

Zigarette und musste husten. «Nein!», wiederholte sie, als sie wieder Luft bekam. «Das geht so nicht. Sie müssen etwas anderes kochen.»

Lorenzo war ratlos. Auf Lunas Gesicht breitete sich langsames Erkennen aus, aber er selbst hatte keine Ahnung, warum Verena sich so aufregte.

«Es ist nicht koscher», sagte sie schließlich.

Aber was das bedeutete, das war ihm ebenfalls ein Rätsel.

17. KAPITEL

Der Novembermorgen lag wie Blei auf den Dächern Hamburgs, und nur die Spitzen der höchsten Kirchtürme ragten bis hinauf in den blauen Himmel.

Lorenzo stand am Fenster von Rosarios kleiner Wohnung und starrte die Wolkendecke an, als wollte er sie zwingen, aufzureißen und ihm einen freien Blick zu gewähren. Er hasste diese grauen Tage, in denen die Glieder schwer wurden und der Geist stumpf war. Er hasste die Einsamkeit dieses Montagmorgens, an dem die meisten Bewohner des Hauses zur Arbeit gegangen waren oder noch schliefen, und er hasste die laute Jazzmusik, die von der Wohnung nebenan über das schmale Treppenhaus zu ihm herüberhallte. Die kleine Frau hatte mal wieder ihr Grammophon angestellt, und schrille, seiner Meinung nach unmelodische Trompetentöne zerrten an seinen Nerven. An Schlaf war natürlich nicht mehr zu denken.

Was sollte das überhaupt? Warum musste die so einen Krach machen?

Vor einer halben Stunde hatte er mitbekommen, wie sie ihre kleine Tochter nach oben zu Luna und Stella gebracht hatte. Kurz darauf waren die beiden Schwestern mit dem Kind nach unten gegangen, um den Laden aufzuschließen. Sie hofften immer noch, ihr Geschäft würde wieder in Schwung kommen, obwohl sich kein normaler Mensch mehr eine Scheibe Brot mit Margarine für hunderttausend Mark leisten konnte. Oder waren es heute schon zweihunderttausend?

Lorenzo schüttelte den Kopf. Eine verrückte Welt war das. Und eine gefährliche Welt! Er hatte Predappio verlassen, um in Sicherheit leben zu können, aber vor etwas mehr als zwei Wochen wäre er fast erschossen worden. Noch immer lief es ihm eiskalt den Rücken hinunter, wenn er an den Tag zurückdachte. Doch er saß fest. Zurück nach Hause konnte er vorerst nicht. Er würde nur sein eigenes Leben riskieren und womöglich das seiner Eltern.

Also musste er durchhalten. Hoffen, dass er in keine Schießerei mehr geraten würde, beten, dass er bald Geld verdienen würde, und es währenddessen irgendwie mit den Menschen um ihn herum aushalten. Letzteres war nicht immer einfach. Dieser Kalle Spieker jagte ihm gehörig Respekt ein, und die kleine Pepita war ihm ebenfalls unheimlich. Er wusste, das war lächerlich, aber er kam nicht gegen das Gefühl an. Etwas an ihr wurde immer merkwürdiger. Nicht nur, dass ihr Gesicht spitz wurde und sie zu schrumpfen schien, weil sie nicht mehr genug aß.

Da gab es noch mehr. Es war, als hätte sich ein Schatten über sie gelegt, und selbst im hellsten Sonnenlicht wirkte sie grau.

Lorenzo hatte schon überlegt, ob er einmal mit Stella oder Luna über seinen Eindruck reden sollte. Die beiden Schwestern waren so sehr beschäftigt, dass sie vielleicht gar nicht bemerkten, wie sehr sich die Nachbarin veränderte. Aber bisher hatte er ein solches Gespräch immer aufgeschoben. Zum einen, weil er nicht wusste, ob er die richtigen Worte finden würde, zum anderen, weil er fürchtete, sich lächerlich zu machen.

Wahrscheinlich kannte er sich in diesen speziellen Dingen des Lebens einfach nicht genug aus.

Und doch ließ es ihm keine Ruhe. Das mochte auch daran liegen, dass er die kleine Sophia inzwischen fest in sein Herz geschlossen hatte. Dieses Kind hatte es schon schwer genug. Kein Vater, eine Mutter, die einem üblen Gewerbe nachging, und die Armut, die sich in den Augen einnistete und dem Mund jedes Lächeln raubte. Es sollte nicht noch mehr Kummer erfahren.

Lorenzo stieß einen Fluch aus. Er wünschte, er müsste sich nicht so viele Gedanken über die Zwergin machen. Er wünschte, sie würde ihn in Frieden lassen.

Und diese laute Musik! Zu der Trompete gesellten sich jetzt andere Töne. Hätte er nicht gewusst, dass beim Jazz alles möglich war, hätte er diesen Lärm glatt für unterdrückte Schreie halten können.

Lorenzo presste beide Hände auf die Ohren. Es half nichts. Die Geräusche waren unerträglich!

Sein Onkel kam ins Zimmer, das eigentlich sein eigenes Wohnzimmer war, aber nun Lorenzo als Schlafraum diente. Wie immer stützte er sich auf seinen knorrigen Stock aus Rosenholz.

«Was ist los?», fragte Rosario auf Italienisch. Wenn sie unter sich waren, redeten sie manchmal in der Sprache ihrer Heimat miteinander. Vor allem an feuchtkalten Tagen, an denen Rosarios verkrümmter Rücken mehr als sonst schmerzte und er sich nach der Sonne und Wärme der Romagna sehnte.

Lorenzo stieß einen zweiten Fluch aus. «Die Hure nebenan macht einen Mordskrach.»

«Nenne sie nicht so.»

«Aber sie ist eine Hure.»

Rosario ließ sich ächzend auf das Sofa fallen, von dem Lorenzo bereits sein Bettzeug abgezogen hatte. «Du bist und bleibst ein dummer Bauernjunge. Sei dem lieben Gott dankbar dafür, dass du ein Mann bist.»

«Was soll das heißen?»

«Denk mal darüber nach. Dann fällt es dir vielleicht ein.»

Lorenzo sah seinen Onkel nur fragend an.

Der seufzte schließlich und erklärte: «Ein Mann kann sich im Leben immer irgendwie durchschlagen, eine Frau hat manchmal keine Wahl.»

«Pah!», machte Lorenzo und überspielte das leise Schamgefühl, das in ihm hochstieg. Er wusste, er redete nur so abfällig über sie, um seine Sorgen zu überspielen. Aber auf Rosario musste er wie ein gefühlloser Klotz wirken.

Im nächsten Moment horchte er auf. «Hörst du das? Dieses Gejaule?»

Aber Rosarios Ohren waren nicht mehr die besten, und so schüttelte er nur den Kopf.

«Sie hat seit fast einer Stunde einen Mann in der Wohnung», erklärte Lorenzo, «und ich finde, die Geräusche klingen nicht normal.»

«Einen Mann?», fragte Rosario zurück. «Tatsächlich? Das ist ungewöhnlich. Normalerweise hält Pepita ihrer Freier von dem Haus fern. Es ist ihr sehr wichtig, ihr Privatleben von ihrem Beruf zu trennen. Allein schon der kleinen Sophia zuliebe.»

Lorenzo hob die Schultern. Er war es müde, sich Gedanken über das kleinwüchsige Freudenmädchen zu machen.

«Ich werde jetzt gehen», erklärte er.

«Wohin?», fragte Rosario automatisch. Wie alle anderen im

Haus hoffte auch er, sein Neffe werde bald wieder als Koch bei einer wohlhabenden Familie in Harvestehude oder in Eppendorf angefordert. Das Essen im Hause van Houten war schließlich ein großer Erfolg geworden. Nachdem Lorenzo sich von Verena hatte sagen lassen, sie und ihr Mann seien Juden und es gebe da äußerst strenge Speisevorschriften, hatte er sich mit der koscheren Küche vertraut gemacht. Er hatte gelernt, dass nur solche Tiere als essbar galten, die wiederkäuten und zweigespaltene Hufe hatten, also zum Beispiel Rinder, Schafe und Ziegen. Schwein hingegen galt als *treife*, also als nicht genießbar. Fische mussten Flossen und Schuppen haben. Verboten war wiederum der gleichzeitige Verzehr von fleischigen und milchigen Speien.

Letztlich war es ihm am einfachsten erschienen, ein vegetarisches Menü zusammenzustellen. Als Vorspeise geröstete Brotscheiben mit gewürfelten Tomaten, kleingehackten Zwiebeln, Basilikum und Kapern, als ersten Gang *ravioli* mit Gemüsefüllung und schließlich als Hauptgang mit Parmesan überbackene Auberginen. Dazu ließ er *piadine* reichen, wohlweislich mit Olivenöl und nicht mit Schweineschmalz zubereitet. Zum Nachtisch gab es ein fruchtiges Zitronensorbet.

Es hatte einige Mühe gekostet, ein wirklich gutes Olivenöl aufzutreiben, und auch mit seiner Frage nach Auberginen, die in seiner Heimat *melanzane* hießen, hatte er von einigen Gemüsehändlern nur ratloses Kopfschütteln geerntet.

Zum Glück war Kalle auf die Idee gekommen, einen griechischen Stammkunden der «Roten Laterne» zu fragen, und dieser hatte Lorenzo zu einem Landsmann namens Achillos geschickt, der Spezialitäten aus der Heimat verkaufte und ihm sogar ausgezeichnete schwarze Oliven anbieten konnte. Das kleine Geschäft lag versteckt in einer Seitenstraße draußen in Altona. Es machte nicht viel her, aber Lorenzo war aufgefallen, wie viele Griechen dort ihre Einkäufe erledigten. Es war ein ständiges Kommen und Gehen.

Er wünschte, er könnte Luna und Stella überreden, etwas Ähnliches für italienische Lebensmittel im Kellerladen einzurichten, aber er wusste, es war sinnlos. In der derzeitigen wirtschaftlichen Lage war an Investitionen nicht zu denken. Auch die Griechen verfügten kaum über harte Zahlungsmittel. Je länger er den Laden beobachtete, desto sicherer war er, dass dort Tauschgeschäfte stattfanden. Ziegenkäse gegen frischgebügelte Hemden, eingelegte Tomaten gegen einen Haarschnitt für die ganze Familie, frisches Fladenbrot gegen geflickte Schuhe.

Auf diese Weise wollte er gewiss kein neues Geschäft eröffnen. Lorenzo war fest entschlossen, reich und erfolgreich zu werden, aber noch war der richtige Moment dafür nicht da, das wusste er.

Sich als Koch in Hamburgs feinen Vierteln zu empfehlen, wäre ein guter Anfang, nur dummerweise hatte es seit dem Abend bei den van Houtens keine neuen Aufträge gegeben. Obwohl die Gäste sein Essen mit großem Appetit zu sich genommen hatten.

Er hatte keine Ahnung, woran es lag, aber er war entschlossen, es herauszufinden. Auf einmal wusste er, wohin er heute gehen wollte. Zu der Villa am Leinpfad, zu Verena van Houten. Er fand, er hatte ein Recht auf eine Erklärung. Nur seinem Onkel würde er es nicht verraten. Der Alte sollte sich nicht noch mehr Sorgen machen, als er es ohnehin schon tat.

«Ich gehe zum Hafen runter», sagte er daher. «Vielleicht finde ich Arbeit.»

«Gut, mein Junge, sehr gut.» Aber Rosario legte keine große Überzeugung in seine Worte, und beide wussten, Lorenzo würde keine Stellung finden. Mochten die Roten weiterhin zum Kampf für die Weltrevolution aufrufen – zu Hause warteten die Frauen und die Kinder darauf, dass der Ehemann und Vater seinen Lohn heimbrachte, damit es wenigstens Kartoffeln geben konnte, vielleicht mit einem Zipfelchen Wurst oder einer dünnen Scheibe Speck. Und etwas Milch für die Kleinsten.

Erst kam das Fressen, dann kamen die Träume von einer besseren Gesellschaft. Ein junger, schwächlicher Italiener hatte keine Chance auf Beschäftigung.

Im Treppenhaus waren laute Schritte zu hören, die nach unten verhallten. Rasch öffnete Lorenzo die Wohnungstür, aber es war schon niemand mehr zu sehen. Dafür stand die Tür zu Pepitas Wohnung einen Spaltbreit offen.

Beinahe gegen seinen Willen durchquerte Lorenzo mit zwei langen Schritten den Flur und klopfte. «Hallo? Alles in Ordnung?»

Erst rührte sich nichts, aber schließlich nahm er eine Bewegung wahr. Pepita erschien schlurfend in der Tür. Ihr kleines Gesicht wirkte seltsam aufgedunsen, um den Hals trug sie einen dicken Wollschal. Obwohl sie ihn mehrfach umgewickelt hatte, schleiften seine Enden auf dem Fußboden.

«Was willst du?»

«Mache Sorgen.»

«Kümmere dich um deinen eigenen Kram», sagte sie brüsk und knallte ihm die Tür vor der Nase zu.

Wütend lief Lorenzo die Treppen hinunter. Er hatte es nur gut gemeint! Dieses Weibsbild hatte kein Recht, ihn schlecht zu behandeln! Dennoch, ein ungutes Gefühl blieb, und erst, als er eine Stunde später den Leinpfad erreicht hatte, konnte er es abschütteln.

Von der Villa der van Houtens sah er nur die Rückansicht, aber selbst die war schon ungemein prachtvoll. Es war ein weißes Gebäude, drei Stockwerke hoch und ohne besondere Schnörkel. Nach vorn, zum Garten und zum Fluss hinaus gab es eine Freitreppe, römische Säulen und weite Flügeltüren. Das wusste Lorenzo von Verena, gesehen hatte er es nicht.

Der Fluss hieß Alster, und er mündete in einen See, der Außen- und Binnenalster hieß. An jenem frühen Oktobermorgen, als er sich auf dem Weg zur Mühle in Barmbeck befunden hatte, da waren ihm die beiden spiegelglatten Wasserflächen mitten in der Stadt aufgefallen. Er hatte sich kaum sattsehen können. Ein Arbeiter, der in der Hochbahn neben ihm saß, hatte einen wütenden Laut ausgestoßen und Lorenzo anschließend erklärt, dass «unsereins» sich abrackern durfte, damit die Pfeffersäcke auf der Alster gemütlich Boot fahren konnten.

Das hatte er sich kaum vorstellen können. Boot fahren, einfach so zum Vergnügen und nicht, um von einem Ort zum anderen zu kommen. Sie waren schon ein ausgesprochen sonderbares Volk, diese Deutschen.

«Was willste?», verlangte die kleine, rundliche Frau zu wissen, die ihm öffnete.

«Verena sprechen», sagte Lorenzo. Er wusste, er klang wie ein dummer Ausländer. Vermutlich würde es ihm nie gelingen, das verdammte «ch» richtig auszusprechen. Bei ihm war es immer hart und abgehackt.

«Is nich da.»

Sie wollte ihm die Tür vor der Nase zuknallen, aber Lorenzo fand, einmal am Tag war genug. Er stellte einen Fuß hinein.

«Frechheit!»

«Verena sprechen», wiederholte er stoisch.

«Die is in Friedrichsberg, wenn du's genau wissen willst. Bei die Bekloppten.»

Er sah sie nur ratlos an. «Warum keine Arbeit?», fragte er. «Habe gut gekocht!»

«Ach du bist das», sagte die Köchin. «Bist dussliger, als ich dachte. Haste einmal für die Juden gearbeitet, biste bei allen andern unten durch.»

«Was?»

«Nix Arbeit», sagte sie nur. «Hier im Haus bin ich die feste Köchin, und ich werde bestimmt nicht mehr krank.»

Verwirrt zog Lorenzo seinen Fuß zurück, dann ging er fort. Tief in Gedanken versunken, lief er am Leinpfad entlang. Er hatte nicht alles verstanden, was die Köchin gesagt hatte, aber er glaubte, den Sinn zu begreifen. Weil er für die van Houtens gekocht hatte, wollten andere Familien ihn nicht haben. Warum? Weil sie Juden waren?

Ratlos kratzte er sich am Kopf.

Zu Hause in Predappio hatte es keine *ebrei* gegeben, zumindest nicht, dass er wüsste. Er kannte sich damit nicht aus. Waren das schlechte Menschen, weil sie einer anderen Religion anhingen? Gut, diese koscheren Speisevorschriften waren ihm schon ein wenig sonderbar vorgekommen, aber genauso gut könnten andere Leute sich darüber wundern, dass in seiner Heimat Kutteln gegessen wurden und Schnecken.

Nein, dachte er, dieses Rätsel konnte er nicht allein lösen. Während er nun die Außenalster erreichte und seine Schritte nach Südosten lenkte, überlegte er, was zu tun sei.

Ein Gedanke kam ihm: Warum konnte er nicht für andere

jüdische Familien kochen? Es waren doch bei der Abendgesellschaft einige von ihnen anwesend gewesen. Und er hatte nur Lob für seine Kochkünste eingeheimst. Hätte Verena ihn nicht in das eine oder andere Haus vermitteln können? Oder war er diesen Leuten nicht gut genug? Hatten die ihre eigenen jüdischen Köche, die nicht erst lernen mussten, wie man die Vorschriften einhielt?

Und was hatte die Köchin gesagt, wo war Verena van Houten?

In der Irrenanstalt Friedrichsberg. Obwohl ihn ein Schauer der Furcht überrieselte, beschloss er, die Gunst der Stunde zu nutzen. Wer wusste schon, wann Verena wieder einmal in die Taubenstraße kommen würde? In letzter Zeit hatte sie sich kaum noch sehen lassen. Als Entschuldigung hatte sie vorgebracht, ihr Mann Ferdinand müsse von einer Sitzung zur nächsten hasten, von einem Bankhaus zum anderen, und oft hätten sie wichtige Gäste im Haus. Großes stehe bevor, etwas, das Deutschland aus der schweren Krise erretten sollte, doch sie dürfe kein Wort darüber verlieren.

Außerdem war sie darauf angewiesen, ein Taxi zu nehmen, wenn sie ihren Freunden einen Besuch abstatten wollte. Nachdem sie den Chauffeur gezwungen hatte, die Kinder der Nachbarschaft im Benz spazieren zu fahren, hatte dieser sich bei ihrem Gatten beschwert. Der wiederum hatte weitere Fahrten in die Taubenstraße verboten, denn das Automobil diene auch dem Zwecke der Repräsentation, was mit Kratzern im Lack und Dreck auf den Polstern nicht mehr möglich sei.

Nun gut, dachte Lorenzo jetzt. Wenn sie nicht in die Taubenstraße kommt und auch nicht zu Hause anzutreffen ist, muss ich wohl oder übel zu ihr nach Friedrichsberg.

18. KAPITEL

Am selben trüben Novembertag kam es in der Taubenstraße zu einem Vorfall, der Lunas Seelenfrieden schwer erschütterte. Dabei war es um den schon vorher nicht mehr gut bestellt gewesen, wie sie Tage später Stella gestand.

Fast fünf Monate waren seit Fannis Tod vergangen, und noch immer waren Luna und Piet zerstritten. Nur noch selten ließ er sich in der Taubenstraße sehen, und er fehlte ihr entsetzlich. Sein unbekümmertes Lachen, seine starken Schultern, die Art, wie er sie küsste, wie er alle Probleme dieser Welt wegküsste.

Schon tausendmal war sie versucht gewesen, einfach auf ihn zuzugehen und den dummen Streit zu beenden. Aber das zornige Flackern in seinen Augen hatte sie jedes Mal davon abgehalten.

Ja, er war offenbar sehr wütend auf sie. Weil sie ihm die Schuld gegeben hatte, dass Fanni in dem Moment gestorben war, als er aufgetaucht war, und weil sie ihn nicht zur Totenfeier hereingelassen hatte. Das nahm er ihr besonders übel, denn er hatte an Fanni Schuster gehangen wie an einer Mutter. Die Waise Piet Thomsen hatte die Frau verehrt und geliebt, die immer freundlich zu ihm gewesen war.

Wenn er jetzt mal im Haus in der Taubenstraße vorbeischaute, so kam er nie zu ihr. Er besuchte Kalle, oder er klopfte bei Pepita und Sophia.

Nie hörte sie seine Schritte im Treppenhaus hoch bis zur

Mansarde poltern, nie kam er herunter zu ihr in den Kellerladen.

«Was soll ich bloß machen?», fragte sie Stella. Der Laden war leer, und sie hatten nicht viel zu tun. Stella kratzte mit einem stumpfen Messer kleine Flöckchen Margarine von vertrockneten Brotscheiben, um sie später neu zu verwenden. Das Brot selbst würde in eine Suppe kommen. Schon seit Monaten stellten sie keine Tüten mit Resten mehr vor die Tür. Sie bereiteten nur noch wenige Brote vor, und es blieb nichts übrig. Noch der letzte harte Kanten wurde verbraucht.

Luna lehnte am Tresen, die Arme vor der Brust verschränkt. Seit Fannis Tod hatte sich das Verhältnis der beiden verändert. Luna wusste jetzt, dass Stella in Krisensituationen über sich hinauswachsen konnte. Nun war sie nicht mehr bloß ihre hilfsbedürftige kleine Schwester, sondern eine ebenbürtige Freundin.

Stella legte das Messer zur Seite und blickte sie an. «Du meinst, mit Piet?»

«Natürlich. Mit wem wohl sonst?» Luna legte die Stirn in Falten. Stella musste doch wissen, dass es ihr in jedem Gespräch nur um ihn ging.

«Zunächst einmal», sagte ihre Schwester langsam, «solltest du ihn dir aus dem Kopf schlagen.»

«WAS?»

«Er ist zu einer fixen Idee geworden. Du denkst an überhaupt nichts anderes mehr. Der Laden interessiert dich nicht, es ist dir wurscht, ob wir morgen dichtmachen müssen. Mit mir redest du kein Wort mehr, wenn es nichts mit Piet zu tun hat …»

«Hahaha. Sagt die Richtige! Wer kennt denn hier nur ein Gesprächsthema namens Carsten Friederkamp? Carsten hier,

Carsten da, von früh bis spät!» Luna merkte, dass ihre Stimme schrill und unnatürlich klang, aber sie konnte nichts dagegen tun.

Stella zuckte zusammen. «Ich wusste nicht, dass es dich stört.»

«Tut es ja gar nicht», meinte Luna friedfertig.

Stella schien ihr nicht zuzuhören. «Carsten schreibt mir seit einiger Zeit», erzählte sie mit leuchtenden Augen. «Erst habe ich sehr lange auf Antwort warten müssen, aber jetzt bekomme ich alle paar Wochen Post von ihm.»

«Ein Bauer mit einer romantischen Seele», meinte Luna spöttisch.

Stella lächelte. «Ach nein, er schreibt ja hauptsächlich über Gut Friederkamp. Aber zwischen den Zeilen lese ich, dass er mich auch liebt.»

«Musst ja scharfe Augen haben.»

«Und von einer Hochzeit ist auch keine Rede mehr.»

Luna hätte ihrer Schwester gern erklärt, dass dies gar nichts zu bedeuten hatte, aber sie ließ es bleiben. Stella war geradezu vernarrt in diesen Hoferben.

Nach einem Moment des Schweigens kam Stella auf ihr ursprüngliches Thema zurück.

«Nicht einmal für deine Freunde hast du mehr Zeit.»

«Dumm Tüch!»

«Dummes Zeug? Wirklich? Wann hast du dich zum letzten Mal mit Pepita unterhalten?»

Luna warf einen schnellen Blick auf Sophia, die in der hintersten Ecke mit ein paar verschrumpelten Kartoffeln spielte. «Das weißt du doch. Erst vorhin, als sie uns die Lütte gebracht hat.»

«Das war keine Unterhaltung, das waren höchstens zwei Sätze.»

«Pepita hatte es eilig», verteidigte sich Luna.

Stella ließ Messer und Brotscheibe sinken. «Und das kam dir nicht merkwürdig vor?»

«Nein, warum?» Doch nun, da sie darüber nachdachte, fiel ihr ein, dass Pepita regelrecht gehetzt gewirkt hatte.

«Und hast du sie dir in letzter Zeit einmal angesehen? Ich meine, gründlich?»

«Seit wann bist du denn mit Pepita so dick befreundet?»

«Das bin ich nicht», gab Stella zu. «Aber ich sehe sie täglich, und ich mache mir Sorgen um sie, genau wie um Rosario.»

«Verstehe.» Eigentlich, dachte Luna, war es stets meine Aufgabe gewesen, mich um andere zu sorgen.

«Sie hat furchtbar viel abgenommen», fuhr Stella fort. «Florentine würde sagen, sie ist klapperdürr geworden.»

«Du bist auch nicht gerade gut gerundet», verteidigte sich Luna, die sich gleichzeitig ihrer eigenen Fettpölsterchen schämte. Seit Piet ihr keine Leckereien mehr brachte, schrumpften die allerdings auch erschreckend schnell vor sich hin. Wenn sie es recht bedachte, hatte sie keinen Grund mehr, sich zu genieren. Auch an ihr selbst war kaum noch etwas dran.

«Aber Pepita ist mager», sagte Stella. «Richtig mager. Sie versteckt ihren Körper unter weiten Kleidern, aber schau dir mal ihr Gesicht an. Es ist spitz wie das eines Vögelchens.»

«Das stimmt», gab Luna zu und fühlte sich auf einmal furchtbar schlecht. Konnte es sein, dass sie alles um sich herum vergessen hatte, weil sie nur noch an ihren Krach mit Piet dachte? «Ich werde mit ihr reden. Noch heute.»

«Tue das. Ein so kleiner Mensch kann nicht lange hungern. Das ist wie bei den Tieren. Die kleinsten sterben am schnellsten.»

«Sprich nicht so!», rief Luna erschrocken aus.

«Jemand muss dich ja einmal wachrütteln. Und noch etwas. Ist dir aufgefallen, dass Pepita seit einiger Zeit immer ihren Hals bedeckt?»

«Ja», sagte sie leise.

«Nun, ich kenne mich in ihrem … Geschäft nicht aus, aber ich finde das seltsam, du nicht?»

Diesmal konnte Luna nur nicken. Sie schwor sich, mehr für ihre Freunde da zu sein, besonders für Pepita. Und auch sonst wollte sie wieder so sein wie früher, obwohl sie nicht sicher war, ob sie noch wusste, wie das ging.

Und um eine persönliche Angelegenheit wollte sie sich auch kümmern. Um den Inhalt der Zigarrenkiste. Nach Fannis Tod hatte sie tatsächlich einen Stapel Briefe darin gefunden, genau wie ihre Mutter es gesagt hatte. Sie alle waren viele Jahre alt, und sie alle waren in Marseille abgestempelt worden.

Diese Entdeckung hatte sie kurz aus dem Gedankenkarussell erlöst, das sich ständig um Piet drehte. Doch welche Enttäuschung! Sie verstand kein Wort. Da hatte sie es schriftlich, dass sie einen Vater gehabt hatte, einen Ausländer, dem offensichtlich etwas an Fanni gelegen hatte, doch sämtliche Briefe waren auf Französisch geschrieben. Ihr wurde nun auch klar, warum Fanni offenbar nie geantwortet hatte. Oder hatte sie ihm vielleicht Briefe auf Deutsch geschickt, die er ebenso wenig lesen konnte wie sie die seinen?

Seit Monaten schon wollte sich Luna um dieses Problem kümmern, hatte es jedoch immer wieder vor sich hergeschoben, weil andere Dinge dringender waren. Aber nun hatte sie das Gefühl, es müsse sich endlich etwas bewegen.

Verena, dachte Luna auf einmal, und es war, als lüfte sich ein Schleier vor ihrem Gesicht. Die vornehme Freundin hatte eine höhere Schulbildung genossen und war dieser Sprache bestimmt mächtig. Sie würde sie fragen, wenn sie wieder in die Taubenstraße kam. Was hoffentlich bald sein würde.

«Wann war eigentlich Verena zum letzten Mal da?», fragte sie ihre Schwester.

Stella hob die Brauen. «Das ist bestimmt schon eine Woche her, wenn nicht länger. Sie hat uns doch erklärt, dass bei ihr zu Hause im Moment alles drunter und drüber geht.»

Bevor Luna etwas erwidern konnte, wurde die Tür zum Kellerladen mit Schwung aufgestoßen, und die Witwe Platschke kam hereingerauscht.

Sophia schaute nur kurz auf und konzentrierte sich sogleich wieder auf ihr Spiel. Zu Tante Mathilde wurde sie von ihrer Mutti auch manchmal gebracht. Sie mochte sie nicht so gern wie Luna und Stella, aber wenn sie Glück hatte, bekam sie von ihr ein süßes Haferplätzchen.

«Mehl», sagte die Kriegerwitwe statt einer Begrüßung. «Ich brauche vier Pfund feinstes Weißmehl. Wie viel soll das kosten?»

Luna rechnete schnell und nannte dann einen Betrag in Milliardenhöhe.

«Machen Sie sich nicht lächerlich», schimpfte Mathilde Platschke. «Ich geben Ihnen zwei amerikanische Dollar.»

Luna riss die Augen auf, was die Witwe kurz irritierte. Dieses viele Weiß in dem dunklen Gesicht brachte auch Leute aus dem Konzept, die Luna schon seit Jahren kannten.

Zwei amerikanische Dollar!, dachte Luna. Das war ja ein kleines Vermögen! Wie kam die Nachbarin an die heißbegehrten grünen Scheine?

Wahrscheinlich durch ihren Sohn, den angebeteten Heinrich junior, überlegte sie. Der musste da unten in München über gute Verbindungen verfügen.

«In Ordnung», sagte sie schnell, bevor die Kriegerwitwe es sich wieder anders überlegen konnte. «Darf es sonst noch etwas sein?»

«Ein Dutzend Eier, zwei Pfund Butter, Hefe, ein Pfund Haselnüsse, ein Pfund Zucker.»

«Sie backen einen Kuchen», stellte Luna fest und spürte, wie sich Wasser in ihrem Mund sammelte. «Einen sehr großen Kuchen.»

Auch Stella musste schlucken, und Sophia in ihrer Ecke saß auf einmal ganz still und lauschte.

«Haselnüsse», sagte Stella, bevor die Witwe etwas antworten konnte. «Auf Gut Friederkamp haben wir sie säckeweise von den Büschen gepflückt. Und es gab Brombeeren, und Himbeeren. Schlehen und Hagebutten. Und ach, die Pilze im Oktober und November. Steinpilze, Pfifferlinge und Champignons. Florentine hat mich schon als Kind mitgenommen. Wie reich hat uns die Natur beschenkt.» Ihre Augen glänzten, und Luna verpasste ihr einen kräftigen Schlag auf den Unterarm.

«Aua!»

«Muss das sein?», zischte Luna und wies auf Sophia, die sich unbewusst über den eingefallenen Bauch rieb. «Vor einem hungernden Kind?»

Es passierte immer mal wieder, dass Stella ins Schwärmen geriet, wenn sie sich an ihr Leben auf Gut Friederkamp erinnerte. Wie schwer sie es dort gehabt hatte, schien sie völlig vergessen zu haben. Beschämt senkte sie nun den Blick und schwieg.

«Ganz recht, ich backe einen Nusskuchen», sagte Mathilde Platschke. «Mein Heinrich wird morgen, spätestens übermorgen für ein paar Tage heimkommen. Deshalb will ich ihn mit seinem Lieblingskuchen überraschen. Nun, haben Sie die Dinge vorrätig?»

«Ich kann alles besorgen», versprach Luna. Sie wusste nicht, was sie mehr begehrte, ein paar weitere Dollarscheine oder ein Stück Nusskuchen. Ihr Magen knurrte und stellte klar, was wichtiger war.

«Einverstanden.» Die Platschke nickte gnädig. «Wenn nämlich alles so verläuft wie geplant, ist es heute Nacht schon vorbei.»

«Was denn?», fragte Stella, und Luna entdeckte plötzliche Angst in den Augen ihrer Schwester.

«Oh, darüber darf ich kein Sterbenswort verlieren.» Die Platschke flüsterte auf einmal und hielt sich einen Finger vor den Mund. «Aber so viel dürfen Sie wissen: Bald ist Schluss mit den schrecklichen Zuständen im Deutschen Reich. Keine Aufmärsche mehr, keine Schießereien, keine Prügeleien. Kein Hunger und keine Arbeitslosigkeit. Allen Menschen wird es gutgehen.»

«Tatsächlich?», erwiderte Luna ungläubig. «Wirklich allen Menschen?» Sie wusste, über wen die Platschke da sprach. Über diesen Adolf Hitler, von dem sie schon so manches Mal geschwärmt hatte.

«Jeder bekommt, was er verdient», erklärte die Kriegerwitwe jetzt. «Die Juden, die den Krieg angezettelt haben, dürfen keine Gnade erwarten. Die Kommunisten kriegen ihre gerechte Strafe. Genauso wie die Anarchisten und die Sozis. Das ganze rote Pack. Und wertloses Volk wie die Zigeuner und die Neger müssen auch weg.»

Luna starrte sie an, und erst nach einem Moment wurde Mathilde Platschke klar, was sie da zu einer Frau mit dunkler Hautfarbe gesagt hatte.

«Also … ähm … bei Mischlingen sieht das eventuell anders aus.»

«Das finde ich außerordentlich beruhigend.» Ein hysterisches Lachen stieg in ihrer Kehle auf. Sie drängte es mit aller Gewalt zurück. Diese Frau hier war ja verrückt!

Apropos, dachte sie und fragte dann herausfordernd: «Und was ist mit den Geisteskranken? Mit den Krüppeln? Mit den Zwergen?»

Die Kriegerwitwe zuckte zusammen wie unter einem Schlag, und Lunas Blick flog zu Sophia. Zum Glück hatte sich die Kleine wieder in ihr Spiel vertieft, seit nicht mehr die Rede von Nusskuchen war.

«Frau Schuster!», sagte die Platschke empört. «Werden Sie mal nicht frech!»

«Nichts liegt mir ferner.»

«Das ist wie mit dem Unkraut», warf Stella ein. «Das muss auch ausgerissen werden, damit das Gemüse und das Getreide wachsen können. Ist es nicht so, Frau Platschke?»

«Äh … ja, sicher.»

«Ausrotten mitsamt den Wurzeln. Das hat mein Vater immer gesagt», fügte sie scheinbar ruhig hinzu.

«Recht hat der Mann!»

«Und was ist denn mit den Ausländern?», erkundigte sich

Stella zuckersüß. «Mit Italienern zum Beispiel? Sind die auch Unkraut? Ich frage mich nur, wer wohl in unserem schönen Haus noch wohnen bleiben wird. Viele Leute werden es ja nicht mehr sein.»

«Es reicht!»

Mathilde Platschke schnaubte empört durch die Nase, aber es war ihr anzusehen, dass sie verunsichert war. «Unser Führer wird wissen, wie er mit diesen Leuten umzugehen hat.»

«Unser Führer?», wiederholte Stella überrascht. «Das habe ich ja noch nie gehört. Ich kenne nur Lokomotivführer.»

Die Kriegerwitwe runzelte die Stirn. «Wollen Sie mich veräppeln?»

Luna sah, wie es um Stellas Mundwinkel zuckte. Alle Furcht schien auf einmal verflogen. Aber ihre Stimme klang neutral, als sie antwortete: «Das würde ich mir nie erlauben.»

«Nun, gewöhnen Sie sich schon mal daran, dass wir einen großen Führer haben werden», erklärte Mathilde Platschke energisch und machte auf dem Absatz kehrt. «Er wird das deutsche Volk zu alter Größe zurückführen.» Ihre Stimme bekam dabei einen seltsam schnarrenden Ton, und Luna wusste auf einmal selbst nicht mehr, ob sie amüsiert oder ängstlich sein sollte.

«Morgen früh um Punkt acht brauche ich alle Zutaten», sagte die Witwe noch über die Schulter zurück und verließ den Laden.

Kaum war sie draußen, fragte Sophia: «Kriege ich auch ein Stück Kuchen, wenn der Heinrich mit dem Lokomotivführer kommt?» Offenbar hatte sie besser zugehört, als Luna gedacht hatte.

«Das werden wir sehen», erwiderte sie vage und nahm sich

vor, schärfer darauf zu achten, was gesprochen wurde, wenn Sophia in der Nähe war. Die Lütte war ein aufgewecktes Kind. Ein bisschen gewachsen war sie auch, wie Pepita immer wieder stolz erzählte. Trotzdem war sie einen halben Kopf kleiner als ihre Altersgenossen.

Nun gab sie sich mit der Antwort zufrieden und spielte weiter.

Stella machte sich wieder daran, Margarine vom Brot zu kratzen. «Dafür, dass sie kein Sterbenswort verraten durfte, hat die Witwe aber eine ganze Menge erzählt», bemerkte sie.

«Ja, und lauter Unfug!»

Stella lächelte. «Wir sollten sie umbenennen. Von Platschke in Klatschke. Wenn sie nicht mit ihrem Sohn angeben kann, zerreißt sie sich doch am liebsten das Maul über ihre Nachbarn.»

«Ausgezeichnet.» Luna grinste von einem Ohr zum anderen. «Das passt zu ihr.»

«Und wie willst du die Sachen besorgen?», fragte Stella nach einer Weile, in der beide Schwestern versucht hatten, die Neuigkeiten der Platschke zu verarbeiten. «Ohne die Hilfe von Piet?»

Luna rieb sich heftig über die Stirn. Dieses ganze Gerede über solche und solche Menschen hatte sie schrecklich verwirrt.

«Ich werde ihn einfach fragen», gab sie zurück und vergaß, dass sie seit Monaten kein Wort mehr mit ihm gesprochen hatte.

«Tue das», erwiderte Stella mit einem kleinen Lächeln.

Die Gelegenheit dazu ergab sich schon eine halbe Stunde später. Luna hatte hoch ins Haus gehen wollen, um nach Pepita zu sehen, und traf Piet, als dieser gerade Kalles Wohnung im ersten Stock verließ. Ein leichter Duft nach geräuchertem Fisch haftete ihm an, und ihr Magen zog sich sehnsüchtig zusammen.

Aal, dachte sie. Oder Bückling. Nein, das ist bestimmt ein schöner fetter Aal, und jetzt frisst der olle Kalle den auf, während ich in die Röhre gucke. Hungrig war sie schon immer leicht in Rage geraten, und auch jetzt musste sie sich fürchterlich zusammenreißen, um nicht loszuschimpfen.

«Guten Tag, Piet», sagte sie förmlich. Seine Nase war ein bisschen krumm geblieben, seit er in den Aufstand der Roten geraten war. Sie stellte fest, es verlieh ihm ein verwegenes Aussehen.

«Luna», gab er knapp zurück und wich ihrem Blick aus. Sie standen auf dem Treppenabsatz zum zweiten Stock und hätten sich berühren müssen, um aneinander vorbeizukommen. Beide scheuten sich davor, beide blieben unschlüssig stehen.

Der Duft nach Aal wurde vom beißenden Gestank nach verfaulten Kartoffeln, Schweiß und Abort vernichtet, und Lunas unterdrückte Wut verflog mit ihrem Hungergefühl.

«Schön, dich zu sehen.»

Piet schaute sie überrascht an. Unter seinen Sommersprossen wirkte er auf einmal blass. Sie wünschte, sie könnte sich noch einmal in dem liebevollen Blick seiner hellen Augen verlieren, jedoch sah sie keine Zuneigung darin. Aber auch keinen Zorn. Immerhin.

Sie beschloss, das war ein guter Anfang.

«Es tut mir leid», sagte sie.

«Mir auch», kam es zurück.

«Oh, Piet! Ich war so dumm!»

«Das war ich auch.» Und nun fand sie endlich die Liebe in seinem Blick wieder. In der nächsten Sekunde flog sie in seine Arme, und er hielt sie fest, ganz fest.

«Verzeih mir», flehte sie.

«Nein», erwiderte er rau. «Du musst mir vergeben. Ich war ein Idiot.»

Nun brachen alle Dämme, und sie schluchzte haltlos. Das dauerte eine ganze Weile, aber Piet beschwerte sich nicht, dass sie sein Hemd nass machte. Erst als sie sich ein wenig beruhigt hatte, hielt er sie ein Stück von sich weg und meinte: «Du bist so dünn geworden.»

«Ach was. Nur ein kleines bisschen.»

«Warte mal. Ich gehe eben zum Kalle rein und hol dir ein schönes Stück fetten Aal.»

Wieder zog sich ihr Magen zusammen, aber sofort winkte sie ab. «Lass man. Du glaubst doch nicht, dass davon noch was übrig ist?»

«Nee.» Er grinste breit. «Aber von jetzt an werde ich wieder für dich sorgen.»

Erneut ließ sie sich von ihm umarmen, dann sagte sie: «Ich bräuchte ein paar Sachen. Für die Witwe Platschke. Sie zahlt mit amerikanischen Dollar.»

Wieder hielt Piet sie ein Stück weg, diesmal sammelte sich Misstrauen in seinen Augen. «Deshalb willst du Frieden schließen? Weil du meine Dienste brauchst?»

«Oh, du lieber Gott, nein! Sei nicht dumm, Piet! Ich liebe dich! Ohne dich kann ich nicht leben!»

Einen Moment lang schien er noch an ihr zu zweifeln, aber schließlich erkannte er wohl, dass sie die Wahrheit sagte.

«Ich glaube dir. Du kannst nicht lügen.»

«Danke», sagte sie inbrünstig.

Diesmal war seine Umarmung noch fester, und sie spürte auf einmal, wie sein harter Körper sich fordernd an sie presste.

«Piet», murmelte sie.

«Pst. Komm mit.»

«Aber ...»

«Sei still, mein Liebling.»

Da sagte sie keinen Ton mehr. Er nahm sie bei der Hand und führte sie hoch in die Mansarde. Dort zögerte er einen Moment, bevor er über die Schwelle trat. Er dachte wohl an Fanni, an die vielen Male, in denen er die Kranke besucht hatte, an die anderen vielen Male, in denen er sich gewünscht hatte, mit Luna zusammen zu sein, und unverrichteter Dinge hatte abziehen müssen. Voller Sehnsucht, ohne je Befriedigung zu erlangen.

«Piet, ich ... ich habe noch nie ...»

Kurz zögerte er. Wahrscheinlich fand er es höchst sonderbar, in diesem sündigen Viertel eine Jungfrau vorzufinden, die nicht mehr die Jüngste war. Gleich darauf jedoch lächelte er, legte ihr einen Finger auf die Lippen und zog sie mit sich. Luna wehrte sich nicht. So sehr sehnte sie sich nach ihm, dass sie nicht weiter nachdachte. Dies war ihr Mann, ihr Freund, ihr Geliebter. Der Mensch, den sie fast verloren hatte. Nie wieder wollte sie ihn hergeben.

Und so ging sie mit ihm in ihr kleines Schlafzimmer, ließ sich auf das schmale Bett sinken, streifte ihr fadenscheiniges Kleid ab, schämte sich ihrer vielfach geflickten grauen Unterwäsche, schämte sich ihrer Brüste, die schlaff herabhingen, seit sie so viel Gewicht verloren hatte, und vergaß sogleich jedes Schamgefühl, als sie wieder in seine Augen schaute, und ließ ihn zu sich kommen. Sie hatte eine ziemlich genaue Vorstellung von dem, was nun geschehen würde. Pepita hatte ihr oft genug erzählt, wie schmerzhaft es war, wenn die Männer rücksichtslos in sie hineinstießen. Der Gedanke, auch Piet würde so etwas tun, erschreckte sie furchtbar, aber er war ganz sanft, streichelte sie, küsste sie.

So verlor Luna ihre Angst und entspannte sich. Sein nackter Körper fühlte sich weicher an, als sie erwartet hätte. Er roch ein bisschen streng, aber das machte ihr nichts aus. Bei ihr selbst lag es ja auch schon ein paar Tage zurück, dass sie sich am Spülstein von Kopf bis Fuß mit dem letzten Rest Kernseife gewaschen hatte.

Und dann war da plötzlich etwas Großes, Hartes, das gegen ihren Schoß drückte. Sie zuckte erschrocken zusammen und schnappte nach Luft.

«Ich tue dir nicht weh», murmelte Piet mit gepresster Stimme. Aber er stemmte sich auf den Ellenbogen hoch, damit sie leichter atmen konnte.

Luna sah an ihm herunter, entdeckte das rosige Ding, um das sich auf St. Pauli alles Leben drehte, und kicherte ein bisschen. Davor sollte sie sich fürchten?

«Nicht lachen», bat Piet, während er vor ihren Augen schlaff wurde.

Luna verstand. Vor lauter Anstrengung, ihr Kichern zu unterdrücken, biss sie sich auf die Innenseite ihrer Wange. Der Schmerz ließ sie leise aufstöhnen. Das schien Piet zu gefallen, denn schon verwandelte sich das schlappe Würstchen wieder in einen standhaften kleinen Mann.

Er tat ihr doch weh, ein bisschen. Bis sie spürte, wie etwas zerriss, bis er sich ruhig und langsam bewegte, bis Luna Schuster mit ihren bald siebenundzwanzig Jahren zum ersten Mal die Freuden der Liebe erlebte.

«Oh», flüsterte sie, und gleich noch einmal, und es war fast ein Schrei: «Oh!»

Später, sehr viel später, es war schon Mittag vorbei, murmelte sie schläfrig: «Ich sollte wieder hinuntergehen. Stella wird sich wundern, wo ich bleibe.»

«Ich glaube nicht», erwiderte Piet mit einem schelmischen Grinsen. «Aber dafür muss ich jetzt los. Du hast gesagt, du brauchst Sachen, für die Witwe? Schreib mir alles auf, dann gehe ich auf Tour. Oder sag's mir, ich merke es mir schon.»

Als sie ihm die Zutaten genannt hatte, sagte er verwundert: «Sie will einen Kuchen backen. Einen Nusskuchen mit allen Schikanen.»

«Ja, für ihren Sohn, den Heinrich. Der soll nämlich morgen oder übermorgen aus München zurückkommen, nachdem er irgendwas zusammen mit dem Loko... mit dem Führer gemacht hat.» Sie dachte angestrengt nach, bevor sie fortfuhr: «Anscheinend stehen uns allen große Dinge bevor. Aber vielleicht will sich die Platschke nur wichtigmachen. Du kennst sie ja. Die findet immer was, womit sie angeben kann.»

Mit verschlossener Miene stieg Piet aus dem Bett und zog sich langsam an. «Große Dinge, aha.»

Seine linke Faust war erhoben, unbewusst vollführte er den kommunistischen Gruß.

«Was hat dieses verfluchte Schwein vor?», fragte er.

«Ich ... ich weiß es nicht», erwiderte Luna. Seine Reaktion ängstigte sie. Eben noch war er so zärtlich gewesen, jetzt wirkte er auf einmal schrecklich wütend. Diese verdammte Politik!

«Die olle Platschke hat nur gesagt, dass bald Schluss ist mit den Zuständen in Deutschland. Und mit den Juden. Und den Krüppeln und Kanaken. So ungefähr.»

Ein Gedanke kam ihr, ein ganz und gar schrecklicher Gedanke. «Es wird doch nicht etwa wieder Krieg geben, oder? Mitten in Deutschland, wenn die einen immer nur auf die anderen schießen?»

«Krieg?», wiederholte Piet. Seine Stimme war auf einmal tonlos. «Krieg?»

Luna ahnte, was sie angerichtet hatte, und sagte schnell: «So habe ich das nicht gemeint. Ich habe nur Angst, dass du dich wieder in den Kampf stürzt, so wie du es im Oktober getan hast.»

Sie bemerkte, wie er sich versteifte, und wusste nicht mehr weiter. Mit Piet war es so furchtbar kompliziert. Mal lebte er auf, wenn er im schlimmsten Getümmel mitmischen konnte, mal fürchtete er sich vor Gewalt und Totschlag wie ein Kind vor der dunklen Nacht.

Und schon fing es an, das Zittern. Erst in den Fingerspitzen, dann griff es auf die Arme über, erfasste schließlich seinen Oberkörper. Der Kopf schlackerte haltlos hin und her.

«Piet!», rief Luna warnend. «Hör auf damit!» Sie wollte ebenfalls aufspringen und ihn fest in die Arme nehmen. Manchmal hatte das schon geholfen.

Diesmal nicht, das ahnte sie. Nur ein paar Sekunden vergingen, und er zitterte bereits am ganzen Leib. Er stürzte zu Boden, seine Gliedmaßen zuckten, sein Kopf schlug immer wieder hart auf die Dielenbretter.

«Hilfe!», schrie Luna und rannte zur Tür. «Hilfe! So helft mir doch!»

In einem der Stockwerke unter ihr wurde eine Tür aufgerissen.

«Was ist denn das für ein Radau?», rief die Witwe Platschke empört.

Dann flog eine andere Tür auf, und schwere Schritte kamen nach oben gerannt.

Kalle, Gott sei Dank, Kalle.

«Er bringt sich um!», heulte Luna. Da war er schon an ihr vorbei.

19. KAPITEL

Unschlüssig blieb Lorenzo mitten im breiten Flur stehen und wusste nicht weiter. Mit heftigem Magengrimmen hatte er sich der Anstalt Friedrichsberg genähert, aber schon im Torhaus war er mächtig ins Staunen geraten. Ein Pförtner, fein herausgeputzt in einer gutgeschnittenen Uniform, war ihm freundlich entgegengetreten und hatte ihn nach seinem Anliegen gefragt.

Was hatte er denn erwartet? Bedrohlich wirkende Männer vom Format eines Kalle Spieker, die in der einen Hand einen Gummiknüppel, in der anderen speckige Lederriemen hielten?

Ja, vermutlich. Mit einer Irrenanstalt hatte er im Geiste etwas völlig anderes verbunden, etwas Düsteres, dem niemand zu nahe kommen wollte. Nun jedoch befand er sich in einer freundlichen, hellen Welt. Auf dem Weg zum rot verklinkerten Hauptgebäude hatte er schon gestaunt über den weitläufigen Park, der sich offenbar über das ganze Gelände erstreckte. Im Frühling und Sommer musste das hier ein Farbenmeer aus Blüten sein.

Nun stand er in einem breiten Flur und wusste nicht so recht weiter.

Rechts und links gingen hohe Zimmertüren ab. Das moderne Linoleum unter seinen Füßen war an manchen Stellen abgetreten, doch die Wände waren offenbar erst vor kurzem frisch geweißelt worden. Ganz leicht konnte er noch den Farbgeruch ausmachen. Auch die übrigen Gerüche waren nicht so unangenehm, wie er befürchtet hatte. Er nahm weder Angstschweiß noch die Ausdünstungen von eingenässten Hosen wahr, er roch keine scharfen Desinfektionsmittel und keinen blutigen Auswurf. Stattdessen unterschied er das feine Bouquet von Blumen, den kräftigen Geruch nach Zitronenreiniger und sogar den würzigen Duft eines Fleischgerichtes.

Als er ein Lachen hörte, zuckte er zusammen. Aber es war kein irres Gelächter, sondern das reine, dunkle Lachen eines Mannes, das nun lauter wurde, als die Tür zu Lorenzos Linken geöffnet wurde.

Heraus trat ein Herr, bei dessen Anblick er sich zwingen musste, keinen tiefen Diener zu machen. Er war groß, besaß einen prächtigen grauen Kaiserbart und hatte ein Monokel im rechten Auge stecken. Zwar trug er keinen weißen Kittel, doch sein selbstsicheres Auftreten verriet Lorenzo, dass er einer der Ärzte sein musste. Hinter ihm schlüpfte Verena van Houten durch die Tür. Sie sah ganz anders aus als bei ihren Besuchen in der Taubenstraße. Ihr dunkles Haar hatte sie schlicht hinter die Ohren gekämmt, das Gesicht war frei von Schminke, und sie trug ein einfaches knöchellanges Kleid aus dunkelgrüner Baumwolle. Er fand, sie wirkte um Jahre jünger.

Lorenzo lächelte sie an und merkte erst nach einem Moment, dass ihr entspannter Gesichtsausdruck sich verändert hatte. Sie warf ihm einen warnenden Blick zu, doch er verstand ihn nicht. Dann bemerkte ihn der Doktor und starrte plötzlich auf Lorenzos Füße.

Das war ihm unangenehm. Seine alten Schuhe sahen ziemlich mitgenommen aus.

«Nun, junger Mann», sagte der Doktor mit jener sonoren

Stimme, die eben noch hinter der Tür gelacht hatte, «das sieht nicht gut aus, gar nicht gut.»

«Was?», fragte Lorenzo verwirrt.

Verena zupfte den Mann am Ärmel. «Kommen Sie, Herr Doktor Hausner, gehen wir wieder hinein und spielen noch eine Partie Dame. Ich verspreche auch, dass ich Sie nicht mehr gewinnen lasse.»

Mit der freien Hand gab sie Lorenzo ein Zeichen zu verschwinden. Er ahnte, hier stimmte etwas nicht, und wollte sich schon davonmachen, da ließen ihn die nächsten Worte des Arztes erstarren.

«Am rechten Knöchel wird der Fuß nur von den Sehnen und Bändern gehalten. Der Rest ist Brei. Zehn Zentimeter weiter oben müssen wir ansetzen.»

Lorenzo fuhr zusammen wie unter einem Schlag. «Mein … Fuß?»

Nun legte der Arzt großes Mitgefühl in seinen Blick. «Den werden Sie leider verlieren, mein Bester. Aber fassen Sie Mut. Sie sind jung und stark. Ruck, zuck haben Sie sich von dem kleinen Eingriff erholt und kommen zurück nach Hause. Erst ins Vereinslazarett in Singen am schönen Bodensee, wo Ihnen mein hochgeschätzter Kollege Professor Sauerbruch eine prima Prothese anpassen wird, sodann heim an Muttis Herd. Zu Pfannkuchen und roter Grütze mit Sahne. Das ist doch eine gute Nachricht, nicht wahr?»

Aus den Augenwinkeln bemerkte Lorenzo, dass Verena einem vorbeieilenden Mann ein schnelles Zeichen gab. Dieser trug ebenfalls eine Unform und besaß tatsächlich die breiten Schultern eines Kalle Spieker. Sogleich stellte er sich ruhig neben den Arzt.

Endlich begriff Lorenzo, dass er es hier mit einem Patienten zu tun hatte, und Verenas eindringlicher Blick ließ ihn richtig reagieren.

«Vielen Dank», sagte er zu dem Doktor.

«Keine Ursache, mein Bester, keine Ursache. Wir sehen uns im Operationszelt. Schwester van Houten hier wird Sie vorbereiten.»

Routiniert spielte sie mit. «Sehr wohl, Herr Doktor.»

Er nickte Verena zu und ließ sich folgsam von dem großen Pfleger fortziehen. Erst als die beiden Männer hinter einer weiteren Tür verschwunden waren, atmete Lorenzo aus.

«Was zum Kuckuck haben Sie hier zu suchen?», fuhr Verena ihn an. Sie war sichtlich zornig.

Er wollte sich entschuldigen, wollte erklären, brachte aber kein Wort heraus.

«Kommen Sie mit», befahl sie, mit ruhigerer Stimme.

Sie führte ihn in einen kleinen Raum, in dem ein paar gemütliche Sessel standen.

Lorenzo hockte sich auf eine Lehne, bereit, jederzeit aufzuspringen und fortzulaufen.

«Der Doktor?», fragte er, obwohl er gar nicht sicher war, ob er eine Antwort hören wollte.

Verena seufzte. «Vier Jahre Kriegslazarett in Frankreich. Wahrscheinlich Tausende von Amputationen. Wie am Fließband, hat er mal erzählt.»

Lorenzo wusste nicht, was ein Fließband war, aber ihm wurde schlagartig klar, was gemeint war.

«Armer Mensch», sagte er, musste dabei jedoch an die vielen jungen Männer denken, die ihre Gliedmaßen im Krieg verloren hatten. Sein Bruder Ernesto stand ihm plötzlich vor Augen, und er fragte sich, ob auch die Angst vor Verstümmelung ihn dazu getrieben hatte zu desertieren. Gut möglich, dachte er kummervoll.

Zum ersten Mal wurde ihm bewusst, wie viel Glück er selbst gehabt hatte, weil er erst im Jahr 1902 zur Welt gekommen war. Der Nachzügler, auf den niemand gewartet hatte. Ihm war der Krieg erspart geblieben. Zwar hatte er, mit kaum achtzehn, seinen Wehrdienst ableisten müssen, und er hatte jeden einzelnen Tag jener zwei Jahre gehasst. In Treviso war er stationiert gewesen, einer Stadt in Venetien, wo die Menschen anders redeten, anders aßen und anders dachten als bei ihm daheim. Und oft fragte er sich, wie er diese Zeit bloß überstanden hatte. Aber er hatte nicht in die Schlacht ziehen müssen, hatte kein blutiges Gemetzel erlebt, keine Kameraden elendig krepieren sehen und keinen Schaden an Körper und Seele erlitten.

«Armer Mensch», wiederholte er noch einmal aus tiefstem Herzen.

«Das ist er.» Verena nickte. «Jede Nacht träumt Doktor Hausner, er werde von Millionen abgetrennter Füße totgetreten, von baumelnden Händen erwürgt. Und am Tag verschwindet er manchmal in seine eigene Welt. Sie haben es ja erlebt.»

Ein Schauder überlief Lorenzo. Schnell von etwas anderem sprechen, sagte er sich, sonst wurde er die Bilder, die sich in seinem Kopf sammelten, nicht wieder los.

«Ich nicht kochen. Warum?»

Verena blinzelte. Auch sie war offensichtlich mit ihren Gedanken noch ganz woanders. Endlich fand sie ihre Gelassenheit wieder.

«Wir sind Juden.»

«Ich weiß.»

«Die Christen nehmen keine Empfehlung für einen Koch von mir an. Ich habe es versucht. Leider vergeblich.» Sie ließ sich in einen Sessel ihm gegenüber fallen und verzog das Gesicht. «Anscheinend denken die, sie bekommen unreines Essen vorgesetzt.»

Lorenzo verstand.

«Und unsere jüdischen Freunde brauchen keinen Koch. Sie haben alle ihr festes Personal. Bitte glauben Sie mir, auch bei ihnen habe ich mein Bestes gegeben.»

Das tat er. Dennoch war er am Boden zerstört.

«Was soll ich tun?», fragte er und merkte gar nicht, dass er einen ganzen Satz gebildet hatte, einen kleinen zwar, aber einen, an dem jedes Wort an der richtigen Stelle stand.

Verena schenkte ihm ein aufmunterndes Lächeln. «Die Zeiten werden sich ändern.»

«Wann? Wie?»

«Das … ist noch ein Geheimnis. Aber vertrauen Sie mir. Bald schon werden Sie Arbeit haben, vielleicht sogar ein eigenes kleines Restaurant führen.»

Lorenzo strahlte sie an. Einen solch verwegenen Plan hatte er bisher nicht zu schmieden gewagt, aber nun war er wie im Rausch. «Erste italienische *ristorante* in *Amburgo.*»

Verena lachte. «Das leider nicht. Es gibt schon das ‹Cuneo› in der Davidstraße. Seit 1905. Sind Sie nie daran vorbeigekommen?»

«No.» Enttäuscht sackte er ein wenig in sich zusammen. Mamma Concetta hätte ihn heftig gescholten. Es sei nicht wichtig, der Erste bei irgendetwas zu sein, hätte sie ihm erklärt. Hauptsache, er fand sein Auskommen und konnte irgendwann

seine eigene Familie ernähren. Aber Lorenzo wollte mehr, etwas Besonderes, etwas, das noch niemand anderes hatte. Nun, von dem Griechen Achillos einmal abgesehen, doch der dachte Lorenzos Meinung nach in viel zu kleinen Dimensionen.

Verena stand auf. «Kein Grund, gleich den Kopf hängen zu lassen. Möchten Sie eine Tasse Kaffee? Wir haben nebenan eine kleine Küche. Ein paar Butterplätzchen sollten sich auch finden lassen.»

Lorenzo lehnte dankend ab. Er konnte das wässrige Gebräu, das die Deutschen Kaffee nannten, nicht ausstehen, selbst wenn es aus echten Bohnen zubereitet wurde. Für ihn musste ein Kaffee in zwei kurzen Schlucken getrunken werden, kräftig, süß, belebend. So wie ihn Mamma Concetta in der kleinen Maschine, die *moka* hieß, herstellte. Unten das Wasser hinein, im Sieb in der Mitte der Kaffee und dann auf den Herd stellen, bis der sprudelnde Espresso nach oben stieg.

Auf einmal hatte er es eilig fortzukommen. Er musste nachdenken, sehr gründlich nachdenken. Er stand auf. «Muss fort.»

«In Ordnung», sagte Verena. «Meine Pause ist gleich vorbei. Finden Sie allein hinaus?»

Er nickte, und im nächsten Moment hörten sie beide gleichzeitig eine schrille, um Hilfe rufende Stimme, die sie nur zu gut kannten. Verena lief hinaus in den Flur, Lorenzo war dicht hinter ihr.

Blind vor Tränen sah Luna nicht gleich, wer dort auf sie zugeeilt kam. Zusammen mit Kalle hatte sie es irgendwie geschafft, Piet in ein Taxi zu bugsieren und nach Eilbeck zu bringen. Im Torhaus hatte der Pförtner nur einen Blick auf den zitternden jungen Mann werfen müssen, um sofort Alarm zu schlagen.

Zwei Pfleger kamen kurz darauf angelaufen, beide ungefähr so groß und kräftig wie Kalle. Sie waren darin geschult, widerspenstige oder gewalttätige Patienten zu bändigen.

Aber das war gar nicht nötig. Piet wehrte sich nicht. Wie ein zitternder Sack hing er zwischen Luna und Kalle und dann zwischen den beiden Pflegern. Sein Kopf schlackerte haltlos hin und her. Es brach Luna das Herz, ihren geliebten Piet so zu sehen. Er sollte lachen, sie lieben, seine kleinen krummen Dinger drehen, dem Schicksal ein Schnippchen schlagen. Er durfte nicht von der Vergangenheit in die Knie gezwungen werden!

Sie lief den Pflegern hinterher, Kalle blieb unschlüssig zurück.

«Is nix für mich», sagte er dumpf, als sie sich zu ihm umdrehte. Er nahm seinen Elbsegler ab, wie in Hamburg die Schirmmützen genannt wurden, und kratzte sich kräftig die Glatze. «Ich fahre man lieber zurück und sage der Stella Bescheid.»

«In Ordnung.» Sie ließ ihn ziehen. Selbst ein starker Mann wie Kalle Spieker konnte in dieser Umgebung ganz klein werden.

Auf dem langen Flur im Hauptgebäude schienen die Pfleger nicht zu wissen, wohin mit dem Kranken.

Anscheinend war man auf solche Notfälle nicht vorbereitet. Also fing Luna laut zu rufen an. Jede Sekunde, die Piet ohne Hilfe blieb, war eine für sie unerträgliche Sekunde. Als sie Verena entdeckte, schluchzte sie laut auf und warf sich ihr in die Arme. Dass auch der Italiener hier war, nahm sie zwar wahr, doch es kümmerte sie nicht weiter.

Verena hielt sie kurz fest, tätschelte ihr beruhigend die Schulter, dann handelte sie.

Sie wies den einen Pfleger an, einen gewissen Doktor Tietz zu rufen, der zweite Pfleger sollte Piet in ein Zimmer ein paar Meter weiter hinten bringen. Lorenzo wiederum wurde befohlen, er solle Luna zu einem Pausenraum begleiten und bei ihr bleiben.

«Kann ich nicht bitte bei meinem Piet sein?», flehte Luna. «Ohne mich ist er verloren.» Oder ich ohne ihn, fügte sie in Gedanken hinzu.

«Leider nicht, meine Liebe», sagte Verena sanft. «Er braucht jetzt absolute Ruhe.»

Luna schauderte. Vielleicht mussten mit ihm Dinge getan werden, die sie besser nicht sehen sollte. Vielleicht musste er festgebunden werden, oder …

«Ihr tut ihm doch nichts Böses?», fragte sie misstrauisch. «Er wird nicht in eiskaltes Wasser getaucht oder so was in der Art?»

Verena lächelte ihr beruhigend zu. «Wir sind hier ein Krankenhaus und keine Folterkammer, Luna. Bitte hab Vertrauen. Piet wird nur etwas zur Entspannung erhalten. Ein bisschen Morphium oder Kokain. Das wird ihm helfen.»

Der erste Pfleger kehrte im Laufschritt zurück und brachte einen jungen Mann im weißen Kittel mit, der Lunas Meinung nach noch nicht trocken hinter den Ohren sein konnte. Nicht mal einen vernünftigen Bartwuchs hatte der! Das war doch nicht etwa …?

«Doktor Tietz», begrüßte ihn Verena. «Gut, dass Sie so schnell kommen konnten.»

Der Arzt mit dem Jungengesicht nickte ihr kurz zu und

musterte dann Piet. «Sieh an, ein Kriegszitterer. Das hatten wir lange nicht mehr. Außerordentlich. Ganz außerordentlich.»

Luna fand, er redete daher wie ein Insektenforscher, der eine seltene Gattung Schmetterlinge entdeckt hatte.

«Das ist nicht irgendein Flattermann!», stieß sie zornig aus. «Das ist mein Verlobter!» Was zwar nicht so ganz stimmte, sich aber gut anhörte.

Dr. Tietz wandte ihr seine Aufmerksamkeit zu und machte ein zerknirschtes Gesicht. «Verzeihen Sie. Ich wollte weder Sie noch Ihren Herrn Verlobten beleidigen.» Ihre Hautfarbe schien er nicht zu bemerken, was sie schlagartig für ihn einnahm.

Jetzt reichte er ihr sogar die Hand. «Reinhard Tietz mein Name, sehr angenehm.»

«Ich bin Luna Schuster, und das ist mein Piet … ähm … Piet Thomsen.»

Dr. Tietz lächelte jetzt, was ihn seltsamerweise älter aussehen ließ. «Sie müssen wissen, Frau Schuster, wir haben schon sehr gute Erfolge bei der Behandlung dieser bedauernswerten Männer erzielt. Allein deshalb bekommen wir nur noch selten einen Zitterer zu sehen. Und so erklärt sich auch, warum die Pfleger eben nicht gleich wussten, wohin sie diesen armen jungen Mann bringen sollten.»

«Sie … Sie können ihn heilen?»

Der Arzt schien seine Antwort sorgfältig abzuwägen.

«Ich will ihnen keine allzu großen Hoffnungen machen», sagte er schließlich. «Aber es gibt heutzutage recht gute Drogen, die beruhigend wirken. Ich persönlich bin ein Freund von Kokain. Richtig eingesetzt, ist es ein wahres Wundermittel. Außerdem haben wir entdeckt, dass Gespräche sehr hilfreich sein können.»

«Mit mir redet er immer», erwiderte Luna, alles andere als überzeugt. «Das hat aber nix geholfen.»

«Nun, das ist leider etwas anderes.» Dr. Tietz warf Verena einen eindringlichen Blick zu. «Wir sollten uns nun an die Arbeit machen.»

Verena gab Lorenzo einen Wink, und der zog Luna sanft am Arm. Einen Moment zögerte sie noch. Es widerstrebte ihr, Piet auf Gedeih und Verderb diesen fremden Menschen zu überlassen. Aber dann dachte sie daran, dass Verena niemand Fremdes war, eine Freundin sogar, und gab endlich nach.

Wie lange sie mit dem schweigsamen Lorenzo in dem Pausenraum gesessen hatte, vermochte sie später nicht mehr zu sagen. Sie wusste noch, dass er von einem schrecklichen Ort namens Treviso gesprochen hatte, aber der Zusammenhang war ihr entglitten. Vor dem einzigen hohen Fenster, das den Blick auf einen großen Park freigab, wurden die Schatten der Bäume länger, und Dämmerlicht kroch herein.

Endlich kam Verena.

Luna sprang auf. «Wie geht es ihm?» Durch die schnelle Bewegung wurde ihr schwindelig, aber sie ließ sich nichts anmerken, hielt sich nur an der Stuhllehne fest.

«Er schläft», sagte Verena ruhig.

«Kann ich zu ihm?»

Die Freundin zögerte, schließlich nickte sie. «In Ordnung. Doktor Tietz hat es erlaubt. Aber nur ganz kurz. Und du darfst dich nicht wundern, wenn er keine Reaktion zeigt. Er hat ein wirksames Schlafmittel erhalten.»

Zunächst wurde Lorenzo von Verena heimgeschickt. Er war darüber sichtlich erleichtert und konnte gar nicht schnell genug fortkommen. Gleich darauf führte Verena die aufgeregte Luna über den Flur und ein paar Türen weiter, bis sie eine davon öffnete.

Piet lag friedlich in einem Bett und schlief tatsächlich tief. Das Zimmer war nur spärlich möbliert, aber Kissen, Decken und Vorhänge in hellen Farben ließen es fast gemütlich wirken. Piet war auch nicht angebunden, stellte Luna zu ihrer größten Erleichterung fest, und in einer Ecke saß eine Krankenschwester auf einem Stuhl und häkelte. Sie nickte Luna und Verena zu, bevor sie sich wieder auf ihre Handarbeit konzentrierte.

Verena zog Luna auf den Flur hinaus. «Siehst du? Er ist in den besten Händen.»

«Ja», flüsterte Luna. Mehr bekam sie jetzt nicht über die Lippen. Endlich ließ die Anspannung nach, und sie wusste, wenn sie nur ein weiteres Wort sagte, würde sie losheulen und nicht mehr aufhören können.

Ihre Freundin schien zu wissen, wie es um sie bestellt war, denn sie brachte Luna zurück in den Pausenraum, drückte sie wieder in einen Sessel und fing an zu reden. Die Worte reihten sich wie Perlen auf einer Kette aneinander, ergaben eine ganze Weile keinen Sinn, aber sorgten dafür, dass Luna zur Ruhe kam.

Nach und nach jedoch merkte sie, dass Verena nicht mehr über Alltägliches redete, sondern, vielleicht ohne es zu wollen, ein trauriges Thema angeschnitten hatte. Und sie erfasste den Sinn von dem, was Verena sagte.

Von einer arrangierten Ehe war die Rede, von einem Ehemann, der zwanzig Jahre älter war. Ein guter Mann, dieser Ferdinand van Houten, sicher, aber eigentlich nie anwesend.

Sie erzählte mit kühler, beinahe emotionsloser Stimme, dass

er untröstlich war, weil Verena ihm keinen Erben geschenkt hatte, bis auf dieses eine arme Würmchen, totenblass, still, winzig, das die Nacht seiner Geburt nicht überlebt hatte. Drei Jahre war das jetzt her, und seitdem war sie nicht wieder schwanger geworden.

«Ach, Verena», sagte Luna und ergriff die Hände ihrer Freundin. «Das tut mir so furchtbar leid.»

«Du hast zugehört», sagte diese erstaunt.

«Jetzt schon.»

Verena wandte den Blick ab. «Verzeih mir. Du hast schon genug eigene Sorgen.»

«Ach, sei still. Wozu sind Freunde denn da, wenn sie nicht zuhören?»

Verena, deren Wangen noch weißer waren als sonst, lächelte zaghaft. «Ich habe noch niemandem davon erzählt. Ich … ehrlich gesagt habe ich keine Freundinnen – außer dir.»

«Das ehrt mich, und ich werde mit keinem darüber reden. Du kannst dich darauf verlassen.»

«Ferdinand … Er möchte unbedingt einen Sohn haben … aber ich … also …»

Sie verstummte, und Luna hakte nicht nach. Was immer zwischen den Eheleuten van Houten vorgefallen sein mochte, wenn Verena es für richtig hielt, würde sie es ihr erzählen, wenn nicht, so wollte sie nicht neugierig sein.

«Nun ja, in den letzten Wochen habe ich ihn ohnehin kaum noch gesehen. Es war … durchaus erholsam.»

Luna dachte an ihr Zusammensein mit Piet. War das wirklich erst ein paar Stunden her? Es schien ihr, als seien Jahre vergangen.

Eine Weile saßen sie still beieinander. Schließlich bedeutete

Verena ihr, mit in die kleine Personalküche zu kommen. Und dann, weil sie Deutsche waren und ihnen beiden ein Schatten auf dem Herzen lag, kochten sie Filterkaffee und aßen Butterplätzchen.

TEIL II

1925–1926

20. KAPITEL

St. Pauli, Dezember 1925

Es gab dann keinen Nusskuchen für Heinrich Platschke, keine Feier, keinen großen Sieg in jenem ereignisreichen November des Jahres 1923. Der Anführer der Nationalsozialisten, Adolf Hitler, der dem Vorbild Benito Mussolinis folgen und statt nach Rom nach Berlin marschieren wollte, wanderte stattdessen geradewegs ins Gefängnis. Mit ihm wurden viele seiner Gefolgsleute verhaftet und auf die Festung Landsberg gebracht, unter ihnen Heinrich junior, der infolgedessen nicht in Hamburg auftauchte, damit seine Mutter Mathilde Platschke vor der staunenden und ängstlichen Hausgemeinschaft mit ihm angeben konnte.

Die Kriegerwitwe brachte den Kuchen daraufhin zu Stella und Luna hoch in die Mansarde. Er war ein wenig angekokelt, weil Mathilde zu viel Zeit am Fenster verbracht hatte, um Ausschau nach ihrem Heldensohn zu halten, schmeckte aber prima, befanden die Schwestern und bedankten sich artig. Kein böses Wort über die Münchener Ereignisse kam ihnen über die Lippen, und noch Jahre später sollte ihnen die Platschke, die insgeheim nur noch Klatschke genannt wurde, dankbar dafür sein.

Der Kuchen war gewaltig und reichte für sämtliche Bewohner des Hauses. Sogar die Zigeunerkinder bekamen ein Stückchen ab, und nur die beiden alten Akrobaten verzichteten. Sechzig Jahre lang war ihnen eingehämmert worden, dass sie kein Gramm zunehmen durften, wenn sie nicht vom Drahtseil stürzen oder im Feuerrad hängen bleiben wollten. Diesen Tick wurden Henry und Harriet Thompson auch im Alter nicht wieder los.

Lorenzo, so erinnerte sich Stella, hatte bei dem leicht angebrannten Geruch die Nase gerümpft, aber nachdem sie ihm die alte deutsche Weisheit mit dem geschenkten Gaul erklärt hatte, war er klug genug gewesen, seinen Mund zu halten, und hatte ihr lediglich einen Moment zu lange tief in die Augen geschaut. Sie hatte als Erste die Lider niedergeschlagen, verwirrt und mit einem seltsamen Kribbeln in ihrem Innern. Schon damals, das wusste sie noch genau, hatte sie sich gewünscht, er würde sie berühren, sie umarmen. Doch dann hatte sie in ihrer Kittelschürze Carstens jüngsten Brief ertastet. Darin schrieb er, ihm fehle seine Lütte, mit der er über alles hatte reden können. Also hatte sie sich von Lorenzo abgewandt. Es war sicherer gewesen, an ihrer gewohnten Liebe festzuhalten, anstatt sich auf eine neue einzulassen.

Sie kehrte aus ihren Erinnerungen ins Hier und Jetzt zurück, schaute ihn an und lächelte verhalten. Zwei Jahre waren seit der Sache mit dem Kuchen vergangen, und der einst magere, in sich gekehrte Italiener hatte sich mächtig verändert. Gut, er war noch immer wortkarg, hatte aber an Gewicht zugelegt, trug inzwischen seinen Kopf hoch erhoben und strotzte nur so vor Gesundheit und Selbstbewusstsein. Seine Augen funkelten unternehmungslustig, seine hellbraunen, immer ein bisschen zu langen Locken wirkten wie gewohnt leicht verwuschelt. Aus unerfindlichen Gründen war Stella froh darüber, dass Lorenzo keine Pomade verwendete, um das Haar zu bändigen. Es fühlte sich bestimmt nicht gut an, mit den Fingern durch einen fettigen Schopf zu fahren.

Sie schaute lieber schnell weg, bevor er ihren Blick noch bemerkte.

Um sie herum herrschte buntes Treiben, die Menschen lachten und riefen einander gute Wünsche zu, irgendwo wurde ein Lied angestimmt. In vier Tagen war Weihnachten, und alle Welt freute sich darauf. Rechts und links von ihnen standen Buden und Zelte mit allen nur erdenklichen Waren. Kerzen und Lichtbaumkugeln, Töpfe und Tischdecken, Schuhe, Spielzeug und dicke Mützen. In anderen Kiosken fanden sich Leckereien aller Art. Räucherfisch und fette Würste, Berge an Schokolade und Marzipan, gebrannte Mandeln, Zuckerbonbons und Lakritze. Außerdem gab es mehrere Karussells, ein schwindelerregend hohes Riesenrad und sogar eine Eislaufbahn. Stella konnte sich gar nicht sattsehen an den vielen Attraktionen.

«Wohin nun?», fragte Lorenzo.

«Zu der Seejungfrau!», rief Sophia, die zwischen ihnen ging und von ihnen beiden an der Hand gehalten wurde. «Bitte, bitte, bitte!»

Stella und Lorenzo tauschten einen amüsierten Blick. Jeder wusste, dass das Fabelwesen in seinem Wasserbecken auf dem Hamburger Weihnachtsmarkt in Wahrheit ein Seelöwe war. Nun, fast jeder. Die Kinder glaubten dem Ausrufer, der die Menge um sich versammelte. «Unsere Seejungfrau ist sehr schüchtern und furchtsam! Die Direktion bittet daher ergebenst, nicht zu nahe an das Bassin zu treten!»

Der Weihnachtsmarkt, der in Hamburg seit jeher Dom

hieß, fand auf dem großen Heiligengeistfeld statt. Seit Tagen hatten Stella und Luna einen Besuch dort geplant. Vor allem Sophia zuliebe, aber auch, weil sie selbst Sehnsucht nach ein wenig Zerstreuung verspürten.

Lorenzo wurde gar nicht groß gefragt, ob er mitkommen wollte. Wohin Sophia auch ging, in die Schule mal ausgenommen, schleppte sie Lorenzo mit. Die Lütte hatte einen wahren Narren an dem jungen Italiener gefressen. Sie war inzwischen acht Jahre alt und eines der klügsten Kinder in der Volksschule. Die Lehrer hatten sogar überlegt, sie ein Jahr überspringen zu lassen, dann jedoch davon abgesehen. Sophia war nach wie vor etwas kleiner als ihre Mitschüler. In einer höheren Klasse wäre sie womöglich gehänselt worden. Immerhin deutete alles darauf hin, dass sie nicht so klein wie ihre zwergenhafte Mutter bleiben würde. Pepita erzählte jedem, der es hören wollte, dass sie selbst in dem Alter noch ein ganzes Stück winziger gewesen war.

Damit es ihr nicht zu langweilig wurde, sorgte Sophia gern selbst für ihre Bildung. Sie ging in die öffentliche Bücherei und kam fast jede Woche mit einem neuen dicken Wälzer nach Hause. Sie verschlang die Romane von Jules Verne, Karl May und Else Ury und lernte außerdem mit Stella ein wenig Englisch und mit Lorenzo Italienisch. Wenn er keine Zeit für sie hatte, blieb sie still in seiner Nähe, schmökerte in einem Roman und blickte nur hin und wieder auf, um sich zu vergewissern, dass er noch da war. Wenn er zur Arbeit gefahren war, so wartete sie oft geduldig, bis er wieder zu Hause war.

Pepita hatte mal mit einiger Sorge zu Stella gesagt: «Meine Kleine will unbedingt einen Vater haben. Hoffentlich geht das gut.»

Zum Glück war Lorenzo ein feinfühliger Mann, und er schenkte Sophia all seine Zuneigung. Auch Stella hatte Sophia ins Herz geschlossen, und mit Pepita kam sie inzwischen ebenfalls gut aus.

Wieder schaute sie zu Lorenzo. Wenn man es recht bedenkt, ging ihr durch den Kopf, so wirken wir drei wie Vater, Mutter und Kind. Der Gedanke wärmte ihr das Herz. Wie einfach wäre es doch, so dachte sie weiter, wenn wir nur jene lieben könnten, die uns auch lieben. Denn daran, dass Lorenzo tiefe Gefühle für sie hegte, hatte sie kaum noch einen Zweifel. Oft ruhte sein nachdenklicher Blick auf ihr, manchmal streifte er sie wie zufällig, wenn er an ihr vorbeiging, oder er strich ihr mit einer schnellen, kaum spürbaren Bewegung übers Haar. Weder der Ausdruck in seinen Augen noch seine schnellen Berührungen waren ihr unangenehm wie zu Anfang ihrer Bekanntschaft. Im Gegenteil. Stella ertappte sich dabei, dass sie nach ihm Ausschau hielt oder dass sie sich ein wenig näher an ihm vorbeidrängte, als unbedingt nötig gewesen wäre.

Doch schon ein paar Stunden oder einen Tag später flogen ihre Gedanken nach Holstein, in ihrem Magen bildete sich ein Knoten, und sie ging Lorenzo wieder eine Zeitlang aus dem Weg.

Zu ihrer Überraschung schien Rosario jedes Mal erleichtert zu sein, wenn sie sich von Lorenzo abwandte. Sie hätte gedacht, der alte Mann würde sich freuen, falls sie und sein Neffe zusammenfänden. Dem schien jedoch nicht so. Aus welchen Gründen auch immer. Hatte er früher darauf gedrungen, dass Lorenzo höflich zu Stella war, so versuchte er nun, ihn von ihr fernzuhalten.

Ob es etwas mit dem Unglück zu tun hatte, das ihr gemeinsames Heimatdorf heimgesucht hatte? Im Winter vor zwei Jahren hatte ein Erdrutsch den Ort Predappio teilweise verschüttet. Er hatte keine Menschenleben gekostet, aber viele Einwohner waren obdachlos geworden. Inzwischen hatte man weiter unten im Tal das Dorf Predappio Nuova gegründet. Dieses Dorf hatte es als Teil des höher gelegenen Ortes bereits gegeben und war sogar der tatsächliche Geburtsort von Benito Mussolini, wurde nun aber vergrößert. Rosario hatte Stella erzählt, dass die *trattoria* von Lorenzos Eltern unbeschädigt geblieben war. Weil aber im alten Dorf kaum jemand wohnen blieb, hatten Concetta und Salvatore beschlossen, im neuen Ort ein anderes Lokal zu eröffnen. Stella kam zu dem Schluss, dass diese Ereignisse nichts mit ihr zu tun hatten.

Sie schluckte ein Seufzen hinunter, drückte Sophias Hand und sagte: «Mit der Seejungfrau warten wir noch ein kleines bisschen, in Ordnung? Ich habe gehört, sie schläft im Augenblick, weil die vielen Besucher sie müde gemacht haben.»

«Unsinn», gab Sophia zurück. «Das sagst du doch nur, weil Onkel Piet eben behauptet hat, dass er gleich vor Hunger stirbt.»

«Kluges Kind», murmelte Lorenzo.

Piet, der mit Luna vorneweg ging, sagte laut: «Wat mutt, dat mutt! Ich habe ein Loch im Bauch, dat ist so groß wie 'ne vorlaute kleine Deern.»

Sophia kicherte, während ein paar Jungen in der Nähe den rothaarigen Mann mit der dröhnenden Stimme und der schiefen Nase staunend anglotzten. Im nächsten Moment entdeckten sie die mollige dunkelhäutige Frau neben ihm, stießen sich gegenseitig an und hüpften auf und ab, um besser sehen zu können. Auch Erwachsene blieben stehen und gafften. Ein paar von ihnen schreckten in der nächsten Sekunde zurück.

Stella sah nur die Rückansicht ihrer Schwester, doch sie ahnte, dass Luna eindrucksvoll mit den Augen rollte. Aber nicht alle ließen sich so leicht vertreiben. Besonders Kalle und Pepita hatten es den Gaffern angetan. Schon vor einer halben Stunde hatte der riesenhafte Koberer die zierliche Zwergin auf den Arm genommen, damit sie in der Menschenmenge nicht niedergetrampelt wurde. Pepita, die in dieser Beziehung normalerweise ausgesprochen empfindlich war, hatte sich anstandslos von ihm hochheben lassen. Offenbar war sie schon einmal zu oft angerempelt worden.

«Das sind bestimmt der größte und der kleinste Mensch er Welt», sagte jemand. «Phänomenal! Die kriegen wir hier umsonst zu sehen. Im Zelt müssten wir dafür einen Groschen zahlen.»

Stella sah, wie sich Pepita vor Wut versteifte, und sie gab Lorenzo ein Zeichen, schneller zu gehen. Der wiederum stieß Piet an, und dieser verstand. Sollte Pepita so richtig in Fahrt geraten und den Gaffern ihre Meinung sagen, konnte die ganze Truppe ruck, zuck auf dem Polizeirevier landen.

Mit Luna an seiner Seite bahnte Piet der Gruppe einen Weg bis zur nächsten Fressbude. Dort ergatterte er auf der Rückseite einen Tisch und besorgte für alle heiße Bratwürste, warme Brötchen und schäumendes Bier. Sophia durfte einmal daran nippen und bekam dann eine Limonade.

Hier hinten waren sie ungestört. Am Tisch neben ihnen standen lediglich ein paar Männer, die aussahen wie Schausteller. Ihnen schien die ungewöhnliche Truppe gar nicht aufzufallen. Kein Wunder, dachte Stella, die hatten jeden Tag mit den absonderlichsten Anblicken zu tun.

«Wat 'n Glück, dass du wenigstens kein Flattermann mehr

bist», sagte Kalle zu Piet. «Sonst wären wir die Meute nicht mehr losgeworden.»

«Halt bloß die Klappe!», schimpfte Luna. «Piets Körper hat das bloß gemacht, weil seine Seele kaputt war, aber jetzt wird sie wieder heil.» Womit sie mit ihren eigenen Worten treffend wiedergab, was sie von Piet und Verena im Laufe der Jahre erfahren hatte.

«Entschuldigung», sagte Kalle gutmütig. «Wollte keinen beleidigen. Aber die Gaffer sind schon wie verrückt auf und ab gehüpft. Schneller als 'n Nuttenschlüpfer.»

Luna stöhnte, Pepita kicherte in sich hinein.

Eine Weile sagte niemand etwas. Der Duft der Bratwürste vermischte sich mit dem würzigen Geruch nach Tannengrün und dem Zuckeraroma von Liebesäpfeln. Nebenan wurden die Süßmäuler bedient, ein Stück weiter gab es frisch geschlagene Weihnachtsbäume.

Stella war glücklich darüber, mit diesen Menschen zusammen zu sein. Sie waren ihr eine Familie geworden. Nicht nur Luna, die sich gerade unauffällig über den wieder gutgerundeten Bauch rieb; auch Piet, dem es viel besserging, seit er in Friedrichsberg behandelt wurde. Noch immer fuhr er zweimal im Monat dorthin, aber das Zittern hatte so gut wie aufgehört. Ein Arzt namens Tietz, der Luna zufolge nur alt genug und seriös aussah, wenn er lächelte, hatte wahre Wunder vollbracht. Luna hatte ihr auch erzählt, wie froh sie war, dass Piet kein Kokain mehr nehmen musste. Die Ärzte konnten erzählen, was sie wollten. Früher oder später hätte das Zeug ihren Schatz süchtig gemacht.

Und natürlich gehörte Rosario zu Stellas neuer Hamburger Familie. Er war ihr nach wie vor der allerliebste Freund.

Der alte Mann wäre gern mitgekommen zum Dom, aber sein krummer Rücken und die Gelenke in Armen und Beinen schmerzten bei diesem kalten Wetter zu sehr. So war er lieber mit einer Wärmflasche in seinem Bett geblieben. Die Witwe Platschke hatte versprochen, nach ihm zu schauen, und auch das alte Geschwisterpaar, vor allem Henry, der Bruder, der ein alter Freund von Rosario war, leistete ihm gern Gesellschaft.

Dann war da Kalle, vor dem sich Stella inzwischen auch nicht mehr fürchtete. Längst hatte sie sein weiches Herz unter all den Muskeln und heftigen Flüchen entdeckt.

Pepita, die sich in den vergangenen zwei Jahren wieder erholt hatte, gehörte selbstverständlich ebenfalls dazu. Und Sophia. Und Lorenzo, besonders Lorenzo.

Stella schob den Wurstteller von sich weg. Sie hatte keinen Appetit. Nach wie vor aß sie zu wenig, und sie wusste, Florentine hätte mit ihr geschimpft. Aber ihr schien, als sei ihr Magen in den Hungerzeiten geschrumpft, und sie schaffte selten mehr als eine halbe Portion.

Sofort griff Luna nach ihrem Teller. «Was dagegen? Ich bin nicht satt geworden.»

Lächelnd schüttelte Stella den Kopf. «Iss nur.»

Pepita, die von Kalle auf einen hohen Barhocker gesetzt worden war, runzelte die kleine Stirn. «Pass bloß auf! Du wirst schon wieder rund und fett, Luna. Am Ende platzt du noch wie ein zu voll gestopfter Truthahn.»

«Mach dir um mich man keine Sorgen.» Luna schob sich die Bratwurst mit zwei großen Bissen in den Mund und kaute genussvoll. Dabei jedoch errötete sie ganz leicht. Im Laufe der Jahre hatte Stella gelernt, die verschiedenen Tönungen der Haut ihrer älteren Schwester zu unterscheiden. Luna konnte sogar blass werden, auf ihre dunkle Art. Im Moment wurde sie definitiv rot. Und ihre dunkelvioletten Augen wirkten auf einmal schwarz.

Stella schaute in die Runde, ob jemand anderes etwas bemerkt hatte. Abgesehen von Piet und Pepita, schienen alle mit sich selbst beschäftigt zu sein.

Sophia war in ihr Gespräch mit Lorenzo vertieft. Sie palaverte auf Italienisch. Wobei sich ihr Vokabular hauptsächlich auf Nudelsorten beschränkte.

«Ravioli», hörte Stella sie sagen, und: *«Tortellini, makkaroni, farfalle.»* Alles in perfekter Aussprache, denn Lorenzo korrigierte sie nicht.

Sophia spürte wohl, dass sie beobachtet wurde, denn sie drehte den Kopf.

«Onkel Lorenzo hat mir einen ganzen Satz beigebracht», erklärte sie Stella voller Stolz. «Und der hat nix mit Essen zu tun. Er heißt ‹Ich habe dich lieb›. *Ti w… wo…* Verflixt, jetzt habe ich ihn vergessen.»

Lorenzo sah Stella direkt an. *«Ti voglio bene»*, sagte er mit weicher Stimme. Es gab einen winzigen Ruck in ihrem Innern, als habe jemand kurz an ihrem Herzen gezupft. Sie spürte dem Gefühl nach, und auf einmal verschwand die Kälte der Dezembernacht, und sie befand sich in einer sommerlichen italienischen Landschaft. So wie Rosario sie ihr beschrieben hatte. Mit Pinien, Oleanderbüschen und dem in der Ferne glitzernden blauen Meer. Die Sonne wärmte ihr Innerstes, Lorenzos Blick glühte auf ihrer Haut. Stella wollte ihn umarmen, ihn ganz dicht an ihrem Körper spüren. Er sollte ihr Gesicht mit vielen kleinen Küssen bedeckten, sie festhalten und immer wieder sagen: *«Ti voglio bene.»*

Im nächsten Moment überkam sie ein Frösteln. Sie dachte an Carsten und an seinen letzten Brief. Darin beklagte er sich, dass sie ihn noch immer nicht besucht hatte. Er selbst könne vom Gut nicht weg, aber er wünschte sich, sie wiederzusehen. Sie fühlte sich so zerrissen, dass es ihr kaum möglich schien, noch ein ganzer Mensch zu sein. Hier, nah bei ihr, Lorenzo mit all seiner Zuneigung. Dort, weit weg in Holstein, Carsten, den sie immer geliebt hatte. Tiefe Verzweiflung erfasste sie, und sie dachte, am besten wäre es, jegliches Gefühl aus ihrem Herzen zu verbannen.

Stella wandte sich ab und konzentrierte sich wieder auf Luna. Die rieb sich erneut über den Bauch und hatte dabei einen verträumten Ausdruck im Gesicht. Auf einmal verstand Stella.

Pepita auch. «Dunnerlittchen!», rief die Zwergin.

Stella wollte Luna fest in die Augen sehen, aber diese schaute nicht hoch. «Ist das wirklich wahr?»

Ihre Schwester konzentrierte sich darauf, den Wurstteller mit einem Kanten Brot aufzuwischen.

«Muss ja wohl», brummte sie.

21. KAPITEL

Piet strahlte über das ganze sommersprossige Gesicht, aber Stella fand, dass ihre Schwester nicht ganz so glücklich aussah. Als ob sie sich Sorgen über irgendetwas machte.

«Ist alles in Ordnung?», fragte sie leise.

Luna nickte, trank dann aber ihr Glas Bier in wenigen Zügen aus.

Wie sonderbar, dachte Stella.

Inzwischen hatten auch Lorenzo und Kalle mitbekommen, was los war, und überhäuften das Paar lautstark mit Glückwünschen.

«Passt wie 'n schüchterner Freier auf 'ne ausgeleierte Hure», erklärte Kalle und bekam von Pepita einen erstaunlich kräftigen Schlag auf den Unterarm verpasst.

«Benimm dich! Oder willst du, dass ein neuer Erdenbürger noch vor seiner Geburt von deinen dummen Sprüchen verdorben wird?»

Kalle grinste. «Also wie Faust aufs Auge.»

Lorenzo schien nichts zu verstehen, und Stella erklärte es ihm. «Weil Luna und Piet doch vor einem halben Jahr geheiratet und letzten Monat die Wohnung in der Davidstraße gemietet haben. Deshalb passt alles so gut zusammen. Bei uns oben in der kleinen Mansarde wäre es nicht gegangen mit einem Kind.»

Er nickte, schien sich aber weiterhin zu fragen, was eine

Hure mit der Geschichte zu tun hatte. Auch nach zweieinhalb Jahren auf St. Pauli war Lorenzo mit dem Viertel nicht wirklich warm geworden. Tatsächlich war er der einzige Bewohner des Hauses, der Pepita möglichst aus dem Weg ging. Was immer schwieriger wurde, je öfter er mit Sophia zusammen war.

Stella ließ ihn grübeln und wandte sich wieder an Luna. «Ich werde Tante», sagte sie mit einem großen Lächeln.

«Sieht so aus», kam es verkniffen zurück.

«Wann ist es denn so weit?»

«Im April.»

«Freust du dich nicht?»

«Natürlich freuen wir uns», sagte Piet anstelle seiner Frau. «Wie verrückt freuen wir uns.»

Stella fand es seltsam, dass Luna nicht selbst antwortete, aber sie fragte nicht weiter nach. So zurückhaltend war ihre Schwester auch schon gewesen, als Piet endlich die Wohnung in der Parallelstraße gefunden hatte. Die befand sich in einem ähnlich hohen und schmalen Haus wie dem in der Taubenstraße, lag aber im Parterre, verfügte über drei Zimmer und besaß sogar den Luxus eines eigenen Badezimmers. Seit er eine feste Anstellung als Werftarbeiter hatte, konnte Piet sich die Miete leisten. Und da er offenbar schon seit langem keine krummen Dinger mehr drehte, störte ihn auch nicht die unmittelbare Nachbarschaft zum Polizeirevier von St. Pauli, der Davidwache.

Stella hatte sich gewundert, dass Luna sich nicht viel mehr gefreut hatte und dass sie auch schon vorher als Braut nicht so gestrahlt hatte, wie alle es erwarteten.

Schließlich hatte sich Stella gesagt, es läge vielleicht daran, dass ihre Mutter Fanni die Hochzeit nicht mehr miterleben konnte.

Inzwischen zweifelte sie an dieser Erklärung. Was immer Luna bedrückte, es musste etwas Schweres, etwas Großes sein.

«Sag mir doch, was los ist», bat sie leise.

Aber Luna presste die Lippen aufeinander und schüttelte den Kopf.

«Bist du denn glücklich?»

«Mehr oder weniger.»

Also gab Stella auf, trank von ihrem Bier und bemühte sich, froh und dankbar zu sein.

Und das war sie ja auch. Damals, zu der Zeit, als Piet in die Krankenanstalt in Eilbeck gebracht worden war, hatte ihnen allen das Wasser bis zum Hals gestanden. Dann jedoch war endlich die Inflation gestoppt worden. Mit Einführung der Rentenmark war es der deutschen Regierung gelungen, die bittere Not in großen Teilen der Bevölkerung zu beenden. Die Wirtschaft wurde kräftig angekurbelt, es gab wieder Arbeit, und in den Geschäften stapelten sich die Waren in den Regalen. Bald musste kaum jemand mehr hungern, und dank der neuen stabilen politischen Lage wurde das Leben in Deutschland zum ersten Mal nach dem Krieg lebenswert. Sogar der plötzliche Tod des Reichspräsidenten Friedrich Ebert im Februar dieses Jahres hatte das demokratische Gefüge in Deutschland nicht zum Einsturz gebracht. Zwei Monate später war ihm Generalfeldmarschall Paul von Hindenburg ins Amt gefolgt und regierte seitdem mit starker Hand.

Natürlich gab es immer wieder Unruhen, vor allem in Städten wie Berlin, München oder Hamburg, und viele Leute waren unzufrieden mit ihrer Situation. Doch im Haus in der Taubenstraße hatte niemand Grund zur Klage. Auch nicht Pepita, die wieder wohlgerundete Formen besaß und ihren mysteriösen Freier offenbar aufgegeben hatte. Sie arbeitete nicht mehr so viel, seit ihre Dienstleistung in der «Roten Laterne» anständig honoriert wurde, verbrachte mehr Zeit mit Sophia und wirkte insgesamt gelöster. Im Augenblick schäkerte sie sogar mit den Schaustellern am Nebentisch, die sie mit Komplimenten nur so überhäuften. Einer versprach ihr eine großartige Karriere, wenn sie sich ihnen anschließen wollte. Sein bester Kumpel habe ein Kabinett der Absurditäten, da würde die kleine perfekte Frau wunderbar reinpassen.

«Das könnte euch so gefallen!», stieß Kalle zornig aus. «Meine Pepita ist kein Stück für 'ne Ausstellung.»

Alle grinsten, nur Stella fiel auf, dass Kalle besitzergreifend einen Arm um die Schultern der Zwergin legte. Genauer gesagt, eine Hand und ein Stück vom Handgelenk. Sie dachte daran, wie zärtlich der sonst so grobschlächtige Mann mit der kleinen Frau umging. Ein Gedanke kam ihr. Ein ganz und gar verrückter Gedanke.

«Aber sie wäre der große Star», wandte der Schausteller ein. «Ein großer kleiner Star. Sie könnte viel reisen, neue Städte sehen und richtig berühmt werden.»

«Darauf pfeift sie!» Kalle nahm seinen Elbsegler ab und rieb sich die Glatze. Offenbar überlegte er, welchen der Männer er zuerst verprügeln sollte.

Schließlich beendete Pepita den Streit, indem sie lachend den Kopf schüttelte. Ihre blonden Locken wirbelten wie Engelshaar durch die Luft und dufteten nach Maiglöckchen. «Lass gut sein, mein Dicker. Ich gehe nirgendwohin. Mir gefällt's hier.»

Das enttäuschte den Schausteller und beruhigte Kalle, der sich einem zweiten Glas Bier widmete.

Stella bemerkte, dass Pepita trotz der Kälte keinen Schal um den Hals trug, wohingegen so etwas früher sogar bei lauen Temperaturen vorgekommen war. Nun, dieses Rätsel würde sie wohl niemals lösen.

Pepita schien zu spüren, dass sie beobachtet wurde. «Wo ist eigentlich eure schicke Freundin?», fragte sie, anscheinend bemüht, schnell von sich abzulenken. «Die ist sich wohl zu fein für diesen kleinen Ausflug?»

Nach ihrem ersten, etwas unglücklichen Aufeinandertreffen hatte es Verena van Houten nie wieder gewagt, sie eine Zwergin zu nennen, dennoch begegnete Pepita ihr nach wie vor mit leiser Abneigung.

«Nein», beteuerte Stella. «Das ist sie absolut nicht. Sie wäre sogar sehr gern mitgekommen. Aber sie hat gesellschaftliche Verpflichtungen.»

Das stimmte so nicht ganz. Die Wahrheit war, dass Verena erklärt hatte, ihr Gatte Ferdinand würde ihr nie und nimmer erlauben, sich auf dem Dom unters einfache Volk zu mischen. Ohnehin missbilligte er zunehmend ihre engen Verbindungen zur Taubenstraße.

«Gesellschaftliche Verpflichtungen. Soso.» Pepita lächelte ein falsches süßes Lächeln. «Schätze mal, das ist eine billige Ausrede.»

«Verena ist nett», mischte sich Sophia ein. «Und überhaupt nicht hochnäsig.»

«Schon gut, meine Große», sagte Pepita friedfertig. «Ich sag nichts mehr.»

Auch Piet war aufmerksam geworden. «Dank ihr habe ich

Arbeit. Bei Blohm und Voss hat mich ein Cousin von ihr untergebracht. Sie hat es von sich aus getan. Wäre gar nicht auf die Idee gekommen, sie um Hilfe zu bitten.»

Piet war ungeheuer stolz auf seine Arbeit. Es verging kein Tag, an dem er Stella und den anderen Freunden aus der Taubenstraße nicht vom Bau des neuen Luxusdampfers «Cap Arcona» vorschwärmte. Ein Prachtschiff werde das, und auch wenn er selbst mangels einer richtigen Ausbildung nur Hilfsarbeiten verrichtete, so prahlte er, als sei er der wichtigste Mann auf der Werft.

«Ich halte ja schon die Klappe», murrte Pepita.

«Und Lorenzo auch», fuhr Piet unbeirrt fort. «Ohne unsere Verena würde er immer noch ein Leben als Schmarotzer führen.»

Stella bemerkte, dass Lorenzo sich ratlos durch die Locken fuhr. Das Wort «Schmarotzer» kannte er nicht, und er blickte fragend Sophia an. Das Kind hütete sich jedoch davor, es ihm zu erklären.

Schließlich nickte er. «Verena ist ein guter Mensch.»

Seine Sätze waren mit den Jahren länger geworden, der Satzbau fast immer korrekt.

Pepita hob die Hände. «Ich geb's auf. Die Frau ist eine Heilige.»

Tatsächlich hatte Verena auch Lorenzo geholfen. Sie hatte ihn in einem großen Haushalt in Blankenese als Koch untergebracht. Ein pensionierter Hochseekapitän hatte sich ein Haus am Hang mit Blick auf die Elbe bauen lassen. Zwar schimpfte Lorenzo grundsätzlich über den schlechten Geschmack der Familie, über die weite Fahrt und über den niedrigen Lohn, doch insgesamt konnte er sich nicht beklagen, fand Stella. Auch Rosario war glücklich, denn sein Neffe hielt es nun schon länger als ein Jahr bei dieser Arbeitsstelle aus. Stella ahnte jedoch, dass seine Tage dort gezählt waren. Immer öfter kam er ins Geschäft der Schwestern und strapazierte sowohl Lunas als auch Stellas Geduld mit seinen tausend Vorschlägen.

Dabei waren sie einfach nur froh darüber, dass die Regale wieder voll waren und dass sie wieder recht gut verdienten. Nach wie vor boten sie den Arbeitern auch belegte Brote an, oft köchelte eine nahrhafte Suppe auf einem extra angeschafften Kohleherd, und manchmal gab es sogar ein richtiges Mittagessen, das von den Männern im Stehen eingenommen wurde.

Der Gedanke, ein Restaurant zu eröffnen, kam ihnen nie – ihnen reichte dieser Nebenverdienst. Das war es auch nicht, wovon Lorenzo immer wieder anfing. Stattdessen forderte er die Schwestern auf, ganz andere Lebensmittel in ihr Sortiment aufzunehmen. Einen guten Parmaschinken, zum Beispiel, einen höhlengereiften Schafskäse – worunter sich weder Luna noch Stella etwas vorstellen konnte – oder lange, dünne Nudeln, die er *spaghetti* nannte.

Luna weigerte sich, Stella weigerte sich. Aber Lorenzo gab nicht auf. Er sprach von seinem Freund Achillos, sagte, er wolle etwas Ähnliches aufziehen. Nur größer, besser, exklusiver. Ein Feinkostgeschäft – an dem Wort hatte er lange geübt – mit italienischen Spezialitäten. Und ja, das eine oder andere Rezept aus dem Buch seiner Mamma Concetta werde er auch ausprobieren. Vielleicht einen leichten Nudelsalat mit Mozzarellakäse, Tomaten, Basilikum und bestem Olivenöl. Zum Mitnehmen für die Kundschaft. Oder gefülltes Gemüse, das kalt ebenso gut schmeckte wie warm. Und *piadine* natürlich, Teigfladen, die je nach Wunsch gefüllt werden konnten.

Wenn Stella und Luna sich jedes Mal in schöner Eintracht mit dem Zeigefinger gegen die Stirn tippten, seufzte er ungeduldig.

Jetzt schaute Stella ihn an und begegnete seinem Blick. Unwillkürlich musste sie daran denken, was er einmal zu ihr gesagt hatte: dass in ihren Augen die Sterne leuchteten. Und vorhin – war es nur ein Zufall gewesen, dass er sie bei den Worten «Ich habe dich lieb» direkt angesehen hatte? Nein, dachte sie. Nein, bestimmt nicht. Sie spürte, wie ihre Wangen erneut heiß wurden, und kurz flimmerte wieder eine italienische Landschaft vor ihrem geistigen Auge, dann verscheuchte sie das Bild und sah schnell woandershin.

Zum Glück verlor genau in diesem Moment Sophia die Geduld mit den Erwachsenen. «Können wir jetzt *endlich* zur Seejungfrau gehen?»

Alle lachten, aber schließlich machte sich die Truppe auf den Weg, drängelte durch die Budengasse, folgte Kalle, der diesmal mit Pepita auf dem Arm vorneweg ging.

Stella und Lorenzo bildeten mit Sophia in ihrer Mitte das Schlusslicht. Das Kind drängte vorwärts, und sie hatten einige Mühe, es festzuhalten.

«Sophia», mahnte Stella sanft. «Bitte gedulde dich noch ein wenig. Es sind so viele Menschen hier, wir können nicht schneller.»

«Aber ich warte schon den ganzen Nachmittag!»

«Das weiß ich, meine Hübsche. Hoffentlich wirst du nicht enttäuscht.»

«Weil die Seejungfrau ein Seelöwe ist?» Sophia grinste. «Ach was.»

«Du weißt es schon?», fragte Stella überrascht.

«Natürlich. Ich bin doch kein kleines Kind mehr. Aber ich will sehen, wie die das hinkriegen, dass die Leute es glauben.»

Lorenzo lächelte amüsiert vor sich hin. «Niemand kann Sophia etwas vormachen.»

Stella wollte ihm gerade zustimmen, als ein großer blonder Mann in ihr Sichtfeld gelangte.

Ein, zwei Sekunden lang rauschte das Blut schneller durch ihren Körper. Carsten! Das war Carsten Friederkamp! Was machte er hier in Hamburg? Wie war es möglich, dass sie ihm inmitten all dieser Leute begegnete? Ein paar weitere Sekunden zerrannen, bis sie begriff, dass der junge Mann nicht Carsten war. Nur ein Fremder, der ihm ähnlich sah. So etwas passierte ihr nicht zum ersten Mal, aber jedes Mal zerriss es ihr fast das Herz.

Ihre fröhliche Stimmung war wie weggeblasen, und Stella weinte trockenen Auges um ihre verlorene Liebe. Sie musste daran denken, dass sie inzwischen mit Carsten verheiratet gewesen wäre, wenn damals alles anders gekommen wäre. Vielleicht hätten sie auch schon Kinder gehabt. Einen Sohn und Erben oder eine wunderhübsche Tochter.

«Tante Stella!» Sophia zog kräftig an ihrer Hand. «Was ist denn? Hast du einen Geist gesehen?»

«Mehr oder weniger.» Manchmal suchte auch sie Zuflucht in den nichtssagenden Worten von Pepita und Luna.

Sie merkte, dass Lorenzo sie aufmerksam beobachtete. Er wusste inzwischen von Carsten. Sie hatte ihm das eine oder andere Mal von ihrer großen Liebe erzählt. Nur, damit er ihr nicht zu nahekam, nur, damit er sich keine Hoffnungen machte.

Ahnte er jetzt etwas? Schaute er sich nicht suchend um?

Nun, er besaß immerhin genügend Einfühlungsvermögen, nichts zu sagen.

«Die anderen sind schon da», bemerkte er lediglich und wies mit der freien Hand nach vorn. Dort warteten Kalle, Pepita, Luna und Piet vor einem der größeren Zelte auf die Nachzügler.

Stella gewann ihre Fassung zurück und schob jeden Gedanken an Carsten mit Gewalt beiseite. In der folgenden halben Stunde tat sie, als sei nichts passiert. Gemeinsam mit ihren Freunden und ihrer Schwester starrte sie in das trübe Wasserbecken, in dem ein Seelöwe vor sich hin döste, während um ihn herum Kinder wie Erwachsene teils begeistert, teils misstrauisch die unzähligen auf Leinwände und dünnes Tuch gemalten Nixen betrachteten, die über dem Wasser zu schweben schienen, hin und wieder eintauchten und mit viel Phantasie und gutem Willen die Illusion einer Seejungfrau erzeugten.

Als sie wieder ins Freie traten, beratschlagten sie, was sie nun unternehmen sollten. Kalle meinte, er habe genug davon, sich die Beine in den Bauch zu stehen. Er brauche Bewegung.

«Ich will Charleston tanzen», verkündete er großspurig und ließ die Füße und seine baumstammdicken Arme wild durch die winterliche Luft wirbeln. Dazu pfiff er vollkommen falsch eine flotte Jazzmelodie. «Lasst uns alle in den ‹Trichter› gehen. Oder rüber ins ‹Allotria›. Schluss mit dem besinnlichen weihnachtlichen Getue. Wenn ich schon mal einen Abend freihabe, will ich mich ordentlich amüsieren.»

Pepita wich geschickt einem Fußtritt aus und drohte ihm von unten mit dem Zeigefinger. «Hör auf, so rumzuhampeln!»

Kalle gehorchte augenblicklich.

«Gut. Und nun lass dir gesagt sein: Dies ist auch mein einziger freier Abend. Ich werde ihn ganz gewiss nicht in einem Etablissement auf der Reeperbahn verbringen.»

Kalle ließ den Kopf hängen. «Verzeih mir, Süße.»

Stella dachte, dass sie so langsam gern nach Hause zurückkehren würde. Es war ein wundervoller Ausflug gewesen, aber nun war sie müde.

Lunas Gedanken gingen offenbar in dieselbe Richtung, denn sie verkündete, sie und Piet würden noch einen heißen Kakao trinken und dann nach Hause laufen.

Der heiße Kakao wurde von allen gern genommen, wobei die Männer sich einen Schuss Rum dazu gönnten. Doch als sie sich schließlich gemeinsam auf den Heimweg machen wollten, begegnete Kalle Spieker einem alten Bekannten. Dieser war Ausrufer an einer Losbude und bedeutete Kalle verzweifelt, er könne vor lauter Heiserkeit kein Wort mehr herausbringen. Ob der Freund bereit wäre, ihm zu helfen? Es solle auch nicht sein Schaden sein.

Kalle überlegte mit gerunzelter Stirn. Er fürchtete wohl, ihm werde aus Versehen der eine oder andere Fluch herausrutschen. Schließlich erklärte er dem verzweifelten Mann, er könne zu seinem allergrößten Bedauern nichts für ihn tun.

Dann fiel sein Blick auf Stella. «Du machst das. Du hast von uns allen die schönste Stimme.»

«Ich werde mich *nicht* vor eine Bude stellen und die Leute ansprechen!», gab sie entrüstet zurück.

Sie tat es dann doch, weil alle auf sie einredeten und weil Sophia sagte, sie würde bestimmt am besten von allen anderen Ausrufern klingen. Also pries sie eine Stunde lang den Besuchern die tollsten Gewinne an, wobei der Hauptpreis ein nagelneuer Gasherd sein sollte.

Lorenzo, Piet und Kalle kauften aus lauter Solidarität mit ihr ein Los für fünf Pfennig. Zur allgemeinen Überraschung gewann Lorenzo einen Preis, mit dem er zunächst nichts anfangen konnte. Es waren vorn und hinten offene Figuren aus Blech, die einen Tannenbaum, einen Stern, ein Herz oder einen Weihnachtsbaum darstellten. Alle lachten über seinen ratlosen Gesichtsausdruck, und schließlich war es Sophia, die sich seiner erbarmte. Sie erklärte ihm, das seien Ausstechformen für Weihnachtsplätzchen.

Er brauchte nur einen Moment, um zu verstehen. Stella, die weiterhin die Lose ausrief, sah, wie er eine der Formen, einen Stern, auf seine Handfläche presste und nachdenklich darauf starrte. Er sah zu ihr herüber, dann wieder auf seine Hand.

Oje, dachte sie. Diesen Gesichtsausdruck hatte er immer, wenn ihm mal wieder einer seiner verrückten Einfälle kam.

Irgendwann merkte sie, dass sie selbst heiser wurde. Kurz bevor sie ihren Posten verlassen wollte, sah sie in einigen Metern Entfernung einen jungen Mann stehen, der ihr sehr genau zuhörte. Er war mittelgroß, dunkelhaarig und trug eine Brille mit runden Gläsern. Während Stella sich noch wunderte, weil er nur dastand und keine Anstalten machte, ein Los zu kaufen, wurde ihr schwindelig. Der lange Aufenthalt in der eisigen Luft und das viele Rufen rächten sich nun. Sie rang nach Atem, ihre Knie gaben nach.

Die Freunde scharten sich um sie, bildeten einen Schutzwall gegen die Neugierigen. Luna rief, jemand möge ihr ein Glas Wasser bringen, Lorenzo griff nach ihr und stützte sie, woraufhin sie wusste, sie durfte sich fallenlassen. Er würde sie immer beschützen. Bei ihm war sie in Sicherheit.

Kurz bevor ihr schwarz vor Augen wurde, hörte sie, wie der Fremde sagte: «Verzeihen Sie bitte, ich muss dieses Fräulein kennenlernen. Ihre Stimme ist kolossal.»

22. KAPITEL

Als Stella wieder zu sich kam, stellte sie fest, dass sie nicht in ihrem Bett in der Mansarde lag, sondern bei Rosario auf dem Sofa.

«Da bist du ja wieder», sagte der alte Mann mit einem liebevollen Lächeln. «Wir dachten, es ist besser, du bist oben nicht allein.»

Noch immer hatte Stella sich nicht daran gewöhnt, dass Luna nun woanders zu Hause war.

Sie nickte, fragte jedoch sogleich: «Und Lorenzo? Ich will ihm nicht sein Bett wegnehmen.»

«Nur keine Sorge, *piccola mia*.»

Stella seufzte verhalten. Es tat ihr wohl, «meine Kleine» genannt zu werden. Das erinnerte sie an ihren Vater. Früher, als sie noch ein Kind gewesen war, da hatte Olaf es oft zu ihr gesagt. Sie fühlte sich beschützt und kuschelte sich tiefer unter die Decke.

«Lorenzo muss morgen für viele Gäste des Herrn Kapitän kochen», fuhr Rosario fort. «Die Familie gibt ein großes Essen zu seinem siebzigsten Geburtstag. Und weil er heute Abend schon mit einigen Vorbereitungen zu tun hat, wird er die Nacht in Blankenese verbringen.»

«Danke», murmelte Stella.

«Du bleibst heute hier. Doktor Richter hat es so angeordnet.» Das war der Arzt, der regelmäßig die Armen des Viertels behandelte und schon für Fanni alles getan hatte, was in seiner Macht stand.

«Der Doktor hat auch gesagt, deine Lunge hört sich frei an. Aber du musst mehr essen, damit du kräftiger wirst.»

Stella verzog das Gesicht.

«Lorenzo hat gestern etwas Gutes gekocht. Das mache ich dir warm. Eine *minestrone.*»

«Was ist das?», fragte sie misstrauisch.

«Eine leichte Gemüsesuppe mit Sellerie, Karotten, Lauch, Erbsen, Tomaten, Bohnen und Kartoffeln.»

«Ich … kann ja ein wenig davon probieren», meinte sie vorsichtig. Wenn Lorenzo diese Suppe zubereitet hatte, war sie bestimmt köstlich, und sie würde ihr auch das Herz wärmen.

Rosario strahlte über das ganze runzelige Gesicht. «So ist es recht.»

Stella schaute sich im kleinen Wohnzimmer um. Außer ihrem lieben Freund war noch das Geschwisterpaar aus dem Parterre da. Harriet Thompson saß in dem einzigen Sessel, Henry lehnte an der Fensterbank und schaute hinaus in den Dezemberabend.

Als er merkte, dass sie ihn ansah, wandte er den Kopf und lächelte. «Wir wollten nur warten, bis du wieder wach bist. Falls wir etwas besorgen sollen.»

«Wo ist Luna?», fragte sie. Es schmerzte sie, dass ihre Schwester nicht bei ihr war.

«Sie wollte unbedingt bleiben», erklärte Rosario, «doch Piet hat sie gezwungen, mit ihm nach Hause zu gehen und sich hinzulegen. Die viele Aufregung sei nicht gut für sie.» Er reichte ihr ein Glas Wasser, und sie setzte es an die Lippen. «Weißt du, was Piet damit gemeint hat?»

Kurz überlegte sie, ob sie das Geheimnis verraten durfte, aber dann wurde ihr klar, dass bald ohnehin alle Welt es wissen würde.

«Luna ist guter Hoffnung.»

Henry und Harriet klatschten begeistert in die Hände, nur Rosario wirkte nachdenklich.

«Was ist denn?», fragte sie.

«Nichts», wich er aus. «Ich freue mich für Luna und Piet. Sag mir lieber, wie du dich fühlst.»

«Sehr gut, das versichere ich dir. Es war nur ein kleiner Anfall. Und ich bin wohl aus lauter Erschöpfung ohnmächtig geworden.»

«Du hast lange keinen mehr gehabt. Doktor Richter war auch überrascht.»

«Das stimmt. Das viele Rufen an der Losbude war bestimmt zu viel für mich.»

Plötzlich erinnerte sie sich an den fremden jungen Mann, der sie so scharf beobachtet hatte.

«Da war jemand …»

«Ja», sagte Rosario. «Moment mal.» Er suchte in seinen Hosentaschen und förderte schließlich eine zerknitterte Visitenkarte zutage. «Die hat Kalle dagelassen. Soll ich dir geben.»

Stella nahm die Karte, setzte sich auf und las: «Theo Claussen, Programmdirektor bei der NORAG.» Etwas kleiner darunter stand eine Adresse, die sie nicht kannte.

«Was ist die NORAG?», fragte sie.

Henrys Augen leuchteten auf. «Die Nordische Rundfunkgesellschaft AG.»

Womit Stella auch nicht klüger war. Ihr ratloses Gesicht brachte die Geschwister zum Kichern.

«Ihr jungen Leute solltet mehr mit der Zeit gehen», erklärte Harriet.

«Ihr lebt hinter dem Mond», ergänzte Henry. Endlich erbarmte er sich und erklärte Stella, was ein Radio war. Staunend hörte sie zu, und vor ihrem inneren Auge entstand eine völlig neue und spannende Welt.

«Ich habe mal etwas darüber gelesen», sagte sie, als Henry geendet hatte. «Aber ich dachte nicht, dass es wirklich funktioniert.»

«Oh ja, das tut es. Die NORAG gibt es schon seit letztem Jahr im Mai.» Er kam zu ihr und warf einen Blick auf die Karte. «Bisher wird aus einem Studio im Hamburger Fernsprechamt an der Binderstraße gesendet. Das liegt in Rotherbaum.»

Die Gegend kannte Stella nicht, sie erfuhr jedoch von Henry, dass Rotherbaum ein gutbürgerliches Viertel nahe der Außenalster war.

«Harriet und ich hören am liebsten Musikübertragungen,» fuhr er fort. «Aber auch Hörspiele sind etwas ganz Wunderbares. Die werden von richtigen Schauspielern aufgeführt.»

«Ihr besitzt einen Radioempfänger?»

«Ganz recht», kam es nicht ohne Stolz zurück.

«Darf ich das auch einmal hören?»

«Natürlich. Heute Abend ist das Programm schon zu Ende, aber morgen bist du uns herzlich willkommen.»

«Sie kann gern meine Kopfhörer benutzen», ergänzte Harriet.

«Kopfhörer?»

Henry nickte. «Ja, so funktioniert es. Man stellt den Detektor an und setzt die Kopfhörer auf. So kann man die Sendung empfangen. Rosario, willst du es vielleicht auch einmal versuchen?»

Der alte Italiener schüttelte lächelnd den Kopf. «Ich brauche kein neumodisches Zeug. Mir reicht es völlig, wenn ich meine geliebten Opern von Verdi und Puccini auf dem Grammophon anhören kann.»

Die Geschwister verdrehten gleichzeitig die Augen. Ihr Musikgeschmack war offenbar um einiges moderner.

Stella blickte wieder auf die Visitenkarte. «Aber was, um Himmels willen, will dieser Programmdirektor bloß von mir? Ich beherrsche kein Instrument, und ich bin auch keine Schauspielerin.»

«Soweit ich Kalles wirres Gerede verstanden habe», sagte Rosario langsam, «geht es um deine Stimme. Dieser Theo Claussen fand sie wohl einzigartig.»

«Was sie auch ist», bestätigte Henry, und Harriet nickte bekräftigend.

«Im Radio», fügte Henry hinzu, «wird sie sich bestimmt ganz zauberhaft ausmachen.»

«Herrje!», stieß Stella aus. «So eine Schnapsidee! Was sollte ich wohl sagen? Am Ende muss ich da einen Gasherd anpreisen.»

Alle lachten, und die Visitenkarte wurde beiseitegelegt. Stella verschwendete keinen weiteren Gedanken an diesen Programmdirektor, aber sie freute sich darauf, am folgenden Abend einmal Radio zu hören.

Harriet stand auf. «Wir werden euch jetzt allein lassen. Stella sollte sich noch ausruhen.»

Ihr Bruder nickte dazu und löste sich von der Fensterbank. Rosario ging zu ihm. Stella dachte, er werde dem Nachbarn zum Dank die Hand schütteln, stattdessen tat er etwas Überraschendes. Er richtete sich auf, so weit es sein verbogener Rücken erlaubte, und legte Henry eine Hand an die Wange. Es war eine mehr als brüderliche Geste. Zärtlich fast.

Verwirrt schaute Stella zwischen den beiden alten Männern und Harriet hin und her. Diese schien nichts Ungewöhnliches daran zu finden.

«Du hast Schmerzen», sagte Henry sanft zu Rosario. «Streng dich bitte nicht so an. Du weißt, mir ist es gleich. Und wenn du blind und taub wärst, so würde ich dich dennoch immer …»

«Henry», unterbrach seine Schwester ihn. «Lass uns jetzt gehen.» Ihre Stimme war ohne Tadel, doch ihr Blick lag besorgt auf Stella.

Diese lächelte. «Ich muss wohl noch vieles lernen über das Leben und die Liebe.»

«Das ist wohl so», beschied Harriet sie und ging zur Tür. Ihr Bruder folgte ihr, nicht ohne Rosario noch einmal lange angeschaut zu haben.

Als sie fort waren, wandte sich der Italiener an Stella. «Es tut mir leid, *piccola mia*. Ich wollte dich nicht erschrecken.»

«Das hast du nicht.» Sie horchte aufmerksam in sich hinein. War sie abgestoßen von der Entdeckung? Fand sie den Gedanken, zwei Männer könnten einander lieben, widerlich? Nein, entschied sie. Nur ungewohnt. Wenn jedoch Rosario jemanden hatte, der ihm sein Herz schenkte, so wollte sie froh für den Freund sein.

«Ich habe dir einmal erzählt, dass ich gewisse Neigungen habe», sagte er. «Weißt du nicht mehr?»

«Doch, natürlich. Es ist nur etwas anderes, davon zu hören, als es zu sehen.»

Sein Blick war ruhig, aber sie entdeckte auch eine leise Furcht darin.

«Keine Sorge», sagte sie daher schnell. «Das bleibt unter uns. Ich werde niemandem etwas davon sagen.»

«Besonders Lorenzo nicht», bat er.

«Besonders Lorenzo nicht», versprach sie.

«Mein Neffe … er würde es nicht verstehen. Er ist …»

«Ein engstirniger Bauerntölpel», vollendete sie den Satz an seiner Stelle.

«Ganz recht.» Rosario kicherte.

«Darf ich fragen, wie lange … also …»

«Wie lange ich Henry schon liebe?» Sein Blick wurde weich. «Seit mehr als dreißig Jahren.»

«Oh», stieß sie aus und versuchte sich vorzustellen, wie es sein musste, eine Liebe sein halbes Leben lang im Verborgenen zu leben.

«Das ist halb so schlimm», sagte Rosario, als hätte er ihre Gedanken erraten. «Damals in Predappio, da habe ich es nicht ausgehalten. Ich war in einen jungen Landarbeiter verliebt und er in mich, aber es gab für uns keine Möglichkeit zusammenzukommen. Ich habe ihn angefleht, mit mir nach Deutschland auszuwandern, doch er hatte Angst davor. In Hamburg war ich dann lange Zeit furchtbar einsam. Allerdings gab es schon damals auf St. Pauli gewisse Lokale, in denen sich Männer auf der Suche nach anderen Männern treffen konnten. Dort habe ich eines Abends Henry kennengelernt. Seitdem gehören wir zusammen.»

«Und seine Schwester hatte nichts dagegen?»

Rosario schüttelte den Kopf. «Harriet ist ein Freigeist. Leben und leben lassen ist ihre Devise. Und sie hat sich selbst gegen ein bürgerliches Leben und für das unstete Dasein einer Artistin entschieden. Sie achtet nur darauf, dass wir uns vor anderen Leuten zurückhalten. Immerhin steht die Liebe zwischen Männern unter hoher Strafe. So, genug geredet. Du solltest jetzt schlafen.»

«Aber ich bin überhaupt nicht müde. Ich glaube, ich habe ein wenig Hunger.»

«Nun, ich werde sofort die *minestrone* aufwärmen.»

«Das wäre wunderbar. Aber vorher muss ich dich noch etwas fragen.»

Die leise Sorge in Rosarios Augen vertiefte sich, als er zustimmend nickte. Doch sie hatte nicht sein Liebesleben, sondern etwas ganz anderes auf dem Herzen.

«Luna», begann Stella. «Irgendetwas stimmt nicht mit ihr. Sie freut sich gar nicht richtig auf das Kind. Und sie scheint auch in ihrer Ehe nicht ganz glücklich zu sein.»

«Das habe ich bemerkt.»

«Und weiß du, warum das so ist?»

«Ich denke schon.»

«Hat sie mit dir darüber geredet?» Der Gedanke, Luna könnte zu dem alten Italiener mehr Vertrauen haben als zu ihrer eigenen Schwester, kränkte sie.

«Nein, hat sie nicht.»

«Aber woher weißt du dann, was sie hat?»

«Ich kann es nur ahnen. Menschen wie ich, die … anders sind als andere, haben ein Gespür für die Nöte von Leuten, die ebenfalls ein wenig – sagen wir mal, aus dem Rahmen fallen.»

«Das verstehe ich nicht», erwiderte Stella.

Rosario schaute sie eindringlich an. «Deine Schwester ist dunkelhäutig.»

«Das weiß ich doch», gab sie ungeduldig zurück. «Obwohl mir das gar nicht mehr auffällt. Was hat das mit ihrer Schwangerschaft zu tun?»

Rosario schwieg. Sie dachte nach. Und sie erinnerte sich auf einmal an das Holsteiner Fohlen, das im Stall von Gut Friederkamp bei seiner Geburt für Aufsehen gesorgt hatte. Stella war damals noch ein Kind gewesen, doch sie hatte alles wieder vor sich, als sei es gestern gewesen. Stute und Hengst, Mutter und Vater, waren beides Braune gewesen, aber dieses Fohlen war schwarz wie die Nacht.

«Da gab's wohl Rappen in der Erblinie», hatte Olaf Eriksen gesagt. «Die haben sich jetzt durchgesetzt.»

Glück hatte diese Laune der Natur dem Fohlen nicht gebracht. Es wuchs zwar zu einem prachtvollen Hengst heran, wurde jedoch von Wilhelm Friederkamp zusammen mit Landknecht und drei folgsamen Stuten mit an die Front genommen und verendete schon während der ersten Schlacht am Westwall.

Ein langer Seufzer entrang sich Stellas Brust. «Luna fürchtet sich vor einem Kind, das so dunkel ist wie sie. Oder womöglich noch dunkler.»

«Das vermute ich.»

«Aber warum denn nur?»

Der alte Mann deutete ein Schulterzucken an. Mehr war mit seiner steifen Wirbelsäule nicht möglich. «Möglicherweise glaubt sie, Piet würde einen Sohn oder eine Tochter weniger lieben, wenn sie nicht nach ihm kommen.»

«So ein Unfug!», ereiferte sich Stella. «Ich werde mit ihr reden! Piet ist doch kein Unmensch. Und wir alle werden ihr Kind von Herzen gernhaben. Egal ob es weiß, schwarz, gelb oder violett ist.»

«Das ist gut, Stella. Es wird sie beruhigen. Sprich gleich morgen mit ihr, wenn du …»

Rosario wurde durch ein lautes, energisches Klopfen an der Tür unterbrochen. Beide erschraken sie, denn auf St. Pauli kam es oft vor, dass die Polizei eine Razzia veranstaltete, immer auf der Suche nach Anarchisten oder anderen Unruhestiftern.

Doch sogleich vernahm Stella die unverwechselbare Stimme von Florentine Köpke. «Verflixt noch mal! Wie lange muss ich denn noch in diesem Treppenhaus herumirren, um mein Sternchen zu finden?»

Rosario beeilte sich, zur Tür zu kommen. Er öffnete, und schon rauschte die Mamsell von Gut Friederkamp herein und brachte den Duft nach weiter Winterlandschaft, nach Räucherware und Lebkuchen mit. In den Händen hielt sie einen großen Weidenkorb, den sie nun mit einem dumpfen Laut auf dem Holzfußboden abstellte.

«Florentine!», rief Stella und sprang auf.

«Hab ich dich gefunden!» Schon wurde Stella an die knochige Brust gedrückt. Erst nach einer Weile ließ die Mamsell sie wieder los. «Na, lass dich mal ankieken, Deern. Bisschen blass um die Nasenspitze, aber sonst ganz ordentlich. Immer noch zu dünn, aber deine Haare wachsen wieder. Das ist mal erfreulich zu sehen.»

Stella erinnerte sich an Florentines ersten Besuch in Hamburg. Ziemlich genau vor zwei Jahren war das gewesen. Damals hatte sich die Mamsell entsetzt über Stellas Bubikopf gezeigt, und über so manches andere auch. Die Bewohner des Hauses waren ihr nicht geheuer, das Feinkostgeschäft hatte sie sich anders vorgestellt. Größer, vornehmer. So war es ja auch Stella an ihrem ersten Tag in Hamburg ergangen. Einzig Verena van Houten, die an jenem Tag zufällig zu Besuch in der Taubenstraße gewesen war, hatte Gnade vor Florentines Augen gefunden.

Damals war Stella furchtbar gespannt gewesen, Neuigkeiten über Carsten zu erfahren, aber die Mamsell war mit kaum etwas herausgerückt. Alles sei wie immer, die Verlobung sei ein großes Fest gewesen, nun werde gewartet, bis die blutjunge Braut das heiratsfähige Alter erreiche. Im Übrigen hatte sich Florentine über die Verhältnisse in Hamburg aufgeregt. Seit Monaten habe sie schon fahren wollen, um nach ihrem Sternchen zu sehen, aber oben in Holstein habe man sich wahre Gräuelgeschichten über die Straßenkämpfe in der Stadt erzählt.

So war der Besuch vorbeigegangen, ohne dass Stella herausgefunden hätte, ob Carsten noch an sie dachte. Zweimal war Florentine noch in Hamburg gewesen, einmal im Sommer vergangenen Jahres, einmal in diesem Frühjahr. Beide Male hatte sie sich über Carsten ausgeschwiegen.

Und heute?, fragte sich Stella bang. Kommt Florentine heute mit einer wichtigen Neuigkeit? Vorerst konnte davon keine Rede sein. Nachdem Rosario ihr erklärt hatte, Stella sei bei ihm, weil ihr ein wenig unwohl gewesen sei, wollte die Mamsell alles ganz genau wissen und beruhigte sich erst, als sie erfuhr, dass ein Arzt ihr Ziehkind untersucht hatte.

«Dann komme ich ja genau richtig, um dich aufzupäppeln», stellte sie fest. «Ich schlafe oben in der Mansarde. Hoffentlich ist die gut geheizt. Mein Rheuma bringt mich noch um, und die Fahrt mit der Eisenbahn war kein Vergnügen. Wahrlich, kein Vergnügen.»

Rosario sagte freundlich: «Ihnen würde eine Kur guttun.»

«Eine wat?»

«Eine Kur. Ein paar Wochen Entspannung, am besten im Sommer an der Adria. Warme Sonne, laues Meerwasser. Das würde Wunder wirken.»

Florentine zeigte ihm einen Vogel. «Sind Sie noch zu retten? Eher sterbe ich, als dass ich im Feindesland vor aller Augen mein klapperndes Gerippe ins Wasser tauche. Womöglich noch in Begleitung von 'nem Buckligen? Ideen haben die Leute …»

Stella musste ein Kichern unterdrücken, Rosario verzog beleidigt die Mundwinkel.

Bevor die beiden noch in einen Streit geraten konnten, sagte sie schnell: «Ich freue mich so, dass du da bist. Wie lange kannst du bleiben?»

«Bis übermorgen. Ich muss rechtzeitig für die Vorbereitung des Weihnachtsessens zurück sein.»

Stella hielt den Atem an. Doch mehr sagte Florentine nicht über Gut Friederkamp.

«Wie geht es denn allen so?», fragte sie daher zaghaft.

«Sie leben noch. Aber Liesel, das neue Küchenmädchen, hat sich den kleinen Finger abgeschnitten, das dumme Ding. Na, sie kann auch ohne auskommen. Und der olle Jost Claasen hat den schicken Bentley des Gutsherrn in den Wassergraben gefahren.»

«Ist ihm was passiert?», fragte Stella erschrocken.

«Dem Jost nicht. Dem Automobil schon. Vornerum platt wie 'ne Ostseeflunder. Zum Glück saß unser Wilhelm nicht drin. Getobt hat der trotzdem wie lange nicht mehr. War kurz davor, den armen Jost auszupeitschen. Meiner Meinung nach hat der das ja mit Absicht getan. Der mochte dieses schnelle Automobil nicht. Hatte regelrecht Angst davor.»

Stella erinnerte sich an ihr Gespräch mit Jost Claasen am

Wäldchen oberhalb des Gutes, damals, im Frühjahr jenes Jahres, das ihr Leben so sehr verändern sollte. Sie neigte dazu, der Mamsell recht zu geben, hütete sich jedoch, etwas zu sagen. Was auf dem Gut geschah, hatte sie nichts mehr anzugehen. Eine Welle von Traurigkeit überspülte sie, und sie hatte Mühe, die Tränen zurückzuhalten. Erst bei Florentines nächsten Worten merkte sie, dass ihre Wangen feucht waren.

«Na, na, wer wird denn hier rumheulen. Pass mal gut auf, denn die größte Neuigkeit habe ich mir für den Schluss aufgehoben.»

Stella hielt den Atem an.

«Bei den Friederkamps gibt es Familienzuwachs.»

Sogleich spürte die die altbekannte Enge in der Brust, denn ihr stand ein glückliches Brautpaar vor Augen. Aber dann sprach die Mamsell zum Glück weiter. «Wilhelms Bruder und seine Frau sind bei einem Autounfall ums Leben gekommen. Wahrscheinlich hat der alte Jost auch deshalb den Bentley in den Graben gelenkt. Wie auch immer. Das Ehepaar hatte einen Sohn. Er heißt Richard und ist erst zehn Jahre alt. Ein Nachzügler. Zu seinen beiden älteren Brüdern konnte er nicht, die sind beide beim Militär und noch dazu unverheiratet. Also hat unser Gutsherr den Lütten aufgenommen.»

Stella schenkte Florentine ein warmes Lächeln. «Was so viel heißt, wie dass *du* dich um ihn kümmerst.»

«Ganz genau», kam es seufzend zurück. «Macht 'ne Menge Arbeit, das Bürschchen, redet selten, lacht nie und isst wie ein Spatz.»

In Wahrheit, so überlegte Stella, hatte der Waisenjunge sicher längst das Herz der Mamsell erobert und gab ihrem Leben einen neuen Sinn.

«Vielleicht lerne ich ihn ja mal kennen. Ich könnte ihm sagen, dass man es bei dir gut hat.»

Florentine winkte ab. «Du bist hier viel zu beschäftigt, um nach Holstein zu fahren. So, genug gesabbelt. Setz dich wieder hin, ich mach dir was zu essen.» Die Mamsell packte den Henkel ihres Weidenkorbs und hievte ihn mit einiger Mühe hoch. Rosario wollte ihr helfen, aber sie schob ihn mit ihrer knochigen Hüfte zur Seite. Dem krummen alten Mann traute sie offensichtlich keinerlei Kraftanstrengung zu. Ächzend stellte sie den Korb auf den Tisch.

«Der war vorhin sogar noch schwerer», erklärte sie, während sie ein rot kariertes Tuch abnahm und sorgsam zusammenfaltete. «Auf dem Weg nach oben habe ich ein paar Knirpse gesehen. Laut und frech, aber einer magerer als der andere.» Florentine seufzte. «Ich dachte, auf eine große Mettwurst und ein Brot kannst du verzichten.»

Stella lächelte. «Das kann ich.»

Die Mamsell sprach offensichtlich von den Zigeunerkindern. Ihre Mutter Wanda tat, was sie konnte, aber die Kleinen litten an schwerer Unterernährung. Stella und Luna fütterten sie ebenfalls, wann immer etwas übrig blieb, und sie hatte den Verdacht, dass die Brote, die sie abends vor den Laden gelegt hatten, oftmals nicht von Fremden genommen worden waren. Doch das war schon in Ordnung.

Die Kinder bedankten sich, indem sie Botengänge übernahmen und darauf achteten, dass jugendliche Banden aus der Nachbarschaft in der Taubenstraße niemanden beklauten.

«Der Vater zieht als Kesselflicker durchs Land und lässt sich nur selten blicken», erklärte sie Florentine. «Die Mutter ist völlig überfordert.»

«Ach so. Nun gut. Aber den Rest habe ich für dich aufgehoben.» Die Mamsell packte einen ansehnlichen Kochschinken aus und eine Leberwurst, dick wie ein Unterarm von Kalle Spieker. Es folgten Töpfe mit Gulasch und Sauerfleisch, Gläser mit zuckersüßen Kirschen, Birnen und Brombeeren, zwei ganze Laibe dunkles Bauernbrot sowie eine große Blechdose mit selbstgebackenen Lebkuchen.

«Himmlisch», sagte Stella, obwohl sie ein bisschen Angst vor der vielen handfesten Nahrung hatte.

Auch Rosario lächelte verzückt, sagte dann aber: «Ich wollte Stella gerade eine *minestrone* warm machen. Die hat mein Neffe gekocht.»

«Dieser hühnerbrüstige Kanake?», gab Florentine zurück und achtete nicht darauf, dass Rosario zusammenzuckte. «Was kann der schon gekocht haben?»

«Das ist eine ausgezeichnete und gesunde Gemüsesuppe», erwiderte Rosario im Bemühen, die Ehre der Casadios zu verteidigen.

«Gemüsesuppe! Papperlapapp! Mein Sternchen braucht ganz was anderes. Fett, Fleisch, Zucker. Wo ist die Küche? Sie haben doch wohl hoffentlich Kartoffeln vorrätig? Und Butter?»

Rosario gab sich geschlagen, zeigte in Richtung der Küche, sagte, Kartoffeln werde er aus dem Keller holen, etwas Butter von den Nachbarn.

Bald darauf bereitete sich ein würziger Duft aus, wie es ihn im Haus in der Taubenstraße sonst höchstens an Feiertagen gab – und auch dann nur bei der Witwe Platschke, wenn ihr geliebter Sohn zu Besuch war. Der Duft zog über die Treppe, schwebte unter Türen hindurch und sickerte durch alle Ritzen.

Die Bewohner hoben die Köpfe, schnupperten und lächelten verzückt. Und als hätte der Rattenfänger von Hameln auf seiner Flöte gespielt, versammelten sich die Nachbarn im Treppenhaus und fanden sich sodann vor Rosarios Wohnung ein. Florentine scheuchte ein paar von ihnen energisch fort. Diesen glatzköpfigen Kerl zum Beispiel, der aussah, als würde er ihr schönes Gulasch ganz allein verschlingen, und die Zigeunerkinder, deren kleine schmutzigen Münder noch nach Mettwurst rochen. Immerhin drückte sie ihnen noch einige Butterbrote in die Hände, und von Stella bekamen sie Lebkuchen zugesteckt. Die Knirpse strahlten. Für sie war dies ein Festtag. Noch nie waren sie so reich beschenkt worden.

Die Kriegerwitwe wurde eingelassen, ebenso Pepita und Sophia. Bei der Witwe dachte Florentine sich wohl, die sei sich zu fein, um zu viel zu essen. Pepita und ihre Tochter wiederum waren klein, da passte nicht viel rein. Und nachdem Stella ihr versichert hatte, das Geschwisterpaar esse aus alter Gewohnheit auch nie viel, durften Harriet und Henry ebenfalls eintreten.

So drängten sich schließlich acht Leute um Rosarios Tisch, groß und klein, und Stella merkte verwundert, dass sie mit gutem Appetit aß.

Zum Verdruss der Mamsell galt das auch für die übrigen Gäste. Rosario langte zweimal zu, obwohl er im Leben nicht eingestanden hätte, dass er das deutsche Gulasch einer italienischen Gemüsesuppe vorzog. Die Witwe Platschke vergaß ihre ganze Vornehmheit, kaute, schmatzte, schluckte und lobte Florentines Kochkünste über den grünen Klee, was diese ein wenig besänftigte. Die betagten Akrobaten aßen mehr, als ihren geschrumpften Mägen bekam, aber das würden sie erst in der kommenden Nacht schmerzhaft bemerken.

Am meisten jedoch ärgerte sich die Mamsell über diese Zwergin und ihr Töchterlein. Die aßen so viel, dass sie eigentlich auf der Stelle hätten in die Höhe und in die Breite schießen müssen. Aber sie blieben klein und zierlich, und man musste sich ernsthaft fragen, wo sie das bloß alles ließen.

Stella bemerkte, wie fassungslos Florentine war, und legte ihr lächelnd eine Hand auf den Arm. «Lass man gut sein. Ich glaube, du hast trotzdem noch mehr als genug für mich dabei.»

Und das stimmte. In den folgenden zwei Tagen fühlte sie sich wie eine Gans, die für Weihnachten gestopft wurde.

Sobald sie morgens erwachte, kam Florentine mit einem Frühstückstablett an ihr Bett. Knusprige Brötchen gab es und goldgelbe Butter. Schinken, ein weichgekochtes Ei, süße Marmelade, dickflüssigen Honig. Kaum, dass sie mittags aus dem Geschäft hochkam, wartete ein reichhaltiges Essen auf sie. Immer war Fleisch dabei, immer häufte die Mamsell dazu einen großen Berg Kartoffeln und Gemüse mit dicker Soße auf Stellas Teller. Und am Abend durfte sie nicht ins Bett gehen, wenn sie sich nicht den Bauch mit Broten, Leberwurst, Gewürzgurken und Früchten vollgeschlagen hatte.

So beobachtete Stella am dritten Morgen mit einer Mischung aus Traurigkeit und Erleichterung, wie die Mamsell den nunmehr leeren Weidenkorb hochnahm und zur Wohnungstür ging.

«Du brauchst nicht mitkommen, mein Sternchen. Iss nur in Ruhe dein Frühstück. Dieser haarlose Riese fährt mich zum Bahnhof.» Sie feixte. «Wenn der darauf spekuliert, dass er dafür auch nur ein Zipfelchen Schinken kriegt, hat er sich aber geschnitten.»

Stella nickte und nahm sich vor, Kalle später ein großes Stück vorbeizubringen. Von dem Kochschinken war noch fast die Hälfte übrig, und trotz der kalten Temperaturen oben auf dem Wäscheplatz, wo sie die verderblichen Nahrungsmittel in einer Holzkiste aufbewahrte, würde der Schinken sich nicht lange halten.

«Gute Reise», sagte sie, ging zu ihrer Ziehmutter und umarmte sie fest. «Und vielen, vielen Dank für deinen Besuch. Und das gute Essen. Fröhliche Weihnachten.»

«Dir auch, mein Sternchen», erwiderte Florentine und machte sich schnell wieder frei. Gefühlsduselei war nach wie vor ihre Sache nicht. «Pass gut auf alle auf. Besonders auf Luna. Sie braucht dich.»

Stella nickte. Sie hatte mit Florentine über Lunas Befürchtungen gesprochen, und Florentine hatte sich ebenfalls an das Rappfohlen erinnert.

«Auf Wiedersehen.» Sie wandte sich ab. Dann, als sei ihr eben gerade erst etwas eingefallen, sagte sie: «Ich werde versuchen, im Frühling wiederzukommen. Wenn es ein bisschen wärmer ist. Aber ich weiß noch nicht, ob ich es schaffe.» Sie wich Stellas Blick aus, als sie hinzufügte: «Im April ist ja die Hochzeit, da kommt ein Haufen Arbeit auf mich zu.»

«Die Hochzeit», wiederholte Stella tonlos. «Carsten und …»

«Birthe Jansen. Sie ist jetzt alt genug. Nächsten Mai wird sie neunzehn. Carsten möchte nicht länger warten und der olle Wilhelm sowieso nicht. Der will endlich Enkel haben. Eine ganze Schar.»

«Enkel», sagte Stella. Ihr schien, als sei sie zu eigenen Gedankengängen nicht mehr fähig. Sie konnte nur wiederholen, was Florentine sagte.

«Mach dir deshalb bloß keinen Kopp, Deern. Dat geht vorbei, und schwupps! hast du den blonden Jüngling vergessen. Zeit dafür wär's ja allmählich. Es gefällt mir gar nicht, dass du dem feinen Herrn Carsten immer noch nachweinst. Das hat der gar nicht verdient. Hör endlich auf, den zu lieben.»

Endlich kam wieder Leben in sie, und sie ballte die Fäuste. «Niemals!», rief sie aus. «Niemals kann ich Carsten vergessen! Und ich werde auch nicht zulassen, dass er eine andere heiratet!» Sie hörte selbst den falschen Ton in ihrer Stimme. Vielleicht war das, was sie für Carsten empfand, gar keine Liebe mehr, sondern nur eine fixe Idee. Vielleicht verwechselte sie Zuneigung mit der Sehnsucht nach der alten Heimat, nach der Sicherheit ihrer Kindheit und Jugend, nach dem ruhigen Leben auf Gut Friederkamp. Stella schüttelte den Kopf. Das alles war so verwirrend. Sie musste sich irren. Sie liebte Carsten noch immer.

«Er schreibt mir regelmäßig», fügte sie halblaut hinzu.

Florentine hob die Brauen. «Na und? Er ist eben ein wohlerzogener junger Mann.»

«Nein!», protestierte Stella. «Ich fehle ihm! Das hat er oft genug gesagt!»

«Ach, Sternchen. Du hast dich da in was verrannt.»

«Das habe ich nicht, und ich werde die Hochzeit verhindern!»

Florentine lachte kurz und bitter auf. «Was willst du denn dagegen tun, hä?»

«Das … weiß ich noch nicht.»

«Na, denn lass dat man schön bleiben, Deern. Es kommt nichts Gutes bei raus, wenn man immerzu der Vergangenheit nachweint. Ich verbitte mir diese Fisimatenten!»

Sichtlich verärgert und beunruhigt, warf sie Stella noch einen strengen Blick zu, bevor sie sich wieder auf den langen Heimweg machte.

23. KAPITEL

Das Gulaschessen bei Rosario hatte den Mietern in der Taubenstraße so gut gefallen, dass man beschloss, auch den Heiligen Abend zusammen zu verbringen. Der Vorschlag kam von Mathilde Platschke, die wohl Angst vor einem einsamen Weihnachtsfest hatte. Es hieß, ihr Sohn Heinrich habe seinen angekündigten Besuch in letzter Minute abgesagt. Wie auch sein Idol Adolf Hitler und die übrigen Anhänger dieser Gruppierung, die sich selbst Nationalsozialisten nannten, war er längst wieder auf freiem Fuß. Die schwierigen Zeiten erlaubten ihm allerdings keine Reise, hatte er seiner Mutter über einen Boten ausrichten lassen.

Da Rosario in seinem Wohnzimmer den größten Tisch stehen hatte, war man sich schnell einig geworden, sich wieder bei ihm im zweiten Stock einzufinden. Uneinig war man jedoch über die Teilnehmer. Lorenzo hatte von seinem Onkel nur gehört, dass Stellas Ziehmutter Florentine vier Tage zuvor die Zigeunerkinder und Kalle Spieker fortgeschickt hatte. Er selbst war natürlich eingeladen, schließlich wohnte er hier, und er musste auch nicht arbeiten, weil der Kapitän und seine Familie einen Gast aus Bremen zu Besuch hatten, der lange Jahre als Smutje zur See gefahren war und die Einladung nur unter der Bedingung angenommen hatte, dass er für das leibliche Wohl sorgen dürfe. Die Witwe Platschke wollte es ansonsten aber so halten wie die Mamsell aus Holstein. Kein Koberer mit Riesenappetit, keine verfressenen Kinder. Dabei stieß sie jedoch auf einhelligen Widerstand.

Stella erklärte rundheraus, Weihnachten sei das Fest der Liebe, und deshalb dürfe niemand ausgeschlossen werden. Vor allem nicht die arme Familie des Kesselflickers. Der Mann selbst sei ohnehin mal wieder auf Reisen, aber die Mutter und ihre Kinder müsse man einladen. Die Kleinen könnten ja in der Küche essen, da der Tisch im Wohnzimmer für so viele Gäste dann doch nicht reichte.

Pepita verkündete, ohne Kalle würden sie und Sophia auch nicht kommen.

Lorenzo wiederum machte klar, er werde dem Essen fernbleiben, falls Pepita und Sophia nicht kämen. Und sogar Henry und Harriet Thompson zeigten sich solidarisch mit den anderen. Zwar hatte das alte Geschwisterpaar mächtig Angst davor, sich erneut den Magen zu verderben, doch wenn der Rest der Hausgemeinschaft zum Essen erschien, würden sie nicht fehlen. Andernfalls blieben sie in ihrer Wohnung und begnügten sich mit einer Suppe.

So musste Mathilde Platschke schließlich nachgeben, wollte sie nicht allein oben bei dem alten Italiener sitzen.

Freiwillig verzichteten nur Luna und Piet. Angeblich ginge es Luna nicht gut genug. Lorenzo wunderte sich ein wenig darüber, denn ihm schien Luna so gesund und munter wie immer zu sein. Sie war bloß runder als früher, und sie hatte oft schlechte Laune. Er rief sich jedoch ins Gedächtnis, dass er sich mit schwangeren Frauen nicht auskannte. Als seine Schwester Maria damals guter Hoffnung gewesen war, da war er selbst zu jung gewesen, um sich dafür zu interessieren. Aber er meinte sich zu erinnern, dass es keine besonderen Probleme gegeben hatte. Eben noch hatte sie einen riesigen Bauch vor sich hergetragen, im nächsten Moment ein schreiendes Bündel im Arm gehalten.

Während er *ricotta*-Käse mit geriebenem *parmigiano* vermischte und dann drei Eier unter die würzige Masse in einer großen Blechschüssel rührte, gab er sich alle Mühe, jeden Gedanken an Maria zu verdrängen.

Es gelang ihm nicht.

Vor einer Woche hatte er einen Brief von seiner Schwester erhalten. Sie dankte ihm darin zunächst für sein eigenes Schreiben und drückte ihre Freude darüber aus, dass er eine feste Arbeitsstelle hatte. Seine Klagen über die Kapitänsfamilie, die kein gutes Essen zu schätzen wusste, erwähnte sie mit keinem Wort.

Er hatte ihr auch mitgeteilt, dass er im Frühjahr hoffentlich genug gespart haben würde, um zurück nach Predappio zu kommen. Wenigstens für einen Besuch.

Doch auch darauf war Maria nicht eingegangen. Stattdessen hatte sie noch einmal über die Folgen des Erdrutsches geschrieben. Vielleicht sei der ein Glück gewesen, berichtete sie. Denn nun wohnten sie alle in einem schönen großen, aus Backsteinen gemauerten Haus in Predappio Nuova und freuten sich über den Luxus von Badezimmern mit Wasserklosetts. Die faschistische Regierung hatte dem Ort eine großzügige Spende für den Wiederaufbau zukommen lassen. Dieses Haus stand ebenfalls am Ortseingang, sodass Besucher als Erstes die *trattoria* sahen. Concetta und Salvatore hätten sich mit Amalia im ersten Stock eingerichtet, während sie selbst mit ihrer Familie im zweiten Stock wohnte.

Dann hatte sie ihm lang und breit von Filippo erzählt, ihrem Sohn, der mit seinen inzwischen dreizehn Jahren ein begeisterter Anhänger Mussolinis geworden sei und darauf bestehe, in schwarzem Hemd, schwarzer Hose und schwarzen Stiefeln zur Schule zu gehen. Sein Vater Claudio habe wenig dazu zu sagen, schimpfte sie. Er sei schwach und wolle sich mit niemandem anlegen. Aber Großvater Salvatore gerate mit seinem Enkel ständig in Streit, ganz ähnlich wie früher mit ihm, Lorenzo. Sie fürchtete schon, mit Mann und Sohn wieder ausziehen zu müssen.

Davon abgesehen schrieb sie wenig über Concetta und Salvatore. Nur, dass es ihnen so weit gutgehe und dass die neue *trattoria* so viel Gewinn abwerfe, dass Salvatore nicht mehr für den *padrone* arbeiten müsse. Nonna Amalia habe leider kaum noch klare Momente. Zweimal schon habe sie sich in den Wäldern verlaufen, und einmal habe sie die Familie fast umgebracht, weil sie nicht mehr wusste, welche Pilze essbar und welche giftig waren.

Eine ganze Seite widmete sie seiner Verlobten Giuseppina. Deren Vater, Antonio Colomba, habe einen neuen *alimentari* in der Ortsmitte eröffnet. Doppelt so groß wie der alte, und die Geschäfte liefen gut, seit es auch den Menschen in Predappio ein wenig bessergehe.

Giuseppina habe sich sehr verändert, schrieb Maria. Züchtig sei sie geworden, trüge nur noch hochgeschlossene Kleider in gedeckten Farben und habe ihr Haar zu einem festen Nackenknoten gebunden.

Lorenzo schaffte es mit all seiner Phantasie nicht, sich Giuseppina so brav vorzustellen. Häufig, so hieß es weiter, ließe sie sich in Begleitung von Davide Bastelletti sehen. Und Lorenzos Ring habe Maria übrigens nicht mehr an Giuseppinas Hand entdecken können.

Und Maria hatte ihn auch noch gewarnt: Die Bastellettis seien nach wie vor schlecht auf ihn zu sprechen. Die Schande, die er ihnen zugefügt hatte, indem er Davide angegriffen hatte, sei unvergessen. Maria vermutete genau wie er selbst, dass sie ihn aus dem Weg haben wollten, damit Davide in Ruhe um Giuseppina werben konnte.

Zähneknirschend rieb Lorenzo nun die Schale einer Zitrone ab und gab sie zusammen mit etwas Salz an die Füllung. Dann wandte er sich dem Nudelteig aus Weizenmehl, Eiern und Olivenöl zu, den er schon zuvor angerührt hatte.

Lorenzo hatte den zweiten Kellerraum neben Lunas und Stellas Geschäft schon vor Monaten entdeckt. Er war bis oben hin voll mit Gerümpel gewesen, und niemand hatte etwas dagegen gehabt, dass er ihn leerte. Der Fußboden bestand aus nacktem Stein, und die Wände waren unverputzt. Hie und da zeigten sich feuchte Stellen.

Er besaß nicht das Geld für teure Geräte, aber nach und nach bekam er zusammen, was er brauchte. Einen Kohleherd hatte Verena ihm schicken lassen. Darauf köchelte jetzt in einem großen gusseisernen Topf eine leichte Tomatensoße. Ihr Duft erfüllte den ganzen Raum, während das Herdfeuer die feuchte Kälte vertrieb.

Einen Arbeitstisch hatte er vom Kapitän in Blankenese geschenkt bekommen. Es gab einen alten Schrank mit schief in den Angeln hängenden Türen, den er als Vorratskammer benutzte, es gab Schüsseln und Teller, Töpfe und Pfannen. Nichts davon passte zusammen, aber alles erfüllte noch seinen Zweck.

In einer Ecke standen zwei Zinkeimer, bis zum Rand voll mit Kohle, damit er jederzeit nachlegen konnte, und neben einer angeschlagenen Waschschüssel aus Emaille hatte Lorenzo mehrere Krüge mit Wasser aufgebaut. Natürlich träumte er von einer modern ausgestatteten Küche, so wie jener in Blankenese. Mit einem Gasherd, gutem Licht und fließendem Wasser. Womöglich sogar mit einem großen Eisschrank, für den jede Woche frisch geschlagene Eisblöcke angeliefert wurden.

Doch bis er sich so etwas leisten konnte, war er mit seinem Kellerraum zufrieden. Hauptsache, er konnte endlich das tun, was er am liebsten tat.

Sein wichtigstes Küchengerät war ohnehin nicht mit Geld zu bezahlen. Voller Stolz betrachtete Lorenzo die Nudelmaschine auf dem oberen Ende seines Arbeitstisches. Zwei hölzerne Walzen, deren Länge und Durchmesser ungefähr seinem Unterarm entsprachen, steckten eng übereinander in einem offenen Gehäuse und wurden mit einer Kurbel bedient.

Ohne seinen Onkel hätte er das Gerät niemals bauen können. Rosario hatte ein Händchen für technische Geräte. Anfangs hatte er Lorenzo gefragt, wozu er überhaupt eine Nudelmaschine brauche. Einen guten Teig können man auch mit dem *mattarello,* dem etwa einen Meter langen Nudelholz, vorbereiten. Also erklärte er Rosario, er plane für die Zukunft, und mit einem solchen Gerät könnten größere Mengen Nudelteig in kürzerer Zeit in Form gepresst werden. Daraufhin hatte der alte Mann nur müde gelächelt. Niemand glaubte an Lorenzos Traum, nicht einmal sein eigener Onkel.

Aber geholfen hatte er ihm doch, und nach einigen Fehlschlägen – einmal war der Teig zu dünn, dann blieb er zu dick, dann wieder zerriss er – war die Maschine fertig geworden und funktionierte nun perfekt.

Sein zweiter großer Schatz lag direkt vor ihm. Mit mehligen Fingern blätterte Lorenzo im Rezeptbüchlein seiner Mamma um. Beinahe konnte er hören, wie sie sagte: «Gib noch etwas Olivenöl an den Teig, mein Sohn. Und eine Prise Salz.»

Ein wehmütiges Lächeln lag auf seinen Lippen, und seine Augen wurden feucht. Besonders an Weihnachten fehlte ihm seine Familie. Er vermisste es, in der heimischen Küche beim knisternden Feuer zusammenzusitzen, er vermisste die festliche Stimmung, den Duft der gerösteten Kastanien und die Freude, wenn Concetta es zur Überraschung aller geschafft hatte, einen Kanincheneintopf zu kochen oder gar einen Schweinebraten.

Als er flinke Schritte auf der Kellertreppe hörte, atmete Lorenzo erleichtert auf. Dieses Kind, dachte er verwundert, dieses Kind taucht sehr oft genau in dem Moment auf, wenn ich traurig bin.

Im nächsten Moment schimpfte er los: «Willst du sterben, Sophia?»

«Nee, wieso?» Sie baute sich vor ihm auf, klein, sehr klug und ziemlich frech.

«Wo ist dein Mantel?»

«Oben. Ich musste doch nur ein paar ganz kurze Meter draußen laufen. Da lohnt sich es gar nicht, das schwere Ding anzuziehen.»

Der Mantel war ein Weihnachtsgeschenk von Verena. Bodenlang und aus dickem dunkelgrünen Wollstoff. Sophia hatte sich noch nicht damit angefreundet. Sie behauptete, er würde mehr wiegen als sie selbst, was vermutlich zutraf.

«Ich soll dir von der Klatschke sagen, dass wir fünfzehn Leute sein werden. Schaffst du genug Nudeln für alle?»

«Selbstverständlich», gab er pikiert zurück. «Ich bin es gewohnt, für viele Gäste zu kochen.»

«Prima.» Sophia streckte die Arme aus. Er hob sie hoch und setzte sie auf den Tisch. Sofort steckte sie ihren Zeigefinger in die Schüssel mit der Füllung und leckte ihn ab.

«Iiiih, igitt!» Sie schüttelte sich.

«Es muss noch gekocht werden», gab er mit düsterer Miene zurück.

«Ach, Lorenzo, mein lieber, lieber, lieber Lorenzo. Bitte nicht böse sein.» Sie zog an seinem ausgefransten Pullover, bis er sich zu ihr hinunterbeugte, schlang ihm die Arme um den Hals und drückte ihm einen Kuss auf die Wange.

«Du schmeckst auch sonderbar», erklärte sie ernsthaft. «Ganz salzig.»

Lorenzo lachte. Er konnte Sophia niemals lange böse sein. Sie hatte schon bald nach seiner Ankunft in Hamburg sein verwirrtes Herz im Sturm erobert, und er liebte sie wie eine eigene Tochter.

«Darf ich die Kurbel drehen?», fragte sie nun. «Du musst den Teig noch platt machen.»

«Natürlich», gab er friedfertig zurück. Tatsächlich hatte er Sophia schon manchmal an der Nudelmaschine üben lassen. Es war nicht ganz einfach, die Kurbel in einer gleichmäßigen Geschwindigkeit zu bedienen, aber sie hatte den Dreh schnell rausgehabt, und zu zweit war es einfacher.

Sie machten sich an die Arbeit. Lorenzo drückte ein faustgroßes Stück Teig mit dem Handballen einigermaßen platt, dann legte er es an die Walzen. Sophia drehte den Teig durch, den er mit den Händen festhielt. Als Nächstes faltete er ihn sorgfältig zusammen, und sie begannen von vorn. Nach fünf solchen Durchgängen erklärte er den Teig jeweils für gelungen, und sie nahmen sich den nächsten Klumpen vor. Dabei zählte Sophia mit leuchtenden Augen auf, was es alles zu essen geben würde. «Also, deine Nudeln natürlich. Die sind bestimmt ganz lecker.»

Kleine Schwindlerin, dachte er voller Zärtlichkeit, sagte aber nichts.

«Und Stella hat schon eine Wildpastete zubereitet. Die dünne Frau aus Holstein hat ihr eine ganze Hirschkeule dagelassen, und ich habe gehört, wie sie über uns in der Küche gearbeitet hat, bis ich eingeschlafen bin. Jetzt liegt die Pastete in einer Tonschüssel mit Deckel, und ich darf nicht gucken. Das ist so gemein! Ich will doch wissen, was das ist!»

Lorenzo lächelte nur und hütete sich, sie zu unterbrechen.

«Aber vorgestern durfte ich ihr helfen, Marzipan zu machen. Einen ganzen Berg Mandeln haben wir geknackt, zerkleinert und durch die Mühle gedreht. Dann kam nur Puderzucker dazu und zwei Löffel Rosenwasser. Am Ende haben wir viele kleine Kugeln geformt und sie in bitterem Kakao gewälzt. Fertig waren die Marzipankartoffeln. Stella hat gesagt, die gibt es später zum Kaffee, zusammen mit den Lebkuchen aus Holstein.»

Lorenzo konnte sich nicht so recht etwas darunter vorstellen, aber er war schon gespannt auf diese Süßigkeit.

«Mutti hat einen riesigen Blumenkohlauflauf im Ofen, den kann sie nämlich richtig gut. Mit Speck und Zwiebeln und richtig dicker Sahne. Rosario hat gesagt, er sorgt für den Wein, aber davon habe ich ja nichts. Ich hoffe, es gibt auch Limonade. Und Frau Platschke, also die brät fünf ganze Hähnchen. Das ist eine Menge, oder?»

Lorenzo nickte. Wenn Sophia einmal in Fahrt war, hatte er nicht mehr viel zu sagen. Es störte ihn nicht. Ihr Geplauder vertrieb seine Einsamkeit.

«Eigentlich wollte sie ja zwei fette Gänse zubereiten, aber sie hat keine gekriegt. Ich wette, die Hähnchen schmecken genauso lecker.»

Und er dachte bei sich, das Kind hatte ohnehin noch nie eine Gans probiert.

«Gemüse macht sie auch. Aber ich will lieber nur Hähnchen essen. Oh, und Henry und Harriet haben gesagt, sie kümmern sich um den Nachtisch. Französische Pfannkuchen. Die mögen sie, seit sie mal in Paris aufgetreten sind. Ganz dünn sollen die Pfannkuchen sein, fast so dünn wie dein Nudelteig. Und dann werden sie mit flüssiger Schokolade bestrichen.» Sie leckte sich die Lippen. «Die wilden Kinder und ihre Mutti machen, glaube ich, gar nichts.» Sie wirkte jetzt ein bisschen ängstlich.

«Nicht jeder kann etwas geben», sagte er sanft.

«Ja, ich weiß, aber hoffentlich sind sie wenigstens lieb zu mir. Weißt du, bis auf den Jüngsten sind die alle so groß und stark.»

Lorenzo drückte Sophia kurz an sich. «*Non avere paura.* Hab keine Angst. Ich bleibe immer in deiner Nähe. Und ich sorge dafür, dass du am großen Tisch neben mir sitzt, *va bene*?»

«*Va bene*», erwiderte sie.

«Und jetzt geht es weiter», entschied er. Arbeit war immer noch das beste Mittel, um sich von dunklen Gedanken abzulenken.

Er nahm die Schüssel mit der Füllung und bereitete die *ravioli* wie gewohnt mit zwei aufeinandergelegten Teigstücken vor. Schließlich ging er zu einem Regal und kam mit einem kleinen Gegenstand zurück, bei dessen Anblick Sophia große Augen machte. «Was willst du denn *damit*?»

Lorenzo lächelte verschwörerisch. «Ich habe mir etwas Neues überlegt.»

24. KAPITEL

Sophia schüttelte verwundert den Kopf. «Aber … wir backen doch gar keine Plätzchen.»

«Nein, wir bereiten Sternenravioli zu», erwiderte Lorenzo und hielt die Ausstechform hoch, die ihn zu seiner Erfindung inspiriert hatte.

«Sternenravioli? Das klingt so schön.»

Er nickte und begann, mit der kleinen Blechform perfekte Sterne auszustechen. Die Zwischenräume hatte er so großzügig bemessen, dass nun sehr viel Teig übrig blieb, und von den Spitzen der Sterne musste er die oberen Ecken abschneiden, sonst zerfielen sie beim Kochen. Nun, das würde er noch üben. Im Großen und Ganzen fand er seine Kreation schon ziemlich gelungen.

«Oh», sagte Sophia staunend. «Und warum machst du die Ravioli so?»

«Die sind für Stella.»

«Oh», flüsterte sie erneut. Das Kind kam aus dem Staunen kaum noch raus. «Weil sie so heißt.»

«Und weil ich in ihren Augen die Sterne sehe», sagte er langsam.

«Weil du sie liebst.»

Lorenzo stöhnte. Sophia konnte er nichts vormachen. Sie hatte ihn schon lange durchschaut.

«So ist es», murmelte er.

Die Kleine rutschte unruhig auf dem Tisch hin und her. Dass ihr Kleid dabei mehlig wurde, schien sie nicht zu kümmern. «Wann wirst du es ihr endlich sagen? Heute? Hast du deshalb die Sternenravioli erfunden? Ich bin ja so gespannt!»

«Nein», erwiderte er schnell. «Nicht heute. Das wäre unpassend. Es ist Weihnachten, und alle sollen in Ruhe feiern.»

Sophia zog einen Flunsch. «Schade. Ist aber vielleicht besser so. Du musst noch warten. Sie liebt ja immer noch diesen Bauern da oben in Holstein. Und seit die Mamsell da war, ist sie ständig traurig.»

Ihre Worte waren wie Stiche ins Herz, und er konzentrierte sich schnell wieder auf seine Arbeit. An Giuseppina dachte er jetzt nicht. Auch nicht daran, dass Stella die Liebeserklärung eines verlobten Mannes eventuell nicht akzeptieren würde. Er wollte sich einfach nur auf das Leuchten in ihren Augen freuen, wenn sie seine besonderen Nudeln sah.

Sophia schenkte ihm ihr fröhlichstes Lächeln. «Bestimmt wird sie wieder ganz, ganz fröhlich, wenn sie deine schönen Sterne probiert.»

«Das wäre mein liebstes Weihnachtsgeschenk», sagte er inbrünstig.

Im Nu war eine große Menge Sternenravioli vorbereitet, Lorenzo ließ sie vorsichtig in sprudelndes Salzwasser gleiten. Schon zwei Minuten später fischte er sie wieder heraus. Länger dürften sie nicht kochen, erklärte er Sophia. Sonst zerfielen sie.

Sie bettelte so lange, bis sie ein *raviolo* mit einem Klecks Soße probieren durfte. Sodann erklärte sie, das sei das Allerallerleckerste, was sie jemals gegessen hätte. Möglicherweise sagte sie das auch deshalb, weil er so furchtbar unglücklich aussah, seit sie über Stella gesprochen hatten. Es tröstete ihn dennoch.

Das Essen bei Rosario wurde ein voller Erfolg. Der alte Mann hatte sich mit Henrys und Harriets Hilfe alle Mühe gegeben, sein Wohnzimmer festlich herzurichten. Frisches Tannengrün verbreitete seinen würzigen Duft im Raum, an den Wänden hingen rotgoldene Papiergirlanden, und in der Mitte des Tisches prangte ein Gesteck aus immergrünen Zweigen, mit Tannenzapfen, bunten Kugeln und Schleifen. Eine dicke Kerze in der Mitte verbreitete zusätzlich festliche Stimmung.

Was von der Dekoration übrig geblieben war, hatte er in der Küche verteilt, denn auch die Zigeunerkinder sollten es an diesem Abend schön haben und sich von der besinnlichen Ruhe anstecken lassen. Davon konnte bei ihnen vorerst jedoch keine Rede sein. Während ihre Mutter, ausnahmsweise in ein schlichtes dunkles Kleid gekleidet und nur mit falschen goldenen Ohrringen behängt, schüchtern auf ihrem Stuhl am großen Tisch hockte, veranstalteten die fünf Rabauken einen enormen Krach. Lorenzo bemerkte zu seiner Überraschung, dass es sich bei ihnen ausnahmslos um Jungs handelte. Bis vor ein paar Tagen waren sie mit den gleichen zotteligen Haaren, in alten Hosen und Pullovern rumgelaufen. Nun waren sie fast kurz geschoren, und ihre Kleidung war, wenn auch nicht flickenfrei, so doch zumindest sauber. Aber der Lärm, den sie machten, war derselbe wie immer.

Schließlich griff die Witwe Platschke ein, vor der sie alle gehörig Respekt hatten. «Ich zähle bis drei. Wer dann nicht mucksmäuschenstill ist, wird hungrig nach Hause geschickt. Und wer es wagt, Sophia zu ärgern, bekommt eine Tracht Prügel.»

Daraufhin kehrte schlagartig Ruhe ein. Kleine, rot geschrubbte Hände wurden unter dem Tisch verschränkt, fünf Paar dunkle Augen wurden niedergeschlagen.

Lorenzo zwinkerte Stella zu, sie zwinkerte nicht zurück. Saß in sich gekehrt auf ihrem Stuhl und sprach kaum ein Wort. Von Zeit zu Zeit strich sie sich geistesabwesend über die Stirn. Er wusste, unter ihrem Pony versteckt, direkt am Haaransatz, verbarg sich eine alte, längliche Narbe. Dort sei sie einmal von einem Pferd getreten worden, hatte sie ihm erzählt. Aus einem Grund, den er nicht kannte, berührte sie sich immer dann an dieser Stelle, wenn sie in Gedanken bei ihrem Wikinger war.

Sophia wollte wieder und wieder von ihr wissen, wie ihr denn nun die wunderhübschen Nudeln schmeckten, aber sie nickte nur, ließ die Hand wieder auf die Tischplatte sinken und aß still. Keine Spur von einem Leuchten in ihren Augen, auf das er so sehr gehofft hatte.

Von den anderen Gästen wurde Lorenzos Kreation hingegen sehr gelobt, nur Mathilde Platschke fand keinen Gefallen daran. Sie war eine eingefleischte Anhängerin der guten deutschen Hausmannskost. Daher pries sie Pepitas sahnigen Blumenkohlauflauf als besonders lecker an.

Stellas Wildpastete schmeckte allen gleichermaßen, aber auch darüber konnte sie sich nicht freuen. Erst als Rosario sie beinahe zwang, ein halbes Glas Rotwein zu trinken, erhielten ihre Wangen ein wenig Farbe, und sie begann ein Gespräch mit der schüchternen Zigeunerin, die neben ihr saß.

Lorenzo verstand nur Wortfetzen, da die Unterhaltung um ihn herum insgesamt sehr rege war, aber er hörte, dass der Ehemann, dieser Kesselflicker, ein untreuer Geselle war, der vermutlich in mehreren Städten Kinder hatte. Wie sie das aushalte, wollte Stella wissen. Der Mann zahle die Miete, bekam sie zu hören.

So einfach war das. Stella wirkte beschämt und schwieg daraufhin. Lorenzo war dem Familienoberhaupt nur einmal vor dem Haus begegnet. Er hatte einen fleckigen Hut gelüftet, der bestimmt mal einem reichen Mann gehört hatte, und dazu gegrinst. Dabei hatte er zwei Reihen halbverfaulter Zähne entblößt.

Wieder schaute er zu Stella, die nun, immer noch leicht betreten, der Zigeunerin zulächelte. Stella besaß perfekte weiße Zähne. Er wünschte, er könnte einmal etwas an ihr entdecken, das nicht fehlerlos war. Vielleicht wäre es dann leichter, ihre Gleichgültigkeit ihm gegenüber zu ertragen.

Rasch sah er sich weiter in der Runde um und gab sich alle Mühe, Stella aus seinen Gedanken zu verbannen. Mathilde Platschke und Harriet Thompson hatten ein gemeinsames Gesprächsthema gefunden. Sie redeten über die beste Zubereitung von Hähnchen. Harriet lobte Mathildes knusprig gebratenes Geflügel, erklärte aber, ein *Coq au vin* sei etwas ganz Besonderes. Sie versprach, die Nachbarin einmal dazu einzuladen, und Mathilde bedankte sich artig, zog dabei jedoch ein Gesicht, als werde sie zu einer Henkersmahlzeit gebeten.

Die *crêpes au chocolat*, die es zum Dessert gab, probierte sie immerhin und fand nichts zu meckern. Stellas Marzipan gab sie jedoch eindeutig den Vorzug. Alle am Tisch lobten die kleinen süßen Marzipankartoffeln, die dank des bitteren Kakaos ein besonderes Aroma bekamen. Auch die Lebkuchen von Florentine Köpke mundeten großen und kleinen Gästen gleichermaßen. Als Mathilde Platschke schließlich eine Flasche mit selbstgemachtem Eierlikör hervorzauberte, kannte die Begeisterung keine Grenzen mehr.

Rosario saß neben Henry und wirkte auf Lorenzo so lebendig wie selten. Vielleicht hatten die beiden alten Männer ein wenig zu viel von dem Rotwein und Mathildes Eierlikör getrunken, auf jeden Fall schienen sie die Welt um sie herum gar nicht mehr wahrzunehmen.

Wie zwei Verliebte, dachte Lorenzo belustigt und machte sich klar, dass er selbst auch schon das eine oder andere Glas zu viel getrunken hatte. Es irritierte ihn nur, dass Harriet ihren Bruder ein paarmal mit dem Ellenbogen anstieß. Beinahe so, als nähme sie Anstoß an seinem Verhalten.

Pepita saß neben Kalle auf mehreren Kissen und reichte ihm dennoch nur bis Brusthöhe. Das schien die beiden jedoch nicht zu stören, denn sie redeten ebenfalls nur miteinander und fütterten sich gegenseitig mit Ravioli, Wildpastete, Auflauf und Hähnchen.

Sophia tippte ihn an. «Die sind albern», erklärte sie. «Mutti und Kalle tun ja fast so, als wären sie verliebt.»

Merkwürdig, dachte Lorenzo, der denselben Eindruck hatte. Er dachte, er allein sähe die seltsamsten Paare an diesem Tisch, aber Sophia bemerkte es offensichtlich ebenfalls.

Weil sonst niemand mit ihm redete, unterhielt er sich mit seiner kleinen Freundin. Sie war ihm sowieso die Liebste, sagte er sich und schluckte den bitteren Kloß hinunter, dass Stella ihn völlig ignorierte. Mit so viel Liebe hatte er die Sternenravioli zubereitet, aber sie würdigte seine Anstrengung mit keinem Wort, mit keinem Lächeln.

Ihm fiel auf, dass sein Onkel darüber froh zu schein schien. Ein paarmal löste Rosario seinen Blick von Henry, beobachtete Stella und Lorenzo und nickte zufrieden.

Klar, dachte Lorenzo. In seinen Augen bin ich keine gute Partie für seine hochgeschätzte Stella. Zu unstet, mit tausend Flausen im Kopf. Und er weiß von Giuseppina.

Es wurde spät an diesem denkwürdigen Heiligen Abend.

Irgendwann schliefen die Zigeunerkinder am Küchentisch ein, mit Bäuchen so voll wie das ganze Jahr über nicht.

Kalle half, sie die Treppen nach unten zu tragen, je ein Kind unter einem Arm. Auch die Mutter verabschiedete sich, und als sie schon in der Wohnungstür stand, ihren schlafenden Jüngsten in den Armen, richtete sie zum ersten Mal das Wort an ihre Nachbarn: «Vielen herzlichen Dank für die Einladung. Das war der schönste Heilige Abend in unserem Leben. Sie sind gute Menschen. Ihnen allen gesegnete Weihnachten.»

Stella seufzte, Pepita liefen die Tränen über die Wangen, Henry, Harriet und Rosario tauschten lange Blicke, Lorenzo fühlte sich auf unerklärliche Weise beschämt.

Selbst Mathilde Platschke wischte sich unauffällig über die Augen und hatte offenbar vergessen, dass sie die Familie hatte fernhalten wollen. Sie ging dann ebenfalls, weil sie den Gottesdienst im Michel, der St.-Michaelis-Kirche, besuchen wollte. Niemand begleitete sie. Stella hätte es vielleicht gefallen, dachte Lorenzo, aber sie blieb bei den anderen. Pepita und Kalle wollten lieber kein Aufsehen erregen. Sophia war genauso müde wie die fünf Zigeunerkinder, das Geschwisterpaar gehörte keiner Kirche an, und Lorenzo und Rosario waren ohnehin katholisch.

Pepita und Sophia verabschiedeten sich ebenfalls. Kalle sah Pepita mit sehnsuchtsvollem Blick nach und wirkte dabei gar nicht mehr wie der laut fluchende Koberer, sondern wie ein sehr verletzlicher Mann.

Henry und Harriet gingen kurz darauf. Stella erklärte, sie werde Rosario beim Aufräumen helfen, und selbstverständlich packte Lorenzo mit an. Weil aber auch Kalle blieb, mehrere

Teller zerdepperte, den Wein austrank und irgendwann zotige Lieder sang, bekam er keine Gelegenheit, einen Moment mit ihr allein zu sein.

Sie verabschiedete sich, indem sie Rosario kurz umarmte und ihm, Lorenzo, nur zunickte. Es war zum Verrücktwerden!

Und ebendeshalb ging nach diesem langen Abend sein südländisches Temperament mit ihm durch.

«Das ist der Dank?», fuhr er Stella an, als sie im Begriff war, die Wohnung zu verlassen. «Einmal Nicken dafür, dass ich mir seit Wochen ein besonderes Essen für dich überlegt habe? Dafür, dass ich …» Er brach ab, als er ihren starren Gesichtsaudruck sah. Dass ich dich seit Jahren liebe, hatte er sagen wollen, fuhr nun aber mit hochrotem Kopf fort: «… dich seit Jahren verehre.»

«Tust du das?», fragte sie kühl, aber ihre Stimme zitterte.

«Lorenzo», mahnte Rosario, «Stella. Kinder, seid friedlich, es ist Weihnachten.»

Keiner von beiden hörte auf den alten Mann, der sich schließlich seufzend in die Küche zurückzog.

«Ja», sagte Lorenzo nun ein wenig ruhiger. «Das tue ich, Stella, und du weißt das, aber du weichst mir aus. Weil du … weil du …» Erneut zögerte er.

«Weil ich einen anderen Mann liebe», flüsterte sie.

«Tust du das?», fragte er nun seinerseits.

«Ich … ja.»

Es klang nicht ehrlich, fand er. Eher unsicher. Es kam nicht aus dem Herzen. Er wusste, sie hatte diesen Bauern seit Jahren nicht mehr gesehen, und zum ersten Mal fiel ihm auf, dass sie beide sich in einer ähnlichen Situation befanden. Stella war von Carsten getrennt, er von Giuseppina.

Fast hätte er seine Gedanken laut ausgesprochen, aber er biss sich auf die Zunge. Seine Beziehung zu Stella war schon kompliziert genug, ohne dass er seine Verlobte ins Spiel brachte.

Aber weil er immer noch sehr aufgewühlt war, weil sie ihn schier verrückt machte, trat er auf sie zu und legte seine Hände an ihre Wangen. Ihrer beider Augen befanden sich fast auf gleicher Höhe, und ihre Blicke verfingen sich ineinander. Schon glaubte er, ihre weichen Lippen auf seinen zu spüren, da verpasste sie ihm eine so heftige Ohrfeige, dass er einen brennenden Schmerz verspürte.

Er machte einen Satz zurück und starrte sie, erneut wütend, an. «Wie kannst du es wagen!»

Stella wirkte erschrocken, bewahrte jedoch Haltung.

«Die hast du dir verdient», sagt sie noch, bevor sie ins Treppenhaus stürzte.

Lorenzo musste sich am Türrahmen festhalten, um ihr nicht nachzulaufen. Es war besser, sie gehen zu lassen. Im Augenblick traute er sich selbst nicht über den Weg.

25. KAPITEL

St. Pauli, März 1926

Hallo?», erklang eine wohlbekannte Frauenstimme. «Ist niemand da?»

«Doch», sagte Luna. «Momentchen.»

Ächzend, fluchend und lächelnd zugleich kam sie hinter dem monströsen Tresen hoch.

«Hast du mal wieder Kaffeepäckchen gezählt, die von einem brasilianischen Frachter gefallen sind?», fragte Verena augenzwinkernd.

«Nee, bloß die Fromms», erklärte Luna ernsthaft. Seit sie die Präservative sozusagen unter der Ladentheke verkaufte, hatten sie sich zum echten Renner entwickelt.

«Und um die zu zählen, musstest du dich hinhocken?»

«Ach was. Ich habe mir da einen Stuhl hingestellt. Weißt du, ich schaff's nicht mehr, den ganzen Tag zu stehen. Meine Beine sind dick wie Schiffsmasten.»

Sie kam um den Tresen herum, beugte sich vor und gab der Freundin ein Küsschen rechts und links auf die Wange. Unter feinen Leuten sei dies jetzt schick geworden, hatte in der Zeitung gestanden, und Luna liebte es, die Menschen auf diese Weise zu begrüßen. Einige ihrer Kunden und Nachbarn verwahrten sich allerdings gegen die Küsserei. Die Witwe Platschke hatte sich sogar heftig mit einem Spitzentaschentuch übers

Gesicht gerieben – als hätte sie Angst gehabt, es könnte ein dicker schwarzer Fleck zurückbleiben.

«Das ist vernünftig», erwiderte Verena mit Blick auf Lunas Bauch. «Du solltest überhaupt nicht mehr länger als eine halbe Stunde am Stück stehen und außerdem so oft wie möglich die Beine hoch lagern.»

«Seit wann bist du Hebamme?»

«Ich habe mich ein bisschen schlaugemacht», gab Verena zurück. «Ein, zwei Bücher gelesen.»

Sie schob die Schwangere sanft zu der kleinen Sitzecke, die Stella und Luna auf Lorenzos Bitte hin eingerichtet hatten. Zwei kleine runde Tische mit je zwei Stühlen. Dort konnten die Kunden die eine oder andere italienische Spezialität probieren, die bei Feinkost Schuster neuerdings im Angebot war.

Wie der berühmte stete Tropfen, der den Stein höhlte, hatte es Lorenzo schließlich geschafft, zunächst Luna von seiner Idee zu überzeugen. Stella hatte länger gebraucht, aber schließlich, Ende Februar, hatte sie nachgegeben.

So gab es nun außer Gewürzgurken, eingelegten Zwiebeln und Sauerkraut aus dem Fass auch grüne und schwarze Oliven, getrocknete Tomaten und in Öl schwimmende Scheiben eines in Norddeutschland unbekannten Gemüses, das Lorenzo *zucchini* nannte. Neben Mettwurst, Kochschinken und Leberwurst lag bescheiden eine *mortadella* in der Auslage, und hinter dem Glas der neu angeschafften Käsetheke verbrüderte sich Parmesankäse mit holländischem Gouda und dänischem Tilsiter.

Ein großer Erfolg war mit diesem neuen Angebot bis gestern nicht erzielt worden.

«Wat de Buur nich kennt, dat frett he nich», hatte Mathilde Platschke gesagt. Was der Bauer nicht kennt, das frisst er nicht.

Allerdings waren an diesem Vormittag fünf italienische Matrosen hereingeplatzt und hatten die Nahrungsmittel, die sie an ihre Heimat erinnerten, restlos aufgekauft. Selbst dass die *mortadella*, diese große hellrosa Wurst mit den sichtbaren Fettstücken, schon ein wenig grünlich schimmerte, hatten sie großzügig übersehen. Nur war es Luna nicht gelungen, die Scheiben so hauchdünn zu schneiden, wie es die Matrosen wünschten, und sie regten sich ziemlich darüber auf.

Als sie jedoch fragte, ob die jungen Herren vielleicht ein paar Fromms gebrauchen könnten, beruhigten sich die Gemüter.

Deshalb hatte sie eben ihren Bestand nachgezählt. Es wurde höchste Zeit für eine neue Bestellung.

Erneut ächzend ließ sie sich auf einen Stuhl sinken. «Hoffentlich hält der mich aus. Der hinter dem Tresen hat schon gefährlich geknarrt. Die sind nicht für Walrösser gebaut.»

Verena lachte, aber es war keine Fröhlichkeit in ihrem Lachen. Luna wusste, die Freundin gönnte ihr von Herzen ein Kind, zugleich jedoch fühlte sie sich gewiss an ihre eigene Fehlgeburt erinnert. Wenn Luna es recht bedachte, sah Verena auch anders aus als sonst. Nicht so schick, kaum geschminkt, dünn und sehr blass unter dem bisschen Puder.

«Was ist denn mit dir?», fragte sie geradeheraus.

«Nichts. Ich bin wohl nur überarbeitet. Vielleicht wird mir der Dienst in Friedrichsberg zu viel.»

«Das glaube ich nicht. Du liebst diese Arbeit.»

Verena nickte müde. Sie steckte eine Zigarette in die Spitze aus Elfenbein, zündete sie an und nahm einen tiefen Zug. «Das ist wahr. Aber Ferdinand sieht es nicht mehr gern. Während des Krieges hat er es akzeptiert und war vielleicht sogar ein wenig stolz auf mich. Aber nun behauptet er, eine solche Tätigkeit passe nicht zu meiner gesellschaftlichen Stellung. Zudem müsse ich ein ruhigeres Leben führen, wollte ich ihm endlich einen Stammhalter schenken. Er weist mich ständig darauf hin, dass ich schon zweiunddreißig bin. Eigentlich längst zu alt für eine Schwangerschaft. Dass es vielleicht an ihm liegen könnte, weil er schon über fünfzig ist, davon kann natürlich keine Rede sein.»

Sie machte eine Pause, biss sich auf die Lippen, fuhr dann doch fort: «Ach, Luna. Ich bin es so schrecklich leid zu streiten. Und ich ertrage es kaum noch, mit ihm … mit ihm … Du weißt schon.»

Luna griff nach Verenas Hand und drückte sie fest. «Das wird schon wieder. Du bist stark. Vielleicht brauchst du nur mal eine Pause.»

Innerlich jedoch erschrak sie. So kannte sie die Freundin gar nicht. So zaghaft, so mutlos.

«Möglich», kam es dumpf zurück. Gleich darauf hellte sich Verenas Miene auf. Sie griff in ihre Handtasche und holte einen Briefumschlag heraus. «Ich habe ihn übersetzt. Deshalb bin ich hier.»

Lunas Herz klopfte auf einmal hart und schnell. «Was steht drin?»

Vor Monaten schon hatte sie mit Verenas Hilfe einen Brief an ihren Vater in Marseille aufgesetzt. Nur wenige Zeilen, in denen sie sich vorgestellt und von Fannis Tod berichtet hatte. Der Brief war in einem größeren Umschlag zurückgekommen. Darin noch ein Schreiben mit der Nachricht, Raouf Boukrana sei leider vor zwanzig Jahren beim Untergang seines Frachters verstorben. Der Unterzeichnende hieß Jacques Boukrana und war Lunas jüngerer Bruder.

Sie hatte lange gebraucht, um die Neuigkeit zu verdauen, aber schließlich hatte sie Jacques zurückgeschrieben, hatte ihm von sich selbst und von Stella erzählt, mit der er, Jacques, zwar nicht verwandt war, die aber zur Familie gehörte. Verena hatte vorgeschlagen, eine Fotografie beizulegen, doch davor war Luna zurückgeschreckt. Wenn ihr Bruder nach seiner französischen Mutter geraten war, die er ebenfalls erwähnt hatte, dann war er womöglich ein Weißer und wollte mit einer schwarzen Schwester nichts zu tun haben.

Nun war endlich Antwort gekommen.

«Was steht drin?», wiederholte Luna, weil Verena so offensichtlich in die Betrachtung des französischen Briefes versunken war.

«Bitte», sagte die Freundin und reichte ihr nach einigem Zögern die Übersetzung. Außerdem gab sie Luna zwei Fotografien.

«Er hat daran gedacht», sagte sie mit leisem Tadel in der Stimme. «Entschuldige, wenn ich sie mir schon angesehen habe. Du hast mir den Brief ja geöffnet gegeben, und ich konnte meine Neugier nicht zügeln.»

Lunas Finger zitterten, als sie das erste Bild anschaute. Ein älterer Mann blickte sie streng an. Soweit sie das erkennen konnte, war er ziemlich dunkel, aber wie ein typischer Neger sah er nicht aus. Sogar sein Haar war glatt, und sie fragte sich, von welchem Vorfahren sie bloß ihr widerspenstiges Kraushaar geerbt hatte.

«Mein Vater», murmelte sie. Jedoch fühlte sie nichts. Keine magische innere Verbindung. Sie legte die Fotografie beiseite und nahm die andere auf. Darauf zu sehen waren ein junger, hellhäutiger Mann mit einer ebenso hellhäutigen und sehr hübschen jungen Frau.

«Das ist seine Gattin Eugenie», erklärte Verena. «Und sie hält ihre kleine Tochter Camille im Arm.»

Weiß, das Mädchen war eindeutig ebenfalls weiß. Luna wollte erleichtert sein, doch sie schaffte es nicht. Zu sehr bedrückten sie die eigenen Ängste. Der Brief war nicht lang, enthielt jedoch eine herzliche Einladung, die Familie einmal zu besuchen. Es sei ein unverhofftes Geschenk, eine Schwester gefunden zu haben. Und es komme einem kleinen Wunder gleich, wenn eine französische und eine deutsche Familie einander als Verwandte und nicht als Feinde begegneten. Jacques gab auch mehrfach seiner Hoffnung Ausdruck, den Kontakt aufrechtzuerhalten.

«Das ist wirklich schön», sagte Luna und steckte Brief, Fotografien und Umschlag in die Tasche ihrer Kittelschürze. «Aber ich glaube nicht, dass wir uns jemals persönlich kennenlernen werden.»

«Eine Reise nach Südfrankreich ist lang», stimmte Verena ihr zu. Sie drückte ihre Zigarette aus und fragte dann: «Nun erzähl mir von dir. Wie geht es dir, abgesehen davon, dass du dich zu dick fühlst?»

Luna unterdrückte ein Seufzen. Alle Welt schien sich auf dieses Kind zu freuen. Allen voran Piet, aber auch sämtliche Nachbarn bis hin zu der ollen Platschke, die offenbar auf einen Ersatz für ihren in der Ferne weilenden Sohn hoffte. Obwohl es gerade die Witwe war, die Luna manchmal so schräg ansah, als hege sie dieselben Befürchtungen wie sie selbst. Den nächsten Seufzer konnte sie nicht unterdrücken.

«Hast du Schmerzen?», erkundigte sich Verena.

Ja, dachte Luna, mir tut das Herz weh vor lauter Angst, ein kleines Negerlein auf die Welt zu bringen. Sie wünschte sich so sehr, mit jemandem zu reden. Ein paarmal hatte Stella sie gebeten, sich ihr anzuvertrauen. Aber Luna hatte es nicht geschafft. Ihre Schwester hatte sich seit Weihnachten verändert. Alle Fröhlichkeit, die sie im Laufe der Jahre errungen hatte, war verschwunden. Sie wirkte ständig geistesabwesend und redete nur von Holstein und Carsten Friederkamp. Zudem schien sie auf Lorenzo richtiggehend wütend zu sein. Luna hatte nicht in Erfahrung bringen können, was da passiert war.

Allein der Mann vom Radio vermochte Stella neuerdings auf andere Gedanken zu bringen.

Luna sah Verena direkt an. Sie war ihre beste Freundin. Sie hatte geholfen, als es Piet schlechtging, sie hatte ihr, Luna, von ihrer Fehlgeburt erzählt, und sie teilte schon das Geheimnis um ihre französische Verwandtschaft mit ihr. Mit wem sollte sie reden, wenn nicht mir ihr?

«Ich habe Angst», gestand sie leise.

Verena schwieg, wartete, dass sie weitersprach.

«Ich wünschte, ich könnte einmal in meinen Bauch hineinschauen.»

Nun wirkte Verena überrascht. «Warum? Willst du unbedingt wissen, ob es ein Junge oder ein Mädchen wird?»

«Nein.»

«Ist Piet etwa genauso auf einen Sohn versessen wie mein Ferdinand?»

«Nein, das ist es nicht.»

Verena runzelte die Stirn. «Hast du Angst, es könnte nicht gesund sein?»

Daran hatte sie bisher keinen Gedanken verschwendet, also verneinte sie.

«Dann verstehe ich leider nicht, worum du dich sorgst», sagte Verena langsam.

«Um die Hautfarbe», presste Luna hervor.

Eine Weile schwieg Verena, blickte sie nur ungläubig an.

«Würde es denn etwas ausmachen», fragte sie schließlich langsam, «wenn das Kind nach dir käme? Würdest du es weniger lieben?»

«Unsinn.» Luna schüttelte heftig den Kopf. «Mir wär's völlig schnuppe.»

«Aber?»

Sie druckste herum, verschluckte die Worte, brachte sie schließlich doch stolpernd hervor: «Aber vielleicht würde mein Piet sich …»

Verena hob abwehrend die Hand. «Hör sofort auf, einen solchen Riesenunfug zu reden! Was denkst du denn von deinem Mann? Piet hat ein großes Herz. Er wird jedes eurer gemeinsamen Kinder lieben.»

Großer Gott! Luna erschrak bis ins Innerste. Obwohl sie inzwischen neunundzwanzig war, würde sie vermutlich noch mehr Nachwuchs bekommen. An diese Möglichkeit hatte sie seit langem nicht mehr gedacht! Das hieß, sie würde diese Angst noch öfter aushalten müssen.

«Das schaffe ich nicht», sagte sie matt.

«Was denn?»

«Mich noch einmal so zu sorgen.» Sie überlegte, ob Piet wohl bereit sein würde, ein Gummi zu benutzen. Eher nicht.

«Warum sprichst du nicht einmal mit ihm darüber?», fragte Verena.

«Ich hab's versucht. Ehrlich. Aber jedes Mal bin ich im letzten Moment zurückgeschreckt.»

«Verstehe.»

«Und glaubst du – also, du kennst dich doch mit Krankenhäusern aus –, glaubst du, die nehmen es mir weg, wenn es nicht weiß ist?»

«Jetzt wirst du paranoid», sagte Verena mit fester Stimme. «So etwas würde niemand tun. Wir leben im zwanzigsten Jahrhundert und nicht im Mittelalter.»

Luna, die sich schon besser fühlte, weil sie sich endlich jemandem anvertraut hatte, lächelte Verena zu. «Danke, dass du mir zugehört hast.»

«Dafür sind Freunde da.»

Ein paar Minuten schwiegen sie einvernehmlich, und es schien, als würden all ihre Sorgen in den Hintergrund treten. Schließlich bemerkte Luna: «Es ist ganz schön viel passiert, seit du das erste Mal mit deinem kaputten Absatz hier hereingekommen bist.»

«Allerdings», sagte Verena und schmunzelte. «Und du wolltest ihn nicht reparieren, was ich ziemlich unerhört fand.»

«Unglaublich, dass das schon vier Jahre her ist.»

Aus Verenas Schmunzeln wurde ein lautes Lachen. «Und du hast mir nicht beigestanden, als Pepita mir die Leviten gelesen hat.»

Luna wollte mitlachen, doch ein plötzliches starkes Ziehen tief in ihrem Rücken hinderte sie daran. Es ist nichts, sagte sie sich sofort. In den vergangenen Tagen hatte sie so etwas schon manchmal verspürt. Das Kind war erst in vier Wochen fällig, und Doktor Richter hatte sie darauf vorbereitet, dass es in der Zeit davor hin und wieder zu Schmerzen kommen könne, wenn der Körper sich auf die Niederkunft vorbereitete. So ganz hatte sie das nicht verstanden, aber sie ging einfach mal davon aus, dass es stimmte.

Im nächsten Moment brachte sie immerhin ein Grinsen zustande. «Niemand nennt unsere Pepita ungestraft eine Zwergin.» Ihr fiel etwas ein. «Warte kurz», sagte sie zu Verena. Sodann wuchtete sie sich hoch und verließ den Laden. Auf der Straße entdeckte sie zwei der Zigeunerkinder und trug ihnen auf, hoch zu Pepita zu laufen und ihr zu sagen, sie solle einmal herunterkommen. Die beiden Jungen flitzten davon.

«Ich lass sie rufen», erklärte sie Verena, als sie wieder ächzend auf ihren Stuhl sank. «Sie will dich nämlich etwas fragen. Irgendwas Wichtiges.»

«Mich?» Verena blickte Luna staunend an. «Was kann sie denn von mir wollen?»

«Ich weiß es nicht, aber wir werden es bestimmt gleich erfahren.»

Es dauerte eine halbe Stunde, bis Pepita endlich erschien. Bis dahin war der Schmerz noch einmal zurückgekehrt, und Luna hatte Verenas prüfenden Blick bemerkt. Aber sie hatte einfach behauptet, ihr Rücken mache ihr zu schaffen. Ein solches Gewicht sei der nicht gewöhnt. Verena schien nicht überzeugt, hatte aber schließlich nichts gesagt und nur eine weitere Zigarette geraucht.

Pepita trug ein enganliegendes rotes und bodenlanges Kleid, das ihr mehr denn je das Aussehen einer Puppe verlieh. Sie scherte sich nicht um die gängige Mode der tiefen Taillen und weiten, fließenden Stoffe, sondern zog das an, was ihr gefiel. Ihr Engelshaar hatte sie aufgesteckt, und an den kleinen Füßen hatte sie gefährlich hochhackige Pumps, die ein befreundeter

Schuster in dieser Kindergröße extra für sie anfertigte. Sie wirkte tatsächlich ein bisschen größer als sonst, aber als normal gewachsene Frau ging sie dennoch nicht durch.

«Luna, mein Schatz», begrüßte sie ihre langjährige Freundin. Zu Verena war sie förmlicher, sagte nur «guten Tag». Aber die alte Abneigung schien sich endgültig gelegt zu haben, denn ihr Lächeln war echt und freundlich.

Überhaupt lächelte Pepita in letzter Zeit viel, stellte Luna wieder einmal fest. Im Gegensatz zu Stella und Verena hatte sie sich zum Besseren verändert. Da war nichts mehr zu spüren von der verängstigten Zwergin, die niemandem sagen wollte, was mit ihr los war. Vor ihr stand eine glückliche Frau.

Glücklich? Ja, tatsächlich! Erst in diesem Moment fiel es Luna so richtig auf. Sie war wohl zu sehr mit ihren eigenen Sorgen beschäftigt gewesen, um die Verwandlung zu bemerken.

Pepita kletterte nun auf einen freien Stuhl und begann, Konversation zu machen. Sie plauderte mit Verena über das Wetter, über die neuesten Theaterstücke in der Hansestadt, über eine Varietéschau, die sie erst vor kurzem gesehen hatte.

Irgendwann wurde es Luna zu bunt. «Wat soll dat ganze Gesabbel? Ich denke, du musst Verena dringend wat fragen?»

Pepita bog die Mundwinkel nach unten. «Ja, aber ich weiß nicht, wie. Und wenn ich es nicht gleich schaffe, ist meine Chance vertan, weil nämlich Sophia in einer halben Stunde aus der Schule kommt. Und nachher wollen wir doch alle zu Henry und Harriet.»

Die gesamte Hausgemeinschaft hatte sich bei dem Geschwisterpaar verabredet. Um Punkt zwölf sollte Stellas erste Kochsendung im Radio kommen. Damit es gerecht zuging, hatten Henry und Harriet schon vor Tagen ausgelost, in welcher Reihenfolge jeder fünf Minuten lang die Kopfhörer aufsetzen durfte. Pepita war als Erste dran, worauf sie augenscheinlich sehr stolz war.

Luna und Verena tauschten einen ratlosen Blick.

Dann fragte Verena: «Können Sie möglicherweise verraten, worum es so ganz allgemein geht?» Als eine von wenigen Bewohnern in der Taubenstraße hatte das kleine Freudenmädchen Verena noch nicht das Du angeboten. Diese hielt sich höflich an die wenig vertrauliche Form der Anrede und sprach Pepita auch grundsätzlich mit ihrem Nachnamen Pinnetal an.

«Um meinen Freund und zukünftigen Ehemann», erwiderte Pepita so leise, dass Luna sich anstrengen musste, sie zu verstehen.

«Du willst heiraten?», fragte sie dazwischen. Aber Pepita überhörte sie und sprach weiter mit Verena. Offenbar wollte sie sich nicht unterbrechen lassen, um nicht doch noch den Mut zu verlieren.

«Es ist nämlich so, dass mein Karl-Friedrich sich Nachwuchs wünscht, und … na ja … schon bei Sophia war es nicht so einfach für mich.»

«Nicht so einfach?», stieß Luna aus. Sie konnte sich nicht mehr halten vor lauter Empörung. «Du wärst fast gestorben! Und dabei war Sophia besonders klein. Bist du nicht mehr ganz richtig im Oberstübchen? Willst du etwa noch einmal dein Leben riskieren? Und wer zum Kuckuck ist überhaupt Karl-Friedrich?»

Eine neue Schmerzwelle rollte heran, und sie sah plötzlich rote Punkte vor den Augen. Deshalb bekam sie Pepitas geflüsterte Antwort nicht gleich mit.

Sie hörte nur, wie Verena vorsichtig bemerkte: «Das ist … sicherlich höchst ungewöhnlich.»

«Was?», fragte Luna, als sie wieder klarer denken konnte.

«Nun, diese Verbindung zwischen Frau Pinnetal und ihrem – ähm – Verlobten.»

Luna rollte mit den Augen, was keine ihrer beiden Freundinnen groß beunruhigte.

«Kalle», sagte Pepita.

«Hä?» Sie war nun gänzlich verwirrt.

«Kalle heißt eigentlich Karl-Friedrich», erklärte Pepita. «Karl-Friedrich Spieker.»

«Das klingt ja beinahe vornehm», erwiderte Luna und versuchte, in ihrem schwer überforderten Kopf die Neuigkeit zu verarbeiten. Schwierig, schwierig. Pepita, die Zwergin, und Kalle, der Riese? «Nee, ne?»

«Doch.»

«Wie zum Teufel ist das möglich?»

«Luna», mahnte Verena sanft, die trotz aller Verbrüderung mit dem einfachen Volk eine gewisse Abneigung gegen Flüche hegte.

«Verzeihung.» Und, wieder an Pepita gewandt: «Nun? Erkläre mir das mal.»

«Wir lieben uns», kam es schlicht zurück. «Es fing so um Weihnachten an. Vorher hatte ich mich schon manchmal gewundert, weil Karl-Friedrich immer um mich herumscharwenzelte. Kannst du dir das vorstellen? Dass sich ein Mann in eine wie mich verliebt?»

«Das schon, aber ausgerechnet ihr zwei, also … wie geht denn das überhaupt?»

Sie bemerkte aus den Augenwinkeln, wie eine feine Röte

Verenas helle Haut überzog. Das musste die noble Freundin nun aushalten. Luna war auf einmal schrecklich neugierig.

Pepitas tiefbraune Augen bekamen einen verträumten Ausdruck.

«Ehrlich gesagt, ich hatte ja auch gedacht, das sei unmöglich. Aber dann habe ich entdeckt, dass sein kleiner Mann wirklich klein ist. Also, im Vergleich zu seiner Körpergröße ist Karl-Friedrich ziemlich mickrig bestückt. Da hatte ich so manchen Freier, der einen viel Größeren hatte. Karl-Friedrich zum Glück nicht.»

Dieses ewige «Karl-Friedrich» verwirrte Luna zusehends.

«In Ordnung», sagte sie. «Der Kalle hat einen kleinen Schniedel. Vielen Dank für die Information.»

«Du verrätst es doch keinem?», bat Pepita. «Das könnte seinem Ansehen schaden.»

«Dass der riesige Koberer vom lieben Gott bei seinem besten Stück übersehen wurde? Nein, ich denke, das tue ich nicht.»

«Bist ein Schatz.»

«Immer gern. Aber sag mal, erdrückt er dich nicht, wenn ihr miteinander …»

«Bitte», meldete sich da Verena mit schwacher Stimme zu Wort. «Können wir über etwas anderes reden? Ich fürchte, mir wird sonst etwas unwohl.»

Luna und Pepita brachen in Gelächter aus.

Erst nach einer ganzen Weile sagte Pepita grinsend zu Verena: «Ich kann mir gut vorstellen, dass bei Ihnen und Ihrem wabbeligen alten Gatten in dieser Beziehung herzlich wenig geschieht.»

Verena war nun dunkelrot im Gesicht und warf Luna einen strafenden Blick zu.

Luna senkte den Kopf. «Ich habe Pepita nur mal verraten, dass dein Mann um einiges älter ist als du. Aber ich habe nichts darüber gesagt, wie er aussieht, das weiß ich ja selbst nicht. Pepita denkt sich das nur aus.»

«Ich kann sehr wohl für mich selbst reden», warf die Zwergin ein, wurde aber glatt überhört.

«Erstens», sagte Verena würdevoll, «ist mein Ferdinand keineswegs wabbelig, sondern durchaus sportlich. Er rudert nämlich jeden Morgen eine Stunde lang auf der Außenalster. Zweitens geht Sie das überhaupt nichts an.»

«Verzeihung», gab Pepita artig zurück. «Aber uralt ist er trotzdem. Ich würde Ihnen empfehlen, sich mal einen knackigen jungen Liebhaber zu suchen, damit Sie wieder etwas Freude am Leben haben. Sie kriegen nämlich schon Falten in den Mundwinkeln und so einen trüben Blick. Das ist ganz typisch für unbefriedigte Frauen.»

«Pepita!», sagte Luna scharf. «Das genügt jetzt.»

Die Zwergin entschuldigte sich erneut. Das sei eben ihre Art, meinte sie. Sie könne nicht anders. Und sie könne zufällig genau sehen, ob eine Frau in dieser Beziehung auf ihre Kosten komme oder eben nicht. Außerdem würde es mit ein bisschen Spaß im Schlafzimmer auch mit der Fortpflanzung besser klappen.

Verenas Blick war inzwischen eher lodernd vor Zorn als trübe. Luna fragte sich, ob die Bankiersgattin gleich auf Pepita losgehen würde. Es sah fast danach aus. Doch im letzten Moment erinnerte sich Verena van Houten offensichtlich daran, wer sie war, reckte hochmütig den Kopf und faltete die Hände ineinander.

«Ich lasse mich von einer Prostituierten nicht provozieren», erklärte sie ruhig.

«Da bin ich aber bannig froh», gab Pepita zurück. «Und Sie verzeihen mir wirklich?»

Verena nickte nur.

«Prima. Und falls ich mal behilflich sein kann bei der Suche nach einem guten Liebhaber, dann melden Sie sich ruhig bei mir.»

«Schluss!», befahl Luna.

«Ist doch nur, um es wiedergutzumachen.»

«Klappe halten.»

Pepita tat, wie ihr befohlen, und erst als sich das Schweigen in die Länge zog, wiederholte sie ihre Frage von vorhin: «Glauben Sie, ich könnte ein Kind von meinem Karl-Friedrich zur Welt bringen?»

«Ich … ich bin kein Arzt», kam es hilflos zurück. «Aber mein gesunder Menschenverstand sagt mir, dass Sie damit ein übermäßig großes Risiko für Leib und Leben eingehen würden.»

«Ja, ich weiß.» Alle Fröhlichkeit verschwand aus Pepitas Gesicht. «Mein gesunder Menschenverstand sagt mir das auch.» Neidisch blickte sie auf Lunas Bauch. «Du hast es gut. In ein paar Wochen hast du ein Kind.»

«Ich glaube», erwiderte Luna und krümmte sich auf einmal unter einer heftigen Wehe, die sie erst jetzt als solche erkannte. «Ich glaube, das dauert keine paar Wochen mehr.»

26. KAPITEL

Verehrtes Fräulein Eriksen», sagte Theo Claussen mit seiner tiefen, einschmeichelnden Stimme. «Nur keine Angst, Sie werden es hervorragend machen.»

Er irrte sich, er irrte sich gewaltig. Stella wusste, sie würde keinen Ton herausbringen. Verzweifelt starrte sie auf das prügelgroße Ding vor ihrem Mund.

«Keine Angst», wiederholte Theo Claussen. «Das Mikrophon tut Ihnen nichts.»

Sie war anderer Meinung. Wenn sie es nur wagen würde, ein Wort herauszubringen, würde sie eins übergebraten bekommen.

«Das ist nur das Lampenfieber.» So langsam schien auch Claussen nervös zu werden. Er stand vor ihr, nestelte am Mikrophon herum, das aus Gründen, die sie nicht verstand, ein Innenleben aus Kohlegrieß hatte, und bemühte sich, Ruhe und Gelassenheit auszustrahlen. Im nächsten Moment fuhr der Programmleiter sich mit den Fingern durch sein dunkles Haar, das mit viel Brillantine in Form gehalten wurde. Das tat er immer, wenn es schwierig wurde. Stella kannte das schon. Gleich würde er auch noch seine runde Brille abnehmen und sie mit einem Taschentuch polieren.

Ganz am Anfang ihrer Bekanntschaft hatte Stella gedacht, dass Theo Claussen ohne diese Brille ein durchaus attraktiver Mann sein könnte. Sie verlieh ihm nämlich ein eulenhaftes

Aussehen, das sich sofort verflüchtigte, wenn er sie abnahm. Inzwischen hatte sie sich daran gewöhnt und fand ihn trotzdem anziehend. Nicht dass sie sich in ihn verliebt hätte – Gott bewahre! –, aber sie mochte ihn. Er war intelligent, strebsam und voller Zukunftsvisionen. Ein wenig erinnerte er sie darin an Lorenzo, nur dass bei Theo Claussen die Träume auf einem festen Fundament standen und nicht auf tönernen Füßen.

Sein Vater sei der Intendant der NORAG, hatte er Stella gleich in ihrem ersten Gespräch erzählt. Als sie nur ratlos die Brauen gehoben hatte, da hatte er ihr erklärt, das sei so etwas wie der Generaldirektor des Radios. Damit hatte sie etwas anfangen können.

Er selbst, Theo, kümmere sich derzeit um das Programm. Eine große Vielfalt gebe es da noch nicht. Musiksendungen, Theaterstücke, hin und wieder eine Rede. Aber er habe Pläne, große Pläne, und Stella komme darin vor.

Sie hatte ihn daraufhin ausgelacht und war schon halb wieder aus dem Alsterpavillon raus gewesen, wo sie sich zum Tee getroffen hatten, als er ihr mit großem Ernst versichert hatte, eine Stimme wie die ihre müsse im Radio gehört werden. Sie sei einzigartig, von einer besonderen Wärme und dennoch klar und kräftig.

«Ich habe bloß mal auf dem Dom ein paar Lose angepriesen», hatte Stella daraufhin erwidert. «Ansonsten verkaufe ich Lebensmittel und bin Köchin.»

«Köchin!» Die hellen Augen hinter der runden Brille hatten aufgeleuchtet. «Kolossal! Es gibt eine Sendung in Amerika, die soll sehr erfolgreich sein. Da wird den Hausfrauen das Kochen beigebracht.»

«Hausfrauen können bereits kochen», hatte Stella amüsiert

geantwortet. «Das lernen sie von ihren Müttern und Großmüttern.»

Theo Claussen war daraufhin in Schweigen verfallen, bis er endlich erwidert hatte: «Ich denke, nicht alle Frauen haben das Glück, von ihren Müttern lernen zu können. Außerdem kennt nicht jede Frau jedes Rezept. Es müsste etwas Besonderes sein, etwas …» Da hatte er wieder geschwiegen, und sie war schließlich gegangen.

Diese Begegnung war im Januar gewesen, und Stella hatte Theo Claussen aus ihren Gedanken gestrichen, bis er im Februar plötzlich im Laden in der Taubenstraße gestanden hatte und ihr sein Konzept erklärte: «Einmal in der Woche eine halbstündige Kochsendung. Das Ziel soll sein, Rezepte vorzustellen, die mit wenig Geld nachgekocht werden können. Wenn es funktioniert, werden wir die Sendung um eine weitere halbe Stunde erweitern.»

Stella hatte abgelehnt, sie wollte nichts davon wissen, im Radio aufzutreten. Aber der Programmleiter hatte nicht lockergelassen, und schließlich war sie einverstanden gewesen, versuchsweise eine Sendung zu machen. Ausschlaggebend war das Honorar gewesen, das er ihr angeboten hatte. Hundert Rentenmark! So viel verdiente sie mit dem Laden in einem ganzen Monat nicht. Meistens weniger, denn den Gewinn teilte sie mit Luna, und neuerdings bekam auch Lorenzo etwas ab.

Und es gab noch einen weiteren Grund: Sie musste Carsten Friederkamp und dessen bevorstehende Hochzeit aus ihrem Kopf verbannen.

Es hatte bloß nicht funktioniert. Ja, wenn sie sich in der Binderstraße aufhielt, mit Theo Claussen Rezepte durchging, mit den Musikern sprach und die erste Sendung plante, dann kam es schon mal vor, dass sie eine Zeitlang Ruhe vor ihrem brennenden Kummer hatte. Aber kaum befand sie sich auf dem Rückweg nach St. Pauli, blickte sie vielleicht auf die Schneehaufen an den Straßenrändern und erinnerte sich daran, wie sie mit Carsten Schlitten gefahren war, vom Wäldchen aus den Hügel hinunter, schnell wie der Wind und in der beißenden Kälte, die ihr die Tränen in die Augen trieb. Dann war alles wieder da, und sie weinte leise vor sich hin.

«Fräulein Eriksen.» Claussen schaute sie jetzt direkt an. «Haben Sie Vertrauen. Sie werden es schaffen.»

Die Musiker schienen so langsam anderer Meinung zu sein. Sie tuschelten miteinander, scharrten mit den Stühlen, zupften an ihren Instrumenten, schauten halb mitleidig, halb ungeduldig zu ihr herüber. Sie waren schon alte Hasen, die bereits seit knapp zwei Jahren Radiosendungen musikalisch untermalten. Für sie hatte dieser große Funksaal im Hamburger Fernsprechamt an der Binderstraße nichts Bedrohliches an sich.

Stella jedoch schaute sich wieder und wieder ängstlich um. Auf dem Fußboden und an den Wänden lagen und hingen dicke Teppiche. Sogar die Saaldecke war mit schweren Wollstoffen bedeckt, zum Teil hingen sie wie Zelte herunter. Es gab kein Fenster, kein bisschen Tageslicht. Theo Claussen hatte ihr erklärt, dass sei nötig, um den Schall zu dämpfen. Aber sie hatte sich darunter nichts vorstellen können, und der Saal wirkte nur bedrückend auf sie.

Überhaupt verstand Stella nichts von der technischen Seite des Radios. Wie es möglich sein konnte, dass ihre Stimme zu den Hörern drang, schien mehr mit Magie denn mit unsichtbaren Wellen, Sendern und Detektoren zu tun zu haben. Und warum alles gleichzeitig geschehen musste – ihr Vortrag, die

Sendung, der Empfang in den Häusern –, war ihr ebenfalls ein Rätsel. Sie hatte sich bei dem Programmleiter erkundigt, ob es nicht möglich sei, dass sie erst in dieses riesige Mikrophon sprach und ihr Vortrag später gesendet wurde. Dann hätte sie die Möglichkeit, sich zu verbessern, wenn sie sich mal verhaspelte.

Theo Claussen hatte nur bedauernd den Kopf geschüttelt. So etwas müsse wohl erst noch erfunden werden.

«Bitte», sagte er nun mit einem Hauch von Schärfe in der Stimme. «Wir müssen anfangen. In einer halben Stunde wird das Mittagskonzert aufgeführt.»

Stella hatte auf einmal einen furchtbar trockenen Mund. «Könnte ich bitte ein Glas Wasser bekommen?», fragte sie heiser.

Claussen nahm seine Brille ab und polierte sie. Stella hatte das erwartet, dennoch machte es sie noch nervöser, weil sie sah, dass auch er dabei war, seine Ruhe zu verlieren. Dann winkte er einen Laufburschen zu sich und trug ihm auf, aus der Küche Wasser zu holen.

Der Junge rannte davon und war nach nur einer Minute wieder da. Die Hälfte des Wassers war bei dem schnellen Lauf aus dem Glas geschwappt, aber die paar Schlucke waren eine Wohltat.

Stella rieb sich über die Narbe an der Stirn, dann schloss sie die Augen. Wenn sie den großen Saal, die ungeduldigen Musiker, den nervösen Theo Claussen nicht sehen musste, war sie gleich viel ruhiger.

Aber wie sollte sie dann das Rezept ablesen?

Auf einmal hörte sie Florentines Stimme. «Das kennst du auswendig, mein Sternchen. Ich habe dir jedes einzelne Rezept oft genug eingetrichtert.»

Stella lächelte. «Wir können anfangen», sagte sie.

Theo Claussen schien etwas sagen zu wollen. Sie hörte, wie er sich räusperte, aber sie hielt die Augen geschlossen, und er störte sie nicht.

Die Musik setzte ein, kein klassisches Stück, sondern eine moderne Jazzmelodie. Das Programm sollte sich an junge Hörerinnen wenden, hatte Theo Claussen erklärt. Und die jungen Frauen hörten nun mal gerne flotte Rhythmen.

Etwa drei Minuten später verstummte das Orchester, und Stella vernahm die Stimme des Programmleiters. Sie konnte auch sein holziges Rasierwasser riechen, denn er stand sehr dicht neben ihr, um als Erster ins Mikrophon zu sprechen.

«Hier ist die NORAG», sagte er laut. «Willkommen, verehrte Hörerinnen. Heute erleben Sie die Premiere einer neuen Sendung: ‹Kochen mit Stella›.»

Er trat zurück, berührte kurz ihren Arm. Es fühlte sich an wie ein Schlag. Stella öffnete die Augen einen Spaltbreit und räusperte sich, woraufhin Theo die Brauen zusammenzog. Sie begriff, das Räuspern war zu hören gewesen. Sie schluckte, hatte schon wieder einen trockenen Mund.

«Ich … ich freue mich, dass Sie heute mit mir kochen wollen.»

Theos Brauen bildeten jetzt einen geraden Strich. Ein ganz anderer erster Satz war verabredet gewesen. «Liebe Hörerinnen», hätte Stella sagen sollen. «Es ist mir eine große Ehre und Freude, Ihnen heute ein paar Ratschläge geben zu dürfen.» Aber sie war von Anfang an der Meinung gewesen, der Satz sei viel zu gestelzt, und sie würde sich bestimmt nur verhaspeln.

Schnell schloss sie wieder die Augen und fuhr fort: «Der Hering», sagte sie und wusste erst mal nicht weiter. Doch dann versetzte sie sich zurück nach Holstein, stand mit Florentine am Herd auf Gut Friederkamp und sprach nach, was diese sagte. Auf einmal klang ihre Stimme ruhig und tief. «Der Hering ist ein wunderbarer Fisch, den es in Nord- und Ostsee in rauen Mengen gibt. Daher ist er günstig zu erwerben. Wir bereiten heute einen Heringsauflauf zu. Der kann gut vorbereitet werden und gart im Ofen, während wir uns um die Familie kümmern. Wir brauchen dazu vier Salzheringe, zwei Zwiebeln, einen Viertelliter Sahne, ein Kilogramm Kartoffeln, Salz, Paprikapulver, zwei Esslöffel Semmelbrösel und ein paar Butterflöckchen. Lassen Sie die Heringe ein paar Stunden wässern.»

Ein paar Meter von ihr entfernt stand der Laufbursche an einem zweiten Mikrophon und rührte mit der Hand Wasser in einer Schüssel um, sodass es ein schwappendes Geräusch ergab. Stella fand das albern, aber Theo Claussen hatte behauptet, so funktioniere Radio. Man müsse hören können, was sie tat.

«Anschließend ziehen Sie die Heringe ab und entgräten sie.» Leise reibende Geräusche von Leder auf Leder. Stella musste sich auf die Lippen beißen, um nicht hysterisch loszukichern. «Die Heringe durch den Wolf drehen.» Der Laufbursche zerdrückte jetzt offenbar ein paar halbgare Kartoffeln. Sie hielt die Augen fest geschlossen. «Sodann mit den feingeschnittenen Zwiebeln und einem Achtelliter Sahne vermengen. Die gekochten Kartoffeln abpellen, in dicke Scheiben schneiden und leicht salzen. In eine gefettete Auflaufform die Hälfte der Kartoffeln schichten, darauf die Heringsmasse und obenauf die restlichen Kartoffeln.»

Dazu fiel dem Laufburschen kein Geräusch ein, und es erklang nur eine leise streichende Violine.

«Die übrige Sahne mit Salz und Paprika verquirlen und

über die Kartoffeln gießen. Zuletzt die Semmelbrösel darüberstreuen und mit Butterflöckchen belegen. Den Auflauf garen Sie dann etwa 45 Minuten im Backofen.»

Eine Tür wurde kräftig zugeschlagen. Das sollte wohl die Ofenklappe sein. Stella öffnete die Augen. Die Musik setzte wieder ein, sie war fertig. Doch Theo Clausen machte ein verzweifeltes Gesicht und wies auf die große Uhr, die über dem Orchester hing. Es waren noch keine zehn Minuten vergangen, und es musste doch eine halbe Stunde gefüllt werden. Während der Proben war sie höchstens ein paar Minuten vor dem geplanten Ende fertig geworden, und dann hatten die Musiker einfach ein weiteres Stück gespielt. Offenbar hatte sie heute vor lauter Nervosität wie ein Wirbelwind gesprochen.

Also improvisierte Stella. Sie berichtete von ihrer Lehrmeisterin, der Mamsell auf Gut Friederkamp in Holstein. Sie erinnerte sich daran, wie ein Knecht noch vor der Morgendämmerung bis nach Neustadt geschickt wurde, wo er die fangfrischen Heringe direkt vom Fischkutter kaufte.

«Und als er zurückkam», erzählte sie, «dann duftete es in der Gutshausküche, als hätte er die Ostsee mitgebracht. Anfangs habe ich mich ziemlich dumm beim Entgräten angestellt. Aber meine Florentine war geduldig mit mir, und irgendwann hatte ich den Dreh raus. Lassen Sie sich nicht entmutigen, wenn es Ihnen auch nicht sofort gelingt. Alles braucht Übung …» So sprach sie noch weiter, beschwor das Bild von Gut Friederkamp herauf, von dem welligen Land, der guten Luft, den hart arbeitenden Menschen. Die Augen hatte sie geöffnet, da war keine Angst mehr.

Theo Claussen machte ein Gesicht wie ein Kind bei der Weihnachtsbescherung.

Stella warf einen schnellen Blick auf die Uhr. Noch fünf Minuten. Da hatte sie noch eine Idee. «Zum Heringsauflauf passen als Beilage ein frischer Salat und vielleicht ein paar Scheiben geröstetes Brot. Ein Freund aus Italien hat mir das gezeigt. Dazu rösten Sie Brotscheiben über dem Feuer oder auch in der Bratpfanne, beträufeln sie mit ein wenig Olivenöl, geben eine Prise Salz und Pfeffer darüber. Sollten Sie Knoblauch haben, so reiben Sie eine gepellte Zehe darauf. Sie werden sehen, es schmeckt köstlich und …»

Da setzte die Musik wieder ein, und gleich darauf war die Sendung zu Ende.

«Knoblauch?», fragte Theo Clausen. «Olivenöl? Sie wissen schon, Fräulein Eriksen, dass Sie zu deutschen Hausfrauen sprechen?»

Stella ließ die Schultern sinken. «Verzeihung, ich dachte, es könnte den Leuten gefallen.»

Er schüttelte den Kopf. «Viel zu exotisch. Genauso gut könnten Sie vorschlagen, Frösche zu grillen oder Schafsaugen zu kochen.»

«Pfui Deibel!»

Theo lachte. «Eben. Nächste Woche bleiben wir schön bei deutscher Hausmannskost. Und diesen Teil der Sendung haben sie wirklich hervorragend gemeistert. Mein Kompliment.»

Sie bedankte sich und wollte den Saal verlassen. Zu ihrer Überraschung jedoch wurde sie am Ausgang von zwei der Musiker aufgehalten. Der eine hatte seine Trompete in der Hand, der andere seine Violine unter den Arm geklemmt. Sie beglückwünschten sie zur Premiere und fragten dann, wo sie Olivenöl und Knoblauch kaufen könnten. Sie seien weitgereiste Männer und liebten die südländische Küche.

Stella gab ihnen die Adresse des Ladens in der Taubenstraße und hoffte, sie hätten die beiden Zutaten auch vorrätig. Sonst müsste Lorenzo wieder einmal seinen griechischen Freund Achillos bitten, ihm auszuhelfen.

Erst als sie schon in der Trambahn saß, kam ihr ein ganz neuer Gedanke: Die Sendung allein würde ihr schon einen guten Verdienst verschaffen, sofern es damit weiterging. Aber könnte sie nicht auch dem Laden zu einem kleinen Aufschwung verhelfen?

Je näher sie St. Pauli kam, desto aufgeregter wurde Stella. Vielleicht hatte sie jetzt einen Weg gefunden, wie sie alle ihre wirtschaftlichen Sorgen endgültig loswerden konnten. Und Lorenzo würde auch glücklich sein. Käme das Geschäft nämlich endlich in Schwung, könnte er seine Stellung beim Kapitän in Blankenese aufgeben. Schon lange träumte er davon, sich nur um den Verkauf der italienischen Spezialitäten zu kümmern.

Stella wollte gleich zu Luna gehen und sich mit ihr beraten. Doch als sie die Taubenstraße erreicht hatte, war die Enttäuschung groß. Der Laden war geschlossen, und bei Henry und Harriet musste sie Sturm klingeln. Dort hatten Luna und die Nachbarn sich versammeln wollen, um Stellas erste Sendung zu hören.

Henry kam erst nach einer kleinen Ewigkeit an die Tür.

«Wo sind denn alle?», wollte Stella wissen.

«Drüben in der Davidstraße», gab der alte Mann ruhig Auskunft. «Aber bitte reg dich nicht auf, Stella. Alles wird gut.»

«Was … was ist passiert?»

«Luna bekommt ihr Kind.»

«Zu Hause?», fragte sie fassungslos. «Wir hatten doch beschlossen, dass sie ins Krankenhaus geht. Weil sie … weil sie nicht mehr die Jüngste ist.»

«Nun, sie hat sich offenbar anders entschieden. Aber Doktor Richter ist bei ihr. Und Harriet.»

«Was versteht denn Harriet von Geburtshilfe?» Daran, dass sie sich mit einer solchen Frage aufhielt, begriff sie, wie durcheinander sie war.

«Nun, wir haben vor vielen Jahren auch einmal beim Zirkus gearbeitet. Und dort hat sie einem kleinen Kamel auf die Welt geholfen.»

«Einem Kamel.»

Das hysterische Kichern, das sie im Funksaal noch erfolgreich zurückgehalten hatte, brach sich jetzt Bahn. Sie gluckste und grunzte vor lauter Anstrengung, sich zu beherrschen.

«Stella», mahnte Henry. «Bitte beruhige dich.»

Sie schaffte es erst nach einer ganzen Weile. Dann lief sie zusammen mit dem alten Mann rüber in die Davidstraße.

Vor der Wohnungstür hielt Kalle Wache und nahm seine Aufgabe sehr ernst. Er hinderte Piet offenbar schon seit geraumer Zeit daran einzutreten, und nun auch Henry. Nur Stella ließ er durch.

«Männer müssen draußen bleiben», erklärte er im strengen Tonfall eines Türstehers. «Mit Ausnahme von Doktor Richter natürlich, aber der ist ja ein Arzt.»

Stella schlüpfte an ihm vorbei, eilte über den kurzen Flur, erstarrte, als sie aus dem Schlafzimmer einen langgezogenen Schrei hörte. Dann folgten Flüche, die ihr die Schamesröte ins Gesicht trieben. Sie hatte nicht gewusst, dass Luna über ein solch ansehnliches Repertoire verfügte.

Zwischendurch vernahm sie die ruhige Stimme des Doktors.

«Ganz ruhig, Frau Thomsen. Hecheln Sie. Ja, so ist es gut. Nicht pressen.»

«Verdammte Scheiße, ich muss aber pressen!»

«Warten Sie, warten Sie, warten Sie ... Jetzt, das Köpfchen ist zu sehen. Noch einen Moment. Die Schultern kommen. Jetzt pressen, kräftig pressen, bitte.»

Wieder ein Schrei, der Stella durch Mark und Bein ging. Sie wollte hineinstürzen, ihrer Schwester helfen, aber sie blieb stehen, unfähig, sich zu bewegen. Und dann hörte sie es, ein kleines Wimmern, das sich schnell zu einem kräftigen Babygeschrei steigerte.

«Herzlichen Glückwunsch», sagte Doktor Richter. «Es ist ein Junge. Ein prächtiger kleiner Kerl.»

«Welche Farbe?», fragte Luna heiser.

Stella stöhnte. Von ihrer fixen Idee war Luna einfach nicht abzubringen.

«Nun, rot, im Augenblick», entgegnete der Arzt, und die Verblüffung war ihm anzuhören.

«Verena», bat Luna gepresst. «Sag du es mir. Sag mir die verfluchte Wahrheit.»

Demnach war auch Verena van Houten nebenan im Zimmer. Statt ihrer erklang nun Pepitas Stimme: «Alles ist gut, mein Schatz. Es wird jetzt schon rosig. Das ist eindeutig kein kleines Negerlein.»

«Und ich könnte wetten», warf Harriet ein, «diese Pünktchen dort auf der Nase werden einmal tausend süße Sommersprossen.»

Daraufhin stieß Luna einen Laut aus, der so klang, als würde eine zentnerschwere Last von ihr abfallen. Stella schossen die

Tränen in die Augen. Ihre Knie wurden weich, und sie musste sich an die Wand lehnen.

Ach, Luna, dachte sie. Du hättest auf mich hören sollen. Es tat ihr weh, dass ihre Schwester ihr nicht geglaubt hatte, wie unwichtig die Hautfarbe sei. Dann jedoch dachte sie daran, dass sie vielleicht nicht oft genug das Gespräch mit Luna gesucht hatte. Zu sehr war sie mit ihrem eigenen Kummer um Carstens bevorstehende Hochzeit beschäftigt gewesen.

Sie musste eine ganze Weile um ihre Fassung ringen, bevor sie endlich leise anklopfte, auf ein «Herein» wartete und das Zimmer betrat. Dort lag Luna, erschöpft, aber glücklich, und im Arm hielt sie ihren neugeborenen Sohn.

«Guck nur», sagte sie. «Ist er nicht wunderhübsch? Und er hat rote Haare.»

Stella nickte, obwohl der feuchte Haarflaum des Kindes ihrer Meinung nach auf keinerlei Farbe schließen ließ.

Doktor Richter packte seine Instrumente ein. «Sie haben es sehr gut gemacht, Frau Thomsen. Beim nächsten Mal würde ich nur darum bitten, mir die Flüche zu ersparen.»

Luna schlug die Augen nieder, betrachtete den winzigen Jungen, sagte schließlich: «Er wird keine Geschwister haben. So etwas mache ich nicht noch einmal durch.»

Stella begriff, dass ihre Schwester damit nicht die Schmerzen und Anstrengungen der Geburt meinte. Und an dem wissenden Blick, den Pepita, Harriet und Verena tauschten, erkannte sie, dass die drei Frauen dasselbe dachten.

Einzig Doktor Richter lächelte milde. «Das behaupten alle frischgebackenen Mütter. Glauben Sie mir, wenn erst ein wenig Zeit vergangen ist, werden Sie unbedingt noch mehr Kinder haben wollen.»

Luna öffnete den Mund, aber Stella legte ihr eine Hand auf den Arm und schüttelte den Kopf. Also blieb Luna still.

Der Doktor versprach noch, er werde am Abend zur Nachkontrolle vorbeikommen und er werde gleich eine Hebamme schicken, die Luna helfen sollte, den Kleinen anzulegen. Dann verließ er das Schlafzimmer. Pepita, Harriet und Verena folgten ihm.

Luna wirkte auf einmal sehr erschöpft.

Endlich durfte Piet hereinkommen, und Stella zog sich zurück.

Piets Augen leuchteten auf, als er seinen Erstgeborenen sah, und Stella hörte noch, wie die beiden jungen Eltern laut über einen Namen nachdachten.

«Hans-Heinrich», schlug Piet vor. «Nach meinem Vater.»

«Das ist langweilig. Wie wäre es mit Raouf?»

«Wat? Wat is dat denn für ein Name?»

Stella warf einen Blick über die Schulter zurück und sah, wie Piet sich die roten Haare raufte.

Luna grinste versöhnlich. «Ach, vergiss es. Lass uns etwas Modernes nehmen.»

«So lange es nicht Adolf ist», knurrte Piet. «Seit der Hitler im Februar hier in Hamburg eine Rede gehalten hat, sind 'n paar Leute 'n büschen durch'n Wind. Ich sag's dir, bald ist die Stadt von lauter kleinen Adolfs bevölkert.»

Stella hörte Luna noch lachen, dann schloss sie die Tür.

Im Hausflur hatte sich inzwischen die halbe Nachbarschaft versammelt. Harriet lud alle zu einem Umtrunk in die Taubenstraße ein. Stella folgte der Gruppe in einigem Abstand. Am Haus angekommen, ging sie jedoch nicht mit den anderen. Sie beschloss, einen Spaziergang hinunter zu den Landungsbrücken zu unternehmen. Lunas und Piets Familienglück hatten ihr eines klargemacht: Es war an der Zeit zu handeln. Und vielleicht würde die frische Luft an der Elbe ein wenig Klarheit in ihre Gedanken bringen.

TEIL III

1926–1929

27. KAPITEL

Gut Friederkamp, Holstein, April 1926

Im Land zwischen den Meeren war die Zeit stehengeblieben. Während auf St. Pauli die Straßenbeleuchtung heller geworden war, alte Ballhäuser geschlossen und neue Lokale wie das berühmte «Varieté Alkazar» an der Reeperbahn geöffnet hatten, während die Hüte der Frauen tiefer und die Hosenbeine der Männer weiter geworden waren, während die Welt sich schnell und schneller gedreht hatte – war hier draußen alles beim Alten geblieben. Der Himmel war unendlich weit, die Hügel erstreckten sich sanft gewellt bis zum Horizont, die Pferde grasten friedlich auf den Koppeln, die Landarbeiter gingen wie eh und je ihrer Tätigkeit nach, und das schöne alte Bauernhaus sah aus wie immer – schlicht und schnörkellos, verriet es nichts von seinem edlen Innenleben.

Auch das Verwalterhaus wirkte unverändert. Nur als Stella ein wenig die Augen zusammenkniff, meinte sie zu erkennen, dass hinter den Fenstern neue Vorhänge hingen. Nicht mehr die alten, verschlissenen mit dem Graustich, die sie im Laufe der Jahre ein paarmal zu oft gewaschen hatte. Die neuen waren vielleicht himmelblau oder auch hellgrün. Auf die Entfernung konnte sie es nicht erkennen. Stella hatte am Beginn der von Pappeln gesäumten Zufahrt innegehalten und wusste für den Moment nicht weiter.

Bis hierhin hatte ihre Entschlossenheit sie vorwärtsgetrieben. Seit mehr als drei Wochen, seit der Geburt von Lunas und Piets Sohn, hatte sie hin und her überlegt, bis sie überhaupt nicht mehr wusste, was sie tun sollte. Ihr blieb nur noch der Gedanke, sie müsse Carsten wiedersehen, dann werde sich alles finden. Auch wenn es ihr schwerfiel, ihre Familie und ihre Freunde in Hamburg für kurze Zeit zu verlassen. Besonders an ihrem kleinen Neffen hing sie mit inniger Zuneigung. Luna und Piet hatten ihrem Sohn schließlich den Namen Claus-Johann gegeben, nannten ihn jedoch nur Clausi.

In den ersten Tagen war Stella bald jede Stunde zu Luna gelaufen, um ihr beizustehen. Ihre Schwester hatte sich anfangs erstaunlich ungeschickt angestellt, und Stella, die als Tochter des Verwalters früher schon der einen oder anderen Magd zur Hand gegangen war, wenn diese Mutter wurde, zeigte Luna geduldig, wie ein Neugeborenes gestillt, gebadet und gewickelt wurde. Die Hebamme, eine alte, halbblinde Frau, rührte verächtlich keinen Finger. Sie war anscheinend der Meinung, die junge Frau müsse das von Natur aus allein können.

Als Stella das Gefühl hatte, sie könne Luna vorübergehend allein lassen, schrieb sie nach Gut Friederkamp. Nicht an Florentine, denn sie ahnte, die Mamsell würde ihr womöglich die gewünschte Auskunft verschweigen. Stattdessen richtete sie ihr Schreiben an den alten Jost Claasen, den Chauffeur des Gutsherrn.

Jost antwortete ihr erfreut und völlig ahnungslos. Ja, er sei bei guter Gesundheit. Er sei froh, dass er mit dem Bentley einen Unfall gehabt hatte, und im Augenblick gehe es auf dem Gut drunter und drüber, denn am 18. April stehe Carstens Hochzeit ins Haus und alles, was zwei Hände und zwei Beine habe, müsse helfen, das Anwesen auf Hochglanz zu bringen. Es würden sogar entfernte Verwandte aus England erwartet, die offenbar um viele Ecken mit dem Königshaus verwandt seien. Die arme Mamsell sei bereits einem Nervenzusammenbruch nahe.

So hatte Stella erfahren, was sie wissen wollte. Sie plante ihre Reise sorgfältig. Der 18. April fiel auf einen Sonntag, und da ihre Radiosendung jeweils freitags stattfand, rechnete sie sich aus, dass sie am Samstag wegfahren könnte, ohne ihre Verpflichtungen bei der NORAG zu vernachlässigen.

Sie verriet niemandem, was sie vorhatte. Jeder einzelne Bewohner in der Taubenstraße hätte sie nur davon abhalten wollen. Und so bat sie lediglich Lorenzo am Vorabend, er möge sie tags darauf ein paar Stunden im Laden vertreten. Sie müsse sich in der Innenstadt mit dem Programmleiter beim Radio treffen. Ihre Sendung sei nämlich außerordentlich beliebt, und man plane, ihr mehr Zeit einzuräumen.

Lorenzo schaute sie ruhig und nachdenklich an, und sie gewann den Eindruck, er glaubte ihr kein Wort. Aber er schwieg, nickte ihr nur zu. In seinen Augen stand leise Wehmut, doch Stella redete sich ein, das habe sie sich nur eingebildet. Als sie jedoch den Laden verlassen hatte, kam ihr Sophia nachgelaufen.

«Du bleibst bestimmt nicht lange weg?», fragte sie ängstlich.

Stella, die auch dieses Kind fest in ihr Herz geschlossen hatte, schüttelte energisch den Kopf. «Du kleine Bangbüx. Natürlich nicht.»

Sophia wirkte erleichtert. «Lorenzo vermisst dich immer, wenn du nicht da bist.»

«Tatsächlich.» Sie wusste es ja, aber sie wollte es nicht wahrhaben. Sie wollte auch noch immer wütend auf ihn sein, doch es fiel ihr zunehmend schwerer.

«Und ich dich auch.»

Gerührt strich sie der Kleinen übers Haar. «Du hast doch deine Mutter.»

«Ach.» Zwei schmale Schultern wanderten in die Höhe. «Mutti arbeitet jetzt wieder so viel. Sie sagt, sie will etwas kaufen. Das soll eine Überraschung werden. Aber mir wär's lieber, sie würde mehr mit mir zusammen sein.»

Stella runzelte die Stirn. Sie fragte sich kurz, was Pepita wohl plante, sagte sich dann jedoch, sie werde es schon früh genug erfahren. Im Haus in der Taubenstraße blieb kein Geheimnis lange gewahrt. Sie versprach Sophia hoch und heilig, sie werde nicht für immer fortbleiben, und schickte sie dann zurück zu Lorenzo.

Früh am nächsten Morgen verließ sie das Haus, ging, nur mit einer kleinen Reisetasche in der Hand, hoch zum Spielbudenplatz und nahm sich dort eine Taxe zum Bahnhof in Altona. Am frühen Nachmittag erreichte sie Eutin und stand vor dem Problem, wie sie zum Gut kommen sollte. Taxis gab es hier nach wie vor nicht. Zu ihrer Überraschung jedoch erhielt Stella die Auskunft, es fahre jetzt ein Bus durch die Holsteinische Schweiz, und der komme auch direkt an Gut Friederkamp vorbei. Dort befinde sich zwar keine offizielle Haltestelle, aber wenn sie den Busfahrer freundlich darum bäte, würde der sicherlich kurz für eine hübsche junge Frau aus der Stadt anhalten.

Der Bahnhofsangestellte zwinkerte ihr dabei zu, strich sich mehrfach übers Haar und machte sich schließlich an seinem Hosenstall zu schaffen, so als hätte er angesichts der eleganten Dame Angst, da wäre nicht alles ordnungsgemäß zugeknöpft.

Stella bedankte sich und wandte sich schnell ab. Während sie zum Bus lief, lachte sie trotz aller Anspannung in sich hinein. Der Angestellte hieß Fiete Brehm und hatte als Kind mit seinen Eltern auf dem Nachbarhof gelebt. Aber er hatte sie nicht erkannt. Kein Wunder, dachte sie, trug sie doch ein nagelneues weinrotes Kostüm aus leichter Wolle mit tiefgezogener Taille und wadenlangem Rock, bei dessen Anblick sogar Verena van Houten anerkennend genickt hatte. Stella hatte es sich bei Karstadt an der Mönckebergstraße für ihre erste Radiosendung gekauft und ein kleines Vermögen dafür ausgegeben. Natürlich konnten ihre Hörer sie nicht darin sehen, aber es war ihr wichtig gewesen, auf die übrigen Mitarbeiter der NORAG Eindruck zu machen.

Schon zur zweiten Sendung war sie jedoch in Alltagskleidung erschienen, denn Theo Claussen war auf die Idee gekommen, sie auch während der Übertragung die eine oder andere Arbeit an einem eigens dafür aufgebauten Herd machen zu lassen. Das ließe die Geräuschkulisse viel realistischer klingen, hatte er verkündet. Das Kostüm war vorerst in den Kleiderschrank gewandert.

Nun, für diesen Anlass war es genau richtig. Dazu trug Stella Schuhe mit halbem Absatz, echte Seidenstrümpfe mit nur ein paar kleinen, fast unsichtbaren Nähten, und eine mattrosa Baumwollbluse. Zudem hatte sie Wimperntusche, Lippenstift und Gesichtspuder aufgetragen. So fühlte sie sich einigermaßen sicher, wie ein Ritter in seiner Rüstung. Ihr Haar war im Laufe der Zeit dunkler geworden, fast hatte es jetzt einen satten Braunton. Sie hatte es wieder wachsen lassen, weil der Bubikopf ihr irgendwann nicht mehr gefiel. Heute trug sie es in weiche Wellen gelegt und im Nacken zusammengesteckt.

Während der Busfahrt konnte sie sich noch mit ihrem Erlebnis am Bahnhof von Eutin ablenken, mit ihrer Freude darüber, dass sie nun eine schicke Großstädterin geworden war und niemand die Landpomeranze von einst in ihr sah. Als sie jedoch an der Zufahrt ausstieg und zum Anwesen hinaufschaute, kehrten alle ihre Ängste zurück.

Ich muss verrückt geworden sein, dachte sie bei sich. Was habe ich mir bloß dabei gedacht? Einfach auf Gut Friederkamp auftauchen und höchstpersönlich eine Hochzeit verhindern?

Nun, es gab kein Zurück. Der nächste Bus würde erst am folgenden Morgen vorbeikommen, das hatte ihr der Fahrer gesagt, und sie konnte schließlich nicht die Nacht auf den Feldern verbringen. Stella beschloss, sich zunächst die Beine zu vertreten. Vielleicht würde sie dabei ein wenig ruhiger werden. Sie versteckte ihre Reisetasche in einem Holunderbusch und machte sich auf den Weg zu den Koppeln.

Dort geriet sie bald ins Staunen. Die Zeit, stellte sie nun fest, war keineswegs stehengeblieben. Zumindest nicht in der Pferdezucht. Nur wenige Jahre hatten Carsten offenbar genügt, um seinem Ideal eines modernen Holsteiners näher zu kommen. Irgendwie hatte er es geschafft, sich gegen seinen Vater durchzusetzen. Stella erkannte Libelle, die Tochter von Lotte und Enkelin von Landknecht, an dem charakteristischen Zeichen auf der Stirn.

«Wie die Flügel einer Libelle», hatte Carsten bei der Geburt vor vier Jahren gesagt und dabei das Fohlen mit einer Mischung aus Stolz und Enttäuschung betrachtet. Stolz, weil es schon auf den ersten Blick ausgezeichnete Anlagen zeigte, Enttäuschung, weil es kein Hengst war.

«Dann wird sie also als Zuchtstute mithelfen, die neue Linie fortzuführen», hatte er damals beschlossen.

Und das schien gelungen, wie Stella mit Kennerblick feststellte. Libelle war zu einer eleganten, leichtfüßigen Stute herangewachsen. Ihr gesamter Körperbau war weniger schwer als jener der älteren Pferde des Gestüts, ihr Fell wies eine gefällige hellbraune Farbe auf, nicht das übliche Dunkelbraun. Ihr Kopf war um einiges schmaler als der ihrer Vorfahren und besaß einen feinen Schwung, ihr Schritt war federnd. Sie kam an den Koppelzaun getrabt, fast als würde sie schweben, und Stella sah auch, dass sie trächtig war. Dennoch haftete ihr diese elegante Leichtigkeit an. Ganz in ihrer Nähe weidete eine weitere Stute, offensichtlich ihre Tochter. Ein knapp zweijähriges, bildschönes Pferd, noch ein wenig rassiger als die Mutter.

Offensichtlich war es Carsten gelungen, einen Hengst zu finden, mit dem er die Zuchtlinie weiter veredelt hatte.

Stella hatte nie so recht an seine Visionen geglaubt, doch nun erkannte sie mit einem Mal, was ihm vorschwebte. Zwar konnte sie sich noch immer nicht vorstellen, dass Menschen einmal Geld ausgeben würden, einfach nur aus Spaß an der Freude zu reiten – es sei denn, sie drehten kichernd und grölend ein paar Runden auf den bedauernswerten Kleppern im Hippodrom auf St. Pauli. Seit es jedoch mit der Wirtschaft wieder aufwärtsging, seit die Menschen Arbeit hatten und in ihrer Freizeit etwas Besonderes erleben wollten, nahm in Hamburg der Pferdesport erneut an Bedeutung zu, und Stella sah beinahe vor sich, wie Abkömmlinge von Landknecht beim Deutschen Spring-Derby in Klein Flottbek starteten, rund um die Rennbahn in Bahrenfeld trabten oder im wilden Galopp über die Sandpiste in Hamburg-Horn flogen.

Als Libelle den Zaun erreichte und neugierig den Kopf herüberstreckte, wich Stella schnell zurück. Trotz aller Bewunderung scheute sie sich nach wie vor davor, einem Pferd zu nahe zu kommen. Es sei denn, sie könnte den alten Max irgendwo ausfindig machen, überlegte sie. Aber so angestrengt sie die Koppeln mit den Augen auch absuchte, nirgends entdeckte sie die x-beinige Gestalt des dunkelbraunen Wallachs. Vier Jahre waren eine sehr lange Zeit in einem Pferdeleben. Stella sah ein, dass Max wahrscheinlich nicht mehr da war. Das stimmte sie traurig, doch sie hoffte für ihn, es ginge ihm besser, wo er jetzt war, und er müsse nicht mehr so schwere Arbeit leisten.

Stella wandte sich von den Koppeln ab und fragte sich, was sie nun tun sollte. In den Monaten seit Florentines Besuch in Hamburg hatte sie wieder und wieder überlegt, wie sie die Vermählung von Carsten mit dieser anderen jungen Frau verhindern konnte. Ihr war partout nichts eingefallen, zumal sie auch keine Einzelheiten der Hochzeitspläne kannte, da Carsten auf ihre letzten beiden Briefe nicht mehr geantwortet hatte. Sie hatte einfach gehofft, sie würde schon wissen, was zu tun war, wenn sie nur erst mal das Gut erreicht hatte.

Irrtum.

Ihr Kopf war so leer wie der wolkenlose Frühlingshimmel über ihr. Die Brust fühlte sich auf einmal eng an, und sie atmete schwerer. Wie von selbst flog ihre Hand zu der Narbe an ihrer Stirn.

Dann straffte sie die Schultern. Ich bin nicht hergekommen, um einen Asthmaanfall zu kriegen, sagte sie sich streng. Ich bin hier, damit ich um meine Liebe kämpfen kann.

Sie zwang sich, ruhig und tief zu atmen, bis sie sich wieder besser fühlte. Sodann setzte sie langsam einen Schritt vor den anderen, sammelte ihre Reisetasche wieder ein und bewegte sich auf die Wirtschaftsgebäude zu. Noch immer nervös, fragte sie sich, was sie tun sollte, wenn jemand sie erkannte. Dann jedoch fiel ihr Fiete Brehm ein, vorhin am Bahnhof in Eutin. Wie er mit ihr geschäkert hatte, ohne sich daran zu erinnern, dass sie als Kinder miteinander gespielt hatten. Also zog sie nur den eleganten Hut ein wenig tiefer ins Gesicht, senkte den Blick und beschleunigte ihren Schritt, so als hätte sie ein klares Ziel. Sie begegnete einer Magd, der sie früher im Kuhstall geholfen hatte. Die Frau nickte ehrerbietig und eilte weiter, wobei ihre Holzpantinen laut auf dem Kopfsteinpflaster des Hauptweges klapperten.

Nicht einmal Jost Claasen erkannte Stella. Der alte Chauffeur verließ just in dem Moment das Verwalterhaus, als sie den Hügel hinaufging. Hinter ihm trat seine Tochter hinaus.

Wie früher Papa und ich, dachte sie bei einem schnellen Seitenblick, und das Herz wurde ihr schwer.

Jost war Witwer, und seine Tochter, eine alte Jungfer, die ihren Verlobten im Krieg verloren hatte, führte ihm den Haushalt. Stella erinnerte sich daran, wie Carsten einmal behauptet hatte, die Stellung eines Verwalters werde überflüssig werden, sobald er selbst die Leitung des Gutes übernehme. Er habe nämlich nicht vor, wie sein alter Herr seine Zeit mit Jagdgesellschaften, ländlichen Festen oder gar mit Politik zu verplempern. Er werde sich höchstpersönlich um alles kümmern.

Nun, dachte sie beeindruckt, offenbar hatte Carsten dieses Ziel bereits erreicht, sonst wäre das Verwalterhaus nicht dem Chauffeur zur Verfügung gestellt worden. Früher hatte Jost mit seiner Tochter in einem der Arbeiterhäuschen unten an der Straße gewohnt, die sehr viel kleiner und primitiver waren. Stella horchte in sich hinein, während sie einen weiteren Seitenblick wagte. Dies war einmal ihr Zuhause gewesen, sie war hier aufgewachsen. Doch das war lange her. Außerdem hatte sie stets davon geträumt, eines Tages im Gutshaus zu leben.

Nein, stellte sie fest, es machte ihr nichts aus. Sie freute sich für Jost, dass er es nun ein wenig komfortabler hatte. Und die Vorhänge waren hellgrün, bemerkte sie. Das sah hübsch aus. Vielleicht kam es nur darauf an, dass das Verwalterhaus gut gepflegt wurde.

Vater und Tochter nickten ihr ebenfalls nur zu, und Stella begriff. Abgesehen davon, dass sie selbst sich in den vergangenen vier Jahren sehr verändert hatte, hielten sich an diesem Wochenende viele Hochzeitsgäste auf Gut Friederkamp auf. Da fiel eine fremde junge Frau mehr gar nicht auf. Vielleicht lag es auch an der einsetzenden Abenddämmerung. Sie füllte die Sonnenflecken zwischen den Schatten, glitt über Hauswände und die Wirtschaftswege. Sie schluckte alles Licht und verwischte die Unterschiede zwischen Herrschaft und Gesinde.

Also beschloss Stella, mutig zu sein und dem Familienfriedhof der Friederkamps einen kurzen Besuch abzustatten. Er lag ein Stück abseits des Hofes, in einem lieblichen Tal, und war schon vor vielen Jahrhunderten geweiht worden.

Der Grabstein ihres Vaters war schlicht, aber Stella entdeckte eine Vase mit frischen Blumen. Gewiss Florentines Werk. Dankbar senkte sie den Kopf und sprach ein Gebet.

Wenig später erreichte Stella unbehelligt das Haupthaus und begegnete dabei selbst Leuten, die sie nicht kannte. Man grüßte und ging weiter. Sie umrundete das alte Gemäuer und betrat die Küche im Souterrain durch die Hintertür. Dort geriet sie mitten in einen Streit, der ihr so unwirklich erschien, dass sie sich ein paarmal über die Augen und Ohren reiben musste, weil sie fest davon überzeugt war, dass sie träumte.

Am großen alten Eichenholztisch in der Mitte der Küche stand Florentine Köpke und hatte die Hände in die knochigen Hüften gestemmt. Ihr gegenüber zitterte ein dunkelhaariges, blasses Mädchen wie Espenlaub. Das musste Liesel sein, die neue Küchenmagd. Am Herd standen zwei weitere Helferinnen und hatten vor Schreck die Hände vor den Mund geschlagen. Zwischen ihnen auf dem Tisch stand eine kleine Holzkiste, in der es leise raschelte.

«Wirst du wohl gehorchen!», rief Florentine laut.

«Ich kann das nicht!», gab Liesel heulend zurück. «Bitte, Mamsell. Haben Sie Erbarmen!»

Florentine stieß ein Schnauben aus. «Nix da. Wie zum Kuckuck soll ich denn wohl eine Töddel-Suppe ohne Töddel kochen, hä?»

«Ich … ich … ich …»

«Du dummes Ding! Na los!»

Erst jetzt entdeckte Stella, was Liesel in der Hand hielt. Ein kleines Hackebeil, wie es verwendet wurde, um Hühnern und anderem Federvieh den Kopf abzuschlagen. Sie wunderte sich, warum ein Mädchen vom Land offenbar Angst vor einer so alltäglichen Aufgabe hatte. Ihr fiel auf, dass dieser Hand der kleine Finger fehlte. Vielleicht war es ja es die Furcht davor, noch mehr Glieder zu verlieren.

«Du warst eine geschlagene Stunde mit dem Vieh draußen im Hof, ohne es zu erledigen. Also machst du das nun hier vor meinen Augen!», befahl Florentine. Ihre Stimme war jetzt gefährlich leise.

Stella wunderte sich noch mehr. Ihre Küche hielt die Mamsell normalerweise so sauber wie einen Operationssaal. Es musste schon etwas Besonderes geschehen sein, wenn sie zuließ, dass hier drinnen ein Tier getötet wurde.

Und was war eigentlich eine Töddel-Suppe? Sie kramte angestrengt in ihrem Gedächtnis, fand jedoch keinerlei Rezept, das darauf passte.

Mit nackter Panik im Blick hob Liesel nun das Hackebeil.

Stella hörte ein erneutes Rascheln aus der Holzkiste. Sie stellte ihre Tasche ab, trat näher und lugte über den Rand. Als sie sah, was sich darin auf einem dünnen Bett aus Stroh befand, stieß sie einen überraschten Laut aus. Alles wandte sich ihr zu. Die übrigen Frauen hatten sie bisher nicht beachtet.

«Du kommst genau richtig», sagte Florentine, flitzte um den Tisch herum, nahm Liesel das Hackebeil weg und drückte es Stella in die Hand. «Zeig mal den dummen Gänsen hier, was du bei mir gelernt hast.» Kein Wort der Verblüffung, keine Frage, was sie hier in Holstein zu suchen hatte.

Stella schaute wieder in die Kiste. Dort bewegte sich auf einer dünnen Lage Stroh sehr langsam und bedächtig eine Schildkröte. Sie war vielleicht zwei Handbreit groß, und ihr Panzer besaß eine dunkelgrüne Färbung. Am meisten beeindruckte Stella jedoch der kleine graue Kopf, der immer wieder auftauchte. Die kühlen Äugelein schienen die begrenzte Welt mit intelligentem Blick zu mustern.

Liesel sagte mit zitternder Stimme: «Sie sieht aus wie meine Oma Emma. Die hat auch immer so streng geguckt, wenn ich was angestellt habe. Ich kann meiner Oma nicht den Kopf abhacken.»

Da war es auch um Stellas gute Absichten geschehen. Nun

schaffte sie es nicht mehr, die Schildkröte als Suppeneinlage zu betrachten, sondern sah stattdessen das knittrige Gesicht einer alten Frau vor sich.

Turtle, fiel ihr ein. Mit Töddel meinte Florentine diese *turtle* hier, Englisch für Schildkröte.

Die Mamsell rang verzweifelt die Hände. «Warum muss die Braut aber auch diese viele Verwandtschaft in England haben. Was soll ich denn jetzt tun? Heute Abend findet ein Essen zur Probe statt. Die Suppe steht auf dem Speiseplan.»

Stella überlegte einen Moment. «Ich wüsste da etwas», erklärte sie. «Es gibt einen Ersatz für reine Schildkrötensuppe. Sie heißt Mockturtlesuppe. Eine Nachbarin hat mir davon berichtet.» Stella dachte an Harriet. Die gebürtige Engländerin erzählte ihr gern von Spezialitäten aus ihrer alten Heimat. In Stella fand sie stets eine interessierte Zuhörerin.

«Mocktöddel? Und was soll das sein?»

Stella lächelte. «Sie wird aus Kalbfleisch hergestellt. Dazu brauche ich möglichst Kalbshaxe, Karotten, Sellerie und Lauch, Zwiebeln, und dann noch rohen Schinken. Und Sherry natürlich. Hat jemand eine Schürze für mich?» Sie zog bereits die Kostümjacke aus.

Eine der Küchenhilfen nahm ihr die Jacke ab, brachte sie nach draußen und kehrte gleich darauf mit einer bodenlangen gestreiften Schürze zurück, die Stella als ihr eigene erkannte. Tränen traten ihr in die Augen, aber jetzt war nicht die Zeit für Rührseligkeit. Sie machte sich an die Arbeit.

Florentine überließ ihr das Feld. «Aber was machen wir jetzt mit der ollen Schildkröte?»

Liesel, die sich inzwischen gefangen hatte, sagte: «Oma Emma hat die Freiheit verdient.»

«Dann raus damit», befahl Florentine knapp.

Liesel schnappte sich die Kiste und lief hinaus. Weil sie der Schildkröte offenbar eine anständige Überlebenschance fern der Hofhunde geben wollte, eilte sie ein Stück den Weg hinauf in Richtung Wald. Stella beobachtete sie durch das Küchenfenster. Erst hundert Meter oberhalb des Gutshauses setzte sie die Kiste ab und kippte sie zur Seite. Es war nicht zu erkennen, ob die Schildkröte froh über ihr zweites Leben war, auf jeden Fall kehrte Liesel mit einer leeren Kiste zurück.

«Wehe, die geht an meinen Gemüsegarten», drohte die Mamsell.

«Ach.» Stella winkte ab. «Das dauert mindestens ein Jahr, bis die wieder hier unten ist.»

«Dein Wort in Gottes Ohr!»

Florentine schickte Liesel und die anderen Küchenmädchen mit verschiedenen Aufträgen hinaus und wandte sich dann mit gerunzelter Stirn Stella zu. «So, mein Sternchen. Wir sind allein, und jetzt verrätst du mir, welcher Teufel dich geritten hat, dass du ausgerechnet heute hier auftauchst.»

Stella senkte den Blick und konzentrierte sich darauf, die Zwiebeln zu pellen. Dabei konnte sie die Tränen aus gutem Grund fließen lassen, und es kümmerte sie nicht, dass die Wimperntusche bestimmt eine schwarze Spur auf ihre Wangen zeichnete.

«Heulsuse!», schimpfte Florentine, hielt dann aber vorerst den Mund.

28. KAPITEL

Stellas Mockturtlesoup wurde am Abend hochgelobt, und auch das weitere Menü fand allgemeinen Beifall. Es gab noch eine Hochzeitssuppe mit Eierstich und Markklößchen, Rehrücken mit gebackenen Bananen, gedämpften Karpfen mit Krebsschwänzen, gegrillten Fasan mit Preiselbeeren und Pilzen sowie mit Backpflaumen gefüllten Schweinebauch. Schließlich noch drei verschiedene Desserts: rote Grütze mit Vanillesoße, zwei Marzipantorten und eine riesige Schüssel Rumpudding.

Stella half in der Küche, wo sie konnte. Sie überlegte, was die Mieter in der Taubenstraße wohl zu einem solchen Schmaus gesagt hätten. Vermutlich wenig, dachte sie und schmunzelte. Die hätten zugelangt, bis die Bäuche aufgequollen wären. Sogar Henry und Harriet. Auch ihr selbst lief trotz aller Anspannung das Wasser im Mund zusammen. So lange lagen die Hungerjahre noch nicht zurück, und eine solche Fülle guter Dinge konnte den schlechtesten Esser eines Besseren bekehren.

Lorenzo würde vermutlich wieder die Nase rümpfen und fragen, was zum Teufel Bananen bei einem Fleischgericht zu suchen hatten und wieso der Fisch nicht aromatisch mit Rosmarin und Petersilie am Grill zubereitet wurde. Aus ihrem Schmunzeln wurde ein breites Lächeln. Es beruhigte sie, über Lorenzo nachzudenken.

Im Salon ließ sie sich nicht blicken. Das Servieren übernahmen drei extra eingestellte Kellner, die auch während der Hochzeit helfen würden. So bekam Stella zwar Carsten noch nicht zu Gesicht, aber dafür blieb ihr vorerst auch eine Begegnung mit Wilhelm Friederkamp erspart, worüber sie ganz froh war.

Von Zeit zu Zeit flitzte ein Junge herein, der sich bei der Gesellschaft offenbar langweilte. Er mochte acht oder zehn Jahre alt sein und fand die Vorgänge in der Küche definitiv spannender als die Gespräche im Speisezimmer.

«Richard», mahnte die Mamsell sanft, als er das dritte Mal aufgetaucht war und gar nicht wieder gehen wollte. «Du gehörst zu deinen Verwandten.»

Stella erkannte, dass es sich bei dem Jungen um Wilhelms verwaisten Neffen handeln musste, den dieser nach dem Unfalltod der Eltern aufgenommen hatte. Er war ein kleines, mageres Bürschlein, das so ganz aus der Art der Familie geschlagen war. Schwarze Locken fielen ihm ins blasse Gesicht, bernsteinfarbene Augen blickten sich interessiert um und entdeckten Stella.

«Wer bist du denn?», fragte er.

Sie lächelte. Der Junge war ihr auf Anhieb sympathisch. «Ich bin Stella. Ich habe hier mal gelebt, genau wie du jetzt.»

Eine schmale Stirn legte sich in Falten. «Haben sie dich auch so gehasst?»

«Richard!», schimpfte Florentine. «So etwas sagt man nicht. Niemand hasst dich!»

«Doch! Alle! Außer dir und der lieben Liesel und den anderen hier.»

«Hör nicht auf ihn», sagte die Mamsell zu Stella. «Er hat sich noch nicht eingewöhnt.»

«Ich bin ein unnützes, ängstliches Balg, das wie seine spanische Mutter aussieht und nicht in die Familie passt.»

Die Mamsell bekam einen hochroten Kopf. «Wer behauptet so etwas?»

«Onkel Wilhelm. Hat er heute Nachmittag zu Cousin Carsten gesagt.»

«Du hast gelauscht!»

Richard errötete nun ebenfalls. «Die haben ganz laut geredet, das ging gar nicht anders.»

«Marsch! Hinaus mit dir!» Florentine machte ein strenges Gesicht, aber Stella sah genau, dass sie dem Jungen dabei zuzwinkerte. Und ein Schokoladenplätzchen bekam er auch zugesteckt.

«Scheint ein feiner kleiner Kerl zu sein», sagte sie, als er wieder draußen war.

Florentine seufzte. «Das ist er. Aber er hat's nicht leicht. Ich sag ihm zwar immer, dass er sich alles nur einbildet, aber es stimmt schon. Der olle Wilhelm mag ihn nicht. Mit dem Mann wird's einfach immer schlimmer.»

«Und wie steht Carsten zu ihm?»

«Ach, der ist immer so schwer beschäftigt mit dem Gut, dass er kaum Zeit hat, sich groß um den Jungen zu kümmern. Die meiste Arbeit erledigt er ja nun allein. Wilhelm zieht sich seit zwei Jahren immer mehr aus der Leitung des Betriebes zurück.»

So etwas hatte sich Stella schon gedacht, und im Stillen zollte sie Carsten Respekt für seine Leistung.

«Aber ich glaube», fuhr die Mamsell fort, «im Grunde hat er den Lütten recht gern. Ich habe jedenfalls noch nie ein böses Wort von ihm gehört.»

Liesel mischte sich ein. Seit dem Vorfall mit der Schildkröte war sie schweigsam gewesen, um bloß nicht noch einmal den Zorn der Mamsell auf sich zu ziehen. Aber nun sagte sie: «Der Herr Carsten bringt Richard das Reiten bei. Auf der Lorelei. Er hält sich jeden zweiten Tag eine halbe Stunde frei für ihn. Hat mir der Rudi erzählt.»

Rudi war einer der jüngeren Knechte auf dem Gut. Ein Herzensbrecher, wie Stella noch wusste.

«Tatsächlich?» Florentine hob die Brauen. «Nun, das ist sehr freundlich von ihm.» Dann sah sie die Küchenmagd scharf an. «Aber von dem Rudi lässt du man schön die Finger, kapiert? Der taugt nichts. Der steckt dir bloß einen Braten in die Röhre und verdünnisiert sich dann.»

Liesel nickte und senkte schnell den Kopf. Stella unterdrückte ein Grinsen. Wahrscheinlich hatte die Magd nicht verstanden, wovor Florentine sie gewarnt hatte. Blieb nur zu hoffen, dass sie den Rudi auf Abstand hielt, wollte sie nicht in Schwierigkeiten geraten.

Später am Abend, sie hatten schon begonnen, die Töpfe und Pfannen zu spülen, betrat eine weitere Person die Küche. Stella brauchte einen Moment, bis sie in der schicken jungen Dame das blutjunge Fräulein erkannte, auf das sie vor vier Jahren so schrecklich eifersüchtig gewesen war. Damals war Birthe Jansen noch ein Mädchen gewesen, kaum dem Kindesalter entwachsen. Nun war sie zu einer bildschönen Frau herangereift. Ihr hellblondes Haar fiel ihr heute in weichen Wellen auf die Schultern, die strahlend blauen Augen blickten selbstsicher in die Runde. Sie trug ein fliederfarbenes Seidenkleid, in dem sie wie eine überirdisch schöne Elfe aussah.

Die drei Küchenmädchen standen mit offenen Mündern

da und stießen sich gegenseitig an. Selbst Stella, die in Hamburg schon eine ganze Reihe von wahrhaft eleganten Damen gesehen hatte, kam nicht umhin, die Erscheinung zu bewundern. Sie ahnte auf einmal, dass ihre Mission viel schwerer werden würde als gedacht, und ihr Inneres krampfte sich zusammen.

«Ich möchte mich herzlich bedanken», sagte Birthe zu Florentine. «Das Essen war ganz vorzüglich. Es wird auch morgen ein großer Erfolg werden. Und bitte verzeihen Sie, dass so viel davon in die Küche zurückgegangen ist, aber die Damen haben alle Angst, sie passen zur Hochzeit nicht mehr in ihre Abendkleider, und die Herren waren mehr damit beschäftigt, dem guten Burgunder und dem alten Cognac zuzusprechen.»

«Lassen Sie sich deswegen man keine grauen Haare wachsen», erwiderte Florentine mit einem breiten Grinsen. «Ist alles schon verputzt. Die Mägde und die Knechte haben sich mächtig gefreut.»

«Oh, ausgezeichnet.»

Dass die Mamsell so vertraulich mit ihr sprach, schien Birthe Jansen nicht zu stören. Stella bemerkte, dass die elegante Erscheinung täuschte. Diese Lübecker Kaufmannstochter kannte offenbar keinen Standesdünkel. Unglücklicherweise wurde sie Stella dadurch fast sympathisch.

«Schaffen Sie es denn, das alles noch einmal zu kochen?», fragte sie nun.

«Selbstverständlich», gab Florentine zurück und tat ein wenig beleidigt. «Das ist schließlich mein Beruf.»

Stella wandte sich ab, damit die Besucherin das belustigte Funkeln in ihren Augen nicht sehen konnte. Natürlich müssten sie am folgenden Morgen nicht noch einmal ganz von vorn anfangen. Die Suppen waren in so großer Menge zubereitet worden, dass sie nur aufgewärmt werden mussten, das Gleiche galt für einen Teil der Fleischgerichte. Das Gesinde hatte lediglich die Reste aus dem Speisezimmer der Herrschaft bekommen, nicht den Vorrat für die Hochzeit.

Jetzt schnappte sich Birthe ein Schokoladenplätzchen aus einer großen Schale und knabberte daran. «Ich durfte auch nicht viel essen», erklärte sie lächelnd. «Mutter fürchtet, mir platzt morgen das Hochzeitskleid. Dabei ist es schön weit und fließend geschnitten. Mütter können ganz schön anstrengend sein, nicht wahr?»

Sie sah sich in der Runde um, und ihr Blick blieb an Stella hängen.

Was nun? Wurde von ihr eine Antwort erwartet? Stella hob nur kurz die Schultern.

«Kennen wir uns irgendwoher?», fragte Birthe und musterte sie aufmerksam. «Ich glaube, ich habe Sie hier in der Küche noch nie gesehen.»

«Ich … helfe nur aus», sagte sie und blieb damit sogar sehr nah an der Wahrheit.

«Wunderbar.»

Birthes Lächeln war strahlend und echt. Stella konnte gar nicht anders, sie lächelte zurück und vergaß dabei völlig, dass sie diese junge Frau eigentlich hassen sollte, weil sie ihr den Mann wegnahm. Schwierig, einen Menschen zu hassen, der so nett war.

Nun wandte sich Birthe wieder an Florentine. «Die Mockturtlesoup war ebenfalls ganz ausgezeichnet, das wurde Ihnen ja bereits ausgerichtet. Aber Cousine Mildred würde gern erfahren, was aus der Schildkröte geworden ist.»

«Die … ähm …» Ausnahmsweise war die Mamsell mal um eine Antwort verlegen.

«Die Oma Emma lebt jetzt glücklich im Wald», erklärte Liesel vorlaut und handelte sich einen tödlichen Blick von Florentine ein.

«Oma Emma?» Birthe schaute das Küchenmädchen verblüfft an, dann brach sie in schallendes Gelächter aus. Sie schüttelte sich regelrecht aus vor Lachen und bekam sich gar nicht wieder in den Griff.

Stella beobachtete sie fasziniert. Unter anderen Umständen, dachte sie überrascht, hätten wir Freundinnen werden können.

Birthe liefen inzwischen die Tränen über die Wangen, und sie musste sich an der Tischkante festhalten.

Mit einiger Mühe brachte sie endlich heraus: «Mich … hat diese arme Schildkröte … an meine alte Tante Friederike aus Rostock erinnert. Ich bin froh, dass sie nicht in der Suppe gelandet ist. Sehr, sehr froh. Tante Friederike ist ein zähes altes Biest.»

Da gab es in der Küche kein Halten mehr. Florentine wieherte, die Mädchen gackerte, und sogar Stella musste einfach mitlachen. Die allgemeine Erheiterung lockte Carsten an. Stella nahm ihn erst wahr, als er schon neben Birthe stand und ihr besorgt eine Hand auf die Schultern legte.

«Alles in Ordnung, meine Liebe?»

Sie nickte, während ihr weiterhin die Lachtränen übers Gesicht liefen. «Es geht nur um … eine Oma Emma und … meine Tante Friederike …» Erneut schwoll das Gelächter an.

Carsten warf der Mamsell einen sehr strengen Blick zu. «Hast du meiner Verlobten Alkohol zu trinken gegeben? Du weißt doch, dass sie nichts verträgt.»

Florentine schüttelte energisch den Kopf. «Unsinn. Sie …»

Mehr hörte Stella nicht, denn in diesem Moment wurde sie von Carsten entdeckt. Er wurde blass, erstarrte und konnte nicht mehr wegschauen.

Er hat mich sofort erkannt, dachte sie glücklich und vergaß, dass sie in ihrer alten Küchenschürze steckte und sich in einer altbekannten Umgebung aufhielt. Obwohl ich mich so verändert habe.

Carsten hingegen war noch genau so, wie sie ihn in Erinnerung hatte. Groß, stark, mit dieser besonderen Ausstrahlung. Erst bei näherem Hinsehen bemerkte sie die feinen Linien, die sich in den vergangenen Jahren in sein Gesicht gezeichnet hatten, sah den ernsthaften Ausdruck in seinen Augen, entdeckte die leise Müdigkeit in den Mundwinkeln. Kein Zweifel, die Verantwortung für das Gut hatte ihn reifer werden lassen.

«Stella», sagte er leise. *«Du?»*

Freute er sich? War er womöglich erschrocken? Sie vermochte nicht zu erkennen, was er fühlte. Das war mal anders gewesen, dachte sie traurig. Früher hatte sie ihn in- und auswendig gekannt.

«Ihr kennt euch?», fragte Birthe. Das Lachen war ihr vergangen. Sie wirkte auf einmal sehr ernst und besorgt. Die Reaktion ihres Verlobten irritierte sie sichtlich.

Carsten räusperte sich umständlich. «Stella ist die Tochter des früheren Verwalters.»

«Oh», machte Birthe. Dann erinnerte sie sich offenbar. «Ich war damals auf seiner Beerdigung, richtig? Das war ein trauriger Tag.»

Carsten nickte. «Ganz genau. Stella und ich sind zusammen aufgewachsen.»

«Aha.» Die Gesichtszüge seiner Verlobten entspannten sich. Dann wandte sie sich an Stella. «Es ist wirklich überaus freundlich von Ihnen, dass sie extra gekommen sind, um bei unserer Hochzeit auszuhelfen.»

«Nun … ich …» Ihr fiel keine passende Erwiderung ein, also verstummte sie.

«So ist sie, unsere Stella», sagte Florentine schnell. «Immer hilfsbereit und prompt zur Stelle, wenn man sie braucht. Wenn die Herrschaften uns nun entschuldigen möchten, wir haben noch sehr viel zu tun.»

Birthe lächelte und machte Anstalten, die Küche zu verlassen. Carsten blieb, wo er war.

«Kommst du nicht mit?», fragte Birthe zaghaft.

«Gleich, meine Liebe. Geh ruhig schon vor. Die Damen haben sich im Salon versammelt. Ich werde mich dann den Herren im Rauchzimmer anschließen.»

«Gut», murmelte sie, wirkte aber nicht glücklich mit seiner Entscheidung.

Kaum war sie fort, nahm Carsten Stella am Ellenbogen und führte sie zur Hintertür. «Lass uns einen Moment hinausgehen. Ich möchte alles über dein Leben in Hamburg erfahren. Gut siehst du aus. Ich freue mich wirklich, dass du zur Hochzeit gekommen bist. Und ich wollte dir auch eine Einladung schicken, aber Vater hat es verhindert.»

So redete er daher, während Stella kein Wort herausbekam und verzweifelt dachte: *Er* glaubt es auch. Er glaubt auch, dass ich nur nach Holstein gekommen bin, um zu helfen und zu gratulieren.

Ihr Herz schlug ihr bis zum Hals, als er sie ausgerechnet zu der mächtigen alten Eiche führte. Als Kinder hatten sie hier viel Zeit verbracht. Sie hatten einander ihre großen und kleinen Sorgen erzählt, sie hatten sich über Florentine lustig gemacht und über ihre Träume gesprochen. Von hier aus hatte Stella beobachtet, wie ihr Vater starb, hier hatte schließlich seine Trauerfeier stattgefunden.

Es war schon dunkel, die Lichter aus dem Verwalterhaus und den Wirtschaftsgebäuden warfen nur einen schwachen Schein bis hierher. Und so erkannte sie erst, als sie schon davorstand, dass man dort eine Holzbank aufgestellt hatte.

«Setz dich», bat Carsten. «Ist dir kalt? Soll ich dir einen Mantel holen?»

Obwohl die Frühlingsluft frisch war, schüttelte sie den Kopf. «Lass nur, es tut mir gut. Nach der Hitze in der Küche ist es ganz angenehm. Hier kann ich wenigstens mal durchatmen, und ich …» Sie merkte, dass sie ins Plappern geriet, und verstummte schlagartig.

Also übernahm er das Reden, und Stella fühlte sich sogleich zurückversetzt in ihre Kindheit und die frühe Jugend. Ausführlich sprach er über das Gut, erzählte, dass er den Bestand an Milchkühen verringert hatte, und sagte, auch die Schweinehaltung werde bald beendet werden. Den Anbau von Raps, Roggen und Weizen werde er zurückfahren, er werde sich wie geplant mehr und mehr auf die Pferdezucht konzentrieren.

«Wie hast du es geschafft, deinen Vater zu überzeugen?», fragte sie. Schließlich erinnerte sie sich gut an die vielen Kämpfe, die er mit dem Gutsherrn ausgefochten hatte.

Carsten schaute wie zufällig auf seinen Verlobungsring, und sie begriff, noch bevor er antwortete. «Ich war mit der Wahl meiner Braut einverstanden.»

«Verstehe.» Allerdings hatte Stella nicht den Eindruck, dass

Carsten gegen seinen Willen heiratete. Er schien Birthe wirklich gernzuhaben. Ein Teil von ihr freute sich für ihn, ein anderer Teil krümmte sich vor Schmerz.

«Außerdem», fuhr er langsam fort, «ist Vater seit dem Unglück nicht mehr derselbe. Er trinkt zu viel und wacht nachts oft aus Albträumen auf. Dann schreit er, er habe den armen Olaf umgebracht.»

Stella biss die Zähne zusammen. Es ist nur gerecht, dachte sie. Früher war ihr Vater seinen Dämonen im Schlaf begegnet, nun ereilte dieses Schicksal Wilhelm Friederkamp.

«Zwangsläufig», fuhr Carsten fort, «kann er sich tagsüber nicht mehr richtig konzentrieren.»

Sie schwieg dazu, aber als er sie aufforderte, von ihrem Leben in der Stadt zu berichten, kam Stella schnell ins Erzählen. Als sie von ihrer Arbeit als Radioköchin berichtete, sah sie so etwas wie Bewunderung in seinen Augen.

«Du bist immer für eine Überraschung gut, Lütte. Es ist zu schade, dass wir die NORAG hier draußen nicht empfangen können.»

«Ach, das ist nichts Besonderes», erwiderte sie bescheiden. «Aber den Leuten gefällt es, vor allem weil ich bei meinen Empfehlungen immer auf die Preise achte. Und ich bringe ein paar einfache italienische Gerichte unter, zum Beispiel Rührei mit Semmelbröseln und Petersilie, oder im Ofen gebackene Zwiebeln. Das sind Sachen, die sie nicht kennen, aber leicht und billig zu kochen sind.»

«Italienisch», murmelte er verblüfft. Aber bevor er nachfragen konnte, sprach Stella schon weiter. Sie feixte, als sie sah, wie seine Augen sich weiteten, als sie von Pepita und Kalle, von Luna und Piet, von Rosario, Henry und Harriet erzählte.

Er staunte über die Entwicklung des Ladens und hakte interessiert ein. «Ich glaube, jetzt verstehe ich langsam. Das bedeutet also, ihr habt aus dem Lebensmittelgeschäft ein italienisches Feinkostgeschäft gemacht?»

«Noch nicht ganz», gestand sie. «Wir verkaufen auch noch die normalen Dinge des täglichen Bedarfs. Milch und Eier, Brot und Wurst, Obst und Gemüse. Aber demnächst soll am Spielbudenplatz ein viel größerer Kolonialwarenladen eröffnen. Dann werden die Leute bestimmt alle dorthin gehen. Deswegen sagt Lorenzo, wir müssen uns weiterhin spezialisieren.»

«Verstehe. Und wie ist er so, dieser Lorenzo?»

«Ein bisschen verrückt ist er schon», erwiderte Stella lachend. «Alle paar Tage kommt er mit neuen Ideen an. Allein die Sternenravioli, die er für mich erfunden hat. Die Leute sind ganz verrückt danach, und er kommt mit der Produktion kaum hinterher.»

«Sternenravioli?», hakte Carsten nach. «Nach deinem Vornamen?»

«Ja», erwiderte sie ein wenig verlegen, «und weil er behauptet, in meinen Augen tanzen die Sterne.»

Carstens Blick wurde konzentriert. «Das klingt, als würde der Bursche dich lieben.»

Sie schwieg, blickte auf ihre Hände hinab, konnte ihm nicht in die Augen schauen.

«Und du, Lütte? Liebst du ihn?»

«Ach, Carsten.»

Verstand er denn nicht? Fühlte er nicht, wie sehr sie sich nach einer Berührung von ihm, nach einem Kuss sehnte? Ahnte er nicht, dass sie mit Freuden alles aufgeben würde, was sie sich in Hamburg aufgebaut hatte, nur um ihm nahe sein zu können?

Auf einmal bekam sie heftige Skrupel. Sie fragte sich, ob sie es wirklich tun sollte. Ihm ihre Liebe gestehen und womöglich seine Hochzeit ruinieren. Und sie fragte sich auch, was sie damit wohl Birthe antat. Nun, da sie Carstens Verlobte ein wenig kennengelernt hatte, würde sie sich wie die letzte Hafenschlampe vorkommen, wenn sie dieses Glück zerstörte.

Während sie noch grübelte, näherten sich schnelle, energische Schritte. Dann ragte Wilhelm Friederkamp vor ihnen auf, wütend, drohend.

«Die Mamsell hat mir verraten, mit wem du hier ein Stelldichein hast», schimpfte er auf seinen Sohn los. «Schämst du dich nicht? Rumpoussieren mit dem Gesinde am Abend vor deiner Hochzeit!»

Carsten stand auf, überragte seinen Vater, wirkte kein bisschen eingeschüchtert. «Mach dich nicht lächerlich, ich unterhalte mich bloß.»

Stella hingegen zog die Schultern ein. Widerstreitende Gefühle kämpften in ihrem Innern um die Vorherrschaft. Angst vor dem Gutsherrn, Hass auf den Mann, der indirekt am Tod ihres Vaters schuld war, Liebe zu Carsten. Und tief beleidigt war sie außerdem, weil er sie ohne weiteres zur Dienerschaft zählte.

Der Gutsherr hatte sich zum Schlechteren verändert. Er wirkte dünn und gealtert, die Falten in seinem Gesicht waren tief. Doch in diesem Moment schien er alle Schwäche abgeworfen zu haben.

«Ich darf ja wohl mal zehn Minuten mit einer alten Freundin verbringen», sagte Carsten.

«Nein!», erwiderte Wilhelm. Ein Blick, so scharf, dass es schmerzte. «Das Mädchen bringt Unglück über unsere Familie. Von der musst du die Finger lassen.»

Carsten ballte die Hände zu Fäusten. «Was soll das heißen, Vater? Du vergisst wohl, dass Stella wie eine Schwester für mich ist.»

Es gab ihr einen Stich, ihn so reden zu hören. Und sie begriff endlich, dass er keinerlei romantische Gefühle für sie hegte. Tränen brannten ihr in die Augen.

Der Gutsherr war vor Wut schier außer sich. Vielleicht ließ es sich damit erklären, dass er nun etwas sagte, das Stellas Welt zum Einstürzen bringen sollte.

«Nicht *wie* eine Schwester!», stieß er aus. «Stella Eriksen *ist* deine Schwester!»

29. KAPITEL

Schlagartig kehrte Stille ein. Vater und Sohn starrten einander an. Stella sank auf der Bank zusammen, musste auf einmal um Luft ringen. Die Männer bemerkten es nicht.

«Was redest du da?», verlangte Carsten zu wissen. «Stella ist die Tochter einer Tänzerin aus Hamburg und unseres Verwalters Olaf Eriksen. Gott hab ihn selig.»

Wilhelms Wut war inzwischen verraucht. Er machte den Eindruck eines Mannes, der aus Versehen ein Geheimnis verraten hatte und plötzlich zu dem Schluss kam, dass es an der Zeit war, die Wahrheit zu sagen. Trotz ihrer Atemnot erkannte Stella, dass seine Miene erst erschrocken, dann aber schnell äußerst entschlossen wirkte. Kalt erwiderte er: «Davon stimmt nur der erste Teil. Sie ist die Tochter einer Tänzerin, und sie ist meine Tochter.»

«Vater!»

«Oh Gott!» Stella schnappte wieder nach Luft, alles drehte sich um sie herum. Ein Bleigewicht lag auf ihrer Brust und ließ sich nicht wegdrücken. Tausend bunte Sterne tanzten vor ihren Augen, sie nahm die Stimmen nur noch wie aus weiter Ferne wahr.

«Wie …», begann Carsten, «warum …»

«Sei nicht so dumm, mein Sohn», herrschte Wilhelm ihn an. «Du glaubst doch nicht, dass ein Mann in meiner Position sich ein Kind andrehen lässt?»

«Ich … wüsste nicht …»

«Oder denkst du im Ernst, ein kleiner hässlicher Mann hätte in der Großstadt bei der Damenwelt irgendeinen nennenswerten Erfolg gehabt?»

Stella dachte daran, was Florentine vor Jahren gesagt hatte. Auch die Mamsell hatte ihre Zweifel an Olafs Chancen in Hamburg gehabt.

Der Gutsherr stemmte die Fäuste in die Hüfte. «Ich lasse mich nicht reinlegen! Zumal ja durchaus bezweifelt werden darf, ob es überhaupt meins war. Eine billige Dirne von der Reeperbahn hat ja bekanntlich mehr als einen Freier. Da käme eventuell auch der gute alte Olaf wieder ins Spiel. Ich weiß noch, dass er sehr gern …»

«Aufhören!», fuhr Stella dazwischen. Die Atemnot war wie weggeblasen. «Meine Mutter war keine Dirne! Wagen Sie es nie wieder, sie so zu nennen.»

Der Gutsherr stieß ein dreckiges Lachen aus. «Oh, da sind wir wohl empfindlich.»

Sie starrte ihn nur böse an. Carsten setzte sich wieder neben sie auf die Bank und legte ihr beruhigend eine Hand auf den Arm, aber sie machte sich sofort von ihm frei. Seine Berührung brannte wie Feuer durch den Stoff auf ihrer Haut.

«Wie auch immer», sagte Wilhelm Friederkamp dann, «selbstverständlich habe ich damals abgelehnt, das Gör aufzunehmen.»

Erneut sprang Carsten auf. «Du Scheusal!»

Dieser verzog keine Miene. «Wer die Verantwortung für viele Menschen trägt, darf sich keine Schwäche erlauben. Ich hoffe für dich, mein Sohn, dass du diese Lektion eines Tages lernen wirst.»

«Lieber mache ich Bankrott, als dass ich einmal so werde wie du!»

«Sehr edel gedacht. Und dann erklärst du deiner Frau und deinen zukünftigen Kindern, warum sie kein Dach mehr über dem Kopf haben. Und dem Gesinde lächelst du freundlich zu, bevor du es in die Armut schickst.»

Carsten schien etwas erwidern zu wollen, aber er schwieg betreten. Stella wollte ihm sagen, dass sich der Gutsherr irrte. Man konnte auch Verantwortung tragen und trotzdem ein guter Mensch sein. Zu Hause in der Taubenstraße lieferten die Bewohner jeden Tag den Beweis dafür. Aber sie war nicht fähig, einen vernünftigen Satz zu sprechen.

Weil die jungen Leute stumm blieben, setzte Wilhelm schließlich hinzu: «Olaf hat damals den Brief gefunden, den die angeblich verzweifelte Mutter geschrieben hatte. Mir war der Wisch im Stall aus der Tasche gefallen. Der Olaf hatte eben schon immer ein viel zu gutes Herz. Er hat mir schwer ins Gewissen geredet. Ein krankes Kind dürften wir nicht seinem Schicksal überlassen, hat er gesagt. Ich solle es einfach ihm geben, er würde sich schon darum kümmern.»

Stella sah, dass Carsten den Mund öffnete, um etwas zu erwidern, aber er war offenbar so durcheinander, dass er wieder kein Wort herausbrachte. Sie selbst konnte auch nicht fassen, was sie da gehört hatte. Doch eines wusste sie mit Sicherheit: Olaf hatte sie geliebt wie eine eigene Tochter. Eine Welle der Zärtlichkeit flutete in ihr Herz. Sie erinnerte sich an die guten Jahre mit ihm. Wie er sie gepflegt hatte, wenn sie krank war und jeder Atemzug zur Qual wurde. Wie er sogar die Erlaubnis eingeholt hatte, Spezialisten zu Rate zu ziehen.

Vor dem Krieg hatte Stella mit ihm einmal bis Lübeck

fahren dürfen. Das war für sie trotz ihrer Beschwerden ein wunderbares Abenteuer gewesen. Ihr Vater hatte sie dort einem Lungenfacharzt vorgestellt, der aber schon nach kurzer Untersuchung nur den Kopf geschüttelt hatte. Da lasse sich gar nichts machen, hatte er gesagt. Gegen Asthma gebe es kein Heilmittel. Man könne nur hoffen, dass es sich mit der Zeit auswüchse.

Vater hatte anschließend getobt vor Wut über diesen eingebildeten Schnösel, der eine ganze Goldmark für nichts und wieder nichts kassiert hatte, aber Stella war viel zu aufgeregt über die lange Fahrt gewesen, um sich zu ängstigen.

Am Ende wurde dann das getan, was als Einziges immer ein wenig geholfen hatte. Die Mamsell hatte Wasser erhitzt, Kamillenblüten eingestreut und die röchelnde Stella den Dampf einatmen lassen.

Oh ja, dachte sie jetzt. Vater hat mich geliebt wie ein eigenes Kind. Auch wenn es nach dem Krieg schwer geworden war mit ihm, diese Erinnerung konnte ihr niemand nehmen. Doch nun stahl sich der bittere Geschmack der Enttäuschung in ihre Gedanken. Olaf hatte es nie für nötig gehalten, ihr die Wahrheit zu sagen, auch nicht, als sie erwachsen war. Sie empfand sein Schweigen im Nachhinein als schrecklichen Verrat.

Und ihr leiblicher Vater sollte dieser scheußliche Mann hier sein? Vor dem sie ihr Leben lang Angst gehabt hatte?

Carsten fand seine Sprache wieder. «Wenn du nicht geglaubt hast, dass sie deine Tochter ist», fragte er, «wieso hast du dann zugelassen, dass sie auf dem Hof blieb?»

Zum ersten Mal wirkte Wilhelm Friederkamp verlegen. «Mir reichte ein Blick auf ihr Gesicht. Sie hat die gerade geschnittene Nase der Friederkamps, und auch die Augen sind unsere, obwohl sie immer ein bisschen heller waren. Ist dir das nie aufgefallen?»

«Nein», gab Carsten überrascht zu. Er betrachte Stella, als sähe er sie zum ersten Mal, und in sein Blick trat plötzliches Erkennen. Sodann wandte er sich wieder dem Gutsherrn zu. «Aber warum hast du so lange geschwiegen? Auch nach Olafs Tod noch?»

«Du bist wirklich dümmer, als ich dachte», entgegnete Wilhelm Friederkamp, dem offenbar langsam die Geduld ausging. «Glaubst du allen Ernstes, ich hätte zugelassen, dass ein dahergelaufenes Mädchen etwas von deinem Erbe einfordert? Niemals!»

«So ist Stella nicht.» Er setzte sich wieder zu Stella auf die Bank. «Mensch, Lütte. Wenn ich nur die geringste Ahnung gehabt hätte …»

Er sprach nicht weiter, und jetzt erst wurde ihr die ganze Tragweite dessen bewusst, was der Gutsherr ihnen verraten hatte.

«Wir sind Geschwister», flüsterte sie.

Herr im Himmel! Sie hatte jahrelang ihren Bruder geliebt! Ihr Herz brach. Wie Glas.

«Bestenfalls Halbgeschwister», korrigierte Wilhelm Friederkamp abfällig. «Und komm man nicht auf die Idee, irgendwelche Forderungen zu stellen, junges Fräulein. Was ich euch erzählt habe, ist nirgends schriftlich festgehalten. Und falls du vorhast, rechtliche Schritte einzuleiten, werde ich alles abstreiten.»

Stella fand endlich ihre Stimme wieder. «Rechtliche Schritte? Weil Sie glauben, ich werde ein Erbe beanspruchen? Ist das etwa alles, woran Sie denken können?»

Auf einmal war alle Angst vor dem Gutsherrn wie weggeblasen. Sie erhob sich, drückte den Rücken durch und spürte plötzlich, dass Luna bei ihr war. Verena und Pepita gesellten sich dazu. Harriet und sogar die Witwe Platschke waren auch da. Die Frauen der Taubenstraße standen ihr bei. Mit all ihrer Kraft, mit all ihrem Mut.

«Nur damit Sie es wissen: Ich will keinen einzigen Strohhalm von Ihrem verdammten Landgut. Das habe ich gar nicht nötig, denn ich bin in Hamburg überaus erfolgreich. Aber Sie, Sie werden sich eines Tages vor Ihrem Schöpfer verantworten müssen.»

Er tat gleichgültig, aber an einem kurzen Aufblitzen in seinen Augen sah Stella, dass sie ihn getroffen hatte. Langsam wandte sie sich um und ging den Hügel hinauf zum Gutshaus.

Hinter ihr sagte Carsten: «Vater, wir sprechen uns noch in der Angelegenheit.»

Dann kam er ihr nachgelaufen. «Stella», bat er. «Warte.»

Sie ging weiter. Wenn sie den Schritt verhalten hätte, wäre sie möglicherweise zusammengebrochen. Diese Befriedigung wollte sie dem Gutsherrn nicht geben. Sie spürte seinen hasserfüllten Blick im Rücken.

Also lief Carsten neben ihr her. «Lass uns in Ruhe reden», sagte er. Dann fischte er eine Zigarette aus einer zerdrückten Packung, ließ ein Streichholz aufflammen und nahm ein paar hektische Züge.

Sie schüttelte den Kopf.

«Bitte, Lütte. Das … ist alles so verdammt neu für mich. Ich wusste von nichts. Das schwöre ich dir bei allem, was mir heilig ist.»

Sie glaubte ihm.

«Aber weißt du was?» Er lächelte plötzlich breit, als ihm eine Erkenntnis kam. «Wenn ich recht darüber nachdenke, finde ich es wunderbar. Ich habe mir schon immer Geschwister gewünscht.»

«Carsten, bitte …»

Er schien überrascht. «Was ist denn? Freust du dich nicht auch ein bisschen?»

Nun blieb sie doch stehen und sah ihn fassungslos an. «Ich soll mich freuen? Darüber, dass mein Leben eine einzige Lüge gewesen ist?»

Beschämt senkte er den Blick. «Bitte verzeih mir. Ich habe nicht richtig nachgedacht. Ich bin einfach ein Trampel.»

Von der anderen Sache sprach sie nicht. Von ihren Gefühlen für ihn, die nun auch eine Lüge sein mussten. Er tat ihr plötzlich leid. Auch für ihn war das ein bisschen viel auf einmal. Ausgerechnet am Vorabend seiner Hochzeit. Deswegen griff sie nach seiner Hand und hielt sie fest.

«Wir werden reden», versprach sie, «aber nicht heute. Wenn ein bisschen Zeit vergangen ist, ja?»

Er schien protestieren zu wollen, erkannte aber wohl, dass er sie nicht würde umstimmen können. «In Ordnung.»

Möglicherweise war es ihm auch ganz recht so. Seine Bereitschaft, sich mit komplizierten Familienangelegenheiten auseinanderzusetzen, schien für den Moment erschöpft zu sein. Stella konnte es ihm nicht verdenken. Eben noch hatte er sich auf seine Hochzeit gefreut und mit einer alten Freundin geplaudert, nun hatte ihm der Vater so ein Geheimnis um die Ohren gehauen. Für einen jungen Mann, der sich mit Pferden besser als mit Menschen auskannte, war das starker Tobak.

«Und ich werde abreisen», fügte sie hinzu. «Noch heute

Abend. Unsere Vergangenheit soll deinen Freudentag nicht überschatten.»

«Heute Abend kommst du nirgends mehr hin.»

«Dann bitte ich den Jost und seine Tochter, mich im Verwalterhaus unterzubringen. Und morgen früh lasse ich mich von ihm nach Eutin fahren.»

Carsten nickte langsam. «Du willst wirklich nicht zur Hochzeit bleiben?»

«Nein», sagte sie knapp und verfiel dann in Schweigen. Sie hatte Angst, sie könnte doch noch zu viel verraten. Hätte sie Mitleid in seinem Blick entdeckt, so hätte sie das nicht ertragen können. Wenigstens ihren Stolz musste sie behalten. Er war alles, was sie noch besaß.

Das stimmt nicht, dachte sie fast in derselben Sekunde. Wieder spürte sie die Anwesenheit ihrer Freunde und war unendlich dankbar.

Zögernd ließ Carsten ihre Hand los. «In Ordnung, das muss ich akzeptieren. Aber wir zwei bleiben in Kontakt. Versprich mir das.»

«Ich verspreche es», sagte sie und dachte bei sich: Sofern ich eines Tages aufhören kann, dich zu lieben. Sie erinnerte sich an die Briefe, die sie einander geschickt hatten. Zwischen seinen Zeilen hatte sie stets geglaubt, seine zärtlichen Gefühle für sie herauszulesen. Nun wusste sie, dass sie gelesen hatte, was sie lesen wollte. Würde sie alle Briefe noch einmal mit kühlem Kopf durchgehen, würde sie feststellen, dass er nie etwas von Liebe geschrieben hatte.

«Und jetzt gehe ich mal nach Birthe schauen. Sie fragt sich bestimmt schon, wo ich bleibe.»

«Tue das», erwiderte Stella und biss sich fest auf die Lippen.

Dann fiel ihr noch etwas anderes ein. «Der Junge», sagte sie. «Dein Cousin.»

«Richard? Was ist mit ihm?»

«Lass nicht zu, dass es ihm ähnlich ergeht wie mir. Lass nicht zu, dass dein Vater sein Leben zerstört.» Sie wusste nicht genau, warum sie ihn darum bat. Vermutlich verspürte sie eine gewisse Verbundenheit mit dem Kind, das sich auf Gut Friederkamp so fremd fühlte.

«Das werde ich nicht», sagte Carsten mit fester Stimme. «Ich mag ihn, und nach heute Abend werde ich mich noch mehr um ihn kümmern. Noch einmal wird mein Vater mir keinen Verwandten entziehen.»

«Gut.» Sie nickte.

«Birthe kommt übrigens auch gut mit ihm zurecht», fügte er hinzu.

«Das ist wunderbar.»

«Und merk dir eins: Dein Leben ist nicht zerstört. Du hast eine Menge daraus gemacht.»

Sie lächelte dankbar.

«Also dann, bis bald, Stella.»

«Bis bald.»

Er winkte ihr noch kurz zu, bevor er sich abwandte.

Während Carsten zum Vordereingang ging, umrundete sie wieder das Haus und betrat die Küche. Die Mamsell war allein. Anscheinend hatte sie die Küchenmädchen zu Bett geschickt.

«Erzähl mir, was los war», forderte sie Stella auf.

«Du hast es gewusst, oder?»

«Gewusst? Ich? Was denn?»

«Wer mein wirklicher Vater ist.»

Florentine wurde blass und ließ sich auf einen Stuhl am Tisch fallen.

«Papperlapapp!», entgegnete sie. «Ich habe überhaupt nichts gewusst. Aber geahnt habe ich was. Oh ja, das haben alle hier.»

«Warum hast du mir nie …?»

«Wozu?», wurde sie von Florentine unterbrochen. «Dein Leben war schon schwierig genug. Was hätte es geholfen?»

«Es hätte mich vielleicht davon abgehalten, Carsten zu lieben.»

«Ja, verflucht. Das war ganz schön verzwickt. Aber dann bist du ja nach Hamburg weg, und ich dachte, damit hat sich das erledigt.»

«Hat es aber nicht.»

«Nun, jetzt schon.»

Stella starrte die Mamsell an. Dann kicherte sie plötzlich, dann weinte sie. Es dauerte eine Weile, bis sie sich wieder im Griff hatte.

«Gut», sagte die Mamsell. «Das war jetzt genug Aufregung für heute. Du schläfst beim Jost. Ich habe da vorhin schon Bescheid sagen lassen, weil hier im Haus sowieso kein Platz für dich wäre. Also los, ab mit dir. Morgen sehen wir weiter.»

Morgen würde sie nicht mehr hier sein, aber das verriet Stella der Mamsell nicht. Sie nahm an, Florentine wäre stillschweigend damit einverstanden.

«Kannst du bitte nachschauen, ob der Gutsherr noch bei der Eiche steht?», bat sie nur.

Florentine ging hinaus und kam gleich darauf wieder.

«Die Luft ist rein.»

30. KAPITEL

St. Pauli, September 1926

Ein frischer Wind wehte von der Elbe herauf und ließ die Wäsche auf der Leine fröhlich flattern. Stella saß auf einem alten Hocker, den sie hierher aufs Dach gebracht hatte, und legte die Hände in den Schoß. Sie hätte wieder hinuntergehen und ihren Pflichten nachkommen müssen. Ihre Schwester musste im Laden abgelöst werden. Es war fast Mittag, und Luna wollte nach Hause laufen, um für ihren Piet zu kochen. Den kleinen Claus-Johann hatte sie immer bei sich. Noch war das kein Problem, aber er würde bald anfangen zu krabbeln, und dann würde er im Laden stören. Die Schwestern mussten sich etwas einfallen lassen. Wobei Stella langsam den Eindruck gewann, Luna wollte ganz aufhören. Piet verdiente auf der Werft inzwischen richtig gut. Er hatte ein Talent im Umgang mit Metall bewiesen und wurde neben der normalen Arbeit darin ausgebildet. Schon zum Jahresende hoffte er als vollwertiger Schweißer angestellt zu werden. Und dann, so hatte er seiner Frau versprochen, würde sie es nicht mehr nötig haben, im Laden zu stehen. Dann könnten sie sich vielmehr darum kümmern, die Familie zu vergrößern.

Luna hatte Stella halb freudig, halb ängstlich davon erzählt. Aber dann war ihr Blick auf den kleinen rotblonden Clausi gefallen, und sie hatte beruhigt gewirkt.

Nun, dachte Stella. Es wird sich auch hier eine Lösung finden. Sie stellte sich vor, wie es wäre, den Laden allein mit Lorenzo zu betreiben. Sie wären immer zusammen, außer an den Tagen, an denen sie ihre Sendung hatte. Ein Lächeln umspielte ihre Lippen, doch sie wischte es fort. Zeit hinunterzugehen.

Sie wollte auch nach Rosario sehen. Der alte Mann fühlte sich in letzter Zeit schlechter. Er verbrachte mehr und mehr Tage im Bett, doch er beklagte sich nie. Wenn Henry bei ihm war, lag ein freudiger Ausdruck auf seinem Gesicht, doch Stella ahnte, er verbarg seine Schmerzen auch vor dem geliebten Mann. Doktor Richter verschrieb ihm starke Schmerzmittel und empfahl heiße Wannenbäder, gestand aber, dass er ansonsten hilflos sei.

Pepita gab ebenfalls Anlass zur Sorge. Einerseits schien sie unglaublich glücklich zu sein, andererseits wirkte sie erschöpft. Niemand im Haus in der Taubenstraße hatte bisher herausgefunden, warum sie wieder so viel mehr arbeitete und warum sie es sich wieder angewöhnt hatte, Schals um den Hals zu tragen. Kalle war deswegen schon unausstehlich geworden, und die kleine Sophia hielt sich fast nur noch bei Lorenzo oder auch Stella auf.

Ein Lächeln umspielte Stellas Lippen, als sie an Sophia dachte. Dieses kluge, liebenswerte Mädchen war ihr wie eine eigene Tochter ans Herz gewachsen. Ihr Vater kam ihr in den Sinn. Inzwischen verstand sie sehr gut, was Olaf Eriksen einst gefühlt hatte. Ein Kind musste nicht eigen Fleisch und Blut sein, um es zu lieben.

Ein Seufzen entrang sich ihrer Kehle. Würde sie überhaupt einmal eigene Kinder haben? Würde sie das Glück der Mutterschaft spüren oder auch all die Sorgen, die sich Luna ständig machte? Wahrscheinlich nicht.

Bevor ihre Gedanken zu Carsten fortfliegen konnten, holte sie tief Luft und zwang sich, ihren Kopf leer zu halten. Einer der Musiker beim Radio, ein Bassist, hatte ihr einmal das Prinzip der Meditation erklärt. Es half nicht immer, aber es verhinderte, dass sie verrückt wurde.

Nach ihrer Rückkehr von Gut Friederkamp im April war sie nur ein Schatten ihrer selbst gewesen, doch sie hatte sich niemandem anvertraut. Inzwischen war es September, und sie hatte sich ein wenig gefangen. Das Leben ging weiter, anders zwar, aber es ging weiter.

Mittlerweile hatte sie Luna von den Ereignissen erzählt. Ihre Schwester hatte sie fest in den Arm genommen und wenig gesagt. Sie wusste, wann Worte überflüssig waren. Rosario ahnte wohl etwas, und Lorenzo wirkte manchmal noch unglücklicher als sie selbst.

«Weil er dich liebt», hatte ihr Sophia altklug erzählt. «Und du ihn nicht. Das ist wirklich schlimm.»

Das Kind hatte ja so recht. Nichts war schrecklicher im Leben als eine unerwiderte Liebe.

Stella rang die Hände. Hier oben herrschte Ruhe. Nur von der Elbe her klangen leise die Schiffshörner, und von der Straße ertönten röhrende Autohupen herauf. Doch es hatte keinen Zweck. Ihr Kopf war zu voll mit Grübeleien. Sie erinnerte sich an den Brief, den sie zwei Wochen nach dem Besuch in Holstein von Florentine bekommen hatte.

In ihrer großen, energischen Schrift hatte die Mamsell von der Hochzeit berichtet. Es sei ein wunderbares Fest gewesen, überschattet nur vom peinlichen Benehmen des Gutsherrn.

Wilhelm sei praktisch durchgehend betrunken gewesen und habe sich bei seiner Rede derart verhaspelt, dass Carsten vor Scham mit seiner Braut den Saal verlassen habe. Im Übrigen gehe alles seinen geregelten Gang, abgesehen von Schildkröte Oma Emma, die ihren Weg in Florentines Gemüsegarten gefunden hatte und für täglichen Missmut sorgte. Stella hatte nicht darüber lachen können. Sie lachte überhaupt nicht mehr. Es gab keinen Grund, fröhlich zu sein. Von Carsten hatte sie keinen Brief mehr bekommen, und sie war regelrecht erleichtert darüber. Zwar war sie nach wie vor innerlich zerrissen, doch wenigstens brachen keine neuen Wunden auf.

Ein zweites Mal seufzend, stand sie schließlich auf. Sie brachte den Wäschekorb in die Mansarde und stieg dann weiter die Treppen hinunter. Als sie an Pepitas Wohnung vorbeikam, wurde die Tür aufgerissen, und Sophia flitzte heraus.

«Da bist du ja endlich! Ich warte schon ewig, dass du wieder auftauchst.»

Sanft fuhr Stella ihr durchs Haar. Ich brauche keine Meditation, dachte sie bei sich. Ich muss nur diese Deern um mich haben, dann geht es mir sofort besser. Auch wenn sie offensichtlich etwas auf dem Herzen hatte.

«Ist etwas passiert?», fragte Stella sanft.

«Nein, noch nicht», sagte Sophia ernst. «Aber bald.»

«Was denn?»

«Nicht hier.» Sophia sah sich um, als fürchte sie, in jeder dunklen Ecke des Hausflurs einen Mörder zu entdecken. Neuerdings las sie mit Vorliebe Detektivgeschichten, und so langsam schien das auf sie abzufärben.

«Komm rein. Mutti ist nicht da.»

Aha, dachte Stella amüsiert. Das muss ja ein großes Geheimnis sein. Wie immer, wenn sie Pepitas Wohnung betrat, wurde ihr das Herz schwer. Niemand im Haus war reich, aber abgesehen von der Zigeunerin hauste niemand so ärmlich wie die Zwergin mit ihrer Tochter. Die Einrichtung war mehr als spärlich, und die wenigen Möbel waren allesamt zerkratzt und durchgesessen. An den Fenstern hingen zerschlissene Vorhänge, die vielleicht einmal Kissenbezüge gewesen waren, von den Wänden blätterte die einst wohl grüne Farbe ab, hie und da entdeckte Stella feuchte, schimmelige Stellen.

«Mutti wollte neue Sachen kaufen», sagte Sophia. «Aber wir ziehen ja bald um.» Sie schlug sich die Hand vor den Mund, so als hätte sie etwas verraten, das noch niemand wissen durfte.

Stella fragte sich, ob es das war, worüber die Kleine unbedingt mit ihr reden wollte. Nein, anscheinend nicht, denn nun sagte Sophia: «Mutti wird es bald allen erzählen, aber sie muss noch ein bisschen mehr arbeiten, bis alles bezahlt ist. Sie will ein Häuschen kaufen. Draußen in Altona. Das wird nicht mehr lange ein Geheimnis sein. Deswegen ist es nicht so schlimm, dass ich es verraten habe.»

Stella fragte sich, ob Sophias kindliche Phantasie mit ihr durchging. «Wirklich?»

Sophia nickte. Es war nicht zu erkennen, ob sie glücklich oder traurig über die Pläne ihrer Mutter war. «Sie sagt, sie will weg von St. Pauli und von Hamburg. Zusammen mit mir und dem Kalle. Dem seine Wohnung ist nämlich genauso hässlich wie unsere. Eine richtige Familie sollen wir sein und ein normales Leben haben.»

«So», sagte Stella und bemühte sich um ein Lächeln. «Das

wird bestimmt schön.» Sollte Pepita mit ihrer Tochter wirklich fortgehen, würde sie Sophia furchtbar vermissen. Und auch Pepita. Und Kalle.

Die Kleine verzog das Gesicht und kletterte auf einen Stuhl mit kaputter Lehne. Großzügig wies sie Stella den einzigen Sessel zu. Sie setzte sich und sank fast bis zum Fußboden ein.

«Ist es das, was du mir erzählen wolltest?»

Sophia schüttelte den Kopf. «Nein, es geht um Lorenzo. Ich habe gestern Abend gehört, wie er sich mit seinem Onkel gestritten hat. Sie wohnen ja gegenüber, und sie waren ziemlich laut.»

Stella war nicht sicher, ob sie erfahren wollte, was das Kind zu sagen hatte. Sie hob die Hand, aber Sophia achtete gar nicht auf sie. «Du weißt ja, ich lerne mit Lorenzo Italienisch. Früher nur die Nudelsorten. Aber inzwischen kann ich schon viel, viel mehr. Ich habe natürlich nicht alles verstanden, aber ich bin mir sicher, es ging um dich.»

«Um mich? Warum sollten Rosario und Lorenzo über mich streiten?»

«Na ja …» Sophia runzelte die kleine Stirn. «Ich verstehe ja nicht so viel davon, aber Lorenzo liebt dich nun mal, und Rosario will das nicht. Der will nämlich wie ein Vati für dich sein, und dann ist keiner gut genug für dich.»

Stella stand auf. Das Gespräch musste an dieser Stelle beendet werden. Es konnte nicht angehen, dass sie mit einer Neunjährigen über Dinge redete, die nur Erwachsene betrafen. Gleichzeitig fragte sie sich: Warum kann ich Lorenzo nicht so lieben, wie er mich liebt? Weil du zu verbohrt bist, um zu kapieren, was gut für dich ist, hätte wahrscheinlich Florentine geantwortet. Oder weil ich Angst habe, sagte sie sich selbst. Angst vor der nächsten unmöglichen Liebe. Denn sosehr Lorenzo ihr auch das Gefühl vermittelte, er gehöre ihr allein, so häufig gab es auch Momente, in denen er wie abwesend schien. Dann ging sein Blick in die Ferne, und sie fragte sich, was oder *wen* er wohl vor sich sah. Auf einmal wünschte sie sich, sie könnte sich seiner Gefühle sicher sein. Wie anders könnte dann das Leben sein! Voller Glück und Lachen.

Es gab einen winzigen Ruck in ihrem Innern, wie letzten Dezember auf dem Hamburger Dom, aber sie schob das Gefühl energisch zur Seite. Dann schaute sie Sophia an.

«Du solltest nicht lauschen», sagte sie lahm. «Und ich muss jetzt wirklich runter in den Laden.»

Sophia tat, als hätte sie nichts gehört. «Außerdem will Lorenzo fortgehen. Und er hat auch schon seine Arbeitsstelle in Blankenese gekündigt.»

Sie sank in den durchgesessenen Sessel zurück. Eine Staubwolke wirbelte auf, und Stella hielt kurz die Luft an. Eine solche Mischung durfte sie auf keinen Fall einatmen. «Was?»

«Ja, ich bin mir ziemlich sicher, dass ich das richtig verstanden habe. Sie haben von Mamma Concetta gesprochen, ich glaube, das ist Lorenzos Mutti. Und von einer Giuseppina. Das ist vielleicht seine Schwester.»

Nein, dachte Stella. Lorenzos Schwester hieß Maria. Er hatte ihr schon oft von ihr und seinem Neffen Filippo erzählt. Nun, es gab vermutlich noch mehr Verwandte.

«Und er will dahin fahren. Mit der Eisenbahn. Schon nächste Woche.» Auf einmal standen Tränen in Sophias Augen und rannen ihr im nächsten Moment über die kindlichen Wangen. «Er ist mein einziger richtiger Freund. Wird er uns verlassen? Für immer?»

«Ach, Unsinn», gab Stella schnell zurück. «Das glaube ich im Leben nicht.»

Im Stillen war sie jedoch selbst nicht von ihren Worten überzeugt. Was, wenn Lorenzo die Nase voll von allem hatte und wirklich zurück nach Italien reiste?

Sie stand auf, zog Sophia hoch und nahm sie fest in die Arme. «Mach dir keine Sorgen, Lütte. Ich werde das klären. Ein paar Minuten Zeit habe ich noch. Ich schaue gleich mal zu Rosario rüber und frage ihn.» Sie hatte ohnehin nach dem alten Mann sehen wollen.

«Darf ich mitkommen?»

«Nein, besser nicht. Aber ich verspreche dir, dass ich dir gleich danach alles ganz genau erzähle.» Zumindest das, was für deine Ohren bestimmt ist, fügte sie in Gedanken hinzu. «Wartest du hier?»

Sophia versprach es.

Stella besaß einen Schlüssel zu Rosarios Wohnung, und sie ging wie gewohnt hinein, ohne anzuklopfen. Im nächsten Moment bereute sie es. Als sie sein Schlafzimmer betrat, fand sie Rosario und Henry in inniger Umarmung auf dem schmalen Bett vor. Die beiden Männer taten nichts Ungebührliches, lagen nur ruhig da und lauschten dem Herzschlag des anderen, wobei Henry sich Rosarios krummer Körperform angepasst hatte. Als sie jedoch Stella sahen, fuhren sie erschrocken auseinander.

«Entschuldigung … ich … ich wollte nicht …», stammelte sie und verstummte.

Erstaunlich behände für sein Alter sprang Henry auf und zupfte an seiner Kleidung herum, obwohl die vollkommen in Ordnung war. Rosario blieb liegen. Ihm war es nicht mehr möglich, schnell aufzustehen.

«Stella», sagte er mit leiser Stimme. «Ich habe dich nicht erwartet.»

Henry schaute ruhig von einem zum anderen. «Dann lass ich euch mal allein. Bis später, mein Liebster.»

Rosarios faltiges Gesicht nahm eine sanfte Röte an. «Ja, bis später.»

Erhobenen Kopfes ging Henry an Stella vorbei. Sie hätte ihm gern gesagt, es sei nicht nötig, ihretwegen Haltung zu bewahren. Sie verstehe vollkommen, dass Liebe einfach Liebe sei. Ganz gleich, wem sie galt. Sie schwieg jedoch. Die Zeit drängte, und sie musste noch mit Rosario sprechen.

«Du hättest anklopfen können», sagte er, als Henry fort war.

«Tut mir leid. Ich habe es eilig.»

«Du weißt von uns, deshalb bist du hoffentlich nicht erschrocken.»

«Nein.» Sie lächelte ihn an. «Ich glaube, man verliebt sich nicht in das Geschlecht, sondern in das Herz und in die Seele eines Menschen.»

Rosario erwiderte ihr Lächeln. «Das hast du hübsch gesagt, *piccola mia*.»

Sie beschloss, rasch zur Sache zu kommen. «Ich muss gleich in den Laden und Luna ablösen. Stimmt es, dass Lorenzo fortgeht?»

Sein Lächeln erlosch, an dessen Stelle trat ein misstrauischer Ausdruck. «Wer behauptet das?»

«Sophia hat euch streiten hören.»

Er seufzte. «Ach, dieses viel zu kluge Kind. Ich frage mich, wohin das Leben sie wohl treiben wird. Wusstest du, dass sie sich neuerdings mit Krankenpflege beschäftigt? Ständig will sie mir einen Arm bandagieren oder eine aufgemalte Wunde versorgen.»

«Nein», erwiderte Stella erstaunt. «Das wusste ich noch nicht.» Dann merkte sie, wie geschickt Rosario abgelenkt hatte.

«Lorenzo», sagte sie. «Geht er fort?»

Der alte Mann schlug den Blick nieder. «Es wäre das Beste für alle.»

Sie sah, dass er mit sich rang. Auf der einen Seite glaubte er wohl tatsächlich, dass es weniger Ärger geben würde, wenn Lorenzo wieder verschwand, auf der anderen hing er inzwischen sehr an seinem Neffen. War er doch das einzige Familienmitglied, das ihm geblieben war.

Eine leise Hoffnung stieg in ihr hoch. «Also ist es noch nicht sicher?»

«Doch, fahren muss er. Er sagt, er braucht dringend gute und zuverlässige Lieferanten für die italienischen Spezialitäten. Parmaschinken, Parmesankäse, Schafskäse, Olivenöl, Wein und all die anderen guten Sachen.» Er schnalzte mit der Zunge, dabei konnte er schon lange nicht mehr so essen, wie er es sich wünschte. «Lorenzo will sich nicht mehr mit Ware zweiter Wahl zufriedengeben. Deshalb wird er die Hersteller und Bauern direkt besuchen und einen vertrauenswürdigen Händler einstellen.»

«Ich weiß», erwiderte Stella. «Darüber haben wir schon gesprochen.» Lorenzo war inzwischen Teilhaber des Geschäfts und hatte ihr mehrfach erklärt, warum eine solche Reise so wichtig war. Zwar fürchtete sie, er könnte zu viel zu schnell wollen, letztlich aber vertraute sie seinem Instinkt.

«Natürlich», sagte Rosario und lächelte. «Für einen Moment habe ich glatt vergessen, dass ihr zwei zusammenarbeitet.»

«Und das ist alles, was er vorhat?»

Rosario schwieg eine Weile, aber weil Stella sich nicht vom Fleck rührte, gab er schließlich zu: «Nein. Er muss auch nach Predappio, in einer Familienangelegenheit.»

«Und die wäre?»

«Es steht mir nicht zu, mit dir darüber zu reden.»

«Verdammt, Rosario! Du bist mein Freund! Sag mir, was los ist!»

Der alte Mann presste die Lippen aufeinander.

«Wird er in Gefahr sein? Du hast mir mal erzählt, da gibt es eine Familie, die es auf ihn abgesehen hat. Müssen wir uns Sorgen machen?»

Rosario blinzelte müde. «Soweit ich erfahren konnte, haben die Leute jetzt anderes im Kopf. Ich denke, die Geschichte ist ihnen nicht mehr so wichtig.»

«Aber was ist es dann?»

Schweigen.

«Wer ist Giuseppina?», fragte Stella aufs Geratewohl.

Rosario blieb stumm, aber eine Ader an seiner Schläfe pulsierte nervös.

«Warum …», sie musste sich räuspern, «warum willst du nicht, dass Lorenzo und ich …» Sie brach ab.

Rosario sah sie liebevoll an. «Er ist ein unsteter junger Mann, und du brauchst jemanden, der dir Halt gibt.»

«Denkst du nicht, ich kann selbst entscheiden, wer gut für mich ist?»

Rosario presste die Lippen aufeinander.

Als ihr klar wurde, dass sie ihm keinen Ton mehr würde

entlocken können, gab sie es auf und ging hinüber zu Sophia. Irgendwann würde sie schon Lorenzo erwischen und die Wahrheit erfahren.

Sophia empfing sie mit großen, neugierigen Augen.

«Ich habe nicht viel Neues erfahren», sagte Stella. «Es soll eine Geschäftsreise werden.»

«Also wird er wiederkommen?», fragte Sophia hoffnungsvoll.

«Ganz bestimmt.» Allerdings war sich Stella nicht hundertprozentig sicher. Bei Lorenzo wusste man nie so genau, woran man war.

Deshalb ließ sie die Kleine nun allein und ging geradeswegs hinunter in den Laden. Lorenzo stand hinter der Theke und bediente ein paar südländisch aussehende Kunden. Stella wartete geduldig ab und beschäftigte sich damit, ein großes Regal mit Nudelpackungen neu zu sortieren. Erst als die Kunden gegangen waren, umrundete sie die Theke und baute sich vor Lorenzo auf.

«Warum willst du fort?», fragte sie.

Sein Blick verdunkelte sich. «Ich … Wir brauchen Lieferanten», erwiderte er langsam.

«Ja, das hat mir Rosario schon gesagt.» Sie trat noch ein bisschen näher, bis sie ganz dicht vor ihm stand. «Aber hast du vor zurückzukehren, oder willst du uns alle im Stich lassen?»

«Ich … glaube nicht, dass mich hier wirklich jemand braucht.»

«Ach nein? Was ist mit Sophia? Und mit Rosario? Was ist mit dem Laden? Wer soll den zum Erfolg bringen, wenn du nicht da bist?»

Lorenzo räusperte sich. «Sophia hat ihre Mamma, Rosario

kommt ohne mich zurecht. Und der Laden wird ohne meine verrückten Ideen vielleicht besser laufen.»

Stella atmete seinen männlichen Duft ein. Ihr wurde ein wenig schwindelig. «Du irrst dich. Wir brauchen deine Ideen, deine Begeisterung, deine Visionen!»

Überrascht sah er sie an. «Und ich dachte immer, ihr haltet mich alle für einen Spinner.»

«Ich nicht», gab Stella mit fester Stimme zurück. «Schließlich war ich sofort damit einverstanden, dich als Teilhaber aufzunehmen. Und was ist überhaupt mit mir? Wie soll *ich* ohne dich zurechtkommen?»

«Du?» Er wirkte völlig verwirrt.

«Ja, ich. Du würdest mir nämlich schrecklich fehlen.» Wieder erkannte sie, dass sie sich lange Zeit etwas vorgemacht hatte. Mochte sie gedacht haben, dass sie noch immer Carsten liebte, ein Teil ihres Herzens gehörte Lorenzo, seit sie einander das erste Mal begegnet waren. Sie wollte noch mehr sagen, scheute sich aber davor.

Unsicher trat sie von einem Fuß auf den anderen, machte dann einen halben Schritt zurück.

Er folgte ihr, ließ nicht zu, dass sie den Abstand zwischen ihnen vergrößerte.

«Ich dachte …», begann er, brach dann aber ab.

«Was?»

«Ich dachte, du liebst den anderen.»

«Das ist vorbei.»

«*Davvero?* Wirklich?»

«Ja, wirklich.»

«Dann …» Der Blick seiner Augen war brunnentief. «Dann wartest du, bis ich zurückkomme?»

«Wo sollte ich schon hingehen?» Ihre Stimme zitterte.

Jetzt war er ganz nah. Sein Blick flog zu ihren Händen. Er fragte sich wohl, ob er sich wieder eine Ohrfeige einfangen würde. Doch ihre Arme hingen schlaff herunter.

Als er sie küsste, rührte sie sich immer noch nicht. Nur ihre Lippen, eben noch nervös zusammengepresst, wurden weich und öffneten sich. Sein Kuss war unendlich sanft, und obwohl sie hier im Kellerladen standen, war es Stella, als schauten sie gemeinsam hinauf zu einem unendlichen Sternenhimmel.

«Oh», flüsterte sie, nachdem er sich von ihr gelöst hatte.

Es war der erste richtige Kuss ihres Lebens gewesen. Sie hatte nicht gewusst, wie schön es sein konnte.

Lorenzo lächelte, und die Zärtlichkeit in seinen Augen berührte ihr Herz. Im nächsten Moment jedoch legte sich ein Schatten über seinen Blick.

«Was ist denn?», fragte sie, von dunkler Ahnung erfüllt.

«Ich … hätte das nicht tun dürfen.»

«Warum?» Ihre Stimme klang jetzt schrill, aber sie konnte nichts dagegen tun.

«Ich muss in Italien etwas erledigen», meinte er vage.

Stella dachte an das, was Rosario vorhin gesagt hatte, und an das, was Sophia aufgeschnappt hatte.

«Hat es etwas mit Giuseppina zu tun?»

Sie sah, wie Lorenzo zusammenzuckte. Sein Schweigen war ihr Antwort genug.

«Nun», sagte sie, auf einmal sehr kühl und beherrscht. «Was immer es ist, ich denke, du hast recht. Du darfst keine Frau küssen, solange es noch eine andere in deinem Leben gibt.»

Sie wandte sich ab, den Rücken fest durchgedrückt.

«Stella, bitte, lass dir erklären …»

«Nein!», erwiderte sie scharf über die Schulter. «Ich denke, ich will nichts mehr hören.»

Dann ging sie. Schon wieder brach ihre Welt zusammen, aber sie selbst würde nicht brechen.

31. KAPITEL

Romagna, Italien, Oktober 1926

Der Omnibus wurde langsamer, je steiler es nach Predappio hinaufging. Obwohl der neue Ort viel weiter unten im Tal lag, war die Steigung für dieses alte Vehikel dennoch eine Herausforderung. Die wenigen Passagiere feuerten den Fahrer an, als habe dieser entscheidenden Einfluss auf die Motorleistung. Mehr, als in den ersten Gang zurückzuschalten und auf das Beste zu hoffen, konnte er nicht tun.

Lorenzo wusste, wer der junge Mann war. Er hieß Francesco Fresoni und hatte einst neben ihm die Schulbank in der *scuola elementare* gedrückt. Auch waren sie gemeinsam oft in die Berge gezogen, um Forellen zu fangen oder Nüsse und Pilze zu sammeln. Erkannt hatte Francesco ihn allerdings nicht, als er in Forlí zugestiegen war. Kein Wunder, zwischen dem damaligen Landarbeiter in fadenscheiniger Kleidung und dem jungen Städter in einem gutsitzenden Anzug bestand ein himmelweiter Unterschied.

Lorenzo hatte daran gedacht, dass es Stella im Frühjahr ähnlich ergangen war, als sie nach Holstein gereist war. Viel mehr als das hatte sie allerdings nicht erzählt. Nur nach und nach war bis zu ihm durchgesickert, dass ihre große Liebe eine andere Frau geheiratet hatte und dass dieser Mann, Carsten hieß er, zudem in Wahrheit Stellas Halbbruder war. Er konnte sich nicht annähernd vorstellen, was für ein Schock das für sie gewesen sein musste.

Im Laufe der Monate war Lorenzo mehr als einmal drauf und dran gewesen, mit ihr darüber zu sprechen. Aber sie hatte sich stets so abweisend verhalten, war so kalt und hochmütig gewesen, dass er fürchtete, sie könne zusammenbrechen, wenn er an der Mauer kratzte, die sie um sich herum aufgebaut hatte.

So war die Stille zwischen ihnen schwer und undurchdringlich geworden. Nur über geschäftliche Angelegenheiten konnten sie noch miteinander reden, sobald sich jedoch ein Gespräch auf privates Terrain zubewegte, brach erneut Schweigen aus, lauter als jeder Donnerhall. Das war bis zu dem Tag kurz vor seiner Abreise so geblieben. Bis Stella plötzlich in den Laden kam, ihn zur Rede stellte und ihm praktisch befahl, sie nicht allein zu lassen. Wie sehr hatte er sich danach gesehnt, sie zu küssen! Und er hatte seiner Sehnsucht nachgegeben, weil er einfach nicht stark genug gewesen war. Doch er hatte es sofort bereut. Die Casadios waren ehrenwerte, streng katholische Menschen. Er durfte keiner Frau Hoffnungen machen, solange er noch mit einer anderen verlobt war! Und dennoch hatte er es getan. Indem er über Jahre hinweg um Stella geworben hatte, indem er sie geküsst hatte. Sie würde ihm nie verzeihen. Schlimmer noch: Er konnte sich selbst nicht verzeihen.

Lorenzo war sich seiner Gefühle für Stella inzwischen sicher, und es war mehr als Liebe, falls so etwas möglich war. So war er ihr zum Beispiel unendlich dankbar. Seit sie auf die Idee gekommen war, auch einfache italienische Gerichte in ihrer Radiosendung unterzubringen, florierte das Geschäft. Mehr und mehr Hamburger kamen nach St. Pauli, um die eine oder andere Köstlichkeit zu erstehen. Inzwischen hatte Stella den

Programmleiter beim Rundfunk auch überredet, die Rezepte in losen Blättern drucken zu lassen. Dazu gab es ein Heft, in das die Papierbögen eingeklebt werden konnten. Die Kunden rissen sich darum.

Ja, Liebe, Dankbarkeit, Freundschaft. Lorenzo wusste, Stella war der Mittelpunkt seines Lebens. Auch deshalb war er auf dem Weg nach Predappio. Wenigstens auf seiner Seite wollte er aufräumen, um wirklich frei zu sein. Obwohl er fürchtete, dass nun alles zu spät war, weil er sich in jenem einen schwachen Moment nicht im Griff gehabt hatte und weil Stella inzwischen die Wahrheit ahnte.

«*Forza!*», riefen die vier Männer vor ihm im Chor. «*Ancora un po'!*» Nur Mut, noch ein bisschen.

Francesco Fresoni vorne lachte und schob sich die Schirmmütze in den Nacken. Der Motor spuckte und hustete, die Geschwindigkeit betrug vielleicht noch fünf Stundenkilometer. Trotz seiner Anspannung feixte Lorenzo. Dies war mit Abstand das langsamste Vorankommen seiner gesamten Reise. Von Hamburg aus war er erstaunlich schnell und bequem mit der Reichsbahn gefahren. Nur etwas mehr als einen Tag hatte er bis nach München gebraucht. Von der bayerischen Landeshauptstadt aus war es dann sehr viel gemächlicher vorangegangen. Vor allem die Grenzkontrollen in Österreich und Italien hatten wieder viele Stunden gekostet. Doch nach drei Tagen war er dann am Vorabend in Forlí eingetroffen.

Seine Beobachtungen wiederum waren nicht zu vergleichen mit denen seiner Reise vor vier Jahren in die entgegengesetzte Richtung. Wenn er irgendwo umsteigen musste und sich die Beine vertrat, stellte er fest, dass auch die Welt außerhalb Hamburgs sich verändert hatte. Kaum sah er noch zerlumpte, hohlwangige Kinder, kaum bedrängten ihn Bettler, kaum bemerkte er abgemagerte Frauen, die im Müll herumstocherten.

Den Menschen in Deutschland ging es besser, die Kriegs- und Hungerjahre waren endgültig vorbei.

In Italien fielen ihm zusätzlich die vielen Männer in schwarzer Uniform auf, die in nichts mehr an die zusammengewürfelten Kluften jenes Abends in der «Trattoria Da Concetta» erinnerten. Er las staunend die Plakate der faschistischen Partei, auf denen die Bevölkerung zu Fleiß und Verzicht aufgerufen wurde, damit das Land mit seinem klugen Staatschef Benito Mussolini zu alter Größe zurückfand.

Noch etwas bemerkte er, bekam es jedoch nicht richtig zu fassen. Er fand, die meisten Menschen trugen den Kopf höher als früher. Aber vielleicht bildete er sich das auch nur ein. Außerdem hielt er sich immer nur für ein paar Stunden in den Städten auf. Dennoch wirkten seine Landsleute stolzer, wenn auch nicht unbedingt gesünder. Er sah viele blasse Gesichter und aufgeblähte Bäuche, die auf einseitige Kost schließen ließen. Und als ob die Vaterlandsliebe den Hunger besiegen könnte, hing von vielen Balkonen die *tricolore* herunter.

«Dai, Francesco! Avanti!», schrien die Fahrgäste. Los, Francesco, vorwärts.

Unwillkürlich machte Lorenzo sich leicht. Schon wollte er in die Anfeuerungsrufe einstimmen, als er schnell den Mund wieder schloss. Lieber jetzt nicht erkannt werden. Mochte sein Anzug ihn als Fremden ausweisen – sobald er den Mund öffnete, würden die übrigen Fahrgäste wissen, dass er einer von ihnen war. Und er wollte nicht für einen Menschenauflauf kurz nach seiner Ankunft sorgen.

Also zog er seinen Hut tief ins Gesicht und linste nach draußen. Die Berge erhoben sich bereits zu beiden Seiten in den Himmel, das neue Dorf lag unmittelbar vor ihnen. Sie würden es schaffen. Francesco hatte angekündigt, im Zweifelsfall müssten sie alle aussteigen und schieben, doch dieses Schicksal schien nun abgewendet.

Zum Glück.

Lorenzo hätte sich ungern den neuen Anzug ruiniert, den er noch vor seiner Abreise bei einem Herrenausstatter am Jungfernstieg erworben hatte. Von der Stange zwar, aber perfekt sitzend, dunkelbraun mit weiten Hosen und einem langen, schmal geschnittenen Jackett. Sein Filzhut war einen Ton dunkler und besaß eine breite, elegant geschwungene Krempe, die ihn hoffentlich vor neugierigen Blicken schützen würde. Die Halbschuhe waren aus feinstem Rindsleder. Er hatte sie am Morgen in der Pension in Forlí ausgiebig gewachst. Auf keinen Fall sollten sie mit dem Dreck der Landstraße Bekanntschaft machen. Nicht bevor er bei seinen Eltern gewesen war, nicht bevor er den Respekt in den Augen seines Vaters gesehen hatte.

Das war so ungefähr sein einziger Plan. Er hoffte, Salvatore durch sein Auftreten milde zu stimmen. Wenn er ihm gleich darauf von seinem geschäftlichen Erfolg erzählte, würde der Vater ihm vielleicht verzeihen. Bei Mamma Concetta machte er sich da keine Sorgen. Sie würde ihn in die Arme schließen, auch wenn er als abgerissener Landstreicher zurückkäme. Nonna Amalia würde ihn vermutlich für einen Fremden halten, doch das läge nicht an seinem neuen Aussehen. Die alte Frau erkannte niemanden mehr, hatte ihm seine Schwester Maria zuletzt geschrieben. Sie lebe jetzt nur noch in ihrer eigenen Welt.

Der Motor spuckte noch einmal, Dieselgestank drang durch

Lorenzos halbgeöffnetes Fenster herein. Er beeilte sich, es mit der Handkurbel zu schließen. Hinter den Bergkuppen ging die Sonne unter, und das Herbstlaub an den Hängen leuchtete noch einmal rot und golden auf.

Lorenzo hatte bewusst den Montagabend für seinen Besuch gewählt. Die *trattoria* war an diesem Tag geschlossen, und seine Eltern würden Zeit für ihn haben.

So weit er konnte, ohne das Fenster erneut zu öffnen, schaute er nach vorn. Die übrigen Männer im Bus schwiegen jetzt. Die Steigung war flacher geworden, der Bus schaffte die letzte Strecke auch ohne ihre lautstarke Unterstützung.

Plötzlich hatte er Tränen in den Augen. Dies war einmal seine Heimat gewesen, und er hatte sie geliebt. Trotz des erbärmlichen Lebens, das er geführt hatte, trotz der Trauer um seinen Bruder Ernesto, die alle Freude in einen dichten Nebel tauchte. Es war sein Zuhause gewesen, wo Mamma Concetta ihre schützende, aus unendlicher Liebe gewebte Decke über ihn breitete, wo die Freunde mit ihm in die Wälder zogen oder am Abend über den *corso* schlenderten, wo Giuseppina ihm ein paar heimliche Küsse erlaubte.

Energisch schluckte Lorenzo seine Tränen hinunter und schob jeden Gedanken an seine Verlobte beiseite. Dies war weder der richtige Augenblick für nostalgische Gefühle noch für Grübeleien über die temperamentvolle Giuseppina. Jetzt galt es zunächst, seinen Vater milde zu stimmen. Und außerdem: Sein Zuhause, so wie er es in Erinnerung behalten hatte, gab es nicht mehr. Das alte Dorf oben am Berghang zählte nur noch wenige Einwohner. Und hier unten, in Predappio Nuova, war ihm vieles unbekannt. Er sah schon aus der Ferne, wie an beiden Seiten der Straße fleißig gebaut wurde, entdeckte am Ortseingang ein Gebäude, das ihm fremd und zugleich vertraut war, und verstand nicht gleich, warum. Erst ein, zwei Sekunden später entdeckte er über der massiven Eingangstür aus dunklem Nussbaumholz ein großes Metallschild mit der Aufschrift «Trattoria Da Concetta».

So langsam fuhr der Bus vorbei, dass Lorenzo sich das Haus in Ruhe anschauen konnte. Maria hatte ihm geschrieben, es sei nicht aus Felsstein, sondern aus Backsteinen gebaut, was auch stimmte. Dennoch fand Lorenzo, es sah genauso aus wie sein altes Elternhaus, mal abgesehen von dem rötlichen Verputz, den es damals nicht gegeben hatte. Und ja, es mochte größer sein, mit zwei Stockwerken über der *trattoria* statt einem, aber das schwarze Schieferdach ähnelte jenem, an das er sich erinnerte, und hinter den Fenstern entdeckte er die gleichen rot karierten Gardinen.

Der Bus tuckerte weiter, weil die Haltestelle sich erst an der *piazza* im Dorfzentrum befand. Lorenzo entdeckte weder Vater noch Mutter, aber er ahnte, dass sie um diese Zeit wie gewöhnlich in der Küche zu Abend aßen. Unwillkürlich knurrte sein Magen. Vor lauter Aufregung hatte er den ganzen Tag keinen Bissen herunterbekommen.

Als der Bus hielt, stieg Lorenzo als letzter Fahrgast aus. Francesco musterte ihn neugierig und runzelte die Stirn. Erkennen blitzte in seinen Augen auf, aber noch bevor er etwas sagen konnte, war Lorenzo draußen und beeilte sich, die Dorfstraße zurückzugehen, den Hut tief ins Gesicht gezogen.

An seinem Ziel angekommen, blieb er einen Moment unschlüssig stehen, dann gab er sich einen Ruck. Sein Herz klopfte ihm laut in der Brust, als er durch die unverschlossene Eingangstür trat.

Im Halbdunkel des Flurs hatte er sich schnell orientiert. Rechts ging es zur Gaststube, links in die Küche, genau wie im alten Haus. Ein Duft wehte ihn an, der seinen Magen erneut knurren ließ. *Polenta!* Seit vier Jahren hatte er keinen Maisbrei mehr gegessen. Dazu roch er gebratenes Fleisch, Tomaten und Kräuter wie Basilikum und Majoran. Also gab es Mammas *ragù* zur *polenta*. Vielleicht sogar mit Pilzen darin? Ihm lief das Wasser im Mund zusammen. Es waren die Düfte seiner Kindheit, die ihm die Angst nahmen und ihn in die Küche treten ließen.

Dort saßen sie gemeinsam am Tisch. Vater, Mutter und Nonna Amalia. Die alte Frau war noch kleiner geworden. Hätte man Pepita neben sie gesetzt, wären sie ungefähr gleich groß gewesen.

Die milchig trüben Augen der Greisin sahen ihn als Erstes.

«Ernesto!», frohlockte sie laut. *«Sei puntuale.»* Du bist pünktlich.

Lorenzo erstarrte, Salvatore ließ sein Weinglas krachend auf den Tisch fallen, Concettas Hand mit einem Löffel voll *polenta* verharrte in der Luft. Die Eltern wandten sich zu ihm um, Angst und Schrecken lagen in ihren Augen.

«Lorenzo», flüsterte Concetta nach einer kleinen Ewigkeit. *«Figlio mio!»* Mein Sohn. Sie stand umständlich auf, kam zögernd auf ihn zu, so als fürchtete sie, auch ihr eigener Geist sei inzwischen umnachtet und sie würde den falschen jungen Mann begrüßen. Als sie dicht vor ihm stand, kniff sie ihm fest in die Wange.

«Ah!», machte Lorenzo, der sich aus seiner Kindheit sehr gut an diesen Schmerz erinnerte.

«Madonna!», rief Concetta aus. Dann umschlang sie ihn und drückte ihn fest. Ein wahrer Wortschwall ging auf ihn nieder.

Wann er angekommen sei, warum er nicht geschrieben habe, wie lange er bleiben könne …

Erst als sie offenbar bemerkte, dass außer ihr niemand etwas sagte, dass Salvatore sich ebenfalls erhoben hatte und seinen jüngeren und seit dem Krieg einzigen Sohn mit festem Blick fixierte, brach sie schlagartig ab. Sie ließ Lorenzo abrupt los, und für einen Moment fürchtete er, er könnte in sich zusammenfallen, wenn die starken Arme seiner Mutter ihn nicht mehr hielten.

Concetta trat von ihm zurück, während Salvatore zwei Schritte auf ihn zukam. Er wirkte kleiner, als Lorenzo ihn in Erinnerung hatte, aber das mochte täuschen, weil der Vater einst so übermächtig gewesen war. Die vergangenen vier Jahre waren ansonsten gnädig mit ihm umgegangen. Das lag vermutlich daran, dass er jetzt in der *trattoria* arbeitete und nicht mehr bei jedem Wind und Wetter draußen war.

«Ist mein Sohn also ein *padrone* geworden, was?» Für einen Moment sah es so aus, als wollte er vor Lorenzo ausspucken. Ein scharfer Blick Concettas hinderte ihn daran.

«*No,* Papà, *un imprenditore*. Ein Geschäftsmann.»

«Und womit macht der Herr seine Geschäfte? Mit heißen Kastanien?»

Der Spott in der Stimme des Vaters schmerzte mehr, als jeder Zorn es vermocht hätte.

Lorenzo holte tief Luft. Bevor er jedoch antworten konnte, übernahm seine Mutter wieder das Kommando in der Küche. Concetta schubste ihren Mann zur Seite, packte Lorenzo am Ärmel seines Jacketts und zog ihn zum Tisch.

«Erst wird gegessen. Streiten könnt ihr später. Die *polenta* wird kalt.»

Und so brachte die einfache Handlung des gemeinsamen Abendessens Ruhe in den Streit zwischen Vater und Sohn. Lorenzo ließ sich seine *polenta* schmecken und verlangte zweimal Nachschlag, was Concetta mit sichtbarer Freude erfüllte. Er stellte fest, dass der schwere Holztisch aus dem alten Haus mit hierhergewandert war. Auch die Stühle waren dieselben wie früher. Die Regale für Teller, Töpfe und Pfannen waren ihm ebenfalls vertraut. Nur die Küchengeräte waren neu. Der Gasherd war riesig, er nahm einen Großteil der hinteren Wand ein.

«Den brauche ich», erklärte Concetta, als sie seinen Blick bemerkte. «Wir haben an den meisten Abenden zwanzig bis dreißig Gäste.»

«Und das können sich die Leute leisten?», fragte Lorenzo verwundert.

«Unsinn», erwiderte Salvatore anstelle seiner Frau. «Die Einheimischen kommen höchstens ein- oder zweimal im Jahr. Nein, nein, uns rennen die verdammten *Duce*-Touristen die Bude ein.»

«Wer?», fragte Lorenzo verwirrt.

«Die ganzen Trottel, die aus Milano, Torino oder sogar aus Roma anreisen, um den Geburtsort von Benito Mussolini zu sehen.»

«Sprich leise», mahnte Concetta ängstlich. «Wenn Filippo dich hört …»

Verkehrte Welt, dachte Lorenzo. Seit wann fürchteten sich Großeltern vor ihrem Enkel?

«Der ist ein strammer Faschist geworden», erklärte Salvatore. «Und der *Duce* ist so etwas wie ein Gott für ihn.»

«Aber warum *Duce*?»

Salvatore hieb mit der Faust auf den Tisch. Dann bemühte

er sich, ruhig zu sein. «Das kommt aus dem Lateinischen, habe ich mir extra vom Herrn Lehrer erklären lassen. Und es heißt so viel wie Führer.»

«Führer?» Aus unerfindlichen Gründen wurde ihm kalt, obwohl das Feuer im riesigen Kamin hell loderte. «So einen haben wir in Deutschland auch. Eine meiner Nachbarinnen behauptet, der Führer Adolf Hitler werde dem Reich eines Tages zu neuer Größe verhelfen. Letztes Jahr hat er auch seine Partei neu gegründet. Die NSDAP.»

Auf Salvatores ratlosen Blick hin fügte er hinzu: «Nationalsozialistische Deutsche Arbeiterpartei. Aber die meisten Leute finden ihn bloß lächerlich.»

Salvatores Blick wurde düster. «Wart's nur ab, *figlio mio*. Wart's nur ab. Über den *Duce* wurde anfangs auch gelächelt. Bis er anfing, mit harter Hand durchzugreifen. Heute traut sich niemand mehr, etwas gegen ihn zu sagen. Er hat die Zeitungen unter Kontrolle, er besitzt die Macht. Und alle Versuche, ihn zu ermorden, sind fehlgeschlagen. Er bringt die Jugend auf seine Seite, und die Frauen lieben ihn. Wenn dein Hitler sich ein paar Dinge bei ihm abschaut, dann wird es für uns alle noch übel enden.»

Lorenzo schwieg verwirrt. Schon immer hatte sein Vater eher schwarzgesehen, aber so pessimistisch hatte er ihn früher nie erlebt. Die totalitäre Regierung Italiens schlug offenbar tiefe Wunden in die Herzen der Menschen. Doch die meisten klebten ein Pflaster drauf und ignorierten es. Weil sie keine andere Möglichkeit hatten. Nur wenige Leute, wie dieser einfache *bracciante*, machten sich nichts vor.

Dann fiel ihm etwas auf. Auch Salvatore hatte ihn «mein Sohn» genannt. Es wärmte ihm das Herz.

Auch Concetta hatte es bemerkt und holte nun einen Krug mit bestem *grappa* hervor.

Während sie ihnen allen einschenkte, sagte sie: «Diese Touristen sind gar nicht so schlimm, wie dein Vater behauptet. Vor lauter Ehrfurcht haben sie gute Tischmanieren, zahlen anstandslos und bleiben nicht stundenlang sitzen, bevor sie wieder abreisen. Bessere Gäste kann ich mir gar nicht wünschen. Nur das viele Schwarz macht mir manchmal zu schaffen. Deswegen habe ich den Gastraum mit bunten Gardinen, Girlanden, Blumen und Tischdecken dekoriert. Sonst würde ich glauben, ich serviere mein Essen in einer Grabkammer.» Sie kicherte, und Salvatore und Lorenzo, die, während sie sprach, schon den ersten *grappa* getrunken hatten, grinsten beide.

Nonna Amalia schimpfte über die schwarzen Männer, aber niemand hörte hin. Dann endlich durfte Lorenzo erzählen, wie es ihm ergangen war. Er sprach von dem Laden, den er etwas großspurig als erstes italienisches Feinkostgeschäft Hamburgs betitelte. Inzwischen heiße er auch so: «Feinkost Italia».

«Und die Lebensmittel?», fragte Concetta dazwischen. «Wo bekommst du die her?»

Er berichtete, dass dies auch ein Grund seiner Reise sei. Er habe bereits Termine mit einem Schinkenproduzenten in Parma und mit einer Molkerei in Collecchio, wo der berühmte Parmesankäse hergestellt wurde. Außerdem sei ihm ein Wurstfabrikant aus der Gegend um Bologna genannt worden, der wunderbare Salamis produzierte, und ein Weingut bei Castrocaro würde möglicherweise künftig den guten Sangiovese liefern.

«Zu dem alten Piero musst du auch gehen», sagte Concetta eifrig. «Der macht weit und breit den besten geschwefelten *pecorino*.»

Lorenzo lächelte erneut. Er kannte den alten Mann noch gut. Piero Zanelli war ein einfacher Schäfer, der mit einem zu guten Aussehen gesegnet worden war. Er hatte fast jede Frau in weitem Umkreis verführt, war letztlich aber allein und einsam geblieben, weil er von den Rockschößen nicht die Finger lassen konnte, selbst wenn es eine Frau mal gut und ernst mit ihm meinte.

«Ich werde mit ihm reden», versprach er.

Concetta nickte. «Das wird ihm Auftrieb geben. Der arme alte Mann hat nur noch seine Schafe als Gesprächspartner.» Sie kicherte wieder. Sie selbst war dem billigen Charme des Weiberhelden nie erlegen, und darauf war sie stolz.

Auch Salvatore nannte Lorenzo noch den einen oder anderen Produzenten von typischen einheimischen Waren. Lange überlegten sie, wie man frisches Obst und Gemüse nach Deutschland schaffen könnte, aber dafür gab es vorerst keine Lösung. Schließlich kam Lorenzo darauf zu sprechen, dass er einen Geschäftspartner brauchte, der für ihn die Einkäufe erledigte und die Waren nach Hamburg transportieren ließ.

«Sag mir erst mal, wovon du all diese Einkäufe bezahlen willst», erkundigte sich Salvatore.

Lorenzo straffte sich. «Unser Laden in Hamburg läuft gut, außerdem habe ich als Koch einiges sparen können. Und ich habe zwei Investoren.»

«Investoren?» Salvatore schaute ihn überrascht an.

«Das ist jemand, der dir Geld für dein Geschäft gibt und später Anteil am Gewinn hat», erklärte Lorenzo.

«Ich weiß schon, was das ist!» Salvatore kippte seinen nächsten *grappa*. Er wurde nicht gern von seinem Sohn belehrt. Das ging gegen seine Ehre.

«Und wer sind diese Leute?», fragte Concetta gespannt.

«Onkel Rosario und ein guter Freund namens Henry Thompson.»

«Oh, ich wusste gar nicht, dass mein Bruder reich geworden ist.»

«Ist er auch nicht. Aber die beiden Männer haben früher, noch vor dem Krieg, recht gut verdient, und sie waren so klug, ein wenig Gold zu kaufen und es im Laufe vieler Jahre zu vermehren.»

«Oh», machte Concetta wieder. «Und das wollen sie dir so einfach geben?»

«Natürlich nicht. Wir haben einen Vertrag aufgesetzt, und jeder wird seinen gerechten Anteil bekommen.»

Salvatore klopfte ihm kräftig auf die Schulter. «Ich habe ja schon immer gewusst, dass du ein ganz kluges Bürschchen bist.»

Alle Feindschaft schien verflogen, und die neue Achtung vor seinem Sohn ließ Salvatore beinahe glücklich wirken.

Lorenzo wagte es nicht, nach Giuseppina oder den Bastellettis zu fragen. Wenigstens an diesem ersten Abend zu Hause sollte es friedlich zugehen. Deswegen brachte er wieder das Gespräch auf einen Geschäftspartner hier vor Ort.

«Da musst du nicht lange suchen», erklärte Salvatore mit Nachdruck. «Claudio ist der Richtige für dich.»

An seinen Schwager hatte Lorenzo auch schon gedacht. Er war ein rechtschaffener und intelligenter Mann.

«Aber er hat doch eine gute Stelle bei Patrizio Malatesta», wandte er dennoch ein.

Nur zu gut erinnerte er sich daran, wie neidisch er früher auf Claudio Giannini gewesen war. Während er selbst und Salvatore harte Feldarbeit verrichten oder Vieh hüten mussten, hatte seine Schwager gemütlich und warm im Büro über den Büchern gesessen. Dank einer Ausbildung zum Buchhalter hatte er sich nie den Rücken krumm schuften müssen. Dieser Neid war längst verflogen. Lorenzo wusste, Claudio hatte alles aus eigener Kraft geschafft.

«Das stimmt», erwiderte Salvatore, «aber er ist nicht mehr besonders glücklich beim *padrone*. Das Landgut läuft immer schlechter, weil Malatesta partout nicht der faschistischen Partei beitreten will. Er bekommt Saatgut nur zu überteuerten Preisen, und sein Vieh muss er billig verkaufen, wenn er es überhaupt loswerden will. Da hat natürlich der Händler Bastelletti die Hände im Spiel.»

Lorenzo hielt den Atem an, aber sein Vater ging nicht weiter auf die Familie ein, die ihnen allen das Leben so schwergemacht hatte. Dann sagte er: «Hätte nicht gedacht, dass Malatesta Eier hat.»

«Lorenzo», mahnte Concetta.

Salvatore hingegen lachte. *«Non ha le palle!»* Er hat keine Eier. «Der hält Mussolini und die ganze Bande einfach nur für Proleten.»

Concetta bekreuzigte sich und schaute zur Tür, aus Angst, unwillkommene Lauscher zu entdecken.

Bevor Salvatore noch mehr sagen konnte, meinte sie: «Ich laufe mal schnell hoch zu Maria und Claudio und hole sie runter. Wenn du damit einverstanden bist, Lorenzo, dass er für dich arbeitet.»

«Natürlich. Ich könnte mir niemand Besseren wünschen.» Ihm war auch wieder eingefallen, dass sein Schwager auf einem Bauernhof aufgewachsen war und sich gut mit Lebensmitteln auskannte.

Als Concetta hinausgegangen war, meinte Salvatore nachdenklich: «Und vielleicht kann auch Maria helfen. Sie hat in den vergangenen Jahren so sehr gehofft, noch einmal ein Kind zu bekommen, doch es war ihr nicht vergönnt. Es wird ihr Auftrieb geben, etwas zu tun zu haben.»

Lorenzo rieb sich über die Stirn. Davon hatte ihm seine Schwester nichts geschrieben.

Da er es nicht gewohnt war, über solche Dinge zu reden, fragte er nicht nach. Salvatore sprach trotzdem weiter: «Die Leute können sagen, was sie wollen, aber ich bin sicher, das liegt an ihrer schlechten Ernährung. Der *Duce* lässt verbreiten, zu viel Fleisch, Fett, Obst und Gemüse sei schädlich für die Gesundheit. Damit will er bloß die schlechte Versorgungslage in unserem schönen Land vertuschen. Aber wir wissen es besser, nicht wahr?»

Lorenzo nickte. «Maria müsste doch nicht hungern. Hier unten bei euch gibt es genug zu essen.»

«Das wissen wir. Aber sie hat einen kleinen Spion an ihrer Brust genährt, und jetzt traut sie sich nicht mehr, etwas anderes auf den Tisch zu bringen als Pasta, Reis und Bohnen. Concetta schafft es nur selten, ihr mal einen Bissen Fleisch oder ein Stück Käse in den Mund zu schieben.»

Mit dem kleinen Spion meinte er offenbar seinen Enkel Filippo. Da Concetta nicht da war und Amalia nichts mehr mitbekam, nutzte Salvatore die Gelegenheit und spuckte schnell unter den Tisch.

Lorenzo war noch dabei, die Informationen zu verarbeiten, als seine Schwester in die Küche stürmte und ihn fest umarmte. Er fand, sie war tatsächlich viel zu dünn, und ihr Gesicht zeigte eine ungesunde Blässe.

Sein Schwager Claudio hingegen sah wohlbeleibt aus. Offenbar versorgte er sich selbst auf dem Landgut. Kluger Mann. Er schüttelte Lorenzo herzlich die Hand, und als er hörte, was für ein Angebot dieser ihm unterbreitete, leuchteten seine Augen auf. Er dachte nicht lange nach, er schlug ein, und schon nach wenigen Minuten hatte er erste Ideen. Langfristig wäre es günstiger, alle Lieferungen in einer LKW-Ladung zusammenzufassen und in einem Schwung nach Deutschland zu bringen, sagte er zum Beispiel, bevor er von seiner Frau gestoppt werde: Für Geschäfte sei morgen noch Zeit, heute müsse gefeiert werden. Jedoch verging die gute Laune, als wenig später Filippo hereinkam.

Lorenzo hatte Schwierigkeiten, in dem schlaksigen Vierzehnjährigen mit den fest zusammengepressten Lippen jenen liebevollen und fröhlichen Jungen wiederzufinden, den er in Erinnerung hatte. Trotzdem lächelte er ihm zu und wollte ihn umarmen. Filippo aber, gekleidet in schwarzes Hemd und schwarze Hose, machte einen Schritt zurück und entbot ihm den römischen Gruß.

Scheiße, dachte Lorenzo bei sich. Und weil ihm zuerst das deutsche Wort in den Sinn gekommen war, fügte er auf Italienisch hinzu: *merda*.

32. KAPITEL

«*Zio*», sagte Filippo knapp. Mehr nicht. Nur dieses eine Wort. Onkel. Dann wandte er sich mit noch immer erhobenem Arm an seinen Vater. «Bleibt er lange?»

Claudio warf einen hilflosen Blick von seinem Sohn zu Lorenzo. Salvatore griff ein. «Das geht dich einen feuchten Dreck an, Bürschchen.»

Filippo zog die Brauen zusammen, ließ sich jedoch nicht aus der Ruhe bringen. «Ein Flüchtling und Feind unseres großen *Duce* sollte nicht unter diesem Dach schlafen.»

Es dauerte einen Moment, bis Lorenz begriff, dass er damit gemeint war. Er hatte schon eine scharfe Antwort parat, als er den Blick seines Vaters auffing. Verstanden, dachte er. Der Junge legt es darauf an, mich zu provozieren.

Also lächelte er nur herzlich, ergriff Filippos Hand, die immer noch in der Luft hing, und schüttelte sie. «Ich freue mich auch sehr, dich zu sehen, mein Lieber. Groß bist du geworden, und eine richtige Männerstimme hast du jetzt.»

Der Junge befreite seine Hand und wich zurück. Aber ganz kurz hatte Lorenzo die alte Zuneigung in Filippos Augen aufblitzen sehen. Es ist noch nicht alles verloren, dachte er bei sich.

Nun wandte sich sein Neffe an Maria. «Ich muss gehen, *ciao*.»

«Warte. Wo willst du hin?»

«Wir haben noch eine Versammlung.»

«Zieh eine Jacke an, abends ist es kalt.»

«Die ist nicht schwarz. Und ein aufrechter Faschist friert nicht.» Mit diesen Worten salutierte er wieder und verschwand dann.

Salvatore stieß ein Grunzen aus. «Der wird schon sehen, was ein aufrechter Faschist ist, wenn er diesen Winter wieder *geloni* kriegt.»

Lorenzo schauderte. Zu gut erinnerte er sich an seine eigenen Frostbeulen in früheren Jahren. Ohren und Finger waren am meisten betroffen gewesen. Es hatte mit einem Jucken angefangen, das schnell zu einem gemeinen Brennen überging. Wenn Mamma Concetta abends seine Hände in warmes Wasser tauchte und seinen Kopf mit heißen Umschlägen versah, wurden die Schmerzen beinahe unerträglich.

«Wie konnte das passieren?», fragte Lorenzo niemanden im Besonderen. «Wie konnte aus dem liebenswerten Jungen ein Fanatiker werden?»

Es war Maria, die ihm antwortete: «Es fing schleichend an. Zuerst kam er mit neuen Ideen aus der Schule an. Weißt du noch, Claudio, wie er mal sagte, er sei stolz darauf, in Predappio geboren zu sein?»

Ihr Mann nickte nur. Seine Schultern hingen herab, seine Augen blickten resigniert.

«Wir haben das gar nicht gleich verstanden», führte Maria aus. «Erst nach und nach begriffen wir, dass Filippo den Verlockungen der neuen Machthaber zum Opfer gefallen ist. Und die gehen ja auch sehr klug vor. Sie ziehen die Jugend mit Ausflügen und Wettspielen an. Und jeder, der will, kann innerhalb der Organisation wichtig werden. Da kann keiner widerstehen.»

Sie versuchte ihren Sohn zu entschuldigen, und Lorenzo

legte ihr tröstend einen Arm um die Schultern. «Das muss schwer gewesen sein für dich.»

«Wart nur ab, falls euer Hitler mal an die Macht kommt», warf Salvatore ein. «Der wird sich das abgucken. Wer die Jugend in der Hand hat, dem gehört das Land.»

«Adolf Hitler ist nicht Mussolini», gab Lorenzo zurück. «Er wird niemals mächtig werden.»

Sodann konzentrierte er sich wieder auf seine Schwester: «Ist denn da gar nichts zu machen? Soll ich vielleicht mal mit ihm reden?»

«Bloß nicht!», warf Claudio ein. «Auf dich ist Filippo nicht gut zu sprechen. Er verehrt nämlich Davide Bastelletti wie einen Gott, und er schämt sich deiner.»

Na wunderbar, überlegte Lorenzo. Wer hätte gedacht, dass eine kleine Prügelei eines Tages solche Kreise ziehen würde?

Mamma Concetta befahl nun allen Anwesenden, kein Wort mehr über irgendwelche Probleme zu verlieren. Sie wollten feiern, dass Lorenzo zu Hause war. Zufällig hätte sie am Morgen eine *crostata di mele* gebacken.

Beim Anblick des duftenden Apfelkuchens leckte Lorenzo sich die Lippen. Wie in der Romagna üblich, hatte Concetta die pürierten Äpfel auf einem Boden aus Mürbeteig verteilt und dann einige dünne Streifen desselben Teiges für ein Rautenmuster verwendet.

Alle setzten sich wieder an den Tisch, und ihm fiel auf, wie sehr sich Maria bemühte, nicht allzu hungrig zu wirken. Er nahm sich vor, ein ernstes Wort mit Claudio zu reden. Erneut machte der *Grappa*-Krug die Runde, Nonna Amalia nickte am Tisch ein, und auch Lorenzo fielen die Augen zu. Es rührte ihn zu sehen, dass Mamma Concetta ihm auch im neuen

Haus eine Kammer eingerichtet hatte. Todmüde fiel er auf das schmale Bett und schlief auf der Stelle ein.

Am nächsten Morgen weckte ihn niemand. So kam es, dass Lorenzo fast bis zehn Uhr vormittags schlief.

«Du hattest es nötig», sagte Concetta ungerührt, als er sie allein in der Küche antraf und ihr leise Vorwürfe machte. Sie war dabei, Nudelteig mit dem *mattarello* auszurollen, so schnell, dass Lorenzo sich die Augen reiben musste.

«Willst du mir helfen?», fragte sie ihn neckend.

«Eigentlich gern, aber ich habe etwas zu erledigen.»

Concetta nickte. «Ich weiß. Nimm dir einen Kaffee. Die *moka* steht auf dem Herd.»

Lorenzo genoss den starken Espresso und aß dazu ein Stück übrig gebliebene *crostata*. Dann winkte er seiner Mutter zu und machte sich auf den Weg.

Er lenkte seine Schritte betont langsam durchs Dorf. Hie und da grüßte er jemanden, hoffte beinahe, er würde aufgehalten werden, doch niemand sprach ihn an. Der junge, elegante Mann wurde zwar beäugt, und man hatte inzwischen auch erfahren, wer er war, doch niemand wollte mit ihm gesehen werden. Wer wusste schon, was er jetzt wirklich machte? Vielleicht war er ein hohes Tier in Rom, auch wenn behauptet wurde, er habe sein Glück in *Germania* gefunden. Dies waren schwierige Zeiten, misstrauische Zeiten. Besser den Blick gesenkt halten und keine Aufmerksamkeit erregen.

So erreichte Lorenzo schneller, als ihm lieb war, den *alimentari* des Antonio Colomba. Das neue Geschäft lag an der Piazza, gegenüber der Haltestelle. Gestern Abend war es von dem hohen Omnibus verdeckt worden, mit dem Lorenzo gekommen war. Heute hatte er freie Sicht. Rechts und links der Eingangstür befanden sich zwei große Schaufenster, in denen die Waren eindrucksvoll zu Pyramiden aufgebaut waren. Erst beim Nähertreten stellte Lorenzo fest, dass es sich bei dem scheinbar reichhaltigen Angebot nur um Grundnahrungsmittel wie Reis, Mehl, Trockenbohnen und Nudeln aus Hartweizengrieß handelte.

Zögernd trat er ein und war dann doch überwältigt von der Größe des Ladens. Ihm wurde schlagartig bewusst, dass Stella und er in Hamburg viel zu klein dachten. Sie mussten ein größeres Geschäft führen, wenn sie Erfolg haben wollten. Er nahm sich vor, mit Stella darüber zu sprechen, doch er wusste, es würde sich nicht sofort in die Tat umsetzen lassen. Obwohl sie ihm ihr Vertrauen ausgesprochen hatte, war Stella ausgesprochen vorsichtig, wenn es um neue Ideen ging, seine Geschäftspartner Rosario und Henry bremsten zusätzlich. Aber zumindest könnte er den zweiten Kellerraum dazunehmen und die Nudelmanufaktur woanders einrichten. Er wusste, es gab im Nachbarhaus eine leerstehende Werkstatt, die vielleicht für wenig Geld gemietet werden konnte.

Als er so weit gekommen war, nickte er zufrieden und blickte sich aufmerksam um. Die Regale im Innern des Geschäfts waren hoch und lang, doch auch sie trugen fast ausschließlich haltbare Waren. Die beiden großen Theken, die er an der hinteren Wand entdeckte, waren so gut wie leer. Offensichtlich hätten sie reich mit Käse und verschiedenen Wurstwaren gefüllt sein sollen, aber Lorenzo sah bloß einen Korb mit Eiern, ein Stück hart gewordenen *fontina* aus Kuhmilch und ein paar verschrumpelte Salamis. Es gab immerhin große Gläser mit Oliven, verschiedene Ölsorten und ein wenig Gemüse. Im

Großen und Ganzen jedoch wirkte das Geschäft von Antonio Colomba ärmlich.

Da haben wir in Hamburg ja die besseren italienischen Lebensmittel, ging es Lorenzo durch den Kopf. Unwillkürlich bog er stolz den Rücken durch. Einst war er in den Augen Colombas ein nichtswürdiger Landarbeiter gewesen, heute würde er ihm als mindestens ebenbürtiger Geschäftsführer entgegentreten. Zu dumm, dass er nichts mehr von Colomba wollte. Schon gar nicht die Hand seiner Tochter. Lorenzo war hier, um Giuseppina um die Auflösung der Verlobung zu bitten. Nur wenn er selbst frei war, durfte er es wagen, ernstlich um Stella zu werben. Vorher käme er sich wie ein Schuft vor, wie jemand, der Stella hinters Licht führte. Von der Sorte gab es schon genug Menschen in ihrem Leben.

Ein junge Frau kam auf ihn zu. Sie war züchtig gekleidet, trug das schwarze Haar in einem schlichten Zopf, blieb zwei Meter vor ihm stehen. «Womit kann ich dienen?»

Erst an ihrer Stimme erkannte er sie. «Giuseppina. Ich bin es, Lorenzo.»

Sie erbleichte. «*Dio mio!*»

Sein Blick flog zu ihrem Finger. Der schmale Goldreif seiner Mutter war tatsächlich verschwunden, so, wie Maria es ihm geschrieben hatte.

Innerhalb von Sekunden hatte Giuseppina sich wieder gefangen. Sie trat hinter eine der Theken und zog an einer Klingelschnur. Vermutlich rief sie ihren Vater zur Unterstützung. Deshalb beeilte Lorenzo sich zu sagen: «Ich will dir nichts Böses, und ich bestehe nicht mehr auf unserer Verlobung.»

«Was?», rief sie aus. «Du willst mich verlassen?» Sie begann zu heulen.

Er stöhnte auf. Irgendwie lief hier nichts, wie es sollte.

«Sei nicht albern», sagte da die tiefe Stimme Antonio Colombas. Er trat hinter einem schweren Vorhang hervor. «Du hast die Verlobung schon längst gelöst, als du Davide die Ehe versprochen hast.»

Giuseppinas Tränen versiegten mit einem Schlag. «Hast du gehört, Lorenzo, du elender Mistkerl? Du kannst mich gar nicht verlassen. Ich heirate nämlich Davide Bastelletti, und bald ziehen wir nach Rom. Er wird nämlich in der Partei groß Karriere machen.»

Während sie so sprach, spürte Lorenzo, wie ihr Vater ihn kritisch musterte. «Dir scheint es aber auch nicht schlechtzugehen», stellte er schließlich fest. «Es stimmt wohl, dass in *Germania* alle Leute reich sind?»

«Keineswegs. Man muss hart arbeiten, um es zu etwas zu bringen. Und ich habe schwierige Zeiten hinter mir.»

«Pah!» In das Gesicht des Lebensmittelhändlers trat jetzt ein listiger Ausdruck. «Giuseppina», sagte er zu seiner Tochter. «Lauf nach oben und hole den Verlobungsring von Lorenzo. Er soll ihn der lieben Concetta wiedergeben. Gewiss wird sich auch der gute Salvatore darüber freuen.»

Aus unerfindlichen Gründen lief es Lorenzo eiskalt den Rücken hinunter. Es verhieß nichts Gutes, dass Colomba seine Eltern ins Spiel brachte.

Kaum war Giuseppina durch den Vorhang verschwunden, sagte dieser denn auch: «Das Schicksal hat seine Karten ziemlich ungerecht verteilt, findest du nicht?»

«Ich weiß nicht, wovon Sie reden.»

«Ach nein? Nun, vielleicht davon, dass ein aufrechter Anhänger unseres großen *Duce* um sein Geschäft bangen muss, weil es nicht genug Waren gibt, während ein alter Sozialist und Querulant ins Saus und Braus lebt, bloß weil er das Glück hat, im Geburtsort unseres Führers zu wohnen.»

Lorenzo musste sich zwingen, ruhig und gelassen zu bleiben. «Meine Eltern arbeiten schwer in der *trattoria*. Wenn sie Erfolg haben, so ist das in erster Linie den Kochkünsten meiner Mutter zuzuschreiben.»

«Rede keinen Unsinn!», fuhr Colomba auf. «Jede italienische Frau kann gut kochen. Aber ihr Casadios habt einfach unverschämtes Glück, weil die Verehrer unseres *Duce* nach Predappio kommen.»

Darauf wusste Lorenzo nichts zu erwidern, es entsprach ja durchaus den Tatsachen.

«Früher oder später muss wieder Gerechtigkeit herrschen», fügte Colomba grimmig hinzu. Lorenzo konnte nicht einschätzen, wie das gemeint war, aber ihm wurde angst und bange um seine Eltern.

Kurz darauf kam Giuseppina zurück, und beinahe zeitgleich betrat Davide Bastelletti den *alimentari*. Offensichtlich hatte Giuseppina ihn angerufen. *Ihn* hätte Lorenzo jederzeit und überall wiedererkannt. In seiner schwarzen Uniform sah er kaum anders aus als vor vier Jahren. Lediglich die Stirn war höher geworden, und er verzichtete auf die Pomade.

«Lorenzo», sagte er feindselig. «Was hast du hier zu suchen?» Seine Hand lag wie zufällig auf einem Knüppel, den er an der Hüfte trug.

Lorenzo beschloss, es lohnte sich nicht, sich noch einmal mit dem Mann anzulegen. Ihm genügte es, wenn die Bastellettis ihn und seine Familie in Ruhe ließen.

«Ich möchte Giuseppina freigeben», erwiderte er daher

friedfertig. «Ich habe gehört, ihr wollt heiraten, und ich möchte euch nicht im Wege stehen.»

«Eine Schmeißfliege kann einen Adler nicht aufhalten», sagte Davide.

Fast, aber nur fast, hätte Lorenzo losgeprustet. Er stellte sich Stellas amüsiertes Gesicht vor, wenn er ihr davon erzählen würde, und er musste sich fest auf die Lippen beißen.

«Giuseppina ist die schönste Blume der Romagna», setzte Davide mit vollkommen ernstem Gesichtsausdruck hinzu. «Es gebührt dem besten Mann, sie zu pflücken.»

«Grrmpf», machte Lorenzo.

«Hast du was dazu zu sagen?»

Er schüttelte bloß den Kopf, aus Angst, ein einziges Wort könnte einen Lachkrampf auslösen.

Davide nickte gnädig, ließ sich von Giuseppina den Ring geben und warf ihn Lorenzo vor die Füße. Er bückte sich, hob ihn auf und verließ wortlos den *alimentari*. Seine Schultern hielt er gesenkt, damit Davide bloß glaubte, er habe ihn ausreichend gedemütigt.

Erst als er schon ein ganzes Stück die Dorfstraße wieder hinuntergegangen war, wollte er seiner Erheiterung freien Lauf lassen. Im nächsten Moment fiel ihm jedoch die schlecht verborgene Drohung des Antonio Colomba gegen seine Eltern ein, und das Lachen blieb ihm im Hals stecken.

Dann dachte er an Stella, dachte daran, dass er nun frei war für sie. Aber er fragte sich, wie er ihr bloß erklären sollte, dass er all die Jahre verlobt gewesen war. Wie würde sie es aufnehmen, dass er ein so großes Geheimnis vor ihr gehabt hatte? Schlecht, dachte er, sehr schlecht.

33. KAPITEL

St. Pauli, Februar 1927

Petra Pinnetal starb an einem ungewöhnlich warmen Wintertag Ende Februar. Die Temperaturen waren an diesem Freitag über fünfzehn Grad geklettert, und wer konnte, unternahm bei herrlichstem Sonnenschein einen Spaziergang an der Alster, am Elbstrand oder in einem der vielen Parks der Stadt.

Pepita verließ diese Welt nicht leise und schicksalsergeben wie ihre Freundin Fanni Schuster vier Jahre zuvor. Sie kämpfte wie eine Löwin um ihr Leben. Sie schrie, und sie biss, als sie noch schreien und beißen konnte. Sie schlug, und sie kratzte, solange sie die Kraft dazu hatte.

Erst dann war sie still und lag schlaff wie eine Puppe in ihrem Bett mit den zerwühlten, nach menschlichen Ausdünstungen stinkenden Laken.

Der Mann, der sie getötet hatte, übersah zunächst das kleine Mädchen hinter dem Türspalt. Er rieb sich bloß über die zerkratzten Wangen und fragte sich erschrocken, warum er diesmal nicht aufgehört hatte. So wie sonst auch immer. Seine Befriedigung hatte er doch gehabt. Was war nur in ihn gefahren? Ein Teil von ihm kannte den Grund: Die kleine Hure hatte ihm eröffnet, dies sei das letzte Mal. Sie wolle sich zur Ruhe setzen. Er hatte sie nicht ernst genommen, schließlich hatte sie sich ihm schon einmal über Jahre hinweg verweigert. Aber es war ihr ernst, das hatte er irgendwann im Laufe der vergangenen Stunde begriffen. Und dieser Teil von ihm war nicht bereit, das Ende zu akzeptieren. Der andere Teil, der bürgerliche, zivile, war fassungslos.

Sophia hatte gesehen, wie er ein Kopftuch um den Hals ihrer Mutti fest und fester gezogen hatte. Sie hatte schreien wollen, aber es kam kein einziger Ton aus ihrem Hals. Anfangs schien Mutti das auch nichts auszumachen, dann wehrte sie sich, dann rührte sie sich nicht mehr.

Ja, Sophia hatte das alles beobachtet, sah jetzt das hakennasige Profil des Mannes, schloss kurz die Augen und vergaß im nächsten Moment, was passiert war. Sie bemerkte nicht, dass der Mann sie entdeckte, spürte nicht seinen langen, nachdenklichen Blick. Sie ging hinaus, verließ die Wohnung, stieg die Stufen nach unten, trat auf die Straße, legte die paar Meter zum Kellerladen zurück, schlüpfte hinein, drängte sich an der Schlange von Kunden vorbei, gesellte sich zu Lorenzo hinter den Verkaufstresen, hockte sich auf einen Kanister Olivenöl und machte sich klein, ganz klein.

«Ich freue mich, dass Sie heute mit mir kochen wollen», sagte Stella munter ins Mikrophon. Es war auf einem großen, überhängenden Ständer angebracht, sodass sie gut herankam, während ihre Hände gleichzeitig am Herd werkelten.

Theo Claussen reckte den Daumen. Sie konnte loslegen. «Auf dem Speisezettel steht Kasseler im Teig.» Stella hatte von ihrem Programmleiter endlich grünes Licht für Fleischgerichte bekommen. Die Leute könnten sich es inzwischen leisten, öfter mal beim Metzger einzukaufen, hatte er gesagt, und sie müssten mit der Zeit gehen.

«Wie ich Ihnen in der letzten Woche angekündigt habe, waren dafür ein paar Vorbereitungen nötig. Wir haben das Kasseler-Fleisch vierzig Minuten in Weißwein köcheln lassen und den Blätterteig vorbereitet.» Sie klapperte ein wenig mit einem Topfdeckel und ließ die Hörer dann das leicht schmatzende Geräusch vernehmen, als sie das Fleisch herausnahm. «In den Weinsud geben wir ein wenig Tomatenpüree und geriebenen Käse. Hierfür empfehle ich die Tomaten von Feinkost Italia und auch den gutgereiften Parmesan, den sie dort finden.»

Sie sah, wie Theo lautlos seufzte, aber er hatte sich inzwischen damit abgefunden, dass sie ihren Laden stets mit ins Spiel brachte. Den Hörerinnen schien es zu gefallen. Sie sehnten sich nach einem Hauch von weiter Welt in ihrem engen Alltag. «Während wir nun eine Teigrolle auf das abgespülte Backblech legen …»

Jemand kam in den Funksaal gelaufen, wurde von einem der Tonmänner aufgehalten. Stella erkannte das älteste der Zigeunerkinder. Der Junge wirkte totenblass und atmete schwer. Das Herz blieb ihr stehen, und sie brachte keinen Ton mehr heraus. Erst als Theo zu ihr kam und ihr fest eine Hand auf die Schulter legte, schaffte sie es irgendwie weiterzumachen.

Das Fleisch wurde mit der Wein-Tomaten-Käse-Mischung bestrichen, die zweite Teigplatte wurde aufgelegt und fest aufgedrückt. Aus Pergament fertigte Stella zwei Röllchen und steckte sie in die Oberseite des Teiges. Ihre Finger zitterten, ihr Blick flog immer wieder zu dem Jungen, der unruhig von einem Fuß auf den anderen trat.

«Wir tun dies, damit der Dampf entweichen kann», erklärte sie ihren Hörerinnen. Sie sprach jetzt wieder fast normal, die Routine der wöchentlichen Sendung half ihr über den Schreckmoment hinweg. Dann bestrich sie den Teig noch mit Eigelb und verkündete, er müsse nun bei zweihundert Grad auf der untersten Stufe vierzig Minuten backen. Nun verstummte sie. Einen Moment lang herrschte Grabesstille. Theos Augen hinter der Brille wurden groß, dann gab er hastig den Musikern ihren Einsatz, und eine flotte Melodie ging über den Äther.

Stella erstarrte. Sie hatte vergessen, als Beilage mit Knoblauch und Rosmarin geröstete Kartoffeln zu empfehlen.

Endlich trat sie vom Mikrophon zurück, ließ sich auf einen Schemel fallen, sah mit bangem Herzen zu, wie der Junge zu ihr geführt wurde.

«Wegen Pepita», sagte er, und Stella schämte sich eine Sekunde lang, weil sie so erleichtert war. Sie saß ganz steif und starr, bis Theo sie hochzog und an sich drückte. Erst als sie spürte, dass seine Umarmung mehr war als nur tröstend und freundschaftlich, als seine Hände langsam über ihren Rücken wanderten wie die eines Mannes, der eine Frau begehrte, löste sie sich von ihm.

«Entschuldigung», murmelte er, und sie verstand endlich, dass er viel mehr in ihr sah als nur eine begabte Radioköchin mit guter Stimme. Sie schob diese Erkenntnis beiseite, dafür war jetzt kein Platz in ihrem Kopf.

«Warum hat niemand angerufen?», fragte sie den Jungen, der Wilhelm hieß, oder Friedrich – sie hielt das nicht auseinander, wusste nur, dass alle Kinder der Zigeunerin nach großen deutschen Herrschern benannt waren.

«Hamse versucht, war immer nur Tutuut.» Womit er wohl besetzt meinte.

Theo nickte. «Wenn deine Sendung läuft, bekommen wir immer sehr viele Anrufe von Hörerinnen, die einen Rat brauchen oder selbst ein Rezept vorschlagen möchten. Wir haben schon überlegt, ob wir diese Anrufe nicht irgendwie zu dir durchstellen können. Oder wir sammeln die Fragen, und du beantwortest sie in der folgenden Woche.» Er merkte, dass Stella ihm gar nicht zuhörte, und entschuldigte sich erneut. Eilig wies er einen Laufburschen an, seinen Wagen vorfahren zu lassen. Stella und der Junge sollten auf dem schnellsten Weg nach St. Pauli gebracht werden.

Wilhelm oder Friedrich bekam vor Staunen den Mund nicht zu, als er wie ein feiner Herr durch die Stadt kutschiert wurde. In Stellas Augen brannten Tränen. Was war nur mit Pepita passiert? Und wie ging es Sophia?

Vor dem Haus in der Taubenstraße wartete Luna. Der Zigeunerjunge verdrückte sich, um bei seinen Geschwistern mit der Autofahrt anzugeben.

«Clausi ist bei einer Nachbarin», erklärte Luna. «Piet habe ich auf der Werft noch nicht erreicht. Komm mit.»

Dr. Richter war oben bei Pepita und schüttelte fassungslos den Kopf. «Erwürgt. Mit einem Kopftuch. So etwas habe ich in meiner ganzen Laufbahn noch nicht gesehen.» Er verwehrte ihnen den Eintritt ins Schlafzimmer. Sie sollten die kleine Frau so in Erinnerung behalten, wies sie sie gekannt hatten. Temperamentvoll, frech und mit dem Herzen einer Riesin.

Kurz darauf erschienen zwei Polizisten von der Davidwache, warfen einen Blick auf die kleine Leiche und erklärten, sie müssten die Kriminalpolizei hinzuziehen.

Luna weinte haltlos, Stella fragte irgendwann, wo Sophia sei.

«Drüben bei Rosario», erklärte die Witwe Platschke, die als Einzige die Ruhe bewahrte und ankündigte, sie werde die nötigen Vorbereitungen treffen. Für die Beerdigung, für den Totenschmaus.

Stella hörte gar nicht richtig zu. Sie überließ Luna den wenig tröstenden Armen der Nachbarin und lief hinüber zu Rosario.

Ihr alter Freund wirkte gebeugter als sonst, und sein Gesicht war vom Kummer schwer gezeichnet. Auch er hatte Pepita geliebt, wie alle im Haus – die Kriegerwitwe vielleicht ausgenommen. Henry und Harriet saßen auf dem Sofa und hielten sich an den Händen.

«Das arme, arme Kind», murmelte Harriet, und es war nicht klar, ob sie Pepita oder ihre Tochter damit meinte.

«Sophia ist mit Lorenzo im Schlafzimmer», sagte Rosario. «Ich glaube, sie ist endlich eingeschlafen.»

Stella schlich zur Tür und lugte hinein. Lorenzo saß auf der Bettkannte und blickte auf das Mädchen hinab, das sich zwar unruhig hin und her wälzte, aber tatsächlich zu schlafen schien. Als er Stella bemerkte, kam er leise heraus und lehnte die Tür an.

«Was ist denn bloß passiert?», fragte sie, als er dicht vor ihr stand, so dicht, dass sie ihn hätte berühren können. Aber sie tat es nicht. Die Entfremdung zwischen ihnen hatte seit seiner Rückkehr letzten Herbst aus Italien wieder zugenommen. Dabei war sie so glücklich gewesen, als er endlich wieder in der Taubenstraße auftauchte. Während seiner Abwesenheit war sie zu dem Schluss gekommen, sie sei zu schnell zu wütend geworden, nachdem er sie geküsst hatte. An dieser Sache mit Giuseppina war vielleicht gar nichts dran gewesen. Und als sie ihn dann endlich wiedersah, hatte sie sich ihm in die Arme werfen wollen, aber etwas an seinem Gesichtsausdruck hatte sie zurückgehalten. Im ersten Moment waren seine Augen hell und strahlend gewesen, dann hatten sie sich schlagartig verdunkelt. Seitdem hatte sie oft den Eindruck gehabt, er wollte mit ihr sprechen, ihr irgendetwas erklären. Also doch Giuseppina, hatte sie verzweifelt überlegt. Doch er tat es nie, und sie verschanzte sich wieder hinter ihrer Mauer.

Es war Harriet, die ihre Frage beantwortete. «Vor Jahren hatte ich schon einmal so einen Verdacht», begann sie langsam. «Aber dann hat es ja aufgehört. Nun hat sich Pepita offensichtlich wieder mit einem perversen Mann eingelassen.»

«Ich verstehe nicht …»

«Nein», sagte Harriet freundlich. «Du bist auch immer noch ein Mädchen vom Land. Aber unsereins hat schon vieles gesehen. Es gibt Männer, die sich gern fesseln lassen, andere, die dazu auch noch verprügelt werden wollen, es gibt … Nun, lassen wir das», ergänzte sie mit einem Blick auf Stellas entsetztes Gesicht. «Aber es gibt eben auch solche, die gern einer Frau weh tun. Nur so kommen sie zum Höhepunkt. Sie prügeln sie, oder sie würgen sie. Diese Männer zahlen den Dirnen einen Haufen Geld für diese Extrabehandlung. Aber natürlich hören sie immer rechtzeitig auf. Nur manchmal … also, manchmal geht das schief.»

Stella spürte auf einmal die altbekannte Enge in der Brust, doch sie wehrte sich mit aller Kraft dagegen. Es stand ihr nicht zu, jetzt schwach zu werden.

«Ich erinnere mich daran, dass Pepita früher oft einen Schal oder ein Halstuch trug», überlegte sie laut.

«Ich auch», warf Lorenzo ein.

Harriet nickte. «Sie hat die Würgemale verdeckt. Aber es ging ihr doch inzwischen finanziell viel besser. Ich verstehe nicht, warum sie wieder damit angefangen hat.»

«Sie wollte aufhören», sagte Stella. «Das hat Sophia mir schon letzten Herbst erzählt. Sie hatte vor, ein Häuschen zu kaufen, draußen in Altona. Dort wollte sie mit Kalle und Sophia ein normales Familienleben führen.»

«Mein Gott», flüsterte Henry. «Sie war so nah dran.» Er wischte sich über die Wangen und tauschte einen langen Blick mit Rosario.

Dieser schnäuzte sich kräftig und fragte schließlich: «Kalle, hat ihn irgendjemand gesehen?»

Stella schaute in die Runde. Es war Lorenzo, der diesmal die Antwort wusste. «Er hat geschrien wie ein verwundetes Tier, und dann ist er fortgelaufen. In Richtung Hafen.»

«Wir müssen ihm helfen», sagte Stella schnell. «Er braucht uns.»

Rosario kam zu ihr und legte ihr eine Hand auf den Arm. «Wir würden ihn nicht finden, *piccola mia*.»

Karl-Friedrich Spieker heuerte auf einem Frachter an, der nach Südamerika fuhr. Nur der Zahlmeister kannte seinen wahren Namen, und er hielt auf Bitten des großen Mannes hin den Mund. So ein Prachtkerl konnte für zwei schuften. Den übrigen Matrosen verriet Kalle nur seinen Spitznamen. Ansonsten hielt er sich von allen fern, tat seine Arbeit bis zum Umfallen, sprach kaum ein Wort.

Die Liebe seines Lebens war tot, und er verschwand auf seine Art und Weise. An Sophia dachte er anfangs gar nicht. Erst als der Frachter schon den offenen Atlantik erreicht hatte, fiel ihm ein, dass er die Kleine im Stich gelassen hatte. Es brauchte vier Matrosen, um ihn davon abzuhalten, von Bord zu springen.

Schließlich beruhigte er sich und tröstete sich mit dem Gedanken, dass im Haus der Taubenstraße genug gute Menschen lebten. Jemand würde sich um das Kind kümmern. Und eines Tages würde er zurückkehren und sich persönlich davon überzeugen.

Stella nahm Sophia zu sich. Sie erklärte den anderen, es mache ihr überhaupt keine Arbeit und sie liebe das Kind wie eine eigene Tochter. Es sei schön, in der Mansarde wieder Gesellschaft zu haben.

Was sie nicht erzählte, war, dass Sophia sich unsichtbar machte. Sie versteckte sich unter ihrem Bett oder hinter den Vorhängen. Sie sprach nicht, war so leise wie ein Mäuschen. Immer stand dieser unmenschliche Schreck in ihren Augen, nie wollte sie über das reden, was passiert war. Sie trank kaum und aß noch weniger.

Manchmal erschrak Stella sich fast zu Tode, wenn sie auf das Kind an Orten stieß, an denen sie es nicht vermutet hätte. Tief in einem Küchenschrank, ganz flach unter den Sofakissen.

Schließlich wurde Verena van Houten um Hilfe gebeten. Diese zögerte keine Sekunde, erklärte, das Kind habe ein schweres Trauma erlitten und sie werde Doktor Tietz anrufen, den besten Psychiater von Friedrichsberg. Stella zögerte, aber Luna berichtete, das sei der Doktor, der ihrem Piet geholfen hatte. Also stimmte sie zu.

Weil Sophia sich nicht auf die Straße traute, war Dr. Tietz bereit, nach St. Pauli zu kommen. Dort verbrachte er viele Stunden allein mit dem Mädchen.

Wie genau er es schaffte, dass es ihr langsam besserging, hätte niemand zu sagen gewusst. Und Doktor Tietz warnte Stella: Das Kind habe ihm nicht verraten, was genau es gesehen hatte.

Vermutlich habe Sophia es tatsächlich vergessen. Dies sei ein Schutzmechanismus des eigenen Gehirns, wenn ein Erlebnis zu schrecklich gewesen war, um es verarbeiten zu können. Bei den Kriegsveteranen habe er das nur zu oft erlebt. Aber er hoffe, er habe ihr ein wenig helfen können.

Und tatsächlich: Als Frühling und Sommer ins Land gingen, begann Sophia, wieder etwas mehr zu essen. Sie fand zögerlich die Sprache wieder, wobei sie zur Verblüffung aller anfangs nur Italienisch redete.

Sie war nie mehr das fröhliche kleine Mädchen, das alle so geliebt hatten, sie blieb ernst, und es kam oft vor, dass ihre Augen sich vor Schreck weiteten, doch sie konnte schließlich wieder am normalen Leben teilnehmen.

Der älteste Zigeunerjunge – Stella wusste inzwischen, dass er Konrad hieß – ernannte sich selbst zu Sophias Beschützer. Als sie endlich wieder zur Schule gehen konnte, begleitete er sie dorthin und wartete nach dem Klingeln der Glocke darauf, dass sie herauskam, um sie wieder heimzubringen. Ohne ihn oder einen der Erwachsenen machte Sophia für lange Zeit keinen Schritt nach draußen. Dafür wurde ihr Interesse an Medizin geradezu zur Besessenheit. Sie ließ sich von Lorenzo Bücher über Krankheiten besorgen, übte auch weiterhin am alten Rosario, Verbände anzulegen, und erklärte mit großem Ernst, sie werde eines Tages Ärztin.

Die Ermittlungen im Fall Petra Pinneberg waren nach wenigen Wochen eingestellt worden. Die Kriminalpolizei erklärte, man habe trotz intensiver Nachforschung keinen Hinweis auf den Täter gefunden. Auf St. Pauli lachten die Leute nur bitter darüber. Jeder wusste, dass der Mord an einer kleinen Hure ohne großen Aufwand zu den Akten gelegt wurde.

So ging das Leben fast wieder seinen üblichen Gang, doch vieles war anders geworden. Kaum erklang noch ein Lachen im Haus an der Taubenstraße, und es gab auch keine gemeinsamen Mahlzeiten mehr. Pepitas Tod hatte ein Loch in ihrer aller Herzen gerissen.

34. KAPITEL

Im Oktober platzte Feinkost Italia bereits aus allen Nähten. Die Lieferungen aus der Emilia-Romagna trafen dank Claudios Tüchtigkeit nun regelmäßig ein, die Kunden kamen inzwischen aus ganz Hamburg und den umliegenden Orten. Die Frauen der Fabrikarbeiter und Schauermänner begnügten sich meistens mit ein paar Oliven, etwas Öl, vielleicht noch mit ein paar getrockneten und eingelegten Tomaten, die jedem Salat, jedem Gemüse zu einem besonderen Geschmackserlebnis verhalfen.

Die Damen des Bürgertums verlangten nach Lorenzos selbstgemachter Pasta, nach einem schönen Stück Parmesankäse und ein paar Scheibchen dieses sündhaft teuren, aber allzu köstlichen Parmaschinkens.

Die Köchinnen und Haushälterinnen aus den Villen rund um die Außenalster benahmen sich besonders rücksichtslos. Sie drängten andere Frauen mit den Ellenbogen zur Seite, behaupteten, sie hätten keine Zeit zu verlieren, die Herrschaften erwarteten sie zum Abendessen zurück. Man solle ihnen gefälligst den Vortritt lassen. Dann kauften sie komplette Laibe geschwefelten *pecorino*, ließen einen halben Schinken aufschneiden, murrten, weil es nur noch zwei Salamis gab, verlangten, Lorenzo solle seine Pasta schneller und zuverlässiger herstellen. Und von diesem Rotwein, diesem trockenen Sangiovese, solle er mal lieber flott eine Lastwagenladung herbeischaffen.

Es würde nicht mehr lange dauern und man müsste sich auf Handgreiflichkeiten im Laden gefasst machen. Die Arbeiterfrauen ließen sich nämlich keineswegs die Butter vom Brot nehmen, und die bürgerlichen Damen fletschten schon die Zähne. Hinzu kamen noch die Italienerinnen, die aufgrund ihres angeborenen Temperaments alles andere als zurückhaltend waren. Sie waren nicht viele, konnten aber Krach für ein ganzes Dutzend Frauen machen. Wehe, eine Deutsche ergatterte die letzte Packung italienischen Rundkornreis aus der Po-Ebene. Der bedauernswerten Hanseatin wurde dann lautstark erklärt, sie wisse diesen *riso arborio* gar nicht zu schätzen, würde ihn bestimmt nur zerkochen, während sie, die Italienerinnen, ihn zu einem köstlichen und bissfesten *risotto* verarbeiten würden. Mit Schalotten und Safran, ein Gedicht!

Seltsamerweise kehrte nach diesen Scharmützeln jedes Mal recht schnell wieder Ruhe ein, und Lorenzo war schon mehr als einmal der Gedanke gekommen, Frauen würden die besseren Staatsführer abgeben. Vielleicht würde es dann zwar lautes Säbelrasseln, aber keine Kriege mehr geben. Dennoch war es anstrengend, mit einem solchen Ansturm fertig zu werden.

Am Ende eines besonders hektischen Tages wischte sich Lorenzo mit einem Tuch den Schweiß von der Stirn. Er hockte auf einem halbvollen Weinfass und fragte sich, was er bloß tun sollte. Einerseits war er froh über den geschäftlichen Erfolg, andererseits musste dringend eine Lösung her.

Schon jetzt fand er kaum noch Schlaf, weil er den Großteil jeder Nacht in seiner Nudelmanufaktur verbrachte und tagsüber im Geschäft gebraucht wurde.

Die Räumlichkeiten wurden zudem schon maximal genutzt und waren dennoch zu klein. Lunas alter Verkaufstresen, das

Monstrum, das Piet ihr einst besorgt hatte, war längst fortgeschafft worden. An dessen Stelle befand sich nun eine Glastheke mit appetitlich ausgelegter Ware. Auch die übrige Einrichtung war schmal und hoch, und wo ein Stück von der Wand frei geblieben war, hingen Bilder mit italienischen Motiven – das Kolosseum in Rom, der Schiefe Turm von Pisa, der Markusplatz von Venedig, das weite Meer.

Einzig die Sitzecke, die eigentlich zu viel Platz wegnahm, war geblieben. Lorenzo beharrte darauf, dass sie die Kunden anlockte. Wer einmal dort von seinen Sternenravioli oder den Tagliatelle nach Mamma Concettas Rezept probiert hatte, der kam immer wieder. Nein, beschloss er und wischte sich noch einmal über die Stirn. An der Einrichtung war nichts zu verbessern.

Vorrangig war ohnehin das Personalproblem. Stella konnte nur morgens ein paar Stunden helfen, weil sie sich ab Mittag um Sophia kümmerte. Böse Zungen behaupteten, sie mache viel zu viel Aufhebens um das Kind, aber Stella ließ sich nicht beirren. Sophia brauche sie. Punkt. Luna kam gar nicht mehr, da sie ohnehin aufgehört hatte und zudem wieder guter Hoffnung war. Im Frühsommer erwartete sie ihr zweites Kind.

Drei Verkäuferinnen hatte Lorenzo in den vergangenen Monaten eingestellt und wieder entlassen, weil sie entweder nicht sorgsam genug mit den Lebensmitteln umgingen oder beim Ansturm der Frauen in Panik gerieten.

Die vierte war eine resolute Frau aus der Nachbarschaft, die zwar *spaghetti* nicht von *makkaroni* unterscheiden konnte, aber die Meute der Kundinnen in Schach hielt. Als ehemalige Puffmutter führte sie ein strenges Regiment, und sogar die Köchinnen und Haushälterinnen gehorchten ihr.

Lorenzo wusste, die Frau war unbezahlbar, und sie hatte immerhin schon gelernt, den Parmaschinken nicht mehr in fingerdicke Scheiben zu schneiden. Aber er brauchte noch mindestens eine weitere Kraft. Er hatte seinen Onkel bereits gebeten, sich in der italienischen Gemeinde umzuhören. Vielleicht gab es dort ein Mädchen, das eine Anstellung brauchte.

Als nun von draußen an die inzwischen geschlossene Ladentür geklopft wurde und er die Stimme Rosarios vernahm, schöpfte er neue Hoffnung.

«Hast du schon jemanden gefunden?», fragte er.

Sein Onkel kam hereingeschlurft und ließ sich auf einen Stuhl in der Essecke sinken.

«Wie wär's, wenn du einem alten Mann erst mal einen Schluck *vino* aus der Heimat anbietest?»

«Entschuldigung.» Lorenzo schenkte ihnen beiden ein Glas Sangiovese ein. Sie stießen an, tranken einen Schluck, genossen schweigend. Erst nach einer ganzen Weile wiederholte Lorenzo seine Frage nach einer Verkäuferin.

«Möglicherweise wüsste ich jemanden», sagte Rosario. «Die kleine Angelina von den Pertinis. Sie hat die Schule beendet und weiß noch nicht, was sie anfangen soll.»

«Wie alt ist sie denn?», fragte Lorenzo zweifelnd.

«Fünfzehn», gab Rosario zurück. «Bald sechzehn. Und ein aufgewecktes Mädchen. Ihrer Mutter geht sie seit jeher in der Küche zur Hand, sie kennt sich gut aus.»

«In Ordnung.» Lorenzo war bereit, nach jedem Strohhalm zu greifen. «Schick sie vorbei. Gleich morgen.»

Rosario nickte, doch er hatte noch mehr zu sagen. «Eine neue Verkäuferin wird deine Probleme nicht lösen. Du brauchst mehr Platz.»

«Ich weiß. Aber was soll ich machen? Ich kann das Haus ja nicht ausdehnen.»

«Kalles Wohnung im ersten Stock steht leer», erklärte Rosario, als ob Lorenzo das nicht wüsste. Die Familie, die dort kurz nach seinem Verschwinden eingezogen war, hatte vor zwei Wochen kündigen müssen, weil sie die Miete nicht mehr aufbringen konnte. Stella hatte vorgeschlagen, den armen Leuten zu helfen, aber die übrigen Nachbarn hatten die Köpfe geschüttelt. Sie müsse irgendwann mal einsehen, dass sie nicht die ganze Welt retten könne.

«Wanda kann dort mit ihren Kindern einziehen», fuhr Rosario fort. «Sie hätten da einen Raum mehr.»

«Wer ist Wanda?»

«Die Zigeunerin, *stupido*.»

Den Dummkopf hatte er sich redlich verdient. Er hatte tatsächlich nicht gewusst, wie die Frau mit Vornamen hieß. «Aha. Und was ist, wenn Kalle zurückkommt?»

Rosario antwortete lediglich mit einem langen, alles sagenden Blick.

«Niemals?», hakte Lorenzo nach. «Wird er nicht irgendwann mal nach Sophia sehen wollen?»

«Sie ist nicht seine Tochter.»

«Das weiß ich. Trotzdem.»

«Lass gut sein. Für einen strammen Kommunisten wie ihn ist es gar keine schlechte Idee, Deutschland den Rücken zu kehren. Die Zeiten werden wieder unruhiger.»

«Va bene», meinte Lorenzo. «Die Zigeunerin zieht mit ihren Kindern also einen Stock höher. Und wie soll mir das helfen?»

«Henrys und Harriets Räume im Erdgeschoss werden auch bald frei. Dann stehen dort zwei Wohnungen leer, und du kannst alles so umbauen, dass du ein einziges großes Geschäft bekommst. Die Miete wirst du schon aufbringen, der Laden läuft ja.»

«Der Hauseigentümer wird vielleicht etwas dagegen haben, wenn ich einen so großen Umbau vornehmen lasse», gab Lorenzo zu bedenken.

«Wird er nicht, er ist einverstanden. Und die Eigentümerin auch.»

«Woher willst du das wissen?»

Rosario grinste verschmitzt. «Das Haus gehört zu gleichen Teilen Henry und Harriet. Sie haben es vor vielen Jahren von einem deutschen Onkel geerbt. Deshalb kamen sie überhaupt nach Hamburg.»

«Das habe ich nicht gewusst.» Die Mieten wurden regelmäßig von einem Verwalter eingesammelt, einem kleinen runzligen Männlein, das für eine Anwaltskanzlei in der Innenstadt arbeitete. «Aber warum ziehen sie dann aus?»

«Weil sie fortgehen», erklärte Rosario.

«Wohin denn?»

«Nach Italien.»

Er verstand nun gar nichts mehr. «Was hat das alles zu bedeuten? Sie sind doch Engländer. Was haben sie in Italien zu suchen?»

«In England haben sie niemanden mehr.»

«In Italien auch nicht», erwiderte Lorenzo schnell, bevor er die richtige Schlussfolgerung ziehen konnte.

Rosario krümmte sich über dem Tisch. Es fiel ihm schwer, so lange zu sitzen. «Doch. Mich.»

«Du willst fort», sagte Lorenzo. Es war eine Feststellung, keine Frage.

Sein Onkel hatte immer wieder mal erwähnt, dass ihm das nasskalte Wetter in Hamburg zu schaffen machte. Lorenzo hätte bloß nie gedacht, dass der alte Mann einen derart radikalen Entschluss fassen würde.

«Ich möchte noch einmal die alte Heimat wiedersehen», erklärte Rosario nun. «Ich möchte die Luft der Berge riechen und meine einzig verbliebene Schwester im Arm halten. Ich möchte meinen Schwager kennenlernen, meine Nichte, ihren Mann und meinen Großneffen.»

Lorenzo begriff, dass er von seiner Familie sprach. «An Filippo wirst du keine Freude haben. Der ist ein strammer kleiner Faschist geworden.»

Rosario lächelte sanft. «Die Jugend lässt sich leicht verführen. Warten wir ab, bis der Junge erwachsen wird.»

«Aber in der Romagna ist das Wetter in den Wintermonaten auch feucht und kalt», wandte Lorenzo ein, weil ihm nichts Besseres einfiel.

Rosario nickte. «*Giusto.* Richtig. Deswegen werden wir nach dem Besuch dort auch weiterreisen. Mir schwebt die Amalfiküste vor oder eine der Inseln. Capri, Ischia. Dort ist es das ganze Jahr über angenehm und mild.»

«Aber hast du keine Angst?»

«Angst? Wovor soll ein kranker alter Mann noch Angst haben? Vor einem schreienden hässlichen Diktator?»

Sie beide verfolgten gemeinsam die politischen Ereignisse in Italien, und Rosario hatte den *Duce* noch nie wirklich für voll genommen.

«Es gibt Leute», sagte Lorenzo vorsichtig, «die fürchten einen neuen Krieg.» Er dachte an seine italienischen Kunden, die kein Blatt vor den Mund nahmen und die sich fragten, was aus ihnen werden sollte, falls Italien und Deutschland noch einmal gegeneinander kämpfen sollten.

«Nun, *mich* wird er wohl kaum mit einer Waffe an die Front schicken. Außerdem kenne ich den Benito noch als kleinen Hosenscheißer.» Rosario grinste breit. Offensichtlich hatte er nicht vor, sich den Traum von einem Lebensabend in der warmen, heilsamen Sonne von einem mächtig gewordenen Landsmann verderben zu lassen.

Bevor Lorenzo fragen konnte, wie das große Vorhaben bezahlt werden sollte, fügte Rosario schon hinzu: «Dank dir und deinem erfolgreichen Geschäft stehen wir alle drei recht gut da. Außerdem werden sich Henry und Harriet die Mieteinnahmen nach Italien überweisen lassen. Für das Geld werden wir im Süden vielleicht ein bescheidenes Häuschen finden können.»

Lorenzo dachte praktisch. «Wäre es nicht klüger, das Haus hier gleich zu verkaufen? Dann hättet ihr einen großen Batzen Geld zur Verfügung und könntet in Italien etwas erwerben.»

Innerlich wurde ihm ganz kalt bei dem Gedanken, die alten Leute könnten das wirklich tun. Wer wusste schon, was aus ihm und den übrigen Bewohnern werden würde, wenn es tatsächlich bald einen neuen Eigentümer geben sollte?

Zu seiner größten Erleichterung schüttelte Rosario den Kopf. «Sie haben darüber nachgedacht, aber der Markt ist zurzeit ungünstig. Außerdem gibt es wieder mehr Arbeitslose und politische Unruhen. Insgesamt herrscht ein neuer Pessimismus vor. Nein, wir halten es für besser, nicht zu verkaufen.»

Lorenzo staunte darüber, wie gut sein Onkel sich auskannte. «Glaubst du, es wäre dann für mich überhaupt sinnvoll, den Laden zu vergrößern?»

«Doch, doch, das ist etwas anderes. Die Leute sind ganz

verrückt nach deinen Spezialitäten. Das wird gewiss auch so bleiben.»

Dankbar nickte Lorenzo ihm zu. Dann lächelte er. «Ihr drei seid schon ein außergewöhnliches Trio.»

Rosario erblasste, sah ihn jedoch ruhig an. «Nun, Henry und ich sind besonders eng befreundet.»

Mehr brauchte es nicht, bis Lorenzo endlich verstand. Er lebte inzwischen lange genug auf St. Pauli, um zu wissen, dass die Liebe auch ungewöhnliche Wege ging. Seltsam nur, dass es ihm bei seinem Onkel nie aufgefallen war.

Rosario, der ihm offenbar ansah, dass der Groschen gefallen war, fragte vorsichtig: «Verurteilst du mich jetzt?»

Lorenzo schüttelte den Kopf. «Das steht mir nicht zu. Wann hat es angefangen zwischen euch?»

Also erfuhr er Rosarios und Henrys Geschichte, und es tat ihm leid, dass er so lange so blind gewesen war.

Dann fragte er noch: «Wie soll das gehen? Zwei Männer und eine Frau? Und wieso kommt Harriet überhaupt mit?»

«Ganz einfach», erklärte Rosario geduldig. «Sie hat ihr ganzes Leben mit ihrem Bruder verbracht. Vor fünfzig Jahren hat sie sogar auf eine Heirat verzichtet, um sich und Henry als Akrobatenpaar nicht zu entzweien. Sie kann und möchte nicht mehr allein leben. Und sie ist auch mir eine sehr liebe Freundin geworden. Wir …» Er zögerte kurz, setzte dann aber entschieden hinzu: «Harriet und ich werden uns als Ehepaar ausgeben, und Henry gehört eben zu uns. Damit werden wir hoffentlich den Klatschweibern den Mund stopfen.» Er zwinkerte belustigt. «Wir haben sogar überlegt, offiziell zu heiraten, aber das wird wohl nicht nötig sein.»

Lorenzo wurde klar, dass die drei bereits einen festen Plan

geschmiedet hatten. Was immer er an Einwänden noch vorbrachte, er würde nichts daran ändern. Dann sagte er sich, es sei eigennützig von ihm, seinen Onkel daran hindern zu wollen.

«Ich denke, es wird dir gutgehen», erklärte er daher und legte dem alten Mann eine Hand auf die Schulter. Ganz sanft, denn er wusste, dass jede Berührung, die schwerer war als eine fallende Feder, dem alten Tunnelarbeiter höllische Schmerzen bereitete.

In Rosarios Augen glitzerten Tränen. «Du wirst hoffentlich ohne meinen Rat zurechtkommen.»

«*Certamente*. Sicherlich. Es wird nur recht einsam werden ohne dich und die Geschwister.» Die drei alten Leutchen saßen mittlerweile jeden Abend in Rosarios Wohnung zusammen, und Lorenzo gesellte sich gern zu ihnen, lauschte den Geschichten aus früheren Zeiten und erholte sich eine Stunde oder zwei, bevor er die lange Nachtschicht in seiner Nudelmanufaktur aufnahm.

«Wann werdet ihr reisen?», fragte er und hoffte, es möge nicht zu bald sein. Er brauchte Zeit, um sich an den Gedanken zu gewöhnen.

Rosario hatte sich inzwischen entspannt. Offenbar hatte er mit mehr Widerstand bei seinem Neffen gerechnet und war nun froh, dass er ihm keine Steine in den Weg legte. «Wir warten noch das Frühjahr ab, damit wir die schöne Jahreszeit auf unserer Seite haben.»

Immerhin, dachte Lorenzo. Ein Aufschub.

«Ihr werdet mir schrecklich fehlen», sagte er dennoch. «Du ganz besonders.»

«Du müsstest nicht einsam sein, wenn du nicht so verbohrt

wärst», entgegnete Rosario ungerührt. «Du könntest deine eigene Familie haben. Mit Stella, Sophia und eines Tages sogar einem leiblichen Kind.»

Seit Lorenzo ihm von der Auflösung seiner Verlobung erzählt hatte, hatte Rosario einige seiner Vorbehalte gegen eine Verbindung mit Stella aufgegeben. Nur hielt er seinen Neffen wohl noch immer für einen zu unruhigen Geist, der Stella nicht das stabile Leben bieten konnte, das sie brauchte. Andererseits wäre er nun, da er fortgehen wollte, wohl froh gewesen, wenn er überhaupt einen Mann an Stellas Seite gewusst hätte. Dass die beiden jungen Leute, die ihm so sehr am Herzen lagen, nicht vorankamen, machte ihm anscheinend schwer zu schaffen.

«Ein Jahr! Ein ganzes verfluchtes Jahr bist du jetzt aus Italien zurück», fuhr er fort, und seine Augen funkelten vor Zorn. «Und nichts tut sich bei euch beiden. Ihr kreist bloß umeinander herum wie Kater und Katze. Was glaubst du eigentlich? Dass du ewig leben wirst? Die Zeit rennt, mein Junge. Schnell und schneller. Gerade noch bist du ein kräftiger Mann in der Blüte deiner Jahre, voller Träume und Pläne für die Zukunft, und im nächsten Moment bist du ein krummer, schmerzgeplagter Tattergreis.»

Lorenzo seufzte. «Du weißt genau, was los ist. Ich weiß nicht, wie ich ihr von Giuseppina erzählen soll.»

«Du sagst es ihr einfach, und dann wird alles gut.»

«Niemals!»

«Sie wird dir verzeihen.»

Lorenzo schüttelte den Kopf. «Nein, wird sie nicht. Das Schlimmste, was ihr im Leben passiert ist, war, dass sie von einem Menschen angelogen worden ist, dem sie vertraute. Von ihrem Vater. Das hat sie zutiefst erschüttert. Bis zu seinem Tod hat er ihr nie gestanden, dass sie nicht seine Tochter war. Wenn sie nun von mir hört, dass ich jahrelang um sie geworben habe, während ich noch in Italien verlobt war, wäre sie furchtbar enttäuscht von mir.»

Rosario schnalzte mit der Zunge. «Bist du jetzt unter die Psychiater gegangen? Niemand kann voraussagen, wie eine Frau reagieren wird.»

«Sagt ein homosexueller Mann.»

Einen Moment schien es, als wollte Rosario erneut wütend werden, doch dann stieß er nur ein meckerndes Lachen aus.

«Nun, meine Junge. Das ist ein ziemlich großer Schlamassel. Aber du musst selbst einen Weg heraus finden.»

35. KAPITEL

St. Pauli, Juni 1928

Aufmerksam beobachtete Stella das Mienenspiel ihrer Schwester. Mit leicht gerunzelter Stirn blickte Luna auf das Neugeborene in ihren Armen. Es war ein Mädchen, und es sah ganz anders aus als Clausi.

«Sie kommt nach mir», flüsterte Luna seufzend. Die Haut der Kleinen war karamellfarben, die Haare kringelten sich schwarz um das Köpfchen. Nur die Augenfarbe war noch ein Geheimnis, weil die Lider fest geschlossen waren.

«Sie wird einmal wunderschön werden», erklärte Stella aus tiefster Überzeugung. Sie stand am Bett ihrer Schwester im Haus an der Davidstraße. Diesmal hatte Luna von Anfang an beschlossen, zu Hause niederzukommen. Dr. Richter hatte sie wieder betreut, und die alte Hebamme lebte noch und war erneut zur Stelle. Es war eine leichte Geburt gewesen, und Luna brauchte auch keinen Unterricht im Wickeln oder Stillen mehr.

Endlich lächelte sie. «Ja, das glaube ich auch. Es ist doch albern, sich wegen nichts und wieder nichts zu sorgen. Und mein Piet hat sie schon gesehen und sich sofort in sie verliebt.»

«Na, siehst du. Wie wollt ihr sie nennen?»

«Wir dachten an Emma, nach Piets Mutter.»

Stella starrte ihre Schwester an. «Herrje! Ausgerechnet Oma Emma!» Dann prustete sie los. Überrascht stellte sie fest, dass ihre Fröhlichkeit echt war. Trotz der schmerzhaften Erinnerung an die Ereignisse vor zwei Jahren auf Gut Friederkamp konnte sie inzwischen über manches, was an dem Abend geschehen war, herzlich lachen. Sie sah wieder Florentine vor sich und das verzweifelte Küchenmädchen Liesel.

«Was ist daran denn so lustig?», erkundigte sich Luna. «Emma ist ein ehrenwerter Name. Und Piets Mutter ist gestorben, als er noch klein war. Da wäre es nur recht und billig, an sie zu erinnern.»

«Ja, sicher. Bitte verzeih, das wusste ich nicht mehr.» Stella fiel auf, dass sie ihrer Schwester nie von der Schildkröte erzählt hatte. Sie holte es nach, und Luna lachte schallend. Davon wachte ihre kleine Tochter auf und schaute die Welt mit klaren, blauen Augen an.

Die Schwestern waren verzaubert. «Piets Augen», flüsterte Luna. «Oh, sieh nur, wie hübsch sie ist.»

Für jemanden, der erst zwei Stunden auf der Welt war, war dies genug der Anstrengung. Die Lider schlossen sich wieder, und das Neugeborene schlummerte friedlich.

«Dann können wir ja froh sein, dass unsere Mutter nicht Friederike hieß», sagte Luna. «Das war doch der Name dieser alten Tante von Carstens Braut, richtig? Die auch der Schildkröte ähnelte.»

«Genau», erwiderte Stella und kicherte. Sie lauschte angestrengt in ihr Innerstes. Aber da war keine Wut mehr, auch keine Traurigkeit. Das mochte daran liegen, dass seitdem mehr als zwei Jahre ins Land gegangen waren, oder auch daran, dass Wilhelm Friederkamp inzwischen verstorben war.

«Totgesoffen», hatte Florentine ihr im vergangenen Winter auf ihre unverblümte Art geschrieben. «Und auf dem Sattelplatz erfroren, weil er es nicht mehr vom Stall ins Haus geschafft hat. Genau da, wo er den Hengst abgeknallt hat und wo der arme Olaf seinen Herzinfarkt erlitten hat.»

Stella hatte keinerlei Genugtuung verspürt. Sollte der Mann, der aus lauter Familienstolz schweres Leid über seine Mitmenschen gebracht hatte, in Frieden ruhen.

Sie war nur froh gewesen, als Florentine noch ausführlicher über den jungen Richard geschrieben hatte. Der Junge sei nach dem Ableben des Gutsherrn regelrecht aufgeblüht und werde von Birthe und Carsten wie ein eigener Sohn geliebt. An Carsten dachte Stella auch nur noch selten. Mit der Erkenntnis, dass er ihr Halbbruder war, hatte sich ihre Liebe leise davongestohlen. Was an deren Stelle treten würde, wusste Stella noch nicht. Vielleicht Freundschaft, vielleicht schwesterliche Zuneigung. Das konnte nur die Zeit zeigen.

Das einzige Gefühl, das sich hartnäckig hielt, war die Enttäuschung über ihren Vater. Der verstorbene Olaf Eriksen hätte ihr die Wahrheit über ihre Herkunft sagen müssen. Es war unverzeihlich, dass er all die Jahre geschwiegen hatte. Sie hoffte, eines Tages würde die Dankbarkeit überwiegen – dafür, dass er sie an Kindes statt aufgenommen und wie eine eigene Tochter geliebt hatte. Doch das brauchte wohl noch Zeit.

«Denk nicht mehr dran», sagte Luna energisch, die offenbar genau wusste, was in Stella vorging. «Die Vergangenheit ist vergangen.»

«Du hast recht. Das Problem ist nur, ich vertraue so leicht niemandem mehr.»

«Musst du ja im Moment auch nicht. Deine Radiosendung ist ein Erfolg, in ein paar Monaten habt ihr den neuen Laden, und Sophia ist schon fast wieder die Alte.»

Letzteres stimmte nicht, denn das Kind hatte sich nie ganz vom gewaltsamen Tod seiner Mutter erholt. Inzwischen war Sophia elf Jahre alt, und obwohl sie keine Zwergin war, blieb sie stets ein wenig kleiner und schmaler als ihre Altersgenossen.

Und stiller. Es kam vor, dass sie stundenlang kein Wort sagte, und wenn sie dann sprach, klang ihre Stimme heiser. Ihre Lehrerinnen hatten Stella erklärt, die Deern sei außerordentlich intelligent. Da sie sich jedoch nicht am mündlichen Unterricht beteiligte, würde sie nur mit Müh und Not weiterhin versetzt werden. An ein Gymnasium sei unter diesen Umständen nicht zu denken. Es würde ein Glück sein, wenn Sophia die Mittelschule schaffte.

Stella hatte versucht, mit ihr darüber zu reden, hatte sie an ihren Traum erinnert, Ärztin zu werden. Dafür müsse sie Abitur machen und studieren. Dann werde sie eben Krankenschwester, hatte Sophia gleichmütig geantwortet.

Nun, mit Luna wollte sie jetzt nicht über diese Probleme reden. Ihre Schwester sollte einfach nur glücklich sein.

«Also Fanni», sagte Luna. «So soll die Lütte heißen. Nicht wie eine Schildkröte. Fanni ist ein feiner Name, und Piet ist bestimmt damit einverstanden.»

«Da bin ich mir sicher. Er hat unsere Mutter sehr geliebt.» Stella gab Luna und Fanni einen Kuss.

Kurz darauf kehrte sie in die Taubenstraße zurück. Es war fast Mittag, und sie wollte wie gewohnt zu Hause sein, wenn Sophia von der Schule heimkam.

Im Flur wurde sie von lautem Getöse und einer riesigen Staubwolke empfangen. Sie hustete und hielt sich schnell ein

Taschentuch vors Gesicht. Seit drei Wochen wurden die beiden Wohnungen im Erdgeschoss renoviert. Zerstört wäre das bessere Wort, dachte sie. Fast alle Wände wurden herausgerissen, die Räume wurden miteinander verbunden, eine nagelneue Küche und Nudelmanufaktur entstand ebenso wie ein großzügig bemessener Verkaufsraum. Vor Ende des Sommers würden die Arbeiten jedoch nicht beendet sein, vielleicht auch erst im Herbst.

Für die verbliebenen Mieter war es die Hölle. Krach von frühmorgens bis spätabends, dazu der Gestank und der Staub. Es verging kein Tag, ohne dass die Witwe Platschke sich nicht beschwerte. Sie war nur mit vielen Geschenken aus dem Laden zu besänftigen. Nach einer besonders schlimmen Woche hatte Stella sie allein mit einem besonderen Präsent beruhigen können: einem nagelneuen Radioapparat, den sie über Theo Claussen bekommen hatte. Daraufhin gab Mathilde Platschke eine Weile Ruhe, bis ihr Sohn Heinrich sich weigerte, sie zu Hause zu besuchen. Da wanderte wieder einmal ein Nusskuchen durchs Haus, und die Kriegerwitwe beklagte sich erneut bitterlich.

Wanda, die Zigeunerin, sagte hingegen kein Wort. Sie war viel zu glücklich über die neue geräumige Wohnung. Inzwischen hatte sie sich von ihrem reiselustigen Ehegatten scheiden lassen und verdiente den Lebensunterhalt für sich und die Kinder, indem sie im Geschäft putzte und Besorgungen aller Art erledigte. Lorenzo hatte ihr sogar angeboten, als Verkäuferin im Laden zu arbeiten, aber Wanda hatte mit hochrotem Kopf abgelehnt. Sie könne weder rechnen noch schreiben, hatte sie gestanden.

Als jedoch Lorenzo beschloss, auch Pepitas leerstehende

Räume renovieren zu lassen und zusammen mit denen seines Onkels eine einzige große Wohnung daraus zu machen, wurde es wirklich hart. Nun hatten Mathilde und Wanda den Krach von oben und unten. Erstaunlicherweise führte dies zu einer Verbrüderung dieser beiden so unterschiedlichen Frauen, und man sah sie oft durch die Taubenstraße in Richtung Landungsbrücken spazieren, weil sie zur gleichen Zeit dem Höllenlärm entfliehen wollten. Nach und nach sorgte Mathilde sogar dafür, dass Wanda sich anders anzog. Sie schenkte ihr ein ausrangiertes Kleid, half ihr, die Haare im Nacken zusammenzufassen, und überredete sie dazu, den falschen Goldschmuck zu Hause zu lassen.

Stella blieb mit Sophia in der Mansarde wohnen und verstand nicht, warum Lorenzo ein so großes Heim schaffen wollte. Was sollte er allein in einer solchen Wohnung? Er behauptete, die Umbaukosten wären geringer, weil die Handwerker ohnehin schon vor Ort seien, aber trotzdem fürchtete sie, er würde sich finanziell übernehmen.

Doch Lorenzo hörte nicht auf mahnende Stimmen. Er war auf dem Weg nach ganz oben, ihm konnte keiner was.

Stella war der Ansicht, er sei größenwahnsinnig geworden. Aber sie hielt den Mund. Es war so schwierig geworden, mit ihm zu reden, dass sie es gar nicht mehr versuchte.

Dabei sehnte sie sich so nach ihm! Sie wollte von ihm umarmt werden, ihren Kopf an seine Schulter legen, spüren, wie er ihr übers Haar fuhr, ihn küssen und lieben.

Sie fragte sich, wann sie angefangen hatte, ihn gernzuhaben. Wann war wohl der Samen für diese Blume der Liebe gesät worden? Damals, als er ihr nach Mutters Beerdigung den stinkenden Schnaps eingeflößt hatte? Oder als er nach dem

Tag in einem fremden Kohlenkeller wie der schwarze Mann ausgesehen hatte? Womöglich erst auf dem Hamburger Dom oder gar, als er vor anderthalb Jahren aus Italien zurückgekehrt war und sie mit leuchtenden Augen angeschaut hatte? Damals hatte sie für einen Moment vergessen, was in Holstein passiert war. Damals war ihr Herz für diese drei, vier Sekunden weit offen gewesen. Doch der Moment war verstrichen, ohne dass Lorenzo etwas gesagt oder getan hätte. Seitdem hatte sie sich wieder verschlossen. Und ja, sie hatte ihn auch gehasst, an jenem Tag nach ihrem ersten Kuss. Doch dieses Gefühl war inzwischen verblasst. Die Sehnsucht war stärker.

Ein paar staubbedeckte Handwerker begegneten ihr auf der Treppe und grüßten knapp. Sie hatten jetzt Mittagspause, und für eine Stunde würde eine himmlische Ruhe im Haus herrschen. Stella beeilte sich, nach oben zu kommen. Sie wollte Pellkartoffeln kochen und einen Quark mit frischen Kräutern und Leinöl dazu anrühren. Längst hätte sie sich besseres Essen leisten können, aber Sophia aß nur die ganz einfache Hausmannskost, so wie sie es von ihrer Mutter her kannte. Stella war es recht. Sie brauchte kein Rinderfilet und keine Austern, um zufrieden zu sein.

Hinter den Türen von Mathilde und Wanda war kein Laut zu hören. Offenbar befanden sich die Frauen noch auf einem ihrer Spaziergänge. Ein Stockwerk höher führte eine schmale Treppe jetzt erst nach rechts und dann weiter nach oben. So wurde die neue Wohnung umgangen, die Lorenzo für sich bauen ließ.

Stella dachte an Rosario, und das Herz wurde ihr schwer. Sie vermisste den alten Freund mehr, als sie zugeben mochte. Natürlich war sie froh für ihn, weil er nun an einem schöneren

Ort weilte. Die Briefe von der Insel Capri erzählten von einem glücklichen Leben. Aber ihr fehlte das Zusammensein mit ihm, ihr fehlte, dass er sie *piccola mia* nannte und dass sie mit allen Sorgen zu ihm kommen konnte.

Stella seufzte und wollte weitergehen, als Lorenzo plötzlich aus der neuen Wohnungstür trat. Die Treppe war hier zu eng für zwei Personen, also wartete er höflich, bis sie vorbei war.

Stella wusste nicht, was plötzlich mit ihr geschah. Vielleicht hatte das neue Leben, das sie eben in der Davidstraße bewundert hatte, etwas in ihr bewegt, vielleicht lag es aber auch nur an diesem Stückchen weißen Putzes auf Lorenzos braunen Locken. Sie trat vor, hob den Arm, pflückte es ab.

Er rührte sich nicht, schaute sie nur an.

«Stella», flüsterte er. Es klang so sanft wie eine südliche Meeresbrise. Und weil er offenbar nicht weiterwusste, rettete er sich auf sein Fachgebiet. «Ich habe mir eine neue Sorte *tortellini* überlegt. Mit einer Füllung aus Kastanien und dem Sirup von Holunderbeeren. So vereinige ich meine Heimat mit deiner.»

«Das klingt gut, aber ist es nicht ein bisschen zu süß?»

Lorenzo nickte ernsthaft, während er seinen Blick in ihren tauchte. «Das stimmt, ich probiere auch noch ein bisschen aus. Vielleicht gebe ich noch Walnüsse hinzu und Knoblauch und Thymian.»

Besonders lecker klang das nicht, fand Stella, schwieg aber. Lorenzo tüftelte ständig an neuen Sorten und Füllungen für seine immer beliebter werdenden Nudeln. Manches war ein Fehlschlag, anderes wurde ein Erfolg. Am besten war es, ihn dabei in Ruhe zu lassen.

«Gehst du jetzt wieder nach unten?», fragte sie.

«Erst kurz in die Pension. Ich will in Mammas Rezeptbuch etwas nachschlagen.»

Während des Umbaus wohnte er in einem kleinen, aber anständigen Haus am Spielbudenplatz. Dort bewahrte er seinen kostbaren Schatz in einer abschließbaren Truhe auf.

«In Ordnung», sagte Stella und wollte nun weitergehen. Jeden Augenblick konnte Sophia heimkehren, und sie hatte noch nicht mal die Kartoffeln aufgesetzt. Doch es gelang ihr nicht, einen Fuß auf die nächste Stufe zu setzen. Lorenzos Blick hielt sie fest, und während sie beide über Nudeln geredet hatten, waren ihre Herzen ganz ruhig geworden und hatten ihre eigene Sprache gefunden.

«Lorenzo.» Hatte sie seinen Namen jemals mit so viel Zärtlichkeit ausgesprochen? Vielleicht nur in einem Traum von Liebe.

«Stella.» Es klang nicht mehr wie eine Meeresbrise, es klang wie ein Rauschen im Sternenhimmel.

Dann überwand er den kurzen Abstand zwischen ihnen und drückte sie sanft an sich. Ein Zittern überlief sie, als sie ihre Arme um seinen Rücken legte, und es wurde ihr eng in der Brust. Doch es war nicht die altbekannte Atemnot, das wusste sie. In ihrem Innern zerfiel eine Mauer zu Staub.

Lorenzo legte seine Lippen auf ihre. Sein Kuss war sanft und leicht. Erst als sie ihn erwiderte, wurde er fordernder, härter, forschender. Es fühlte sich genauso an wie beim ersten Mal, oder nein, vollkommen anders. Sie trat in eine neue Welt ein, und sie wünschte sich, ihn noch tausendmal zu küssen, um zu erleben, was geschehen würde.

Zeit verging oder blieb stehen. Wer wusste das schon zu sagen?

Stellas Augen leuchteten hell, als Lorenzo sich langsam von ihr löste. In seinem Blick jedoch lag ein Schatten.

«Was ist denn?», fragte sie ängstlich.

Er schloss kurz die Augen, und als er sie wieder öffnete und sprach, erstarrte sie zu Eis.

«Du musst etwas wissen. Als ich nach Hamburg kam, da war ich verlobt. Mit Giuseppina. Ich habe sie nicht geliebt, das habe ich erkannt, als ich dich getroffen habe. Es war nur eine jugendliche Schwärmerei. Nun, inzwischen habe ich die Verlobung gelöst. Als ich damals nach Italien gereist bin. Es tut mir leid, dass ich dir nicht früher von allem erzählt habe, aber ich wusste nicht, wie.» Er verstummte mit einem Schlag, während jedes seiner Wörter wie kleine Pfeile aus Eis durch ihre Haut drangen und sie tief verletzten.

Also doch, dachte sie. Also doch. Sie hatte sich so bemüht, nicht an diese Giuseppina zu denken. Sie hatte so gehofft, sie hätte sich getäuscht.

«All die Jahre», sagte sie dumpf. «All die Jahre hast du um mich geworben, obwohl du schon verlobt warst?»

Lorenzo nickte unglücklich. «Verzeih mir.»

«Du hast mir nie die Wahrheit gesagt», stellte sie tonlos fest. «Nicht einmal, als ich dich vor deiner Abreise danach gefragt habe.»

«Ich wollte dir erklären …»

«Schweig!»

«Bitte, Stella!»

Sie wandte sich ab, ging mit steifen Beinen die Treppe hinauf und machte sich daran, Kartoffeln zu kochen. Als Sophia heimkam, brachte sie das Essen auf den Tisch. Das Kind mochte spüren, dass etwas nicht stimmte, aber es fragte nicht nach.

Ich habe den Betrug meines Vaters überstanden, sagte sich Stella, ich werde auch diesen überstehen. Aber niemand durfte von ihr verlangen, dass sie noch einmal glücklich war.

36. KAPITEL

St. Pauli, Silvester 1929

Stella hieß die Besucher herzlich willkommen. «Schön, dass ihr da seid», sagte sie und meinte es auch so.

Birthe und Carsten Friederkamp jedoch zögerten auf der Türschwelle. Beide schauten Stella mit einer Mischung aus Unsicherheit und Misstrauen an.

«Ich freue mich wirklich», sagte sie daher und lächelte. «Es wurde höchste Zeit, dass wir uns wiedersehen.»

«Kein Zorn mehr?», fragte Carsten, während er seine junge Frau am Ellenbogen hielt, als sei sie allzu zerbrechlich. Was auch stimmen mochte. Florentine hatte Stella im Herbst geschrieben, Birthe habe die zweite Fehlgeburt in drei Jahren erlitten. Das sei ein harter Schlag gewesen, und Birthe tue sich schwer, damit umzugehen.

Als dann beschlossen wurde, im Haus an der Taubenstraße eine Silvesterfeier zu veranstalten, schrieb Stella eine Einladung nach Holstein. Damit keine Missverständnisse aufkamen, adressierte sie den Brief direkt an Birthe. Es sei kein rauschendes Fest geplant, schrieb sie, und es würden wohl nicht so viele Menschen anwesend sein wie früher, als es noch mehr Mieter im Haus gegeben hatte, aber das Essen werde ausgezeichnet sein, und später werde man vielleicht zum Hafen spazieren und das neue Jahr begrüßen. Sie dachte sich, dass Birthe ein

Tapetenwechsel guttun würde, und wurde von Verena darin bestärkt.

«Ich weiß genau, wie die arme junge Frau sich fühlt», hatte die Bankiersgattin gesagt und verkündet, sie werde ebenfalls versuchen zu kommen. Seit dem Zusammenbruch der New Yorker Börse im Oktober verbringe ihr Ferdinand ohnehin jede freie Minute in der Bank. Und allein zu Silvester in der Villa herumsitzen wolle sie nicht.

Florentine erhielt eine eigene Einladung, doch die Mamsell sagte ab. Sie habe in der Zeitung gelesen, dass es in der Stadt wieder mehr Straßenkämpfe zwischen den Schlägertruppen der verschiedenen politischen Parteien gebe, und sie wolle nicht ihr Leben riskieren. Außerdem mache ihr Rheuma ihr zu schaffen. Sie werde froh sein, wenn sie an dem Abend nicht für die Herrschaft kochen müsse. Nächstes Jahr, hatte Stella gedacht, nächstes Jahr schicke ich Florentine nach Capri zur Kur. Und wenn sie sich noch so dagegen wehrt.

Die Feier fand in Lorenzos neuer Wohnung statt. Dort empfing Stella nun die Gäste. Als wären wir am Ende doch ein Paar geworden, dachte sie bitter und öffnete die Wohnungstür noch weiter, damit Birthe und Carsten eintraten. Ein Kloß stieg in ihrer Kehle auf, aber sie schluckte ihn hinunter.

Carsten schien etwas bemerkt zu haben, denn er zögerte immer noch.

«Ich bin nicht wütend», versicherte Stella schnell. «Das waren die Fehler unserer Väter. Wir haben nun die Aufgabe, die Vergangenheit ruhen zu lassen.»

«Gut gesagt, Lütte», erklärte Carsten, ließ kurz seine Frau los und nahm Stella in die Arme. Er drückte so fest, dass sie glaubte, ihre Rippen knacken zu hören. «Bist immer noch mager wie ein neugeborenes Füllen», stellte er fest. «Irgendwann musst du mal zu uns kommen, und dann lass ich dich von Florentine aufpäppeln.»

Stella fand, Birthe war sogar noch magerer als sie selbst. Das ist der Kummer, dachte sie. Er verdirbt uns Frauen den Appetit.

Carsten ließ sie wieder los. Erleichtert spürte Stella, dass da nichts mehr übrig war von der einstigen Liebe zu ihm. Nur noch schwesterliche Zuneigung. Sie war sich dessen zwar schon ziemlich sicher gewesen, aber diesen letzten Beweis hatte sie gebraucht.

«In der Zwischenzeit», fuhr Carsten mit einem Grinsen fort, «schickt Florentine dir das hier.» Er bückte sich und hob einen großen Weidenkorb hoch. «Mettwurst, Kochschinken, Butter, saure Gurken, Marmelade, Honig und so einiges mehr. Ich habe der Mamsell gesagt, es sei Unsinn, einer Lebensmittelhändlerin Essbares zu schicken, aber wie gewöhnlich hat sie nicht auf mich gehört.»

Die Düfte ihrer Kindheit und Jugend wehten Stella an, und sie musste sich schnell über die Augen wischen.

«Danke schön.»

Hinter dem jungen Ehepaar trat nun Richard Friederkamp hervor. Stella erkannte den Jungen kaum wieder. Zwar besaß er noch immer diese hinreißenden schwarzen Locken und die bernsteinfarbenen Augen, aber aus dem knochigen Knaben war ein kräftiger Junge an der Schwelle zum Mannesalter geworden. Seine Schultern hatten an Muskelmasse zugelegt, und die einstmals blasse Gesichtsfarbe wies einen gesunden braunen Ton auf. Die ganze Erscheinung wirkte selbstbewusst.

Stella streckte ihre Hand aus. «Hallo, kennst du mich noch?»

Richard machte einen Diener. «Sie waren da, als Oma Emma geköpft werden sollte. Seitdem gibt es nur angeknabberten Salat.»

Sie lachte herzlich. «Die Schildkröte lebt also immer noch in Florentines Gemüsegarten?»

«Jawoll. Und immer, wenn ihr die Mamsell zu Leibe rücken will, ist sie wie vom Erdboden verschluckt. Darf ich jetzt zu dem Mädchen reingehen, das mich die ganze Zeit beobachtet?»

Stella warf einen Blick über die Schulter. Im Flur stand Sophia und schaute sie an. Oder nein, korrigierte sie sich im Stillen. Der Blick war tatsächlich auf Richard gerichtet. Still, aufmerksam.

«Natürlich», sagte sie schnell zu dem Jungen. «Das ist Sophia, meine Ziehtochter. Geh ruhig. Sie wird dir alles zeigen. Es sind noch andere Kinder da. Das sind sogar alles Jungs.»

Die schienen ihn nicht zu interessieren, denn er hielt direkt auf Sophia zu.

«Wie alt ist er jetzt?», fragte Stella ihren Bruder.

«Vierzehn», erwiderte Carsten mit Stolz in der Stimme. «Ein wahrer Prachtbursche.»

Stella bemerkte, wie Birthe leicht zusammenzuckte. Auch Carsten fiel es auf. «Entschuldige, meine Liebste. Ich wollte dir nicht weh tun. Wir werden eigene Kinder haben, ganz bestimmt.»

Birthe nickte nur sehr zaghaft, doch Stella hatte auf einmal das untrügliche Gefühl, dass Carstens Vorhersage eintreffen würde. Sie hatte ein klares Bild vor Augen. Eine ganze Schar Kinder streifte über den Hof von Gut Friederkamp. Es war Sommer, der Duft reifer Früchte lag in der Luft, der reife Weizen leuchtete golden, und das Singen und Rufen der Kinder stieg gemeinsam mit dem Vogelgezwitscher zum weiten Himmel auf. Bloß war sie nicht sicher, wessen Sprösslinge das waren. Auf jeden Fall mehr, als eine einzelne Frau zur Welt bringen konnte.

Sie rieb sich heftig über die Stirn. Das kommt davon, weil ich den ganzen Tag nichts gegessen habe, schalt sie sich im Stillen. Da habe ich schon Visionen. In Wahrheit stand sie an einer offenen Wohnungstür, und aus dem Treppenhaus drang die Dezemberkälte herein.

«Nun tretet endlich ein. Die Witwe Platschke hat einen Grog zubereitet, der euch die Socken ausziehen wird.»

An Birthes leicht schockiertem Gesichtsausdruck erkannte Stella, dass sie schon redete wie eine echte Paulianerin. Aus ihrem Lächeln wurde ein Grinsen. «Ich kümmere mich um den Korb und stelle euch dann allen vor.»

Sie suchte mit den Augen Sophia und entdeckte sie zusammen mit Richard an einem der Fenster, konzentriert ins Gespräch vertieft. Auch Sophia hatte sich verändert. Mit ihren zwölf Jahren war sie noch ein halbes Kind, doch die zarten Linien ihres Gesichtes, die glänzenden blonden Haare und die rehbraunen, seelenvollen Augen ließen erahnen, dass sie schon bald eine sehr schöne Frau werden würde. Doktor Richter hatte Stella erklärt, sie würde wohl kaum größer als einen Meter fünfzig werden, aber das sei schon eine erstaunliche Größe für die Tochter einer Zwergin.

Zufrieden ließ Stella ihren Blick weiterwandern. Alle übrigen Gäste waren bereits da und hatten sich in Lorenzos neuem, großzügig angelegtem Wohnzimmer versammelt. Das einzige Möbelstück, das sich aus Rosarios altem Heim herübergerettet hatte, war der große Tisch. Er bog sich fast unter den kalten Platten, die es als Vorspeise gab. Geröstete Brotscheiben mit Tomaten und Oliven, eingelegte Paprika, überbackene Auberginen, kleine, mit Brotstückchen und Kapern gefüllte Tintenfische, und natürlich besten Schinken, Salami und verschiedene Käsesorten. Daneben standen noch Teller mit einfachen Schmalzbroten, die allerdings bis auf ein paar klägliche Reste bereits verputzt waren. Offenbar hatten einige der Gäste nach wie vor einen eher traditionellen Geschmack. Stella bemerkte amüsiert, wie Wanda und ihre Jungs sich unauffällig die Münder abwischten.

An einem zweiten, wesentlich kleineren Tisch, den sich Lorenzo von Mathilde Platschke geliehen hatte, würden später die Kinder essen.

Alle anderen Möbel hatte Lorenzo neu angeschafft. Zueinander passende hochlehnige Stühle, eine riesige Anrichte, die die gesamte Länge einer Wand einnahm, ein breites Sofa, mit dunkelrotem Samt überzogen, und zwei tiefe Ohrensessel. Dann gab es noch Beistelltische, Stehlampen, ein Bücherregal und eine Art Truhe, in der sich sowohl ein Grammophon als auch ein Radioapparat verbargen. Auf dem Fußboden lagen teure Orientteppiche, an den drei Fenstern hingen ebenfalls dunkelrote Vorhänge. Sie waren aus edlem Satin gewebt.

Als Verena vorhin eingetroffen war, hatte sie alles großmütig bewundert und kein Wort darüber verloren, dass hier eher mit einer gewissen Protzsucht denn mit echtem Geschmack eingerichtet worden war. Sie hatte Lorenzo nur gefragt, warum er sich für einen einzigen großen Raum statt für einen Salon und ein Esszimmer entschieden hatte.

Seine Antwort war einfach gewesen: «Ich habe mein ganzes

Leben lang beengt gewohnt, jetzt will ich endlich einmal Platz haben.»

Verena hatte dazu verständnisvoll genickt.

Piet war weniger zurückhaltend gewesen, als er mit seiner Familie eingetroffen war. «Ganz schön viel Rot», hatte er bemerkt. «Wie im Puff.»

Von Luna hatte er daraufhin einen Schlag auf den Arm bekommen, aber Stella hatte sich auf die Lippen beißen müssen, um nicht laut loszulachen. Zwar kannte sie kein Bordell von innen, aber sie fand die Farbe der Polstermöbel und Vorhänge ebenfalls gewöhnungsbedürftig.

Als Birthe jetzt von Carsten zu einem der Sessel geführt wurde, verlor sie kein Wort über die Farben, sondern machte sich freundlich mit den übrigen Gästen bekannt.

Mathilde Platschke blühte auf, weil eine weitere vornehme Dame erschienen war. Als sie jedoch begann, von ihrem wunderbaren Heinrich zu erzählen, der nun in Berlin einen wichtigen, hoch geheimen Posten unter Adolf Hitler innehatte, entdeckte Stella Anzeichen von Abscheu in Birthes Gesicht. Die junge Frau war also ebenfalls keine Freundin der Nationalsozialisten.

Schnell brachte Stella den Korb in die Küche, kam zurück und machte die Platschke mit Theo Claussen bekannt. Da fanden sich zwei verwandte Seelen. Der Programmdirektor war vor einem halben Jahr bei der SPD aus- und bei der NSDAP eingetreten. Mit dem Führer, pflegte er zu sagen, werde Deutschland zu neuer Größe finden, und das Radio werde einen entscheidenden Beitrag dazu leisten. Stella dürfe sich glücklich schätzen, in diesen neuen Zeiten sozusagen an vorderster Front dabei zu sein.

Das hatte sie mit einer unguten Ahnung erfüllt. Ohnehin fühlte sie sich schon seit einer Weile nicht mehr wohl in der Rundfunkanstalt. Die Avancen Theo Claussens wurden ihr zunehmend unangenehm. Eine Zeitlang hatte sie gedacht, er könnte vielleicht der richtige Mann für sie sein, doch längst wusste ihr Herz, dass es keinen Sinn hatte, die Liebe erzwingen zu wollen. Er hatte sich selbst zu der Feier eingeladen, als sie ihm davon erzählt hatte. Endlich, hatte er gesagt, würde er einmal den jungen Mann kennenlernen, der seinen Hörerinnen die italienische Küche näherbrachte. Als Theo und Lorenzo sich dann gegenübergestanden hatten, war ihr Händedruck so kurz gewesen, dass Stella ihn schon als feindselig empfand. Das hatte ihr gerade noch gefehlt! Zwei Männer, die um sie buhlten.

Nun gesellte sich Verena zu Birthe, und die beiden Frauen begannen ein angeregtes Gespräch. Verena fischte eine Zigarette aus ihrem Etui und bot auch Birthe eine an. Birthe rauchte ohne Spitze, aber sie schien Stella eine geübte Raucherin zu sein.

Carsten kam mit einem Glas Grog in der Hand zu Stella, die an der riesigen Anrichte stand. In der freien Hand hielt auch er eine Zigarette.

«Du hast dich ganz schön herausgemacht. Bist eine hübsche und erfolgreiche junge Frau geworden.» Er sagte es ohne jeglichen Spott in der Stimme, und sie freute sich darüber. «Es gab eine Zeit, da wärst du am liebsten unsichtbar gewesen. Ich bin außerordentlich froh, dass die nun vorbei ist.»

«Ich auch», erwiderte Stella aus tiefstem Herzen.

«Wie ich höre, bist du nun auch ein großer Stern am Radiohimmel.»

«Ach, Unsinn. Meine Kochsendung ist recht erfolgreich, aber ich erwäge aufzuhören.»

Carsten atmete tief den Rauch ein und hob die Brauen. «Nanu? Warum denn?»

Sie zog es vor, nichts von Theos Annäherungsversuchen zu sagen. Am Ende spielte Carsten sich noch als großer Bruder auf und stellte den Mann zur Rede.

«Es raubt mir zu viel Zeit. Ich muss mich immer noch sehr viel um Sophia kümmern, und das neue große Geschäft läuft auch nicht von allein.»

«Aber ich denke, ihr habt jetzt drei Angestellte? Hast du davon nicht geschrieben?»

«Ja, das stimmt, doch jemand muss die Aufsicht führen und den Überblick behalten. Lorenzo konzentriert sich ganz auf den Einkauf neuer Waren und auf die Entwicklung seiner Nudelsorten. Heute Abend werdet ihr die eine oder andere Kostprobe vorgesetzt bekommen.»

Carsten verzog das Gesicht. Er war ein Mann vom Land. Mit ausländischem Essen hatte er nichts am Hut. Vermutlich überlegte er schon, wie er unauffällig an Florentines Fresskorb gelangen konnte.

«Ich werde mein Bestes geben», sagte er mit Todesverachtung in der Stimme.

Stella lachte. «Mach dir keine Sorgen. Es gibt auch Schweinebraten mit Rotkohl und gebackenes Hühnchen. Außerdem ist es gar nicht so schlimm. Wenn Lorenzo neue Rezepte entwickelt, sorge ich dafür, dass sie nicht allzu exotisch werden. Letztes Jahr, zum Beispiel, hat er mal eine Füllung aus Kastanien und dem Sirup aus Holunderbeeren zusammengerührt. Das war viel zu süß, musste ich ihm ausreden. Schließlich wurde eine schmackhafte Füllung aus verschiedenen Nüssen daraus. Mit etwas Salbei, Rotweinessig und Sonnenblumenöl.»

In Carstens Gesicht stand jetzt nackte Panik, aber Stella verging schlagartig die gute Laune. Sie musste an den Sommertag im letzten Jahr denken, als Lorenzo zum ersten Mal von dieser neuen Füllung gesprochen hatte. An den Kuss, an das wunderbar warme Gefühl der Wärme in ihrem Herzen. Bis ihr bei seinem späten Geständnis so furchtbar kalt geworden war.

Seitdem hatte kein Versuch der Annäherung mehr stattgefunden. Lorenzo ahnte wohl, dass sie ihm keine zweite Möglichkeit geben würde, und so hielt er sich zurück. Allein Sophia zuliebe gingen sie normal miteinander um, und manchmal dachte Stella sogar, sie könnten wieder Freunde werden, so wie früher. Dann hörte sie jedoch ein hämisches Lachen in ihrem Innern, und sie wusste: Nichts konnte mehr sein wie früher.

«Hauptsache, euer Geschäft geht gut», sagte Carsten nun. «Die Zeitungen überschlagen sich ja mit schlechten Meldungen, und so langsam glaube ich daran, dass die neue Wirtschaftskrise schlimm wird. Seit dem Schwarzen Freitag in New York steigen die Arbeitslosenzahlen rasant, die Unruhen nehmen zu, und die Leute haben immer weniger Geld in den Taschen.»

«Ja», meinte Stella leise. «Verena sagt auch, es werden wieder harte Zeiten auf uns zukommen. Im Moment versuche ich Lorenzo davon zu überzeugen, nicht mehr die ganz teuren Waren einzukaufen. Es muss nicht der drei Jahre gereifte Parmaschinken sein und auch nicht der beste Wein. Ich finde, wir sollten wieder zu einfachen und günstigen Produkten zurückkehren.»

«Kluge Entscheidung. Und was sagt er dazu?»

Sie hob die Schultern. «Noch will er nichts davon wissen,

aber ich werde ihn schon dazu bringen. Und wenn es wirklich schlimm wird, werde ich auch wieder mit der Armenküche anfangen. Davon hält mich niemand ab.»

«Du hattest schon immer ein großes Herz, Lütte.» Carsten runzelte die Stirn. «Ihr Frauen seid sowieso die klügeren Menschen. Birthe sagt auch, wir sollen wieder mehr Landwirtschaft betreiben, weniger Pferdezucht. Ihr Vater ist Kaufmann, und sie hat seinen Sinn fürs Praktische geerbt.»

«Das klingt vernünftig. Hier in Hamburg gibt es immer mehr Arbeitslose. Die Zeitungen behaupten zwar noch, die amerikanische Wirtschaftskrise werde uns nicht betreffen, aber viele von uns haben da so ihre Zweifel. Piet erzählt sogar, dass Werft- und Hafenarbeiter massenweise entlassen werden. Der Export bricht ein, und manche Frachter fahren nur mit halber Ladung. Ich frage mich, wo das noch hinführen wird.» Unwillkürlich schauderte Stella, und sie war dankbar, als ihr Bruder ihr beruhigend zulächelte.

«Schlimmer als nach dem Krieg kann es nicht werden. Aber ich denke, ich werde dem Rat meiner Frau folgen. Für Pferdezucht ist immer noch Zeit.»

Stella wünschte, Lorenzo wäre ebenso leicht umzustimmen wie ihr Bruder, aber sie wusste, vor ihr lag noch ein ganzes Stück Überzeugungsarbeit.

«Wer ist die elegante Dame, mit der Birthe da redet?», fragte Carsten. Er hatte ein paar Schluck von dem wirklich starken Grog getrunken, und seine Wangen waren gerötet.

Stella erzählte ihm von Verena van Houten und wie sie ihnen allen im Haus zur lieben Freundin geworden war. «Sie hat ebenfalls schon Fehlgeburten erlitten und ist jetzt bei einem Spezialisten an der Finkenau in Behandlung. Das ist ein großes

Krankenhaus für Geburtshilfe drüben auf der Uhlenhorst, und sie haben eine ganze Abteilung nur für Frauenheilkunde.»

Während sie sprach, wurde Carstens Miene düster und düsterer.

«Vertrau ihr», bat Stella. «Verena ist absolut loyal. Wenn deiner Frau jemand helfen kann, dann sind es die Ärzte der Finkenau.»

Zögernd nickte er. «Alles, was sie glücklich macht.» Aus seinen Worten sprach echte, herzliche Liebe.

Luna kam durch das Wohnzimmer auf sie zu. Sie trug die kleine Fanni auf dem Arm, obwohl diese fröhlich herumzappelte und wohl lieber auf Erkundungstour gegangen wäre. «Schön stillhalten, meine Süße. Hier laufen zu viele Zigeunerkinder rum.»

Woraufhin Fanni auf einmal ganz brav war.

Stella mochte die Erziehungsmethoden ihrer Schwester nicht kritisieren, aber einem kleinen Mädchen Angst vor Zigeunern einzujagen, fand sie unpassend.

Währenddessen betrachtete Carsten die kleine Fanni halb bewundernd, halb besorgt. Vermutlich dachte er, dass seine Frau traurig sein würde, wenn sie ebenfalls dieses bezaubernde Kleinkind entdeckte.

Fannis Charme konnte sich niemand entziehen. Sie war erst anderthalb Jahre alt, jedoch von einer geradezu überirdischen Schönheit. Ihr schwarzes Kraushaar wurde von Luna zu zwei Zöpfen gebändigt, ihre karamellfarbene Haut zog alle Blicke magisch auf sich. Aber es waren ihre strahlenden Augen, die wie zwei Magnete wirkten. Inzwischen waren sie zu Lunas Leidwesen dunkler geworden, neigten zum Violett wie ihre eigenen, doch Piet schien gerade dies zu gefallen. «Eins wie ich, eins wie Luna, ist doch genau richtig», erklärte er jedem, der es hören wollte. «Unser Drittes wird dann eine perfekte Mischung.»

Woraufhin Luna jedes Mal laut stöhnte, die Augen verdrehte und verkündete: Erstens sei Fanni viel heller als sie selbst, zweitens werde sie bestimmt nicht noch einmal schwanger werden.

«Was für ein schönes Kind», sagte Carsten bewundernd. Dann erst nahm er die Mutter richtig wahr und grinste verlegen.

Luna hob den freien Arm und drohte ihm mit dem Zeigefinger. «Du bist der eingebildete Schnösel, der mich mal als Mondfinsternis bezeichnet hat. Hast du ein Schwein, dass wir jetzt sozusagen verwandt sind.»

«Sozusagen?»

«Na, Stella und ich haben dieselbe Mutter, du und Stella, ihr habt denselben Vater. Also gehörst du irgendwie zur Familie, und ich lass dich leben.»

«Herzlichen Dank. Ich schätze mich wirklich glücklich.»

«Spiel dich nicht so auf», sagte Stella zu ihrer Schwester. «Erklär mir lieber, warum du schlecht über die Zigeuner redest.»

Luna grinste. «Ach, das versteht meine Süße noch gar nicht.»

Da war sich Stella nicht so sicher, ließ die Sache aber auf sich beruhen.

«Was meinst du, muss Verena noch lange auf die blonde Deern da einsabbeln?»

«Das ist meine Frau», bemerkte Carsten pikiert.

«Reg dich ab, du Beinahe-Schwager. Also?» Ihre Frage galt Stella. «Ich habe Post von meinen französischen Verwandten bekommen, und ich brauche sie zur Übersetzung. Sind bestimmt nur Weihnachtswünsche, aber ich bin trotzdem gespannt.»

«Hast du ihnen endlich ein Foto geschickt?», fragte Stella.

Luna schüttelte den Kopf. Noch immer hatte sie nicht den Mut gefunden, ihrer Familie in Marseille von ihrer dunklen Hautfarbe zu erzählen.

Sanft lächelte Stella ihr zu. «Sie werden dich lieben, so wie du bist. Und gib Verena noch ein wenig Zeit. Das Gespräch ist wichtig.»

«Na gut», brummte Luna und entfernte sich.

Stellas Blick suchte Sophia. Ihre Ziehtochter war nirgends zu entdecken. Das war typisch. Wann immer sie konnte, zog sie sich in eine einsame Ecke zurück.

«Wo ist eigentlich Richard abgeblieben?», fragte Carsten.

Da begriff Stella, dass Sophia und Richard sich gemeinsam aus dem Staub gemacht hatten.

«Wahrscheinlich sind sie in der Küche», sagte sie, «und Sophia hilft Lorenzo bei letzten Vorbereitungen.» Zumindest hoffte sie, dass es so war und dass Sophia sich mit ihrem neuen Freund nicht irgendwo im Haus versteckt hatte, um dem Festtrubel zu entgehen.

Mit Carsten im Schlepptau machte sie sich auf den Weg zur Küche. Von dort drang ihr bereits Kinderlärm entgegen, und darüber erhob sich Lorenzos Stimme: «Finger weg von meinen Sternenravioli!»

Mehrstimmiges Kinderlachen ertönte, und zwei von Lorenzos schönen Ravioli flogen dicht an Stellas Kopf vorbei, trafen jedoch genau Carstens seidene Weste und hinterließen zwei mehlige Abdrücke, bevor sie zu Boden fielen. Carsten lachte nur, aber Lorenzo schwang plötzlich sein italienisches Nudelholz, den *mattarello*, über dem Kopf.

Zum Glück war die Küche sehr groß, größer als jede andere, die Stella kannte, mal abgesehen von der auf Gut Friederkamp. Das Nudelholz traf weder auf Geschirr noch auf Kinderköpfe, aber Wandas vier jüngere Jungs machten unter lautem Geschrei trotzdem, dass sie fortkamen. Dabei rannten sie Clausi um, der zwar ein kräftiger kleiner Kerl war, aber eben erst dreieinhalb. Stella beeilte sich, ihren Neffen hochzuheben, bevor er noch Schaden davontrug. Der rothaarige Junge presste fest die Lippen zusammen, weinte aber nicht. Er wollte keine Memme sein.

«Lauf zu deinem Vater!», befahl sie ihm, und er tat, wie ihm geheißen, offenbar heilfroh, sich in Sicherheit bringen zu dürfen.

Drei junge Menschen waren in der Küche geblieben, hatten sich aber an dem wilden Wurfspiel der kleineren Kinder nicht beteiligt. Sophia, Richard und Konrad standen direkt vor dem großen Gasherd und sprachen miteinander.

Nein, korrigierte Stella sich im nächsten Moment. Sophia schwieg und schaute unbeteiligt, während Konrad und Richard sich stritten. Wandas ältester Sohn sah sich nach wie vor als Sophias Beschützer, und es passte ihm offenbar nicht, dass sie ihre Zeit mit dem Besucher verbrachte. Stella fiel auf, wie ähnlich sich die Jungen waren, nur Konrads Haut war ein wenig dunkler.

«Sie könnten Brüder sein», sagte auch Carsten und tupfte an seiner Weste herum, wobei er die Mehlflecken aber nur tiefer in den dunkelgrau schimmernden edlen Stoff einrieb.

Nun hob Konrad seine Stimme. «Wenn du es schaffst, deine

Hand zehn Sekunden ins Feuer zu halten, darfst du bei Sophia bleiben.»

«Kleinigkeit!», stieß Richard aus und streckte seinen Arm aus. Dort auf dem Herd blubberte eine Brühe vor sich hin, und die blauen Gasflammen züngelten am Topf.

Carsten sprang vor, riss seinen Ziehsohn zurück. «Bist du verrückt geworden?»

Gleichzeitig packte Lorenzo den jungen Konrad am Schlafittchen. «In meiner Küche wird niemand angezündet!»

Sophia beobachtete das Ganze mit mattem Blick. Als ginge es sie nichts an, dachte Stella besorgt. Als wäre sie gar nicht richtig da.

Carsten nahm Richard mit und befahl ihm, für den Rest des Abends nicht mehr von seiner oder Birthes Seite zu weichen. Konrad wurde zu seiner Mutter geschickt.

Nachdem der Mann und die beiden Jungen fort waren, schaute Stella zu Lorenzo. Sein Blick lag nachdenklich und fragend auf ihr. Sie kreuzte die Arme vor der Brust und verschanzte sich dahinter. Mit einem Stirnrunzeln wandte er sich ab.

Sophia nahm das Nudelholz auf, das Lorenzo auf den Tisch hatte fallen lassen, und begann, mit der ihr eigenen Geschicklichkeit einen Teigklumpen auszurollen. Nur kurz blickte sie zu Stella auf. «Ich kann das fast schon so gut wie Mamma Concetta, und wir brauchen gar nicht mehr die Nudelmaschine.»

Verwirrt ließ Stella die beiden allein.

37. KAPITEL

Lorenzos *tortellini* mit Nussfüllung wurden in einer Rindfleischbrühe serviert und mit ein wenig geriebenem Parmesankäse bestreut. Die inzwischen berühmt gewordenen Sternenravioli hingegen gab es mit einer leichten Tomatensoße. Schmunzelnd beobachtete Stella, dass alle Gäste ordentlich zulangten. Sogar Carsten, nachdem er vorsichtig probiert hatte. Einzig Verena erklärte entschuldigend, sie müsse sich leider zurückhalten. Während des Essens verschwand sie für eine Weile in der Küche. Als Stella ihr nachging, entdeckte sie, dass die Bankiersgattin sich Brote mitgebracht hatte.

«Ist schon in Ordnung», sagte sie, als Verena zu einer Entschuldigung ansetzte. «Ich weiß ja, dass es schwierig für dich ist, und heute Abend ist bestimmt gar nichts koscher.»

Da sie selbst keinen großen Appetit hatte, setzte sie sich neben die Freundin an den Küchentisch.

«Ich muss an meinem Glauben festhalten», meinte Verena düster. «Sonst habe ich nichts.»

«Das ist doch Unsinn», protestierte Stella. «Du hast deinen Ehemann, deine Arbeit in der Anstalt Friedrichsberg. Und du hast uns.»

Verena lächelte schmal. «Meinen Ferdinand sehe ich nur noch selten. Wir kommen nicht mehr besonders gut miteinander aus. Ach, lassen wir das. Und in Friedrichsberg werde ich eigentlich nicht mehr gebraucht. Es gibt immer weniger

Patienten und genug professionelle Pflegerinnen. Manchmal habe ich das Gefühl, man behält mich dort nur aus alter Verbundenheit.»

«Das glaube ich nicht», erwiderte Stella mit fester Stimme. «Bestimmt leistest du dort nach wie vor einen wichtigen Beitrag.»

«Es ist lieb von dir, so zu sprechen. Und ich bin dankbar für eure Freundschaft.»

«Was hat Birthe zu deinem Vorschlag gesagt?», erkundigte sich Stella, als die Freundin in Schweigen verfallen war.

«Sie ist bereit, sich untersuchen zu lassen. Allerdings hat sie Angst vor einem möglichen Eingriff.»

«Kann ich gut verstehen.»

«Schon, aber manchmal sind es Kleinigkeiten, und dann könnte sie Mutter werden.» Der Ton, in dem Verena dies sagte, ließ Stella erahnen, dass es sich bei der Freundin *nicht* um Kleinigkeiten handelte.

Sie legte ihr eine Hand auf den Arm. «Es tut mir so leid, ich weiß, wie sehr du es dir gewünscht hast. Wenn es dir ein Trost ist: Ich habe auch keine Kinder.»

Verenas Lächeln wurde liebevoll. «Das kann aber noch kommen, und du hast Sophia.»

«Ja, das stimmt», erwiderte sie, bezog sich dabei aber nur auf Sophia. Was eigenen Nachwuchs betraf, da hatte sie so ihre Zweifel. Mit sechsundzwanzig, fand sie, wurde sie auch langsam zu alt für eine Mutterschaft. Luna und Verena hätten sie ausgelacht, wenn sie das laut gesagt hatte, doch Stella blieb ein Kind vom Land, und dort wurden die Frauen in ihren jungen Jahren schwanger.

«Wie geht es der Kleinen inzwischen?» Verena war mit Pepita

nie richtig warm geworden, trotzdem hatte ihr Tod sie schwer getroffen. Und sie nahm großen Anteil an Sophias Schicksal. Sie hatte das Kind ja auch an Dr. Tietz vermittelt, und der Psychiater hatte geholfen, so gut er es vermochte.

«Sie ist immer noch sehr schweigsam, aber heute Abend scheint sie aufzublühen. Der junge Cousin meines Bruders hat es ihr angetan.»

«Der übrigens auch dein Cousin ist.»

«Das stimmt.» Stella hatte mal darüber nachgedacht, es aber nicht für so wichtig gehalten. An diesem Abend jedoch fühlte es sich gut an, eine wachsende Familie zu haben.

«Die beiden hängen wie die Kletten aneinander», stellte Verena fest, «und Wandas Ältester schnaubt schon vor Eifersucht.»

Sie lachten beide kurz auf und fühlten sich angesichts der ungestümen Jugend wie zwei alte, abgeklärte Frauen.

Das änderte sich, als wenig später ein Freund Lorenzos die Küche betrat. Luigi Pertini hatte ebenfalls italienische Wurzeln, die Familie stammte aber aus Sizilien. Luigi gehörte der zweiten Generation von Einwanderern an. Er war in Hamburg geboren. Mit seinem Vater betrieb er eine Autowerkstatt und war ein treuer Kunde von Feinkost Italia.

«Entschuldigung», sagte er, als er die beiden Frauen erblickte. «Ich soll noch mehr *parmigiano* holen.»

«Du bist spät dran», bemerkte Stella.

Luigi nickte. «Es gab einen Notfall. Ein Kunde hat seinen Opel Laubfrosch gebracht, weil der nicht mehr starten wollte. Wir haben ihn aber wieder hingekriegt.»

Stella wollte etwas erwidern, als sie bemerkte, dass Luigis Blick fest auf Verena gerichtet war. Diese schaute ruhig zurück, aber in ihren Augen entdeckte Stella ein Glitzern.

Hoppla!, dachte sie bei sich.

Sie beeilte sich, die beiden allein zu lassen, und brachte selbst den Parmesankäse ins Wohnzimmer. Sollte Verena ruhig ein wenig Ablenkung haben. Ihr Leben war sehr trist geworden.

Im Wohnzimmer wurde fleißig getafelt und geplaudert. Nur die Kinder am zweiten Tisch benahmen sich auffällig still. Bei Wandas vier jüngeren Sprösslingen entdeckte Stella rote Abdrücke in den Gesichtern. Offenbar hatte ihre Mutter sie ohne zu zögern für den Unsinn bestraft, den sie bei Lorenzo angerichtet hatten. Sophia, Konrad und Richard bildeten eine kleine Gruppe für sich, sprachen aber nicht miteinander. Clausi war auf dem Schoß seines Vaters in Sicherheit, und Fanni schlief inzwischen in ihrem hochrädrigen Kinderwagen.

Stella setzte sich neben ihren Bruder und ließ sich die Neuigkeiten von Gut Friederkamp erzählen. Begeistert berichtete er von seinen neuesten Erfolgen in der Pferdezucht, und sie ahnte, es würde schwer für ihn werden, wieder reine Landwirtschaft zu betreiben, wenn die Zeiten erneut hart wurden. Birthe saß ihnen gegenüber und betrachtete ihren Ehegatten mit einem ebenso liebevollen wie nachsichtigen Blick.

Aber zusammen werden sie es schaffen, dachte Stella bei sich. Sie verspürte keinerlei Neid oder Kummer mehr. Sie war nur froh, dass diese zwei tüchtigen jungen Leute Gut Friederkamp weiterführen würden. Der Gedanke, dort draußen immer eine Zuflucht zu haben, war tröstlich.

Die Platten und Schüsseln mit Nudeln waren leer gegessen, und Luna ging in die Küche, um den Schweinebraten zu holen. Der war ihr Beitrag zum Festessen, und sie hatte ihn zum Warmhalten in den Ofen gestellt.

Als sie zurückkehrte, rollte sie mit den Augen. Sie überließ es ihrem Mann, den Braten anzuschneiden, kam zu Stella und schubste Carsten zur Seite. «Rück mal rüber, du falscher Schwager, ich muss mit meiner richtigen Schwester reden.»

Carsten grinste schief, machte jedoch anstandslos Platz.

«Heiliger Bimbam!», stieß Luna aus und starrte Stella an. «Da habe ich doch glatt zwei Turteltäubchen erwischt, die sich ein koscheres Brot geteilt haben.»

Stella grinste. «Gönn Verena ein bisschen Freude.»

«Tue ich ja. Zufällig weiß ich, dass ihr heiliger Ferdinand mittlerweile in einem anderen Schlafzimmer schläft. Aber Luigi? Ein Automechaniker? Der ist doch mindestens zehn Jahre jünger als sie und noch dazu einer aus dem Volk.»

«Nicht zu vergessen, ein Kanake», sagte Stella.

«Hör bloß auf. Ich habe überhaupt keine Vorurteile. Aber ob das gutgehen wird?»

«Ist das wichtig?», fragte Stella zurück. «Kommt es nicht vielmehr darauf an, was jetzt und hier geschieht? Wir wissen nicht, was morgen sein wird.»

«Morgen ist der erste Januar 1930, und es wird ein glückliches Jahrzehnt. Wir werden alle gesund, munter und zufrieden sein.»

Luna meinte es vollkommen ernst, doch Stella mochte nicht so ganz daran glauben. «Hoffentlich behältst du recht.»

Ein helles Lachen ließ sie beide verstummen, und sie tauschten einen betroffenen Blick. Dann schauten beide zu Sophia, die anscheinend irgendetwas lustig fand, das Richard gesagt hatte. Carstens Ziehsohn konnte jedenfalls ein kleines stolzes Lächeln über seinen Erfolg nicht verbergen, während Konrad erbost die junge Stirn runzelte.

«Ich kann mich gar nicht daran erinnern, wann sie zuletzt gelacht hat», sagte Stella leise.

«Und ich wusste nicht mehr, dass sie sich anhört wie ihre Mutter.» Luna hatte Tränen in den Augen.

«Das liegt daran, dass sie bald erwachsen wird.»

«Mag wohl sein.» Eine Weile schniefte Luna vor sich hin, dann sagte sie: «Pepita fehlt mir immer noch.»

«Mir auch», sagte Stella, obwohl sie mit der Zwergin längst nicht so eng befreundet gewesen war wie ihre Schwester.

Luna straffte sich. «Ich bin sicher, sie freut sich darüber, wie prächtig Sophia geraten ist. Und es geht ihr gut, dort, wo sie jetzt ist.» Nach einem Moment fügte sie hinzu: «Mehr oder weniger.» Beide waren eine Weile still und gedachten der kleinen Frau mit dem riesigen Lebensmut.

Stella bemerkte, dass die Kriegerwitwe sie neugierig beobachtete. «Wollen wir die Klatschke in die Küche schicken, damit sie neuen Gesprächsstoff bekommt?»

Damit erreichte sie zumindest, dass Luna kurz lächelte, aber sogleich versank sie wieder in Traurigkeit.

Zum Glück regte sich Fanni und weinte. So konnte Luna über ihre Mutterpflichten die tristen Erinnerungen vertreiben.

Nach dem Schweinebraten wurden noch fünf Hühnchen vertilgt, die Mathilde Platschke zubereitet hatte, dazu Schüsseln voll dampfender Salzkartoffeln, ganze Platten mit buntem Gemüse, Rotkohl und reichlich dunkle Soße.

Irgendwann verkündete Carsten, wenn er noch einen noch so winzigen Bissen zu sich nähme, würde er platzen, und er sprach allen aus der Seele. Obwohl es noch zwei Blechkuchen geben sollte, die Stella gebacken hatte, war man sich allgemein einig, ein Verdauungsspaziergang wäre genau das Richtige.

Man zog dicke Wintermäntel und Pelze an, setzte sich Mützen und Hüte auf den Kopf, streifte Handschuhe über und legte Schals an. Nur Sophia ertrug es nicht, irgendwas am Hals zu haben, und niemand machte darüber eine Bemerkung. Die kleine Fanni wurde in ihrem Kinderwagen in drei Decken eingepackt, dann waren alle bereit. Auch Verena und Luigi gesellten sich zu den anderen, aber bis auf Stella und Luna bemerkte niemand, was vor sich ging.

Und wenn es nur für diese paar Stunden ist, dachte Stella. Nur ein kurzes Glück, dem Leben geraubt.

Auf einmal spürte sie Lorenzos Blick auf sich liegen. Sie sah sich zu ihm um. Er stand schon im Treppenhaus. Die Gäste drängten sich an ihm vorbei, er rührte sich nicht. Sah sie nur an und sprach mit dem Herzen.

Die Knie wurden ihr weich. Bevor sie richtig verstehen konnte, war Theo Claussen bei ihr und bot ihr galant seinen Arm. «Wir beide haben uns den ganzen Abend noch nicht unterhalten», sagte er munter. «Das holen wir jetzt auf dem Spaziergang nach.»

Die Witwe Platschke machte ein verkniffenes Gesicht. Sie hatte offenbar gehofft, der schicke Programmleiter werde an ihrer Seite bleiben. Als Stella wieder zum Treppenhaus schaute, war Lorenzo verschwunden. Seufzend verließ sie an Theos Arm die Wohnung.

Unten auf der Straße wurde diskutiert, ob man zur Navigationsschule und dann runter zum Hafen gehen oder einen Bummel über die Reeperbahn machen sollte. Piet, Luna, Wanda und die Kriegerwitwe waren für den Hafen. Die anderen zog es zur Reeperbahn, mal ein bisschen verruchte Luft schnuppern.

Stella bemerkte, dass Sophia sich plötzlich versteifte, aber sie sah nicht, was ihre Ziehtochter sah: den Schatten eines Mannes im Hauseingang nebenan, geworfen vom Laternenlicht und so deutlich im Profil, dass sogar die große Hakennase zu erkennen war.

«Ist dir kalt?», fragte Stella besorgt.

Sophia zitterte, sie war auf einmal ganz weiß im Gesicht, aber sie schüttelte den Kopf.

Erst als Stella beruhigt schien, wagte Sophia einen zweiten Blick zu dem Hauseingang. Der Schatten war verschwunden, aber sie war ganz sicher, dass sie den Mann gesehen hatte, der ihre Mutti getötet hatte. Immer noch zitterte sie. Er war ihretwegen hier, das spürte sie genau. Während sie überlegte, ob sie zurück ins Haus laufen und sich irgendwo verstecken sollte, sah sie sich noch einmal genau um. Sie entdeckte noch jemanden, den keiner der anderen bemerkte. Sie waren alle viel zu sehr damit beschäftigt zu diskutieren, wohin man sich wenden sollte. Auf der anderen Straßenseite stand ein großer, starker Mann in einem Torbogen. Ein Riese. Sie musste an Kalle denken und erinnerte sich daran, wie er sie beschützt hatte. Sofort fühlte sie sich ein wenig ruhiger. Auch wenn die Gestalt im nächsten Moment von der Dunkelheit verschluckt wurde, ganz so, als hätte Sophia sie sich nur eingebildet, hörte das Zittern schlagartig auf.

Sie sagte zu niemandem etwas, ließ nur zu, dass Stella sie noch eine Weile bemutterte, lauschte Richard, der sie mit Geschichten über eine Schildkröte wieder zum Lachen bringen wollte, tätschelte Konrad, der neben ihr stand und schmollte, freundschaftlich den Arm.

Schließlich fiel die Entscheidung mehrheitlich für die Reeperbahn. Wie falsch diese war, erkannte die Gesellschaft schon, als sie kurz darauf den Spielbudenplatz erreichte.

«Das gefällt mir nicht», sagte Mathilde Platschke und sprach damit ausnahmsweise einmal aus, was alle dachten. Es hielten sich sehr viele Menschen auf dem Platz auf, und obwohl er so riesig war, herrschte ein beängstigendes Gedränge. Die Stimmung war nicht nur festlich, sondern auch aufgeheizt. Hie und da hörte man Parolen, die der einen oder anderen politischen Gruppierung zugeordnet werden konnten.

«Wir sollten umkehren», schlug Theo Claussen vor.

Luna drehte bereits den Kinderwagen in die andere Richtung, und die Gruppe ging zurück zur Taubenstraße. Ganz hinten hielten sich die Kinder auf. Wandas vier Jüngste flitzten hin und her und sorgten für einige Verwirrung, und Wanda selbst zog viele Blicke auf sich. Da sie keinen Wintermantel besaß, trug sie einen bunten, glitzernden Umhang, und an ihren Ohren baumelten große Kreolen. Ihr Haar fiel ihr lang und dunkel fast bis zur Hüfte. Einige Leute blieben stehen, zeigten auf sie und fragten sich wohl, ob sie in eines der Varietétheater gehörte. Stella hörte aber auch, wie jemand eine laute Bemerkung über dreckige Zigeuner machte. Letztlich waren es jedoch Richard und Konrad, die den ganzen Ärger heraufbeschworen.

Stella, die in Sophias Nähe geblieben war, hörte, wie der Streit hinter ihr laut und lauter wurde.

«Sophia ist *meine* Freundin!», stieß Konrad aus. «Hau du bloß wieder ab zu deinen Schweinen!»

«Wir züchten edle Pferde», gab Richard hochmütig zurück. «Und Sophia wird mich schon bald auf Gut Friederkamp besuchen kommen. Nicht wahr, Sophia?»

Das Mädchen gab einen unbestimmten Laut von sich, aber Konrad fasste dies offenbar als Zustimmung auf, und der Groll, der schon den ganzen Abend in ihm schwelte, brach hervor.

Er stellte Richard ein Bein, und dieser flog daraufhin der Länge nach hin. Aber schnell war er wieder auf den Füßen und hob die Fäuste. Die beiden schwarzhaarigen Jungen begannen, aufeinander einzuschlagen. So schnell tänzelten sie dabei umeinander herum, dass man sie kaum noch unterscheiden konnte.

Carsten wollte eingreifen, aber Piet hielt ihn zurück. «Lass man. Dat mutt mal raus.»

Konrads jüngere Geschwister feuerten lautstark ihren Bruder an, die Erwachsenen standen teils verlegen, teils amüsiert daneben.

Niemand bemerkte zunächst das halbe Dutzend junger Männer in braunen Uniformen, das von dem Krach angelockt worden war.

Doch im nächsten Moment sagte eine Stimme: «Na, was haben wir denn da? Eine Prügelei unter Zigeunerjungen?» Der Mann lallte, aber sein Ton war schneidend, und sein Blick lag halb gierig, halb angeekelt auf Wanda.

Ein anderer meinte: «Könnten auch Judenbengel sein, so dunkel, wie die sind.»

«Was erlauben Sie sich!», stieß Verena aus und stellte sich den betrunkenen Männern in den Weg.

«Wohl die Judenmutter, was?»

Sie wurde von Luna zurückgerissen. Gelächter erschallte.

«Aha!», rief ein Dritter. «Und eine Negerin! Was ist denn das für eine feine Gesellschaft?»

Sie schienen nur darauf zu warten, dass einer der erwachsenen Männer die Beherrschung verlor. Aber Carsten legte zunächst nur schützend seinen Arm um Birthe. Er war ein bedächtiger Mann vom Land, der zunächst einmal abwartete, ob die Situation sich nicht von selbst beruhigte. Richard war außerdem ein schlauer Junge. Er würde schon zurechtkommen.

Piet wiederum ballte zwar die Fäuste, entschied sich dann jedoch dafür, seine Familie in Sicherheit zu bringen. Die Zeiten, in denen er freiwillig die Gefahr gesucht hatte, waren endgültig vorbei. Er war jetzt ein verantwortungsbewusster Ehemann und Vater.

Theo Claussen hasste jegliche Gewalt. Er zog sich unauffällig zurück und verschwand in der Menschenmenge. Aber da waren ja noch Lorenzo und Luigi, und sie waren heißblütige Italiener, die es nicht ertragen konnten, dass Menschen beleidigt wurden, die zu ihnen gehörten.

Sie stürzten sich auf die Braunhemden und stießen dabei italienische Flüche aus.

«Und auch noch Kanaken!», rief einer, und schon entbrannte eine heftige Prügelei. Kein Vergleich zu dem eher gesitteten Boxkampf der beiden Jungen eben. Es wurde geschlagen und getreten und gestoßen, und die betrunkenen Männer hatten plötzlich Gummiknüppel in der Hand.

Stella schrie auf. Sie sah Lorenzo schon totgeschlagen auf dem Boden liegen, und in dieser Sekunde wusste sie, dass sie ihm alles verzeihen würde, dass sie dafür sorgen würde, dass alles gut wurde, wenn er nur überlebte.

Lorenzos und Luigis einziges Glück war, dass sich die Prügelei ganz in der Nähe der Davidwache abspielte, am letzten Tag des Jahres 1929, als die Ordnungskräfte in Deutschland noch für Ordnung sorgten. Ein Trupp Schutzpolizisten kam herangelaufen und verscheuchte in wenigen Augenblicken die Braunhemden.

Lorenzo und Luigi sollten mit auf die Wache genommen und verhört werden, aber da schritt Verena ein, erwähnte wie zufällig die Freundschaft ihrer Familie mit dem Polizeipräsidenten und versicherte den Herrn Polizisten, sie werde persönlich dafür sorgen, dass die beiden Männer keinen Ärger mehr machten. Nach einigem Zögern durfte die Gruppe abziehen. Die Silvesternacht war noch lang, und es war womöglich noch größerer Ärger zu erwarten. Da wollte man sich nicht mit zwei dummen Italienern abgeben.

Stella stützte Lorenzo, der aus einer tiefen Wunde an der Stirn blutete und sich stöhnend die Rippen hielt. Verena kümmerte sich um Luigi. Piet war mit Luna und ihren Kindern heimgegangen, und auch Theo Claussen blieb verschwunden.

Als sie wieder vor dem Haus standen, erkundigte sich Carsten zögernd bei Stella, ob es in Ordnung sei, wenn er seine Familie nun ins Hotel brachte. Sie nickte ihm zu. Man wollte sich am nächsten Tag noch einmal sehen. Richard löste sich nur schwer von Sophia. Stella sah, wie er ihr einen Zettel zusteckte, wahrscheinlich mit seiner Adresse.

Sophia lächelte ihm zwar zu, schaute sich aber gleichzeitig ständig um, als hätte sie Angst, die Braunhemden könnten zurückkehren.

Wanda scheuchte ihre Kinder hoch in die Wohnung, und die Witwe Platschke verkündete, sie werde sich nun ebenfalls zurückziehen. Für eine alte Frau sei das ziemlich viel Aufregung gewesen. Ihr Blick war verwirrt, als könnte sie nicht glauben, dass Anhänger des von ihr so verehrten Führers brutale Schläger sein konnten.

So blieben nur Stella, Verena, Sophia und die beiden verletzten Italiener übrig.

In Lorenzos Wohnung konnte Sophia beweisen, dass sie bereits eine ausgezeichnete Krankenschwester war. Sie verband kleinere Wunden und ein verstauchtes Handgelenk. Sie verarztete Lorenzos Stirnwunde und erklärte Luigi, er werde ein hässliches blaues Auge bekommen. Da sei leider nichts zu machen.

Luigi zuckte bloß mit den Achseln und ließ sich dann von Verena einen Schnaps einflößen. Anschließend verschwanden die beiden im Schlafzimmer. Sie fürchteten wohl, dass nur diese Nacht ihnen gehörte.

Stella schaute zu, wie Sophia das Verbandsmaterial einsammelte. Lorenzo lag auf seinem dunkelroten Sofa und hatte die Augen geschlossen.

«Wollen wir dann gehen?», fragte Stella ihre Ziehtochter.

Sophia richtete sich auf und schaute sie ruhig an. «Nein. Ich gehe allein. Ich schlafe heute bei Tante Mathilde.»

«Aber …»

«Ihr wollt erwachsen sein, aber seid so dumm!», brach es plötzlich aus dem Mädchen heraus. «Du und Lorenzo, ihr liebt euch, aber ihr wollt es nicht zugeben! Ich will endlich eine richtige Familie haben. Mit Mutter *und* Vater! Wenn ihr das nicht schafft, dann suche ich mir andere Leute!» Sie stampfte auf dem Boden auf, dann stürmte sie aus der Wohnung.

«Sei ihr nicht böse», sagte Lorenzo leise. Er war aufgestanden und trat nun auf sie zu. «Sie ist verwirrt. Das war alles ein bisschen viel für sie.»

«Aber sie hat recht», entgegnete Stella und schaute ihn fest an. In seinen Augen stand zunächst Überraschung, dann ungläubiges Staunen.

«*Davvero?* Wirklich? Du liebst mich?»

«Natürlich, du Dummkopf. Ich liebe dich, seit du als abgerissener Bettler in der Taubenstraße aufgetaucht bist. Ich habe nur eine Weile gebraucht, um es zu begreifen.»

Sein Blick wurde zärtlich. «Und ich liebe dich, seit ich zum ersten Mal deine Sternenaugen gesehen habe. *Ti amo.*»

Es klang so wundervoll, und doch zögerte Stella.

«Du vertraust mir nicht», stellte er fest.

Sie nickte kummervoll.

Lorenzo berührte mit der Hand ihre Wange. «Das verstehe ich, du hast allen Grund, misstrauisch zu sein. Aber ich bitte dich, lass mich versuchen, es wiedergutzumachen. Tag für Tag, Stunde für Stunde.»

Sie spürte die Wärme seiner Hand auf ihrer Haut und glaubte, das laute Klopfen seines Herzens zu hören. Sie hatte schon viel Mut gebraucht für dieses Leben, das ihr übel mitgespielt hatte, aber sie ahnte, den meisten Mut musste sie jetzt beweisen. Auf die Gefahr hin, noch einmal so schwer enttäuscht zu werden. Auf die Gefahr hin, dass er ihre Liebe nicht zu würdigen wusste. Kurz schloss Stella die Augen und traf eine Entscheidung. Sie wollte noch einmal mutig sein.

Sie ließ sich von ihm umarmen, drückte ihn fest, kicherte, als er vor Schmerzen aufstöhnte, küsste ihn, küsste ihn wieder, hörte überhaupt nicht mehr damit auf, ihn zu küssen.

Lorenzo hielt diese Frau, die er vom ersten Tag an geliebt hatte, und vergaß alle Schmerzen, allen Kummer. Vor sieben Jahren hatte er sich auf den Weg gemacht, und nun begriff er, dass er erst in diesem Augenblick angekommen war. Sein altes Zuhause würde immer die Romagna bleiben, aber nun war er dort daheim, wo Stella lebte. Nur mit ihr an seiner Seite konnte er glücklich sein, und er schaute voller Freude in die Zukunft.

«Ti amo», flüsterte er noch einmal und spürte, wie sie erzitterte.

Ganz früh am nächsten Morgen, als eine matte Wintersonne zaghaft über die ersten Dächer strich, stand Stella an einem der Fenster und sah hinaus. Es würde ein kalter, aber schöner Tag werden. Der erste Tag in einem neuen Jahrzehnt.

Was hatte Luna gestern Abend gesagt? Sie würden alle gesund, munter und zufrieden sein. Stella fröstelte. Sosehr sie sich auch bemühte, den Worten ihrer Schwester zu glauben, konnte sie doch eine düstere Ahnung nicht abschütteln. Vielleicht war dies ihr holsteinisches Erbe. Sie neigte nun mal nicht zu übermäßigem Optimismus. Unwillkürlich berührte sie die Narbe an ihrer Stirn. Aber dann wandte sie sich um und sah auf den schlafenden Mann auf seinem ulkigen roten Sofa. Ihr Herz zersprang beinahe vor Liebe, und sie dachte: Was immer kommen mag, gemeinsam werden wir alles schaffen. Lorenzo, Sophia und ich. Als Familie.

Kurz überlegte sie, sich wieder an ihn zu kuscheln, aber dann hörte sie leise Stimmen aus dem Schlafzimmer. Verena und Luigi waren also schon wach. Oder sie hatten gar nicht geschlafen. Es ging sie nichts an. Stella entschied nur, dass ein starker Kaffee ihnen allen guttun würde, und sie schlich über den Flur in die Küche, um die *moka* auf den Herd zu setzen.

Davon habe ich schon sehr lange geträumt: einen Roman über die Beziehung zwischen Italienern und Deutschen zu schreiben. Nicht über die Staatschefs, Kriegsherren und Schreihälse. Denen kann man ja nicht über den Weg trauen. Nein, ich wollte über die einfachen Leute schreiben, die so viele dunkle Jahre über sich ergehen lassen mussten und trotzdem immer wieder Freunde wurden.

Ich selbst gehöre zu einer Familie von Alpen-Überquerern. Wir wanderten ins Tessin und nach Italien aus, als ich vier war, und kehrten erst viele Jahre später nach Deutschland zurück. Schon Ende der Achtziger zog es mich dann wieder nach Italien, meine beiden Töchter hingegen studieren mittlerweile in Deutschland (und haben sich mal dafür bedankt, dass ich sie zweisprachig erzogen habe). Die Familie meines verstorbenen Mannes war heimatverbundener, aber mein Schwiegervater wurde in den dreißiger Jahren unter Mussolini nach Äthiopien geschickt, und in den Fünfzigern ging er gemeinsam mit seinem ältesten Sohn als Gastarbeiter nach Deutschland.

Egal, wer wohin zog, das Essen spielte immer eine große Rolle. So peppte meine Mutter in den siebziger Jahren jede norddeutsche Party mit südlichen Köstlichkeiten auf. Zu Mettigeln, Käsewürfeln und Nudelsalat gab es auch geröstete Weißbrotscheiben, mit Salz bestreut, mit Olivenöl beträufelt, mit Knoblauch eingerieben. Der Renner! Auch ihre *penne all'arrabbiata* fanden reißenden Absatz, obwohl die so scharf waren, dass den deutschen Nachbarn die Tränen aus den Augen liefen.

Mein Schwager wiederum freut sich, wenn ich ihm von einer Reise nach Deutschland echte Wiener Würstchen und scharfen Senf mitbringe.

So sind wir zusammengekommen, Italiener und Deutsche. Vielleicht sind wir ja einfach alle Europäer?

Mein Dank geht zuallererst an meinen Agenten Dirk Meynecke. Er begleitet mich nun seit gut zwanzig Jahren und findet immer die besten Worte, um mich in die richtige Richtung zu schicken. Dank auch an das Team bei rororo, allen voran meiner Lektorin Ditta Friedrich. Weil ihr daran glaubt, darf ich mein Herzensprojekt verwirklichen und weiß, es ist in den besten Händen.

Ebenso danke ich herzlich Martin Lippert, Conrad Heinrich von Sengbusch und Peter Becker von der Arbeitsgruppe Sammlung Technikgeschichte (AST) im Norddeutschen Rundfunk, die sich einen Vormittag lang Zeit genommen haben, um mir von den Anfangszeiten des Radios zu erzählen.

Die Mitarbeiter des kleinen, aber gut ausgestatteten Sankt-Pauli-Museums in der Davidstraße haben mich gern mit zusätzlichen Informationen versorgt.

Die Menschen in der Holsteinischen Schweiz waren offen und auskunftsfreudig. Und schließlich danke ich meinem Schwager Lazzaro D'Orazio, genannt Neno, der die zwanziger Jahre zwar nicht selbst erlebt hat, mir aber viele Geschichten erzählt hat, die er von seinen Eltern kannte. Meiner Schwägerin Maria D'Orazio danke ich tausendmal für die Einführung in die ländliche Küche. Ich bin sicher, die Engel im Himmel sind dick und fett geworden, seit du sie mit deinem *ragù*, deinem Kaninchenbraten und deiner *piadina* versorgst.

Nicht vergessen darf ich das Ehepaar, das die Villa Mussolini bei Predappio gekauft und zu einem Museum umfunktioniert hat. Namen lassen wir mal lieber weg. Es war nicht ganz einfach, sich zwei Stunden lang Loblieder auf den großen *Duce* anzuhören. Die Einblicke in das häusliche Leben waren immerhin interessant.

Zu guter Letzt möchte ich noch die Verwendung gewisser Begriffe erläutern, die im Roman vorkommen und heutzutage politisch unkorrekt sind: Bezeichnungen wie Zigeuner, Zwergin, Neger und Kanake waren damals gebräuchlich, und ich habe sie benutzt, um realistisch zu bleiben. Hoffen wir, dass es nie wieder eine Zeit gibt, in der es salonfähig ist, Menschen wegen ihrer Herkunft, ihres Aussehens oder einfach wegen ihrer Art zu beleidigen und zu verfolgen.

REZEPTE

LORENZOS STERNENRAVIOLI

Für 4 Personen

Zutaten, für den Teig:

300 g Weizenmehl, 3 Eier, 1 Prise Salz, 1 TL Olivenöl, zusätzlich 1 Ei für die weitere Verarbeitung

Für die Füllung:

400 g Ricotta-Käse, 100 g Parmesan, 3 Eier, ½ abgeriebene Zitrone, 1 Prise Salz

Für die Soße:

350 g frische, reife Tomaten, 1 kleine Möhre, 1 kleine Zwiebel, 1 Stange Bleichsellerie, Basilikum, 1 Knoblauchzehe, Salz, Pfeffer, 1 Glas Olivenöl

Zubereitung:

Teig: Das Mehl auf ein Backbrett häufen. In die Mitte eine Mulde drücken und die Eier zusammen mit 1 Prise Salz hineingeben. Das Mehl behutsam unter die Eier mischen. Den

Teig so lange bearbeiten, bis er elastisch ist. In ein bemehltes Tuch einschlagen und eine Viertelstunde ruhen lassen. Den Teig dünn und gleichmäßig ausrollen, zusammenfalten, wieder ausrollen. Diesen Vorgang mehrfach wiederholen.

Soße: Kleingehackte Möhre, Zwiebel, Bleichsellerie und Knoblauch in Olivenöl andünsten, gehäutete Tomaten klein geschnitten hinzugeben, mit Salz und Pfeffer würzen, bei geringer Hitze in geschlossenem Topf ca. 30 Minuten garen. Basilikum erst ganz am Ende hinzugeben.

Füllung: Alle Zutaten gut miteinander vermengen.

Den Teig halbieren und beide Hälften noch einmal dünn ausrollen. Auf die eine Hälfte in regelmäßigem Abstand kleine Portionen der Füllung setzen. 1 Ei mit etwas Wasser verquirlen und die Teigzwischenräume damit bestreichen. Die zweite Teighälfte darauflegen und um die Füllungen herum mit den Fingerkuppen leicht andrücken. Mit weihnachtlichen Ausstechformen zu Sternen ausarbeiten (oder mit dem Teigrädchen in kleine Quadrate schneiden). Die Ränder jeweils gut andrücken. Die fertigen Ravioli 2 bis 3 Minuten in reichlich sprudelndem Salzwasser kochen, mit der erwärmten Soße vermengen.

PIADINA

Für 4 Personen

Zutaten:

1 kg Mehl Type 00, 200 g Schweineschmalz (alternativ 200 ml Olivenöl), 100 ml Milch, 1 TL Natron, Salz

Zubereitung:

Das Mehl auf ein Backbrett häufen und in die Mitte eine Mulde drücken. Natron und Salz hinzufügen sowie das bei Zimmertemperatur weich gewordene Schmalz bzw. das Olivenöl. Durchkneten und hin und wieder etwas Milch dazugeben. Der Teig muss weich und sehr glatt werden.

Von dem Teig kleine Portionen abnehmen und daraus ca. 150 g schwere Kugeln formen. Dann mit dem eingemehlten Nudelholz auf 3 bis 4 mm ausrollen. Einen tiefen Teller oder eine passende Schüssel auflegen und rundherum den überflüssigen Teig abschneiden.

In einer heißen, beschichteten Pfanne die Piadina auf beiden Seiten backen, bis sich auf der Oberseite Blasen bilden. Piadina schmeckt entweder pur als Beilage zu Fleischgerichten oder gefüllt in allen Variationen – mit Salami, Schinken, Käse, Gemüse, Salat … Der Phantasie sind keine Grenzen gesetzt. Auf die eine Hälfte der Piadina die Füllung geben, zusammenklappen und noch einmal kurz erhitzen. Nur roher Schinken sollte nicht erhitzt werden.

POLENTA

Für 4 Personen

Zutaten:

300 g Maisgrieß, 1 l Wasser, etwas Butter, 1 Prise Salz

Zubereitung:

Wasser mit Butter und Salz zum Kochen bringen, den Maisgrieß nach und nach zugeben, auf kleiner Flamme köcheln lassen und durchgehend 30 bis 40 Minuten rühren.

Dazu passt eine gute Bologneser Soße, gern auch mit Pilzen verfeinert, oder eine Käsesoße.

In der Romagna sehr beliebt ist auch eine Soße aus Sardellenfilets. Dazu werden 10 bis 20 gesalzene Sardellenfilets unter fließendem Wasser gewaschen und grob zusammen mit etwas Knoblauch gehackt. In einer kleinen Pfanne werden 100 ml Olivenöl erhitzt, die Sardellenfilets hinzugegeben und zehn Minuten auf kleiner Flamme erhitzt.

Für alle Varianten gilt: Die Polenta auf vorgewärmte Teller geben, Soße dazu und sofort servieren.

Buon appetito!

MOCKTURTLESUPPE

Für 12 bis 14 Personen

Zutaten:

30 g Butter, 1 Zwiebel, 2 Möhren, 500 g Kalbshaxe, 1 kg Rindfleisch, 2 Kalbsfüße, in 2 Teile gespalten, 4 l Brühe, 2 Nelken, 10 Pfefferkörner, 1 Lorbeerblatt, 1 EL Mehl, 4 EL pürierte Tomaten, 1 Schalotte, 1 Stängel Thymian, 1 Stängel Bohnenkraut, 1 Stängel Basilikum, 1 Stängel Majoran, 1 Zweig Rosmarin, 1 Zweig Salbei, 100 ml Madeira, 60 g Champignons, 6 hartgekochte Eier

Zubereitung:

Die Hälfte der Butter in einem schweren Topf zerlassen. Zwiebel, Möhren (in Scheiben geschnitten), die Kalbshaxe, das in Stücke geschnittene Rindfleisch und die abgebrühten und abgespülten Kalbsfüße zugeben. 4 EL Wasser angießen, den Deckel auflegen und bei schwacher Hitze 30 bis 40 Minuten dünsten, bis das Fleisch hellbraun geworden ist. Brühe oder Wasser angießen und Nelken, Pfefferkörner und Lorbeerblatt hinzufügen. Zum Kochen bringen, den Topf bis auf einen Spalt bedecken und etwa 3 Stunden bei sehr schwacher Hitze garen. Die Kalbsfüße herausnehmen, das Fleisch von den Knochen lösen, auf eine Platte legen und mit einem Gewicht beschweren, damit es beim Abkühlen zusammengedrückt wird. Die Brühe passieren und entfetten; sowohl das Rind- als auch das Kalbfleisch entfernen. Die restliche Butter in einem großen Topf zerlassen, Mehl hineinrühren und die Brühe sowie die pürierten Tomaten zufügen. Bei schwacher Hitze etwa 30 Minuten simmern lassen, dabei die Haut entfernen, die sich auf der Suppe bildet.

In der Zwischenzeit die Schalotte mit Kräutern und Madeira in einem kleinen Topf zugedeckt 5 Minuten simmern lassen. Das Fleisch der Kalbsfüße in kleine Würfel schneiden und in einen Topf legen. Den mit den Kräutern aufgekochten Madeira durch ein Sieb gießen, die in Scheiben geschnittenen und kurz in Butter gewendeten Champignons zugeben und mit dem gehackten Eigelb servieren.

HERINGSAUFLAUF

Für 2 bis 4 Personen

Zutaten:

4 Salzheringe, 2 Zwiebeln, ¼ l Sahne, 1 kg Kartoffeln, Salz, Paprikapulver, 2 EL Semmelbrösel, Butterflöckchen

Zubereitung:

Die Heringe ein paar Stunden wässern, abziehen und entgräten. Heringe durch den Wolf drehen, die feingeschnittenen Zwiebeln und die Hälfte der Sahne damit vermengen. Kartoffeln mit der Schale kochen, abpellen, in dicke Scheiben schneiden und leicht salzen. In eine gefettete Auflaufform die Hälfte der Kartoffeln schichten, darauf die Heringsmasse und obenauf die restlichen Kartoffeln geben. Die übrige Sahne mit Salz und Paprika verquirlen und über die Kartoffeln gießen. Zuletzt Semmelbrösel darüberstreuen und mit Butterflöckchen belegen. Den Auflauf ca. 45 Minuten im Backofen bei 250 Grad garen.

KASSELER IM TEIG

Für 4 bis 6 Personen

Zutaten:

700 g Kasseler ohne Knochen, 2 Gläser trockener Weißwein, ½ Tasse Tomatenpüree, 125 g geriebener Käse, Majoran, Basilikum, Pfeffer, Salz, 300 g Tiefkühlblätterteig, 1 bis 2 Eigelb

Zubereitung:

Das Fleisch in Weißwein ca. 40 Minuten dünsten (nicht kochen lassen), dann im Wein erkalten lassen und herausnehmen. Tomatenpüree und geriebenen Käse in den Weinsud geben und unter Rühren aufkochen lassen, mit Gewürzen abschmecken. Blätterteig auftauen und zu 2 Teigplatten (etwas über Fleischgröße) ausrollen. Backblech mit Wasser abspülen und eine Teigplatte auflegen, mit Tomaten-Käse-Mischung bestreichen. Das Fleisch darauf platzieren. Zweite Teigplatte auflegen, die Ränder der Teigplatte mit Wasser bestreichen und fest zusammendrücken. Zwei Pergamentpapierröllchen formen und in die Oberseite des Teiges stecken, damit der Dampf entweichen kann. Teig mit Eigelb bestreichen. Im Backofen auf der zweituntersten Schiene 40 Minuten backen.

Guten Appetit!

Ulrike Schweikert

Die Charité

Hoffnung und Schicksal

Berlin, 1831. Seit Wochen geht die Angst um, die Cholera könne Deutschland erreichen – und als auf einem Spreekahn ein Schiffer unter grauenvollen Schmerzen stirbt, nimmt das Schicksal seinen Lauf. In der Charité versuchen Professor Dieffenbach und seine Kollegen fieberhaft, Überträger und Heilmittel auszumachen. Während die Ärzte um das Überleben von Tausenden kämpfen, führen drei Frauen ihren ganz persönlichen Kampf: Gräfin Ludovica, gefangen in der Ehe mit einem Hypochonder, findet Trost in den Gesprächen mit Arzt Dieffenbach. Hebamme Martha versucht, ihrem Sohn eine bessere Zukunft zu bieten, und verdingt sich im Totenhaus der Charité. Die junge Pflegerin Elisabeth entdeckt die Liebe zur Medizin und – verbotenerweise – zu einem jungen Arzt …

496 Seiten

Weitere Informationen finden
Sie unter **rowohlt.de**

MIX
Papier aus verantwortungsvollen Quellen
FSC www.fsc.org
FSC® C083411

Das für dieses Buch verwendete Papier ist FSC®-zertifiziert.